I0565552

Nógdam

Juan Bosco Castilla

Copyright © 2018 Juan Bosco Castilla Fernández
ISBN 978-84-09-05083-3
Todos los derechos reservados.
Portada: Pol Febas Pardo.

Para Juan y Luis

Los hombres amarillos, los negros o los blancos,
la Bolsa, las escuadras, los partidos, la guerra:
largas filas de hombres cayendo de uno en uno.
Los cuentos. No lo entiendo.

Levantan sus banderas, sus sonrisas, sus dientes,
sus tanques, su avaricia, sus cálculos, sus vientres
y una belleza ofrece su sexo a la violencia.
Lo veo. No lo creo.

Todas las mañanas, cuando leo el periódico
Gabriel Celaya
Tranquilamente hablando, 1947

Primera parte: La demagogia

Capítulo 1

Una vida cómoda. La teoría del bonsái. Nuestras relaciones se enfrían. Lo sano es no mostrar lo que somos o el placer del no saber.

Cuando el Valido nos ofreció un trabajo con el que distraernos, yo examiné la lista de empresas de las que él era dueño y vi que tenía una pequeña cadena de tiendas de ropa con fabricación propia, Documentum se llamaba. Escogí esa y le pedí que me permitiera administrar su catálogo.

–¿Entiendes de moda? –me preguntó.

–No, pero conozco a los que la demandan –le contesté.

Aquel negocio era un objetivo menor para él. Me lo concedió y yo fui rehaciendo la oferta en función de lo que sentían los clientes que se paraban ante los escaparates o entraban en nuestros locales. El resultado fue vertiginoso: la facturación se dobló en un mes sin necesidad de campañas publicitarias y en tres meses se puso en el triple.

El Valido estaba maravillado.

–No hay explicación. Yo sé lo que quiere la gente cuando la miro a los ojos, solo es eso –le dije.

Era el argumento con que venía aplacando su asombro desde que lo conocí, y en ausencia de otro más razonable, no le cabía sino aceptarlo. A Libuell, en cambio, no podía engañarlo, porque él sabía la verdad.

–Ten cuidado –me advirtió–. Guarda tus poderes extraordinarios para lo extraordinario. Si los usas para lo banal, acabarás pagándolo caro.

Yo le recordé que su triunfo con su restaurante era mayor que el mío con las tiendas y, en lugar de hacerle caso, le planteé al Valido que abriera más comercios.

–Si le evitamos a los potenciales compradores tener que desplazarse, nuestras ventas aumentarán –le dije.

El Valido autorizó las que yo le sugerí y las transacciones se multiplicaron por diez en menos de un año, el tiempo que tardamos en adecuar por completo nuestras colecciones a las exigencias del consumidor.

–El mercado está saturado –le indiqué finalmente–. Hemos alcanzado el punto en el que lo mismo subimos que bajamos.

Mi prudencia le fascinó tanto como lo había hecho mi audacia.

–No puedo estar siempre accediendo a hacer lo que me aconsejas –me dijo–. Si mañana te vas con la competencia o resuelves ponerte por tu cuenta, tendría que vender las tiendas o cerrarlas.

–Me mueve el entretenimiento, no la ambición –le contesté–. No creo que debas temer por mi lealtad.

–No es eso: otro me hubiera reclamado la Luna y yo, probablemente, lo hubiese convertido en mi socio. A ti te convertiré en socio sin que me lo pidas.

Fue todavía más lejos: dividió la sociedad en tres porciones y él se quedó con una, otra se la dio a Altea y la restante me la otorgó a mí.

–A partir de ahora –me comunicó–, consulta tus decisiones con la mujer con la que te acuestas.

Una de nuestras primeras medidas fue trasladar la sede al barrio financiero de Nógdam, en la que se agenció un despacho enorme el director gerente, un economista de treinta y tantos años llamado Rédond que, aunque había llegado a la casa antes que yo, se atribuía buena parte del prodigioso auge de las operaciones. En su opinión, Documentum debía extenderse por otras ciudades de Occidente para seguir cogiendo tamaño.

–Fuera de Nógdam nos copian –me aseguraba–. Si pudiéramos agrandar la escala de las actividades, nuestro margen se incrementaría sensiblemente.

Pero yo quería mantener el control directo de las tiendas, lo que no ocurriría si nos desplegábamos fuera de la capital y, además, tenía presente el peligro de utilizar para fines espurios mis facultades, sobre el que me tenía advertido el bueno de Libuell.

Pronto, sin embargo, empecé a notar en los ejecutivos síntomas de agotamiento. Las ventas marchaban tan bien que su labor, incluida la de Rédond, se circunscribía a ventilar cuatro cuestiones intrascendentes, lo que estaba provocándoles una gran frustración profesional. Cuando se lo conté a Altea, me respondió:

–La empresa es un organismo vivo que desea crecer y propagarse. Si queremos tener un bonsái en lugar de una selva, tendremos que ir cortando aquí y allá, y no sé si tú quieres darte ese trabajo.

Lo que yo no quería de ningún modo era darme más trabajo del que consintiera mi bienestar. Acepté, finalmente, aunque prometiéndome no controlar las operaciones hasta el punto de tener que levantarme temprano o perder mis tardes libres.

Poco después, Rédond me propuso un ambicioso plan

de aperturas financiado con préstamos que yo rebajé al nivel que admitiesen nuestros propios recursos, que eran muchos.

Cuando dispusimos abrir una tienda en Boalís, la segunda metrópoli de Occidente, Rédond, Altea y yo fuimos con Marcia (una dependienta excepcional a la que yo había nombrado encargada de las aperturas) a ver varios locales de la ciudad y elegí uno fuera del área más comercial contra las reglas del sentido común y el criterio de mis acompañantes, que ellos se encargaron de recordarme mientras almorzábamos en un restaurante desde el que se veía un magnífico estuario atravesado por puentes parecidos a los de Sholombra.

–Los consumidores son caprichosos, no tienen lógica –les repliqué–. Intentar comprenderlos es un error porque resulta imposible. Creedme, cuando inauguremos este comercio, la zona cambiará radicalmente. Solo entonces vendrán los estudiosos de la mercadotecnia y justificarán las causas de su apogeo.

Abrimos más tiendas en otras poblaciones y todas tuvieron un éxito arrollador, por lo que debimos ampliar la fábrica y crear una red de distribución que fuera capaz de suministrar las prendas cuando mayor era su demanda. El valor de nuestra marca aumentaba sin cesar y generaba riqueza por sí sola.

Al cabo de un par de años, la empresa había acrecentado su volumen sustancialmente, pero mi cometido en ella seguía siendo el mismo. Digamos que la controlaba de pasada. Jamás miraba un papel ni consentía que Rédond o alguno de los directivos estuvieran más de diez minutos hablándome. Me limitaba a observar los gustos de los nogdameses durante un paseo a pie por la ciudad y a entrar en las dependencias de la sede, que habíamos extendido para dar cobijo a los numerosos empleados que teníamos en faenas de dirección y administrativas.

Todo me parecía divertido, y como una diversión más me tomé la propuesta de Rédond de erigir una cadena de tiendas de calzado y complementos.

–Estás adquiriendo demasiada influencia, y eso te pasará factura –me aconsejó Libuell.

–¿Qué influencia? Los clientes disfrutan viendo complacidos sus deseos y los trabajadores que tengo están contentos con el trato que reciben y cobran más que ningún otro trabajador del gremio.

–¿Te olvidas del personal que mandaste al paro? Si ahora fundas una sociedad de fabricación y venta de calzado y complementos, hundirás a las demás. ¿Qué ocurrirá con los empresarios que llevan varias generaciones intentando sacar un buen producto a la calle? ¿Qué será de los asalariados de esas firmas? ¿No te das cuenta de que juegas con ventaja, que ante ti ellos no tienen ninguna oportunidad?

Las palabras de Libuell me abrieron los ojos tanto que a Rédond le respondí con una negativa

–Con la ropa tenemos suficiente –le dije.

Él me preguntó por las razones de mi decisión y yo le contesté que todo el mundo tenía derecho a vivir.

–Respóndeme a esto –me pidió–: ¿cuáles son los empleados que ganan más y bregan menos?

–Los nuestros.

–¿Y qué clientes son los más satisfechos?

–Los nuestros también.

–¿Y no crees que todos los empleados y todos los clientes tienen derecho a estar igual de contentos que los nuestros?

Era una pregunta difícil de responder sin hacerlo afirmativamente, pues el alma del Mercado le daba la razón, y no le contesté.

–Alguien vendrá un día y nos parará los pies: cuando la ley del más fuerte se aplica a rajatabla, ningún triunfador es eterno –me dijo Altea, tras referirse de nuevo al síndrome del bonsái.

Acabé aceptando, claro, pero me prometí no intervenir. Y para darle más verosimilitud a mi compromiso, creé una entidad nueva, Dalid (acrónimo formado con las letras iniciales de los cinco amigos), cuyo capital nos repartimos en trozos idénticos Dam, Altea, Libuell, Impreciso y yo, con la condición de que si alguno quería vender su lote, cualquiera de nosotros tendría una opción preferente de compra.

–No pienso entrometerme para nada en la gestión. Esta vez, no –le expliqué a Libuell –. Dalid competirá en las mismas condiciones que los demás.

Los cinco propietarios nombramos administradora única a Altea. Ninguno de nosotros tenía interés en aquel negocio. Libuell mantenía su establecimiento, que tenía la máxima calificación de las guías especializadas, y escribía libros que inmediatamente eran grandes superventas; Impreciso y Dam, que vivían juntos, se dedicaban a disfrutar de los placeres que les brindaba la ciudad y Altea y yo habíamos tenido un hijo y volcábamos en él la mayor parte de nuestras energías en la forma que más adelante perfilaré. La empresa recién creada era una manera de encauzar el empuje que sobraba en la otra y una oportunidad de unirnos en un proyecto común, además de una excusa para celebrar consejos de administración en la sala reservada del restaurante de Libuell.

Y lo cierto es que al principio fue así. Altea dejó todas las operaciones de diseño e implementación en manos de Rédond, que vio en la nueva gama de artículos una oportunidad en la que volcar sus expectativas profesionales y diseñó un plan exageradamente ambicioso que nos vendió a Altea y a mí como equilibrado y factible.

–¿Qué opinas? –me consultó Altea.

Aunque me parecía un disparate, creí que curarnos de soberbia bien merecía el precio de un fracaso y le dije:

–Demasiado arriesgado, pero tú eres quien decide.

Decidió darle el visto bueno después de que Rédond le disertara sobre el riesgo como un elemento más del comercio, incluso de la vida.

–No te preocupes, el peligro es una variable más que nosotros valoramos –le dijo Rédond a manera de epílogo.

Altea sabía más que nadie de peligros, particularmente de los de la vida, pero se enmarañaba en la jerga técnica que el director general esgrimía cuando le hablaba.

–La Economía es una ciencia. En Economía, el único azar es el de equivocarse en los cálculos –le razonó–. Y estos cálculos se han urdido y revisado por los mejores economistas de Occidente. Si ellos fallan, habrá que reconstruir todo lo que aprendimos de Economía. ¿No es una garantía sobrada?

Altea dijo que sí, y como Dalid no contaba con capital inicial bastante como para afrontar la magnitud del presupuesto, contrató con varios bancos un préstamo sindicado que garantizó con su tercera parte de Documentum.

Situados en este tramo del relato, debo recordar el desequilibrio que subsistía en la relación afectiva entre Altea y yo. Para no extenderme en detalles de los que el lector está al tanto, escribiré únicamente que ella se había enamorado de mí poco después de conocerme y durante muchos años había tenido que soportar mi desdén y hasta mi unión con otra mujer antes de conseguirme, aunque desde aquel momento había abrigado el recelo de que tarde o temprano me enamoraría de verdad y la dejaría. Esa idea, sin embargo, cambió sustancialmente en ella cuando se quedó embarazada, como si el ser que crecía en su interior llevara el fiel de nuestra reciprocidad hacia el punto medio de la escala. «¿Notas cómo se mueve? Dile que lo quieres. Cuéntale que eres su padre y que cuidarás de él», me decía a cualquier hora, mientras me cogía la mano que había llevado hasta su vientre. Yo concretaba cuanto ella me pedía y más. «¡Qué suerte hemos tenido!», solía contestarme entonces, «al encontrarnos, al sobrevivir a tanto desastre, al cruzar la muralla y al tener este hijo».

A instancias de ella, habíamos convenido en que yo estaría presente durante el parto. «No te preocupes, todo saldrá como debe», me animó agobiada por los dolores en la puerta del paritorio, al que entré para acompañarla. Al principio, el alumbramiento fue bien, pero luego el tiempo se espesó y con él su dolor y el del feto. El obstetra intentó animarla, se alentó a sí mismo y se acordó en silencio de un Dios en el que no creía hasta que, finalmente, nació el bebé.

–Es un comodón: estaba tan calentito y tan bien que no quería salir –dijo la auxiliar que le entregó el recién nacido.

Yo me di cuenta antes que nadie de que el niño (Fael, le pusimos) no era como el hijo que tuve con Libertad (la Loba) ni como los otros niños. En el alma de los niños se almacenan los sentimientos de los seres que tratan con ellos. Si ves a un niño por dentro, estás viendo claramente el alma de los abuelos, del padre y, sobre todo, de la madre, pero el alma de Fael no era un reflejo fiel de la de Altea, cuya imagen advertía en él distorsionada. Recuerdo que insistí en realizarle análisis hasta más allá de lo que prescribía la prudencia, a fin de que se diagnosticara rápidamente el problema y pudiera iniciarse la terapia, pero los médicos no detectaban anomalía alguna. Dos meses después del parto, Altea se percató de que su hijo no sostenía bien la cabeza. Los pediatras volvieron a evaluar su tonicidad muscular y determinaron que tenía parálisis cerebral, quizá debido a que había sufrido asfixia durante el parto. El paso de los meses aclaró el diagnóstico hasta concluir que Fael tenía el grado más severo del trastorno, que incluía retraso mental y dificultades del movimiento en la cara y en las cuatro extremidades, lo que le impediría caminar.

Altea era la persona más entera y dispuesta que yo había conocido, pero como madre era un ser tierno y frágil. Las circunstancias exigían comprensión y ella la tuvo, paciencia y ella tuvo paciencia, entrega y ella se entregó. Entregó tanto amor a su hijo, que se olvidó de que yo no la quería como ella me quería a mí. Pero el olvido trajo la indiferencia, y la indiferencia el desdén, y el desdén los reproches, y con los reproches volvió a recordar que yo no la amaba como ella me quería, solo que ahora esa falta de reciprocidad no actuó en su interior favoreciendo el anhelo de que la quisiera, sino envejeciendo a la carrera su amor por mí.

Fael tenía año y medio cuando Altea firmó el préstamo con el que financiaría la puesta en marcha de la empresa que se dedicaría a la fabricación y venta de zapatos, bolsos y otros complementos. Por aquellos días, ella había asumido la discapacidad de nuestro hijo y estábamos intentando concebir otro, si bien ya no declaraba que me quería al terminar de hacer el amor. Era como si de pronto nos hubiéramos convertido en dos viejos amigos para los que son más importantes los intereses que los unen que el afecto. En nuestro caso, nuestro hijo y nuestras tiendas.

Con todo, seguíamos estando juntos, y tal vez hubiéramos vuelto a actuar como antes si hubiésemos permitido que el tiempo obrara sobre nosotros reparando nuestras heridas, pero cuando Altea me pidió que la ayudase a fijar los artículos de la nueva temporada yo no lo hice y dejé que Dalid navegara por el océano del mercado capitaneada por Rédond, que se empeñaba en aplicar los teoremas de los libros de Economía con la convicción que aplicaba los de Matemáticas.

El negocio iba muy mal cuando los cinco socios más Rédond celebramos una reunión del consejo de administración en la que Dam, el menos listo de nosotros, planteó sin querer una de las cuestiones de fondo:

–Los zapatos no son como la ropa –dijo–. ¿Por qué no vendemos zapatos en tiendas que no sean nuestras? O incluso, ¿por qué no producimos zapatos para otras marcas?

Eran preguntas tan sencillas que se volvían difíciles de responder. Rédond se esforzó en hacerlo con palabras de uso común, pero la tensión fue acumulándose en su interior conforme los accionistas –casi por hablar de algo, pues el balance les importaba muy poco– fueron haciéndole repreguntas o formulándole propuestas, de forma que estaba realmente exhausto cuando Impreciso se dirigió a mí y me requirió:

–¿Tú no entiendes de zapatos?

–No, ni jota –reconocí.

–Porque podías aplicar a los zapatos el ojo clínico que tienes para la ropa.

Excepto Libuell, el resto de socios me pidió que lo intentase, lo que suponía negar la conversación que habíamos tenido hasta entonces. ¿Para qué ese interrogatorio?, se dijo Rédond. ¿Para qué tanta explicación luchando por hacerse entender? Y aún más, ¿para qué tanto esfuerzo diseñando el proyecto, realizándolo y corrigiendo los errores? Y por último, ¿para qué tantos estudios en la universidad y fuera de la universidad si luego el propietario más zafio se atreve a ningunearte? Lo que más le dolió a Rédond, sin embargo, fue que Altea se pusiera del lado de los ignorantes. Allí no dijo nada y se limitó a tragarse su congoja con la exquisitez de un diplomático avezado, pero se lo expuso en cuanto pudo.

A Altea, la urbanidad de Rédond le parecía el colmo de la excelencia. Tan educado, tan desenvuelto y tan incomprensible le resultaba que provocaba en ella una especie de confortable desconcierto. Pero aquella vez las conclusiones de Rédond fueron de una claridad rotunda. «Yo fui a una comida de trabajo y vosotros a pasar un rato de cháchara con los amigos», le dijo.

Rédond le presentó la dimisión con ese último desengaño como único motivo. Y después de hacerlo, se explayó con un discurso de alabanzas hacia ella que incluyó virtudes como la elegancia y la belleza y la confesión de que había llegado a fantasear con la idea de que el vínculo que los unía trascendía de lo laboral y los llevaba al romance.

Ante la evidencia de que aquel hombre llevaba razón en su queja y el descubrimiento que le suponía sentirse atraída por las cualidades que tanto había envidiado en otras mujeres, Altea sucumbió a la voluntad de su empleado. Se hizo la distraída en lo íntimo, pero no aceptó su renuncia. Y hay más: otorgó la presunción de autenticidad al pacto que la unía a Rédond, de manera que si brotaba algún conflicto entre lo que decían sus amigos y lo que propugnaba su director, echaba mano de la supuesta indolencia con que sus amigos se tomaban el devenir de la empresa para descalificarlos tanto en lo social como en lo personal, y si el conflicto era entre lo que yo le sugería y lo que le indicaba Rédond, acudía a la supuesta apatía con que yo me tomaba nuestra convivencia para descalificarme también en lo social.

En aplicación de la teoría del bonsái, los sentimientos de Altea crecieron por donde estaba su hijo deficiente y el hombre que la mimaba y la comprendía, que era por donde menos se podaban.

–Vuestras malas relaciones están acabando con nuestra amistad –me advirtió Libuell–. Debes hacer lo posible para mejorarlas.

No era tan fácil. No es que hubiera malas relaciones, es que no las había: desde hacía tiempo, el sosiego entre ella y yo y entre todos nosotros era el de la ausencia de emociones, una sucesión de calmas chichas en la que habían ido prosperando la apatía y los malentendidos.

–¿Por qué ella no y yo sí? –le dije.

Era como si le hubiera preguntado para qué y no me contestó, pero se reafirmó en su sospecha de que el mal del grupo provenía de nuestra pésima relación. Para intentar recuperarla, se aplicó a realizar las gestiones que consideró necesarias: nos invitó a Dam, a Impreciso, a Altea y a mí a un fin de semana en la playa acompañados de Fael, nos llevo varias veces a restaurantes de amigos suyos y se personó en nuestra casa acompañado del borrador de su nuevo libro, que sería impreso con la siguiente dedicatoria: «Para mis amigos Altea y Nereo, sin los cuales yo no sería cocinero ni sería yo».

Los buenos oficios de Libuell hicieron que el tiempo que compartíamos Altea y yo se llenara de actos y de gente amistosa, pero la bonanza que nos devoraba era tanto de movimiento como de afectividad y siguió llenando de polvo y telarañas el espacio que mediaba entre nosotros.

Altea y yo hablábamos poco y casi nunca del negocio, pero una mañana me informó que Dalid estaba prácticamente en la quiebra.

–Si no hacemos nada, tendremos que dársela a los acreedores –me dijo.

Detrás de ese plural había una petición humillante que yo hubiera atendido de no haber sido porque lo relacionado con aquella empresa envenenaba mi ánimo.

–Quizá sea lo mejor –le respondí.

Para justificar mi respuesta, añadí que los esfuerzos que tanto ella como sus directivos habían empleado en el diseño y la puesta en marcha del proyecto no habían sido correspondidos por el público y que otro tanto había ocurrido con los sucesivos planes de reestructuración.

–No se puede ir contra la naturaleza del mercado –le dije–. Cuando este te da la espalda, es preferible cerrar y empezar de nuevo.

En lugar de seguir mi consejo, se fue a hablar con el Valido a mis espaldas y le pidió permiso para solicitar un préstamo avalado con sus acciones de Documentum. El Valido estaba al tanto de que nuestras relaciones no iban bien y antes de contestarle me llamó por teléfono.

–Yo hago lo que tú me aconsejes –me dijo–. Si quieres,

le doy el dinero que le hace falta, gratis, además. Pero si a tu juicio no debo ni darle el dinero ni avalarla, no haré ni lo uno ni lo otro.

–Tanto si le das el dinero como si se lo avalas lo perderás, porque Dalid se irá al garete de todas formas –le contesté.

–Ya lo sé, pero eso no es lo que te he preguntado. ¿Qué hago? ¿La avalo o no? Lo que está en juego no es tanto Dalid como Documentum. Si ella pierde su tercera parte y yo pierdo la mía, te situarás en minoría con a saber qué socios.

–No me importa. Siempre puedo empezar de nuevo.

–En ese caso, haré lo que me pide. A mí también me da igual el dinero y no quiero perderla a ella –dijo.

–¡Ojalá y pudiera decir lo que tú! –exclamé antes de colgar.

El Valido se quedó con la idea de que el nexo entre Altea y yo estaba más podrido de lo que él vislumbraba. A Libuell le pasó lo mismo cuando Altea convocó una reunión del consejo de administración en la sede oficial y al llamarla para preguntarle por qué no la teníamos en la sala reservada de su restaurante le respondió acudiendo a los estatutos y a su condición de presidenta.

–Me ha hablado con desdén –me dijo Libuell–. E igual ha hecho con Impreciso y con Dam. Si no fuera porque la sociedad es una coartada para mantener juntos a los cinco amigos, le daba mi participación y me olvidaba de Dalid.

La sala de reuniones de la sede central de Dalid tenía una mesa elíptica, doce sillones de piel negra, dos pantallas de televisión y numerosas estanterías de madera con libros, catálogos de nuestros productos y revistas de decoración. Yo no la había visto más que una vez, hacía muchos meses y de pasada. Cuando entré en ella, las emociones de que se habían impregnado los objetos me informaron con exactitud de cada una de las reuniones allí celebradas, que habían tenido distinto cariz según asistiera Altea o no y según asistiera Rédond o no. Las reuniones a las que asistía Rédond, que eran las de verdadera trascendencia, acabaron siendo inútiles sesiones dominadas por quien las presidía en las que la autocrítica estaba ausente y la realidad emergía como una leyenda añeja. Pero era peor aún cuando a las reuniones asistía Altea. En tal escenario, Rédond hacía las veces de oficiante de una liturgia repleta de símbolos en la que se estilaba un lenguaje extraño. Altea no era tonta y había demostrado sobradamente su capacidad de dirección, pero rodeada de libros, de presentaciones con diferentes tipos de diagramas, de estudios encargados a los departamentos más prestigiosos de las universidades y, sobre todo, de brillantes ejecutivos con títulos universitarios de relumbrón que respondían al unísono en una jerga que ella descifraba a medias, sus dotes de mando se embrollaban o, simplemente, hacían aguas. Tan solo comprendía el final, y el final era siempre idéntico: tenemos un buen género, tenemos los más sobresalientes profesionales, tenemos cuestionarios que demuestran la aceptación de nuestros clientes, tenemos los mejores informes de eminentes catedráticos, tenemos una buena red de ventas, somos, en fin, líderes en excelencia, solo nos hacen falta financiación y tiempo.

Altea, que llegó conmigo, se sentó junto a Rédond en el centro de uno de los costados largos de la mesa y a su lado se colocaron otros siete directivos, por lo que Libuell, Impreciso, Dam y yo nos sentamos frente a ellos y acorralados por ellos. Eran doce los sillones y doce fueron los que se ocuparon (Impreciso estaba en su silla de ruedas), pero de haber sido veinte se las hubiesen arreglado para ocuparlos todos, y dado que su pretensión era intimidarnos, lo mismo habría ocurrido de haber sido doscientos o mil.

–Hemos cambiado el lugar de la reuniones por dos razones: una, el ambiente de trabajo que se respira aquí hace que le prestemos al asunto la atención que necesita; dos, queríamos que tuvierais acceso a una información que de otro modo habría sido muy difícil, y, tres, deseábamos que estuviesen presentes algunos de nuestros jefes de área por si su intervención era necesaria –dijo Rédond.

Hablaba así habitualmente, separando las ideas, una, dos, tres, diseccionándolas como si fuera un médico forense que estuviese extrayendo los órganos de un cadáver abierto ante un residente de primer año. Lo que había dicho era mentira, pero cuando la mentira se aplica razonando tanto los argumentos que la enmascaran, resulta muy difícil de combatir. Rédond, además, contaba con la ventaja de la escenografía. Tanto los hombres como las mujeres que nos recibían iban trajeados sin tacha e impecablemente peinados, su bronceado, sus manos, su dicción y sus ademanes eran perfectos, su sonrisa era de anuncio y olían de maravilla. Libuell y yo sabíamos de qué iba aquello e Impreciso lo intuía, pero Dam era cándido por naturaleza y se hallaba francamente afectado. Rédond lo escogió enseguida como referencia y a él dirigió la mayoría de sus miradas y de sus gestos de complicidad.

Para ilustrar su discurso, Rédond pidió por favor a uno de sus directivos que nos diera un catálogo y una carpeta de piel con el anagrama de la compañía.

–En la carpeta encontraréis, primero, un resumen del

estado contable, segundo, un estudio dirigido por el catedrático de Economía Aplicada de la Facultad de Ciencias Económicas de Boalís, tercero, las últimas estadísticas sobre las encuestas de satisfacción y, cuarto y por último, un cuadernillo con recortes de la prensa económica en la que aparecen noticias de nuestra empresa –dijo luego.

Como no nos habían repartido catálogos y carpetas más que a nosotros, Impreciso le preguntó si no había para ellos, a lo que Rédond le respondió tras una sutil carcajada:

–Nosotros nos lo sabemos de memoria.

–¿Tú también? –le preguntó Dam a Altea.

Altea emitió una mueca de suficiencia y dijo:

–Yo no, claro que no. Mi trabajo no es ese, ni el vuestro. A mí me basta con memorizar las ideas.

–Y las tienes memorizadas –apostilló Rédond.

–¡Menos mal que no tenemos que aprendernos todo esto! –terció Impreciso.

Ahora la carcajada del gerente fue estruendosa, y pareció de indudable liberación.

–Pero antes de revisar el contenido de la carpeta –dijo Rédond interrumpiéndonos, pues los cuatro habíamos empezado a desplegarla–, Malissa nos va a hablar brevemente sobre nuestro catálogo.

La tal Malissa era una joven de veinticinco años. Había aterrizado en Dalid recién salida de la Universidad de Nógdam, donde había estudiado Diseño y Economía, y había prosperado con celeridad merced a su enorme talento para administrar su sexo y su verborrea. Cuando la veías en aquel grupo de personas mucho mayores que ella, sin embargo, con una hermosura tan de colegiala, tan aparentemente frágil e inexperta en la vida, te provocaba una ternura que te idiotizaba.

–Por favor, examinen el catálogo –dijo.

Después de pasar unas cuantas hojas, nos quedamos pendientes de ella, que no tenía ninguna copia y actuaba como si fuera a proponernos un juego.

–Es magnífico, ¿verdad? –afirmó–. Y cualquiera de esos productos es una obra de arte. Dígame –dijo dirigiéndose a Impreciso, que no la perdía de vista, obnubilado por su belleza límpida–, ¿por qué página lo tiene abierto usted?

–Por la veintidós –tartamudeó Impreciso.

–Ah, las referencias doce doce treinta a catorce quince cincuenta, en la que se presenta una muestra espléndida de nuestra gran colección de cinturones. Son de los elementos más severos del repertorio, mejor, así me permitirán exponer con mayor pureza las razones que quería formularles.

Si hubiera sido un hombre, o si hubiera sido mayor, o incluso si hubiera sido fea, habríamos valorado su alarde de memoria de una forma menos sorprendente, pero era una muchacha de un atractivo angelical, una voz dulcísima y unos modales impecables y su aptitud para recordar era como una lluvia de impresión sobre nuestros ya impresionados juicios.

–Pongamos un ejemplo –prosiguió–. ¿Qué referencia le parecería bien a usted? –le preguntó a Impreciso, quien necesitó de la ayuda de uno de los directivos que tenía al lado para comprenderla, tan ensimismado estaba en sus preciosos ojos verdes.

–Esta –contestó Impreciso finalmente, poniendo el dedo sobre una fotografía.

Impreciso soñaría con Malissa aquella noche y ella no lo ignoraba. Para el que se reconoce habitando en los sueños eróticos del otro, la posición siempre es dominante y el camino le es más franco.

–¡Ah, la doce catorce veinte! ¡Perfecto!

Malissa daba a entender que le gustaba ser deseada. Dar a entender es la fórmula más aguda para comunicar, la más refinada y la más efectiva. ¿Qué podía hacer Impreciso sino desearla?

–Un cinturón es una tira de cuero y una hebilla –especificó la empleada–. ¿Puede hacerse una obra de arte con piezas tan simples? Escudriñemos el ejemplar que nos han propuesto. ¿Dirían ustedes que la tira es como todas? No tiene nada desacostumbrado y, sin embargo, ¿a que es distinta? O mejor, ¿a que es especial? Y otro tanto diríamos de la hebilla. No es demasiado grande, no es demasiado pequeña, no tiene una apariencia infrecuente o llamativa. Cualquiera diría que esta hebilla ha estado en nuestro pensamiento antes de verla fotografiada, pero lo cierto es que no existía con anterioridad. ¿Hay alguna relación más sublime que esta entre el creador y el público, la que hay cuando el creador descubre lo que teníamos oculto dentro de nosotros?

Malissa tornó a posar su atención sobre Impreciso.

–Si este objeto hubiera tenido quince o veinte componentes y varios colores, la combinación habría sido más espontánea, pero aquí tratamos con solo dos piezas, que no se pueden obviar sin caer en lo vulgar o en lo estrambótico. ¿A que es sencillo crear un cinturón útil y elegante pero muy difícil concebir uno extraordinario? Pues este cinturón es genuinamente extraordinario, y no creo que nadie lo ponga en duda.

Cuando terminó, interrogó con una ojeada a Impreciso y este, abrumado, hundió su mirada en la fotografía. Malissa continuó:

–Toda prenda tiene un alma privativa que depende de

su destino y de su ubicación –se levantó y se puso a andar hasta que se colocó detrás de nosotros, con una mano en el sillón de Dam y otra en el de Impreciso–. ¿Dirían ustedes que una chaqueta es como una camisa? ¿Pueden sentir lo mismo una corbata que unos guantes? ¿Tendrán idénticas ilusiones un sombrero que unas bragas?

Dejó flotando la palabra bragas en el aire y se agachó un poco para coger el catálogo de Dam. Al pasar entre los sillones se colocó casi de costado y sus pechos rozaron la nariz de Impreciso, que estaba volviendo la cabeza. Si todos tuvimos que sujetarnos las manos para no tocarla, él, además, tuvo que tragarse un caldero de baba.

–Cada uno de estos cinturones de caballero está condenado a vivir en el ostracismo –afirmó Malissa–. Las prendas exteriores saben que a la función de abrigarnos deben unir la de embellecernos y que no es abrigándonos como generan felicidad, sino embelleciéndonos. Y las prendas interiores notan que gustándonos nos hacen sentirnos seguros y que tendrán una oportunidad de lucirse, probablemente en los instantes señalados de nuestra vida. Un cinturón no es ni lo uno ni lo otro. No es ni exterior ni interior. Es más, mucha gente ni siquiera lo usa. ¿No deben estar estos objetos, por su propia naturaleza, condenados a ser seres desgraciados? Mírenlos, sin embargo –dijo, y volvió a enseñarlos antes de devolvérselos a Impreciso, que acechaba el momento en que los pechos de Malissa pasaran junto a su nariz–, ¿creen ustedes que en estos cinturones anida la tristeza? ¿Entienden que son similares a los que cuelgan de las perchas de cualquier tienda de ropa o de complementos?

En el espeso mutismo que se hizo cuando finalizó, yo me acordé del sermón sobre el significado de la honestidad del Elegido en el descampado de Minas de Vioco y Libuell se quedó pasmado y pensando que con directivos como aquella mujer a nuestra empresa le iría mejor vendiendo botellas de silencio o los *pongos* más horteras. Pero Dam y sobre todo Impreciso estaban encantados.

Impreciso era un discapacitado de mal genio próximo a la cincuentena que nunca se había querido a sí mismo y su contacto con las mujeres se había limitado a varias escaramuzas fragosas en los burdeles baratos de Sholombra. Durante nuestro largo viaje por La Unión, no había tenido ni una relación sexual y desde que traspasamos la frontera había debido soportar las inclementes diatribas de Dam cada vez que había contratado por teléfono los servicios de alguna puta, ante la que siempre acababa sintiéndose desgraciado. Para Impreciso, la mujer ideal no era la compañera excelente, sino una colegiala hermosa, habladora y cachonda como Malissa.

El acto continuó dirigido en exclusiva hacia Dam e Impreciso.

–Vamos a ver un reportaje promocional en el que quedan claros, por un lado, nuestra misión como entidad, por otro, los recursos de que disponemos y, por último, el proyecto que hemos diseñado y la forma en que procederemos a su realización –dijo Rédond.

El vídeo, que duró apenas cinco minutos, estuvo a mitad de camino entre la arenga previa al vendedor a domicilio y el anuncio televisivo de viajes al paraíso. Había sido realizado por un célebre director de cine y contaba con la voz en *off* de uno de los más afamados presentadores de telediarios. Nada mostró de lo que había dicho Rédond, pero dio igual, porque cuando concluyó teníamos en el pensamiento, bañadas por la luz de amaneceres variados y una música pegadiza, las frases con aspecto de eslogan de los jóvenes empleados que habían aparecido y el remate, que Altea había expuesto mientras andaba por una de nuestras tiendas sumida en un barullo de gente feliz: «Somos líderes en excelencia, solo nos hacen falta financiación y tiempo», decía.

–Precioso de verdad –exclamó Dam, realmente eufórico.

–Pues todo lo que se ha mostrado ahí es tuyo –le contestó Altea–. Hemos permanecido de espaldas a la empresa sin darnos cuenta de que en ella se afanan cientos de personas que se ganan el jornal honradamente.

Era la primera vez que intervenía. Rodeada de Rédond y de los demás, parecía una sacerdotisa que estuviera riñendo a los fieles de su secta por algún comportamiento extraviado. Para Libuell y para mí, sus reproches eran de una injusticia tremenda. ¿Por qué colocaba sobre nuestra conciencia la vida de los trabajadores de Dalid, si no habíamos influido en su gestión? Impreciso seguía emocionado por la presencia de Malissa y las imágenes del vídeo y no se cuestionaba las censuras de Altea, pero Dam sí se sintió aludido y su remordimiento lo dejó a merced de la corriente de opinión que habían fabricado Rédond y los demás para llevarnos a su molino.

–¿Qué quiere? –me preguntó Libuell por lo bajo.

–Espera, ahora lo va a decir –le contesté.

Altea se puso de pie para resaltar sobre los demás y darle más solemnidad a su anuncio.

–Nuestros problemas de financiación se han solucionado –dijo–. Estamos en disposición de afrontar cómodamente nuestros programas y crecer con nuevas líneas de negocio. Para ello, hemos diseñado un plan de adquisiciones en segmentos afines del mercado. Formaremos un grupo y las sinergias nos harán ahorrar costes y aumentar nuestros ingresos. No debemos desaprovechar tanto ingenio como el que tenemos. Crecer es la única misión de la Naturaleza, crecer para sobrevivir y para vivir.

Tamaño, sinergias, unidad, liderazgo, excelencia y otras del estilo fueron palabras que Altea no se cansó de repetir antes de decirnos:

–Solo os pido un compromiso mayor con la compañía.

Era evidente que compromiso quería decir autorización para aprobar sus planes y que se dirigía a Dam y a Impreciso y no a Libuell y a mí, que jamás aprobaríamos esa huida hacia adelante. Con ellos a favor, tendría el sesenta por ciento del capital y conseguiría lo que quisiera.

Yo tenía con aquella mujer un hijo que nos necesitaba entonces y nos necesitaría siempre, aún seguía acostándome todas las noches con ella y esporádicamente manteníamos relaciones sexuales que no brotaban del amor ni de la pasión, sino de los días acumulados sin ellas. Yo, por ende, no podía intervenir para abrir los ojos de Dam e Impreciso sin romper lo poco que me unía a Altea, pero Libuell no tenía tantos compromisos como yo y dijo:

–Hasta ahora he autorizado lo que has querido. Esta vez, sin embargo, ni me agrada lo que quieres hacer ni tu actitud. Así que no cuentes con mi voto.

Aunque Altea no se esperaba otra, aquella respuesta la enojó sobremanera.

–A ti te importa un carajo nuestra firma –proclamó–. Tú tienes tu restaurante, tus libros y tu fama y sigues ensayando ideas. ¿No te parece muy egoísta querer privarnos a nosotros del empeño que tú posees?

–Porque soy amigo tuyo y quiero seguir siéndolo no te contestaré, pero tampoco cambiaré de opinión –le respondió Libuell.

Altea sonrió despectivamente. Me miró y me dijo:

–¿Qué piensas votar tú?

–Lo que Libuell –le contesté.

–¿Qué forma es esa de votar? ¿No tienes opinión propia?

–Votaré que no. ¿Te complace de este modo?

–Sí, aunque la primera respuesta era más significativa. Libuell y tú estáis en una situación equivalente, porque tú tienes otra empresa. A ti la que te motiva es la otra, no esta. ¿Cuántas veces has visitado este edificio, dos, tres? Y el resto de vosotros, ¿cuántas? Ni siquiera para celebrar las reuniones del consejo de administración veníamos aquí.

Esa apelación a los demás pretendía introducir un sentimiento de culpa en Dam e Impreciso. A ellos se dirigió después cuando dijo:

–Libuell posee un restaurante y Nereo tiene a Documentum. Vosotros no tenéis ni lo uno ni lo otro. Y nada hay más real para demostrarlo que el escenario a que os enfrentáis ahora. Si accedéis, seguiremos avanzando, y lo haremos con un proyecto ilusionante y viable. Si os negáis, tendremos que cerrar, los señores y las señoras que nos acompañan y los empleados que han salido en el vídeo deberán irse a su casa y vosotros os quedaréis sin la única ambición que es realmente vuestra.

–No quisiera interrumpir, pero creo que se te olvida algo –dijo Rédond.

–No pretendía que influyera en su criterio. No me gustaría dar la impresión de que los estábamos sobornando.

–¿De qué se trata? –preguntó Impreciso.

–Díselo tú, Malissa –terció Rédond.

–Necesitaremos de muchas voluntades y muchos ojos ante los trascendentales retos que nos aguardan –explicó Malissa–. También de los vuestros, especialmente de los vuestros. Cada uno de vosotros tendrá un despacho con diverso personal a su servicio coordinado por mí. Así podréis estar al día y decidir lo más adecuado sobre las misiones que se os encargarán.

–Yo no quería mencionarlo, pero apuntado está–prosiguió Altea–. Indicadme cuál es el sentido de vuestro voto.

Impreciso tardó poco en contestar.

–Voto a favor –dijo.

–Bien. De ti depende, Dam –afirmó Altea.

Dam nos miró a todos aterrado.

–No, por favor. ¿Por qué no he votado el primero?

–Si hubieras sido el primero, ¿qué habrías votado? –le preguntó Altea.

–No sé. Que sí, supongo.

–¿Y por qué no vas a votar lo mismo siendo el último?

–Libuell y Nereo han votado que no.

–Altea y yo hemos votado afirmativamente –medió Impreciso.

–Nereo, ¿no dices nada? ¿Qué debo hacer?

–¿Por qué te diriges a él? –dijo Altea.

–Él es uno más de nosotros –aseguró Impreciso.

Dam escrutaba mi rostro en busca de una respuesta.

–Ya sabes lo que yo he votado. Ahora es tu turno –le dije.

No era suficiente, pero yo tampoco pretendía que lo fuera.

–Nereo tiene su cadena de tiendas y Libuell su restaurante y sus libros. ¿Qué tenemos nosotros? Yo una silla de ruedas, ¿y tú? –arguyó Impreciso.

Dam volvió a mirarme. Su rostro tenía el rictus doloroso del que pide ayuda mientras es arrastrado por la corriente, pero yo lo observaba impasible desde la orilla, a salvo.

–No creo que Altea quiera engañarnos, y mucho menos a ti, Nereo –expuso Dam.

–¿Estás a favor, entonces? –le demandó Impreciso.

Dam aún dudada.

–Es como si hubiera consentido –terció Impreciso.

–Debe expresarlo con claridad. ¿Votas que sí? –le dijo Altea.

–Votas que sí, ¿no? –lo urgió Impreciso.

Un mohín de extrañeza, el del que se despide mientras se hunde en las arenas movedizas, fue la contestación.

–¿Eso es que sí? –le pidió Altea.

–Sí –aseguró finalmente Dam.

Altea dio por concluida la sesión y antes de levantarse nos anunció que haríamos un breve recorrido por las instalaciones para ver, entre otros departamentos, los despachos que teníamos asignados. Sus subordinados le abrieron paso y se las compusieron para que Dam e Impreciso salieran con ella y la acompañasen encabezando la comitiva, en tanto que Libuell y yo nos perdimos en medio del grupo, de cuyos componentes no recibimos ni un gesto ni media palabra. Para encontrarnos, debimos dejar que nos sobrepasaran.

–¿Qué está ocurriendo dentro de ellos? –me preguntó Libuell cuando estuvimos solos en la cola.

– Lo que parece –le respondí–. Ellos van por un lado y nosotros por otro.

–¿No podías haber intentado convencerlos?

–Sí, ¿y de qué hubiera servido? La solución habría sido temporal. Altea va por su cuenta desde hace tiempo y ya sabes lo egoísta que es Impreciso. En cuanto a Dam, lo mejor es lo que ha hecho. Por su carácter timorato no soportaría la presión de sentirse culpable de nuestra ruptura. Mientras esté con ellos, seguirá siendo amigos de todos, pues ni tú ni yo se lo reprocharemos. Si hubiese votado con nosotros, Altea e Impreciso no se lo habrían perdonado.

–El caso es que nuestra amistad se desmorona.

–La mayoría de las uniones son de intereses, Libuell. Yo, por ejemplo, fui componiendo nuestra comunidad con la idea de que cada uno de sus miembros me complementase. Pero actualmente ninguno cumple esa función: ni soy tan malo como para necesitar el contrapeso de Dam, ni el coraje de Impreciso me ayudará en esta sociedad de bienestar, ni la resolución de Altea me servirá para llevar adelante mis decisiones, ni tú me darás de comer con raíces y gusanos. Y lo que me ocurre a mí, a los demás también. Ahora tenemos intereses que van más allá de la mera supervivencia. Y para lograrlos, o competimos o nos estorbamos. Nuestra amistad es elástica solo hasta un extremo en que pierde sus propiedades.

Durante el paseo por las dependencias vimos los despachos que habían dispuesto para Dam e Impreciso (para Libuell y para mí no había ninguno), donde sus nuevos titulares probaron los sillones y se pararon a divisar la ciudad, que se agitaba a sus pies como a los pies de Dios hierve el mundo.

–En el ático de ese edificio está el restaurante en el que vamos a comer –le dijo Altea a Impreciso, agachándose para que el ojo de este apuntara correctamente a través de la línea de tiro de su brazo–. Es un local precioso. ¿No estaría mal contar con una cadena de restaurantes, no crees? Bueno, iremos poco a poco. En principio, vamos a probarlo como clientes. Aunque quizá pronto vayamos como dueños.

En el restaurante en cuestión teníamos reservada una sala adornada con decenas de cabezas disecadas de animales cazados en países remotos y cientos de fotografías en las que el cazador se exhibía rodeado de una caterva de ayudantes indígenas que sostenían la cabeza desmadejada de la pieza abatida. Muchos de los animales no eran más bravíos que las vacas lecheras y esa ostentación resultaba tan vana como la del matarife. Otros, en cambio, eran excelentes ejemplares de especies al borde de la extinción cobrados previo pago de una respetable suma tras haber sido señalados y acorralados por los guardas desarrapados de la reserva. En esos casos, el alarde del fotografiado se deducía tan obsceno como el de un dios exterminador.

Casualmente, Libuell y yo caímos en uno de los lados cortos de la mesa. Casualmente, Malissa cayó al costado de Impreciso y Dam, al de Rédond. Casualmente, el sitio estelar lo ocupó Altea. Y, casualmente, frente a Libuell y a mí estaban colgadas la cabeza de un tigre, el emblema de Documentum, y la de un lobo, el nombre del restaurante de Libuell («El lobo delicado»).

–Quieren que abandonemos –me dijo Libuell–. Somos una rémora y no se detendrán hasta que se hagan con el cien por cien de las acciones.

–Esta empresa la creé yo para los cinco, pero poco me importaría dejarla en manos de tres. Lo haría, si no fuera tan insultante la táctica que están adoptando –le contesté.

El almuerzo se dilató varias horas con cafés y licores.

Iba bien avanzada la tarde, cuando Altea miró el reloj, se levantó y explicó que debía ir a ver cómo estaba su hijo (con esas palabras lo dijo, el suyo). Sus empleados (los nuestros) se levantaron inmediatamente y después lo hicimos nosotros entre una lluvia de parabienes en la que no participamos. Al salir del comedor, esperé a Rédond, que iba con Altea y con Dam, lo cogí del brazo y me lo llevé a un lado. Él aceptó muy sonriente, como si no hubiera pasado nada. Mientras caminábamos, le dije:

–¿Te acuerdas lo que nos divertíamos cuando viajábamos a otras ciudades para escoger locales?

–¡Claro! Los buenos momentos no se olvidan –me respondió.

–¡Ya! ¿Crees que Documentum ha crecido contigo o que tú has crecido con Documentum?

Subir definía mejor su actuación que crecer, como le ocurre al corcho en la superficie del agua, pero no quise ser demasiado explícito, pues mi grosería delataría una pérdida de papeles que le resultaría gustosa.

–Ha sido recíproco: yo he ayudado a la empresa y la empresa me ha ayudado a mí. Ahora marcha prácticamente sola –me contestó.

–Si marcha sola, si no te necesita, si casi no le dedicas tiempo y menos le vas a dedicar, ¿no opinas que lo más honrado sería dimitir? –le planteé.

Aparentó una sorpresa que no tenía solo por el gozo de seguir humillándome.

–La idea no ha sido mía, sino de tu mujer. Si no dimito, ¿me despedirás? ¿La despedirás a ella también? ¿De dónde la despedirás? ¿De tu empresa, de tu casa, de tu cama?

No parecía el mismo hombre que yo había conocido.

–Todo lo que tengas en Documentum será tirado a la

basura mañana a mediodía. Procura recoger tus cosas antes de esa hora –le dije haciendo un esfuerzo gigantesco para sujetar un aluvión de insultos.

Mientras se iba, me paré a observarlo y noté en su cara una mueca.

Esa noche no me acosté con Altea. No crucé con ella ni una sola palabra hasta que me fui definitivamente de nuestra casa, lo que ocurrió en la mañana del día siguiente.

A mediodía fui a comer al restaurante de Libuell y le conté lo que había pasado.

–Han ganado –le dije, con el juicio a medio naufragar en el alcohol–. Yo creía que dominaba las circunstancias, pero estaba equivocado: no soy nadie sin ser un cabrón.

Cuando acabé de comer, me quedé dormido en la mesa, con la sien derecha apoyada sobre el antebrazo. Estuve así hasta que se fueron los últimos comensales y Libuell me despertó.

–No soy nadie sin ser un cabrón –le repetí, aunque ya como si fuera una declaración de intenciones.

–No digas tonterías. Anda, vamos a tomar el aire de las calles. Nos vendrá bien mezclarnos con los demás.

Nógdam era una ciudad de clima benigno, segura, hermosa y bien organizada, tenía grandes avenidas con anchas aceras pobladas de atractivos escaparates y un amplio casco histórico de uso exclusivamente peatonal. Sus habitantes poseían casi todo lo necesario para ser felices y, de hecho, caminaban con una sonrisa permanente en su rostro. Recuerdo que Libuell me lo mencionó para infundirme optimismo y que yo le contesté:

–Me encontraba más cómodo entre los desdichados de Rendajo. ¡Quién sabe! Quizá no sirva para vivir en unas aguas tan limpias. Quizá lo mío sean los detritus y los fangales.

Nos sentamos en una terraza de la zona antigua y la noche nos alcanzó oyendo la música de un violinista callejero, tomando güisqui y haciendo comentarios lacónicos y desenhebrados sobre los viandantes.

–Si es entretenido ver pasar a la gente, mucho más debe de serlo cuando la percibes con el alma desnuda –me dijo Libuell.

Yo le contesté que no, porque eliminabas el encanto de la imaginación.

–¿Como ocurre con el cuerpo y los vestidos? –me preguntó.

–Más o menos. Lo interesante es hallar la diferencia entre la máscara que nos ponemos y lo que somos en realidad –le respondí–. Y todavía iría más lejos: lo sano es no mostrar lo que somos e ignorar cómo son los demás. Lo sano, amigo mío, es la careta. Fíjate en aquel hombre –y le señalé con un gesto a un individuo calvo y corriente que había depositado unas monedas en la gorra del músico y se iba con su mujer agarrada de su brazo–, ha violado a varias niñas. ¿Te imaginas qué sentirían los que están sentados en esta terraza si lo supieran?

Libuell lo miró aterrado.

–Sería preferible conocerlo para prevenirnos de él. O mejor, para denunciarlo y llevarlo ante la justicia –dijo.

–Si solo se quedara en los criminales, sí, pero me temo que hay yerros de incontables clases. Observa a esa mujer –y señalé a una joven que empujaba un carrito de bebé–: se acuesta con uno de los amigos de su marido. Ni siquiera ella sabe quién es el padre de su hijo. Y no es la única persona infiel de esta plaza: también lo es aquel sujeto, y aquel otro, y aquella mujer, y muchos más, tantos que te sorprendería. Y hay otra clase de infidelidad: la de los que dicen que quieren y no quieren, o la de los que dicen que quieren y odian. ¿Sigo diciéndote faltas? Hay ladrones, maltratadores y estafadores, y hay una mujer que tiene pensado suicidarse mañana. ¿Quieres que te diga cómo es el monstruo que se esconde tras este simpático violinista que nos alegra con su música? ¿Adivinas la cantidad de defectos menores que tiene cada uno de los más honrados y bondadosos de los peatones que vemos? Y eso por no hablar de las virtudes.

–¿Qué pasa con ellas?

–Que molestan cuando se vuelven explícitas, porque generan envidia y una reacción directamente proporcional a su fuerza.

–No obstante, creo que a todos nos apetecería saber cómo son los demás, al menos los que nos rodean.

Suspiré antes de contestarle.

–Solo aquello que nos interesa –dije luego–. Échale un vistazo a aquel hombre–y le señalé a un individuo de unos cuarenta años que pasaba delante de nosotros conversando con un tercero–, es un asesor del alcalde, al que ha aconsejado que convierta en una campaña de desprestigio las acusaciones de malversación que un periódico ha vertido sobre él. Pero con ser eso malo, lo peor es que la mitad de los que están en esta plaza se niegan a creer al periódico únicamente porque el alcalde es del partido con el que ellos simpatizan, mientras que la otra mitad simpatiza con el partido contrario y lo condenaría aunque hubiera pruebas de su inocencia. Unos y otros, en consecuencia, ajustan la verdad a la idea que tienen preconcebida.

–Al revés de lo que ocurría en la Sholombra de los

buenos tiempos.

–Allí, la verdad era obligatoria y la sociedad era insoportable. Aquí y ahora, la música suena a pesar de que quien la toca es un sujeto infame y somos felices dejando volar nuestra imaginación ante el paso de la gente.

Libuell se regodeó en el placer del no saber nada sobre los seres que nos acompañaban.

–Estoy pensando que Occidente no sería como es si sus habitantes fueran conscientes de lo que se esconde detrás de la muralla que nos separa de La Unión –me dijo.

–No lo sería, en efecto. Se vive mejor así, mirando hacia otro lado o de espaldas a la realidad.

Recuerdo que volvimos a los comentarios escuetos y que era noche cerrada cuando le confesé:

–Para mí, Sholombra y Nógdam no son diferentes. Yo era en Sholombra un ser abominable. A mí me redimió el caos de La Unión, donde cada individuo era más o menos lo que parecía, y la amistad. En el orden de Occidente y sin amigos, tengo los mismos peligros que en Sholombra. La vida cruda, tal y como yo la veo, es demasiado horrorosa como para que no me afecte. Y más si me encuentro solo.

–Nunca estarás solo –me prometió, y apoyó una mano sobre el dorso de una mía.

Se lo agradecí con una sonrisa y no le contesté por no disgustarlo.

Comimos cerca de allí en un restaurante típico. Cuando nos despedimos, él para irse a su casa y yo a la triste habitación de un hotel, ya advertía que el mal me reclamaba para la ejecución de sus proyectos.

Capítulo 2

Un preso en el paraíso. El don de saber administrar el tiempo y los afectos.

Desde su sede de Rodas, en La Unión, los oligarcas habían estado dirigiendo los intereses más sustanciales del mundo sin importarles ni las culturas ni las naciones. El Valido de la Presidenta Perpetua de Voranova era uno de los oligarcas mayores, había tenido significativos cargos y negocios en La Unión y los tenía ahora en Occidente, adonde había conseguido trasladar buena parte de su fortuna con la idea de que fuera aprovechada por el conjunto de su familia. De esta, sin embargo, solo había sobrevivido una de sus nietas, Primor, que en el momento de cruzar la frontera tenía cuatro años.

El Valido, como genocida que era, había permanecido lejos de la muerte de sus víctimas, y de la muerte lo que más perturba es su acción. Los museos de Occidente, los templos y las sedes de las instituciones y de las grandes empresas tenían numerosas obras de arte en las que la muerte aparecía ejecutando su tarea. Barcos que naufragan, cargas de la caballería, ciudades envueltas por el humo de los incendios, fusilamientos, asesinatos, crucificados, ahorcados y lapidados eran algunos de los motivos descritos, y en todos ellos imperaba la emoción dolorosa e impresionante del acabamiento. Menos eran las obras en las que la causa de la muerte estaba representada y en esas imágenes, que eran de declaraciones de guerra, de desfiles, de arengas, el artista no pretendía conmover, sino animar al espectador. Los rostros de los asesinos comunes, ya fueran pintados o fotografiados, provocaban en quienes los veían un miedo visceral. Los de los genocidas, por el contrario, suscitaban temor y aborrecimiento a la par que admiración, o incluso admiración a secas, y, en cualquier caso, a los genocidas siempre terminaba redimiéndolos el tiempo. No en vano, entre el juez injusto que a sabiendas manda a un inocente a la horca y el verdugo que se limita a cumplir con su trabajo, el individuo común suele escoger como imagen de la muerte a este último. El Valido, en fin, era un hombre rico e influyente al uso y como tal lo teníamos quienes lo tratábamos. Es más, su ancianidad (había envejecido mucho de golpe) y el enorme cariño que mostraba por su nieta provocaban a su alrededor un sentimiento generalizado de benevolencia.

Cuando el Valido se enteró de lo que había ocurrido entre Altea y yo, me llamó y me invitó a comer. Su casa, situada a unos treinta kilómetros al sur de Nógdam, era una villa con múltiples edificios, parques, fuentes y no menos de cincuenta empleados, de los cuales una veintena se encargaban de la vigilancia del perímetro de la finca, cinco de la protección de la niña y otros cinco de la de él mismo, y eso sin contar la compañía de teatro que tenía contratada permanentemente para que sus miembros ambientaran la escena yendo y viniendo de un lado para otro, como si fueran extras de una película.

El Valido me recibió en la terraza de la piscina, sentado junto a un velador y bajo una amplia sombrilla. A su lado, en otros veladores donde había cervezas y vinos, varios actores y actrices de diferentes edades hablaban o leían el periódico. Unas cuantas actrices preciosas tomaban el sol en *topless* y algunas más se estaban bañando. Cuando me vio entrar, se levantó y me dio un abrazo. Además de a su nieta, yo era a la única persona a la que abrazaba.

–Sigamos aquí un rato. Hace un día precioso –dijo.

Un sirviente vino en cuanto me senté y, sin que yo se la pidiera, me trajo una cerveza. Hicimos múltiples comentarios triviales, medio amodorrados por la armonía del entorno y por la excelente temperatura, mientras nuestros ojos vagaban de las muchachas a las fuentes y a los árboles y nuestros labios se cubrían de espuma de la cerveza, hasta que él me dijo:

–¿Tú ves?: todo lo que podemos tener los ricos es esto.

–Es bastante, ¿no crees? Un jardín precioso, una piscina magnífica, una visión deliciosa, unas cervezas fresquísimas...

–Sí, pero es mentira. El jardín no se puede comparar con un bosque, entre la piscina y el mar no hay parangón, la visión es mercenaria y estas cervezas son como las de cualquier sitio. Si pudiera, me cambiaba por uno de esos actores. Ellos salen y se van por ahí a sentir la vida, en tanto que yo me quedo encerrado con esta perfección simulada, como un preso en el paraíso.

–¿Crees sinceramente lo que dices? –le pregunté.

–Por supuesto que sí. ¿Has visto cómo ríe la gente común? ¿Has oído sus carcajadas? Nadie ríe tan poco y tan mal como los ricos.

–Deja de serlo y vive de otro modo –le dije.

–Es demasiado tarde. Ya no puedo.

–¿Por qué no? Siempre puedes ir a comprar lo que necesitas, viajar en el metro y pasear por las calles, como hace todo el mundo.

–El inconveniente es que mi voluntad está tan hecha a lo placentero que lo placentero no me produce placer.

–Parece un trabalenguas –le dije.

–¿Sabes lo que me hubiera complacido de verdad?

–Ser albañil –le contesté–. Trabajar a la intemperie, beber cervezas con los amigos mientras se habla de asuntos pueriles y salir al campo los domingos.

Se rio.

–Algo de eso hay –continuó luego–. Quienes así viven me dan envidia, aunque ellos no entiendan el tesoro que tienen en su despreocupación y sus relaciones afectivas. Ser albañil es parte de lo que quiero. Si fuera como ellos, me encantaría ser tan rico como soy. ¿Por qué no puedo ser como soy y como desearía ser?

Me quedé estudiándolo. Ambos teníamos gafas de sol y no nos veíamos los ojos.

–¿Me explico?

Como soy y como me gustaría ser, a la vez, suponía no estar nunca contento con lo que se era.

–No se puede ser y no ser al mismo tiempo –objeté.

Se quitó las gafas de sol para reforzar la conclusión de lo que quería trasmitirme y me dijo:

–Yo lo que quiero, amigo Nereo, es ser como tú.

Una muchacha se levantó y yo la seguí con la mirada hasta que se tiró al agua.

–¿Por qué como yo? ¿Crees que soy feliz? –le pregunté.

–Imagino que no. Pero nadie dijo que se tratara de eso.

–¿De qué se trata, entonces?

–No sabría expresarlo bien. Si te digo que no provocas

envidia ni en los ricos ni en los pobres, sino admiración, ¿te serviría?

–Lo malo de estar dentro de uno es que uno no puede verse a distancia. Sostengo desde hace años que los que están a nuestro alrededor nos conocen mejor que nosotros. No sé por qué te provoco admiración. Solo puedo decirte que yo tampoco estoy contento conmigo.

–No ser feliz y no estar contento contigo es uno de tus atractivos. Y seamos sinceros: tampoco eres un ser desgraciado. Creo que eres todo lo feliz que puede serlo un hombre inteligente, contando con que también te influyen las circunstancias. Por señalarlo muy groseramente, digamos –continuó en vista de que yo no lo interrumpía– que tienes el don de saber administrar el tiempo y los afectos.

–El tiempo y los afectos –repetí.

El sopor lentificaba nuestra conversación.

–¿Hay regalo más valioso en la vida que el tiempo y los afectos? –me preguntó.

–Sinceramente, no lo sé. La salud, quizá.

–Sí, bueno, la salud, pero la salud no depende de nosotros. Me refiero a aquello que podemos gestionar.

La muchacha que se había tirado a la piscina estaba nadando y yo me quedé mirándola extasiado.

–Yo contesto por ti –dijo el Valido–: nada hay más importante. ¿No crees que si pudiéramos embotellar el tiempo y venderlo nos lo quitarían de las manos?

–Desde luego. Muchos matarían por conseguirlo.

–Probablemente comprarían el mismo tiempo que ellos han desperdiciado.

Permanecimos en silencio durante unos segundos y yo me imaginé a una muchedumbre de trabajadores recogiendo por las calles y por los campos el tiempo perdido y llevándolo hasta una enorme factoría, donde se embotellaba a presión, como el aire, antes de distribuirlo con una inmensa flota de camiones por todos los comercios del mundo.

–El círculo es ingenioso –dije.

–Lo malo es que no se cierra: el tiempo que se pierde no se recobra jamás, aunque algunos vivan pensando lo contrario.

–¿Y qué tiene eso que ver conmigo?

–Pues que me muero –ambos sabíamos que unos cuantos meses atrás le habían diagnosticado un cáncer incurable– y tengo una nieta de ocho años cuyo único familiar soy yo, lo que me crea un gran problema. Podía buscar para ella catedráticos eximios y prestigiosos abogados a fin de que le inculcasen los valores propios de los ricos, pero yo veo que los ricos dedican la mayor parte de su existencia a intentar ser aún más ricos.

–Desherédala. Dona tu patrimonio a instituciones de interés público y déjala con lo necesario –le propuse.

–Entonces le enseñarían lo que debe hacer para ser rica, y ella ya lo es.

La entrevista volvía a su punto inicial mientras la muchacha salía del agua.

–¡Qué visión tan hermosa!, ¿verdad? –exclamó.

–Sí.

–¡Y con qué serenidad la disfruto!

Un camarero nos trajo otra cerveza sin que se la pidiéramos.

–A los creyentes les consuela suponer que hay otra vida más allá de la muerte –dijo–. Si existiera un Dios justo, sería inmisericorde conmigo. Pero soy afortunado, no creo en la otra vida. Mi otra vida es Primor. Con ella tengo una nueva oportunidad. Pensar que hago lo imposible para que no sea como yo me redime y me conforta.

Yo le di un trago a la cerveza.

–En realidad, todos los habitantes del mundo son para mí como esos actores –continuó–. Todos menos mi nieta y tú. No sé de dónde te has escapado, no sé quiénes fueron tus padres, a qué te dedicaste, ni qué proceder tuviste en Sholombra. Ni lo sé ni quiero saberlo. Solo sé que no eres como los demás.

–Eso no quiere decir que sea mejor. Realmente, soy mucho más ruin que ellos –le advertí.

–Yo no he dicho que fueras mejor, sino distinto. En cualquier caso, soy yo el que debe juzgarte, no tú, y yo considero que mi nieta no estaría en manos más seguras que en las tuyas. Dime, ¿querrás ser su tutor?

Yo me esperaba la pregunta y le contesté sin pensarlo.

–Si tú crees que soy la persona idónea, sí –le dije.

Él me cogió el antebrazo y me lo apretó.

–Gracias –me dijo emocionado–. Imaginaba que no me decepcionarías. Anda, vamos a almorzar adentro. Aquí hace demasiado calor.

Los figurantes que poblaban el jardín se dispusieron a asumir un nuevo papel en cuanto les dimos la espalda y, camino del comedor, saludamos a otros que fingieron ser familiares o amigos nuestros. Los que aguardaban en la mesa haciendo de invitados, en cambio, se levantaron al ver que el dueño de la casa iba acompañado y unos sirvientes recogieron enseguida el servicio que había aprestado para ellos.

Mientras comíamos, el Valido me pidió información sobre el estado de los demás miembros del grupo y yo fui dándosela poco a poco, para que pudiéramos intercalar comentarios indulgentes que sirvieran de aliño al momento dulce que compartíamos. Entre las novedades que le di, la más apreciable fue la de que Altea, que vivía con Rédond desde hacía ocho meses, había tenido un aborto.

–¿Seguid normalizando vuestras relaciones? –me preguntó luego.

–La veo cuando voy a recoger a Fael a su casa y cuando asisto a los consejos de Dalid, pero no cruzamos más palabras de las estrictamente protocolarias. Me temo que esa será nuestra normalidad para siempre –le respondí.

Aunque no soy dado a la nostalgia, hablar de mis amigos (todavía los llamaba así) llenaba mi pecho de melancolía.

–Ya ves el éxito que tengo en la administración de los afectos –le dije.

–Si no haces nada al efecto, será porque nada se puede hacer –me contestó.

–Esa es la consecuencia más cómoda.

El Valido sonrió. Tal vez yo estaba en lo cierto, pero qué le importaba. ¡Había tanta diferencia entre la gente que él frecuentaba y yo! ¡Estaba tan traumatizado con la forma en que lo había sacado de La Unión, tan deslumbrado con mi seguridad y con mi instinto para conocer a los seres humanos!

–Acabas de aceptar enseguida y desinteresadamente una misión que no te traerá más que complicaciones –me dijo.

Le contesté que no sería tan onerosa y él, tras ratificarse en lo dicho, continuó:

–Si vas a ser el tutor de mi única nieta, si vas a disponer de mi fortuna cuando yo no esté, lo mejor será que te vayas preparando. No creo que me quede más de un año de vida, que pienso dedicar a tomar cervezas y a ver bañarse a esas muchachas. Me gustaría que gestionaras mis negocios como si fueras yo, consultándome solo lo imprescindible y sin que nadie, excepto tú, me moleste.

Le hice varias preguntas graves relacionadas con la confianza que estaba depositando en mí y a todas respondió afirmativamente.

–Eres como una bendición para mí y para mi nieta y estoy seguro de que no nos defraudarás a ninguno de los dos –concluyó.

Tras la comida, tomamos un café y luego él miró el reloj y me pidió que lo siguiera. Anduvimos por prolongados y anchos corredores, adornados con muebles suntuosos, estatuas de mármol y cuadros valiosísimos, por los que nos cruzamos con actores que hacían de invitados y llegamos a una sala en la que un trío de payasos amenizaba una fiesta infantil. El Valido y yo nos quedamos observando desde la puerta entreabierta.

–Hoy cumple ocho años –me dijo–. Los payasos son profesionales, están ahí por dinero, lo cual puede parecer bastante lógico, pero los niños que la acompañan también están por dinero, y eso es una aberración.

Un par de horas más tarde, el Valido me despidió con un largo abrazo cargado con la amargura de lo definitivo. Mientras conducía por las avenidas de los barrios ricos, me acordé de las normas de Voranova que condenaban a muerte a los parados, cuyo último responsable era él, y de la noche alumbrada por las llamas del barco en el que iban sus compañeros de Hermandad y sus familias, asesinados por él y de cuyas riquezas se había apoderado. Aquel hombre que se había confesado del error de canjear tesoros por tiempo, que se había consolado con la contemplación de la belleza, que había mostrado sus temores y sus dudas y se había vuelto tierno ante la visión de una niña jugando con actores infantiles, era el más abominable de los criminales. Y para lo que interesa al futuro de esta historia, aquel criminal imponente, antes de abrazarme como a un hijo, me había entregado todo su poder y el cuidado de la única persona a la que quería.

Desde allí no fui a mi casa, sino al restaurante de Libuell.

–Sabía que lo estaba madurando, pero me ha sorprendido la extensión de su encargo y la prontitud de su decisión –le dije.

Libuell tenía un hondo sentimiento de culpa por el origen de los fondos que habían financiado nuestro bienestar en Occidente, a los que con razón suponía manchados de sangre. Él y yo habíamos hablado de eso un par de veces, y yo siempre había intentado sosegarlo arguyéndole que la mayoría de lo que teníamos era producto de nuestro ingenio y de nuestro esfuerzo, aunque el Valido nos hubiera ayudado al principio. Lo de ahora, sin embargo, era distinto. Libuell buscaba palabras para decírmelo sin herirme.

–Te siento –le dije–, y comparto tus cautelas, ¿pero qué puedo hacer? Aunque es uno de los hombres más ricos de Occidente, no tiene a nadie. Es viejo, está enfermo y ahuyenta la soledad rodeándose de actores que a mí me recuerdan a las putas.

–La vejez, la enfermedad y la soledad son propios de la condición humana, no castigos, y no liberan de los crímenes perpetrados –me dijo.

No había ningún soporte para la polémica, pues ambos estábamos de acuerdo en lo esencial. Aun así, le dije:

–Yo no estoy legitimado para criticarlo: soy tan asesino como él. Si me conocieras, no opinarías de mí lo que opinas.

–¡Qué tontada! –me contestó–. Lo hemos compartido todo durante los peores años de nuestra vida. ¿Me vas a decir que no nos conocemos? ¡Qué importancia puede tener lo que sucedió antes de encontrarnos! Sea lo que fuere, ya no forma parte de ti. Para mí y para el mundo, estás rehabilitado. ¿Por qué no vas a estarlo también para ti?

–Es una situación similar a la del Valido. Si no hemos de considerar el pasado, ese hombre es, básicamente, un viejo enfermo y solo con una niña de ocho años a su cargo.

A Libuell aún le quedaba como argumento el meollo de asunto.

–Pero no te ha pedido que lo cuides a él, sino a su dinero. Y de sobra sabemos cómo lo ha conseguido.

–Es para su nieta –yo estaba a la defensiva.

–A esa niña le vendrá bien criarse en una familia común y con amigos de verdad. Si quieres ayudarla, llévatela a tu casa y edúcala en la austeridad y el sacrificio.

–Es difícil eludir las circunstancias. El Valido posee una incalculable hacienda. ¿Qué hace con ella? ¿La dona? ¿A quién? ¿No multiplica su provecho gestionada correctamente? Tiene una nieta. ¿La educa como si no fuera rica? ¿No sería ventajoso educarla como lo que es? Quiere que yo sea el tutor de la niña cuando él falte y que administre toda su fortuna porque cree que soy la persona idónea para ello. ¿Qué hago, acepto y actúo lo mejor posible o no acepto y permito que otro, al que el Valido no quiere, intervenga por mí?

En el fondo de mis razones estaba la excusa más trillada: si no lo hago yo, lo harán otros, así que lo hago yo, que tengo los mismos derechos y lo haré tan bien como ellos.

Libuell entendió lo que estaba pasando y no quiso forzar los acontecimientos. La decisión estaba tomada y lo que yo necesitaba era ahuyentar con sus palabras de apoyo los reparos que la deslucían.

–Lo harás muy bien –me dijo–. Sea como sea, cuando me necesites, aquí me tienes para lo que quieras, como siempre.

Me fui a mi casa sin dejar de pensar en lo que habíamos hablado. Mientras estuve con Libuell pude defenderme de sus censuras con fundamentos eficaces, pero en el campo abierto de la soledad la evocación de sus escrúpulos invadió mi juicio sin encontrar a su paso más que unas cuantas defensas derruidas. Aunque era tarde, me detuve a ver en la televisión una película a la que no le presté cuidado alguno, y cuando me acosté, me quedé oyendo en la radio un programa de testimonio. Entonces, escuchando las voces huecas de los oyentes que vomitaban su angustia, sentí miedo de los monstruos que acechaban en mi imaginación. Apagué la radio, volví a encender la luz y me senté en la cama con la espalda contra el cabecero. Mi habitación era espaciosa. Mi casa era grande. Mi barrio era residencial y no se oía ni un ruido en el exterior. Todo estaba tan quieto y silencioso comparado conmigo y mi imaginación que o el mundo o yo parecíamos de otro mundo.

Para espantar las fantasías, podía aguardar a que amaneciera o razonar. Yo soy un hombre de acción y, como tal, resolví esto último. Me bajé de la cama y me puse de pie en mitad de la alcoba. «¿Qué me pasa?», me dije en voz alta. «¿Desde cuándo me han estorbado los remordimientos?». Aquel día se habían producido dos hechos extraordinarios: el primero, que había aceptado el ofrecimiento del Valido para gestionar sus inmensas riquezas, y, el segundo, que Libuell había intentado que lo rechazara. Como las malas acciones nunca me habían quitado el sueño, admití enseguida que no eran los hechos acaecidos, sino la exhortación de Libuell, la persona que mejor me conocía y me quería más, la que estaba obrando el milagro de tenerme despierto. Si asumía sus amonestaciones y rehusaba la oferta del Valido, se desvanecería el reconcomio y mi espíritu volvería a ser el de antes.

Como antes. Y me paré a reflexionar sobre lo que había ocurrido en ese tiempo tan cercano. En él estaba mi casa, en la que vivía solo desde que me separé de Altea, mi trabajo en Documentum, que ahora dirigía Marcia con una pulcritud encomiable, y poco más. Lo cierto era que mis días se amontonaban sin emociones que me sirvieran de hito y que la vida tranquila, aquella a la que quizá se refería el Valido como ideal para su vejez, estaba haciendo que los meses se consumieran sin darme cuenta.

«¿Estoy tonto o qué?», me dije. «¿Qué quiero, morirme acumulando jornadas iguales, mohíno y aburrido? ¿Qué mal hago a nadie encargándome de esa herencia, por sangrientos que sean sus orígenes? Además, si no la gestiono yo, la gestionará otro. Al menos, si la gestiono yo, controlaré lo que debe y no debe hacerse con ella».

En resumen, la administración de los bienes del Valido me parecía una ocupación divertida que no tenía por qué desdeñar, y ello a pesar de los recelos de Libuell, que solo debían servirme como voz de la conciencia, no como dictamen de obligado cumplimiento. Para esperpento, la realidad, y para monstruo, yo en el relato de mi biografía, me dije tendido boca arriba en la cama. Antes de dormirme, desfilaron por mi mente un montón de imágenes relacionadas con mis numerosos crímenes y ninguna de ella me produjo abatimiento. No recuerdo que soñara y me desperté muchas horas más tarde, cuando a media mañana llamaron a la puerta de la casa.

«Mi nombre es Just. El señor Sabido –aludía al Valido, cuyo nombre era Frit Sabido–me ha nombrado su secretario hasta que usted elija a otro», me dijo un hombre de unos treinta años, al que recibí en pijama y dejé en la sala de estar entre tanto me duchaba y desayunaba tranquilamente. Venía acompañado de mi chófer particular y de tres guardaespaldas que se quedaron esperándome junto a dos coches de la empresa, como pude comprobar cuando salí a la calle.

–Este vehículo está blindado y es más seguro que el del Presidente de Occidente –me informó Just, que tenía el vestuario, la apostura y el gesto inalterable del maniquí de un escaparate.

–Eres muy joven. ¿Cuánto tiempo llevas trabajando para el señor Sabido?

–Siete años. Desde que terminé mis estudios.

Había sido el alumno más brillante de la universidad que el Valido tenía en Nógdam, una de las más punteras del país.

–¿Qué estudiaste?

–Ingeniería y Económicas.

–¿A la vez?

–Sí. Luego, mientras trabajaba, me doctoré en ambas disciplinas.

Sabía varios idiomas, tocaba el piano y la guitarra, jugaba al tenis y era educado y guapo. Nada de eso dominaba, practicaba o era yo.

–Somos dos personas muy desemejantes –le dije–. Creo que nos llevaremos bien.

No le hizo la menor mella mi comentario. El Valido le había encomendado la función que ahora estaba desempeñando («nadie entiende mejor mis negocios que tú», le había dicho) y él había accedido a sabiendas de que ese empleo era temporal. No tenía afán por el dinero, ni por ascender, ni por aparentar. Just era conocido en la corporación del Valido como la Computadora Central, porque en su cabeza cabían infinidad de datos y era ordenado y fiel.

–No tengo ni idea de cuál es mi cometido –le dije.

–Usted, a todos los efectos, es el propietario. Su labor consiste en hacerse presente y estar instruido sobre lo fundamental. Lo demás, solo es un añadido.

–Bien –le contesté, sin añadir coletilla alguna.

Ninguno de los dos pusimos en duda ni nuestras propias capacidades ni las del otro. Recuerdo que no me inmuté al adentrarnos en la pequeña ciudad que en las afueras de Nógdam formaban las nueve edificaciones dedicadas a la gestión del grupo Madlun (nombre de la sociedad alrededor de la cual había crecido el imperio del Valido), entre las que descollaba una majestuosa torre de cristal con porte de obelisco, y que tampoco sentí nada especial cuando entramos en el aparcamiento de ejecutivos y el guardaespaldas que iba delante me pidió que esperase a que me abrieran la puerta del coche. Aguardé, en efecto, y otro tanto esperó Just, al que también le hicieron esos honores.

–Yo soy usted –me dijo Just cuando estábamos los dos solos en el ascensor–. Todos entenderán que por mi boca habla usted y usted tendrá la certeza de que lo que ordena es lo que se transmite.

–¿No te apetecería ser tú mismo? ¿No deseas ser gerente o consejero delegado? –le pregunté.

–Yo soy usted sin dejar de ser yo mismo. En cuanto a mis apetencias profesionales, pronto comprenderá que el secretario de alguien que no sabe tiene más potestad que el que decide.

–¿Y cuando sea lo bastante diestro como para prescindir de ti? ¿Querrás entonces ser la máxima autoridad de una empresa grande?

–Ya veremos. Quizá no le interese prescindir de mí porque me haya ganado su aprecio.

Su respuesta no contestaba totalmente a mi curiosidad.

–Sepa usted que no me interesa el poder por el poder –añadió–, ni el poder asociado al dinero, ni el poder asociado al dinero y a la posición social. Tengo multitud de ofertas y puedo irme a otra entidad cuando quiera. O podría crear la mía propia.

Una personalidad como la suya era tan aparentemente ajena a la naturaleza humana, tan difícil de asimilar, que generaba a la par admiración y suspicacia.

–Este puesto, que llevó ejerciendo desde hace un año con el señor Sabido, me permite acceder a los laureles y las miserias de uno de los mayores centros de decisión mercantil del mundo –me dijo–. Eso sería un argumento excelente para ambicionarlo, pero hay más: en nuestro sistema, un magnate empresarial ejerce un destacado empleo en la sociedad y en la política. Yo puedo pronosticar las grandes decisiones del Gobierno. Yo sé quiénes son y cómo funcionan los oligarcas, sé que el señor Sabido ha sido el Valido de Voranova, un Estado omitido adrede por los cartógrafos de Occidente, y sé que usted vino del territorio mítico que hay al otro lado de la frontera.

Yo fingí sorpresa.

–Alguno de los directivos de este grupo está al corriente de parte de lo que le he contado, pero ninguno lo conoce todo. Yo sí. ¿Cómo, si no, iba a ayudar al señor Sabido? ¿No le parece bastante premio?

El ascensor alcanzó su destino, que era uno de los pisos más altos de la torre.

–Esta planta está reservada para usted, para mis ayudantes y para mi oficina. Así, el que viene a verme percibe que sube a su territorio y el que viene a verle ha de pasar antes por mí.

Yo tenía acotadas varias habitaciones, un comedor y una sala de estar que, según me informó Just, se habían utilizado en muy contadas ocasiones. Mi despacho, desde el que se veía la autopista de entrada a Nógdam por el sur y los rascacielos de la ciudad, era grande, pero no enorme, y tenía un mobiliario nada ampuloso.

–Dime, Just, ¿qué más sabes de mí? –le pregunté.

–Lo he estudiado y hay escasa documentación sobre usted. Su pasado está construido sobre títulos falsos y no me sirve. Sé lo que he sacado de su paso por Documentum y lo que me ha contado el señor Sabido. Por ambas fuentes he podido constatar que tiene un inexplicable don para intimar con las personas.

No estaba enterado de mucho, pero sí de lo suficiente como para complicarme la vida.

–¿No te preocupa saber demasiado? –le dije.

–Si es correcto lo que se rumorea sobre usted, a estas alturas de la charla ya me habrá calado y se habrá dado cuenta de que jamás actúo en contra de quien me paga.

–¿Y si te despido?

–Ni por asomo emplearía contra usted una noticia que

hubiera obtenido trabajando para usted. Si lo que le inquieta es la impostura de su ayer, puede estar tranquilo: lo sé porque me lo ha dicho el señor Sabido, no porque lo haya descubierto. Por lo demás, el proceder del otro lado de la muralla es un estigma común entre los poderosos. Los oligarcas no entienden de fronteras, sino de intereses. Su patria es el imperio del dinero.

–Veo que el señor Sabido tiene plena confianza en ti.

–Pero no se equivoque, no soy leal al estilo de un perro o de un matón. Necesito comprender qué es lo que estoy haciendo y por qué. Si le parece bien, toda la información pasará primero por mí y yo se la filtraré.

–Me parece bien.

–No sé si me ha entendido. Cuando he dicho toda la información, me estaba refiriendo a toda excepto la estrictamente privada. El señor Sabido no consideraba estrictamente privada su área de influencia social y política.

–Había juzgado que te interesaba conocer de esas materias –le dije.

–Es cierto. Hace el trabajo más apasionante. En verdad, yo no sería su secretario si no pudiera ejercer en esa área.

–No tengo ningún interés en desplegar influencias políticas –le dije.

–Entonces, las desarrollará por omisión –me contestó–. Le guste o no le guste, no puede permanecer indiferente a su papel.

Me quedé mirando por los ventanales: el paisaje exhibía por doquier un territorio llano y urbanizado.

–¿Es más hermoso o menos que el de Sholombra? –me preguntó.

Yo tardé en coger el cambio de conversación.

–¿Cómo?

–El panorama. ¿Es muy distinto del de Sholombra?

No supe responderle con claridad.

–Desde las alturas, todas las megalópolis son análogas –le dije–. En Sholombra, la línea del horizonte está rota por una sucesión de puentes gemelos que cruzan un río inmenso, mientras que en Nógdam la vista se llena con sucesión de rascacielos singulares. Las diferencias fundamentales están en la calle. Si los habitantes de La Unión se matan por huir del país, por algo será. Y por algo será que los de Occidente no quieran ni oír hablar de La Unión.

Me senté en mi butaca y pasé las palmas de las manos sobre el tablero del escritorio, que estaba totalmente despejado.

–Así está bien y así seguirá –afirmé–. No quiero ver más escritos de los que deba firmar, y cuanto deba saber me será facilitado de viva voz.

Eran unas órdenes chocantes, pero el Valido había avisado a Just que yo no era un ser convencional y él las aceptó sin sorprenderse.

–Me has dicho que tienes ayudantes. Quisiera conocerlos –le dije.

Eran cuatro personas, todas mayores que él. Las había seleccionado con estrictos criterios profesionales, teniendo en cuenta su capacidad de trabajo y su inteligencia. Eran brillantes y estaban muy seguros de sí mismos. Estaban al tanto de mi escaso currículo y la desconfianza que albergaban sobre mi valía para gestionar los asuntos que se manejaban en la ciudad de Madlun se incrementaron al verme vestido mucho peor que ellos. Como Just, eran extremadamente fieles a la empresa y nada de su vida, incluida su familia, les importaba más que su profesión.

–Me gustan –comenté cuando estuvimos de vuelta en mi despacho–. Supongo que estarán informados de casi todo lo que vamos a tratar.

–De casi todo, en efecto. Pero puede fiarse de ellos tanto como de mí. Su premio es trabajar en esta planta, al lado de su despacho.

–Bien, ¿por dónde crees que debemos empezar?

–Lo primero sería descifrar de lo que estamos hablando cuando nos referimos a Madlun. Yo tenía preparado un informe sobre las sociedades que lo constituyen, la composición de su accionariado, sus rectores y los resultados del último ejercicio, pero después de lo que me ha dicho, creo que se lo resumiré verbalmente.

–Sí, por favor.

Yo miraba por los ventanales mientras Just me iba dando datos en el orden que se plasmaban en el informe que había confeccionado, pero llegó un momento en que dejé de oírlo y me quedé abstraído observando a los trabajadores que circulaban por las calles de la ciudad. Cuando Just lo advirtió, se detuvo. Yo me volví y le dije:

–Perdona. Es demasiado arduo para mí. No entiendo de balances y las participaciones de unas compañías en otras se me figuran tan fragosas como el parentesco familiar. Quizá fuera mejor explorar las empresas una a una, y hacerlo al mismo tiempo que trato con sus directivos. Dime, ¿podrías concertar una cita con sus presidentes?

Just estaba un punto decepcionado. No era exactamente lo que él había previsto para mi formación, a pesar de lo cual no me contradijo y me contestó que diseñaría un programa de entrevistas con los máximos responsables del grupo, que, según apostilló, no eran siempre los presidentes de las sociedades.

–Un cuarto de hora por encuentro –le dije.

–¿No es demasiado poco?

–No preciso más. Un médico del servicio público dispone de menos minutos para diagnosticar una enfermedad –le respondí sonriendo.

Just pensó que lo pintoresco de mi actitud rendiría frutos en el campo del arte, o incluso en el de la política, pero no en el mundo de los negocios, que se rige por la formalidad.

–No te preocupes por mí. El señor Sabido no es tonto y me conoce –le dije, y le di una palmadita afectuosa en el hombro que no supo cómo encajar.

–No lo pongo en duda –me contestó.

–Eso está bien. Venga, vámonos: no me agrada el paisaje que se ve desde la ventana.

–¿Adónde? –me preguntó mientras me seguía, ya definitivamente preocupado.

–A otro sitio. ¿No querrás que lo aprenda todo en la primera jornada?

Salí del despacho sin saber a dónde iba. Y sin saber a dónde iba entramos en el ascensor, que estaba protegido por un guardaespaldas, en el que pulsé un botón cualquiera. La puerta se abrió frente a un pasillo ancho que daba a varias salas de oficinas. Algunos trabajadores que estaban de pie y otros que departían en grupitos se aplicaron a sus ordenadores en cuanto descubrieron a Just.

–¿Has estado aquí alguna vez? –le dije.

–No, nunca.

–Pues te han reconocido. Y yo diría que te temen.

–No tienen por qué: no tengo ningún poder ejecutivo sobre ellos. No soy en nada su superior.

Entre los empleados de la planta, había una mujer que

había perdido a su único hijo en un accidente de tráfico hacía menos de quince días. No estaba a la vista, sino en un despacho lejano. Me fui hacia ella con disimulo y llamé a su puerta. No me conocía y se quedó mirándome a la espera de que le hablara.

–Vengo a darle el pésame en nombre de la empresa. Todos sentimos la muerte de su hijo. Si necesita ayuda, no vacile en ponerse en contacto conmigo.

Yo me acerqué a saludarla y fue entonces cuando se asomó Just.

–Es el señor Kiff, el administrador único del señor Sabido –le dijo.

La mujer exclusivamente captó de mi cargo que debía de ser muy importante, porque yo mandaba sobre Just. Al tomar mi mano, unas gruesas lágrimas cayeron por sus mejillas.

–Era un muchacho estupendo –me dijo.

–Claro que sí –afirmé.

Cuando retiré la mano, la mujer sonrió y me dio las gracias.

–¿La conocía? –me preguntó Just en el ascensor que nos conducía hasta la planta baja.

–No la había visto en mi vida –le dije.

–No lo entiendo. ¿Cómo supo que había fallecido su hijo?

–Por el dolor –le contesté.

–¿Por el dolor?

–Si no tienes sensibilidad para intuir cuándo sufre un asalariado tuyo, no mereces ser su jefe: el mejor régimen no se compone solo de reglas y cumplimiento de objetivos.

Aunque no había visto satisfecha su curiosidad, renunció a seguir interpelándome, en cierto modo porque se sintió aludido. La psicología de la conducta profesional era una asignatura que había estudiado con lucimiento, como otras muchas, pero de la que no entendía su práctica. Yo, en cambio, era un experto en el cuerpo a cuerpo: todas mis instrucciones habían ido en ese sentido y lo acontecido con aquella mujer no tenía explicación más que como prodigio. De parecerle un ser extravagante a quien el azar o la insólita fascinación que por mí sentía el señor Sabido había colocado al frente de Madlun, pasé a ser para él un hombre desconcertante y digno de una admiración que aún no podía concretar.

En la plaza de ciudad Madlun había una guardería, tiendas para los empleados y establecimientos que ofrecían diversos servicios. Al pasar por delante de una peluquería de caballeros, entré. Just siguió en la calle, hablando por teléfono. Los peluqueros eran un matrimonio que le habían alquilado el local a una de nuestras empresas a un precio superior al de mercado y atendían a nuestros trabajadores por un precio obligatoriamente inferior. La mujer leía una revista recostada en una de las sillas de los clientes. El peluquero, que le estaba cortando el pelo a un joven con aire de ejecutivo, se quejaba del desequilibrio que había en la relación que los unía a los arrendadores. El joven aguantaba el tipo sin hacer comentarios. La mujer se levantó para dejarme el sitio.

–¿Ha visto usted alguna vez a un presidente por aquí? Nunca. Créame, jamás ha entrado uno de ellos por esa puerta. Así cómo van a atender nuestras quejas –dijo mientras me ponía el delantal.

–Ellos prefieren ir a las peluquerías de lujo de la calle

Flinn, donde les emperifollan las uñas y les lustran los zapatos –prosiguió el marido.

–Y donde los peluqueros meten baza en las charlas sobre la bolsa y otros asuntos que nosotros desconocemos totalmente –dijo la mujer.

–¿De la bolsa? No creo que les discutan del trabajo. Si son finos, les hablarán de sus aficiones: del golf, de la hípica, de veleros y de esas cosas.

La mujer me miró frente a frente.

–Tiene usted una buena cabellera –me dijo –. ¿Cómo quiere que lo pele?

–Haga lo que pueda –le contesté yo.

El marido viró su parlamento y sacó a colación la liga de fútbol, aunque ninguno de los dos clientes le estábamos prestando cuidado.

–¿Ves tú? –lo interrumpió la mujer–. En la vida serás peluquero de la calle Flinn con esos temas de conversación tan horrorosos.

–¿De qué quieres que hable, de la bolsa? –el hombre se paró y se quedó encarándola–. ¡No me digas! Pues te hablo lo que quieras: la bolsa sube y la bolsa baja, y todos los técnicos encuentran explicaciones para lo que ha sucedido y hacen pronósticos sobre lo que va a suceder, pero ninguno acierta.

–Desde luego, así nos va. Siempre seremos pobres. ¡Ya veo lo que entiendes tú de negocios!

–El peor negocio que hice fue casarme contigo, que lo sepas –aseguró el peluquero–. A ver, vamos a preguntarle a este señor, que nos está oyendo a los dos y tiene pinta de entender de finanzas –y miró en el espejo la cara del joven al que estaba pelando–: dígame usted, que parece estudiado y alterna con gente que sabe lo que dice, ¿quién de los dos ha hecho mejor negocio al casarse, mi mujer o yo?

El joven buscó en el espejo al peluquero, que sostenía amenazadoramente las tijeras, y dijo:

–Se ve que son tal para cual.

El peluquero se mantuvo durante unos segundos pensativo.

–¿Y usted qué opina? –dijo luego dirigiéndose a mí.

–Supongo que los dos terminarán haciéndose muy ricos –le respondí muy serio.

Antes de que los dos peluqueros cayeran en que mi contestación era un rapapolvo, Just abrió la puerta y me buscó con un vistazo.

–Siéntate, por favor, y atiende a la conferencia que tenemos, que es de economía –le pedí.

Por la apostura de Just los peluqueros reconocieron enseguida en él a uno de los jefes. El coloquio, sin embargo, había muerto, y durante un rato permanecimos en un silencio liviano rasgado una y otra vez por el chasquido de las tijeras. Los peluqueros continuaron con su labor y el joven pagó sin preguntar el precio y se fue tras despedirse lacónicamente.

–Dile que me espere –le dije a Just.

Mi secretario hizo lo que le requerí y pasó junto al peluquero, que lo inspeccionó de soslayo mientras barría los pelos que se habían caído al suelo. ¿Quién será ese, que con un traje más bien corrientucho y las uñas sin manicura está dando órdenes a un alto ejecutivo de Madlun?, pensó de mí.

–Nos hemos quedado muy callados –comenté.

Solo me respondieron las tijeras. Al cabo, la mujer me quitó el delantal y me dijo: «Servido el caballero». Le di las gracias, pregunté el precio, pagué y salí a la plaza. Just y el joven dialogaban en la puerta.

–Ya le he dicho quién es usted –me informó Just.

Yo extendí la mano y el joven, que dijo llamarse Floro, me la estrechó sin dar muestras del nerviosismo que lo embargaba.

–Dígame, ¿en qué departamento está empleado? –le pregunté.

–En recursos humanos –me contestó.

–¿Le gustaría trabajar conmigo, a mi lado, quiero decir?

–¿Qué tendría que hacer?

–Decir lo que piensa, nada más. Ganará lo mismo que gana, pero se hallará donde se cuecen las grandes decisiones de la empresa. ¿Qué me dice?

El joven no se acababa de creer lo que le estaba pasando. Como titubeaba, yo respondí por él.

–Mañana, a primera hora, se presenta en la planta veintiocho, donde se le tendrá asignado un despacho.

Le estreché de nuevo la mano y le pedí a mi secretario que nos fuéramos a las cocheras. Por el camino, Just me interpeló conteniéndose la furia que lo embargaba.

–No le he entendido. ¿Quiere decir que va a trabajar con nosotros?

–Exacto, de ayudante tuyo.

–Con el debido respeto, ¿no le parece que debía haberlo elegido yo?

–Sí, pero tú hubieras elegido a un número uno y ese muchacho, que fue un estudiante mediocre, aún no se cree la ventura que tuvo cuando fue contratado por nuestra sociedad.

–Yo siempre me rodeo de los mejores y no de medianías –dijo realmente enfadado.

–Tus ayudantes se pasaron su juventud metidos en sus casas, estudiando, y se cortan el pelo en las peluquerías de la calle Flinn. Ese joven, en cambio, combinó los estudios con las juergas y va a peluquerías como la que hemos visitado.

–Sigo sin enterarme.

–Me interesa oír la opinión de alguien que viaja en metro, come en restaurantes baratos y se pela agobiado por debates estúpidos.

–Hay formas más científicas de tomarle el pulso a la calle –me dijo.

–El pulso de la calle lo tomo yo directamente. No lo quiero para saber cómo sienten los consumidores, sino por el gozo de oír la voz de una persona común. La suya y las vuestras constituirán un contrapunto armonioso. Será más divertido y me ayudará a estar atento –le dije.

No lo convencí, pero se calló.

–Yo almuerzo a mediodía como Dios manda y acto seguido duermo una siesta –le indiqué luego–. Si pudiera estar ocupado hasta esa hora, lo estaba, y si no, me voy y mañana proseguimos.

Just se quedó mirándome sin dar crédito a lo que había oído.

–Vamos a ver –continué para no defraudarlo totalmente–. Iniciaré ahora mismo el programa de entrevistas con los presidentes de las empresas de la corporación Madlun. El primero de ellos, y el más importante, es el presidente de la matriz. Si se halla en la torre, quizá pueda recibirnos. ¿Está informado de quien soy?

–Todos los departamentos, todas las agencias de noticias y todos los periódicos recibieron al amanecer la reseña de su nombramiento –me contestó.

–Entonces, estará esperando que vaya a visitarlo. ¿No crees?

Para cerciorarse, Just llamó por teléfono al despacho del presidente de Madlun.

–Nos ha conseguido un hueco en su agenda –me dijo.

También el acceso a la planta donde tenían su despacho los directivos más influyentes estaba vigilado. En el rato que empleamos en llegar hasta él, Just me había hablado brevemente de Hans Nantes, el presidente de Madlun, un hombre de sesenta y cuatro años que había sido fichado por el señor Sabido a fuerza de talón después de haber pasado por varias multinacionales dedicadas a actividades diversas. Nos recibió en su despacho, pero antes nos humilló haciéndonos esperar durante un par de minutos en una sala cuya principal misión era impresionar al visitante, llena de obras de arte de los autores contemporáneos más valorados, la mayoría de las cuales, aunque se había pagado mucho por ellas, no valían nada.

–Señor Kiff, me alegro de verlo –me dijo Nantes extendiéndome la mano.

Mentía. Cualquier contacto con el propietario le resultaba molesto.

–Just, encantado, como siempre –le dijo a mi secretario.

Mentía aún más. Just no caía bien a casi nadie, pero a Nantes le producía urticaria tener que hablar delante de él, porque se sentía fiscalizado.

Nantes esperaba que me limitase a hablarle de su despacho (que era mayor que el mío y tenía una vista más hermosa de la ciudad), a elogiar la panorámica y a desearle suerte poco antes de despedirme, y así lo hubiera hecho yo de no ser porque él me desagradó enormemente y, lo que es peor, enseguida me di cuenta de que era un auténtico peligro para la empresa.

–¿Podemos sentarnos un momento? –le pregunté.

A unos quince metros del escritorio había una mesa baja con varios sillones alrededor.

–Por favor, ¡faltaría más! Todos los demás asuntos pueden demorarse.

Sobre la mesa había una caja de puros y un ostentoso centro de flores que se renovaba a diario, igual que tres ramos magníficos que se lucían sobre otros tantos pedestales de mármol.

–Veo que le gustan las flores –observé. Ni Just ni él captaron el reproche que le hacía por el dispendio excesivo.

–Me encantan. Se trabaja mejor y se tienen ideas más brillantes cuando se está rodeado de belleza. ¿No le parece?

–Sí, naturalmente –sancioné.

El señor Nantes nos ofreció un puro que tanto Just, que se había sentado en el filo del sillón, como yo declinamos.

–Son de primera calidad –aseguró–, un regalo del presidente de Bakhú. No hacen más de diez mil unidades al año. Diez mil, una cifra ridícula.

Él tampoco fumó. Se lo guardaba para después de comer, dijo excusándose. Se acomodó en el sillón con pequeños brincos, se ajustó la chaqueta y carraspeó. Cuando se fijó en mí, yo estaba mirándolo fijamente, lo cual le hizo sentirse inquieto.

–Bien –afirmó dándose un respiro. Era alto, más bien grueso y tenía la cabeza poblada por una venerable cabellera blanca que cuidaba en la peluquería más afamada de la calle Flinn–, doy por sentado que su secretario lo estará instruyendo sobre las empresas del señor Sabido –ni lo de «su secretario» ni lo de «empresas del señor Sabido» era inocente–. No le llevará demasiado tiempo. Y, desde luego, no debe preocuparse en absoluto por el encargo que ha tenido a bien admitir. Si no le molesta mi sinceridad, le diré que el papel de dueño es bastante confortable en grupos como este, en los que la propiedad está en un segundo plano y deja la gestión en manos de profesionales.

Mientras esperaba mi contestación, hizo unos movimientos con la cabeza para liberarse de la molestia que le producía el cuello de la camisa. Yo no le hablé hasta que sus ojos estuvieron de nuevo sobre los míos.

–¿Ha probado con las camisas de Documentum? –le dije.

No me entendió.

–¿Documentum?

–Es la sociedad que yo dirigía hasta ahora. Tiene una ropa fenomenal, siempre a la última, y muy cómoda.

Nantes fiscalizó furtivamente mi traje. Si ya me despreciaba antes de conocerme, más aún lo hizo cuando reparó en lo vulgar de mi indumentaria.

–Estas camisas son de seda y a medida. Deberían ser más confortables que ninguna, pero debo tener un cuello muy sensible –dijo soltando una breve carcajada a la que acompañó otra mía.

–Tenga cuidado con el cuello. Y no se fíe de la seda, que también ahorca –le dije.

Nantes me devolvió un mohín de extrañeza y yo, en lugar de aclararle mis palabras, me fui por otro lado.

–El señor Sabido tiene un natural distinto del mío. A mí me atrae esto de los negocios y no es una quimera que acabe presidiendo el consejo de administración –le dije.

A Nantes se le arruinó la expresión de la cara.

–No creo que el vocablo negocio sea el más adecuado para referirnos a Madlun –me contestó–. Debe interpretar que no estamos hablando de poner una tienda o abrir un despacho. Facturamos más que muchos Estados. En algunos países influimos tanto que ponemos y quitamos gobiernos. Tenemos línea abierta permanentemente con la ministra de Economía y el Presidente de Occidente no puede adoptar determinadas decisiones sin consultarnos o incluso sin nuestra aquiescencia. Si no le molesta mi sinceridad, le diré que en todas las facetas de la vida es bueno que cada uno ejerza la función que le corresponde. Los padres deben hacer de padres, los maestros de maestros, los jugadores no pueden hacer de árbitro y los dueños deben asumir que la propiedad se disfruta, pero no se ejerce.

–No me molesta su sinceridad, sino al contrario, la agradezco, y no espero menos del presidente, dado que la empresa es prácticamente mía. Sinceridad por sinceridad, le digo que no entiendo por qué no he de implicarme más en la marcha del negocio –lo de «negocio» tampoco era inocente.

–Por el perfil –me respondió–. Verá, para dirigir una entidad de este tamaño se necesitan conocimientos, dotes, experiencia. Gobernar Documentum, permítame que se lo diga, es hacer bricolaje comparado con lo de gestionar Madlun. Si a alguien que va a hurgar en su corazón le pide que sea cirujano y aun así no va a un cirujano cualquiera, qué menos que pedirle una cualificación similar a quien va a tener una responsabilidad tan decisiva con su capital.

–Yo no me refería a dirigir la empresa, sino a participar activamente en su gestión. Algún cometido conllevará el cargo de administrador.

–Lleva unas cuantas horas en su puesto. Tómese más tiempo. Verá que hay otros ámbitos en los que encauzar su energía. ¿No le ha hablado Just de la Fundación? Tiene unos fondos considerables y es muy importante para la imagen de Madlun y para la sociedad de Occidente. En ella los errores pasan inadvertidos y los aciertos son majestuosos. Sin ánimo de darle un consejo, yo le sugeriría que estudiara esa posibilidad.

Me levanté y le dije que la estudiaría, «pero no le prometo nada», añadí. Nos estrechamos la mano y nos despedimos amablemente y entre sonrisas. Antes de salir, me quedé admirando un ramo de flores y hundí en él mi nariz buscando un perfume que no existía.

–No me gusta ese hombre –le dije a Just en cuanto estuvimos a solas.

–Ha sido presidente de multinacionales poderosas y, con él, nuestra cuenta de resultados ha progresado muy por encima de las previsiones. Ahora somos los líderes de Occidente en beneficios.

–¿Cobra según esos beneficios?

–Por supuesto. Él y los ejecutivos que lo rodean.

–Poneos a analizar los balances. Nunca me he fiado de la contabilidad: es demasiado elitista y puede ser manipulada para sostener los castillos que se edifican en el aire. Cualquiera de nuestros empleados ama a Madlun y estaría dispuesto a defenderla, pero a Nantes le interesa solo en lo que le permite agrandar su enorme fortuna y mantener su posición social.

–Su lustre va unido al de la empresa. Si esta se hunde, se hundiría también su reputación –alegó Just.

–Nantes es más avaricioso que ambicioso. Los ambiciosos tienen alguna dignidad; los avariciosos, ninguna.

Aunque tenía pensado comer solo, le pedí a Just que me acompañara, lo que él hizo de muy buen grado, y aunque iba a dedicar toda la tarde a estar mano sobre mano, juzgué más divertido irme después de comer a mi despacho, donde Just y sus adjuntos me aleccionaron sobre el contrato de Nantes, las cifras increíbles que había cobrado tras aprobarse las últimas cuentas y sus cuantiosísimos gastos de representación.

–Las cuentas fueron revisadas por la primera compañía auditora de Occidente, que hizo un informe muy positivo –me dijo Just.

–¿Te fías de los auditores? –le pregunté.

–Si no nos fiamos de ellos, ¿de quién podemos hacerlo? –me contestó.

La respuesta era obvia y no la enuncié.

–Pon a alguno de tus ayudantes a revisar personalmente la contabilidad. Que busque la ayuda que necesite. Y consígueme una entrevista con el director de la auditora que dio el visto bueno a las cuentas de Madlun –le dije.

Aunque no compartía mis sospechas, entendía que el deber de quienes no tienen pericia para administrar sus bienes era comprobar la idoneidad moral de los administradores. Trabajar, además, era lo suyo. Aún no había dejado de verme como alguien ajeno a su mundo, pero ya había empezado a valorar mi carácter y mi inteligencia como potencialmente positivos.

–Aparte de los informes que emitan los auditores, el control principal de la gestión lo haremos nosotros –le indiqué–. Del único que me fío es de ti.

Se lo demostré rechazando cuantos documentos quiso presentarme («no quiero papeles. Cuéntamelo tú», tuve que decirle varias veces) y haciéndolo partícipe de casi todo lo que me venía a la cabeza. Hablamos con profusión de distintas empresas del grupo y de sus directivos, sobre los que él emitía opiniones axiomáticas que a mí me parecían cándidas, hasta que al anochecer decidí concluir mi faena e irme al restaurante de Libuell, a quien enseguida iluminé sobre lo que me había sucedido.

–Se ve que te lo has pasado bien –me dijo–. No te fíes, y no me estoy refiriendo a ese presidente tuyo, ni a ese auditor, ni siquiera a los oligarcas, sino a ti. Te veo demasiado ilusionado para ser tu primer día. Los individuos son peligrosos, las sociedades mercantiles son peligrosas, las organizaciones secretas son peligrosas, pero no hay mayor peligro que el que viene de uno mismo. Todos los argumentos para hacer lo que no debes están dentro de ti, esperando que los liberes. Y recuerda que tú no eres un hombre cualquiera.

Allí le agradecí su consejo, pero al acostarme su aviso tomó posesión de mi pensamiento en exclusiva y mutó de exhortación a reprimenda. Aquella noche me dormí de madrugada, y solo después de haberme prometido no acceder a que las admoniciones de Libuell me quitaran el sueño. O las mantenía a raya o quizá acabase sintiendo su amistad como una carga.

¿Qué mal había ocasionado yo aquella jornada?

Capítulo 3

De cómo conozco a Monserga, el director de El mensajero de la Verdad, *y a Alma Reimo, la ministra de Economía. La guarida del tigre.*

Libuell me dijo un día que mis relaciones habían cambiado desde que cruzamos la muralla.

–No te hablas con Impreciso –porque él no quiere, maticé yo. Por lo que sea, me contestó él–. Con Dam, medio lo mismo. Altea te considera un enemigo y fíjate lo que está pasando entre tú y yo: cada vez estamos más alejados, seguramente porque te doy quejas como esta. Ahora te juntas con ministros, con presidentes de grandes grupos, con intelectuales, con gente, en fin, que vive en las alturas y o no sabe lo que pasa en el suelo o lo sabe pero lo desprecia.

–Es el mundo el que no es igual –le dije yo–. No pretenderás que sigamos actuando aquí como cuando vivíamos al otro lado de la frontera.

–Lo que quiero expresarte –me respondió– es que un tropel de personas que van y vienen no pueden sustituir a los amigos.

Libuell se limitaba a constatar una certeza que no tenía alternativa. Yo, en efecto, había llenado mi tiempo de conocidos que eran a mi vida lo que los actores representaban en la soledad del Valido, pero al menos los tenía a ellos. ¿A quién tendría si los abandonaba? Y yo, que me había prometido levantarme tarde, no ir a la oficina hasta media mañana y volver a mi casa a la hora de almorzar, le había tomado gusto a mi trabajo y a las dos semanas estaba presentándome en la torre Madlun a la hora de los empleados, comiendo un tentempié en las oficinas, trabajando hasta la noche y asistiendo luego a alguno de los actos sociales que solían figurar en mi agenda.

Precisamente en uno de ellos reconocí a Feist Monserga, el director del periódico *El mensajero de la Verdad*, del que el Valido tenía el sesenta por ciento de las acciones. Todas las mañanas, cuando llegaba a mi oficina, encontraba sobre una mesita próxima a la puerta un ejemplar de cada uno de los cinco periódicos de tirada nacional que se editaban en Nógdam, que repasaba de inmediato sin detenerme más allá de lo que decían los titulares o rezaba en algún artículo que afectaba a nuestras empresas. Yo tenía datos y referencias de primera mano, incluso exclusivas, de muchas de las noticias de las que daban cuenta los periódicos y me admiraba de la diferencia sustancial que existía entre lo que contaban y la realidad.

En Occidente se tenía por normal que los periódicos no pretendieran la verdad, sino un fragmento de ella, por lo que se decía que para dominar toda la verdad había que leer todos los periódicos. Sin embargo, muy pocos de los electores hacían lo que yo, y la mayoría se conformaba con leer el periódico más afín a sus ideas, que, como siempre mostraba la misma cara de la verdad, convertía en juicios sus prejuicios y generaba en ellos la seguridad de que el mundo era como suponían que era. La secuencia prejuicios–lectura–juicios–prejuicios era endemoniadamente viciosa, pero como todos la comprendían y la toleraban, todos se creían a salvo de ella, si bien nadie lo estaba en realidad, como lo demostraba el hecho de que a la postre todos acababan confundiendo su parte de la verdad con la Verdad y la parte de la verdad que veían los otros con el error.

Como director de un periódico de tirada nacional, Feist Monserga era el director teatral de un retazo de la verdad. Lo digo así, como si de montar una representación se tratase, porque en aquella primera charla fue él el que utilizó ese símil.

–Imagínese que los electores hacen cola en la calle para ver una función de teatro –me dijo–. Ellos conocen el título y saben más o menos de qué va el argumento. Mientras están esperando, hablan de sus expectativas y de sus ilusiones. Cuando entran en el recibidor, descubren que a fin de que todos puedan ver la obra, esta se escenificará en varias salas, cada una de las cuales tiene versiones distintas: una romántica, otra humorística, otra de terror, etcétera. Es de suponer que los espectadores verán la adaptación que más cuadre con sus apetencias, que los directores innoven el original y que al salir, cuando el público discuta sobre la obra, se produzca cierto desbarajuste, nada importante en cualquier caso. Lo trascendental es que todos han desempeñado su papel: unos han escrito el texto, otros han realizado la adaptación y otros han disfrutado viendo el espectáculo.

El señor Monserga, o Monserga a secas, pues como Monserga era conocido, argüía sin un asomo de cinismo.

–El director es tan imprescindible para la representación como el autor. Y yo le diría más: el director no es menos creador que el dramaturgo. No en vano, un buen director puede hacer maravillas con un texto malo y unos actores del montón y al revés: hay directores que desgracian todo lo que tocan, por sublime que sea lo que le han entregado.

Monserga tenía entonces cuarenta y dos años y desde los treinta y cinco (edad muy temprana para un cargo de tanta responsabilidad) dirigía *El mensajero de la Verdad*, el periódico más leído de Occidente después de *La Verdad justiciera*, en el que trabajó desde los veintidós años hasta que fue fichado por el señor Sabido. Bajo su dirección, *El mensajero de la Verdad* había cuadruplicado el número de ejemplares vendidos y había pasado a ser el periódico más poderoso de Occidente, aunque no el más respetado.

–¿No cree que hay adaptaciones excesivamente libres? –le pregunté.

–Depende del resultado. Si la adaptación libre aventaja al original, no.

–Pero ese proceder provocará un engorroso conflicto cuando los espectadores la comenten. ¿Cómo pueden ponerse de acuerdo sobre un aspecto concreto de ella? –le dije.

–El acuerdo no tiene por qué ser lo deseable. Si una adaptación es mejor que las demás, por libre que sea, ¿por qué no va a triunfar sobre ellas? Los espectadores que han visto la versión superior la calificarán con más entusiasmo, más seguros de sí mismos, e intentarán persuadir a los otros. Es difícil cambiar los gustos del público, pero no ilusorio, y paulatinamente se acrecentarán los espectadores que anhelen ver la producción que más les convenza.

–¿Aunque no tenga nada que ver con el original?

Monserga me señaló con el brazo extendido a los asistentes al acto, entre los que había políticos, empresarios, sindicalistas, escritores, periodistas y otros personajes de la vida pública de Occidente, y me dijo:

–Todos estos individuos son los que supuestamente escriben el guion. Mírelos y dígame con sinceridad si sus obras pueden ser representadas con tanta crudeza como ellos las crean. Obsérvelos uno a uno, contemple cómo se relacionan entre sí. ¿No le parece repulsiva la forma en que su proceder se ha acomodado al libreto que otros escribieron o escriben para ellos? ¿Qué argumentos nuevos pueden garabatear estos mequetrefes? ¿No cree que la población se merece bastante más que las torpes creaciones de unos artistas malintencionados o, por lo menos, mediocres?

–¿Y la verdad? ¿Qué tarea ejerce la verdad? –le dije.

Se echó a reír.

–La verdad es que la gente necesita a líderes auténticos y no a cuatro incapaces como estos –dijo–. La verdad es que la sociedad de Occidente se está descomponiendo y que nadie mueve un dedo para remediarlo. La verdad es que los políticos no gobiernan, que los empresarios no crean riqueza, que los sindicalistas solo defienden a la aristocracia de los trabajadores y que los artistas son como funcionarios. Esa es la verdad que debe contar un periódico, la verdad con mayúsculas. La otra, que aquí estemos cien o cien mil, es una mera anécdota.

–Un instrumento –añadí yo por él.

–Si quiere verlo así, sí, pero no se equivoque, no emplee un matiz despectivo. Vuelva a mirarlos –me dijo–. ¿Cree que hay mucha diferencia entre cien y cien mil de estos individuos?

Lo que Monserga no decía era si yo formaba parte del grupo que él tanto desdeñaba.

–Me busco y no sé si verme junto a ellos –le dije.

Monserga vestía trajes a medida y una vez por semana iba a un salón de belleza de la calle Flinn, como la mayoría de los que estábamos examinando. Yo, en cambio, aún vestía trajes de Documentum y seguía cortándome el pelo en la peluquería de la ciudad Madlun.

–Usted es el dueño del periódico que dirijo: es imposible que sea como ellos, al menos mientras consienta que yo siga siendo el director –me contestó.

Eso sí me pareció cínico.

–¿Y a usted? ¿Cree que debo verlo a usted entre ellos? –le pregunté.

–Sí, lo estoy, pero véame como a una oveja negra.

Me cogió del brazo y me dijo:

–Usted y yo estamos en el otro lado. Sabido no es tonto y si lo eligió a usted por alguna razón será. A mí también me eligió entre todos los periodistas de Occidente, que son cientos de miles. Ninguno de los dos somos personas normales. Vengo observando sus movimientos desde que se hizo cargo de la empresa. Otros, en su lugar, se habrían apresurado a adoptar las trazas de los que están en la cúspide. Usted, no. No sé si se ha dado cuenta de que su aspecto produce rechazo en esta reunión, porque muestra un intencionado desdén hacia las ideas establecidas. Mi fisonomía no provoca repudio, pero mi libertad, sí. Usted hace lo que le da la gana y yo digo lo que me da la gana y eso les da miedo –me dijo.

–¿No será nuestro poder lo que les asusta? –le repliqué yo.

–Lo que les asusta es que nuestro poder no esté a su

servicio. Saben que está investigando a Nantes y a otros. Detrás de las sonrisas y los apretones de manos hay puñales levantados contra usted, como los hay contra mí desde hace mucho tiempo. Varios de ellos han intentado entrevistarse con Sabido para expresarle la alergia que les provoca su insolencia, igual que durante años intentaron hablar con él para exponerle la que les suscitaba la mía, pero Sabido, que nunca los escuchó cuando quisieron hablarle de mí, ni siquiera se ha dignado recibirlos cuando han querido hablarle de usted. Ahora están espiándonos. Intuyen que en nuestra conversación están ellos y el tono que estamos empleando. En cuanto nos separemos, vendrán y nos adularán, pero no con la intención de llevarnos a su redil, pues comprenden que no actuamos como borregos, sino para intentar aplacar nuestra cólera.

Monserga se encontraba exultante en su papel de depredador y a mí me estaba haciendo gracia el diálogo, dos conductas que probablemente venían a ser muy parejas. Yo eché un vistazo a las emociones que provocábamos y descubrí que la mayoría de los reunidos estaban, de una manera o de otra, pendientes de nosotros. Monserga y yo, en efecto, éramos temibles.

–¿Conoce a la ministra? –le pregunté.

–Señor Kiff, conozco a todo el mundo. ¿A cuál de ellas se refiere?

La única ministra en la sala era la de Economía y Hacienda, una señora de unos cuarenta y cinco años con el pelo pintado de rubio, bastante alta y muy hermosa, que iba saltando de corrillo en corrillo para evadir la presencia de Monserga.

–A la señora Reimo, la ministra de Economía. No parece que quiera departir con usted –le dije.

Monserga sonrió.

–Se ha percatado –me dijo–. O sea, que nos ha estado controlando.

–¿Ha tenido algún lío con ella?

–¿Qué entiende por lío? ¿Algo sexual?

Monserga tenía fama de seductor y se enorgullecía de ello, pero él no era el tipo de la ministra y ella ni siquiera tenía romances con los que eran su tipo. Yo, sin embargo, no quise truncar mi pregunta.

–Concrétemelo usted –le dije.

–No he tenido ningún lío de ninguna clase con ella –me contestó.

–Entonces, ¿por qué lo evita?

–Todos me evitan o me frecuentan, según les parezca bien a sus intereses.

–Cuáles son esos intereses. ¿Puede hacerme partícipe de ellos sin violar el secreto profesional?

Monserga se echó a reír.

–¿El secreto profesional? ¿Cree sinceramente que los periodistas tenemos secreto profesional? Señor Kiff, con el máximo respeto, aún tiene mucho que aprender: los periodistas nos guardamos o no lo que averiguamos dependiendo de las circunstancias, como cualquiera.

–¿Nuestro coloquio no es confidencial? –le dije.

Dudó antes de responder.

–Nosotros tenemos una relación especial que refuerza al secreto –dijo luego–. Usted y yo tenemos una comunidad de intereses.

Era la segunda vez que mentaba a los intereses en poco tiempo.

–En ese caso, no le importará decirme por qué la ministra no quiere ni hablar con usted.

Estaba atrapado por su propio discurso y no le cabía más remedio que contármelo, pero yo preferí adelantarme y darle una pista de lo que tenía que decirme.

–¿Tiene que ver con su hija? –le pregunté.

Monserga se quedó impresionado.

–¿Cómo lo sabe?

–No lo sé, lo intuyo.

–¿Cómo lo ha intuido?

–¿Y tiene que ver con su moral estricta? –le dije, en lugar de contestarle.

–Si está al corriente, indíquemelo usted –me soltó.

Entonces fui yo el que sonreí.

–La lógica no me lleva tan lejos –afirmé.

–¿La lógica?

–La señora Reimo se ha caracterizado por su estricta defensa de los valores más conservadores. O ella ha cometido un desliz o lo ha cometido alguien de su familia muy querido por ella. Usted lo sabe y está administrando ese conocimiento.

–Administrar es una palabra bien empleada en esta coyuntura –me dijo–. Todos tenemos un yerro que ocultar. El que como yo tiene la obligación de investigar a los otros acaba teniendo abundante información sobre ellos. Usted comprenderá que no la suelte sin ton ni son. Hay que retenerla hasta el momento oportuno, como se hace con el veneno o las medicinas.

Pude haberle preguntado qué había rastreado de mí, pero era evidente que Monserga estaba al tanto de que había nacido en La Unión, nada grave si se tiene presente que conocía el currículo completo del Valido, incluidos sus crímenes, sus actos de rapiña y el cargo que había ostentado en Voranova.

–Yo he visitado su ciudad, Sholombra, en varias ocasiones –me dijo como de pasada–, y ya por entonces se veía que estaba abocada al desastre. En Sholombra la vida privada de los ministros era irrelevante, pero aquí afecta decisivamente a su imagen, que es el principal activo político que poseen.

Monserga no era el único que había estado en Sholombra. La mayoría de los asistentes a la reunión, incluida la ministra, la habían visitado, casi todos viajando por los túneles de los oligarcas, y si eran empresarios habían tenido relaciones comerciales con algún Estado de La Unión.

–No me parece una comparación acertada –le dije–: Sholombra no consta en los mapas. ¿Cuántas veces la ha citado su periódico?

–Nunca.

–¿Ve?: sería como compararla con la ministra del Limbo.

Monserga volvió a sonreír.

–Estábamos hablando de la ministra –le dije–. Y todavía no me ha dicho por qué es tan importante lo que conoce de ella.

El que Monserga se hubiera atrevido a insinuar una amenaza contra mí me había incomodado más allá de lo fastidiosa que me resultaba su persona. Creí que la mejor forma de castigarlo era hiriéndolo en su orgullo y continué:

–La hija menor de la ministra, una muchacha adolescente, ha abortado a instancias de la propia ministra. ¿Es eso?

Era eso, en efecto, y Monserga me miró con el ceño fruncido.

–¿Lo sabía? Sí, debía de saberlo: la lógica no puede llevarlo tan lejos –me dijo–. Una mujer que milita en el bando antiabortista, tan religiosa y tan defensora a ultranza de la moral tradicional, y cuando se encuentra con la alternativa de tener que optar entre sus principios y su interés, escoge su interés, lo oculta y sigue defendiendo los mismos principios como si nada hubiese ocurrido.

–No lo veo tan embarazoso –le dije.

–Usted está educado en la verdad y entiende de la verdad y de su opuesta, la mentira, pero aún le falta aprender de la hipocresía –me dijo.

–Todo el mundo es hipócrita en Occidente.

–Por eso: nadie es más intolerante con el vicio que los viciosos, nadie más intolerante con la hipocresía que los hipócritas. Fíjese en la ministra.

Aunque luego le vino como un pensamiento repentino y me dijo:

–No puede ser usted tan incauto, no si lo ha elegido el señor Sabido. Dígame, ¿va a utilizar lo de la ministra?

–¡Claro que no! –le contesté.

–¿Está seguro? –me dijo–. Usted tiene un sinnúmero de intereses que ella puede satisfacer o no con una simple firma y sin que le cueste un céntimo. La lógica, señor Kiff, esa que usted aplica, se muestra implacable siempre.

–Usted y yo hablamos de lógicas distintas. La suya solo existe en su cabeza.

Según Monserga, que yo supiera que la hija de la ministra había abortado daba para construir una historia que podía emplearse fácilmente contra mí.

–¿Se da usted cuenta de que mis lectores no creerían jamás que ese conocimiento es gratuito? –me dijo.

Yo reparé en la notable distancia que mediaba entre los lectores y nosotros. Para nosotros, los que estábamos allí, los lectores no eran más que un arma que lanzarnos a la cara.

En la reunión se encontraban otros directores de periódicos y otros propietarios de medios de comunicación, algunos de ellos multimedia, y, por lo tanto, teóricamente más influyentes que el mío, aunque en la práctica su poder estaba contrarrestado de sobra por la carencia de escrúpulos y la portentosa capacidad para el enredo de Monserga. Recuerdo que nos saludamos como lo harían diplomáticos de países en guerra y que charlamos de todo menos de lo que nos interesaba. Y recuerdo que la señora Reimo fue culebreando entre los corros hasta que dio conmigo. Era bastante más alta que yo, articulaba con una dulzura envolvente y manejaba un lenguaje de una riqueza extraordinaria.

–Usted, señor Kiff, no es una persona común –me dijo tras un escueto diálogo de presentación.

No paraba de sonreír. Se sabía hermosa, inteligente y seductora. Y yo, contrariamente a lo que ella había dicho, era un ser del montón.

–Se equivoca: no soy más que uno de sus muchos admiradores –le dije.

Dejé que ella soltara una risita complaciente y añadí:

–El mayor de todos, estoy seguro.

–¿No será por la política económica que lleva a cabo el Gobierno? –dijo ella.

Había cerca una mesita con canapés y champán y yo cogí dos copas y le ofrecí una, que ella aceptó sin vacilar.

–Sinceramente –dije luego–, desconozco la política económica del Gobierno, aunque a partir de esta noche no la perderé de vista, o por lo menos a la titular del departamento.

–No sé por qué no le creo –me dijo.

La ministra se acercó la copa a los labios y yo me quedé embelesado en sus ojos azules mientras tomaba un ligero sorbito de champán.

–Está usted preciosa bebiendo champán, señora ministra –le dije.

–No me ha contestado usted.

–Perdóneme: no he escuchado la pregunta.

Parecía una conversación entre dos estúpidos. Ella fue la que lo apuntó, y yo me limité a asentir.

–Señor Kiff, terminemos con los prolegómenos galantes, ¿quiere? –me dijo.

–Se me va a hacer muy cuesta arriba, señora ministra, pero yo hago lo que usted quiera: hoy estoy por complacerla.

Se puso seria. Me dijo que había recibido con estupor mi nombramiento como administrador de los bienes del señor Sabido, que seguía las noticias que generaba Madlun y que estaba preocupada por la posible huida de algunos ejecutivos.

–Madlun es una compañía vital para distintos sectores estratégicos de Occidente –aseguró–. El Gobierno tiene que estar atento a su funcionamiento. Entre Nantes y yo se han repetido los contactos desde que fue nombrado. Es un excelente gestor, y la prueba está en los inmejorables resultados de las empresas por las que ha pasado. Últimamente, sin embargo, está bastante tenso.

–¿Por su cargo o por Madlun? –le dije interrumpiéndola.

–En el caso de Nantes, debe ser lo mismo. Lo conozco bien y no sería capaz de separar su éxito vital de su éxito profesional.

La ministra me estaba mintiendo en casi todo. Madlun, en efecto, le importaba, pero menos de lo que decía, y Nantes la había telefoneado para exponerle su inquietud por la injerencia que un recién llegado como yo, a quien se le suponía un perfecto desconocedor del negocio, estaba mostrando en la marcha de la entidad, y ella lo había escuchado, pero lo había hecho con desdén, pues había desarrollado su carrera en la Administración y menospreciaba a los altos ejecutivos, que con mucha menos responsabilidad tenían un sueldo cien veces superior al suyo. A la ministra lo que le dolía de veras era Monserga, y lo que le pedía el cuerpo era arrojar ácido sobre la idea que yo tenía de él, pero como no podía hacerlo sin delatar su debilidad, pretendía iniciar una relación de vaga complicidad conmigo, que de alguna forma era el jefe del periodista, con la creencia de que mi apego la reforzaría frente a él.

Por supuesto, le di la razón, tanto en lo de Nantes como en el ámbito personal, al que nos condujo la charla después de varias intermisiones provocadas por algunos invitados a los que ella despachó sin dilación. Me dijo que sus mayores problemas no eran con el IPC o con el PIB, sino con sus tres hijas, que le habían salido muy contestatarias, demasiado, por mucho que en la juventud la contestación sea signo de salud y fortaleza. Ella sabía que yo tenía un hijo, pero tenía reparos en preguntarme por él porque conocía su discapacidad y creía que mentarlo me resultaría doloroso. Fui yo el que lo citó. Y a continuación, como si ella no estuviese enterada, le revelé que yo era de Sholombra, y añadí que al otro lado de la frontera, muy cerca de Rodas, la sede oficial de los oligarcas, había tenido una familia. Ella había estado en Rodas y se interesó por los detalles, que yo, seducido por sus ojos y su voz, no escatimé en absoluto. Le dije que mi mujer se llamaba Libertad, como el valle donde vivíamos, como el líder de la revolución que había condenado al exilio a la mayoría de la población y como el resto de los habitantes; le dije que mientras yo estaba en Rodas, a donde había acudido convocado por una extraña intuición, mi hijo se ahogó cerca de nuestra casa, y le dije que mi mujer no había sido capaz de soportar el dolor de su pérdida y se había dejado morir de sed junto al arroyo donde se había producido el óbito.

–Es tan hermoso que es difícil de creer –comentó.

Pero enseguida se arrepintió de haberlo calificado como hermoso y me pidió disculpas.

–No, si es verdad –reconocí–: no hay nada más hermoso que las historias de amor, y las historias de amor, las grandes historias de amor, son siempre tristes.

Ella, que me había buscado con unas miras que ya había conseguido, se fue encantada conmigo y yo me quedé un momento solo, con la quinta copa en ristre, un regusto feliz pero amargo y meditando sobre el aspecto de su alma, en la que había menos paz de la que por su aplomo y la música de su voz cabía suponer. Monserga vino prestamente desde la otra punta de la sala para reprocharme lo dilatado de la plática.

–Han estado llamando la atención –me dijo.

Tenía envidia. Su obsesión por la ministra provenía en su mayor parte de que lo tenía hechizado. Igual que la odiaba, y con semejante fiereza, la hubiese amado, si hubiera sido capaz de amar. Pero Monserga gastaba todo su amor en sí mismo.

–Tenga cuidado con ella: detrás de su imagen angelical se esconde una irresistible arpía. Si se le ha acercado, pues ha sido ella la que ha venido hasta usted, es porque quería algo, y me temo que lo ha logrado.

Monserga no era muy inteligente, pero tenía la sagacidad de los recelosos y una cara a prueba de bofetadas.

–Lleva razón, me ha encandilado. Creo que soñaré con ella está noche, y será un sueño agradable –le dije.

Me fui a mi casa con otro cuerpo, más contento, como más vivo, lleno de emociones que no sentía desde hacía muchísimo tiempo. Cuando me acosté, no puse la radio adrede para pensar en la ministra sin interferencias. Y poco antes de dormirme, cuando el sueño me ablandaba las ideas, maduré que soñaría con la ministra y deseé que alguna peripecia real me despertase acto seguido para acordarme del sueño y disfrutar con su recuerdo. Unas perentorias ganas de orinar me despertaron, en efecto, pero no después de haber soñado con ella, sino con Monserga, a quien maldije en el váter mientras aliviaba mis urgencias. Me volví a la cama y, aunque intenté dormirme, encallé en un duermevela que me dejó expuesto al capricho de los pensamientos, de los que fueron protagonistas Alma Reimo y Monserga, pero también Just, Libuell, Altea y otros personajes que habían viajado por mi biografía, incluidas Ania y Nohire, con los que urdí tramas sin sentido que se sustituían y se mezclaban, como si fueran las múltiples variaciones de lo que podría haber sido mi vida. Con media hora de antelación sobre lo que acostumbraba, me levanté, desayuné en la cocina de mi casa con los dos guardaespaldas que dormían en ella y me fui a la torre Madlun, donde pillé a Just trabajando, como habitualmente. Tres días antes, sus colaboradores y él habían cerrado el informe sobre las cuentas reales de la empresa, en el que habían llegado a la conclusión de que esta habría acabado el ejercicio anterior con déficit si se hubieran valorado adecuadamente los activos. En lugar de ello, las cuentas aprobadas habían arrojado un cuantioso superávit, lo que había permitido que se repartiesen unos pingües dividendos entre los accionistas y que los directivos, encabezados por Nantes, hubieran cobrado unas primas tan formidables que si no se deducían como escandalosas únicamente era porque se las consideraba un mal menor en una orgía de dinero momio.

–Ponme por escrito el resumen que me hiciste sobre las cuentas de Madlun –le dije.

Mientras Just lo confeccionaba, me entretuve en repasar los periódicos del día. Nada había de especial en ellos. Como siempre, cada uno contaba su fracción de la verdad y elucubraba o, simplemente, mentía sobre asuntos prescindibles con el propósito de reforzar las ideas preconcebidas de los lectores. De todo lo que recogían, solo provocó mi curiosidad la pequeña crónica que *El mensajero de la Verdad* traía en su sección de cierre sobre una recepción distinta a la que la ministra de Economía y yo habíamos asistido durante la noche anterior, que sin embargo venía ilustrada con una fotografía en la que ella y yo aparecíamos departiendo (yo, casi de espaldas e irreconocible) y a cuyo pie rezaba: «Alma Reimo y el nuevo administrador de Madlun en un momento de la recepción». En cuanto vi la noticia, comprendí que lo que en principio podía interpretarse como un error era en realidad un ardid planeado por Monserga con el fin de señalarme cuán frágil era la reputación de un elector de Occidente, por muy recio que se creyera. Inmediatamente, levanté el teléfono y dispuse que me pusieran con el director del periódico. «Está en una tertulia de la televisión», me dijo su secretaria, quien añadió que hasta poco antes de las diez, hora en que se reuniría con los subdirectores y los redactores jefes de las secciones para proyectar la edición, no estaba previsto que se personara en su despacho. «¿Quiere que le deje un aviso?», me preguntó. Yo pensé entonces que Monserga recibiría con entusiasmo mi deseo de entrevistarme con él y que o no me devolvería la llamada o lo haría para jactarse por lo bajini de su superioridad. «No, déjelo, ya hablaré con él en otra ocasión», contesté. A pesar de todo, me quedó un sabor amargo y me arrepentí de haber sido tan impetuoso, pues estaba seguro de que la secretaria lo prevendría sobre mi interés.

–¿Qué tendríamos que hacer para destituir a Monserga? –le pregunté a Just cuando volvió con el informe.

–Usted tiene más del cincuenta por ciento del consejo. Puede despedirlo si le apetece. Yo utilizaría mejor esa palabra, despido. Pero recuerde que tiene un contrato blindado y que la compensación económica es mayor que la de Nantes.

Llamé a Floro, en cuya lógica de la calle me apoyaba para ilustrar mis decisiones, y, tras pedir una vez más a Just y a él que emplearan el tuteo cuando hablasen conmigo, les demandé que analizaran el papel de Monserga en el grupo.

–Tenemos el periódico más rentable –dijo Just–. Sus cuentas están saneadas. Desde que Monserga lo dirige, la publicidad no ha parado de crecer y el número de suscriptores y lectores se ha disparado. Pronto será el periódico más vendido y más leído de Occidente.

–Tenemos el periódico más influyente –dijo Floro–. Y siempre ha estado a disposición de Madlun, de sus empresas, de sus intereses y de su propietario.

–¿No creéis que Monserga tiene mucho, demasiado poder? –les sugerí.

Ambos me contestaron positivamente.

–Ese hombre es parte del activo –razonó Just–. Con otro director, el periódico no daría los beneficios que da con él.

–Su libertad y su poder son parte del juego –alegó Floro–. Monserga va por libre tanto como es esclavo de quien le paga. Es como un perro maleducado y fiero que se mea en las cortinas y se caga en el salón, con el que hay que tener cuidado cuando come, porque se puede volver contra ti, pero que a la menor señal tuya se lanza al cuello de tu enemigo.

Yo les planteé entonces la posibilidad de su despido y los dos se mostraron contrarios a ella.

–El periódico es antes que nada un negocio. Lo mismo da lo que diga o quien lo compre. Tenemos este periódico como podíamos tener otro cualquiera. Lo importante es lo que sus resultados suponen en el balance de la corporación –dijo Just.

–Monserga disfruta metiéndose con quien le da de comer pero al que le gusta comer bien todos los días –dijo Floro–. El ímpetu de Monserga puede ser muy saludable para el dueño del periódico que dirige, aunque deba sufrir de vez en cuando los arrebatos de su insolencia. La diferencia entre Monserga y otro es la que existe entre un tigre y un perro.

No era mala comparación. Menos acertada me parecía la idea de que es mejor tener un tigre que un perro, y mucho menos si se tiene dentro de casa. Los tigres, en la selva o en la casa de los enemigos. Bien administrado, el carácter de un tigre es más provechoso, pero ¿dónde está el domador que pueda canalizar con bien la completa voluntad de un tigre?

Cuando una hora después Just y yo bajábamos en el

ascensor de la torre Madlun en dirección a las cocheras, mi secretario reconoció la valía de Floro.

–Ha sido un buen acuerdo incorporarlo al equipo. Brega como nadie y ve aspectos de la realidad que a nosotros se nos escapan –me dijo.

–Me alegro de oírlo, por él y por ti.

–Creo que debería usted subirle el sueldo. Trabaja con mis ayudantes haciendo prácticamente lo que ellos y cobra tres veces menos.

Volví a rogarle que me tutease y luego le expliqué:

–Si ganara lo que vosotros, iría a la calle Flinn a cortarse el pelo, como hacéis vosotros, y oiría las comedidas observaciones de los peluqueros de los ricos en lugar de los licenciosos comentarios del peluquero de esta torre, que son los que me interesan.

–Pero tarde o temprano esa injusticia acabará produciendo efectos negativos –me advirtió, con lo que no pude sino estar de acuerdo.

Poco después, llegábamos a la sede del periódico, un edificio de ocho pisos situado en una de las avenidas más largas de Nógdam, no lejos de la calle Flinn, que tenía en la planta baja tres tiendas de ropa y una joyería y sobre la cornisa un gigantesco letrero con el nombre del diario en letras luminosas. Eran las diez menos cinco y Monserga, como me indicó el aire del recibidor, aún no había cruzado la puerta.

–En este rodal huele a tigre –le dije a Just.

Mi secretario lo entendió como una broma y sonrió, pero era bastante más que eso: la presencia de Monserga impregnaba el inmueble como lo hacen los hedores a rancio en las casas cerradas: no había ni un solo objeto que no se hubiera empapado de su acritud ni una sola alma que no tuviera secuelas de su insolencia. Me di a conocer al recepcionista y le indiqué a lo que iba y una joven que llevaba varias semanas resistiéndose a los chabacanos requiebros de Monserga vino desde el interior para pedirnos que lo esperáramos en no sé qué sala.

–No, dígale que aguardaremos en el vestíbulo –le contesté.

Just y yo nos quedamos de pie, en silencio y mirando al exterior, junto a unos ventanales desde los que se veían jardineras con flores blancas y rojas y, entre las ramas descolgadas de las plantas de arriba, el fluido tráfico de la calle. Afuera, llovía y la gente pasaba con sus paraguas de colores trazando rayas que yo, noveleramente, asocié a su destino.

Como diez minutos después, vimos a Monserga apeándose de un taxi y corriendo hacia el periódico para librarse de la lluvia.

–Monserga –lo reclamé cuando cruzaba el recibidor con paso decidido.

Monserga se firmaba con su apellido, «Monserga», y así era tratado en el exterior, pero en el periódico era el señor director o don Feist o, como mucho, Feist, de manera que se sintió un punto extraviado cuando se oyó nombrar adentro como se le llamaba de puertas afuera.

–Monserga –repetí adrede cuando giró la vista y nos descubrió al trasluz. Su estúpido apellido sonó a lo que era al ser pronunciado por segunda vez–, estoy aquí.

Fui yo el que me acerqué, y detrás de mí fue Just.

–Monserga –repetí antes de estrecharle la mano–, ayer, cuando hablé con usted, me di cuenta de que Madlun tenía un diario y me sentí culpable de cierta indolencia: dispongo de una empresa tan delicada como un periódico y he conocido a su director por casualidad, me dije. Mi visita quiere corregir esa falta. Quisiera transmitir a los trabajadores la idea de que esta casa es muy importante para mí.

–No se inquiete por ellos: la relación de los trabajadores es con el periódico, no con su propietario –me contestó visiblemente molesto por el impertinente modo en que lo nombraba y por mi presencia, que ensombrecía su alargada figura–. De todas formas, este edificio es como si fuera suyo, así que puede visitarlo cuando le plazca, aunque hubiéramos podido atenderlo mejor si nos hubiese anunciado su llegada.

Acepté la reconvención y le pedí disculpas. Mientras subíamos en el ascensor, vi que su gabardina soltaba algunas gotas de agua.

–Con lo poco que llueve en Nógdam, los días de lluvia suelen pillarnos desprevenidos –le dije.

–Llevo desde las seis cogiendo taxis de la radio a la televisión y de la televisión a la radio y, quieras que no, la lluvia siempre te sorprende en algún descubierto –aseguró.

–¡Desde las seis! ¡Qué barbaridad! ¡Si ayer lo dejé en la recepción bien avanzada la noche!

–El orbe no descansa, señor Kiff –dijo muy ufano–, y si el orbe no descansa, los periodistas auténticos, tampoco.

Monserga no era un trabajador nato, sino que confundía el ejercicio de la vida con el de su oficio. Just, en cambio, que le echaba tantas horas como Monserga a su trabajo, sí era netamente un trabajador. Pero Just callaba, en tanto que Monserga no paraba de hablar, aunque lo hacía sin prisas, como sin querer hacerlo, como pidiendo disculpas por derramar lágrimas de su esencia personal en cada gesto y en cada frase.

–Perdónenme, pero tengo que asistir a la reunión del equipo de dirección –dijo cuando alcanzamos la puerta de su despacho–. Su diario tiene que salir hoy, ¿comprende? Lurtes, una de nuestras diseñadoras gráficas, los acompañará. Ella es normalmente la que hace el recorrido con los niños de los colegios que vienen a ver cómo funciona un periódico.

Tratarnos como a estudiantes de primer grado era una práctica poco delicada para denigrarnos. Yo le seguí la corriente y le dije:

–Antes, me gustaría saludar a los miembros de su equipo. Si saben que he venido y no me he detenido a darle la mano, tendrían derecho a suponer de mí que no soy un tipo elegante.

–No se preocupe –me dijo–, yo los saludaré de su parte.

–Será un minuto. No más. Me sabría mal irme sin presentarme –insistí.

Monserga enganchó su gabardina en una percha de árbol y llamó por el interfono a la diseñadora que nos iba a enseñar el periódico. Al colgar, se acordó de su bufonada sobre la ministra y sobre mí, supuso que mi aparición se debía a ella y en qué se vio de contenerse una carcajada. «Vengan conmigo», dijo, y a grandes zancadas atravesó delante de nosotros un pasillo acristalado que tenía en un flanco una hilera de despachos y en el otro una estancia muy amplia en la que algunos redactores se atareaban en las informaciones programadas el día anterior. Al final del pasillo, giró a la izquierda y se metió en una pequeña sala sin ventanas en la que cabían difícilmente una mesa ovalada y nueve sillas, de las cuales ocho estaban ocupadas, cinco por hombres y tres por mujeres.

–El señor Kiff tiene interés en conoceros –dijo Monserga desde la puerta que había en la pared de cristal que daba al corredor.

Yo entré en la habitación y no sin dificultad, dadas las apreturas a que obligaba la penuria del recinto, fui estrechando la mano de los asistentes mientras Monserga decía sus nombres y su función. Cuando terminé les pedí disculpas por interrumpir su trabajo y les hice ver las ganas que tenía de explorar las entrañas de un periódico.

–Siempre me he preguntado cómo es factible sacar a diario tantas páginas y tan llenas de novedades –les dije.

–Pues aquí empieza la aventura –descubrió Monserga.

Cruzamos luego varias frases más, todas inocentes, entre las que yo introduje esta:

–¿Estorbaría mucho si me sentara y escuchase?

Alguien contestó que no, pero Monserga lo rectificó al instante.

–No veo qué atractivo puede tener esta reunión para el propietario –dijo.

–Pura antropología. Me serviría para juzgarlos mejor y defenderlos con más conocimiento en el consejo de administración.

Monserga, que tenía unas cuantas acciones de la empresa editora del periódico, ambicionaba constituir alrededor de este un potente grupo multimedia, pero chocaba con la voluntad contraria del Valido, que no creía en los réditos económicos de la idea. Si él estuviera en el consejo, podría defender esa propuesta en el órgano decisor y liderar el proceso que la llevara a su ejecución. Yo no era como el dueño verdadero. Yo no entendía de negocios, ni de periódicos, ni de personas. Yo parecía fácil de convencer y en el cuerpo a cuerpo dialéctico era pan comido para su verborrea. Mentarle al consejo fue como tocar su punto débil. Su sillón en ese órgano bien valía tenerme de espectador durante un rato.

–Está bien, traedle una silla –concedió finalmente.

Fueron tres los redactores jefes que se dieron con la puerta para salir, pero solo uno de ellos volvió con una silla rapiñada en un despacho próximo. El resto me hizo sitio rejuntándose unos con otros. Just se quedó del otro lado de los cristales, de pie en el pasillo, mirándonos atónito.

–Pónganse en que yo no estoy –les dije.

Así lo hicieron, y a renglón seguido empezaron a tratar los argumentos del día y a distribuirse las diversas tareas que generaban. Cualquiera en mi lugar hubiera sentido vértigo, pues aquellos hombres y mujeres manejaban labores de tanta altura como entrevistas a los máximos líderes de opinión, crónicas de los corresponsales en las zonas más conflictivas del planeta o comprometidos artículos de los más afamados pensadores, pero yo me abstraje de los asuntos que gestionaban para detenerme en ellos mismos. En apariencia, en el equipo reinaba un buen ambiente. El director intervenía poco y se limitaba a formular sugerencias y el resto exponía lo que creía fructífero sin ningún tipo de restricciones. Cuando un tema se creía cerrado (y se cerraba de una forma natural, sin que una voluntad se impusiera groseramente sobre las otras y sin someterlo a votación), se pasaba a otro de inmediato. Aquel sosiego estaba, sin embargo, lleno de vicios, y los subdirectores y los redactores jefes se circunscribían a expresar aquello que sería visto con buenos ojos por Monserga, quien ejercía sobre el elenco una autoridad similar a la del imperio.

Yo advertí enseguida que no había línea editorial, sino las paranoias del director, y que el público al que el periódico iba dirigido era el populacho. Las paredes y los cuadros que las adornaban, que eran primeras páginas enmarcadas de ediciones de referencia del periódico, rezumaban la frustración de los periodistas presentes y de otros que los habían precedido, entre los que, no obstante, había algunos que se atrevieron a plantear en el debate su propias nociones y fueron rápidamente despedidos.

–No quiero importunarlos más. Ya he escuchado bastante como para hacerme una idea de cómo se cocina el periódico –dije poniéndome en pie.

Monserga me sonrió, se levantó y con él me sonrieron y se levantaron los demás.

–Lo llamaré. Tengo que exponerle una propuesta importante –me dijo.

–Me encantará oírla. Llámeme cuando quiera –le respondí.

Allí mismo, con el pretexto de que se me había hecho tarde, rechacé su ofrecimiento de hacer el recorrido que se daba a los escolares y salí de la sala de reuniones después de estrechar nuevamente la mano de todos.

–¿A qué hemos venido? –me dijo Just en el camino de vuelta a la sede de Madlun.

Yo estaba pensando en la ministra de Economía y tardé un par de segundos en contestarle.

–A conocer la guarida del tigre –le dije.

Capítulo 4

Un artículo estrafalario. Un equilibrio inestable de estupideces. Alma Reimo, una maestra en el arte de dejarse querer para nada. La sindicalista de Madlun.

No llamé a Alma Reimo al día siguiente de conocernos, aunque ya para entonces disponía del informe sobre las cuentas reales de Madlun, porque supuse que tal urgencia delataría un afán que iba más allá de lo meramente empresarial y, dado lo conservador del carácter de la ministra, un interés apresurado y explícito me perjudicaba. Los días que aguardé se me hicieron largos y sinuosos y transité por ellos como distraído, durmiendo mal, esquivando citas y tropezando de bruces con reuniones que yo mismo había convocado. Al cabo, uno de los artículos que Monserga escribía en *El mensajero de la Verdad* bajo el agreste título «El dedo en la fístula» me dio la excusa ideal para ponerme en contacto con ella. Monserga tenía cuatro o cinco obsesiones bullendo en su cabeza, no más, y a ellas aludía de continuo en sus comentarios de tertuliano y en sus artículos, siempre tan tendenciosos como predecibles. Una de esas obsesiones era Alma Reimo, a la que odiaba precisamente porque estaba enamorado de ella y de la que hablaba incluso cuando se estaba refiriendo a otros.

A primera vista, lo inusual del artículo era lo grotesco de su andamiaje. Monserga no era un escritor brillante, pero su redacción era limpia y sus ideas se ordenaban con una sistemática elemental. En el texto en cuestión, sin embargo, publicado con el premonitorio subtítulo «Aquí, dónde, pero allí», el método había sido sustituido por el caos, como si el autor, en vez de ir enlazando los conceptos en un discurso consciente, hubiese dado rienda suelta a sus demonios y estos hubieran salido empujándose y dando voces. El desorden era tal, que solo algunas oraciones aparecían completas y las reglas de la sintaxis no se veían casi por ninguna parte. Ponía, por ejemplo: «El Presidente era Reimo había pero tú, pero tú sí que ahora». O: «Reimo enamorado bastante tenemos guerra Reimo habrá». La palabra Reimo afloraba ciento cincuenta y tres veces sobre un total de unas mil cuatrocientas. Ante la magnitud de la anarquía, uno no podía responder sino con la perplejidad. ¿Cómo era posible que semejante fárrago se hubiese divulgado?

–Debe ser una pifia del ordenador, de la imprenta o de alguna otra máquina: no es verosímil que una mente humana, por desquiciada que se encuentre, sea capaz de razonar de esta manera, ni es aceptable que un equipo de trabajo, por subyugado que esté, consienta que tamaña alucinación salga sin enmendar a la calle –dijo Just.

–Un producto tan disparatado tiene que ser concebido a propósito –opinó, por el contrario, Floro.

Yo había imaginado una causa análoga a la aludida por Floro, pero no la expliqué.

Entre las pocas palabras dispuestas con sentido, estaban estas: «El Presidente está enamorado de Reimo» (que surgía como un enclave perdido en una intrincada selva de vocablos repetidos, por lo que muy pocos habrían tenido la osadía de llegar hasta ella) y «fuera eso a era yo que el Presidente mata la» (que estaba aún más extraviada en medio de un mazacote de preposiciones y adjetivos). Cuando se las leí a mis colaboradores, ninguno de los dos les encontró razón de ser y Just añadió que la corrección de la primera quizá fuera consecuencia del azar.

–Después de tanto nombrar a Reimo, alguna hilera de palabras había de encadenarse cabalmente –dijo.

Recuerdo que cuando me dejaron solo le di varias vueltas al artículo rastreando en él oraciones, frases e incluso solo sustantivos y adjetivos coherentes, como el que se regocija indagando voces en una sopa de letras, y que todo lo que hallé se refería directa o indirectamente al Presidente, así, con mayúscula, y a alguien que o era Alma Reimo o era una mujer que debía de ser Alma Reimo, a los que se ligaba por medio de un amor que no cuajaba por culpa de ella.

–El Presidente de Occidente está enamorado de Alma Reimo, pero ella no lo quiere –dije en voz alta, y solté unas carcajadas tan sonoras que llamaron la atención de Just, a quien despaché escudándome en la locura de Monserga.

De modo que era eso, me dije: Monserga está celoso.

Me puse en pie y miré por los ventanales: desde allí, la metrópoli eran rascacielos, algunos campanarios y varias torres de comunicaciones silueteadas contra el cielo. Desde allí, el planeta estaba definitivamente conquistado, la Naturaleza había sido finalmente doblegada y la normalidad era el único destino operable. Desde allí, la ciudad tenía la misma vocación de perpetuarse que los astros, estaba sometida a unas reglas similares y era inmune a la estupidez colectiva. Desde allí, la sociedad que habitaba en la urbe se sentía capaz de mutar para adaptarse, era un ecosistema perfecto de dominantes y dominados, de huéspedes y parásitos, de presas y depredadores. Desde allí, Monserga era un accidente inapreciable, casi un dislate de mi imaginación, y otro tanto parecía Reimo.

Avisé a Just y Floro y, antes de comunicarles el motivo por el que los había reclamado, les señalé el mundo que se veía en el exterior y les pregunté:

–¿Qué veis?

–Un torbellino de gente agobiada –me contestó Just.

–A mi padre, que esta mañana se levantó enfermo y ahora viajará por una autopista como esa camino de su trabajo en una fábrica de zapatos –me respondió Floro.

Me quedé unos instantes en silencio, pensando en si alguno de los que viajaban en esos coches anónimos podría ser tan querido para mí como lo era su padre para Floro, y no hallé a nadie. Luego, le pedí a Just que se convocara al consejo de administración con el «nuevo estudio de las cuentas» como el único punto del orden del día.

–Pero que no se manden las notificaciones aún –maticé–. A ver si previamente puedo ponerme en contacto telefónico con Alma Reimo.

Y a Floro le dije:

–Mañana firmaré un artículo en *El mensajero de la Verdad*, que escribirás tú, sobre la influencia en la economía de las decisiones políticas durante el mandato de Alma Reimo. Debe ser laudatorio, aunque sin estridencias. Telefonea a Monserga y le dices que me reserve la mejor página.

Aún miraba por los ventanales, cuando me indicaron que tenía a la ministra de Economía al teléfono.

–Necesito tu parecer, Alma –le dije después de saludarnos–. El momento que temíamos ha llegado. He convocado al consejo para proponer la destitución de Nantes y el nombramiento de su sustituto. Pero antes me gustaría que examinaras un resumen del estado real de la empresa y los nombres de los candidatos que tengo para el cargo de número uno.

Me respondió que le enviase los escritos por correo electrónico y yo acepté, pero añadí que quería entablar con ella un cambio de impresiones, a lo que accedió inmediatamente, si bien dio por hecho que sería por teléfono, lo que yo intenté quebrar con el argumento de que la gravedad de la situación merecía una entrevista personal.

–No tengo ni un minuto libre en los próximos diez días –me contestó.

–Diez días es mucho tiempo: la reunión está prevista para pasado mañana. Tendría que ser hoy, o mañana, como muy tarde.

–¿Hoy? Imposible: solo dispongo de una hora, y es para comer.

–Una hora será suficiente. El propietario de *El lobo delicado* es amigo mío. Siempre tengo una sala a mi disposición. Entra por el garaje privado, aparca en la plaza 23 y toma el ascensor hasta la planta segunda. Te estarán esperando.

No dijo que no y me encantó. Alma Reimo era una mujer casada, creyente, conservadora en sus costumbres y en sus principios políticos, que estaba instruida en el elogio de su belleza, de su cultura y de su inteligencia y había sido perseguida en vano por los seductores más fascinantes, por los bulos más nocivos y por las campañas más feroces.

Alma Reimo se encontraba bien en su papel de mujer adulada y odiada y era una maestra en el arte de dejarse querer para nada. Seducirla iba a ser un proceso entretenido y maravilloso, me dije.

Durante un buen rato no fui capaz de tener otro pensamiento. Cuando me di cuenta de ello y de que toda la mañana se presentaba de idéntico cariz, salí del despacho, le dije a Just que hiciera efectiva la convocatoria del consejo y que me tomaba la mañana libre y salí de la torre Madlun a pie. En un comercio de la plaza Madlun, me compré unos pantalones, una camisa y un jersey, que me llevé puestos, y confié el traje a un empleado para que se lo subiera a Just. En la boca del metro de la plaza Madlun, que había sido costeada por nuestra empresa, tomé un tren que me llevó a la estación de Belices, donde cogí otro que me transportó hasta la estación de Niara. Salí al exterior a cincuenta metros de la sede de *El mensajero de la Verdad*, en la misma acera y casi enfrente de la tienda que Documentum tenía en esa calle. Entre la estación y el periódico había una cafetería con terraza. Cuando ocupé uno de los aproximadamente veinte veladores que tenía afuera, eran las nueve y treinta y en una televisión interior, que se veía desde la calle, estaba la imagen de Monserga. Entonces, me acordé de que no había prevenido a Libuell y lo llamé por teléfono.

–La ministra de Economía y yo iremos a comer a la sala reservada –le dije–. Le he dicho que entre por la puerta de atrás. Dile a tu personal que esté preparado.

–¿Cuántos vendréis?

–Los dos solos. Pero tendrás que buscar acomodo para sus acompañantes.

–No hay problema. ¿A qué hora?

–Sin hora. Yo iré antes y la esperaré.

Un poco tiempo después, pasó por la acera la jefa de internacional de *El mensajero de la Verdad*, cuyo nombre había olvidado, a la que pedí que se sentara conmigo. Me dijo que era tarde, pero yo insistí y ella no se atrevió a contradecirme. Cuando llegamos a la mesa, yo le ofrecí adrede el asiento que daba al paso de los peatones para que se colocase frente al televisor.

–Cinco minutos, no más. A las diez tenemos la reunión del equipo de dirección –me advirtió.

–No se preocupe. El director sigue en una sus tertulias –le dije, y le señalé el aparato.

Monserga le provocaba un conjunto de emociones contradictorias, la mayoría negativas, aunque ella las digería sin sufrir acidez alguna. Retiró la vista de la pantalla y me indicó:

–Me resulta chocante verlo a usted aquí. Si no me reclama, no lo habría reconocido.

–¿Lo dice porque no llevo traje? –le pregunté.

– Por su vestuario, por el sitio, por la hora… Una se imagina a los poderosos tratando cuestiones de suma importancia desde el amanecer.

–¿Y por qué supone que no estoy en ello?

Me escrutó con la mirada. Escondía sus ojos tras unas gafas de sol que ocultaban también unas pequeñas patas de gallo. Cuando los programas de televisión afines a Monserga la llamaban para debatir sobre asuntos internacionales, le preocupaba menos quedarse sin razones que enseñar esas odiosas arrugas, producto no tanto de la edad como de un mohín casi permanente que ella misma, con estudiado lirismo, calificaba de desconcierto y de extrañeza.

–Me he curtido como periodista haciendo de corresponsal en distintos países del mundo y he vivido sola la mayor parte de mi vida. Tengo un ánimo demasiado agrio como para saborear los acertijos, señor Kiff –me contestó.

–¿Ha leído el artículo de Monserga sobre Alma Reimo? –le dije.

–Sí, lo he leído.

–¿Entero? No me lo creo.

No había leído más de cuatro o cinco reglones salteados mientras murmuraba interjecciones de asombro y luego se había quedado como traspuesta, pendiente de ningún sitio y recordándose lo que se había dicho muchas veces: algún día, la extremosa vanagloria de este hombre cuajará en locura y entonces todos sus seguidores se darán cuenta de que es un impostor.

–Pues créaselo, lo he leído.

–¿Y qué impresión ha sacado?

Zucena (en ese momento me acordé de su nombre) tardó en responder.

–Que las formas de expresión tienen numerosos caminos –dijo.

–Menos que la estupidez –le contesté–: ¿O me va a decir que esa mierda es una forma de expresarse?

En Occidente, no era raro valorar como obra de arte lo que solo era una ocurrencia y, dependiendo de quien fuera su autor, tomar al vómito y la mierda como el súmmum de la creación o del engaño.

–Monserga está por encima de las modas, ya sí, ya puede escribir lo que quiera y como quiera –dijo.

–¡No me diga que ese artículo creará escuela! –exclamé.

–¿Usted qué ha entendido cuando lo ha leído?

–No creo que un artículo haya que interpretarlo –le dije–. Más bien debe ser lo contrario: en lugar de provocar incertidumbre en el lector, debería poner en claro lo que el lector conserva desordenado y oscurecido.

–Ese planteamiento es muy vulgar considerando la personalidad de su autor y lo que este ha pretendido. Aún no me ha contestado: dígame, ¿qué ha interpretado usted después de leerlo?

Resoplé y le respondí:

–He leído el texto de arriba abajo. He contado las veces que se repite en él la palabra Reimo y he buscado las frases que guardan algún sentido y los adjetivos que califican con aparente sensatez. Usted, en cambio, solo ha leído unas pocas líneas antes de que el periódico se le cayera literalmente de las manos. No pienso decirle lo que he sacado en conclusión puesto que lo sustancial es lo que ha sacado usted. Y usted ha resuelto que debe trabajar con un demente.

–Se equivoca –me dijo–. Lo he leído desde el principio hasta el final y he sufrido un choque, lo confieso, pero no porque me haya encontrado con un acto de locura, sino porque me ha costado aprehender lo que en esa obra hay de genial.

Zucena es difícil de pronunciar. Sus padres hicieron mal en buscar la originalidad del nombre quitándole a Azucena la a de inicio. Me quedé abstraído en eso antes de proseguir.

–La pena es que me miente a mí tanto como se miente a usted –le dije luego–. La pena es que esa mentira le servirá para aceptar de buen grado la tiranía de que su jefe hará gala en el consejo de redacción y que con ella acudirá sin pudor a las tertulias y a los debates que le ofrezcan no tanto por lo que es como por el puesto que ocupa en el periódico que dirige Monserga.

–Si no le gusta, si le parece tan loco, si tanto choca con él, céselo. Pero no lo hará, porque la única verdad es que Monserga vende y que su periódico, que hasta hace unos meses era poco menos que testimonial, se ha convertido en un medio de referencia –me dijo.

–Esa es una verdad parcial. Habría que añadir que él sabe que no lo cesaré, y que lo sabe usted, y que lo sabe Alma Reimo, y que lo saben los lectores, y que esa certeza generalizada condiciona el comportamiento de todos los protagonistas, como lo demuestran la chulería de Monserga y el miedo con el que actúa usted.

–Y el suyo –me contestó–, especialmente el suyo. ¿O no cree que sus bonitos argumentos se tornan zarandajas ante el poder de las cuentas de resultados?

Hizo un alto y prosiguió luego:

–Dentro de un rato, yo entraré en el periódico y tendré que reunirme con él, que trabajar con sus colaboradores y que vivir en un mundo en el que su presencia domina la escena y condiciona las conductas. ¿Adónde irá usted? ¿Consultará si hoy se han vendido más o menos periódicos? ¿Qué hará si se han vendido más? ¿Continuará pensando que ese artículo es una mierda?

No se retuvo hasta que le respondiera y se levantó.

–Los dos interpretamos que lo es –le dije cuando iba a despedirse.

–¿Y qué? –replicó–. Todo seguirá igual. ¿Me equivoco?

Al estrecharme la mano, sonreía. Se fue con paso resuelto, consciente de que la estaba mirando, y entró en el periódico con un punto más de energía de lo habitual, la que le daba haber estado a la altura de las circunstancias en la disputa conmigo.

Yo me demoré rumiando la conversación, mientras mis ojos iban y venían detrás de la gente que pasaba. De ese placentero estupor me sacó el advenimiento de Monserga, al que noté poco antes de que se bajara del taxi que lo traía desde el estudio de televisión donde se había emitido la tertulia en la que, como previamente en otra de la radio, se había alabado profusamente su artículo. Se sentía eufórico. Con las opiniones de los demás, su opinión sobre sí mismo se había engrandecido.

–La culpa del galimatías que tengo en el alma, que tenemos en el alma todos los electores de Occidente, y aunque parezca un chiste fácil, la tiene la propia Alma, Alma Reimo, quiero decir –había explicado.

No había podido aclarar, sin embargo, si la relación de amor entre el Presidente y Alma a la que veladamente se refería en su artículo era de amor carnal, de amor platónico o de amor político.

–El texto necesita del concurso del lector para ser completado –había dicho–. Más que su comprensión, busca su intuición o, aún mejor, sus sentimientos profundos. Que el lector se asome a la realidad social e investigue en su realidad personal y saque sus conclusiones particulares. Ya está bien de decirle al lector lo que debe y no debe pensar.

Monserga entró en la sede de *El mensajero de la Verdad* más en su papel de Hacedor justiciero que nunca. «No soy un periodista al uso. Yo no estoy ni seducido por el dinero ni domesticado por el poder. Si en el periodismo hay un paria, ese soy yo», había dicho aquella mañana, con lo que provocó la admiración del conductor de la tertulia.

Dejé la terraza y me acerqué a la puerta por donde había cruzado Monserga. Su engreimiento había bañado la acera de una baba tan viscosa que me resultaba impropio no ver a los viandantes irremediablemente atrapados en ella, como pájaros en una rama con liria. Desde la puerta, pude advertir el odio y la fascinación que provocaba a su paso, lo sentí entrando en un cuarto de baño, donde orinó con la misma fruición que si lo hiciera sobre sus incondicionales, llegando a la sala donde lo esperaba el equipo de dirección, del que recibía las felicitaciones que él anhelaba, y cuando se le prevenía sobre la llamada telefónica de Floro, que le reclamaba un espacio para mi artículo.

Por estar tanto rato en la puerta, alerté al vigilante de seguridad del edificio, que vino a preguntarme si deseaba ver a alguien. No me reconoció ni yo le declaré mi identidad. Le puse una excusa y continué calle abajo entre una baraúnda de gente que iba de unos asuntos a otros. No tenía prisa. Me había propuesto hacer con el Presidente de la República lo que había hecho con Monserga, pero me apetecía ir andando hasta los alrededores del Palacio Presidencial, que estaba situado en el centro del barrio de las instituciones públicas, quizá a una hora y media de camino desde la sede del periódico. Fui como los turistas, rebuscando con la mirada en las cosas y reparando en bagatelas que los transeúntes ignoraban de tanto verlas repetidas. Si no hubiera ido tan atento, no habría descubierto las huellas del artículo de Monserga en el alma de un individuo que se había detenido ante el escaparate de una agencia de viajes. Como me chocó que semejante engendro pudiese provocar una influencia distinta de la del extravío, me paré junto a él con ánimo de estudiarlo e hice como que leía los car-

teles de las ofertas. Tendría unos treinta y cinco años, trabajaba cargando y descargando bultos en un gran almacén y no podía permitirse el viaje al extranjero que soñaba, a pesar de que tenía un importante descuento. Momentos antes, se había parado frente a la exposición de un concesionario de vehículos de lujo, y antes aún frente a una joyería, donde se había recreado viendo el precio de los relojes que se anunciaban en la revista que se vendía conjuntamente con *El mensajero de la Verdad* todos los domingos. De joven, había sido muy progresista, pero había ido disminuyendo las ganas de cambiar el sistema conforme iba perdiendo la oportunidad de tener las ventajas que ese sistema le ofrecía y ahora quería aprovecharse de él más que cambiarlo. Pero no podía, o al menos no podía en la cantidad que el mismo sistema le demandaba. De simpatizante y votante del partido Progresista había pasado a simpatizante del partido Progresista y votante del partido Conservador, según él, aunque en realidad era simpatizante vergonzante del partido Conservador. Como no se atrevía a exteriorizar esa deriva ideológica, había encontrado en Alma Reimo la coartada perfecta en la que escudarse. No había sido un descubrimiento propio, sino tomado de los artículos y opiniones tertulianas de Monserga, a quien consideraba el único periodista verdaderamente libre de Occidente.

El hombre siguió su camino y yo continué el mío. Antes de que terminara la calle, tropecé con otra persona que había sufrido la impronta del artículo en cuestión. Era una mujer de unos cuarenta y cinco años. Su marido la había abandonado para irse con una mujer más joven, más hermosa y más inteligente que ella. Cuando oyó en la radio que Monserga había escrito sobre una historia de amor entre el Presidente y la ministra de Economía, se acordó de que la ministra era del estilo de la mujer que se había llevado a su marido y dio por sentado que Alma Reimo era ministra porque se acostaba con el Presidente.

Más adelante, cerca de la Facultad de Letras, me topé con un grupo de estudiantes de ambos sexos sentados en corro en el césped de un pequeño parque. Uno de ellos tenía un ejemplar del *El mensajero de la Verdad*. Todos eran un poco revolucionarios. Todos estaban hartos de los discursos vanos de los políticos, de sus rencillas constantes, de la discordancia entre los argumentos que defendían según estuvieran en el Gobierno o fuera de él y de la diferente manera en que se manejaban según se vieran en el Parlamento o fuera de él. Todos suponían que los periodistas eran meros portavoces de los políticos y que estaban sujetos a las líneas que mantenían los partidos. Y todos coincidían en que Monserga no era como los demás, si bien lo que para unos eran excesos y verborrea eran para otros auténticas muestras de rebeldía. Habían empezado hablando del artículo de Monserga por la forma que tenía. Uno de sus partidarios había estimado que la forma se justificaba por sí misma. Cuando otro le pidió una aclaración, el primero le contestó que no había nada que aclarar, pues probablemente el artículo no se estaba refiriendo a nada. «Ya lo he dicho: es pura forma», sentenció, «como las matemáticas, la música o los fuegos artificiales. Si Monserga hubiera querido escribir otro texto, lo habría hecho». La alusión a la música y a los fuegos artificiales frenó a la generalidad de sus adversarios. No así a una de las muchachas, que dijo: «No lo veo tan claro: un artículo de opinión no debe transmitir sensaciones, sino opiniones, y toda opinión debe ser razonada». Uno de los jóvenes, que era poeta, salió en apoyo del primero y leyó el siguiente fragmento: «Del sutil árbol, Reimo Alma, alma, ¿alma?». Los demás se quedaron expectantes, aguardando una explicación. «No sé qué explicación queréis que os dé. ¿No os parece suficiente evidencia la música, la belleza?», aseguró el poeta. «No veo por ninguna parte la música», dijo una joven. «¿Cómo puede ser sutil un árbol?», apuntó otro. «¿Y a qué viene repetir tantas veces alma?», comentó un tercero. El poeta intentó convencer a sus oponentes acudiendo a los modelos que tenía para escribir crítica poética en la revista cultural de la facultad, que siempre le habían servido para granjearse la felicitación del profesor de Literatura y de los poetas enjuiciados, pero fue en balde. Los defensores de Monserga, en lugar de ceder, tacharon de resignados a sus oponentes y se arrogaron las virtudes de la Naturaleza, que aplicaron a su idea sobre el arte. Uno dijo: «La Naturaleza prospera hasta cuando se equivoca. Para la Naturaleza, lo importante es el cambio, aunque este venga como desenlace del caos».

Cuando los estudiantes empezaron a repetirse, dejé de hacer como que esperaba a alguien y seguí mi ruta. Unos centenares de metros más allá coincidí con otro individuo que había sido influenciado por el artículo de Monserga. Su porte era estrafalario y andaba recto y con la mirada muy alta. Pillado al costado con su antebrazo izquierdo, llevaba un ejemplar del *El mensajero de la Verdad*, que portaba como un signo de distinción. Que la mayoría de los viandantes no entendieran lo que Monserga había querido decir era el mejor título para lucir el periódico, aunque él tampoco lo hubiera entendido.

Todavía hallé más personas a favor de una forma o de

otra del artículo, y en todos ellas había un cúmulo de elementos fundamentales que las unían.

Juzgué tan extraordinario el descubrimiento de una estupidez colectiva perfectamente definida que pospuse mi pretensión de acercarme al Palacio Presidencial y me senté en la terraza de una cafetería dispuesto a extraer del alma de los transeúntes cuantos principios comunes pudiese, a fin de determinar las corrientes de distinto tipo que hubiera en la comunidad que componían entre ellos. Una de las primeras consecuencias que extraje de mi análisis fue lo rápidamente que se populariza la estupidez y las profundas raíces que echa en el alma de los seres humanos. Este contagio puede ser boca a boca, lo que ocurre cuando diversos individuos con estupideces homogéneas crean una espiral en la que irán cayendo sin remedio los que se aproximan a ella, o mediante los medios de comunicación de masas, en los que majaderos profesionales, por soberbia o con el anhelo de vender, se dedican a propagar estupideces que caen en el intelecto como el agua sobre una sementera.

Frente a la estupidez, la sociedad no tiene defensa, no hay, como yo creía, corrientes de cordura que salgan en apoyo del sentido común. Ello no quiere decir que no exista la cordura e incluso que la cordura no sea lo normal, que lo es, sino que la cordura no suele instituir corrientes, y que cuando lo hace, estas son exiguas. La única salvaguardia de la sociedad es su colosal dimensión y el hecho de que si una estupidez crece, se generará a su alrededor una reacción que acabará provocando estupideces en contra. De esta manera, en el alma de una sociedad como la occidental hay, esencialmente, un conjunto de individuos cuerdos y de estupideces colectivas en equilibrio inestable.

«Occidente es más débil de lo que parece», me dije

viendo a los transeúntes, que portaban en su alma montones de estupideces inducidas por otros.

Una hora más tarde retomé mi camino hacia el Palacio Presidencial, que era un imponente edificio de color rosa pálido ceñido por jardines con flores y anchos paseos. Me acerqué a la fachada principal y me detuve junto a la verja para percibir nítidamente el hálito de los sentimientos que procedían del inmueble.

Entre los cientos de individuos que en aquel momento lo ocupaban, uno de ellos era un hombre de cincuenta y cinco años, que había ejercido de abogado hasta que dio el salto a la política y estaba casado con su novia de toda la vida, con la que tenía dos hijos. Era Sedd Alrisod, el Presidente, quien años atrás, en un encuentro del partido Conservador con economistas afines que sirvió para trazar las líneas cardinales del programa económico que él defendería como candidato a la Presidencia, había conocido a Alma Reimo, una profesora de Economía Aplicada sumamente hermosa que mostraba tanto en público como en las relaciones personales un atractivo abrumador. «Es muy calculadora y le produce verdadero deleite sentirse admirada. Mientras más la persigas, más engrandecerás su ego y más lejos estarás de ella», le advirtió una compañera de partido. El candidato a la presidencia dejó patente un interés íntimo en las peticiones de consejo sobre cuestiones de oportunidad política que le prodigó a partir de entonces, pero Alma Reimo estaba habituada a recibir las segundas intenciones como si fueran el envoltorio que adornaba el mensaje y, tras agradecerlas, las hacía añicos y las tiraba a la papelera sin más consideración ni más memoria de ellas.

Cuando Sedd Alrisod ganó las elecciones, le ofreció a Alma Reimo el Ministerio de Economía y Hacienda. Alma

Reimo aceptó y se trasladó con su familia a Nógdam, donde enchufó a su marido, que era pintor, como asesor de adquisiciones en la fundación cultural de un gran banco. El Presidente debía conformarse con verla y recibir de ella unas cuantas palabras de gratitud, pero cada reunión con su ministra incrementaba sus ganas de poseerla.

El Presidente de una República tan descomunal debe estar rodeado de gente siempre que no esté en la alcoba con su mujer. En esas circunstancias, no ya la pasión, sino incluso el galanteo, necesita de la complicidad de muchos, y entre tantas bocas que deben estar cerradas existen grandes probabilidades de que haya una que tienda a volverse bocaza, porque beba, porque se desahogue o porque acabe siendo tu enemiga.

Una de esas bocas le había mandado un correo electrónico a Monserga denunciando que una hija de Alma Reimo había abortado. Y otra, o quizá la misma, le había hecho saber más tarde que el Presidente estaba enamorado de Alma Reimo, a lo que Monserga, comido por los celos, había respondido escribiendo el artículo que había salido en *El mensajero de la Verdad.*

En las inmediaciones del Palacio Presidencial, los numerosos paseantes que loaban tanto el entorno y las construcciones del barrio institucional como la democracia de Occidente, de la que aquellos edificios eran sus templos más sagrados, se habrían juzgado afortunados si hubieran visto el coche de Alma Reimo pasar junto a ellos o a Monserga viniendo desde la sede de *El mensajero de la Verdad.* Yo era el jefe de Monserga (lo de jefe debe tomarse en su justo término), iba a escribir un artículo en el periódico que dirigía Monserga (por escribir debería entenderse firmar) e iba a almorzar con Alma Reimo, de la que, aunque menos apremiantemente que el Presidente o Monserga, estaba enamorado. En el nivel en el que yo me encontraba, los juegos de valores eran distintos y la verdad y la mentira interactuaban en función de una estrategia que tenía como primer objetivo granjearse el apoyo de los electores, de quienes a fin de cuentas dependía tanto el acceso al poder como la venta de periódicos.

Esos electores que paseaban conversando por los enormes espacios abiertos del barrio institucional se volvían silenciosos y taciturnos cuando viajaban en el metro. Abajo, a solas con sus pensamientos, no parecían tan orgullosos de sus instituciones y de sus líderes. Me dediqué a observarlos en el tramo que me llevó del barrio institucional al más próximo a mi casa y vi en ellos un grado de reflexión que tendía a hacerlos desgraciados.

Mi barrio era de gente rica y a él no llegaba el metro. Desde la boca por donde emergí hasta mi casa había varios kilómetros de calles ajardinadas con grandes viviendas unifamiliares protegidas por muros, perros de presa y cámaras de vigilancia. Tomé un taxi. El taxista, que me había visto salir del metro, me preguntó si iba de visita a alguna de las mansiones del barrio y yo le contesté que sí.

–Mi mujer ve que los personajes de las revistas viven en casas como esas y sueña con vivir en una de ellas –me dijo.

–¿Y usted? –le pedí yo.

–Yo no sé alternar con los ricos. Yo lo que quiero es tener un sueldo seguro y que el equipo de Nógdam gane la liga –me respondió.

En Nógdam había tres equipos de fútbol de primera división y yo le pregunté de cuál de ellos era, lo que le valió para lanzar una auténtica soflama sobre la categoría de los equipos y el carácter con que cada uno de ellos se identificaba con la ciudad. Aún no había concluido, cuando alcanzamos nuestro destino. No había ni un solo coche aparcado en la calle y el taxista pudo detener el suyo en la puerta de mi casa.

–No pierda de vista la cartera. Nadie se hace rico dando –me dijo.

Le di las gracias por el trabajo y por el consejo y le rogué que me esperase.

–No tardaré más de quince minutos –le apunté.

–Muy bien. Estaré afuera, estirando un poco las piernas –me contestó él.

El taxista no se dio cuenta de que abrí con mi llave, por lo que cuando me vio saliendo con otra vestimenta, más acorde con mi posición social, supuso con razón que se había ido de la lengua. No dijo nada, sin embargo. Fui yo el que habló pasados unos instantes, en vista de que él no pensaba articular palabra en todo el trayecto.

–No terminó usted de decirme por qué su equipo es el equipo de Nógdam y los otros solo son equipos de Nógdam –le dije.

El taxista estaba escamado.

–¿No será usted el propietario de uno de los otros equipos? –me preguntó.

El Valido era, en efecto, el socio mayoritario de uno de ellos.

–Digamos que tengo acciones de Los Tigres –reconocí.

–Los Tigres son un buen equipo.

–Pero por qué no son el equipo de Nógdam. Me interesa conocer su opinión.

–Quizá lo sean. Yo únicamente soy un taxista y mi opinión no vale mucho. Ya ha visto que hablo más de la cuenta –me dijo.

–No se minusvalore. Usted es un elector como otro cualquiera. Su voto vale tanto como el de un catedrático, tanto como el del Presidente. Considérelo y, por favor, dígame lo que cree.

El taxista me observó por el retrovisor y su mirada se cruzó con la mía.

–Nunca me había detenido a pensarlo –me respondió. Y lo pensó, en efecto, aunque en lugar de contestarme a lo que le había preguntado, añadió–: Pero usted no me pide un voto, sino mi opinión, y mi opinión no vale lo mismo que, por ejemplo, la de los periodistas deportivos. ¿Tiene usted acciones de algún periódico?

–Sí, las tengo.

–Pues pregúnteles a ellos o haga lo que todo el mundo: vea la televisión y lea los periódicos –resolvió.

No puedo decir que sacase ninguna conclusión de la charla con el taxista como no fuera que volví a acordarme de Monserga.

–¿Y de Alma Reimo? Se atreve a opinar sobre ella –le pedí.

–Que da gusto oírla y, más aún, que da gusto verla.

–¿Y ya está?

–¿Le parece poco?

–¿No le importa que lo haga bien o mal?

–¡Claro que me importa!

–¿Entonces?

–¿Entonces qué?

–Que si prefiere de ministra a una mujer hermosa o a una persona eficiente. Y escoja a una de las dos.

–¿Es que Alma Reimo no lo es?

–¿El qué?

–Hermosa y eficiente.

–¿Lo cree usted?

–¡No se lo estoy diciendo!

El taxi me dejó en *El lobo delicado* con bastante tiempo como para no hacer esperar a Alma Reimo.

–Sea lo que sea lo que quieres de esa mujer, no me agrada –me advirtió Libuell.

–¿Porque es demasiado hermosa e inteligente para mí? –añadí yo.

–Porque he oído a hombres muy ilustres hablar de ella y todos pretendían lo que tú. El que la consiga será más blanco de la envidia que de la admiración.

–No te preocupes: sabes que sé cuidarme.

–A las alturas en que te mueves ahora, no estoy tan seguro –me dijo.

Un camarero me trajo un vermú, unos aperitivos y una revista sobre la Naturaleza (del grupo Madlun, por cierto) que tenía en la portada un mapa planetario en el que, lógicamente, no se emplazaba La Unión y me distraje viendo la fotografías y los anuncios de relojes y automóviles y leyendo los titulares de los reportajes y algunos párrafos resaltados. Cuando terminé, miré el reloj. Habían pasado veinticinco minutos desde mi llegada y empezaba a dudar de la asistencia de la ministra de Economía y Hacienda. Cogí el móvil y llamé a Floro.

–Su artículo sobre Alma Reimo está listo –me dijo.

–Léemelo –le demandé.

–¿Quiere que se lo envíe al móvil?

–No, prefiero oírtelo a ti.

Me lo leyó de seguido. Lo había titulado «Los retos de

Alma Reimo». En él hacía una valoración muy negativa del escenario económico que se encontró Sedd Alrisod cuando llegó a la Presidencia, exponía la situación actual, que había mejorado a pesar de la difícil coyuntura internacional, y, sobre todo, veía a Alma Reimo como la única persona con lucidez bastante como para liderar el cambio que había de llevar a Occidente a un modelo productivo más sólido.

–Está muy bien. Creo que lo firmaría cualquier catedrático de universidad. Pon en algún sitio, además, que Alma Reimo debe luchar contra el lastre que en nuestra sociedad suponen su condición de mujer, su belleza y su inteligencia –le dije.

–De acuerdo. ¿Quiere que se lo lea luego?

–No, mándalo sin más al periódico.

Iba a colgar, cuando me vino a la cabeza la alusión que le había hecho a un catedrático de universidad.

–Quizá fuera preferible que lo firmara alguien con más aureola que yo, como un catedrático de universidad. ¿Qué te parece? –le pregunté.

–No me parece mal.

–Decidid entre Just y tú quién es la pluma de más prestigio que pudiera firmarlo y ofrecedle dinero en abundancia –le dije–. Mándame un mensaje en cuanto lo tengáis amarrado.

Un cuarto de hora más tarde, recibí el siguiente mensaje: «Alexo Dibarco, exdirector del Banco Central de Occidente, ha aceptado firmar el artículo. Y por menos de lo que creíamos».

Alma Reimo aún tardó diez minutos en llegar. Cuando la sentí accediendo al garaje, salí de la sala privada para recibirla en una pequeña antecámara. Libuell, que quería conocer personalmente a la ministra, acudió advertido por el empleado que le había abierto la puerta.

–A ver si es tan fascinante como aseguran –me dijo.

–¿Nunca ha estado aquí?

–No, nunca.

–Tu restaurante no es tan famoso como afirman las guías –bromeé.

Alma Reimo tardó poco. Venía con dos de sus guardaespaldas y con un secretario que le llevaba el maletín y el teléfono. Le di la mano y, acto seguido, le presenté a Libuell, a quien ella saludó tras alabar el renombre de su establecimiento.

–Hasta el día de hoy, la lista de comensales ilustres de este humilde lugar estaba incompleta –le contestó mi amigo casi babeando.

Alma Reimo, con tacones, era casi tan alta como Libuell, tan alta como sus escoltas y mucho más alta que su secretario y que yo. Alma Reimo parecía una *vedette* disfrazada de ama de casa y tenía a partes iguales el sexy de las novicias y de las putas. Alma Reimo era tan impresionante que a su alrededor se multiplicaban los tropiezos y los tartamudeos.

Lo raro es que esa mujer ande todavía con el pánfilo de su marido, se decía en Occidente. Lo raro es que se haya casado con un hombre tan vulgar, que vive de ella y es viejo y feo. Lo raro es que siga siendo tan mística a pesar de su influjo y de su belleza, porque el que goza de más encanto está sometido a mayores tentaciones y esta mujer debe tenerlas grandes y a diario: las del amor, las del sexo, las de la vanidad, las del dinero y las del poder, que no son señuelos de poca monta.

A Alma Reimo se la suponía llevando la penitencia de sus renuncias. Si se le hubieran conocido varios amantes, si hubiera sido un punto altanera, si hubiera sido menos dada al cumplimiento estricto de sus principios morales, su perfección habría resultado intolerable, pero daba la sensación de ser una mujer que en el fondo de todo sufría, y ese sufrimiento la redimía a los ojos de los electores y la hacía aún más atractiva.

Su secretario y los guardaespaldas se quedaron en la antecámara y ella y yo entramos en la sala reservada, donde en otras ocasiones nos habíamos acomodado con holgura hasta doce comensales. La mesa era rectangular y el servicio de ambos estaba dispuesto en los lados cortos, de modo que entre ella y yo mediaban tres metros de distancia, además de un enorme centro de flores blancas.

–La decoración es parca, como debe ser –reseñó antes de sentarse para bosquejar una idea amable, pues no había en la sala más que una hilera de cuadros con hojas comestibles secas que Libuell había cogido en las cunetas de los suburbios de Nógdam para recordarse la virtud de la humildad.

–Si el cocinero no desdeña sus orígenes, por encumbrado que esté, creo que nosotros tampoco debemos hacerlo, por mucho que nos cueste un manjar –le contesté.

Tanto le atrajo el origen de los cuadros, que se acercó a uno de ellos y pegó su nariz al cristal para intentar descifrar la inscripción que Libuell había colocado al pie, en la que se indicaba el tipo de planta, el paraje donde la había cogido y las comidas que podían prepararse con ella.

–No lo veo, no sin mis gafas. ¡La dichosa edad! –dijo.

Dicho por otra mujer, la alusión a la edad quizá hubiera sido de mal gusto, pero el tiempo había obrado en ella con tan extremada sapiencia que al citarlo fue como si se hubiera referido a una labor de artesanía. Lo hizo, por tanto, por coquetería, y yo le seguí el juego.

–La edad no deja la misma huella en todos los cuerpos –comenté.

Y la palabra «cuerpo», siendo el de aquella mujer tan magnífico, produjo el efecto del que menta lo carnal por antonomasia. Se rio levísimamente, esa fue su respuesta. Admitió mi cumplido y, a continuación, oyó de mis labios la leyenda de un par de cuadros.

–Yo hago ese guiso con acelgas –declaró yéndose hacia una de las sillas, la más próxima a la puerta, tras oír el plato que se elaboraba con la hoja de un cuadro.

–¡Ah, también cocinas!

Ese «también» iba cargado de contenido favorable y sonó como tenía que sonar.

–Algún día de fiesta. Poco, muy poco. Para relajarme, porque cocinar me gusta. ¿Y tú, sabes cocinar?

–Ni cocinar, ni comer –le dije–. Por suerte, mi amigo Libuell no tiene carta en su restaurante, ni de comidas ni de vinos.

Se sentó con la ayuda del camarero que Libuell había preparado exclusivamente para nosotros, que le retiró la silla y se la acercó luego. En cuanto ella tomó asiento, le dije que en realidad mis conocimientos de cualquier materia eran muy escasos.

–¿Y lo dices tú, que administras una de las mayores empresas del país, de las más grandes del mundo? –me dijo.

–Soy de los que mejor comen sin saber cocinar, incluso sin saber comer, sencillamente porque alguien cocina por mí y elige por mí la comida –le contesté.

El camarero me escanció un vino blanco y permaneció a la espera de que le diera el visto bueno, pero yo, sin haberlo probado, le hice una señal con la mano para que lo sirviese.

–¿No lo pruebas? –me preguntó la ministra.

–No es necesario: he leído la etiqueta.

–Luego entiendes de vinos.

–No. No entiendo ni de marcas ni de cosechas. Pero en la etiqueta he visto que es de una bodega del grupo Madlun, así que ha de estar bueno por fuerza.

Volvió a reírse. «Tienes salidas para todo», exclamó. El camarero se fue y por fin nos dejó solos. «Bueno...», dijo ella, pero no quedó claro a qué estaba dando paso, si a que hablara yo o a que le permitiera que hablase. Yo le pregunté por sus hijas.

–Están bien, están bien –dijo–. Dentro de lo bien que pueden estar unas hijas sin su madre.

–No digas eso. Estoy seguro de que haces lo que puedes.

–Pues yo no estoy tan segura.

Si la hubiera presionado un poco, me habría hecho alguna confidencia sobre ellas, pero luego se habría sentido en desventaja frente a mí y le habría pesado. Era mejor que me viese cercano y obligatoriamente discreto, al menos hasta que se decidiera a dar el paso de venir a buscarme.

–¿Y los indicadores de la economía, cómo están? –le pregunté.

–No demasiado bien, como siempre –me contestó.

No era tan fuerte como aparentaba. La gente tenía razón cuando le cogía cariño porque intuía que detrás de su éxito había una frustración íntima semejante a la de cualquier elector.

El camarero entró con los dos primeros platos, en los que había tres pequeños cubos gelatinosos de distintos matices verdes, algunas hierbas y un par de chorreoncitos de salsa. Después de colocárnoslos, nos reveló de manera sucinta sus ingredientes y el proceso de elaboración.

–He leído el artículo de Monserga –dije cuando se fue el camarero–. He tenido la santa paciencia de leerlo desde el principio hasta el fin.

Alma Reimo probó uno de los cubos.

–¿Qué ha dicho que era esto? –preguntó.

–No lo recuerdo. Algo de pistacho.

–Está bueno.

Si había ido a comer conmigo era precisamente por Monserga, porque yo tenía sobre él la autoridad que me daba el gestionar la propiedad del periódico en el que Monserga trabajaba. Pero ella no quería dar esa impresión. El fundamento explícito por el que ella estaba allí era otro.

–Lo malo de Monserga no es tanto el diario como su carácter mediático. Hace más daño en las tertulias que con esos artículos que nadie entiende –le dije.

–Es cierto –me contestó inquiriéndome con sus soberbios ojos azules–. Pero sus escritos le sirven de trampolín. El periódico es la causa de las tertulias.

El problema de Alma Reimo no era Monserga. Su problema era que Monserga sabía que su hija mayor había abortado y ella estaba públicamente en contra del aborto. Su problema, en el fondo, era que había incurrido en una tacha que no podía reconocer sin echar por tierra su fama de mujer consecuente. Su problema no era que le hubiera salido un grano en la figura de Monserga, sino que tenía un talón de Aquiles que hoy conocía él, pero mañana echaría de ver cualquiera.

–Tu problema –le dije sin embargo– es que Monserga se ha enamorado de ti.

Ella estaba acostumbrada a convivir con los inconvenientes que acarreaba su atractivo y, en efecto, muchos hombres y algunas mujeres le habían declarado su amor, no pocos de los cuales eran absolutamente extraviados.

–Cuando un escritor escribe un libro para hacer felices a sus lectores, no se pone en la idea de que entre ellos habrá asesinos sistemáticos –le dije–. Y un asesino puede utilizar el libro para volverse contra su autor, simplemente porque lo admira.

No me entendió bien. O yo no supe explicarme. Y ella no podía ser más explícita sin delatarse.

–Pero también puede ocurrir lo contrario –continué–. Que el asesino sea el escritor y que los lectores, ignorando esa lacra garrafal, profesen por él una devoción sin límites porque confundan sus cualidades como escritor con sus cualidades personales.

Son los lectores los que se equivocan habitualmente sobre la persona del autor. En general, son los admiradores los que se equivocan sobre la figura del admirado. El problema para los admirados, como era el caso de Alma Reimo, es mantenerse enteros, incólumes, parecer que son lo que no son, ocultar la pifia que todos o casi todos cometen pero que a ellos no les sería perdonada sin menoscabo de su popularidad. El problema de los admirados es la imagen que dan y de la que son esclavos.

–Monserga se ha enamorado de ti –insistí.

Monserga era un enamorado destructivo. Para él, la debilidad de su amada no era un motivo para desenamorarse, sino una vía abierta por la que dar rienda suelta a su frustración. En el fondo de Monserga estaba el espíritu egoísta del maltratador: si Alma Reimo no era para él, no lo sería para nadie.

–Y como buen enamorado, está obsesionado con su amada. Pero también está enamorado de sí mismo. Se ha enamorado de ti un enfermo mental. La unión de su obsesión por ti con su vanidad infinita da lugar a locuras como la del artículo de hoy.

Y lo peor no es tanto la locura de ese hombre como la estupidez de nuestra sociedad, que cree genial lo que no es sino la cagada de un loco, que sigue a los que protestan por el solo hecho de ser unos contestatarios y muestra por los que gritan el favor que les niega a los que guardan silencio, pensé, aunque eso no se lo dije.

–No te preocupes: mañana sale un artículo que te ensalza firmado por el exdirector del Banco Central de Occidente. Y si hace falta, pasado mañana saldrá otro, y a otro día, otro, y no solo en nuestro periódico, también en los otros periódicos. Y si sigue siendo necesario, no solo habrá opiniones propicias en los periódicos, también las habrá en las tertulias de la radio y de la televisión. Y de todas formas, las habrá a millones en internet.

Ella creía que podía hacerse más.

–Si se sintiera intimidado –me dijo–, si tuviera que pensárselo dos veces antes de escribir contra mí…

–Monserga tiene cuatro o cinco obsesiones y tú eres su obsesión principal. Si se siente presionado en demasía, se buscará otro medio informativo, quizá un grupo multimedia. Creo que es saludable tenerlo reducido a un ámbito en el que yo tengo bastante mano y apagar su furia con una manta de opiniones en contra.

Aunque lo mejor sería que hicieras público tu resbalón, pensé. Así, le quitarías a Monserga el argumento por el que le tienes miedo.

¿Por qué no le dije lo que creía y me limité a contentarla y a poner paños calientes sobre la situación? Ahora, con las perspectiva que me da el tiempo transcurrido, pienso que porque aquella mujer me tenía subyugado. De hecho, tenía más y mayores imperfecciones de las que yo creía. Alma Reimo era, dicho sea finamente, una fingidora, y para mantener su imagen de dama estupendísima estaba dispuesta a seguir representando y a silenciar a quienes conocían su verdadero ser.

En resumen, yo fui al restaurante de Libuell preparado para hechizarla haciendo uso de mis potencias exorbitantes y resultó que sus sencillas armas de mujer fatal me dejaron indefenso. Algo obtuve, sin embargo. Le dio el visto bueno al despido de Nantes y a su sustitución por cualquiera que me gustase a mí (lo que despachamos medio de pasada al final de la charla) y, sobre todo, me presenté ante ella como un individuo cercano, en el que podía confiar y que la amaba desde la distancia justa, esa en la que a ella le apetecía tener a sus admiradores. Yo sería, a partir de entonces, uno de sus amigos de referencia, bien entendido que para su ánimo el concepto amigo no presuponía una relación de equilibrio, pues daba bastante menos de lo que recibía.

–¿Cómo te ha ido? –me preguntó Libuell en cuanto nos quedamos solos.

–Es mucha mujer para seducirla en una sola entrevista –le respondí dándole una palmadita en el hombro.

De *El lobo delicado* me fui a mi despacho en la torre Madlun, donde ordené a Just que convocara al consejo de administración, según habíamos hablado por la mañana. Just se lo ordenó a su vez a uno de sus ayudantes y Floro, él y yo nos pusimos a repasar el catálogo de contertulios de

Monserga.

–Alma Reimo me ha pedido ayuda, y a Madlun le interesa que la ministra de Economía y Hacienda esté en deuda con ella –me justifiqué.

Entre los tres sacamos un largo índice de políticos y periodistas, de los que fuimos haciendo una ficha sucinta. Yo los trataba a todos y sabía cuáles eran sus puntos fuertes y sus puntos débiles. Llama a este, a este y a esta, le especifiqué a Floro, y ofréceles dinero para que opinen a favor de la política que lleva la ministra. ¿Así, sin más?, me preguntó él, extrañado de que personas de tanto cartel se vendieran tan pronto y tan rudamente. A estos, sin más, le contesté yo. Ya veremos lo que hacemos con los otros.

Cuando leí el artículo que Floro me había dictado por teléfono, reparé en que era demasiado académico como para representar a un área importante de la opinión pública. Por eso le dije:

–Escribe varias cartas firmadas por amas de casa y pensionistas a la sección de cartas al director de diferentes periódicos.

–¿Quiere que incluya a trabajadores? –me sugirió él.

–¿Trabajadores? Sí, estaría bien. Y mejor aún si fueran delegados de trabajadores

Yo no conocía a ningún secretario general de un sindicato, pero sí a los líderes sindicales de Madlun y alguno de ellos daba el perfil que necesitábamos. El más apropiado era una mujer a la que todos conocían como Genoveva porque con ese seudónimo había firmado al pie de los broncos pasquines con los que en otro tiempo criticaba las decisiones de los directivos de la empresa. Genoveva, hija de un albañil en paro y de una limpiadora, era la primera de una larga lista de hermanos y se había criado en uno de los barrios más conflictivos de Nógdam casi sin pisar la calle, a salvo de las malas influencias de las pandillas que condicionaban las vidas de los adolescentes pero bajo la presión de las relaciones que existían en su propia casa, de la que debió hacerse cargo desde muy temprana edad por la inoperancia de un padre alcohólico y de una madre que debía trabajar doce horas diarias limpiando escaleras. Genoveva dejó de acudir a la escuela antes de que cumpliera la edad mínima para ello ante la pasividad de los servicios sociales competentes para casos de absentismo escolar, que valoraban como prácticamente insuperable la problemática de su barrio y de su familia. La niña, no obstante, adquirió una cultura amplia (pero sin cimientos) apoyada en la radio, que siempre tenía encendida, y en algunas revistas del corazón añejas que le traía su madre de un salón de belleza en el que limpiaba por horas. Genoveva admiraba la capacidad de expresión de los locutores de la radio, que contrastaba con el lenguaje soez, embarullado y turbio que se manejaba en su casa. A fuerza de oírlos, consiguió tener tanta afinidad con ellos que imitaba a la perfección su dejo y el ritmo de su discurso, hasta el punto de que en una ocasión participó con nombre falso en un certamen radiofónico en el que había que disertar durante cinco minutos sobre lo que le inspirase una palabra cualquiera extraída del diccionario al azar (a ella le tocó «botica») y lo ganó. Nunca acabó el premio en sus manos, pero a eso no le dio importancia. El premio mayor fue la autoestima que cosechó y la certeza de que la habilidad para expresarse podía suplir las enormes carencias de su formación. Practicó aún más, mucho más. Siguiendo el ejemplo del concurso, abría un diccionario de bolsillo que había en su casa y reflexionaba en voz alta sobre el contenido de la palabra que señalaba a ciegas con el dedo, aunque supiera poco del asunto o aunque no supiese nada. Con el fondo de la radio, hablaba, hablaba y hablaba, y cuando hablaba no se conformaba con lo que decía, sino que buscaba una entonación más limpia, un acento más musical y unas oraciones más largas. Su habilidad llegó a tal extremo que cuando sus hermanos estaban revoltosos los sentaba en el suelo de la sala de estar y, de pie frente a ellos, les lanzaba largas conferencias que provocaban en los niños el narcótico efecto de las nanas.

Genoveva arrancó a trabajar en Madlun de limpiadora con veinte años recién cumplidos. Durante otros tres años estuvo en la empresa sin cruzar más de cuatro fórmulas de saludo con sus compañeras y con un operario de mantenimiento ante cuya presencia, sin embargo, bajaba la mirada, atosigada por una timidez casi enfermiza. Pero pasado ese tiempo, hubo una huelga del servicio de limpieza auspiciada por el sindicato dominante que fue seguida sin fisuras por los trabajadores hasta que la dirección se comprometió al cumplimiento de las demandas menores y, *sottovoce*, compró a los delegados sindicales procurándoles mayores dietas y mejores puestos en el organigrama. En la asamblea convocada para aprobar las medidas propuestas, Genoveva, que por entonces era Amiana Osina, pues ese era su verdadero nombre, pidió la palabra y, tras unos leves titubeos producto de su exagerado apocamiento, se destapó con un alegato contrario a las mociones más propio de una gran parlamentaria que de una joven limpiadora. Sorprendidos por la inesperada argumentación de Amiana, los líderes sindicales temieron no solo por la pérdida de la votación y, con ella, por los favores que les habían prometido, sino que sintieron moverse sus sillones, en los que llevaban sentados muchos años, supuestamente dedicados en exclusiva al oficio de defender a sus compañeros. Los líderes sindicales ganaron la votación por unos cuantos votos y se fueron poco después a ocupar los cargos que les habían prometido, desde donde torpedearon a Amiana sin pudor ni reservas. Pero ella, que fue adoptada como cabecilla por unas cuantas limpiadoras independientes, tomó poco a poco conciencia de su posición y de su fuerza y, ante la imposibilidad de hacerse oír de otro modo, firmó con el seudónimo de Genoveva una serie de escritos vigorosos e incoherentes que fueron fotocopiados por un administrativo afín y distribuidos por todas las instalaciones con la rudimentaria técnica que bastantes años antes había lanzado pasquines una de sus bisabuelas en las fábricas de bayetas de Bloncopa, un pueblo situado a varios miles de kilómetros de Nógdam, no lejos del lago Cobos.

Pero la suerte de los viejos sindicalistas estaba echada. Cuando fueron las siguientes elecciones sindicales, Amiana, ya con el nombre de Genoveva, que se presentaba por un sindicato minoritario, hizo valer la fibra de sus proclamas y ganó por goleada. Genoveva cumplió su cometido y defendió con firmeza los derechos de sus compañeros. En aquellos primeros tiempos no había grandes discrepancias entre lo que predicaba y lo que hacía y superaba sin demasiado esfuerzo las tentaciones a las que se veía sometida y el cansino sermón de su madre, que le reprochaba no haber incrementado el sueldo a pesar de su nueva responsabilidad. En las elecciones posteriores (las había cada tres años), ganó ella, y el sindicato que ella apoyaba subió con fuerza. De defender a los trabajadores en contacto con estos, pasó a defenderlos en contacto con los ejecutivos. Desde ese nivel, el mundo era otro y las cosas tenían el brillo del papel cuché de las revistas del corazón. Aunque seguía luciendo su perfil de limpiadora, Genoveva empezó a llevarlo como un mero símbolo en las mesas de negociación y como una carga en su intimidad. «Tienes que buscarte la vida, hija. ¿Me has visto a mí? ¿De qué te sirve el honor de ser menos de lo que puedes ser? Si no fueras sindicalista, serías más de lo que eres», recordó que le decía su madre cuando, finalmente, accedió a ocupar un puesto que se había creado ex profeso para ella. Genoveva no agradeció el gesto de la dirección, porque haberlo hecho habría sido como aceptar que a partir de ese momento le debía un favor, pero se volvió más disciplinada, o, como decía ella, maduró lo suficiente como para comprender que no tiene por qué sacrificarse la esfera privada en aras de un mayor compromiso social. Tenía un teléfono del sindicato desde el que hacía todo tipo de llamadas personales, viajaba y comía a cuenta del sindicato o de la empresa, trabajaba en un despacho, entraba más tarde de lo habitual y se ausentaba cuando quería y tenía un brillo social que le permitía alimentar su crecido ego. En las subsiguientes elecciones, Genoveva no luchó con la ilusión de representar a sus compañeros, sino con la de mantener su estatus. La habilidad para la oratoria es con mucho la más importante cuando hay sufragios de por medio y Genoveva la tenía en grado sumo. Dedicó la suya a atacar a los miembros de otros sindicatos, llenó de basura y de minas el terreno por el que no le interesaba transitar y expuso de forma grandilocuente el programa de su candidatura, en el que incluyó cuanto le vino a la cabeza, fuera posible o imposible.

Como repitió victoria, y con mayor diferencia aún sobre sus contendientes, Genoveva se creyó legitimada para seguir trepando. El único problema era que su sindicato apenas tenía implantación más allá de Madlun, mientras que los otros disfrutaban en Occidente de cientos de miles de delegados que luchaban por lo mismo que ella.

En esas estábamos, cuando se me ocurrió lo del artículo escrito por un sindicalista.

–Llama a Genoveva y ofrécele una página de *El mensajero de la Verdad* para escribir sobre la política económica del Gobierno –le pedí a Floro.

–¿Le digo que tiene que ser favorable? –me preguntó.

–No, no hace falta. Dile que debe firmar como Secretaria de su área de la Liga Sindical de Occidente y no como sindicalista de Madlun –añadí.

Aunque Madlun era la única empresa grande en la que la L.S.O. tenía mayoría, Genoveva no había aspirado a la secretaría general de su sindicato por fidelidad hacia el compañero que la estaba ocupando, Silio Perssin, un ferroviario de sesenta y tres años que llevaba más de treinta en el cargo y liberado.

–Cuando me jubile, tú serás la única candidata a sustituirme –le había prometido a Genoveva en las últimas elecciones internas, celebradas no hacía más de cuatro meses.

Para entonces, algunos enemigos de los que Perssin se había ido dejando por el camino (competidores fracasados, casi todos) habían llegado hasta ella con el único fin de expresarle su apoyo para el supuesto de que decidiera encabezar una lista alternativa. Genoveva, ante la disyuntiva de tener que competir con Perssin y hacerse inmediatamente con la organización o hacerse con la organización un poco más tarde sin competir con Perssin, prefirió esto último, en especial porque Perssin le había ofrecido ejercer de hecho el cargo que él ostentaba.

Cuando Genoveva recibió la petición de Floro, lo primero que hizo fue telefonear a Perssin, de quien recibió los mensajes que esperaba: tenía que ser radical en las ideas, que criticar la funcionarización de los demás sindicatos y que convertir cada ejemplar del periódico en un pasquín. Pero Genoveva había aprendido de las revistas del corazón que si su sindicato quería extender su implantación había de ser por la vía de la polémica, no de la enjundia. Para conseguir más representantes había que ser conocido, para ser conocido había que salir en los medios de comunicación y para salir en los medios de comunicación había que ser significativamente especial, lo que no quería decir ser superior al resto, sino ser muy distinto del resto, cuanto más distinto del resto mejor, y mejor aún si se era distinto sin fundamento alguno.

Capítulo 5

Una mujer distinta, una estrella mediática

Genoveva no sabía redactar. Para escribir, se ponía de pie y lanzaba un discurso a la grabadora que luego copiaba en un ordenador. Frente a las masas, con las que el disertador tiene un vínculo emocional, y en un debate, en donde lo importante es ganar al adversario, la sindicalista era imbatible, pero lo escrito exige más sustancia y disponer de una habilidad distinta y específica. Escribió el artículo, que se publicó en *El mensajero de la Verdad* dos días después de que se lo solicitáramos, pero no le pidió a nadie que lo repasara y tampoco lo hicieron los correctores del periódico a instancias de Monserga, quien por despecho hacia mí ordenó que se siguiera a rajatabla el manual de estilo, que obligaba a respetar la puntuación y la sintaxis de las colaboraciones.

El escrito salió a la calle con fallos garrafales y el inaudito apoyo a la política económica del Gobierno, que tenía todos los indicadores por los suelos, en singular el del desempleo. El propio Monserga, que dos días antes había firmado un artículo infumable, se hizo eco en las tertulias de la cochambrosa configuración del de Genoveva y de lo mezquino de su fondo exhibiendo el diario ante las cámaras y leyendo párrafos completos del mismo en los que, en lugar de leerlo conforme a su sentido, lo hacía según estaba puntuado y diciendo coma donde había una coma y punto donde había un punto. «Estos son los apoyos que recibe Alma Reimo: los de analfabetas salidas de las cloacas más recónditas del sistema», dijo, por ejemplo. Fue el respaldo que Genoveva necesitaba para que se hablara de ella. La sindicalista, contrariamente a lo que había previsto, no fue reclamada en las tertulias en las que se comentó su artículo, pero fue entrevistada por varios reporteros, frente a los que, armada con su escoba de limpiadora, hizo gala de su fluidez verbal con una maestría que llamó la atención de los responsables de los programas televisivos de temática obvia y táctica sensacionalista.

A uno de ellos, que consistía en que seis expertos en el mundo de la farándula interrogaban a un personaje conocido con ánimo de destriparlo ante la mirada de un público sediento de humores y hambriento de mierda, acudió con una escoba prestada y vestida como la limpiadora que ya no era y se mostró como una trabajadora de los estratos más desfavorecidos de la sociedad. La presentadora y los entrevistadores, para quien la entrevistada era aparentemente una perita en dulce, tardaron poco en intentar hacerla puré atacándola por el flanco que consideraban más débil, que era el de su incultura, pero Genoveva tenía más habilidades verbales que ellos e hizo de su debilidad su fuerza. Dijo que no había ido a la escuela porque se quedaba cuidando a sus hermanos, que no sabía poner los puntos y las comas en los escritos pero que había aprendido a entonarlos muy bien cuando hablaba, que para defender a los electores no enmudecería ni ante los lobos ni ante los idiotas, por más títulos universitarios de los que alardeasen y mucha podredumbre que tuvieran entre las uñas y entre los dientes, y que para opinar con razón bastaba con tener la razón y el saber de saber estar y todo lo demás sobraba. Como a la presentadora y a los entrevistadores no solo se les iba de las manos el festín, sino que se veían claramente vencidos, atacaron con más ahínco, en manada, con insultos, a voces, atropellándose para pisarse la palabra y gesticulando como forofos en una pelea de gallos. Genoveva no volvió a abrir la boca, porque no la dejaron, y permaneció incólume y sonriente mientras por la zona baja de la pantalla corrían una muestra de los cientos de miles de mensajes de apoyo de los espectadores que se enviaron aquel día, en los que se le agradecía que por fin una persona nacida del pueblo, como ellos, hubiera puesto en su sitio a esas fieras engendradas por Belcebú que se hacían pasar por periodistas.

El episodio se repitió casi entero en los espacios que se confeccionaban con fragmentos de otros y de él se hicieron eco los telediarios y los periódicos. «La mujer de la escoba», «La limpiadora de los platós», «La sindicalista auténtica», «La aristócrata de la plebe», fueron algunos de los sobrenombres que recibió. A Genoveva le llovieron las ofertas para hacerle entrevistas y aceptó todas las que pudo: en los telediarios, como si fuera un ministro o un futbolista, en los programas de salud, como si fuera un médico, en los de ciencia, como si fuera un científico y, entre otros, en los de cocina, como si fuera un cocinero, y allá donde iba decía que no entendía, que ella era proletaria y no entendía, que no entendía de cocina y que en su casa se comían platos preparados, que no sabía lo que era la ciencia ni para qué servía, que no sabía de deportes ni había practicado ninguno en su vida, que no entendía más que de escobas y fregonas, y que en ese no entender estaba la justificación de que tanta gente la quisiera, porque ella era como la gente, la gente no entendía lo que de complicado tiene el mundo, pero entendía de lo suyo y de los seres que la querían, de sus dolores y de sus frustraciones, de esas naderías que pueblan el alma de cada uno, que solo cada uno conoce y que se esfuman para siempre cuando morimos. Hilaba tan bien su no saber, los sabios parecían tan necios ante ella, que, tras oírla hablar, la ignorancia se enjuiciaba como lo más recomendable para salir de las crisis más extremas, fueran personales, empresariales, políticas o sociales.

Una legión de sesudos críticos enjuició desde todos los puntos de vista posibles y en todos los medios «el insólito caso de la limpiadora mediática», como se llamaba a la volcánica irrupción de Genoveva en el escenario de las grandes celebridades de Occidente. Y todos ellos desembocaron en la conclusión de que detrás del fenómeno no había nada, nada de nada, absolutamente nada, pero (y esto también lo razonaron) si no había nada, ¿de dónde nacía su éxito? De la necesidad de líderes asequibles que tiene la sociedad, aunque no se les entienda, contestaron unos; de la necesidad que tienen las capas medias y bajas de la sociedad de hacer ostentosa su frustración, afirmaron otros; de la nada social, la nada de Genoveva es el paradigma de la Nada absoluta, la falacia que hay detrás de ese cuento grande que es Occidente, propugnaron los más especulativos.

El director del *El mensajero de la Verdad* fue uno de los que más opinó sobre lo acaecido. Y lo hizo al viejo uso, por escrito, con la prosa más ordenada y limpia que pudo, y en las tertulias, armándose de conceptos tomados de los sociólogos más prestigiosos y robando tiempo a sus contertulios. Él era partidario de pensar que Genoveva no era un elemento extraño en la sociedad, sino un subproducto de la misma que había alcanzado la gloria porque la sociedad no engendraba como productos más que miasmas. Y al decir miasmas citó a los periodistas que la entrevistaban, a los directivos de la televisión que se enriquecían con el programa y a los espectadores que se divertían viendo desollar el alma de los entrevistados. «Llega un momento en que hasta los habitantes de las alcantarillas tienen mejor corazón que los de las calles», dijo en una tertulia. «Entonces, cuando una rata sale de la alcantarilla, a los habitantes de las calles les parece que la rata es un ser superior y la idolatran». Pero al decir miasmas citó también a Alma Reimo. No venía a cuento y sus contertulios, que se estaban quedando admirados de la maña con que Monserga ilustraba sus argumentos, le pidieron explicaciones.

–Alma Reimo es hermosa como ninguna otra mujer, tiene varios doctorados y está en el Gobierno. Ella es el prototipo de producto que ha ascendido más alto en nuestra comunidad –dijo.

Sí, ¿pero miasma?, le protestaron.

–Miasma. Y por esa razón en tan querida por el electorado. Alma Reimo es como uno de esos cantautores millonarios y excéntricos que nada tienen en común con el auditorio que los adora excepto que los componentes de ese auditorio son los protagonistas de las canciones. En las canciones de Alma Reimo están los electores.

La disquisición de Monserga no fue entendida por nadie, pero valió para recordar que en el artículo escrito por Genoveva se elogiaba con candidez la política económica de la ministra. Los profesionales de la comunicación, que en sus entrevistas a la limpiadora se habían deslizado hacia el lado más hortera del personaje, volvieron a leer el artículo y encontraron que, efectivamente, trataba de economía. Cuando le preguntaron a Genoveva por sus estudios sobre esta materia, ella, lejos de permanecer callada, respondió mezclando ideas como el precio del bacalao en el comercio de la esquina, los puñados de garbanzos que se necesitaban en una receta de cocido para cuatro y los caldos que podían hacerse para aprovechar las sobras de los guisos con indicadores como el PIB, el IPC, la tasa de paro y otras variables esenciales para diagnosticar la salud económica de un país de los que no conocía más que el nombre, por haberlos leído en la revista de su sindicato, en la que ella, a pesar de todo, había escrito varios editoriales sobre macroeconomía. Y lo hizo tan bien que nadie se aventuró a rechistarle, y con tanta elocuencia que la reclamaron de las tertulias políticas más escuchadas de la radio y de la televisión. Precisamente en una de ellas, competidora de la de Monserga, la interrogaron por la razón de la saña con que Monserga atacaba a Alma Reimo y ella contestó con una rotundidad que le era impropia:

–Porque es mujer, porque es atractiva y porque es inteligente –dijo.

Aunque ni una sola de las tres acusaciones podía ser probada, los otros tertulianos eran hombres y prefirieron no asumir una inmediata acusación de machismo, así que decidieron amorrarse y dar por buena la respuesta a la espera de que la moderadora cambiara de asunto. Pero la moderadora dijo:

–¿Cree usted que Monserga odia a todas las mujeres?

–Prácticamente a todas –contestó Genoveva–: a las

que son feas, por feas, y a las que son guapas, por guapas; a las que son listas, por listas, y a las que son torpes, por torpes.

–¿Sin que se libre ninguna? –continuó la moderadora.

–Casi ninguna –sentenció Genoveva.

Hubo un momento de silencio, que en la radio pareció una eternidad, al que dio fin uno de los contertulios diciendo:

–Volvamos la acción del otro lado: ¿cree usted que el hecho de ser mujer es suficiente motivo para no ser atacada?

Era por la mañana temprano en la franja horaria de Nógdam y en muchas casas de esa parte de Occidente sonaba la radio mientras los miembros de la familia se aprestaban para iniciar su jornada laboral. El programa era de los más oídos. Numerosas parejas que desayunaban frente a frente se miraron esperando la contestación de Genoveva. Pero esta no se produjo. O no se produjo a la manera que deben ser las respuestas a las cuestiones claras. Genoveva se dedicó, ahora sí, a lo suyo, que era parlotear de todo menos de lo que le habían preguntado. Habló del machismo sin llamarlo por su nombre, del feminismo sin denominarlo así, de una original variedad de machismo que practicaban las feministas más fanáticas cuando de predicar sobre el feminismo se trataba, del lenguaje políticamente correcto que obligaba a distinguir el masculino del femenino, del lenguaje políticamente correcto aplicado a la poesía, en particular cuando el verso tenía rima, aunque también habló del verso libre, del que puso ejemplos políticamente correctos y políticamente incorrectos, y al hablar de versos se acordó de las letrillas de unas canciones con las que su madre la despertaba los días de fiesta, que entonó obstruida por la emoción, es por mi madre, se excusó, mi madre no es machista ni feminista, dijo, lo que le sirvió de soporte para hablar de la educación, causa fundamental del machismo y único medio para su solución final, y dio la impresión de que aquí iba a tomar el cauce adecuado de la respuesta, pero en vez de ir río abajo se remontó a los orígenes y habló de que la educación corresponde a los padres desde el nacimiento de la criatura, educar, lo que se dice educar, educan los progenitores, pero hay educaciones que educan para la mala educación, dijo, y me explico, añadió, y para explicarse acudió a un ejemplo, que extrajo de sus conocimientos sobre las revistas del corazón y de los programas divulgativos sobre la vida de los animales salvajes que le servían de dormidera para las siestas de los sábados, único día en que no había televisión basura por la tarde, y habló de cierto personaje famoso que acumulaba matrimonios como el que colecciona sellos, al que comparó con la mantis religiosa, que se come la cabeza del macho cuando este, y perdón por la expresión, dijo, se la está hincando, ¿es esto machismo o feminismo?, depende, según se mire, aunque antes habría que preguntarse si el macho sabe o no sabe que va a ser devorado por la hembra.

Y ahí se quedó Genoveva, sin haber conseguido contestar a la pregunta, porque el tiempo en la radio, según dijo la moderadora, pasa volando y el suyo era tan volátil como el que más.

Asentado en el papel, el parlamento de Genoveva sobre la pregunta tramposa tendida por su contertulio puede parecer disparatado, pero el lector debe tener en cuenta que fue articulado oralmente por alguien que tenía una destreza enorme para modular la voz y ordenar las palabras y que la sociedad de Occidente estaba amoldada a los discursos vacíos, en especial cuando se manejaban temas de los que uno no podía hablar sin ser acusado de algo. Disparatada o no, la intervención de Genoveva en la tertulia fue lo más comentado aquel día en Occidente. Los oyentes no habían logrado retener idea alguna de su argumentación, pero qué importaba eso, tampoco la retenían de las declaraciones de los políticos, ni de los sermones de los sacerdotes, ni de los libros de poesía. Los oyentes no se ponían de acuerdo sobre si Genoveva se había posicionado a favor o en contra del feminismo más exaltado, pero eso tampoco importaba, ni importaba el rato que hubiera estado perorando, ni la cantidad de veces que hubiese proferido pueblo o libertad, ni otros asuntos menores, porque en Occidente lo que más deslumbraba eran los fuegos artificiales y el triunfo, el triunfo en el deporte, el triunfo en la batalla del mercado, el triunfo en las broncas entre políticos y el triunfo en las porfías entre tertulianos, y estaba claro que Genoveva, una limpiadora, había dejado en el oído las mismas huellas que estampan en la retina los fuegos artificiales y que había triunfado en una de las tertulias más escuchadas de la radio.

La llamaron a tantos programas, que no pudo cumplir con todos, como le hubiera apetecido, y tuvo que empezar a seleccionar. Merece la pena resaltar aquí que fue a uno de debate en una televisión en el que debía enfrentarse a Búster Aldrich, uno de los políticos más afamados del partido Progresista, del que había sido portavoz en la Comisión de Relaciones Internacionales del Parlamento y en la Comisión de Defensa y era ahora portavoz en la Comisión de Asuntos Económicos, donde ponía en gravísimos aprietos a Alma Reimo, que era una gran parlamentaria, cada vez que la ministra debía acudir a la misma. Aldrich era doctor en Ciencias Políticas y en Ciencias Económicas por la Universidad de Boalís, de la que había sido profesor hasta que se fue al Parlamento, y era el conferenciante más acreditado de la escuela de mandos del partido Progresista. Cuando le ofrecieron participar en el debate con Genoveva, vaciló, pero no porque le pareciera muy duro o porque le temiese al fracaso, sino porque sospechaba que humillando a una mujer del pueblo, el pueblo, sintiéndose humillado con ella, se volvería en su contra.

–Ten cuidado –le advirtieron–. No es un programa demasiado serio y esa mujer es más lista de lo que aparenta. Como te andes con términos académicos, te enredará y entonces estarás perdido.

A lo que Aldrich contestó:

–No os preocupéis: le hablaré como le hablo a mi gato.

Aldrich y Genoveva coincidieron en la sala de maquillaje y el político reparó en que la sindicalista era más pequeña y más fea de lo que había supuesto tras verla por televisión.

–Últimamente pasas mucho tiempo en los platós –le dijo.

–Casi todo el tiempo –respondió Genoveva.

–¿No se quejan los afiliados a tu sindicato de que los tienes desatendidos?

–No, al contrario, están encantados.

–¿Y tu familia?

–Estoy soltera, y mis hermanos ya son mayores.

–Pero tendrás novio.

–No, no tengo novio.

Quizá no lo haya tenido nunca. Quizá sea virgen, caviló Aldrich sonriendo.

–¿Ni lo has tenido? –se atrevió a preguntarle.

–Nunca.

Lo sabía, pensó Aldrich, cada vez más confiado en su talento. Era muy coqueto y se inspeccionaba en el espejo moviendo la cabeza y dándole algunas indicaciones a su maquilladora, que las admitía todas encantada, porque el parlamentario, aunque tenía cincuenta y cinco años, seguía pareciendo un galán de esas telenovelas que tanto le gustaban a ella. Y a Genoveva, por cierto. De hecho, fue la limpiadora la que aludió a una de ellas.

–Tiene usted el porte admirable de Alfonso Alberto Linares –dijo.

El parlamentario, que la miró por el espejo, desconocía a quién se estaba refiriendo.

–Es el malo de *En Los Olmos pasan cosas* –aclaró Genoveva–. Yo estoy enamorada de él.

–Y yo –agregó la maquilladora, que no quería que Genoveva le pisara el terreno.

–¿Del malo? –Aldrich estaba henchido de orgullo. No acertaba a resolver qué le seducía más, si asemejarse al malo o que aquellas dos mujeres lo asociaran con el hombre del que estaban enamoradas.

– Es que está buenísimo –dijo Genoveva.

–Y tiene mucha clase –apostilló la maquilladora.

Las dos se enzarzaron luego en una charla sobre el personaje y sus relaciones con las protagonistas de la telenovela, de las que hablaban como si fueran sus competidoras. La maquilladora de Aldrich, con la emoción de la cháchara, perdía la atención a su trabajo, lo que obligaba al parlamentario a reconducirla hacia su tupé o hacia su barbilla.

–Ya está –dijo por fin la maquilladora.

El parlamentario se levantó. Era alto, canoso, de facciones marcadas, vestía un traje a medida y lo envolvía una fragancia que se tornaba agresiva en las distancias cortas. La maquilladora, que era bastante más baja, se quedó embobada contemplándolo. Aldrich se volvió hacia el espejo y deseó suerte a Genoveva, a la que le estaban empolvando la cara.

–Gracias, lo mismo digo –contestó Genoveva.

Aldrich pensó en la ingenuidad de la sindicalista y amó su terneza como los lobos aman la de los corderos. «Es pan comido», se dijo, agradeciendo que el programa fuera en directo, pues de ese modo nadie podría cercenar el lado más feroz de su éxito. Por el pasillo de los estudios le estrechó la mano a varias empleadas de la casa y a una periodista y ya en el plató, en el que entró poco antes que Genoveva, saludó al público con los exagerados ademanes que utilizaba en los mítines.

A Aldrich le encantó que la moderadora fuera Ruida Beite, una periodista altísima, delgada y muy hermosa que lucía un escote lo bastante amplio como para exhibir sin estridencias sus senos aumentados artificialmente. Y le gustó más que la introducción la hicieran de pie los tres juntos, con Ruida en medio, pues de esa guisa Genoveva (que se puso de puntillas, como demostró un primer plano) parecía más pequeña y más fea de lo que era en realidad.

–Observo que no se ha traído su escoba –le dijo Ruida a Genoveva tras hacer su presentación.

–Sí, sí la he traído.

Y el plano se abrió y un azafato rubio y altísimo que emergió por la derecha le dio un beso a Genoveva y le entregó su escoba.

–Creo que sin su escoba no es usted nadie –apuntó

Ruida Beite después de recolocarse su larga cabellera castaña con un grácil movimiento de la mano.

–Debo hablar en pasado: no lo era. E igual que acabé quitándome el traje de limpiadora me voy a desprender para siempre de la escoba. ¿Sabe por qué?

Ruida simulaba que desconocía el guion de la escena.

–Porque no me hace falta. Y no quiero engañar a nadie yendo con la escoba por ahí. En cambio, se la voy a dar a quien sí le es necesaria.

El parlamentario se temió lo peor.

–Al señor Aldrich –dijo Genoveva mientras se la devolvía al azafato, entre aplausos y risas en las que tampoco ahora tuvo nada que ver el regidor.

Aldrich se vio empuñando la escoba. Era una escoba vulgar, una escoba de faena, una escoba grande y burda que enarbolada por un galano cincuentón caía como una tachadura en la trabajada caligrafía de un amanuense exquisito.

–Según puede comprobarse, no sabe ni cogerla –dijo Genoveva.

Hubo un nuevo trueno de risas, que se convirtieron en tormenta cuando el parlamentario intentó con varios movimientos acomodársela bien. Fue inútil, y Genoveva se saltó la línea divisoria que marcaba la presentadora y, ante dos cámaras que mostraron alternativamente las manos de los dos y las caras de los dos, bregó con Aldrich hasta que este tuvo acoplada la escoba dispuesta para barrer. La presentadora intentó parar las carcajadas del público y, cuando lo hubo conseguido, le preguntó a la limpiadora:

–¿Le da la escoba al parlamentario o al marido?

–En ambos empleos tiene que limpiar más de lo que limpia –le contestó Genoveva.

Un estallido de aplausos ahogó cualquier posible réplica del parlamentario, que estaba aturdido ante la encerrona que le habían preparado entre la dirección del programa y la sindicalista.

–Bien, esperemos que el señor Aldrich perdone esta pequeña broma con la que hemos querido abrir –dijo Ruida. El azafato rubio apareció en escena y le quitó la escoba a Aldrich, que pareció revivir–. Estamos al cabo del buen humor del señor Aldrich y de su gran capacidad como fajador.

–No lo dude –dijo el parlamentario–. Pero no olvide que soy, sobre todo, pegador.

–Ahora es el momento de demostrarlo –le respondió Ruida abriendo los brazos para presentar las dos mesas desde las que los contendientes librarían su batalla.

Cuando Aldrich llegó a la suya (la de la izquierda del espectador), cogió el montoncito de papeles que había dejado sobre ella y, como tenía pensado, lo ajustó con varios golpes de canto sobre el tablero que fueron recogidos por las cámaras. El realizador, acto seguido, mostró que la mesa de Genoveva estaba vacía.

–Para iniciar el debate, pido a los dos que fijen, desde su punto de vista, cuál es la situación de partida –dijo Ruida en un primer plano que la mostró hermosísima–. Señor Aldrich, tiene usted la palabra.

Aldrich ni carraspeó ni necesitó moratoria alguna para estructurar su discurso. Estaba acostumbrado a decir lo que quería cuando quería, con la modulación justa y los vocablos precisos y sabía cómo mirar a las cámaras. Lo que dijo es lo de menos, pues nada apuntó que no fuera conocido, pero debe señalarse en este escrito que todo lo que expuso fue para criticar al partido Conservador y, especialmente, a la ministra de Economía, de la que dijo que era el mayor peligro público que tenía el país, quitando, claro está, a su jefe, el Presidente de la República.

Cuando Aldrich terminó, Ruida dio la palabra a Genoveva, a la que las cámaras buscaron enseguida. Pero la sindicalista siguió examinando a Aldrich y muda durante tanto tiempo que los telespectadores, que la disfrutaban en primer plano, se temieron que le hubiera dado un aire.

–Genoveva –la exhortó Ruida–. ¿No piensa replicarle?

–Es que no sé qué decirle –dijo por fin la sindicalista.

Aldrich no pudo evitar una media sonrisa triunfante. ¿Tan pronto se quedaba sin adversaria?

Ruida se temió que el personaje de Genoveva hubiera saltado en pedazos. ¿Y si era un bluf, como sospechaban muchos? «Azúzala», le dijeron por el auricular. «Esto tiene que durar una hora sea como sea».

–¿Ha perdido los argumentos o los guarda para más tarde? –le preguntó Ruida.

–No he perdido los argumentos, por supuesto –contestó Genoveva–. Lo que no tengo es motivos para oponerme al señor Aldrich. Verán ustedes –y miró a la cámara que la estaba enfocando–, yo he venido a debatir de economía con el señor Aldrich, pero él no me ha hablado de economía, sino de lo mal que lo hace el partido opuesto al suyo. Y yo ni soy de ese partido ni soy del Gobierno. Es más, yo diría que por pertenecer él a un partido progresista y yo a un sindicato de clase, estoy más cerca de sus ideas que de las del Gobierno, que está compuesto por conservadores. Para defender al Gobierno, que venga el Gobierno. Lo que yo le pido al señor Aldrich es que hable de economía, de los problemas de Occidente y de las soluciones que propone, para ver dónde concordamos y dónde divergimos.

La presentadora descompuso el semblante: ese no era el escenario que esperaba. Con todo, siempre era mejor que Genoveva hubiera consumido su turno opinando que en silencio.

–Bien, señor Aldrich, le toca a usted –dijo.

El parlamentario también estaba confundido, pero no lo admitió. En su lugar, dijo que Genoveva no iba a enredarlo desviando la atención hacia otro lado, pues había apoyado explícitamente las decisiones de Alma Reimo, que a su juicio era la culpable de la catastrófica situación económica en la que se encontraba Occidente, y no exagero nada con ese adjetivo, dijo, según puede probarse con datos que he extraído de las mismas estadísticas oficiales, esas que elabora el gabinete de la ministra. Los miles, los millones, los miles de millones y los tantos por ciento salieron a borbotones de su boca mientras movía las manos o se ponía y se quitaba las gafas de cerca. Estos son los datos, señora, dijo, y los parados saben a lo que me estoy refiriendo. Estos son los datos, señora, dijo, y los pensionistas saben a lo que me estoy refiriendo. Estos son los datos, señora, dijo, y las amas de casa saben a lo que me estoy refiriendo. También citó a los jóvenes, y a las mujeres, y a los discapacitados, y a los niños. Los datos son así. Los datos son tozudos. Los datos no engañan. Los datos, los datos, los datos. Los datos de la señora Reimo. Sin contrincante que lo interrumpiera y sin reloj que abismara su marcha, pues la presentadora había optado por no cortarlo, el parlamentario Aldrich se movía como un camión de gran tonelaje por una autopista despejada. Le gustaba oírse, saboreaba el laurel provisional tanto como el definitivo, se quería y le encantaba quererse y sentirse admirado.

«Incítala a que diga algo», le indicaron a la presentadora luego, cuando Aldrich dejo de hablar y Genoveva volvió a enmudecer en su turno de palabra.

–Veo que ha venido sin papeles. ¿Se sabe los datos de memoria? –preguntó Ruida a la sindicalista haciendo un esfuerzo para mantener los buenos modos.

–No hace falta –contestó Genoveva–. Con los del señor Aldrich me basto y me sobro. Yo suscribo todos sus datos, como no podía ser de otra forma, aunque no he memorizado ni una idea de lo que ha expuesto, bien porque yo no lo haya entendido, bien porque carece de sustancia el grueso de su exposición. En lo único que difiero de él es en el tono. Creo que es demasiado académico y, sin embargo, demasiado ácido. Desearía que los espectadores asumieran que yo digo punto por punto lo que él, pero sin tanta acritud e intercalando alguna historieta que amenice la disertación.

Y en diciendo esto, contó un chiste protagonizado por un político, un periodista y un pirómano, que no reproduzco textualmente porque no tiene gracia en el lenguaje escrito, con el que quiso ilustrar el comportamiento incendiario de la clase política cuando de solucionar los problemas de la sociedad se trataba.

–No siempre la sociedad tiene los dirigentes que se merece –remató.

–Es su turno, señor Aldrich –dijo Ruida atajando los aplausos de los espectadores.

"Para decir qué, para dirigirme a quién, si mi oponente no se opone, si reconoce que no se entera, si usurpa mis razones, si expropia mis datos, si recurre a mis argumentos para argumentar y no argumenta nada, si enfrente no tengo más que… más que…", y el parlamentario señaló con la mano a Genoveva, "más que a una limpiadora, seamos sinceros", mientras miraba a Genoveva, que lo observaba tranquilamente, que con su tranquilidad invitaba al parlamentario a seguir adelante, "a una limpiadora que ha ido por ahí con su traje de limpiadora y su escoba de limpiadora haciendo de lo que es, de simple, de inculta, de iletrada", y aquí utilizó no menos de diez adjetivos más que significaban lo mismo, y luego, como esos generales soberbios que avanzan y avanzan por el terreno entregado por el enemigo creyendo que la rapidez de su progreso es fruto de su empuje y no el augurio de una celada, siguió soltando insultos y le dijo "sindicalista de tres al cuarto, aprendiz de parlanchina, pueblerina de barrio obrero, ignorante de la a a la zeta, señorita capacitada para nada" y otras lindezas que en vista de que Genoveva recibía sin trastornarse llevó hacia terrenos aún más pantanosos, y así le dijo "fea, que eres más fea que Picio, que con razón eres feminista, que con razón estás soltera, que con razón no tienes novio, que con razón eres virgen, quién te va a querer a ti como no sea ese Alfonso Alberto Linares de mentira con el que sueñas cuando te metes en la cama", dijo, "anda y métete en la cama, anda y acuéstate ya, anda y vete con los tuyos, vete con los analfabetos, vete con las feas, vete con los retrasados mentales, anda y vete a tomar mucho por culo", resolvió el parlamentario.

La cámara se quedó clavada en él: estaba colorado y casi no podía respirar. Al cabo de un cuantos segundos, se puso a rastrear a un lado y a otro, como si empezara a darse cuenta del lodazal en el que se había metido, se levantó despidiendo la silla hacia atrás y salió trastabillando del plató envuelto en un silencio sideral, mientras las cámaras lo acosaban.

Los periódicos, que habían dedicado al debate un cuadro de no más de media página, debieron recomponer la edición y pusieron a trabajar a los redactores de varias secciones distintas. Algunos incluso cambiaron el editorial, y fueron numerosos los comentaristas que enviaron artículos nuevos para sustituir a los que habían remitido previamente. Todos hablaban de bochorno. Habían sido insultados los sindicalistas, las feas, las mujeres en general, los discapacitados, los obreros y un larguísimo etcétera. ¿Había dejado algún títere con cabeza el parlamentario Aldrich? ¿Había elector de Occidente al que por un adjetivo o por otro no le hubieran salpicado los insultos? Todos reconocían la compostura mayestática de Genoveva, una mujer que honra tanto a las mujeres como a los hombres, dijo un articulista. Algunos la llamaban la mujer del pueblo, en contraposición a Aldrich, al que denominaron miembro de la clase política, ese hatajo de individuos cuyo principal objetivo es el poder por el poder con el pretexto de que es el poder por nosotros, dijo otro. Por fin nos percatamos de que la mierda que se lanzan los políticos entre sí mancha claramente a los electores, como si antes no nos hubieran estado poniendo de mierda hasta las cejas, dijo un tercero.

Monserga fue el único que desentonó. En un artículo titulado «¿Qué pinta Alma Reimo en Genoveva?», el director de *El mensajero de la Verdad* analizaba la progresión que había tenido Genoveva desde el artículo publicado en su periódico hasta el final del debate con Aldrich y llegaba a la conclusión de que no había conclusión aceptable: es sindicalista, pero apoya a Alma Reimo, que es la ministra que más trabajadores ha llevado al paro, y luego dice que está en contra de la política económica del Gobierno porque ella, como sindicalista de clase que es, debe estar con los progresistas, escribió. «¿Comprende alguien las ideas de esta mujer? Que me maten si esto no es populismo patatero. A mí me da miedo, ¡qué quieren que les diga!», completaba.

En las tertulias del día siguiente, el único que apoyó a Aldrich fue Monserga. Lo hizo por vía indirecta, esto es, criticando la actitud de brazos caídos que había adoptado Genoveva. Ella con el afán de incrementar su popularidad y el productor con el de buscar audiencia le habían tendido una trampa al pobre señor Aldrich, que había pagado muy cara su arrogancia, señaló.

En aquel mismo programa, un tertuliano afrentado le preguntó a Monserga si iba a convertir a Genoveva en una de sus obsesiones. ¿Vas a criticar, también por sistema, a esta mujer que nadie sabe de dónde ha salido pero que le está dando un aire nuevo a la vida política occidental? ¿No será que la odias porque es como tú, porque te puede hacer sombra?, remató.

Monserga asimiló muy mal la acusación de populismo. Además de conseguir que el periodista que se había atrevido a contradecirlo no volviera a aparecer por la tertulia, aquel incidente fue el inicio de una serie de artículos en los que puso de manifiesto su temor a que la antipatía que los electores sentían hacia la clase política, y que la clase política se estaba ganando a pulso, acabara como aversión contra la democracia. Como esto llegue muy lejos, pronto tendremos a algún salvapatrias ocupando las calles de Nógdam con cientos de miles de seguidores. Ya hay muchos candidatos a ello, y uno de los mejor apostados es

Genoveva, una mujer que para hacerse valer explota la denuncia de la corrupción y la constante apelación al pueblo, escribió.

Pero igualmente en esos artículos, cuando hacía un diagnóstico de la situación política, Monserga ocupaba párrafos y más párrafos señalando los «innumerables casos de corrupción» y la enorme distancia que mediaba entre la clase política y el electorado, que había terminado dándole la espalda a los partidos porque utilizaban infatigablemente las medias verdades tanto para conseguir el poder como para oponerse a él. Solo al final, Monserga se daba cuenta de que estaba contribuyendo a engordar al salvapatrias que temía y entonces, en un par de párrafos, proponía una especie de regeneración que debía ir precedida de la amputación de cuantos miembros gangrenados tuviera el cuerpo político, empezando, claro está, por Alma Reimo.

Capítulo 6

Algunas citas en El lobo delicado. *La vuelta de un personaje. Las diferencias entre el amor imposible y la imposibilidad de amar.*

Después de que Genoveva publicase su artículo en *El mensajero de la Verdad*, comí varias veces con Alma Reimo en *El lobo delicado*. En la primera de ellas, le hablé de la persona que había puesto al frente de Madlun, Marcia, una mujer de treinta y cinco años, inteligente y trabajadora, que no tenía título universitario alguno ni más experiencia en la dirección de empresas que la desarrollada en Documentum, a la que dirigía desde que yo la dejara totalmente en sus manos.

–¿No será mucho cargo para alguien tan bisoño? –me dijo.

–Entre la experiencia de Nantes y las ganas de Marcia, prefiero estas últimas –le contesté.

A lo que añadí, aunque ella no había mostrado una gran preocupación por el caso, que había decidido someter cualquier decisión importante al examen de mi gabinete, que estaba encabezado por Just.

Alma Reimo compareció en aquella segunda reunión

con su empaque de siempre, aparentemente inmune a las potencias que se convocaban en la sociedad contra ella. Recuerdo que antes de sentarse volvió a mirar los cuadros del comedor reservado, que leyó alguno de ellos y que hizo un nuevo comentario sobre las hojas secas que Libuell guardaba con tanto aprecio. Recuerdo, también, que me agradeció las medidas que estaba tomando para contrarrestar la obsesión que Monserga tenía con ella, en especial la irrupción de Genoveva en el panorama mediático estatal, pues con su aparición se había embarullado un poco más y en el bullicio se oía menos su nombre. Y recuerdo, particularmente, el crecimiento que había experimentado su debilidad, esa que no mostraba pero se entreveía detrás de su éxito y por la que los electores la sentían tan cercana a ellos a pesar del desorbitado trecho que los separaba.

En realidad, si quedó conmigo no fue para parlamentar sobre la sustitución de la cúpula de Madlun, ni para darme las gracias por lo que estaba haciendo, sino para escaparse de la presión a que estaba sometida y, si el clima era halagüeño, para hacerme algunas confidencias sobre su vida privada o incluso para pedirme consejo sobre lo que la atormentaba. Yo procuré que toda la charla y su contexto fuera en esa línea, de manera que mediada la comida, cuando se daban las condiciones ideales para ello, le confesé, como si fueran mis propios miedos, temores que en verdad eran suyos, a fin de que sintiese por mí la empatía necesaria para consolarme y consolándome creyera superada su soledad y me mostrase el estado de su alma.

Dio resultado. Empezó por hablarme del contexto político y de lo que estaba suponiendo para ella el ejercicio de un cargo de tanta miga. Occidente estaba inmerso en una crisis que los analistas calificaban de económica pero que en su opinión era, fundamentalmente, existencial. «No solo se agota el modelo económico, quizá no solo el modelo político, también el modelo de sociedad. Y cuando un modelo se agota, la energía que se aplica para modificar las variables negativas se pierde en el ambiente en lugar de transformarse en fuerza propulsora», dijo.

Me confesó que no era una certeza que ella tuviera, sino una intuición derivada de la contabilidad nacional, de cuya abstracción me hizo algunas glosas que no entendí, y, sobre todo, de la diferencia que observaba entre las demandas de la sociedad y la actitud ciega de los líderes políticos y sociales ante las mismas.

–Hay algo que no funciona –me dijo–: Mientras el mundo cambia, nosotros, los que lo lideramos, seguimos con la matraca de siempre.

Yo le pregunté a qué se estaba refiriendo, pero ella insistió en que no lo sabía.

–Es como si me asomara a un mirador y divisase una nube de polvo que se acerca –apuntó.

Las cifras macroeconómicas iban muy mal: la economía llevaba dos años decreciendo, el número de parados, la deuda y el déficit público habían aumentado hasta límites insoportables y los precios de los bienes, tanto de consumo como de inversión, estaban bajando a pesar de que el Banco Central había colocado el precio del dinero prácticamente a cero.

Yo me acordé de la conclusión a que había llegado espiando las reacciones de la gente ante el estúpido artículo de Monserga y, tras explicársela con brevedad, le dije:

–Desde la altura en la que tú estás, la lucha de intereses debe de verse como una caótica guerra de estupideces, lo que tiene que ser deprimente para alguien que no ha mamado la política.

Se lo dije sin convicción, para hacerle ver que su desánimo era más producto de la incapacidad del régimen, que estaba poblado de irresponsables y de majaderos, que de su incapacidad.

–Quizá haría mejor este trabajo un político de carrera, aunque no supiera de economía –me dijo.

Yo dudaba que Alma Reimo supiera lo bastante de economía como para ser ministra de Economía y Hacienda de Occidente. De hecho, el Presidente de la República solo la había escogido porque estaba enamorado de ella, la misma razón por la que Monserga la había elegido para blanco de sus manías y por la que yo le estaba mintiendo.

–Tú no tienes enemigos por lo que dispones, sino por lo que eres. Y algunos de los que te aman te odian porque no te pueden tener. Es un archisabido mecanismo natural de autodefensa –le dije.

Añadí que ese era el síndrome que padecían Monserga y no pocos electores, y que a otros, los que la amaban sin odiarla, el no poder alcanzarla les atacaba por el lado de la melancolía.

–Ese síndrome es el que tengo yo –le confesé.

No mucho tiempo después me vi en el mismo lugar con Genoveva, que ya era una estrella mediática. La sindicalista y yo habíamos coincidido un par de veces en recepciones de Madlun, pero jamás habíamos hablado. Cuando recibió la llamaba de alguien de mi gabinete para invitarla a una comida privada conmigo, renació en ella su lado sindicalista y quiso saber los motivos de la cita, por si debía ponerlos en conocimiento de sus compañeros para consensuar con ellos una respuesta o incluso para pedir que la acompañaran. No es una entrevista de trabajo, le contestaron. El señor Kiff quiere invitarla a comer, eso es todo. Aceptó, pero fue cargada con la cautela que le ocasionaba el reunirse con el administrador de la sociedad que la tenía contratada.

–Yo amo a su empresa. Desde que entré en ella me hicieron un contrato fijo y nunca he tenido problemas con la dirección. Madlun es como si fuera mía –me dijo nada más encontrarnos.

Era verdad y se lo reconocí.

–Me sentiría muy decepcionado si el sentimiento no fuera recíproco: Madlun debe amar a sus trabajadores –le respondí.

Aún estábamos en la antesala y Libuell, que se hallaba presente, se burló de nosotros al apodar como «contubernio» a esa excepcional cohabitación entre el capital y el trabajo de la que participábamos. Yo le había advertido que Genoveva no entendía de etiqueta, a fin de que el camarero rebajase en cuanto fuera posible el tono circunspecto del servicio, pero él llevó todavía más lejos mi petición y me contestó que acompañaría personalmente a su empleado, lo que le permitiría contar algunos chascarrillos y dar las explicaciones pertinentes con un acento más cordial.

–Para esa mujer, encerrarse contigo ahí debe ser un suplicio –me dijo.

Menospreciaba a Genoveva. La menospreciábamos los dos. Era cierto que ignoraba casi todo lo relacionado con la cortesanía, pero ella era consciente de esa carencia y la llevaba con airosa dignidad. «Es la primera vez que como en uno de estos restaurantes», me dijo cuando entramos en la sala reservada. «Así que, si no os importa, os voy a utilizar de monitores de urbanidad, pues no creo que sea la última». Reímos, claro. Nos reímos entonces y nos reímos luego casi por cualquier bobada, unas veces con los chistes y las bromas de Libuell, otras con las mías y otras con las de la propia Genoveva.

–La gente se cree que soy más ignorante de lo que soy –nos dijo en mitad de la charla.

Se expresaba bastante bien, mejor que la mayoría de los parlamentarios. Después de declarárselo, le pregunté si leía y me dijo que no y si le hubiera gustado ir a la universidad y me contestó afirmativamente. ¿Por qué no te matriculas y estudias?, le planteó a la sazón Libuell. Porque soy de esta naturaleza, le respondió ella. Libuell insistió, le dijo que no había edad para estudiar y que uno no debe quedarse con las ganas, cualesquiera que estas sean, cuando hay posibilidad de satisfacerlas y no se hace daño a nadie. No la había comprendido. Ya no tengo ganas, le dijo ella. Soy así y el esfuerzo para superarme no me compensa. Es más, ahora no me interesa cambiar, pues no sería bien aceptada de otra forma.

Genoveva había descubierto otro campo por el que desarrollarse, más acorde con sus potencialidades y más fácil: el de la fama.

–Antes, de adolescente, era muy tímida, pero hace tiempo descubrí que el mundo es de los que tienen cara y he decidido echarle a la vida toda la osadía que esta exija en cada momento –dijo.

Fue entonces cuando me agradeció haberle dado la oportunidad de escribir en el periódico del grupo sin haberle puesto ni condiciones ni cortapisas, ya que ese había sido el origen de lo que le estaba pasando.

–Estoy viviendo en una nube. Soy como una boxeadora que gana combate tras combate sin haber recibido ni el más pequeño golpe. Hoy estoy conversando con vosotros, aquí, cuando hace unos pocos días no podía ni soñar con entrar en este restaurante. Y cuando me vaya, me estará esperando un taxi que me llevará a un programa de televisión, del que saldré para ir a otro –nos dijo.

–¿No te inquieta que esa nube se pueda disipar algún día? –le preguntó Libuell.

–Sé que ocurrirá tarde o temprano, así que no mucho. La cuestión no es cuál es la estación de destino, sino qué camino recorreré, porque estoy dispuesta a llegar todo lo lejos que haga falta y a meterme en cuantos bretes me salgan al paso, sin volverle la cara a ninguno.

A mí me dio pavor tanta determinación. Cuando Genoveva se fue y Libuell y yo nos quedamos dialogando sobre ella con una copa de vino dulce en la mano, mi amigo reconoció el placer de haber participado en la charla.

–Es una mujer muy templada. Y sabe bien lo que quiere –me dijo.

–Demasiado –le contesté yo.

–¿Demasiado qué?

–Demasiado todo. Demasiado bueno y demasiado malo.

Genoveva y Alma Reimo estaban entre sí, pensé luego, en las antípodas.

Después de aquella charla volví a encontrarme con Alma Reimo en una recepción ofrecida por la Asociación de Empresarios de Nógdam a la que acudió lo más granado de la política occidental, el Presidente de la República incluido. Yo no había hablado nunca ni con él ni con Nicelos Gobberski, el secretario general del partido Progresista y líder de la oposición, que también se hallaba presente, con quienes apenas crucé unas cuantas frases, y no los hubiera sacado a colación de no ser porque esta historia no puede concebirse sin la progresión de lo negativo.

Diré, para empezar, que al acceder a la sala me llamó la atención lo educado de las conductas con que se relacionaban los mismos individuos que momentos antes habían desfilado por los telediarios mintiéndose, insultándose y calumniándose hasta límites vomitivos. ¿Qué clase de civilización es esta, me dije, que guarda los buenos modales para lo íntimo y hace ostentación de los groseros?

–Los electores creen que los protagonistas de la vida política nos vamos a departir amigablemente cuando se acaba el espectáculo de los mítines y del Parlamento. Se equivocan: el verdadero espectáculo está en la charla amistosa, es entonces cuando nos ponemos la careta –me dijo Alma Reimo–. La educación y el mal generan una mezcla explosiva porque el mal se disfraza con la educación, no se ve, y puede progresar a sus anchas sin ser descubierto.

Nos gustaba coincidir para decirnos cosas como aquella, tan distinta de lo que estaban conferenciando los demás.

–¡Si al menos nos tiráramos los trastos en privado y nos lleváramos bien en público! El espectáculo sería idéntico, pero el ejemplo sería otro, mucho más edificante –me dijo.

Alma Reimo se encontraba bien conmigo. De todos los que de una forma o de otra la amábamos, yo era el único por el que sentía un legítimo aprecio. Los dos nos considerábamos diferentes a los demás y eso nos igualaba y nos acercaba y negaba la soledad en la que nos veíamos inmersos ante tanta gente conocida, solo conocida.

Fue ella la que me presentó a Sedd Alrisod, el Presidente de la República, que me estrechó la mano desde esa tarima deleznable que dan la suficiencia y el desdén. «¡Qué extraña suerte la suya!», me dijo el Presidente. «Llamé a Sabido para preguntarle por qué lo había elegido a usted, pero ese estúpido no quiso ponerse al teléfono». Yo iba buscando el rodal de su corazón donde se hallaba su amor por Alma, quizá con el interés de un competidor, pero cuando lo descubrí me sentí bastante defraudado, aunque no tanto como se hubiera sentido Alma si hubiera correspondido a sus pretensiones, pues Sedd Alrisod no estaba dispuesto a renunciar a nada por conseguirla.

No me extiendo más sobre ello porque lo cardinal para este relato fue la emoción que inmediatamente me convocó desde otro ángulo de la sala. Como emplazado por una voz que dijera mi nombre, me dejé guiar por el océano de invitados y camareros hasta que estuve cerca de un núcleo de personas muy afines entre sí y muy distintas del resto: eran los miembros del partido Progresista que fijaban a diario los argumentos en los que debían basar sus declaraciones todos los cargos del mismo. La camarilla la integraban el secretario general, Nicelos Gobberski, la vicesecretaria, Amela Filster, y otros cuatro dirigentes. Estaban hablando del debate televisivo que Búster Aldrich había librado la noche anterior con Genoveva. La conversación era una sucesión de lamentos que se reforzaban entre sí.

–Fijaos en esa mujer –dijo Nicelos Gobberski refiriéndose a Genoveva–. No tiene nada que vender y sin embargo lo vende. Si mañana hubiera unas elecciones y ella concurriese, estoy seguro de que nos robaría varios millones de votos.

–Y mientras tanto el público compara nuestro agarrotamiento con su desparpajo y saca en conclusión que no estamos a la altura de las circunstancias, lo que le viene muy bien a Alrisod –añadió Amela Filster.

Uno de ellos exteriorizó la sospecha de que el lanzamiento de Genoveva podía obedecer a un plan del partido Conservador.

–Que no se nos olvide dónde escribió el artículo que la catapultó a la fama y el periodista que la ha llevado hasta el estrellato haciéndole la contra –dijo.

–Y si no es un plan –añadió Amela Filster, seducida por la especulación–, lo decimos igualmente. No debemos consentir que alguien vaya por ahí ocupando nuestro espacio. Genoveva es un producto del partido Conservador destinado a corromper las ideas progresistas, nuestras ideas, lo que es un peligro para las ideas progresistas, pero también para todos los demócratas, pues banaliza el ejercicio de la actividad política. Dotaremos a esta noción de más contenido y la mandaremos por correo electrónico a cada una de nuestras sedes locales.

El grupo se disolvió luego con el arribo de otro invitado, pero Gobberski siguió departiendo no lejos de donde estaba yo con uno de sus correligionarios, que lo sujetó del brazo y lo llevó aparte.

–Ya me he entrevistado con Suelo. No hay dudas sobre él. Tiene un pequeño ejército de especialistas. Hará lo que le pidamos limpiamente y sin riesgo alguno de que nos involucre –le dijo.

El secretario general del partido Progresista se sentía incómodo con la presencia de su interlocutor. Ni le gustaba lo que hacía dentro del partido ni le gustaba él.

–Nadie te autorizó a que os vierais –le contestó.

–Simplemente digo que lo tenemos a nuestra disposición, como tiene el Presidente a los servicios de inteligencia.

–Él los tiene para servir al Estado –aseguró Gobberski.

El otro sonrió.

–¿Al Estado? ¿Y no tendrías tú a Suelo para servir al Estado? ¿O es que su proyecto de país es superior al nuestro?

–No lo apruebo, al menos en las condiciones actuales, y te ordeno que ceses todos los contactos con esa banda de mafiosos –dijo.

Nicelos Gobberski dejó a su interlocutor para unirse a un corro cercano, lo que yo aproveché para dirigirme abiertamente a la persona que había estado discutiendo con él.

–Nereo Kiff, presidente de Madlun –le dije, y prolongué el apretón de manos para recibir mejor las emanaciones de su alma, en la que brillaban las emociones que le había provocado el señor Suelo, el lugarteniente de Saín, mi enemigo por excelencia–. Tenía ganas de conocerlo. Lo he visto varias veces en la televisión, pero ahora no recuerdo de lo que hablaba.

–Secto Yegoci, secretario de programas del partido Progresista –me respondió.

–Suena bien. ¿En qué consiste su función?

Frisaba los cuarenta años, era alto, delgado y un poco cargado de hombros. En su cara, descarnada y estrecha, llamaban la atención sus ojos, minúsculos, hundidos y de un azul aguamarina, y una perilla rubia, larga y fina, como la de un chivo, de la que me costaba trabajo apartar la mirada.

–¿Se figura por qué no me acuerdo de nada de lo que decía? –le confesé antes de que me contestase–: Porque me quedé embelesado en su perilla.

–¿Tiene prejuicios contra ella? –yo me había conducido cordialmente y él supo corresponderme.

–Por supuesto que no. Lo que me interesa saber es si usted es consciente de que estaba lanzando un mensaje cuando yo me llevé exclusivamente la imagen de su perilla.

–Lo soy, lo soy. Pero puestos a preguntarnos, ¿ha pensado si ese mensaje era el que yo quería transmitir?

–¿El de la perilla?

–Sí, ese.

–No, no lo había pensado.

Soltó una carcajada triunfante. Yo le dije:

–Jamás hubiera imaginado que un secretario de programas se dedicase a hacer semejantes cábalas. ¿Y el fondo del asunto?

–Cuando la vida es arte, el fondo y la forma se confunden –me dijo–. ¿Está usted de acuerdo con esa apreciación?

Yo me acordé de la forma de vivir de algunos conocidos míos y le contesté afirmativamente.

–Pues otro tanto pasa en la política –sentenció.

Aunque parecía un buen hombre metido en el brete de la cosa pública con el mismo propósito que si se hubiera enrolado en una ONG, aquel individuo, que no había completado tercero de Sociología, se había entrevistado con Cluk Suelo y, a pesar de lo que le había dicho a su jefe, había llegado con el mafioso al acuerdo de trabajar el uno para el otro, ya se vería con la evolución de los acontecimientos para qué.

–Esto explica por qué el partido Conservador y el partido Progresista tienen un programa similar –le dije, y añadí–: Sepa usted que entre las tetas de Alma Reimo y su perilla me quedo con lo primero, y a tenor de cómo están las encuestas, creo que la mayoría de los electores piensan como yo.

Se rio a carcajadas, y mientras me separaba de él me hizo gestos como diciendo eso ha estado muy bien, como si se creyera un artista bohemio en una reunión demasiado sesuda para su gusto.

Los que estábamos allí, recapacité luego moviéndome de corrillo en corrillo, representábamos a grandes corporaciones, a instituciones políticas y a organizaciones empresariales y sindicales. Muchos de nosotros estábamos agrupados por intereses comunes que a su vez estaban en conflicto con los intereses de otros, todos sobrellevábamos mal la exigencia de tener que ceder para alcanzar acuerdos, digeríamos pésimamente la derrota e intentábamos sacar a nuestra posición el máximo lucro, todos hubiéramos ocultado información, hubiéramos defraudado y hubiéramos engañado con tal de salir victoriosos, pero a todos nos parecían naturales los fraudes y las trampas, lo que hacía que nuestra actividad fuera como un juego de envite en el que se puede actuar con las cartas marcadas, un juego que no soportaba, sin embargo, la presencia de una pistola sobre la mesa.

Eran las reglas que Yegoci quería saltarse para imponer su propio orden. A él no le bastaban los militantes acérrimos, ni los simpatizantes acérrimos, ni los votantes cautivos de sus obsesiones y por lo tanto acérrimos. Él quería el poder de cualquier manera y se sentía legitimado para ello por una mezcla de convicciones íntimas, de intereses y de odios personales. A su pretensión, no obstante, se oponía el gigantismo de la sociedad y la inercia de la cultura democrática.

–Occidente está en crisis. Nuestra sociedad es como un rebaño colosal que camina directamente hacia el precipicio, y nadie hace nada por evitarlo –me dijo Gobberski, el secretario general del partido Progresista, al que busqué para apretarle la mano y sentirlo de cerca.

–Alguien me ha dicho esta noche que los líderes sociales no están a la altura que la comunidad reclama. ¿No será, por el contrario, que esa comunidad marcha hacia el precipicio empujada por sus pastores? –le dije.

El corazón se le había quedado encogido después de la charla con Yegoci. No era una mala persona. Había perdido las últimas elecciones a pesar de contar con el apoyo de los sindicatos de clase y de más periódicos que Sedd Alrisod y sabía que un nutrido grupo de correligionarios refutaba por la espalda su liderazgo. Sus adeptos lo urgían a que sacara una artillería de insultos, de calumnias y de trapos sucios y metiera a la política en un lodazal en el que el Gobierno tuviera que moverse con mascarilla y con zancos, pero él no quería, lo que él deseaba era ganar las elecciones con discursos cargados de poesía y de ideas, aunque tradicionalmente se hubieran mostrado ineficaces ante las invectivas roñosas y calumniadoras de Sedd Alrisod, que solo contaba con el apoyo de las organizaciones religiosas más extremistas y de *El mensajero de la Verdad*. Él no quería pero lo estaba haciendo forzado por los suyos, y esa disconformidad se notaba en sus mensajes, que habían perdido inspiración, y en su semblante, que se había vuelto amargo. Algunas mañanas se levantaba con ganas de abandonar la política y volver a su cátedra de Teoría del Estado de la Universidad de Boalís. Probablemente se hubiera ido ya de no ser porque se sentía obligado a no defraudar a sus adeptos, porque creía que debía hacer de amortiguador entre los más hambrientos de poder y porque si no estaba él los más exaltados acabarían tomando la dirección de su partido y rechazando la democracia.

–¿Empujado por sus pastores? –repitió–. No me atrae el arquetipo del político pastor. Prefiero pensar en el político como líder. El primero va detrás de la sociedad y el segundo delante, siempre delante.

No se dio cuenta de lo que estaba diciendo hasta que fue demasiado tarde.

–Tanto peor –le dije–, si vamos hacia un precipicio. ¿No le parece?

Me contestó que sí, que tal vez, con una impotencia que encogía el ánimo.

–Espero que el precipicio no sea muy profundo –me dijo luego.

Me dio una palmadita en el hombro y se dio media vuelta para seguir estrechando manos, amigas o enemigas. Mientras lo veía, me quedé evocando algunos abismos que había debido franquear en el camino que me llevó de Sholombra a Nógdam, en los que en mi imaginación caían los seres humanos en perfecto orden, con sus hijos en los brazos y sus hatos a la espalda, como rebaños de ovejas conducidos (o liderados) por seres de otros mundos. ¿Habrá animal más sumiso y bobo que las ovejas?

–Lo hay, claro –me dijo Alma Reimo cuando se lo pregunté–: el hombre sectario.

Le había explicado parte de mi diálogo con el líder del partido Progresista y ella había estado de acuerdo con sus observaciones.

–Tengo más afinidad personal con él que con cualquiera de los líderes de mi partido –me dijo–. Y, efectivamente, los dos tenemos muchas circunstancias comunes. A él, por ejemplo, lo critican los periódicos que apoyan a su partido porque lo acusan de tibieza y a mí me critica el único periódico que nos apoya, el tuyo.

La corregí de inmediato. Le dije que no era el periódico, sino Monserga el que la criticaba, y que *El mensajero de la Verdad* había incluido numerosos artículos de los más célebres periodistas, politólogos y economistas en los que se alababan sus dotes como ministra de Economía y como gobernante.

–Tengo un equipo dedicado en exclusiva a lanzar en todo tipo de medios mensajes anónimos que te engrandezcan –concluí.

–Lo sé –concedió

Yo sostenía una copa de vino blanco de Mitonall, la cuarta de aquella noche, y ella apoyó su mano en mi antebrazo.

– Tan popular te has vuelto, tan favorables te son las encuestas, que debes aprovechar el momento para reconocer públicamente el error que te angustia –le dije con una calculada circunspección.

–¿El error que me angustia?

–Lo del aborto de tu hija –le solté sin más prolegómenos.

Se le fue el color de repente.

–Monserga está perdiendo la batalla y no tardará en sacar esa carta. Debes ponerlo de manifiesto tú antes de que lo haga él. Si lo haces tú, podrás elegir el medio, el periodista y la forma de hacerlo. Y si lo haces bien, será una baza a tu favor. La gente no te ama por tu grandeza, sino porque detrás de tu esplendor intuye debilidades que te humanizan y te acercan a su sensibilidad. Si lo haces, serás una madre que sufre, un político que acepta sus yerros y un ser humano que muestra públicamente sus contradicciones y habrás cogido a contrapié a Monserga, que no sabrá culparte de lo que tú has admitido. Pero si no lo haces, serás tú la que tenga que ir a remolque y tus explicaciones sonarán a excusas de mujer rica, de política vulgar y de creyente hipócrita. Aunque el castigo no será excesivo, no tal y como vienen los periódicos hoy en día, perderás popularidad y serás como todos. Y ni creo que eso sea lo que tú quieres ni que sea lo que te mereces.

Me respondió que llevaba razón, que mis palabras parecían las suyas cuando se miraba ante el espejo cada mañana, pero que tenía miedo.

–¿Miedo a qué? –le pregunté para que compartiera conmigo sus temores y, compartiéndolos, los conjurase.

Y me los desveló: miedo a perjudicar a su hija, a que la prensa la abrumara con las mismas cuestiones, a que le diesen la espalda hasta sus correligionarios más cercanos, a que no la quisieran y, especialmente, a ser como era en realidad.

–¿Y cómo eres en realidad? –le dije.

–Más débil de lo que represento.

Y entonces me confesó sus problemas como madre, el fiasco de su matrimonio, su ausencia de amigos verdaderos, la arraigada soledad de su vida y sus dudas como ministra.

Y también entonces le declaré que la amaba, que había montado encuentros con ella para seducirla y el seducido, fatalmente, había sido yo, que la amaba esperando la reciprocidad e incluso deseando el contacto físico, pero sin invocarlo, que no me gustaban sus defectos, pero que los amaba, que aunque el siempre es muy largo y yo era dado a los premios rápidos, la esperaría siempre, que cuando ella me quisiera lo abandonaría todo y que hasta ese momento no cesaría de pensar en ella ni un solo segundo, por arduos o venturosos que fueran los proyectos en los que anduviera ocupado.

Era una exageración, por supuesto, pero no más que las sinceras promesas de amor que se hacen los enamorados libres.

–Si pudiera, yo también te amaba –me dijo.

Hubiese preferido que me hubiera dicho: te amo, pero yo no hago planes sobre cimientos fantásticos. O: te amo, pero tengo una familia, una posición y un designio que no pueden alterarse por una locura. O: te amo, pero no volveremos a vernos nunca porque debemos dejar hacer al olvido. Tenía que haber puesto antes el amor que el argumento que lo imposibilitaba, pero lo hizo al revés, primero colocó la razón y con ello me quitó la dicha de haber sido amado, aunque solo fuera de una manera platónica.

Entre mi amor imposible y su imposibilidad de amarme había un desequilibrio que jugaba en mi contra. Recuerdo que medité sobre ello en los días que siguieron, que analicé su capacidad de despersonalización y el germen de infelicidad que anidaba en su interior y que, finalmente, me incliné por asumirlo sin complejos porque maduré que siempre es mejor estar enamorado, aunque no seas correspondido, que no estarlo. Lo que hice en aquel período estuvo guiado por esa creencia. Yo ni era conservador ni lo había sido, pero Alma Reimo era de ese partido y yo lo apoyé como si fuera el más exaltado de sus militantes. Yo no creía en Alma Reimo como ministra de Economía y Hacienda, es más, aceptaba que era una ministra nefasta y que sus decisiones damnificaban a los electores y a las empresas de Occidente, singularmente a Madlun, pero un equipo pagado por Madlun con Floro al frente se ocupó en exclusiva de glorificar su política y su persona, de forma que su popularidad y su credibilidad aumentaron al mismo tiempo que el electorado se lesionaba por sus medidas anticrisis. Yo, en fin, soborné a políticos de las más diversas ideologías y a periodistas de los más heterogéneos medios cuando Alma Reimo se decidió a divulgar en una entrevista concedida a un semanario de mi grupo que había intervenido para que su hija abortase, aunque ella, mientras tanto, había estado defendiendo con uñas y dientes el derecho a la vida de todos los embriones humanos.

La sociedad occidental, que no conocía ni un solo caso en el que un político pillado en una falta hubiera asumido su responsabilidad, recibió aquella declaración como a una flor en un albañal. La noticia ocupó los telediarios, las columnas de opinión y los programas bazofia, y en todas partes fue acogida con entusiasmo, principalmente en las tertulias de la radio, a las que llamaron miles de oyentes para mostrar su convicción de que el único líder que podía conducir a Occidente por la senda de la regeneración económica y ética era Alma Reimo.

Su figura se engrandeció aupada por su fotogenia y su elocuencia. Es más, los ataques que le lanzaban sus enemigos consiguieron mantener su nombre en el candelero y que surgieran reacciones desmedidas en su favor. La acentuación de su popularidad afectó positivamente a la opinión que de la gestión de su departamento tenían los electores, a pesar de que los indicadores objetivos mostraban el colapso de la economía. Los mismos empresarios que se veían obligados a liquidar sus sociedades respondían a las encuestas que la coyuntura económica nacional e internacional remontaría pronto y los trabajadores que se iban a la calle creían que encontrarían un trabajo igual o mejor que el que habían tenido hasta entonces.

Durante las semanas que siguieron a la confesión de Alma Reimo, se produjo en Occidente una suerte de euforia colectiva que fue captada por algunos como preludio del desastre. «Hemos perdido todos los motores a diez mil metros de altura, pero seguimos cantando con alegría porque nos montamos en el avión para ir de vacaciones», dijo un enemigo de Alma Reimo desde una columna que fue rápidamente infamada. Nadie quería hablar de la situación actual en términos que deteriorasen lo que se quería creer. Los datos se comparaban con los de hacía muchos años, o con los de países sumidos en la hambruna, o con las expectativas determinadas por la fe. Subieron los precios de las materias primas ante el previsible crecimiento de la demanda, subieron las peticiones de hipotecas, subieron los indicadores del gasto familiar y hasta las bolsas, que según se tenía entendido se anticipan invariablemente al futuro, subieron con un empuje que no se conocía desde los lejanos días que precedieron al crack del 92, cuando la gente se endeudó hasta las cejas para comprar acciones con la falsa creencia de que siempre habría alguien dispuesto a pagar por ellas más de lo que ellos pagaron.

Alma Reimo, rodeada de aduladores apasionados y de críticos sectarios, se armó de los datos que le interesaban y omitió los que le resultaban perjudiciales para predicar la bondad de su doctrina. Y lo hizo con total convencimiento, liberada del síndrome de Aquiles y con una autoestima que fue progresando hasta la ceguera. Por aquellos tiempos adoptó decisiones sumamente arriesgadas, incluso contra el criterio unánime de sus asesores, con la seguridad de que el azar no podía obrar sino premiándola. Así, bajó los impuestos en una proporción desconocida y recomendó el incremento de toda clase de gastos, incluidos los corrientes. Además, a instancias suyas, el Presidente de la República inició el procedimiento para deponer al Director del Banco Central, que no era afín a sus dictados, y cuando este fue finalmente destituido por el Parlamento, también a sus instancias, el Parlamento nombró Director del Banco a uno de sus colaboradores que estaba enamorado de ella y oía por sus oídos y veía por sus ojos.

También yo padecí aquel repentino florecimiento de su aprecio por sí misma. Es cierto que nunca dejó de agradecerme que la hubiera exhortado a confesar su error, pero también lo es que se olvidó de las campañas de imagen que se ejecutaron desde Madlun y que siempre se mantuvieron operativas. En aquel período comió conmigo varias veces y me llamó a diario, pero todas nuestras conversaciones fueron dos monólogos. Cuando yo le hablaba de nosotros, ella me respondía ahondando en mi singularidad o en la suya y cuando le pedía que me hablase de ella me hablaba de su familia o de sus compañeros de Gabinete. Ella, en resumen, adoptó en las relaciones conmigo el método que utilizaba en el Parlamento durante las sesiones de control al Gobierno: a las preguntas que le hacían los miembros de la oposición, contestaba perorando sobre cualquier materia menos la que le habían interpelado.

La estima que la sociedad tenía por ella creció tanto que los periódicos empezaron a considerarla como la líder indiscutible de los conservadores. Por aquel tiempo, un periodista le preguntó si se veía de candidata a la Presidencia de la República y ella reveló que estaba a disposición de su partido para lo que este decidiera. A los dos días, el Presidente de la República anunció una reestructuración del Gobierno por el que diversas carteras cambiaron de manos y solo un ministro, Alma Reimo, se quedó sin ninguna.

«El amor todo lo puede», me confesó que le había dicho Sedd Alrisod para justificarse. «Entonces, ¿por qué me relevas?», le requirió ella. «Porque por mucho que te quiera, quiero más a la patria que a ti», recibió como respuesta.

Segunda parte: La estupidez

Capítulo 7

La Lluvia de Televisores o el Cabreo por la Telenovela: una algarada con ínfulas de revolución.

El Presidente de la República quiso sustituir a Alma Reimo por otra mujer, fuera o no lúcida y experta en economía, a fin de que el influyente *lobby* feminista no se indispusiera con él, y tuvo el acuerdo de buscarse entre las economistas afines a su partido a una que fuera el contrapunto de lo que había sido Alma Reimo, con el doble fin de que ni él pudiera enamorarse de ella ni ella pudiese alcanzar tanta popularidad como para que se atreviera a pensar en sucederlo. Sedd Alrisod pidió una lista larga de candidatas feas y en menos de cuatro horas tenía sobre la mesa de su despacho los currículos de no menos de cien mujeres, todas rematadamente feas, según le aseguraron repetidas veces sus colaboradores ante las considerables dudas que mostró él, dado que los currículos venían sin fotografía.

–La más fea, ¿cuál es la más fea de todas? –los urgió.

Después de un debate disparatado en el que se formaron dos grupos casi parejos, uno de hombres y otro de mujeres, el Presidente optó por la preferida de las mujeres y nombró ministra de Economía a Vunes Barziotas, parlamentaria por Fustia, un Estado periférico con pretensiones independentistas, a la que la dirección regional del partido tenía prohibido subir al estrado durante los mítines.

Alma Reimo permaneció en el candelero el tiempo que dura en una sociedad moderna el recuerdo de una catástrofe sobrevenida en un país remoto, pero no fue sustituida en él por Vunes Barziotas, como acertadamente calculó el Presidente de la República, sino por Genoveva, eventualidad con la que Alrisod no contaba. El proceso por el cual se produjo el relanzamiento mediático de la sindicalista, que llevaba meses oscurecida por la omnipresente figura de Reimo, tuvo como punto de inflexión la huelga general que convocaron los sindicatos mayoritarios cuando la nueva ministra dio por buenas las excelente expectativas creadas por su antecesora y nadie la creyó. «El paro nos devora», «El caos está a la vuelta de la esquina», «Esta recesión es mucho peor que la del 92», repitieron con distintos titulares los periódicos. «Es como si alguien hubiese apagado la luz en mitad de una fiesta», escribió uno de los críticos más afamados de Nógdam, a lo que otro añadió al día siguiente sin saber que se estaba adelantando a la Historia: «Y de pronto se oyera el tableteo de las metralletas y gritos por todas partes».

Vunes Barziotas se reunió con los líderes sindicales y empresariales incontables veces, incluso después de que se hubiera convocado la huelga. El reportaje en el que salía la ministra era presentado en los telediarios por periodistas preciosas que, para descanso de los telespectadores que aún no habían cambiado de canal, volvían a ocupar la pantalla cuando el reportaje concluía. Era, según escribió un comentarista menor que no fue tenido en cuenta, una alegoría de lo que ocurría en la sociedad: «La verdad es fea, pero como no nos gusta, nos mudamos a la emisora en la que se habla de las subvenciones a las empresas y los subsidios a los desempleados», dijo.

Los sindicatos mayoritarios querían hacer ostentación de la auténtica fuerza de los trabajadores y citaron a las reuniones preparatorias de la huelga general y de sus manifestaciones anejas a la Liga Sindical de Occidente, el sindicato de Genoveva, que suscribió todos los documentos menos el último, en el que se fijó la hora de la manifestación de Nógdam, que coincidía con la emisión del capítulo último de la telenovela *En Los Olmos pasan cosas*, en el cual, muy previsiblemente, Alfonso Alberto Linares, el bueno de la película, que antes era malo, se casaría con Azucena Amalia Fonseca, la bella protagonista, a pesar de que los dos eran hijos del mismo padre (ellos lo desconocían), si bien él lo era de la señora de Los Olmos y ella de una hermosísima planchadora con la que el señor del latifundio intercambiaba los sudores que emanaban de sus cuerpos encendidos en las asfixiantes tardes de agosto. Genoveva fue sincera, lo avisó. «Nadie acudirá a esas manifestaciones. Es muy raro que Alfonso Alberto y Azucena Amalia se casen sin que nada se lo impida, pues iría contra la naturaleza de las cosas. Los telespectadores aguardan una peripecia que le dé congruencia al relato, lo que no saben es qué. Ese qué no querrá perdérselo ni uno solo de los habitantes de Occidente que siguen la telenovela», me confesó luego que había dicho. Pero los líderes sindicales, que habían perdido el contacto con el verdadero sentir de los trabajadores a los que decían defender, especialmente con los más humildes y con los parados, no le hicieron caso. Es más, le hablaron de la conciencia de clase, de los valores que mueven el mundo y de otras teorías complicadas con el único fin de reírse de ella a carcajadas. «Yo les dije», me explicó Genoveva, «que total una hora más o menos no importaba, pero ellos estaban convencidos de su fortaleza y se negaron. Entonces, yo les revelé que como no quería que nadie me contara el desenlace de *En Los Olmos pasan cosas* no iría a la manifestación, y que si no iba yo, tampoco iba a invitar a mis compañeros a que fuesen». Ante el estupor de los medios de comunicación, la Liga Sindical de Occidente se desmarcó de la convocatoria que realizaron los sindicatos mayoritarios. «Es para que los de la L.S.O. puedan ver el remate de la telenovela», declararon los líderes de los otros sindicatos. «Es para que puedan verlo todos los trabajadores de Occidente. Ver telenovelas es de los pocos placeres con que contamos los pobres», respondió Genoveva, cuyo sindicato, en definitiva, convocó la manifestación para después del final del capítulo.

El día de la huelga, que era el mismo de la manifestación, un enorme dispositivo constituido por decenas de miles de piquetes informativos se personó en las entradas de las fábricas y de los establecimientos más significativos de Occidente e impidió que se procediera a la apertura de los centros de producción y de servicios. Ni se respetaron los servicios mínimos ni se hicieron excepciones, de manera que el país quedó apagado por completo y sumido en la más absoluta oscuridad informativa. Solo funcionaron internet y los mecanismos de correo asociados a esta red y los teléfonos.

Con las empresas cerradas y los transportes públicos interrumpidos, la gente se recluyó en su casa con la esperanza de matar el aburrimiento viendo la televisión, pero los piquetes informativos habían llegado al inicio de la mañana a las emisoras de radio y de televisión y profiriendo consignas a gritos y rompiendo aparatos a estacazos habían obligado a los trabajadores a abandonar su puesto a la carrera. Los electores de Occidente, partidarios en su generalidad de la huelga, se fueron indisponiendo contra ella conforme sobrevivían al tiempo sin el amparo emocional de la televisión. A media mañana, la TF43 reanudó sus emisiones con un comunicado en el que expresaba que emitiría el capítulo terminal de *En Los Olmos pasan cosas* de acuerdo con lo previsto. Una hora después, sin embargo, unos cuantos piquetes informativos tomaron al asalto la sede de la emisora y apalearon brutalmente a los operarios que se encontraban en ella, a quienes dejaron malheridos sobre un tapiz de cristales rotos, papeles sueltos y cables arrancados. Los electores, que durante las primeras horas de la jornada o habían sido piquetes o los habían sufrido, se imaginaron con razón cuál era la causa del cese de las emisiones y supusieron que no se vería el capítulo de la telenovela. Pero a media tarde, un presentador cubierto de sangre volvió a proclamar que los empleados de aquella cadena se debían a sus telespectadores y prometió que a las diecinueve horas en punto los incondicionales de *En Los Olmos pasan cosas* saldrían de dudas sobre el porvenir de la relación entre Alfonso Alberto y Azucena Amalia. Ese anuncio arrumbó definitivamente la suerte de la manifestación llamada por sus organizadores «unitaria». Los electores de Occidente, amantes o no de la telenovela más famosa de los últimos años, optaron por encerrarse en su casa a ver el desenlace de la historia y darle la espalda a quienes decidían por ellos sobre sus propios derechos.

A las siete de la tarde, hora en que debían principiar las

manifestaciones en los lugares indicados de las principales ciudades de Occidente, no se habían concentrado en la vasta plaza de la Libertad de Nógdam más que los líderes de los sindicatos, quienes para reunirse debieron hacerse señales desde lejos con la mano, y siete u ocho liberados que descargaron de un camión varios miles de banderas y pancartas gastadas y se fueron tras amontonarlas junto al monolito dedicado a la Libertad. Ni las mujeres o los maridos de los líderes, ni sus hijos, ni los líderes secundarios, ni por distintos motivos los periodistas que debían cubrir la manifestación se personaron donde debían, y mucho menos lo hicieron los afiliados al sindicato y los simpatizantes con los ideales que propugnaba la manifestación. «Nos han traicionado todos, todos sin excepción alguna», dijo uno de los líderes. Hasta la policía gubernativa, que en número de mil quinientos agentes había acudido a la plaza para controlar la protesta, recibió de sus jefes inmediatos autorización para retirarse y ver en las cantinas de sus cuarteles el final de la telenovela.

–¿Empezamos o lo dejamos? –preguntó uno de los líderes sindicales.

–¿Cuántos estamos? –demandó otro.

Se contaron y resultaron ser dieciséis.

–Somos dieciséis mil –dijo alguien levantando la voz.

–Yo diría que somos por lo menos ciento sesenta mil –lo corrigió una voz aún más alta.

–Y yo que somos más de un millón –añadió una tercera.

Redondeando por encima, somos un millón y medio, resolvieron. Y la voz de un millón y medio de personas no podía quedarse sin ser oída. Entre todos agarraron la pancarta de faldón que debía encabezar la marcha, en la que se leía el lema consensuado por los convocantes («Por el trabajo, por los trabajadores, por Occidente») y emprendieron su ruta por las calles desoladas gritando consignas que se perdían en el insondable silencio de la ciudad como el ruido de las astronaves en la infinitud del cosmos.

A las siete de la tarde, como estaba previsto, después de treinta y siete anuncios que se pagaron a precios exorbitantes, empezaron a aparecer en la TF43 los títulos de crédito iniciales de *En Los Olmos pasan cosas* mientras sonaba la canción *El amor que nos enamora* cantada por Antonio Alfredo Alcudia, que servía de sintonía de la telenovela, y, a continuación, todos los electores del país, menos los manifestantes y los más desheredados miembros del lumpemproletariado, vieron a Alfonso Alberto Linares bajar montado en su soberbio caballo blanco por el camino que llevaba de Los Olmos a Pretextos, el pueblo en el que oficiaba como cacique, supuestamente para recoger la sortija de diamantes que había encargado a una joyería de la lejana Nógdam en el capítulo anterior, vieron a don Ángel, el sacerdote de Pretextos, urdiendo el sermón que pronunciaría en la boda y ensayando el apartado de la ceremonia en el que había de decir los que tengan algo en contra de esta unión que hablen ahora o que callen para siempre, vieron a Azucena Amalia feliz, probándose el vestido de novia frente a un espejo de cuerpo entero que tenía por dentro la puerta del armario de su pequeño cuarto y probándose peinados en la peluquería de Andrea Adriana Romero, una prima lejana suya que pretendía copiar de una revista del corazón el modelo de alguna actriz famosa, vieron a Alfonso Alberto Linares recoger la sortija de manos de Amar Alejandro Solero, el anciano dueño de la única joyería de Pretextos, vieron la sortija en un primer plano que mostró un diamante del tamaño de una canica orlado con decenas de diamantes menores, vieron desde múltiples ángulos su talla y sus brillos, vieron a Ana Ángela Valdivia, la mala de la película, tirada boca abajo en la cama, llorando de rabia sobre la colcha de hilo de su lujosa habitación porque le habían quitado a Alfonso Alberto, el hombre al que amaba con tanto fervor como odiaba, la vieron girarse luego y quedarse mirando al techo en tanto esbozaba una sonrisa enigmática (¿se le había ocurrido la forma de poner al destino de su parte?), vieron un plano alto del caserío de Los Olmos tomado desde el Este, con el sol escondiéndose tras las montañas nevadas de Sierra Tremenda, lo que revelaba que el día previo al de la boda se acercaba a su término, vieron a Amar Alejandro Solero, el joyero de Pretextos, muriendo en un sillón de orejas estampado mientras veía una revista de mujeres desnudas a la luz de una lámpara de pie, hecho que nadie supo descifrar pero que todo el mundo interpretó como signo de mal agüero, vieron quince minutos de anuncios y vieron un plano de la laguna de Fuenteazul con el sol de levante reflejándose sobre sus aguas diáfanas, lo que venía a indicar que el día en que habían de casarse Alfonso Alberto y Azucena Amalia acababa de empezar, vieron a Alfonso Alberto ajustándose la corbata que debía llevar al altar, a su madre, doña Adela Adoración Piniés, descendiendo por las escaleras de mármol rosa de la mansión que construyó su abuelo, que fue de su padre y que ella había sabido gobernar con mano de hierro no obstante enviudar de don Anselmo Abdón Linares a la temprana edad de veintiún años, a los cuatro meses de su matrimonio y llevando en sus entrañas a su único hijo, vieron un plano que llenó la pantalla con su gesto áspero, porque doña Adela Adoración no quería a Azucena Amalia, a la que consideraba flojita de ánimo y escaso partido para su hijo, y le gustaba más Ana Ángela, que tenía un carácter fuerte y era hija de Alejo Ambrosio Morales, un rico hacendado que la cortejó cuando era adolescente y siguió haciéndolo en secreto después de que los dos se casaran, vieron a Azucena Amalia poniéndose el velo del traje de novia con la ayuda de su madre adoptiva, a la que, como pudo observarse en un primer plano, le temblaban las manos de la emoción, vieron a don Ángel asomado desde la sacristía a la nave de la iglesia donde se oficiaría la ceremonia, en la que los invitados, divididos en dos grupos, entraban para sentarse en las bancas adornadas con pequeños ramilletes de flores blancas, los de las bancas de la derecha eran los invitados de Alfonso Alberto, que eran muchos e iban vestidos de forma suntuosa, y los de las bancas de la izquierda los de Azucena Amalia, que eran menos e iban bien vestidos a secas, vieron a la novia subirse con su madre adoptiva en una carroza dispuesta a todas luces por el novio, vieron al novio montarse en otra carroza con su madre, vieron la iglesia llena de invitados, pues aunque en las bancas de la izquierda sobraba sitio en la parte de la derecha había gente de pie, vieron al sacerdote esperando en el altar, de cara a la puerta por la que debían acceder los novios, vieron llegar la carroza del novio, vieron apearse al novio, vieron bajar a la madre del novio con la ayuda del novio y cómo ambos se adentraban en la iglesia, vieron venir a la novia en su carroza, la vieron descender de ella radiante y deslumbradora con la ayuda de su padre adoptivo, del que casi nadie sabía el nombre, que era Atanasio Arsenio, la vieron penetrar en la iglesia desde la plaza y desde el interior del templo en una toma que le cogió el rostro y se fue abriendo gradualmente para incluir a su padre adoptivo, que la llevaba del brazo, a los invitados, al novio y al sacerdote, vieron la cara de felicidad del novio, vieron la cara de felicidad de los contrayentes cuando finalmente la novia compareció junto al novio y se quedó mirando esos fastuosos ojos verdes de los que estaban enamoradas todas las mujeres de Occidente, vieron el rostro de don Ángel, que se sentía feliz con la felicidad de los novios, en especial con la de Azucena Amalia, que vivía su particular cuento de la Cenicienta, feliz al ver la iglesia llena por primera vez desde hacía un montón de meses y feliz porque el equipo de guionistas que escribía la telenovela lo había caracterizado como bondadoso de más, como un poco lelo, vieron el rostro de Ana Ángela Valdivia, la mala del serial, semioculta en la oscuridad de un rincón trasero del templo, disimulado su rostro tras un sombrero con velo de rejilla negro, vieron a don Ángel iniciar la ceremonia, a los invitados, a los novios uno a uno y en pareja, vieron los distintos planos con los que el director se explayó para alargar el instante precursor de la boda o del naufragio, volvieron a ver a Ana Ángela Valdivia, la mala, vieron a don Ángel preguntando aquello de el que tenga algo que decir en contra de esta unión que hable ahora o que calle para siempre, vieron el silencio del templo, porque el silencio, además de oírse, se vio y se masticó, y no vieron nada más, puesto que en ese momento se interrumpió la emisión y un hombre mal afeitado y vestido con mono de trabajo ocupó groseramente la pantalla y leyó un comunicado en el que, con una prosa de estudiante de primaria redactando sobre la primavera, se revelaba a todo Occidente que un piquete informativo había ocupado la TF43 para que el capítulo de una serie de chichinabo no impidiese a los trabajadores del país asistir libremente a la manifestación convocada por los sindicatos mayoritarios, al final de la cual se leería el manifiesto siguiente, y a continuación el presentador ocasional de la TF43 se puso a leer sin levantar la cabeza un texto que hablaba de la alienación de la clase obrera, de la banca y de la religión en términos parecidos a los que habían aplicado los socialistas científicos en los años más tiernos de la Revolución Industrial.

La población de Occidente, empresaria y obrera, superados el impacto del cambio de la emisión y la perturbación hipnótica por la imagen del extraño presentador, reaccionó lanzando los televisores por la ventana y saliendo encorajinada a la calle en busca de los piquetes informativos y de los líderes sindicales que se habían atrevido a liberarlos sin su consentimiento de ese nuevo opio del pueblo que eran las telenovelas.

Aquel día, también a las siete de la tarde, los líderes progresistas se hallaban en la sede de su partido, ubicada en la plaza de la Libertad, a la espera de ver el resultado de la manifestación que no habían apoyado abiertamente pero hacia la que habían tenido palabras de comprensión, por si decidían salir a respaldarla a última hora, e incluso a encabezarla, si es que el número de asistentes era lo bastante amplio como para poder utilizarlo en su favor. El secretario general, Nicelos Gobberski, miraba por la ventana de su despacho a los convocantes mientras oía la canción *El amor que nos enamora* cantada por Antonio Alfredo Alcudia cuando uno de sus colaboradores abrió la puerta y le dijo: «Nos ha llegado un parte diciendo que son un millón y medio. ¿Qué hacemos, salimos?». Gobberski no había necesitado demasiado tiempo para contar a los manifestantes, dieciséis, y contestó: «Esta vez se han pasado con el redondeo. Mejor nos quedamos y vemos el desenredo de la telenovela». Luego dio instrucciones para que se redactase un comunicado de prensa en el que se mostrara claramente que el éxito de la jornada de huelga era la victoria de quienes, como ellos, se oponían a la política económica y de empleo del Gobierno y que el descalabro de la manifestación era un premio para quienes, como ellos, se habían abstenido de apoyarla.

Un piso más abajo, Secto Yegoci, el Chivo, observaba también por la ventana de su despacho el desarrollo de la concentración previa a la manifestación convocada por los sindicatos para torcerle el brazo al Gobierno. Frente al aire adusto de Gobberski, el Chivo sonreía. Contra la opinión de su jefe, él siempre había pensado que al pueblo no había que salvarlo liderándolo, sino pastoreándolo, máxime desde que el pueblo se había convertido en un rebaño cautivado por la televisión y el fútbol. El Chivo, satisfecho, sacó su teléfono móvil y llamó a alguien:

–No hay nadie en la manifestación. Todo el mundo está pendiente de si se casan o no Alfonso Alberto y Azucena Amalia. Vamos a ejecutar el plan de acuerdo con lo previsto. La salvación de Occidente nos aguarda.

Unos cuantos días después, cuando pude recorrer los lugares donde se habían desencadenado los hechos y acceder al alma de algunos protagonistas, me enteré fielmente de los detalles de aquella revolución histórica. Aquel día, sin embargo, yo estaba a las siete de la tarde sentado ante el televisor con varios de mis guardaespaldas y sufrí, junto a la sorpresa general, otra específica de dimensiones bestiales: «La cara de ese hombre me suena», dije en voz alta antes de que la luz se me hiciera de repente y reconociese en el rostro del tosco presentador de la televisión al individuo que me había perseguido por los corredores de aquel desierto ministerio de Sholombra

–¡Es Suelo, el señor Suelo! –exclamé poniéndome de pie.

No supe interpretar aquella aparición asombrosa más que como la señal de que alguien estaba metiendo las manos en la Historia para manipularla en su favor. «Vámonos a la torre Madlun», les dije a mis escoltas, «y andad con ojo, que nada es como parece»

En mi barrio había pocas casas y estaban muy separadas entre sí. Los televisores que sus propietarios habían tirado por la ventana habían caído en las terrazas de sus predios o en sus jardines y quienes habían salido a la calle buscando algún piquete informativo en el que descargar su cólera gritaban por las anchas aceras pegándole patadas a los troncos de las plataneras y contestando a los perros de presa, que atronaban la vecindad de ladridos furibundos, pero las calles de los barrios humildes y de clase media de Nógdam se poblaron de gente que caminaba entre los restos de los televisores estrellados contra el asfalto y bajo la lluvia de otros electrodomésticos que los decepcionados más rabiosos seguían tirando a la calle sin recato del gasto ni del daño que podían provocar a los transeúntes. Cientos de miles de electores se dirigieron hacia la plaza de la Libertad con ánimo de dar un escarmiento a los que componían la manifestación convocada por los sindicatos para exigir una solución a los problemas de todos los trabajadores, incluidos los suyos. Entre los que se apresuraban para linchar a los manifestantes había hombres y mujeres progresistas que presuntamente simpatizaban con la manifestación, había afiliados a los sindicatos que hubieran ido a la manifestación si esta se hubiera convocado a una hora distinta de la fijada para el último capítulo de *En Los Olmos pasan cosas* y había sindicalistas que hasta poco antes de la emisión habían integrado piquetes informativos para obligar a los esquiroles a ejercer su derecho de huelga en la sede de la TF43. Todos habían perdido su conciencia política, su conciencia de clase e incluso su conciencia a secas y avanzaban con una resolución violenta y fascinante, como si el rebaño al que de disímil manera se referían Gobberski y Yegoci corriera en estampida sin saber adónde.

Cuando los dieciséis líderes sindicalistas oyeron los gritos feroces que rompían el silencio posnuclear de la calle, se detuvieron, se miraron e hicieron correr una pregunta sobre lo que les estremecía que por la inmediata lluvia de televisores no les dio tiempo a contestar. Sin soltar la pancarta, buscaron la protección de la marquesina del cine Maravillas, que casualmente llevaba varias semanas proyectando la película *La Revolución de Noviembre*, en la que se contaba el amor de una pareja de adolescentes bajo el doble yugo de la sociedad y de sus padres en el lejano marco histórico de aquella revolución gloriosa. Mientras los sindicalistas sufrían la metralla de los artefactos que se estrellaban contra el suelo, se respondieron (ahora sin preguntarse y todos a la vez) a las causas de aquel desbarajuste de cómic con las certezas aprendidas en los sueños, que no sirven de mucho en la realidad, por surrealista que esta sea. De hecho, los sindicalistas no le encontraron explicación a la marea humana que de pronto apareció por la calle y, galopando y vociferando como una jauría de demonios recién exorcizados, se dirigió hacia ellos a través de un chaparrón de electrodomésticos. No supieron qué hacer, su mente no estaba habilitada para procesar lo que estaba ocurriendo en aquella esotérica escena y se quedaron quietos, aferrados a su pancarta primero y luego guareciéndose detrás de ella, como los niños se protegen de los monstruos que construye su imaginación con el embozo de las sábanas. Fue inútil, claro, y la turba se les echó encima, se arremolinó bajo la marquesina y formó un mogote sobre los cuerpos destrozados al que no dejó de sumarse gente hasta que alguien dijo ahora a por los progresistas y la voz se extendió por la muchedumbre, que poco a poco tomó el camino de la cercana plaza de la Libertad, adonde estaban confluyendo verdaderos ríos de espectadores traumatizados que se incorporaron a la concreta fijación de los que venían envalentonados con el daño producido a los sindicalistas.

Gobberski había pronosticado una revolución de brazos caídos, de electores que lo mismo generaban colas kilométricas en las oficinas de desempleo que en los estadios de fútbol para entregar el subsidio de un mes por ver trotar a un jugador que ganaba mil veces lo que ellos. Pronosticaba un mundo en el que el Banco Central de Occidente fabricaba billetes que valían menos por la mañana que por la tarde, en el que los psiquiatras y los psicólogos vivían angustiados porque ni tenían respuestas para los problemas que se les planteaban ni tiempo ante la creciente demanda de asistencia y en el que las organizaciones de caridad ocupaban el lugar de los servicios públicos y el trueque sustituía a los hipermercados. Gobberski se acordó con nostalgia de su cátedra de Teoría del Estado y de sus paseos de la mano de su mujer por un jardín botánico que había junto a uno de los puentes colgantes de Boalís, se acordó de una novela que había mandado ocultando su nombre a innumerables editoriales y no publicó hasta que la envió con su firma, en la que describía un Occidente imposible de gobernar poblado por electores que no votaban con papel, sino mostrando el código de barras con el sentido de su voto que se habían grabado con un hierro candente, se acordó del día en que se afilió al partido, del día en que lo nombraron líder de los progresistas, de todas las veces que los periódicos progresistas lo habían dado como ganador del debate televisado frente al líder del partido Conservador y se acordó de las declaraciones que había efectuado después de perder las últimas elecciones legislativas: «Aquí no gobernará nunca un progresista, por bueno e inteligente que sea, porque en este país hasta los obreros son de derechas». Gobberski fue uno de los pocos habitantes de Nógdam que no tiraron la televisión. Cuando el señor Suelo en funciones de sindicalista informante apareció en la pantalla, él sintió que el futuro resuelto por su novela había llegado de improviso y, temiéndose lo peor, se abandonó a una postración definitiva.

Los primeros gritos que oyó vinieron de su propio edificio y fueron dados por los secretarios de área del partido que él dirigía, algunos de los cuales habían cogido los televisores y los habían tirado por la ventana sin abrirla siquiera. Los gritos siguientes ascendieron desde la calle, pero no se asomó a conocer su origen, porque creyó que lo sabía. «Ya están ahí los del código de barras estampado en la muñeca», murmuró consternado. Los gritos posteriores volvieron a generarse dentro y arribaron entreverados con ese escándalo de rompimientos tan del gusto de la muerte.

Gobberski, que tenía la pantalla de espaldas a la entrada, seguía embelesado en la carta de ajuste cuando los asaltantes echaron abajo la puerta, que de todas formas estaba abierta, por lo que los primeros que irrumpieron en la sala conjeturaron que gracias a su calidad de jefe de la oposición estaba viendo el programa que a ellos les había sido vedado. Uno lo insultó llamándolo fascista de mierda y otro calificándolo de comunista de mierda, pero esos improperios y todos los demás se quedaron para quienes los pronunciaron, ya que Gobberski y los sublevados solo podían oír el alboroto ensordecedor de la jauría. En la novela de Gobberski, los culpables de la Estupidez y la Demagogia eran los electores, sin que se distinguiera entre sus devociones o su afiliación, pues se entendía que los políticos eran una creación de ellos. Gobberski se refería repetidas veces en su novela a la ética de la oveja, ese animal que ha conseguido sobrevivir agrupándose en rebaños y dejándose marcar, resignándose a ser controlado por un perro o una pedrada y consintiendo que maten a los más tiernos de los suyos. Gobberski era un pesimista al que le costaba trabajo sonreír ante la cámara que le hacía la foto de la campaña electoral. A Gobberski jamás se le hubiera ocurrido pensar que el pueblo se levantaría contra sus representantes, porque en su concepción de la sociedad y la política occidental los acontecimientos se suscitaban desgraciadamente al revés: eran los políticos los que le decían a los electores lo que debían discurrir en función del rebaño al que se habían afiliado. Gobberski habría imaginado una batalla e incluso una guerra civil entre militantes de partidos distintos y que los conservadores asaltaban la sede de los progresistas y los progresistas la de los conservadores. Lo que nunca hubiera imaginado es que progresistas y conservadores, sin atender al código de barras con el que se habían marcado el cerebro, asaltasen unidos la sede de uno de los partidos para linchar a sus más altos dirigentes.

Gobberski todavía estaba vivo cuando salió volando por el balcón de su despacho, y vivo siguió después de caer sobre la alfombra de cabezas que cubría la plaza de la Libertad, pero fue rápidamente engullido y destrozado por la plebe, de la que pronto emergió una voz que fue multiplicándose hasta transformarse en una consigna unánime: «Ahora, le toca al Presidente».

El Presidente de la República, Sedd Alrisod, creyó que el señor Suelo era un sindicalista de verdad cuando lo vio en la pantalla en la que seguía junto a su mujer el último capítulo de *En Los Olmos pasan cosas*. En un primer impulso, como a todos los electores de Occidente, le incomodó mucho más la parálisis de la programación que lo que el suceso suponía de quebrantamiento del orden público. Sin embargo, cuando cogió el teléfono y pidió que lo pusieran sin demora con el ministro del Interior, ya había asumido su responsabilidad y más que el final de la historia le preocupaba lo que el asalto tenía de pérdida de su prestigio. Bertus Jones, el ministro del Interior, le contestó que la mayoría de los efectivos estaban en la calle, intentando evitar los últimos desmanes de los piquetes informativos y controlando la manifestación, a la que según fuentes sindicales, aún no confirmadas por la policía, asistían en aquellos momentos un millón y medio de electores. Sedd Alrisod había sufrido tres huelgas generales que habían afectado seriamente a su popularidad, pero de las que se había repuesto con el sencillo método de otorgar a los huelguistas lo que exigían.

–¡Cómo según fuentes de la organización! ¿Y qué dicen tus fuentes? No me jodas, Bertus, a ver si vamos a tener que fiarnos de las cuentas que echan los organizadores de las manifestaciones.

Bertus Jones dudó antes de responder.

–Señor Presidente, la policía me ha dado la cifra de los manifestantes, pero debe haber algún error y he pedido que me la ratifiquen.

–¿De qué cifra estamos hablando? –le apremió Sedd Alrisod.

–De una cifra muy baja, exageradamente baja para no ser considerada un error. La buena me la van a dar pronto. En cuanto la tenga, se la doy.

–Dame la errónea. ¿Qué te han dicho?

Bertus Jones tartamudeó cuando contestaba. Le habían dado la cifra hasta seis veces, pero él seguía sin creérsela.

–Dieciséis –dijo.

–¡Solo dieciséis mil! Creo que por esta vez no les voy a dar lo que piden.

–No, señor Presidente. Dieciséis es dieciséis, solo dieciséis, no dieciséis mil –lo corrigió el ministro.

–¡Dieciséis! ¡Qué clase de disparate es ese! Bertus, tienes un cáncer metido en la policía, ya te lo he dicho. Anda, olvídate de la manifestación, retira agentes de donde sea y mándalos a la TF43 para que reanuden la emisión cuanto antes. Si no lo hacemos, no habrá quien soporte durante una semana a los periódicos progresistas.

–Sí, señor Presidente, enseguida los mando.

Sedd Alrisod tranquilizó a su mujer y se abrió una cerveza, que empezó a beberse frente al televisor a la espera de que volviera la señal. Transcurridos cinco minutos, como el aparato no había cambiado, reclamó a Rufiso Lisher, el mayordomo del Palacio Presidencial, y le pidió unas almendritas tostadas y unas patatas fritas.

–¿Qué te ha dicho ese tonto de Bertus? –le preguntó su mujer cuando se habían comido las almendritas y llevaban las patatas por la mitad.

En lugar de contestarle, Sedd Alrisod levantó el teléfono y llamó al ministro del Interior.

–Le certifico que eran dieciséis, no dieciséis mil, dieciséis –remarcó Bertus Jones.

El Presidente se fue directamente a lo que más le interesaba.

–Bien, bien, dieciséis, entendido. ¿Y la televisión? ¿Qué pasa con la televisión?

–¿La televisión? –respondió el ministro.

Sedd Alrisod tenía clavada en sus ojos la sonrisa irónica de su mujer. «No sé cómo eliges a tus colaboradores: estás rodeado de incompetentes», le tenía dicho.

–Sí, la televisión. ¿Has mandado suficientes efectivos? ¿Cuánto tiempo van a tardar en restablecer las emisiones?

–Pues ese es el caso, que no se encuentran efectivos.

–¿No se encuentran? ¿Qué quieres decir? ¿Qué se han ido a tomar un vermú, que están en sus casas esperando a que prosiga la telenovela, que se han unido a los manifestantes?

–No lo sé, quizá de todo un poco –reconoció el ministro–. Al menos eso es lo que dicen nuestros informadores.

El Presidente no daba crédito a lo que estaba oyendo.

–Bertus, cuando resolvamos esto, tú y yo tenemos que hablar tranquilamente.

El Palacio Presidencial era un enclave situado sobre una colina desde la que se dominaba el barrio institucional. Estaba abrazado por jardines y los jardines estaban cercados por una valla de hierro no demasiado alta para no dar la impresión de que el Presidente residía en una fortaleza, aunque lo cierto es que la valla disponía de dispositivos de seguridad que la volvían infranqueable. En el Palacio Presidencial confluían diferentes avenidas flanqueadas por descampados con césped en el que siempre había turistas descansando. En realidad, el barrio entero era un parque de varios cientos de hectáreas donde había estanques con patos y barcas de paseo, diversos edificios institucionales, como el del Tribunal Supremo, el de la Biblioteca Nacional y el del Congreso, y vías de comunicación amplísimas con rotondas que envolvían dos monolitos enormes, un arco del triunfo y diversas fuentes monumentales, una de ellas con un surtidor vertical que elevaba el agua a más de un centenar de metros.

A los sediciosos que salieron de la plaza de la Libertad con destino al Palacio Presidencial los esperaba un recorrido de unos ocho kilómetros, de los que los tres últimos discurrían por una avenida (la de la República) ceñida por un terreno despejado en el que hubieran cabido sin rozarse no menos de diez millones de personas. Con un empuje normal, o incluso con un empuje animoso, la voluntad de la masa se hubiera ido desmoronando conforme se diluía en el tiempo y en el espacio, pero en aquella ocasión la masa llevaba la fijación heroica de las revoluciones y el tiempo no hizo sino engordar su despecho y el espacio sino darle la posibilidad de crecer. Cuando los insurgentes llegaron al arco del triunfo que conmemoraba la batalla naval de Lefalgar y tuvieron a la vista la gran fachada neoclásica del Palacio Presidencial, en lugar de echarse a correr, moderaron el ritmo de su marcha. El Presidente, que para aquel momento ya había sido avisado por Bertus Jones de lo que estaba pasando, apartó con la mano derecha la cortina de su despacho, a cuyo balcón se asomaba los martes a las doce en punto para saludar a los turistas, y vio a los amotinados acercarse pausadamente, como una mancha de aceite que se extendiera sobre el mármol blanco de la solería que estaba pisando.

–No vienen cabreados. Se detendrán ante la valla –le dijo Maxa Baltes, la jefa de su gabinete, que miraba a su lado valiéndose del intersticio abierto por él.

Pero el Presidente conocía a su pueblo y sabía que aquella audacia era como la del bañista que se mete en el agua paulatinamente, muy superior a la del que se tira de cabeza desde el borde de la piscina.

–Que el equipo de seguridad se retire, y que todo el mundo se guarezca en el búnker. Si intentamos impedirles la entrada, se producirá una masacre, y aun así no los detendremos.

El protocolo aplicado por el Presidente fue el mismo que el manual para escenarios de crisis exigía ante las guerras nucleares o las amenazas cósmicas. Las más de ochocientas personas que componían la plantilla del Palacio entraron en cuestión de minutos en ese otro palacio desconocido que existía a muchas decenas de metros bajo tierra, en el que había alimentos y agua para varios meses pero también cine, piscina climatizada, solárium de rayos uva y hasta un *puticlub*. Sedd Alrisod había aprendido de los grandes generales de la Historia que, siempre que hay terreno para huir, la mejor táctica frente al enemigo enconado es consentirle que avance, que avance y que avance, que avance hasta que el invierno, o una plaga, o el cansancio, o la abulia caiga sobre él como una losa y lo deje extenuado.

–¿Qué crees que harán cuando lo hayan destrozado todo? –intentó explicarle a su jefa de gabinete–: Se irán, se irán a sus casas a dormir, que mañana no hay huelga y se tienen que levantar temprano.

La sala de dirección del búnker estaba conectada con los centros estratégicos del país, a los que el Presidente cursó a escape un mensaje de tranquilidad. Especialmente efectivo fue el que remitió a su ministro de Defensa, al que le prohibió sacar soldados a la calle.

–No hay de qué preocuparse –le dijo–. A la manifestación de protesta contra el Gobierno solo han ido dieciséis electores. La situación se calmará en cuanto se corra la voz de que se está emitiendo el remate de *En Los Olmos pasan cosas*.

Esto le hizo recordar su charla con el ministro del Interior, al que volvió a llamar tan pronto como cortó con el de Defensa.

–Bertus, dime algo positivo –le indicó, refiriéndose a sus gestiones para la emisión de la telenovela.

El ministro del Interior tardó en responder. De numerosos puntos de Occidente le llegaban noticias de crímenes y de ataques a las sedes de las instituciones. No se le ocurría nada que endulzara una pizca aquel empleo tan amargo que el Presidente le había encomendado.

–¿No hay ni un solo brote verde en lo que está pasando? –lo urgió Sedd Alrisod.

–Bueno, quizá: que nos hemos quedado sin oposición –contestó Bertus finalmente.

La mayor tarea de Sedd Alrisod como secretario general del partido Conservador, tal vez la única, consistía en destrozar al partido adversario para ganar de nuevo las elecciones, y en su ejercicio, que se solapaba y se confundía con el de la Presidencia de la República, empleaba toda suerte de artimañas, ya fueran legales o ilegales. En el paraíso imaginario de Alrisod, el entorno más repetido era el de un campo de batalla en el que libraban desigual contienda una pequeña cohorte de gigantes conservadores y un ejército desorganizado de progresistas tísicos, mancos y ciegos. Y a pesar de eso, se sentía más cercano a los miembros del partido Progresista, por exaltados que estos fueran, que a los que no eran de ningún partido, en cuyas intenciones le costaba trabajo indagar. De modo que cuando Bertus Jones le aclaró lo que había querido decirle, su pensamiento tuvo una respuesta corporativista y se hundió en el desánimo.

–Quizá sea más penoso de lo que creía –murmuró.

Bertus Jones, que lo veía por el circuito cerrado de televisión, se creyó en la obligación de elevar la moral de su jefe y le dijo:

–No se preocupe: en una hora están poniendo en la TF43 *En Los Olmos pasan cosas*, se lo prometo.

Sedd Alrisod hizo con la cabeza un gesto de asentimiento que era toda una declaración de derrota. Cuando el ministro del Interior se borró de la pantalla, el Presidente miró a los monitores que recogían lo que estaba pasando en la superficie, donde las primeras líneas de conspiradores se encontraban frente a la valla fortificada que, según los técnicos del Servicio Nacional de Inteligencia, convertía al Palacio Presidencial en una plaza inexpugnable.

Aunque lo que estaba ocurriendo parecía producto de un cóctel de circunstancias reunidas por el azar, algunas de ellas habían sido introducidas en la historia por una mano negra. Y así, a las siete de la tarde, mucho antes de que se iniciase el asalto al Palacio Presidencial, Secto Yegoci, el Chivo, telefoneó al señor Suelo desde la sede de los progresistas para pedirle que suprimiera la emisión de *En Los Olmos pasan cosas* cuando fuera a saberse si Azucena Amalia

Fonseca y Alfonso Alberto Linares se casaban. Yegoci era un estudioso de la política que se profesaba admiración. Entre los frutos de su complejo de superioridad estaba el de creerse que podía descubrir, ponderar y conjugar las variables que intervienen en el destino de la sociedad. De ahí a suponer que las conocía de hecho y a intentar manipularlas para obtener resultados beneficiosos para sus intereses, solo había un paso, que él estaba dispuesto a formalizar.

La huelga general y la multitudinaria manifestación que la remataría se le antojó una oportunidad de libro para poner en práctica sus postulados sobre los cambios sociales. Según él, en esa jornada se juntarían los dos principales ámbitos que forjaban la sociedad occidental: el Interés y el Desinterés. Yegoci había ideado una teoría según la cual en nuestra sociedad había un ámbito teórico, que él llamaba del Interés, en el que se desarrollaban las actividades supuestamente importantes y se tomaban las decisiones que afectaban al conjunto del país. En él estaban los periodistas, adiestrados para entender de todo y para opinar de todo, con sus diarios, sus telediarios y sus tertulias; los políticos, con sus leyes, sus reyertas de estercolero y sus toscas estrategias a corto plazo; los artistas, con sus paranoias, sus vanidades y sus pendencias; los grandes potentados, con su soberbia y su complejo de inferioridad mal diagnosticado; los sacerdotes, predicando sobre la moral y especulando sobre los cielos y los infiernos, y, entre otros personajes del estilo, los líderes de los sindicatos, jugando a que eran, a la vez, padres, abogados y libertadores. Por debajo de este ámbito estaba el del Desinterés, que lo componían los sujetos pasivos. Los individuos que se hallaban en él veían los telediarios realizados por los periodistas, cumplían las leyes aprobadas por los políticos, leían los libros escritos por los escritores, compraban las mercancías que fabricaban los potentados, practicaban la moral indicada por los sacerdotes y hacían las huelgas que habían convocado los dirigentes sindicales. El ámbito del Desinterés no existía en el principio, pues la totalidad de la población se sentía perfectamente identificada con quienes la dirigían. Pero los que se hallaban en el ámbito del Interés fueron apartándose pausadamente de su misión original para adoptar otra más acorde con sus intereses particulares o grupales, lo que había conducido a la situación actual, en la que los telediarios eran pasto del sectarismo, los políticos solo atendían a su partido, los libros famosos eran los escritos por personas famosas, los buenos géneros eran los mejor anunciados, la única religión que te salvaba era la tuya y los líderes sindicales se dedicaban casi exclusivamente a administrar sus poderosas organizaciones y a defenderse a sí mismos. En la teoría de Yegoci, los electores de a pie habían ido perdiendo el afán por los asuntos importantes para preocuparse por consumir las cuatro chucherías que les habían transmitido desde el ámbito del Interés.

Para Yegoci, la comunidad de individuos que integraban el ámbito del Desinterés, que él llamaba la masa, tenía un espíritu no demasiado distinto del espíritu de los individuos que lo formaban. Si a un individuo alelado lo suyo es despertarlo y describirle las verdades de su vida con la misma crudeza que si se le acomodara frente a un espejo, otro tanto había que hacer con la masa alelada, despertarla rompiendo los pormenores de su postración y situarla ante un espejo para decirle esa eres tú, fíjate en la mierda en la que te has convertido, espabila, coño, que se está aprovechando de ti hasta el más tonto de tus vecinos.

En la mente de Yegoci se había implantado la idea de que si a un hombre se le despierta con un timbrazo o zarandeándolo, a la masa se la podía despertar de idéntica manera, solo que el timbre o el zarandeo debía ser de proporciones similares a sus magnitudes. Yegoci pensó en colocar una bomba o incluso una serie de bombas en un estadio de fútbol mientras se celebraba una final, pensó en poner bombas en un barco cargado de pasajeros y en muchos barcos, en un avión y en muchos aviones, pensó derribar rascacielos con bombas, en estallar bombas en el metro, en volar con bombas los lugares santos de las religiones, en reventar con bombas las guarderías y las residencias de mayores, en poner tantas bombas en Nógdam que su superficie acabara como la de una escombrera y en otras actuaciones parecidas que no puso en conocimiento de nadie, ni siquiera de Tesa Mimo, la mujer con la que compartía la cama y la marihuana y que lo admiraba porque creía que las paranoias de su novio eran el colmo de la clarividencia.

Como las nociones de Yegoci estaban fuera del marco político institucionalmente reconocido, no había querido fundar un grupo alternativo con el que ejecutarlas, porque sabía que no tenían viabilidad oficial alguna. Su estrategia consistía en cambiar la sociedad haciéndose con las instituciones que la propia sociedad tenía, y para ello era necesario conquistar la dirección de un partido. El menos lejano a sus designios era el partido Progresista. Para hacerse con él, Yegoci necesitaba quitar el último tapón que le estorbaba, el formado por Gobberski y su camarilla. Cuando eso acaeciera, sustituiría la ética que lo regulaba, que él consideraba candorosa y derrotista, por otra verdaderamente revolucionaria.

Cuando Yegoci tuvo noticias del señor Suelo, el líder de una banda armada dispuesta a venderse al mejor postor, creyó haber encontrado el instrumento que necesitaba para sacar de la modorra a Occidente y se entrevistó con él con la intención de hacerse pasar por representante del partido Progresista, pero en la charla que tuvieron quedó patente que al pistolero le importaba un pito de dónde viniese el encargo con tal de que estuviera bien remunerado, y Yegoci controlaba la próspera caja B del partido, de la que Gobberski ni quería entender ni deseaba oír hablar.

La oportunidad que Secto Yegoci estaba aguardando no era la huelga, sino el final de la telenovela que tenía encandilado a todo el país. Él preveía que la masa que soportaba sin inmutarse la corrupción de sus políticos, la indolencia de la justicia, el aumento del paro y la disminución de su capacidad adquisitiva se rebelaría ciegamente contra la interrupción de *En Los Olmos pasan cosas*. Si la inquietud de la masa estallaba, como ocurre en las estampidas, solo haría falta una mínima logística y un alto sentido histórico para llevarla de un lado a otro, según conviniera utilizar su ardor destructivo.

La convocatoria de una huelga general para ese mismo día fue un factor imprevisto que consiguió solventar introduciéndolo en el diseño del problema y buscándole a este una nueva solución, como el matemático que tropieza en pleno desarrollo con una incógnita desconocida. Por lo demás, que hubiera convocada una manifestación para la hora de la telenovela le pareció una nueva muestra de lo distantes que estaban los líderes sindicales de los trabajadores que decían defender y poco más. Por cierto, que el rechazo de Genoveva para unirse a la manifestación con el argumento de la expresada coincidencia horaria hizo que

Yegoci descubriera en ella un fondo talentoso que la hacía distinta y, quizá, valedera para sus proyectos.

El día aquel, a las siete en punto de la tarde, Secto Yegoci, el Chivo, miró por la ventana de su despacho y vio que a la manifestación habían acudido un total de dieciséis personas, lo que indicaba que ni los estómagos más agradecidos de los viejos sindicatos de clase habían renunciado a ver el desenlace de *En Los Olmos pasan cosas* e indicaba, sobre todo, hasta qué extremo estaba enganchada la población al progreso de la telenovela, esto es, lo sólidas que se habían revelado sus teorías sobre los ámbitos de interés. En consecuencia, con el planteamiento del problema realizado según sus postulados, ajustándose a esos mismos postulados debía venir su desarrollo y su solución. Mientras sacaba el teléfono, una sonrisa se dibujó en sus labios, como anticipo del alborozo que le provocaría el resultado.

–En la manifestación no hay nadie. Todo el mundo está pendiente de si se casan o no Alfonso Alberto y Azucena Amalia. Vamos a ejecutar el plan según está diseñado. La liberación de Occidente nos espera –dijo.

Guardó el teléfono y salió de su despacho. Cuando iba por uno de los corredores que lo conducían hasta la calle, Faissa Teca, la Secretaria de Políticas Culturales del partido Progresista, lo vio por el entreabierto de la puerta de la sala en la que varios compañeros estaban pendientes del televisor entre tanto sonaba la canción *El amor que nos enamora* cantada por Antonio Alfredo Alcudia y lo llamó:

–¿No ves la telenovela? Hoy ponen el último capítulo –le dijo.

–Voy a comprar unas chucherías y ahora vengo –contestó él para no levantar sospechas.

Secto Yegoci, el Chivo, anduvo pegado a las paredes

hasta que llegó a otro edificio de la misma plaza, el más alto y el mejor ubicado de aquella parte de Nógdam, en el que el señor Suelo había alquilado un ático para tenerlo como centro de operaciones.

–Estoy en la TF43 –le dijo el señor Suelo–, y tenemos los aries y los canes situados en los lugares programados.

Yegoci se recreó con su ocurrencia de denominar «aries», como el signo del zodíaco, a los piquetes encargados de encabezar la masa, como el carnero hace con el rebaño, y «canes» a los encargados de dirigirla, como con ese rebaño hacen los perros pastores.

–Bien, que hagan lo que tienen que hacer y que estén atentos a sus teléfonos –dijo.

En el ático había un televisor. Yegoci siguió la telenovela de pie junto a la ventana, mirando a veces al televisor y a veces a la plaza, donde los manifestantes habían iniciado la marcha aferrados a la pancarta de faldón.

–¿Tú crees que acabarán casándose? –le preguntó uno de los ayudantes de Suelo.

Yegoci no le respondió. Yegoci despreciaba a quienes, como el que le había hablado, sofocan su ambición con el dinero.

Los manifestantes desaparecieron de la plaza y esta se cubrió de una placidez arcana. En la televisión, los actores de la telenovela seguían el rumbo marcado por los guionistas. Yegoci, que se sentía el guionista de esa otra telenovela que es el mundo, sondeó su reloj y vio luego a Azucena Amalia entrando en el templo del brazo de su padre adoptivo, vio un plano cenital de la iglesia con todos los protagonistas, como debía de verla Dios, y vio a Ana Ángela Valdivia, la mala de la película, que urdía su trama desde la oscuridad creyéndose que el destino dependía de ella, sin saber que el destino estaba trazado al margen de la telenovela.

–Me va a doler no enterarme del final –comentó el mercenario.

–Ellos se casan, pero la historia no se cerrará bien: para los malos, siempre hay otra oportunidad –le contestó Yegoci.

Unos cuantos minutos más tarde, el señor Suelo invadía la pantalla haciéndose pasar por miembro de un piquete informativo y leía un comunicado. Cuando terminó y apareció la carta de ajuste, Yegoci rastreó por la ventana y dijo:

–Asomaos a ver esto.

Decenas, cientos de televisores eran arrojados desde las ventanas de los inmuebles de la plaza.

–Hasta de la sede de los progresistas están cayendo aparatos –dijo.

A la nada, brotaron los primeros electores encorajinados, que pronto se convirtieron en un aluvión que venía por todas partes.

–Han tomado la calle Mediodía –dijo Yegoci por el teléfono.

Guiada por los aries, la masa se movió hacia la calle que él había indicado. Los electrodomésticos salían por las ventanas y se estrellaban contra el asfalto, contra los coches aparcados y contra la gente.

El teléfono de Yegoci tardó un rato en volver a sonar.

–Ya están muertos todos los sindicalistas –declaró alguien al otro lado.

–Bien. Ahora, a la sede de los progresistas –ordenó él.

Poco después, Yegoci vio al corazón del tumulto irrumpir en la plaza por la calle Mediodía y dirigirse como un remolino hacia el edificio de los progresistas, por cuyas ventanas cayeron enseguida varios cuerpos.

–No hay nadie vivo en la sede de los progresistas –le informaron por el teléfono.

–Que vayan al Palacio Presidencial –dispuso él.

La masa empezó a hervir frente a la sede de los progresistas y el burbujeo fue cruzando perezosamente la plaza hasta que se perdió por una de las avenidas seguido de una multitud magnetizada.

El teléfono de Yegoci no paraba de sonar.

–El grupo 3 ha asaltado a *El mensajero de la Verdad.*

–Bien. Que se vayan al Palacio Presidencial.

–El grupo 6 ha asaltado la sede de los conservadores.

–Bien. Que se vayan al Palacio Presidencial.

–El grupo 5 ha incendiado la Biblioteca Nacional.

–Bien. Que se unan a los que asaltan el Congreso.

–El grupo 2 está asaltando el Congreso.

–Bien. Que lo arrasen todo.

–El grupo 4 ha asaltado el Tribunal Supremo.

–Bien. Que se vayan al Palacio Presidencial.

–El grupo 1 está frente al Palacio Presidencial.

–Bien. ¿A qué esperan? Que lo asalten.

Cuando sonó otra vez el teléfono de Yegoci, fue para recibir el primer contratiempo.

–La masa se ha detenido ante la valla del Palacio –le dijeron.

–Que actúen los canes –estableció Yegoci.

El comunicante no cortó y por el teléfono se oyó el estallido de las bombas y el tableteo de las metralletas de los sicarios de Suelo disparando contra la masa.

–La valla ha cedido. El palacio está siendo asaltado –le notificaron.

Bajo el lugar de esos hechos, Sedd Alrisod estaba pidiéndole por enésima vez a Bertus Jones que restauraran la emisión de la telenovela cuando con el rabillo del ojo vio en otro monitor que la masa enloquecía frente a la puerta principal del Palacio.

–Han estallado bombas y están disparando contra la gente –le apuntó Maxa Baltes, la jefa de su gabinete.

El Presidente se levantó de su asiento.

–Bertus, ¿estás loco? ¿No oíste lo que te dije? ¿Cómo se te ha ocurrido mandar que disparen contra los electores?

A Bertus le habían informado que los policías antidisturbios que se hallaban en la capital de Occidente habían tirado el televisor por la ventana y salido de sus cuarteles más cabreados que nadie para unirse a los sediciosos.

–No son policías, señor Presidente, se lo puedo garantizar. Quizá sea el ejército –le contestó Bertus.

–¿El ejército? Ponedme enseguida con el ministro de Defensa –ordenó el Presidente.

Miralos Fátimo, el ministro de Defensa, tenía una taza de té en los labios cuando lo enfocó la cámara del circuito estratégico de seguridad.

–Miralos. ¿Has decretado que salgan soldados a la calle? –le preguntó el Presidente.

–No, señor Presidente. Todos los efectivos están en las cantinas o en los salones de oficiales haciendo tiempo hasta que se reanude la telenovela.

–Señor Presidente, me participan que la Biblioteca Nacional está ardiendo –lo interrumpió Bertus Jones.

–Bertus, por el amor de Dios, ¿a qué espera el comando de las fuerzas especiales que iba a ir a la TF43? –le pidió el Presidente, que se había dejado caer en el sillón.

Las cámaras mostraban a los asaltantes del Palacio Presidencial tirando los cuadros al suelo, vaciando los cajones de los armarios, arrollando los muebles y cometiendo las más salvajes tropelías.

–Están encontrando resistencia en la TF43 –le respondió Bertus–. Al parecer, el piquete informativo de los sindicatos no es tan informativo como supusimos en un principio.

El Presidente volvió la vista hacia su jefa de gabinete.

–¿Tenía el Centro de Inteligencia indicios de lo que se estaba preparando? –le reclamó consternado.

–No, señor, que yo sepa no.

–¿Qué tú sepas? –murmuró Sedd Alrisod.

Los asaltantes encendían fogatas con los tratados internacionales y los papeles secretos, hacían el amor sobre la colcha de hilo con la que la mujer del Presidente cubría su espacioso lecho conyugal, se cagaban sobre las mesas de los despachos y se limpiaban el culo con las cortinas y jugaban a destrozar los jarrones, las esculturas y los cuadros.

–Esto es una revolución en toda regla –concedió Sedd Alrisod.

Sobre esa hora, alguien llamó a Yegoci por el teléfono.

–¿Qué hacemos? –le preguntaron–. El Palacio Presidencial está ardiendo y la gente que aún está en la calle se retira.

Eran las nueve y anochecía. En la plaza de la Libertad yacían los cuerpos de los electores alcanzados por los electrodomésticos, los aplastados por la muchedumbre y los progresistas linchados por la masa.

–Ahora hay que saber gestionar el rumbo de la masa despierta. Que se retiren y permitan que cada uno se vaya a su casa. Mañana, el mundo será distinto.

No lejos de la plaza de la Libertad, en la plaza del Océano, comenzaba a las nueve la manifestación convocada por la Liga Sindical de Occidente, el sindicato liderado por Genoveva. Genoveva estaba enamorada de Alfonso Alberto Linares, el bueno de *En Los Olmos pasan cosas*, que antes era malo. Lo amaba desde siempre, desde el primer capítulo en que salió envuelto en la música que la telenovela reservaba para los malos, y había seguido entusiasmada la transformación que por el amor de Azucena Amalia Fonseca lo había llevado del mal categórico a la bondad absoluta. Pero Genoveva no creía que Azucena Amalia Fonseca fuera la mujer que le convenía a Alfonso Alberto Linares. La veía demasiado sosa, demasiado buena, demasiado guapa, demasiado pobre y demasiado sencilla y prefería a Ana Ángela Valdivia, la mala, porque estaba visto que el amor de Alfonso Alberto era muy capaz de cambiar el corazón envenenado de Ana Ángela por otro lleno de sensibilidad, como le había ocurrido al corazón de Alfonso Alberto con el amor de Azucena Amalia.

Cuando el señor Suelo apareció en la pantalla haciéndose pasar por el líder de un piquete informativo, Genoveva estaba esperando que la mala, desde el rincón más oscuro del templo, diera un paso al frente, se iluminara su rostro y dijera sí, yo tengo algo que alegar. No se dio ese lance, pero al menos Alfonso Alberto y Azucena Amalia no se habían casado, lo que bien podía interpretarse como una oportunidad para que Alfonso Alberto recapacitara, pues en la mente traumatizada de Genoveva no se había suspendido la emisión de la telenovela, sino la boda.

Genoveva fue una las pocas personas a las que la intermisión de *En Los Olmos pasan cosas* dejó contenta. Ella, en lugar de tirar el televisor a la calle, se levantó y le dio besos hasta que los labios se le quedaron secos, y en vez de salir a incendiar y a matar a los culpables, se fue canturreando a vestirse con uno de sus mejores pantalones y de sus jerséis más nuevos y, cuando se hubo vestido, se fue al cuarto de baño, donde, en lugar de maldecir su fealdad y limitarse a lavarse la cara y peinarse, como hacía siempre, se aplicó a ponerse coloretes, a sombrearse los párpados, a destacarse el contorno de los ojos, a pintarse los labios, a cepillarse el pelo y a realizar otras labores semejantes como si por dentro fuera Ana Ángela y tuviera la misión de enamorar a Alfonso Alberto.

Ese espíritu de mala que quiere ser buena y de buena enamorada apasionadamente que quiere enamorar al caballero más guapo, más gallardo, más inteligente y más sensible del mundo no lo perdió cuando salió a la calle para dirigirse a su manifestación y olió a humo, ni cuando vio que el asfalto estaba sembrado de electrodomésticos despanzurrados, ni cuando a diez metros delante de ella reventó un enorme frigorífico de dos puertas, ni cuando al pasar frente a la sede de *El mensajero de la Verdad* vio a Monserga sentado en el umbral junto a un atolladero de ordenadores y papeles, desnudo y como ido, sin acabar de creerse todavía que hubiera salido vivo de aquella experiencia de reportero en el averno, ni cuando oyó el murmullo lejano de las bombas que los canes de Suelo explotaban para pastorear a la masa apiñada frente al Palacio Presidencial, ni cuando al cruzar la plaza de la Libertad vio los cadáveres de los hombres y las mujeres que habían sido arrojados por las ventanas de la sede del partido Progresista de Occidente, ni cuando llegó al punto desde donde debía iniciarse la manifestación convocada por su sindicato, la L.S.O., en el que la aguardaban medio centenar de individuos cariacontecidos por lo que estaba ocurriendo en la ciudad, a los que pensando en la telenovela les dijo que no se preocuparan, que cuanto estaba sucediendo era una oportunidad para crecer, que vendría un tiempo nuevo en el que los malos se volverían buenos y los buenos dejarían de ser gilipollas, un tiempo en el que hasta los personajes como nosotros, como tú y como yo (y los señalaba o los llamaba por su nombre), serán los más guapos, los más listos, los más felices, en fin, porque solo se trata de ser felices por encima del dolor y del dinero, de caminar sobre las aguas y de volar como los pájaros, de estar en todas las partes y en todos los tiempos, de habitar en la realidad y en los sueños, fuera de nosotros y en el interior de los seres que amamos.

Habló primero a viva voz, girando la cabeza a un lado y a otro para que pudieran oírla todos, y luego, cuando sus compañeros le dieron un megáfono, lo hizo mirando a los manifestantes (a los que trataba de hermanos, de camaradas, de amigos) con la fluidez de un profeta iluminado por la gracia divina y la fe de un artista que disertara sobre su propia obra. Los que volvían de su menester vandálico y se topaban con la concentración se paraban a escuchar y se quedaban maravillados. Como Genoveva disertaba sobre los protagonistas de *En Los Olmos pasan cosas* como los sacerdotes sobre los de su libro sagrado, los que la oían aplicaban su discurso al devenir de la telenovela, pero también se lo aplicaban a sí mismos. Había que darle una oportunidad a Ana Ángela, porque los malos convertidos en buenos son más buenos que los buenos de toda la vida, porque en la destrucción está la renovación, porque el desorden es el principio del cambio, como bien nos enseña la Naturaleza, que ha creado las tormentas para mudar el cauce de los ríos, que ha creado el viento para propagar los incendios purificadores y ha creado a la muerte para facilitar la evolución. Los que venían de quemar y de matar y escuchaban aquello se sentían aliviados. Hoy es el día en que comenzará el futuro, les dijo. Alegraos por el corte de la emisión y lo que este ha traído consigo. Por fin resplandecerá el amor de verdad y no esa engañifa con la que se aman los bobos.

La hora de iniciar la marcha llegó y los manifestantes empezaron a recorrer el trazado previsto, pero Genoveva caminaba de espaldas sin parar de hablarles a las decenas de miles de personas que se habían congregado. ¿Qué pasa?, ¿quién habla?, ¿qué dice?, preguntaban los que se incorporaban a la manifestación atraídos por el reposo que esta infundía a los que se hallaban afligidos y cansados. Habla de que lo que ha ocurrido tenía que ocurrir, de un tiempo nuevo, de que mañana seremos distintos, el amor prevalecerá y los malos se volverán buenos y los buenos dejarán de ser tontos. ¿Y de Azucena Amalia, qué dice de Azucena Amalia? Creo que se casará con Alfonso Alberto. ¿No ha dicho que Alfonso Alberto se casará con Ana Ángela? Sí, también se casará con Ana Ángela. ¿Y cómo puede ser sin incurrir en poligamia? Porque ha nacido un tiempo nuevo. ¿Y cómo es admisible si Azucena Amalia y Alfonso Alberto son hermanastros? Porque ha nacido un tiempo nuevo. ¿Y todos serán felices? Sí, ellos serán felices y nosotros también lo seremos, porque ha nacido un tiempo nuevo.

Y de pronto, en medio de aquella expectación sublime, Genoveva arrancó a entonar la canción *El amor que nos enamora*, que servía de sintonía de la telenovela, cuya letra empezaba diciendo «No hay amor inalcanzable que no acabe haciéndose realidad si los amantes lo quieren», y la gente la siguió y cantó y lloró con ella: «El mundo no será el mismo sin nosotros, porque nosotros somos el mundo y todo lo demás no importa». Ya eran más de un millón, y sus voces sonaban como un himno que convocara al conjunto de la humanidad. «Nosotros lo queremos, nosotros queremos ser especiales, nosotros no somos como ellos», coreaban los asistentes, y quienes no se habían atrevido a salir de sus casas para incendiar y para matar porque eran timoratos se unían ahora a la manifestación, y quienes no habían salido porque estaban enfermos o porque estaban cojos o porque eran viejos o porque sufrían de agorafobia salían con sus fiebres, con sus muletas, con sus dolamas y con sus aversiones para unirse a los manifestantes y poder cantar como una sola voz, como una sola alma, y quienes volvían a sus casas con el ánimo encogido por el arrepentimiento o henchido por la euforia y oían el canto de millones de gargantas se acercaban a ver qué era aquel portento y, seducidos por lo que veían y escuchaban, se unían a la manifestación, «mi espíritu ha cambiado, soy una persona nueva, el amor me ha vuelto hermoso», entonaban millones de almas sin hacer caso de las llamas que consumían la ciclópea Biblioteca Nacional, cuyo resplandor se observaba por encima de los edificios, ni reparar en los cadáveres que salpicaban las aceras, la canción terminaba y volvían a corearla, y la gente lloraba de emoción, de felicidad, de nostalgia, porque era como si el presente fuera pasado, y lloró más aún cuando se supo que entre la concurrencia estaba Fogo Llilberto, el máximo goleador de la última liga de fútbol, la relumbrante estrella del Deportivo de Nógdam, el club más amado de la capital, y cuando conoció que también estaba Asías Durode, el portero del mismo equipo, que iba acompañado de Desia Gámet, la bella presentadora del telediario del fin de semana de la TH5, su novia, según apuntaban las últimas ediciones de las revistas del corazón, y que también iba Laisa Jimedi, la directora y presentadora del programa de las mañanas de la TL37, el de mayor audiencia de Occidente, la gente lloraba y se daba la mano para desplazarse unida, y las manos que se cogían eran tanto de amigos como de enemigos que ya no lo eran, de desconocidos y de famosos que eran como hermanos de todos, y así un kilómetro y otro kilómetro, sin parar de cantar, de modo que cuando arribaron al sitio donde debía concluir la manifestación, la muchedumbre que empujaba por atrás obligó a la de la cabecera a continuar desplazándose por la avenida Democracia, que daba a la avenida de la República, por la que muchos de los asistentes habían ascendido en dirección al Palacio Presidencial solo unas pocas horas antes con un fervor totalmente distinto.

Era de noche y los estragos de la asonada impedían que el suministro eléctrico llegara a los cientos de farolas de artística forja que iluminaban aquella parte de la ciudad. Bajo el exiguo y travieso amparo de la luz que emitían los incendios, los manifestantes tomaron la avenida de la República rumbo al Palacio Presidencial de la mano, liderados por Genoveva y cantando. La multitud era tal que ocupaba la gigantesca calzada y los descampados sembrados de césped. La oscuridad, el humo, las llamas que colonizaban la noche, la masa avanzando unida, los cantos renovados y el recuerdo aún sangrante de lo ocurrido daban a la marcha el carácter surrealista de las experiencias infernales.

Cuando la cabeza alcanzó las puertas del Palacio Presidencial, auparon a Genoveva a lo alto del camión dispuesto para los líderes, que alguien había tenido el buen acuerdo de trasladar desde su ubicación prevista hasta allí, y Genoveva, con su figura silueteada contra el fuego del Palacio, levantó los brazos al cielo y las masas se callaron. Hermanos, afirmó entonces, sé lo que sentís, conozco vuestro sufrimiento porque vuestro sufrimiento es el mío, hermanos, yo antes vivía en la oscuridad, yo antes miraba las caras y no veía las almas, yo antes vivía atormentada por lo que podría sobrevenir en el capítulo siguiente, pero a partir de esta histórica jornada todo será distinto, y enseguida empezó a describir el futuro, en el que metió al amor, a la guerra, al hambre, a Alfonso Alberto, a los puentes colgantes y a la Universidad de Boalís, a los valores que los padres transmiten a sus retoños, a la vida que las madres sueñan para sus hijos cuando les están dando el pecho, a las formas de las nubes que pasan y en las que nadie repara y al padre Ángel y a los afectados por la enfermedad del olvido, dijo que los electores debían esperar del Presidente de la República el amor incondicional de la madre y la generosidad infinita del abuelo, dijo que en el mañana que nacía hoy hasta los más salvajes conversarían con la luz, la precisión y la dulzura de los poetas y dijo que todos serían felices porque las posibilidades se ensancharían con la bondad y las ilusiones se adaptarían a las posibilidades, y que ese mensaje recorrería Nógdam, Occidente y el mundo y llegaría hasta más allá de los límites que marca la realidad, hasta el subconsciente y los reflejos, hasta el infierno y los sueños.

Y ahí enmudeció, en la palabra sueños. Nadie aplaudió ni dijo nada. Hasta que un manifestante anónimo se animó a entonar *El amor que nos enamora* transcurrieron varios segundos durante los cuales solo se oyó el derrumbe de los edificios públicos calcinados por el fuego. Luego, el canto se fue extendiendo por la multitud hasta que se coreó como por una sola garganta. Alguien encendió más tarde un mechero y pronto la avenida de la República y sus alrededores se poblaron de millones de vibrantes luces amarillas. «Volved a vuestras casas», gritó Genoveva desde el camión. «Volved con vuestros hijos. Recordad que ha nacido una nueva era», dijo elevando su voz con la ayuda de la ahogada megafonía por encima de lo que ya era el himno de la Revolución. La mayoría de los congregados atendieron el ruego, volvieron a sus casas y se acostaron, aunque no pudieron dormir, traumatizados por lo acontecido. Pero muchos permanecieron en el césped jugando al corro, o haciendo el amor enteramente desinhibidos, o tumbados boca arriba y contemplando el reflejo de las llamas sobre las nubes de polvo y contaminación. «Ha nacido un tiempo nuevo», se decían unos a otros. «Sí, hermano, ha nacido un tiempo nuevo», se contestaban abrazándose.

A mí también me abrazaron. Yo fui uno de los que se incorporaron a la manifestación y siguieron a Genoveva.

–¡Pero bueno! –me dijo cuando me descubrió pugnando con la turba que la reverenciaba–, ¿qué hace un empresario en una concentración sindical?

–No quería perderme el alumbramiento del futuro –le dije sonriendo.

En cierto modo, no le mentía. Yo había ido a la torre Madlun creyendo que ese era mi lugar en una situación de crisis, pero cuando Monserga me llamó para decirme que un piquete informativo había asaltado la sede de *El mensajero de la Verdad* y estaba destrozando las máquinas y matando a quien se le resistiese, resolví cambiar mi indumentaria por otra más informal e irme directamente al núcleo de la urbe, no tanto para salvar al periódico como para vivir en primera persona el desarrollo de los sucesos.

Yo estuve en el Palacio Presidencial con sus asaltantes. Yo volvía con algunos de ellos por las calles sembradas de chatarra y de muertos cuando oímos a lo lejos los cantos de una multitud y nos dejamos guiar por las voces hasta que nos tropezamos con la manifestación de la L.S.O., que para entonces estaba compuesta por millones de individuos cogidos de la mano. Yo subí la avenida de la República con el gentío y, como me quedé muy distanciado del camión, cacé solo algunas palabras del discurso de Genoveva, aunque me abordó su espíritu con la sabia certeza del tacto, casi igual que le llegaba a quienes me rodeaban el espíritu de la masa y su voz. Y yo me fui hacia arriba por uno de los laterales de la inmensa avenida cuando los demás iban hacia abajo camino de sus casas o perseveraban sobre el césped para disfrutar del momento.

Genoveva estaba acorralada por un público que la veneraba con indecisión y en silencio y yo aproveché ese aturdimiento para colarme entre las apreturas y llegar hasta ella.

–Ha sido increíble –le dije a manera de saludo, y le di un beso.

–La verdad es que sí –me contestó, aunque aún no era muy consciente de lo que estaba pasando.

–Tienes que huir inmediatamente –le pedí–. Estos que ahora no se atreven a deshacer el hechizo te romperán para llevarse un trozo de ti como reliquia.

La cogí del brazo y tiré de ella hacia el Palacio Presidencial. Los que nos bloqueaban se abrieron y toleraron nuestra partida creyéndose que o íbamos a inmolarnos en el fuego o a dominarlo. Pero poco después de cruzar la derrumbada valla del Palacio le eché sobre los hombros la chaqueta de un asaltante muerto, le teñí la cara con la sangre de un moribundo y la llevé por el lado opuesto. Nadie nos reconoció mientras nos alejábamos en dirección al monolito que hermoseaba la rotonda de la plaza de la Justicia, sobre cuya superficie hacía extrañas acrobacias el reflejo del fuego que devoraba la cercana Biblioteca Nacional.

–¿Tienes hambre? –le pregunté tras andar un buen trecho.

–No.

–¿Tienes frío?

–No.

–Estás tiritando –le dije.

Nos habíamos parado en un extremo de la avenida, en el punto más alto del barrio Institucional, y veíamos cientos de hectáreas de la capital de Occidente consumiéndose por los efectos de los desórdenes. Genoveva lo miró todo extasiada. Solo ahora empezaba a comprender parte de lo que estaba pasando.

–Mi casa está lejos –me dijo–, y es tarde.

–No te preocupes. Yo te llevo.

A nuestro lado, brillaban las aguas de un estanque con un fulgor amarillo.

Capítulo 8

Los protagonistas del día después

El amanecer del día siguiente se demoró entorpecido por una espesa nube de humo negro que no paraba de crecer. A esa hora, los que habitaban en barrios lejanos se fueron a sus casas y se acostaron y los que vivían cerca de los numerosos edificios que seguían ardiendo se rindieron al cansancio y se tumbaron en el suelo junto a los cadáveres que mancillaban las calles, por las que aún no se avistaban ni policías ni bomberos.

A media mañana, los electores volvieron a poblar las avenidas y repasaron en silencio los recuerdos de la Revolución con el desvarío del que existe en el cuerpo de otro. Los usuarios de internet y los oyentes de la radio comenzaron a recibir informes de lo que había sucedido y a entender las consecuencias que los asaltos de Nógdam estaban teniendo en otras ciudades de Occidente. Hasta el mediodía no empezaron los canales de televisión a emitir imágenes de los disturbios del día anterior o tomas en directo de los principales inmuebles incendiados y de las avenidas de Nógdam. Todos daban noticia de la ausencia de noticias y aguardaban un mensaje del Presidente o de alguna otra autoridad, que, sin embargo, no llegaba.

Poco después de las dos de la tarde, un presentador de la TF43 dio lectura a un comunicado difundido por una fuente del Ministerio del Interior en el que se hacía saber que el Presidente se encontraba con vida en el refugio subterráneo del Palacio Presidencial y que Bertus Jones, el ministro del Interior, se había suicidado, así como que sus funciones estaban siendo asumidas por su sustituto reglamentario, el Director General de la Policía. A las tres de la tarde, la TF43 y las emisoras de radio del mismo grupo proclamaron que en treinta minutos una autoridad civil se dirigiría a la nación. La noticia corrió por internet y de teléfono en teléfono, de manera que a la hora anunciada prácticamente todos los electores de Occidente se hallaban sentados frente a los escasos televisores que habían conseguido sobrevivir a la ira provocada por el corte de *En Los Olmos pasan cosas.*

Las 15:30 eran, en efecto, cuando la TF43 detuvo el vídeo que venía repitiendo sin descanso y una cara extraña tomo posesión de la pantalla.

–Me llamo Secto Yegoci, soy diputado en el Parlamento Nacional –dijo–. Como todos los electores conocen, durante la tarde y la noche de ayer se produjeron en nuestro país múltiples acontecimientos cuyas secuelas no somos aún capaces de valorar. Los desórdenes más importantes se produjeron en Nógdam, donde fueron asaltados e incendiados el Palacio del Parlamento, el Palacio Presidencial, la sede del Tribunal Supremo, la Biblioteca Nacional, el Banco de Occidente, la sede del Ministerio de Economía, la del partido Conservador, la del partido Progresista y hasta doce edificios públicos más, así como los cinco diarios de tirada nacional, varias emisoras de televisión y diversas emisoras de radio. Como resultado de los motines han muerto un número indeterminado de personas que en estos momentos están siendo llevadas al Palacio de Exposiciones. Entre los muertos se encuentran la Vicepresidenta de la República, el Presidente del Congreso, la nueva ministra de Economía y el líder de la oposición. Han muerto, asimismo, dieciocho de los veintiún miembros de la ejecutiva del partido Conservador, quince de los veintidós miembros de la ejecutiva del partido Progresista y los dieciséis líderes de los sindicatos convocantes de la manifestación unitaria. El ministro del Interior se ha suicidado. El Presidente de la República, que se hallaba en el búnker del Palacio Presidencial cuando este fue asaltado, continúa en él y está a salvo, pero en cuanto sea factible saldrá de su refugio y se dirigirá al país por radio y televisión. Mientras tanto, se recomienda al electorado que no salga de sus casas. Los servicios especiales de las fuerzas de seguridad, bajo la dirección de un comité mixto Parlamento–Gobierno, están llevando a cabo misiones de mantenimiento del orden que en las actuales circunstancias han de ser necesariamente de extremada severidad. Dentro de una hora volveré a comparecer para informar del modo en que están evolucionando los hechos.

Cuando terminó de leer el comunicado, Yegoci, que se había afeitado la perilla, se fue a dialogar con el señor Suelo, que lo estaba esperando detrás de las cámaras. Yegoci llevaba treinta y seis horas sin dormir, pero tenía el cuerpo como si se hubiera hartado de hacerlo. El café y las intensas emociones que le provocaban los episodios vividos lo sostenían descansado y alerta.

–No he aclarado nada, pero ahora todo el mundo sabe

que hay alguien ocupándose de mantener el funcionamiento del Estado y tiene mi cara fijada en su memoria. A sus ojos, el que manda soy yo. Yo oficio de salvador, y esto es solo el primer paso –dijo.

–Una cara limpia –bromeó Suelo.

–La perilla era un estorbo. En el contexto actual, me interesa dar una imagen de más seriedad.

–¿Qué dirás en la próxima comparecencia?

–Lo mismo, más o menos. Es bueno que el pueblo conserve la esperanza de que el Presidente puede actuar. Y en tanto eso ocurre, nosotros a lo nuestro: decidme, ¿qué noticias hay del ministro de Justicia?

–Ya lo hemos liquidado. A él y a su mujer.

–¡Perfecto! ¿Cuántos quedan de la lista? –preguntó Yegoci.

–Todavía muchos.

–¿Cuántos ministros?

–Solo unos cuantos.

–Es una lástima que no consigamos acabar con el Presidente y con el ministro de Defensa. He hablado con este último y le he dicho que no hay vacío de poder, que la oposición está con el Gobierno en estos momentos cruciales y que no se mueva de su puesto por si lo necesitamos. Sabe que el Presidente está bien y departe frecuentemente con él. Mientras no queramos romper la baraja de la Constitución, no intervendrá. Y yo no voy a cometer el error de declarárselo.

Fue asociando nombres de poderosos, como Suelo se acordó de Genoveva.

–¿Y a esa sindicalista de la manifestación? –dijo–. ¿Por qué no quieres que la quitemos del medio?

Yegoci ni había incluido a Genoveva en su relación de

personas a suprimir ni había caído en que podía hacerle la competencia. A su juicio, lo ocurrido durante la tarde y la noche del día anterior fue el remate de un plan trazado por él mismo en el que la líder sindical había actuado como guía de las masas porque la ocasión se prestaba a ello. Terminada la ocasión, lo natural era que su carácter de líder finalizase y que su figura se diluyera en la confusa vorágine de la Historia. No obstante, para evitarse complicaciones, creyó que lo aconsejable era ayudar a la Historia a digerirla y dijo:

–Matadla también.

Aunque luego lo pensó mejor y completó:

–Hacedlo al punto.

Genoveva se había venido a la torre Madlun y se había acostado en mi zona reservada. Cuando me levanté, lo que ocurrió un par de horas después del alba, ella seguía plácidamente dormida en su habitación y en sus sueños felices mezclaba emociones en las que estaban Alfonso Alberto Linares y el fragor de los incendios.

Entre los pocos trabajadores que habían acudido a su ocupación en la Ciudad Madlun, estaba Just, quien me puso al tanto de lo que se decía en las páginas de internet y del silencio informativo que espesaba la mañana.

–Yo he vivido una situación muy parecida a esta –le dije.

–¿En Sholombra?

–Sí.

–¿Y cómo concluyó?

–Comiéndonos unos a otros.

Cuando se fue Just, telefoneé a Altea y me interesé por su estado y por el de nuestro hijo.

–Estamos bien –me aseguró.

Altea llevaba varios meses separada de Rédond y viviendo de una pensión que yo le proporcionaba para el sustento de Fael después de que hubiera quebrado Dalid.

–De todas formas, me quedaría más tranquilo si os fuerais a vivir a la mansión del Valido. He hablado con él y está encantado.

–Sé cuidarme por mí misma –me contestó.

–Estoy convencido de ello. Y de que sabes cuidar de los demás. Voy a intentar que Libuell, Impreciso y Dam vayan también. Esa finca está muy lejos de la ciudad y es fácilmente defendible. Si esto se agrava, necesitarán de tu ayuda. Sería como en los viejos tiempos.

Solo así, dándole la vuelta a su amor propio, conseguí que transigiera.

–De aquí a una hora estará un coche en la puerta de tu casa –le dije.

Otro tanto hice con Impreciso y con Dam, que únicamente aceptaron mi ofrecimiento tras conocer que con ellos se iban Altea y Libuell, al que amenacé con sacarlo de su casa a la fuerza.

Enseguida, tres vehículos de mi servicio de seguridad se pusieron en camino y una hora y media más tarde me llamó el Valido para confirmarme que todos habían llegado a su casa.

En el ínterin, entró Just pidiéndome que pusiéramos en el televisor la TF43. Lo hice y nos dio tiempo de oír el último fragmento de la declaración leída por Yegoci.

–Esa es la cara de la mano negra –dije yo, pensando en los contactos que Yegoci había tenido con el señor Suelo.

No pude hacer más comentarios, porque mis palabras fueron interrumpidas por la aparición de Genoveva, quien, hallándose vestida solamente con una de mis camisas, pidió disculpas al descubrirme acompañado y se volvió a la habitación.

–¡No me lo puedo creer! –exclamó Just.

–Pues no es demasiado largo de explicar: ayer, al terminar la manifestación, me la traje porque corría riesgo su vida.

–¿Y se ha acostado con usted? –se le escapó a Just.

–Por supuesto que no –le respondí yo entre carcajadas.

A esas horas, el señor Suelo estaba enterado de la suerte de la sindicalista, ya que uno de sus hombres formaba parte del círculo que la envolvía cuando se bajó del camión y me vio llevándomela hacia el Palacio Presidencial. Cuando supo que yo me había entrometido en sus proyectos, aunque fuera accidentalmente, se encolerizó y mandó a sus secuaces a la casa de Genoveva con la orden de matarla a ella y de llevarme a mí prisionero. Como no la encontraron, se fueron a mi casa, desde donde telefonearon a su jefe, quien los conminó a que se dirigieran a la torre Madlun. «Recordad que a él lo quiero vivo. Al que lo mate, lo mato», les dijo. Suelo preveía que yo deparara resistencia. Se lo advirtió a sus esbirros: «Es muy peligroso. Tendrá guardaespaldas y él mismo puede ir armado». Pero sus secuaces eran individuos sin escrúpulos en un mundo donde la confianza es la principal regla de conducta social y estaban acostumbrados a actuar desde una posición de superioridad: venían preparados para asesinar a mis muchachos, no para luchar contra ellos. Fue un error: eran seis, y los seis cayeron sin que les diera tiempo de sacar sus armas.

–Recogedlos y arrojadlos en un parque, cerca de un edificio asaltado –prescribí a mis escoltas.

Estaban cumpliendo mis órdenes, cuando sonó el teléfono de uno de los cadáveres. Yo hurgué en sus ropas hasta que di con él, lo cogí y me lo acerqué al oído.

–¿Sí? –respondí.

–En cuanto acabéis, avisadme. Tengo otro encargo para vosotros –dijo alguien desde el otro lado.

El corazón me dio un vuelco: era la misma voz que me llamó por teléfono para advertirme de que había perpetrado un delito al negarme a hacer de juez en la ciudad de Sholombra.

–Ya hemos concluido –le dije.

La voz dudó. La mía no era la que él esperaba.

–¿Quién eres?

–¿No me conoces? –le pregunté.

Mi voz le sonaba, pero su retentiva parecía más débil que la mía.

–Suelo, ¡qué apellido tan estúpido! –lo ayudé.

Entonces, sí, entonces las puertas de su memoria se abrieron de par en par y yo pasé con música de fanfarrias de su pasado a su presente.

–Ese al que reclamas tiene un agujero en la cabeza, y sus compañeros también –le dije.

La mejor forma de defender a Genoveva era trocándola por mí. Pero yo debía alejarme de la torre Madlun para hacer efectivo ese canje.

–No vengas a matarme aquí, porque voy a estar buscándote –le dije.

El señor Suelo entendía que mi amenaza no era baladí y colgó sin decirme ni media palabra.

Volví a llamar al jefe de mis guardaespaldas, esta vez para ordenarle que cerrara la torre y no dejara colarse a nadie, y tomé nota del número desde el que había telefoneado el señor Suelo. Poco después, salía solo de la ciudad Madlun en uno de mis coches blindados. Ya era casi mediodía.

En la sede de la TF43, el señor Suelo esperaba la emisión del nuevo comunicado de Yegoci preocupado por la incertidumbre que suscitaba mi aparición en escena.

–¿Qué sabemos de Genoveva? –le reclamó Yegoci.

–Que no está sola. Mis hombres han encontrado resistencia –le contestó el señor Suelo.

¡Resistencia! Ese concepto estaba inédito en la jornada. En las teorías de Yegoci, toda resistencia debía ser superada inmediatamente, sin entrar en disquisiciones, sin humanidad, sin respeto.

–¿Qué quieres apuntar? ¿La has eliminado o no?

–Aún no, pero la eliminaré.

Yegoci estaba sentado frente a las cámaras cuando vibró el teléfono del señor Suelo, quien se apartó unos metros para que su voz no molestase y dijo:

–Soy Suelo. ¿Quién es?

–Estoy en camino –le respondí.

–Nereo, eres un cadáver –me soltó.

–Tendrás la oportunidad de matarme. Sé dónde estás y voy a por ti –le respondí. Y completé luego–: A por ti y a por ese espantajo de El Chivo.

Cuando Yegoci acabó, Suelo le dijo lo que estaba ocurriendo.

–Al parecer, el administrador de Madlun ha puesto a disposición de Genoveva un verdadero ejército de mercenarios –añadió.

Yegoci no podía creerse lo que estaba oyendo.

–¿Un ejército de mercenarios? –inquirió, en tanto su mente revivía la manifestación del día anterior, con la masa endiosando a la sindicalista.

–Y viene hacia estos estudios –corroboró Suelo.

Yegoci revisó sus planes: en ellos encajaba la mínima contravención de avenirse a la supervivencia de varios líderes sociales y políticos, pero no una batalla contra los sicarios de otros con el mismo arrojo que él.

«Está bien», concedió. Sacó su teléfono y llamó al ministro de Defensa.

Miralos Fátimo, el ministro de Defensa, no se había separado de su puesto de mando desde que tuvo conocimiento del inicio de los asaltos a los edificios institucionales. Desde aquella primera hora, había comprendido que la misión del Ejército no era mantener el orden, labor que correspondía, como su propio nombre indicaba, a las fuerzas de orden público, sino la defensa exterior del Estado, como también indicaba el nombre de su departamento. Y bien claro que se lo dejó el Presidente de la República al advertirle que en Occidente el Ejército es de protección y socorro de la sociedad, no de ocupación de la sociedad.

Pero ni Miralos Fátimo ni Sedd Alrisod habían tenido en cuenta que los miembros de las fuerzas de orden público habían sido afectados también por el mal de la telenovela abortada y vagaban ahora por la ciudad sin saber si debían arrepentirse de lo que habían obrado o sentirse orgullosos de ello. Miralos Fátimo, no obstante, empezó a inquietarse cuando mientras los asaltantes incendiaban el Palacio Presidencial, el Presidente de la República le hablaba de la confortabilidad del búnker en el que se hallaba refugiado.

–No se preocupe, Fátimo, que yo estoy bien aquí. Es un búnker inexpugnable y sumamente desahogado –le había dicho el Presidente.

–¿Y qué hacemos con los sediciosos? –le preguntó Fátimo.

–No me suena bien esa palabra, sediciosos, como si estuviera labrándose una sublevación, pues lo que está pasando no lo es. Ni siquiera es una protesta cuyo origen esté en un descontento político o social. Es un acto de ira y nada más, como el que se produce cuando se pierde injustamente en un juego. Diga por ello, mejor, electores cabreados.

–¿Qué hacemos con esos electores cabreados? –se corrigió Fátimo.

–Para atacar los males no hay que irse a los efectos, sino a las causas. La causa de este cabreo está en la interrupción de una telenovela, así que, por pura lógica, lo que debe hacerse es continuarla. Ya he ordenado a Bertus que se reanude cuanto antes la emisión. Luego, veremos lo que pasa. Quizá haya que prohibir las telenovelas.

Miralos Fátimo veía al Presidente demasiado relajado, como si lo que estaba aconteciendo no fuera mucho con él.

–No se preocupe, Fátimo, que hasta donde estoy no llega el fuego. Este refugio está preparado para aguantar bombas de un diluvio de megatones –le había dicho.

O:

–Fátimo, llame en un rato, que me ha pillado comiendo.

O:

–Me ha despertado de la siesta, Fátimo. ¿Es urgente?

O también:

–La verdad es que ese Bertus es un incompetente. No sé cuánto hace que le mandé emitir la dichosa telenovela.

–Se ha muerto. Suicidado, según me han transmitido.

–¡Vaya! ¡Y sin emitir la telenovela!

–Quizá no sea posible restablecer la emisión y haya que pensar en algo distinto para devolver el orden a las calles.

–¿Lo crees de veras, Fátimo? Bueno, tal vez lleves razón. Está bien, ponderaré otras medidas.

Miralos Fátimo había sabido por Yegoci que había un comité del Parlamento listo para ejecutar las tareas básicas de gobierno en ausencia del Presidente. Pero el Presidente estaba activo, y cualquier centro estratégico podía conectar con él. En su fuero interno, desconfiaba de la actuación de Yegoci, un político menor que ni siquiera pertenecía al partido del Gobierno. Por eso se sintió aliviado cuando Yegoci lo llamó de nuevo para pedirle que se hiciera cargo de la situación hasta que el Presidente lograra salir de su Palacio y dirigir en persona las operaciones que devolvieran el orden a la sociedad.

–La mayoría de los miembros del Gobierno han sido asesinados. Yo le aconsejo que declare el estado de sitio y saque los tanques a la calle –le dijo–. Luego, obligue al Presidente a salir de su refugio y haga que empiece a tomar decisiones. Él es el líder constitucionalmente reconocido. Si él no lo hace, aparecerá otro cuya legitimidad ya no estará en la Ley, sino en la Revolución.

Lo que Yegoci pretendía era sacar al Presidente de su escondrijo para matarlo y asumir en el desconcierto posterior todo el poder de hecho.

Aunque el ministro de Defensa siguió la recomendación de Yegoci, cambió el orden de actuación y, en cuanto colgó, llamó al Presidente de la República, pero este había decidido que no lo molestaran con el subterfugio de que se hallaba reunido con sus asesores.

–Dígale que o habla conmigo o le presento la dimisión

en el acto –respondió Fátimo al funcionario que se puso al teléfono.

Sedd Alrisod renunció al té que se estaba tomando con su mujer y escuchó sin perturbarse el chaparrón encolerizado del ministro de Defensa.

–Han sido asesinados casi todos los ministros, casi todos los miembros del Parlamento y casi todos los líderes políticos y sociales. Solicito su permiso para liberarlo por la fuerza, a fin de que se persone ante el país y empiece a tomar decisiones. Los electores necesitan ahora más que nunca de su líder –le dijo Fátimo como corolario de su exposición.

–No me jodas, Fátimo. ¿Es que quieres que me maten a mí también? –le contestó el Presidente.

–Deme por lo menos autorización para utilizar al ejército, y siga ahí si quiere –le pidió Fátimo rendido a la decepción.

–Haga lo que crea mejor para los intereses del país. Pero nada de declarar el estado de sitio, que esa competencia es del Parlamento –admitió el Presidente.

Miralos Fátimo habló en nombre del Presidente de la República cuando llamó a los jefes militares de su departamento y les ordenó que pusieran en marcha en Nógdam el mismo protocolo de actuación que los estrategas tenían programado para ocupar una megalópolis enemiga.

–Empleen cuantos medios humanos y materiales sean necesarios y no se anden con contemplaciones –concluyó.

A las 17:35 de la tarde sobrevolaron Nógdam los primeros aviones de guerra. Yo los vi cuando salía de la TF43, donde no había encontrado ni a Yegoci ni a Suelo pero había recopilado tantas noticias sobre los sentimientos con los que habían impregnado las cosas que pude recomponer buena parte de lo que estaba ocurriendo y de sus orígenes, amén de acceder a otras informaciones que por ahora solo son anecdóticas en esta historia, como la supervivencia de Lida Sana, la madre de Saín, y la muerte de este a causa de un padecimiento relacionado con la obesidad. A esa hora, también, un presentador de la TF43 leyó el comunicado que Miralos Fátimo había redactado a la carrera. «Por orden del Presidente de la República –decía–, el ejercito de Occidente ha tomado las funciones de las fuerzas de policía en el área metropolitana de Nógdam. Los habitantes de esta ciudad deben volver sin tardanza a sus casas, donde permanecerán durante toda la noche. Los soldados tienen autorización para disparar a matar a quienes se encuentren por la calle a partir de las veintiuna horas. Los afectados por este mandato deben estar pendientes de las emisoras de radio y de televisión, a través de las cuales se mantendrá instruido al electorado».

Ese mismo comunicado lo oí por la radio del coche cinco minutos después, cuando aún quedaban dos horas de tránsito libre. Aunque era seguramente un tiempo demasiado corto para llegar hasta Suelo, su rastro estaba tan definido en el ambiente espesado de humo y de dolor de las calles que yo no quería renunciar a la oportunidad de seguirlo. «Si no lo mato ahora que huye de mí, tendré que andar luego escondiéndome de él», me dije.

Estaba a punto de hundirme en la confusión de mirones que había delante de la sede del Banco Central de Occidente, en la que a pesar de las llamas que la consumían continuaban irrumpiendo electores con el ansia de alcanzar sus sótanos hueros. La masa me aceptó como un material plástico consiente el paso de un puñal, pero cuando había sido engullido por ella, empezó a oírse el ruido sordo de una escuadrilla de helicópteros que se acercaba rayando el curso de la avenida, desdibujados en el aire gangrenado por el humo.

Fue como una cacería de ovejas. Los aparatos dispararon indiscriminadamente sobre la muchedumbre, que recibió las balas sin reaccionar, como absorbiéndolas, hasta que en su interior estalló la conciencia de lo que ocurría y reventó en un único grito y en tantos movimientos como individuos la integraban. Muchos de los huidores se estrellaron contra mi vehículo e incluso algunos se metieron dentro de él mientras los helicópteros nos ametrallaban en oblicuo desde un centenar de metros, no más. Yo pisé el acelerador y sin reparar en las personas a las que atropellaba me fui abriendo paso entre la turba hasta que me vi liberado de ella, aunque con un pequeño coro de gritos en los asientos de atrás. Volví la primera esquina a la derecha, frené en secó y, tras desembarazarme de una mujer que estaba aferrada a mi cuello, eché pie a tierra y me cobijé en un portal cercano, desde el que vi estallar el coche.

No me importa decir ahora que me encontré cómodo en la situación. Asomé la cara por la puerta y vi a la gente escapar por la avenida. Arriba, sobre los edificios, se hallaban suspendidos los helicópteros, que ya no disparaban, como si protegieran el vecino Banco Central de Occidente. En la superficie, la multitud se dispersaba a la carrera, cayéndose y levantándose y saturando el entorno de gritos. Un hombre que corría entró en el portal con el resuello perdido. Tendría cuarenta años, era fuerte y de gallarda prestancia.

–¿Conseguiste colarte en el Banco? –me preguntó entre jadeos.

–Sí –le contesté.

–Lo sabía. ¿Y viste el oro?

–Sí, lo vi.

–Sabía que había oro. ¿Y pudiste tocarlo?

–Sí, pude.

–Sabía que podía tocarse. ¿Y lograste sacar algo?

–Sí, lo logré. Saqué mucho oro.

El hombre indagó a mi alrededor buscando las pruebas de lo que le decía.

–Está afuera, en el automóvil destruido. Un helicóptero le lanzó un misil poco después de que pudiera abandonarlo –afirmé.

En la calle seguía ardiendo lo que quedaba de mi vehículo con tres cadáveres dentro. El hombre se asomó a la puerta y lo vio.

–Sabía que podía sacarse oro, lo sabía –dijo.

Por su pensamiento pasó la idea de matarme, pero no llegó a establecerse en él. Yo le propuse:

–Si lo quiere, es suyo. Está en el maletero.

El hombre me miró sonriendo como un estúpido.

–¡Por supuesto que lo quiero! –dijo. Y añadió–: Lo sabía. Sabía que hoy sería mi día de suerte.

Cuando me alejaba confundido entre la gente, volví la vista atrás: el hombre hurgaba en el auto en llamas con un hierro desprendido del vehículo.

El rastro del señor Suelo me llevó por distintas avenidas hasta la primera circunvalación, al otro lado de la cual la ciudad había seguido creciendo. Cuando la alcancé, faltaba poco para el toque de queda, como se encargó de recordarme una mujer desde el balcón de un piso muy alto.

–Eh, tú, vuelve a tu casa, que van a dar las nueve. Si después de esa hora estás en la calle, los soldados te matarán –me indicó.

Yo la maldije entre dientes, por bienintencionada que fuera, y le hice un gesto de agradecimiento con la mano, pero la mujer insistió.

–A las nueve no se podrá estar en la calle. ¿Me has comprendido?

A las voces de la mujer, unos cuantos vecinos se asomaron a sus balcones.

–¿Estás loco? –me gritó otro–. ¿Qué haces en la calle?

–Todavía no son las nueve –le contesté cabreado.

–Pero falta poco.

En ese vasto escenario que era Nógdam, se representaba una obra esperpéntica en la que el único fuera de guion era yo, lo que no me impidió continuar adelante, aunque aporreado por un granizo de consejos cada vez más intenso: «A las nueve hay toque de queda», «los soldados te matarán», «vuelve a tu casa», me increpaba un coro de vecinos enfadados. Las voces de unos emplazaban a otros desde muy lejos y todos se asomaban a verme y avisarme. Crucé la circunvalación, que estaba vacía, y la rastreé por el otro lado, pero incluso allí me acosaban las voces de advertencia, que acabaron llamando la atención de los habitantes de esa parte de la ciudad, quienes también salieron para prevenirme. Así, hasta que alguien bramó que eran las nueve y la misma gente que me reprendía gritó denunciándome a los soldados. «Soldados, hay un individuo en la calle»; «soldados, uno se salta las normas»; «soldados, aquí, venid», chillaban.

La noche se aproximaba alentada por el humo negro que envolvía la población. Los helicópteros se habían retirado y los tanques y los soldados cubrían las áreas más sensibles, entre las que no estaba aquella. No obstante, algunas patrullas vigilaban los barrios residenciales y por las vías principales de la metrópoli seguían llegando columnas de vehículos que se desparramaban luego por las vías urbanas en busca de sus objetivos. Una de estas columnas, que era de carros de combate, entró por la primera carretera de circunvalación, que por donde yo caminaba era una avenida más de Nógdam. Al verla aparecer, me escondí detrás de un coche. Uno de los soldados que iban en las torretas reparó en el clamor que me denunciaba e hizo que se detuviera su tanque y, con él, toda la formación. «Se salta el toque de queda», «allí», «solo es uno», «no acata las normas», pregonaban decenas de vecinos mientras señalaban el lugar en donde me hallaba oculto. Los soldados estaban confundidos, pues los gritos eran discordes y se superponían. El soldado de una torreta abrió los brazos como pidiendo explicaciones y las voces arreciaron y se volvieron aún más ininteligibles. De pronto, alguien tachó de estúpidos a los soldados. «Pero es que no lo ven, serán idiotas», dijo. «Sí, son idiotas. ¡Idiotas, idiotas!», aulló otro que estaba cerca. Las voces se fueron contagiando de la palabra «idiotas» hasta que la vecindad al completo los llamó así y ese era un clamor que los soldados podían entender atinadamente. El comandante que dirigía la columna dispuso que se reanudara la marcha y cuando la orden se hizo efectiva los gritos se redoblaron. «¡Idiotas, idiotas, idiotas!». En un grupo de mil hombres armados que son calificados de idiotas siempre hay uno de verdad que hace uso de sus armas. «Para idiotas, vosotros», dijo el idiota de este grupo, y acto seguido abrió fuego sobre las fachadas. El sonido de los disparos dejó perplejos a los que tenían ametralladoras antes de que decidieran apretar, también ellos, el gatillo. Cuando las órdenes del comandante a los jefes de unidad y de estos a los soldados de las torretas consiguieron silenciar las armas, los soldados se hallaron ante un paisaje devastado en el que, junto a una infinidad de muertos desperdigados por los balcones, había un reparador silencio.

–Vámonos de aquí –concluyó el comandante.

La columna prosiguió su camino y yo aguanté quieto hasta que la vi desaparecer. Entonces, me incorporé, me sacudí los cascotes y eché a andar por el margen de la misma carretera que había sido utilizada por los militares. Tras las ventanas, me observaban los vecinos supervivientes, muchos de los cuales miraron el reloj y pensaron que yo estaba incumpliendo impunemente el toque de queda.

«Este mundo no está menos desquiciado que el mío», razoné. «Y eso que el drama no ha hecho más que empezar».

Los que procedíamos del otro lado de la muralla estábamos mejor pertrechados contra el caos. Yo era uno de ellos, pero también lo era el señor Suelo. Y, en el fondo, aquel enmarañado teatro de desastres parecía el tablero de un juego en el que las piezas fundamentales éramos él y yo. Seguí su rastro por el borde de aquella autopista desierta hasta que vi a lo lejos las luces de un hotel de categoría mediana y, a los pocos segundos, lo sentí directamente a él, que había cenado y estaba tomando un licor. «Debí matarlo cuando no sabía de mi existencia», se reprochaba. «En cuanto amanezca, salgo con todos mis efectivos y lo liquido».

El que liquidó al otro, sin embargo, fui yo. El acto de su muerte no merece el detalle en esta narración, ni por su trama ni por nuestro comportamiento. Para resumir, la acción se desarrolló como sigue: nada más entrar en el establecimiento, disparé contra el sicario que me dio el alto, lo que alertó a los dos escoltas personales de mi enemigo, que irrumpieron en el recibidor y se parapetaron detrás de una pilastra. El señor Suelo habría estado seguro en la cafetería, pues yo no podía avanzar y el resto de sus hombres bajaría pronto de sus habitaciones para defenderlo, pero salió por la puerta que daba al atrio con la intención de huir hacia los pisos altos. Yo lo noté y me fui tras él por un pasaje de tiendas hasta que lo vi a través de la cristalera del pórtico esperando el ascensor. Él también me vio, e inmediatamente sacó una pistola y me disparó varias veces sin resultado alguno, ya que sus balas no traspasaban el vidrio templado que se interponía entre nosotros. Suelo no era tan valiente como cabía suponer oyéndolo por teléfono ni era tan listo: cuando se percató de lo precario de su defensa, el miedo lo llevó a correr hacia las escaleras y, con ello, a darme la espalda durante unos segundos, los suficientes para que yo descargase sobre ella todas las balas que me quedaban.

No me paré a contemplar su agonía. Salí a la calle sin problemas y caminé por la ciudad yerma hasta que al filo de la medianoche, en vista de que no funcionaban los medios de transporte y mi casa me pillaba demasiado lejos, tomé una habitación en el primer hotel que encontré, La Añora, se llamaba, desde donde telefoneé a Just para tranquilizarlo.

–Aguarde ahí mismo, que enseguida le mando un vehículo –me dijo.

–No: hazlo mañana por la mañana: ahora es demasiado peligroso –le respondí.

En la breve interlocución que siguió, me puso al tanto de los sucesos acaecidos en Madlun desde mi ausencia, ninguno de ellos digno de mención en estas páginas excepto la marcha de Genoveva, que se había producido poco después de mi partida.

Comí algo frío en la cafetería y me demoré luego bebiendo en la barra y hablando con Jonh Noriego, el propietario del hotel, en el que a ratos oficiaba de recepcionista y a ratos de camarero, que resultó ser una persona entrañable y un gran conversador.

–¿Qué tienes que olvidar? –me preguntó Noriego tras una prolongada charla, cuando le pedí el quinto *gin-tonic*.

Mi mente estaba borrosa. Quizá mi lengua se embozara al contestarle:

–No estoy olvidando, sino celebrando.

–Pues hay celebraciones que parecen funerales –me soltó.

A esas horas, Secto Yegoci regresaba a su casa en un coche de la policía con las luces de emergencia encendidas. Llevaba dos días sin descansar y estaba agotado. «Esta noche tampoco iré. En la práctica, estoy oficiando de Presidente», le había dicho muy ufano a Tesa Mimo, su novia. Ella, que se había arregostado al amor embravecido del político antes de dormir, rezongó con tibias protestas. «Tendrás que acostumbrarte a compartirme con la nación, como si fueras la primera dama», la intentó calmar Yegoci.

Cuando Tesa Mimo colgó el teléfono, se quedó cavilando sobre el significado de la última frase que había oído. Ella estaba preparada para compartir a su novio con otras mujeres y, de hecho, ya lo estaba haciendo, porque Yegoci se acostaba con todas las progres que le salían al paso, pero no sabía si estaba preparada para compartirlo con la nación. La nación eran, según su entendimiento, las señoras de los políticos de derechas que se vestían en las tiendas de la calle Flinn, las secretarias de los políticos de derechas que también se vestían en las tiendas de la calle Flinn y las amantes de los políticos de derechas que, obvio es decirlo, no podían vestirse sino en las tiendas de la calle Flinn. Si Yegoci llegaba a ser Presidente, se codearía con esas mujeres y se acostaría con ellas. A ojos de Tesa Mimo, las mujeres de derechas añadían al morbo de su posición social lo fino de su lencería y lo primoroso de sus artes amatorias, que en su imaginación despechada asimilaba a los modales que las señoras elegantes ponían en práctica en las cenas de gala.

De primera dama, Tesa Mimo se imaginaba repudiada por su vulgaridad y consolándose con el cuerpo de un tío bueno pero tan mediocre como ella. Un tío del tipo de Haros Furgencio, que padecía de vigorexia y le proponía marranadas al salir de las clases de yoga a las que por motivos muy distintos iban los dos. Haros Furgencio fue del primero que se acordó oficiando, en la práctica, de primera dama, según la terminología que había manejado Yegoci, y tenía el número de su teléfono en el bolso.

En el ascensor que lo conducía hasta la planta cuarta, donde estaba su piso, Yegoci pensó en Tesa Mimo, que aún no lo había visto en persona sin perilla. «Es el primero de los cambios que se nos avecinan», le diría. «Para ti, por ejemplo, se acabaron las drogas y el comprarse la ropa en los mercadillos». «Ah, y tendrás que aprender a no decir tacos y a comerte las naranjas con cuchillo y tenedor».

Secto Yegoci llevaba diez cafés encima y le temblaba la mano. Cuando fue a abrir la puerta, la cerradura se le hizo la arisca y concluyó llamando al timbre.

–¿No dijiste que no vendrías? –le espetó Tesa Mimo.

Antes de abrirle, había escudriñado por la mirilla y, al verlo, había ido corriendo hasta la alcoba y había obligado a Haros Furgencio a que recogiera sus atavíos y se ocultara en el balcón de la sala de estar.

–Te lo dije, pero estoy muerto –le contestó Yegoci.

–¿Ya no ejerces de Presidente?

–Tengo el teléfono móvil, abajo hay dos coches de la policía que me avisarán si sucede un imprevisto y, pase lo pase, los presidentes también tienen derecho a dormir.

Aunque Tesa Mimo estaba desnuda, Yegoci no reparó en esa pequeñez, ni en el par de zapatos de deporte que había junto a la mesilla de noche, a los que sin embargo debió apartar para colocar sus propios zapatos como a él le gustaba.

–¿Y la perilla? –le preguntó Tesa Mimo para distraerlo.

–A partir de ahora van a cambiar muchas cosas, muchas –afirmó él mientras se quitaba los pantalones.

–¿Cómo cuáles?

–Como todo. Todo va a cambiar.

–Todo es demasiado, ¿no te parece? –le respondió Tesa Mimo sintiéndose un objeto más de esa colosal mudanza.

–Eso es lo que tienen las revoluciones: que todo cambia, y además de golpe. Y esta Revolución será la madre de todas las revoluciones. De eso me encargaré yo –dijo, y se tumbó en la cama sin echarle cuentas a que su lado estaba caliente. Por primera vez desde que se acostaban juntos, no se puso de lado para dormirse con el consuelo de las tetas de Tesa Mimo entre sus manos, sino que se tendió boca arriba y se durmió enseguida.

No habrían transcurrido ni dos minutos, cuando llamaban a la puerta del piso. Tesa Mimo acudió a explorar por la mirilla y vio a un par de individuos desconocidos.

–Son guardaespaldas del idiota de tu novio –susurró

Haros Furgencio detrás de ella–. Me han visto y querrán saber quién soy.

–¿Qué hago?

–Si no abres, acabarán despertando a toda la vecindad. Abre.

Tesa Mimo abrió la puerta lo justo para asomar los ojos casi en vertical.

–¿Qué quieren? –dijo.

–Hemos visto a un hombre en el balcón –contestó uno de ellos.

–Es mi amante –explicó Tesa con naturalidad–. Si siguen aporreando la puerta, se despertará mi novio y se encontrará con el pastel. Anden, váyanse y déjennos con nuestras miserias, que esto no le incumbe a la nación.

Los escoltas eran sicarios del señor Suelo y durante la mayor parte de la jornada se habían dedicado a asesinar a miembros de la lista que había confeccionado Yegoci. A ellos no les importaba que se despertase el tipo al que estaban protegiendo, ni las penitencias que se deducían de aquella extraña relación a tres, ni lo que le pasara a la gran nación de naciones que era Occidente. En realidad, desde que Tesa Mimo entreabrió la puerta hasta que terminó de hablar, los guardaespaldas no estuvieron pendientes más que de los hermosos ojos azul zafiro de su interlocutora.

–¿Está usted desnuda? –le preguntó uno de ellos con la candidez de una raposa.

Aunque se había puesto una bata, Tesa Mimo respondió que sí para ahuyentarlos, como si se lo hubiera dicho a una visita inoportuna.

–En tal caso, vístase. Lo siento, pero tendremos que llevarnos a ese amante suyo.

–Bien, ahora sale.

Cuando la novia de Yegoci iba a cerrar la puerta, se lo impidió el pie de uno de los matones.

–Entraremos nosotros, si no le es molestia. La vida nos ha vuelto muy desconfiados –dijo.

Los dos matones querían llevarse al intruso y apurar el desviado goce de contemplar a Tesa Mimo en pelotas, pero cuando Haros Furgencio se puso en camiseta de tirantes frente a ellos y vieron el tamaño de su musculatura, se limitaron a permitirle el paso.

–Mis zapatos –demandó entonces el amante.

–Aguarden. Yo se los traigo –cortó con presteza Tesa Mimo.

Los matones y Furgencio se quedaron en el rellano de la escalera, esperándola. Esperaron durante un minuto, que era tiempo más que suficiente, y durante cinco minutos, que era una eternidad, y siguieron esperando, esperaron mientras hacían toda clase de cábalas, ¿le habrá sucedido algo?, ¿se le habrá olvidado?, ¿se habrá dormido?, hasta que Haros Furgencio dijo de entrar a ver lo que estaba pasando, pues no se podía ir sin zapatos, y los sicarios del señor Suelo que ejercían de guardaespaldas le contestaron que no debían consentirle ir solo y anduvieron con él de puntillas hasta la puerta de la única habitación del piso, donde vieron a Tesa Mimo de espaldas, cabalgando a Secto Yegoci, que se había despertado con la impresión de que llevaba dormido varios días y con la misma fortaleza en el preciso momento en que su novia se aprestaba a coger los zapatos de su amante.

Tesa Mimo, que veía a los que la estaban mirando por un espejo que tenía la cómoda, les hizo un gesto para que se fueran sin dejar de dar grititos de placer. Pero ninguno se fue, y se mantuvieron de pie en la entrada del dormitorio, observando el espectáculo, hasta que Yegoci se vació entre una aparatosa tormenta de bramidos.

–Y ya que has templado los nervios, duérmete –le dijo Tesa Mimo a su novio cariñosamente.

Yegoci contestó «sí» y se puso a roncar de inmediato.

Haros Furgencio y los dos guardaespaldas vieron a Tesa Mimo bajarse por su lado de la cama, rodearla, coger del lado de Yegoci los zapatos de deporte y llevarlos a la puerta de la habitación.

–Ya habéis visto bastante. Ahora, largo de aquí –les susurró entre tanto le entregaba a su dueño los zapatos en la sala de estar, y añadió luego–: No hagáis ruido al salir, que Secto tiene el sueño muy ligero.

Furgencio y los guardaespaldas asintieron con la cabeza y dieron media vuelta. Estaban a punto de salir, cuando oyeron a sus espaldas:

–¿Quién coño anda ahí?

–Son tus guardaespaldas, cariño –respondió Tesa Mimo.

–¿Qué hora es? ¿Han dado las siete?

–No, son las doce.

–¿Las doce de qué?

–De la noche.

–¿De la noche? ¡Joder, estoy como si me hubiera pasado ocho horas durmiendo! ¿Y qué quieren?

–Nada que no pueda esperar hasta mañana.

Yegoci se sentía fresco y con ganas de resolver incluso los asuntos más insignificantes. Por muchas barreras que su novia pusiera para defenderlo, él no podía obviar ni de día ni de noche su papel de Presidente en funciones. Se levantó, se puso los calzoncillos y salió de la alcoba. Solo entonces se percató de que Tesa Mimo estaba desnuda delante de los guardaespaldas. Él, sin embargo, era un liberal de principios y no le dio a ese pormenor importancia alguna.

–¿Qué ocurre? –dijo.

Los guardaespaldas, que debían urdir una mentira sobre la marcha, dudaron hasta el punto de complicar el desenlace de aquella situación tan comprometida, en vista de lo cual, fue Tesa Mimo la que contestó:

–Por lo que se ve, este hombre intentaba colarse en nuestra casa para robarnos –dijo señalando a Furgencio, que tenía los zapatos en la mano.

En una comparecencia de Alma Reimo en el Parlamento, Yegoci declaró que comprendía a los ladrones. «Ellos no tienen la culpa, los reos deberían ser los responsables de la desastrosa coyuntura económica», dijo. Era, evidentemente, una afirmación retórica, como se demostró poco después en una comparecencia de Bertus Jones, cuando Yegoci le replicó que comprendía a las víctimas que se tomaban la justicia por su mano. «Si el Estado no puede ofrecerles seguridad, los electores tienen derecho a defenderse por sí mismos», sentenció. Eso es lo que iba a hacer él, defenderse. Además, aquellos músculos tan exagerados eran lo opuesto a la asquerosa idea que tenía de su propio cuerpo, por más que intentara ocultarla abanderando el desdén hacia el aspecto físico de los seres humanos, que son pensantes por naturaleza y tienden a perder masa muscular al tiempo que a incrementar su capacidad craneal, como él decía.

–Lleváoslo a donde están los otros de la lista –dijo Yegoci, que con aquella resolución drástica se vengaba de sus compañeros de instituto por las incontables burlas que le habían gastado en las clases de gimnasia.

Los matones de Suelo lo entendieron a la perfección. No así Tesa Mimo, quien le preguntó cuando se quedaron solos:

–¿Qué es lo de la lista?

–Uno de los cambios que voy a introducir –le respondió él cáusticamente–. A partir de ahora, el mundo se va a dividir en dos grupos: los que estén a favor del pueblo y los que estén en contra. Y estos últimos lo van a tener muy crudo.

Se acostaron y Yegoci logró conciliar el sueño. Muy pronto, sin embargo, se despertó con unas risas y unas voces que venían desde la calle. En otras circunstancias, se hubiera dado la vuelta y se habría entretenido analizando alguna estrategia del partido, pero ejercía de Presidente y no podía permanecer ajeno a esa condición esencial que lo obligaba a estar en todas partes, a enterarse de todo y a darle a todo solución. Se levantó sin encender la luz, plegó unos palmos la cortina y pegó la nariz al cristal de la ventana. Abajo, sus guardaespaldas se movían y hablaban junto a los coches. Aunque los veía poco, porque estaba prácticamente sobre la vertical y el ángulo de visión le reducía la perspectiva, divisó entre ellos al musculoso ladrón de su piso, que gesticulaba y se reía como el que más. «Aquí hay algo que no encaja», murmuró. Descorrió el pestillo, abrió la portezuela y se asomó sin hacer ruido para observar con mayor definición lo que estaba pasando. En la acera, en efecto, los guardaespaldas y el ladrón estaban confraternizando con la efervescencia de los viejos compañeros de parranda, y por los aspavientos que hacían y por las palabras que le llegaban sueltas, charlaban de noches de alcohol y de putas.

–Eh, vosotros –gritó, ya que no se sabía el nombre de ninguno de sus escoltas–. ¿Qué os he dicho yo?

Yegoci estaba asomado a la ventana de un cuarto piso y los sicarios del malogrado Suelo tardaron en verlo, y cuando lo vieron, tardaron en descubrir quién era, y cuando lo descubrieron, tardaron en comprender lo que les había dicho.

–¿Qué hace ese individuo ahí? –apostilló el político en vista de que nadie le contestaba.

Los guardaespaldas platicaron entre sí y la palabra «cornudo» alcanzó los oídos de Yegoci, pero él no supo interpretarla.

–¿No os dije que lo metierais en la lista? –recalcó.

Alguien dijo «la lista», alguien dijo «cojones», alguien dijo «está buena» y alguien dijo «polvo», porque lo oyó Yegoci, quien no escuchó sin embargo respuesta alguna a su pregunta.

Los guardaespaldas no eran conscientes del poder del hombre que tenían ante sí. Solo veían que era flaco, que vivía en un piso de tercera categoría y que se había tragado el cuento más tonto que pueda tragarse un cabrón. Para ellos, Yegoci era un cretino que les chillaba desde lo alto, como uno de esos pajarracos que no se callan más que volándoles la cabeza de un balazo.

–Mañana vais a estar todos liquidados, liquidados. ¿Me oís? –gritó Yegoci.

Entonces, varios guardaespaldas sacaron la pistola y dispararon. Aunque el blanco estaba lejos, fueron muchas las balas que salieron de sus armas y una de ellas impactó de lleno en la frente de Yegoci.

–Por fin podremos irnos a dormir –dijo uno cualquiera.

Antes de que se fueran, un compañero los llamó desde el hotel del señor Suelo para comunicarles que este había sido asesinado.

Capítulo 9

Fátimo y Kazurro, los ministros de Defensa de Occidente y de Barbaria, respectivamente

Cuando seis días después del que tuvo lugar la denominada Revolución de los Televisores el Presidente de la República salió de su bunker y decidió tomar las riendas del poder, el país que se encontró se hallaba inmerso en el caos más absoluto. Durante todo aquel tiempo, los soldados que Miralos Fátimo envió a Nógdam con el protocolo de ocupación de la capital de un Estado enemigo no recibieron ni un gramo de comida ni una gota de agua. Fátimo empezó a saberlo antes, al tercer día de la algarada, cuando vio en los noticieros de la TF43 a los soldados saqueando los hipermercados.

–Es un error de los sistemas informáticos, que no reconocen Nógdam como capital enemiga, y así es imposible transmitir la orden y contabilizar lo que vamos retirando de los almacenes –le contestó León Maldora, el Jefe del Estado Mayor y último encargado de los planes de invasión de las potencias enemigas, cuando Fátimo se interesó por el problema.

–¿Qué me cuenta, Maldora? Saquen urgentemente las

provisiones al margen de los sistemas informáticos. A mano, si es preciso, y si es preciso repártanlas con carrillos, o incluso con cestas –le ordenó Fátimo.

Cuando Maldora volvió a llamar, alegó que el Interventor Delegado del Ministerio de Economía y Hacienda le había formulado un reparo, lo que lo convertía a él en máximo responsable de la falta de procedimiento.

–Mande a la mierda al interventor y haga lo que le digo. Yo respondo de todo –corroboró Fátimo.

Maldora le pidió la orden por escrito y Fátimo se la mandó por correo electrónico y con un agente motorizado. Pero Maldora telefoneó de nuevo para decirle que, dadas las circunstancias, los jefes de los cuarteles querían otro documento, y que lo querían los capitanes, y los sargentos, y hasta los furrieles.

–¿No sería mejor devolver todos los soldados a sus cuarteles? –se atrevió a sugerir Maldora al ministro de Defensa–. Al fin y al cabo, lo de aplicar un protocolo de guerra para la conquista de nuestro país va contra la naturaleza de las cosas, y de ese modo es difícil que las decisiones encajen en lo previsto.

Miralos Fátimo, que tenía sesenta y un años, llevaba al pie del cañón desde que se interrumpió la emisión de *En Los Olmos pasan cosas*. En aquel tiempo, no había dormido más que a cabezadas y había oído necedades que jamás hubiera imaginado de las personas supuestamente más cuerdas de Occidente. El cansancio y el desánimo le impidieron responder deprisa, lo que Maldora aprovechó para apuntillar:

–¡Si por lo menos pudieran ir a comer a sus cuarteles! Y muchos de los que están patrullando las calles son de Nógdam: esos podrían comer con su familia.

–No estaría mal –le replicó Fátimo–: así matábamos dos pájaros de un tiro: acabamos con el apuro informático y nos ahorrábamos el coste de las raciones.

Maldora no pilló la ironía. De haberse terminado ahí la conversación, habría dado la orden de que los soldados comieran donde siempre, pero Fátimo se olió que la inteligencia del militar no descodificaría correctamente sus sarcasmos y añadió:

–Pongan en el sistema «Mowape» donde habían puesto «Nógdam» y actúen como si Nógdam fuera Mowape. ¿Me ha entendido?

Mowape era la capital de Barbaria, el enemigo por antonomasia de Occidente, y Maldora contestó con una afirmación. Antes de media hora, llamó otra vez para poner en su conocimiento que todo el problema se había solucionado.

–En este preciso momento, la comida de los soldados está saliendo de los almacenes –concluyó.

Los canales de televisión operativos, que emitían una suerte de noticiario permanente amenizado con vídeos musicales, leyeron un comunicado escrito por el propio ministro de Defensa en el que se daba cuenta de que los inconvenientes para el abastecimiento de las divisiones que ocupaban Nógdam se habían remediado y se hacía un llamamiento a la población para que denunciase cualquier tipo de acto violento no justificado realizado por militares. Pero la TF43, que se estaba mostrando como el canal más activo, emitió a media mañana imágenes de la base aérea de Tarro, tomadas desde las cercanías de las pistas, en las que mostraba cómo eran cargados con alimentos varios panzudos aviones de transporte de la División Aerotransportada número 7 con destino, según decía una voz en off, a las tropas apostadas en la frontera con Barbaria, ya que al parecer había entrado en vigor el protocolo de invasión de aquel país, con el que Occidente tenía desde tiempos inmemoriales un conflicto abierto por la formidable disparidad de sus regímenes políticos.

El ministro de Defensa, que mantenía encendido un televisor con la TF43 sintonizada, estaba echando una cabezadita en su sillón y sintió la noticia como una pesadilla más de las que llevaban agobiando su sueño desde que se produjeron los primeros tumultos. Fue el embajador de Barbaria el que lo puso al corriente de lo que estaba pasando al recabarle una explicación terminante.

–Es un tremendo error. No hay ninguna invasión en marcha. Eso sería una locura –le contestó Fátimo impresionado.

Mientras hablaba, veía en la televisión a los Élefan 25–A, los aviones de transporte más grandes del orbe, cargando contenedores, pero no asoció las imágenes con la reseña que le había dado el embajador hasta que colgó el teléfono y subió el volumen. Entonces, él, que era un hombre educado y respetuoso con las religiones, soltó una blasfemia que se oyó incluso dos despachos más allá, aunque en el Ministerio de Defensa todos los despachos estaban insonorizados.

–Maldora, ¿qué demonios está pasando? ¿Está usted loco? ¿Quiere provocar la guerra del fin del mundo? –gritó Fátimo al Jefe del Estado Mayor cuando este cogió el teléfono.

León Maldora había sido el número uno de su promoción en Llano Amarillo, la academia de oficiales más gloriosa de Occidente (si bien sus compañeros de promoción lo acusaron en privado de haber obtenido unas calificaciones exorbitantes porque su padre era el director del centro), había sido el capitán más joven en acceder al empleo de comandante, el coronel más joven en alcanzar el generalato y el general más joven en ser nombrado Jefe del Estado Mayor, tenía la pechera de su uniforme de gala cuajada de medallas y con sus títulos oficiales y sus diplomas de cursos realizados hubiera podido empapelar su enorme despacho del Estado Mayor de la Defensa de no haber tenido empapelado ya la no menos enorme sala de estar de su casa. Aunque era militar, no era un hombre que hubiera dado muchas voces, y mucho menos que las hubiera recibido. A los iracundos gritos de Fátimo, se echó instintivamente mano a la pistola que siempre llevaba colgando del cinto y, tras mascullar un reniego contra los civiles, respondió:

–Usted me está tocando los cojones, Fátimo. Entre los interventores y los políticos van a mandar a esta gran nación al carajo. A ver, ¿de qué coño me está hablando?

Fátimo había sido letrado del Parlamento antes de que el portavoz del partido Conservador en esa institución lo animara a meterse en política y estaba familiarizado con los insultos medidos que se dedicaban los políticos, no así al lenguaje carcelario de los militares cabreados. Aunque hubiera querido, no habría conseguido ponerse a la altura de su interlocutor, de modo que optó por obviar la mala respuesta de Maldora y con la voz más templada le dijo:

–Maldora, por el amor de Dios, dígame a dónde van esos Élefan que están saliendo en la TF43.

El Jefe del Estado Mayor esperó un momento y contestó:

–El locutor dice que a las bases de la frontera con Barbaria.

–¿Y usted que dice, Maldora?

–Que será verdad.

–¿Pero usted tiene constancia oficial o no?

–Yo no tengo ninguna constancia oficial.

–Entonces en qué quedamos, ¿van o no van a Barbaria?

–Aguarde y ahora lo llamo y se lo digo.

Fátimo aprovechó el inciso para departir con el Presidente de la República. Durante los tres días anteriores había repetido ese acto numerosas veces para poner en conocimiento del máximo gestor del Estado acaecimientos tales como que el Estado libre asociado de Capitalia y dos de los siete territorios autónomos que se integraban en Occidente habían declarado la independencia, que el Alcalde de Boalís había asumido todas las competencias gubernamentales, disuelto el Ayuntamiento y firmado un decreto declarándose príncipe y que, entre otras decisiones inconcebibles tomadas por distintas autoridades, el Almirante Jefe de la flota del Estáltico había emitido un comunicado amenazando con llevar sus barcos hasta la capital del Estado para liberar al Presidente de la República, a pesar de que Nógdam no tenía puerto, ni marítimo ni fluvial.

–Señor Presidente –le dijo–, al parecer las divisiones de la frontera con Barbaria están preparándose para invadir aquel país. Quizá lo estén invadiendo ya. Debe ponerse en contacto con su homólogo Bárbaro y explicarle que se trata de un error antes de que activen sus planes de defensa agresiva.

–No se preocupe, Fátimo, me ha telefoneado él y yo le

he contestado que no se fíe de la prensa, que todo es mentira.

–Pero ¿y si no lo es?

–Si fuera cierto, me habría vuelto a llamar, y no lo ha hecho. No se preocupe, que no va a pasar nada. En cualquier caso, nuestro armamento es mucho más moderno y nuestro país tiene el triple de población y veinte veces más producto interior bruto que el suyo. No se atreverá a iniciar una guerra contra Occidente. Sería una locura.

–La cuestión es que quizá la guerra la hayamos emprendido nosotros.

–Usted haga lo que yo y no se alarme más de lo razonable.

–¿No debería salir de su búnker y ponerse al mando de las operaciones? El país necesita urgentemente de su líder.

–No me pida eso ahora. Si, como dice, la guerra con Barbaria es una posibilidad, donde estoy más resguardado es calladito y en el búnker –dijo el Presidente, quien ante el silencio de su ministro de Defensa, agregó–: Lo está resolviendo muy bien, Fátimo. Todo lo que tiene que hacer es parar la invasión de Barbaria. Hágalo en mi nombre. Gobierne usted solo. Y use a mi doble si hace falta.

Antes de colgar el teléfono rojo del Presidente, ya sonaba otro de los siete teléfonos que Fátimo tenía sobre la mesa. Era Maldora, el Jefe del Estado Mayor.

–Es verdad, ministro. El protocolo de invasión de Barbaria se ha lanzado. De ningún modo debimos poner «Mowape» para ocupar Nógdam.

–Pues detengan inmediatamente el proceso y devuelvan las tropas a sus cuarteles –contestó el ministro. Y como no estaba seguro de que su interlocutor hubiera captado el mensaje, añadió–: ¿Me ha comprendido usted, Maldora? Paren la invasión. Devuelvan las tropas a sus cuarteles.

–Entendido. Parar la invasión y devolver las tropas a sus cuarteles.

–Eso es, muy bien –concedió Fátimo, con la gratitud de un extenuado profesor de primaria.

Pero a la nada sonó el teléfono directo con Enna Ganas, la Jefa de la Oficina Central de Investigación Exterior.

–Señor ministro, nuestros agentes en Barbaria nos confirman que el Presidente de aquella República ha activado su plan de defensa agresiva. Sus misiles nucleares llegarán a Nógdam dentro de seis minutos.

–¡Dios mío de mi alma! –exclamó Fátimo, y colgó.

El ministro de Defensa tuvo la tentación de meterse en el búnker del ministerio, donde también tenía siete teléfonos, alimentos para unos cuantos meses y varias pantallas de televisión conectadas con los centros estratégicos más importantes del país. En él podría resistir el ataque nuclear de Barbaria y, más tarde, desde él podría gestionar la situación posbélica. Fátimo era hijo único, no estaba casado ni tenía familiares directos y a lo largo de los tres últimos días se había dado cuenta de que tampoco tenía amigos, así que no necesitaba ni un solo segundo para llamar a sus seres queridos y advertirles del peligro. En cuatro minutos podía llegar hasta el bunker y sellarlo, en uno más alcanzaba la sala de operaciones y en otro se colocaba al frente del Ministerio. Pero si utilizaba ese lapso en ponerse a dirigir las operaciones posnucleares no lo empleaba en evitar la catástrofe nuclear.

Fátimo levantó un teléfono para hablar con Maldora.

–Dígame, Maldora, ¿el protocolo que se ha activado

incluye lanzamiento de misiles nucleares?

–¿Qué protocolo?

–El de ocupación de Mowape.

–No, de ninguna forma. Únicamente afecta a la guerra convencional.

–¿Está seguro?

–Seguro. El protocolo de misiles solo puede activarlo el Presidente en persona.

Maldora, por una vez, llevaba razón, y él debía haberlo recordado.

–Maldora, ¿han detectado los radares misiles de Barbaria?

–Que yo sepa no.

–¿Eso es que no?

–Eso es que no.

Fátimo colgó y levantó otro teléfono.

–Póngame con el ministro de Defensa de Barbaria enseguida.

Hubo un silencio que a Fátimo se le antojó eterno hasta que se oyó la ronca voz del general Bárbaf Kazurro, el ministro de Defensa de Barbaria, que le hablaba en un correcto occidental.

–Miralos, querido amigo, ¿cómo estás? –le dijo.

–No tengo tiempo de contestarte. Escucha, Bárbaf, mis servicios secretos me han informado que habéis puesto en marcha el protocolo de defensa agresiva. ¿Es cierto?

–Querido amigo, ¿qué clase de pregunta es esa?

–Bárbaf, hemos tenido un error informático y se ha promovido automáticamente una invasión de Barbaria que ya hemos paralizado. Te lo digo de otra forma: nunca ha habido ni la más remota posibilidad de que lanzáramos misiles. Además, nuestras tropas se están retirando a sus cuarteles.

–Estamos en alerta roja –respondió Kazurro–, y Niseto Pálmar –el Presidente de la República de Barbaria– tiene el dedo sobre el botón. El Presidente es un hombre mayor, querido amigo. El Presidente tiene narcolepsia y puede dormirse de pronto sobre el botón. El Presidente tiene párkinson y puede apretar el botón sin querer. El Presidente es un gran bebedor y puede…

–Ya, ya, conozco a Niseto Pálmar –lo cortó Fátimo–. Te ruego que le hagas llegar nuestras disculpas. Y te pido que hagas todo lo posible para desactivar esa alerta, al menos en el grado que me has dicho. Nosotros no lanzaremos misiles, pero si nuestra red defensiva detecta a los de Barbaria, no podremos evitar, y te lo repito, no podremos evitar que sean lanzados los nuestros.

–¿Se atrevería tu Presidente? No es tan mayor como el nuestro, ni tiene narcolepsia, ni padece de párkinson, ni es un gran bebedor –dijo Kazurro–, que no parecerán grandes virtudes en tu decadente país, pero sí lo son cuando de sustraerse a las consecuencias de una guerra nuclear se trata.

–Bueno, nuestro Presidente es un mujeriego empedernido –respondió Fátimo para relajar la conversación, pues no se le ocurrió otro vicio de Sedd Alrisod.

De otro lado del teléfono se oyó una carcajada estrepitosa.

–¿No te lo creerás, Fátimo? ¡Pero si ese tipo no se ha comido una rosca desde que se casó! –dijo Bárbaf Kazurro a carcajadas, y añadió luego–: Las mismas que tú, Miralos. Sin contar a su mujer, Alrisod se acuesta con las mismas mujeres que tú, es decir, con ninguna.

Aunque Miralos Fátimo se sintió espiado hasta en la alcoba, se tragó su orgullo y dijo:

–Hay algo más: nuestro Presidente, aparte de mujeriego de boquilla, es sumamente estúpido. Eso no me lo negarás. No creo que vea mucha diferencia entre apretar el botón y no apretarlo.

Kazurro se calló, pues comprendía que era auténtico el fundamento argüido por su colega de Occidente.

–Arreglemos esto nosotros, Bárbaf –continuó Fátimo–. Como se lo dejemos a nuestros jefes, no sabemos quién de los dos apretará antes el botón. Vosotros con vuestro totalitarismo, vuestra tristeza y vuestra reciedumbre quizá estéis más capacitados para aguantar penas que nosotros con nuestra democracia, nuestra alegría y nuestra decadencia, pero los muertos son siempre los muertos, aquí y allí. Piénsalo, Bárbaf, tú que tienes nueve hijos.

Fátimo oyó como un suspiro o un bufido de aquiescencia.

–Bien, Fátimo. Te prometo que mi Presidente no apretará el botón. Es todo lo que puedo hacer.

–Con eso es suficiente. Yo te prometo otro tanto.

–Oye, Fátimo.

–Dime.

–Eres una buena persona. Me hubiera gustado tenerte como amigo.

–Amigos ya somos, Bárbaf.

–Como amigos de putas y borracheras, quiero decir.

–A mí también. Y quizá algún día lo seamos.

–¿Y sabes otra cosa?

–¿Qué, Bárbaf?

–Que las mujeres son unas idiotas. Se acuestan conmigo, que soy un putero y un borracho, y no se fijan en las personas buenas y decentes como tú.

–Yo no tengo edad de andar cambiando de manera de ser. A decir verdad, no tengo edad para casi nada. Cuando termine este lío, pienso retirarme a mi casa del lago Cobos, donde me dedicaré a pescar, a cuidar mi jardín y a escribir novelas.

Fátimo creyó que el encuentro derivaba por ambas partes hacia el diván del psicólogo y trató de cortarlo.

–Bien, Bárbaf, ya hablaremos. Ahora debemos seguir gestionando la crisis –dijo.

No había hecho más que colgar, cuando sonó el teléfono rojo.

–Fátimo, ¿ha ordenado parar la invasión de Barbaria, como le dije?

–Sí, señor Presidente.

–Pues lo he pensado mejor y creo que es el momento adecuado de liberar, por fin, la energía negativa que viene acumulándose entre Barbaria y nuestro país.

–¿Cómo dice? –Fátimo no quería aceptar lo que estaba oyendo.

–La guerra uniría al pueblo con su Presidente en un proyecto común y crearía muchos puestos de trabajo.

–¿Y los muertos?

–El dolor se amortiza con la victoria, Fátimo, cualquier político de poca monta lo sabe. Los muertos necesitan a otros que ocupen su lugar y esos otros serían desempleados. En estos tiempos difíciles, lo que nos hace falta es una economía de guerra.

–La guerra con Barbaria podía derivar en un conflicto nuclear.

–Bueno, si tiene que derivar, que derive. Nuestros misiles son más rápidos y destruirían su país antes de que ellos destruyeran el nuestro.

–Que también sería destruido.

–No es igual, Fátimo. Quien da primero da dos veces. Y además a nosotros nos cogería a cubierto.

–¿A usted y a mí?

–Eso es. Mi búnker es superior. Jamás sospeché que viviría en él sin echar de menos el corrompido aire de Nógdam. Y supongo que el suyo lo será también, porque los diseñó el mismo ingeniero.

–No va a poder ser por ahora, porque, cumpliendo con sus órdenes, he decretado que se anule el protocolo de ocupación de Mowape.

–¿Y si lo iniciamos de nuevo?

–Caeríamos en el ridículo. Los periódicos nos tacharían de tornadizos, eso es indudable.

–Lo último es dar que hablar a la prensa –se lamentó el Presidente–. En fin, esperaremos a otro momento. Mientras tanto, no rebaje la tensión, Fátimo, que la inquietud nos conviene para las próximas elecciones.

El ministro de Defensa se pasó la mano por la frente cuando colgó el teléfono. Estaba sudoroso. Había sido el alumno más brillante de su promoción de la Facultad de Derecho de Boalís. Había sacado las oposiciones de letrado del Parlamento, las más duras de Occidente, después de aprenderse de memoria los 1.726 temas del programa en el brevísimo plazo de siete años, un caso nunca visto hasta entonces. Ya siendo letrado, había escrito decenas de libros, había dado cientos de conferencias y publicado cientos de artículos en revistas especializadas y había redactado varios miles de sesudos informes que eran analizados en las más ilustres facultades de Derecho del país. Sus estudios lo habían sido todo para él en sus tiempos de universidad, la preparación de sus oposiciones lo había sido todo cuanto obtuvo el título de Derecho y su empleo lo había sido todo cuando se sacó sus oposiciones. Y dedicándose las veinticuatro horas solo a eso había sido feliz. ¿Por qué consintió en meterse en la política? Siendo letrado del Parlamento, veía a los parlamentarios faltar constantemente a las sesiones, viajar por el mundo como reyezuelos de un Estado republicano, comer y beber en las mejores recepciones y en los restaurantes más caros, presidir todos los actos, codearse con los artistas y con los ricos y recibir distinciones y honores como si el dinero con el que financiaban actos culturales y sociales lo pusieran ellos de su bolsillo.

–Fátimo, no seas tonto, el deleite está del otro lado –le había dicho un compañero suyo–. Nosotros hemos perdido la juventud estudiando para conquistar esta plaza y para cobrar un sueldo tenemos que seguir trabajando. Ellos, en cambio, el único mérito que han cosechado es estar en una lista electoral. Y para continuar cobrando les basta con votar lo que les dicen.

El síndrome del funcionario quemado le vino a Fátimo del contacto permanente con los parlamentarios y, en general, con los políticos. De ver la diferencia entre lo mucho que se afanaba y el escaso valor que los parlamentarios le daban a sus informes, poco a poco empezó a sentirse cansado emocionalmente y, por último, perdió la ilusión que había tenido en el trabajo como factor de realización personal.

Pero alguien había reparado en la bondad de sus dictámenes, el portavoz del partido Conservador en el Parlamento, que poco antes de unas elecciones le ofreció un puesto de asesor jurídico de su partido e ir en el número 23 de las listas de Nógdam, un lugar en el que se salía seguro.

–No seas tonto, pide la excedencia y vete, que la vida no se vive más que una vez –le dijo otro compañero–. Tú, además, no estás casado, con lo que podrás irte de putas siempre que quieras con la tranquilidad de que jamás te descubrirá la mujer que has dejado en tu circunscripción.

Se fue, en efecto, y lo hizo totalmente convencido de que en el partido Conservador se consagraría a apretar o el botón de los síes o el de los noes. No obstante, desde el primer momento, el portavoz de su partido confió en él para el examen de todos los proyectos de ley y la redacción de todas las enmiendas, todos los discursos, todas las preguntas a los comparecientes y todas las contestaciones a las respuestas de las preguntas de los comparecientes, y, por si esto fuera poco, en el partido le otorgaron, en efecto, el cometido de jefe de la asesoría jurídica, por lo que le correspondió la titánica labor de coordinar a las decenas de miles de asesores que el partido tenía distribuidos por las distintas instituciones públicas del país, a las que todos ellos estaban adscritos y de las que todos cobraban.

Mientras sus colegas se pegaban la vida padre, él trabajaba por todos ellos, y lo que era peor, tenía que hacerlo justificando con argumentos más o menos irrefutables lo que sus jefes le habían marcado previamente.

–Abre los ojos, Fátimo, que te están tomando el pelo –le dijo un excompañero–. Para pasarlo mal, te vuelves a donde estabas antes. Al menos allí informabas lo que debías y no lo que te ordenaban.

Fátimo era hombre de palabra y cumplió su legislatura, pero cuando se estaban conformando las listas para las siguientes elecciones, advirtió al portavoz de su grupo que renunciaba a figurar en ellas.

–No puedo más. Estoy agotado –arguyó.

La pérdida de las elecciones, lo que no ocurría desde nadie recordaba cuánto, no hubiera provocado entre las filas conservadoras un terremoto tan demoledor como aquella decisión aparentemente incomprensible. A Fátimo le surgieron de repente un montón de compañeros y amigos que le pasaban la mano por la espalda y lo invitaban a acontecimientos sociales de tanta cercanía como la boda de sus hijos. Hasta el mismo Presidente de la República lo llamó para pedirle el inmenso favor de luchar por el país a su lado y el portavoz de su partido en el Parlamento le prometió que en la legislatura próxima sería viceportavoz y asistiría una vez por semana a una tertulia radiofónica.

Aceptó con esas condiciones y fue incluido en el número 11 de la lista. El portavoz de su partido, que repitió en el cargo, lo enchufó en una tertulia radiofónica de audiencia insignificante y lo nombró viceportavoz cuarto, y los miembros de su grupo siguieron invitándolo a los actos sociales de índole familiar, pero su trabajo en el Parlamento no disminuyó, sino al contrario, y en su destino de jefe de la asesoría jurídica de su partido siguió dando instrucciones a los abogados que tenía a su cargo sobre cómo argumentar las querellas contra los miembros de los otros partidos y cómo eternizar los procedimientos contra los miembros del suyo.

–Eres gilipollas, Fátimo –le dijo un excompañero letrado–. Si hicieras eso que estás haciendo en una empresa privada, ganarías cien veces más, y además estarías bien considerado.

Cuando se aproximaban las siguientes elecciones, Fátimo participó al portavoz de su grupo su intención de no aparecer en las listas para poder dedicarse a pleitear contra la Administración desde un bufete propio.

–Fátimo, no nos hagas esto, joder. Tú sabes lo necesario que eres para el partido Conservador. ¿Qué quieres? Pide un cargo y te lo damos. Pide, y si no existe, lo creamos para ti –le dijo el portavoz de su partido en el Parlamento.

Pero Fátimo estaba decidido a largarse. Ya no aguantaba ni a sus compañeros parlamentarios ni a sus excompañeros letrados. Cinco minutos antes de la presentación de las listas, sin embargo, lo llamó el entonces candidato a Presidente de la República, Sedd Alrisod, quien le prometió una cartera en su nuevo gabinete.

–Las encuestas dicen, y tal vez con razón, que el primer problema de Occidente no es el paro, ni la amenaza cierta de Barbaria, ni el terrorismo, fíjate bien lo que te digo, sino los políticos. Necesito a gente como tú para cambiar esa monstruosa idea. Y no admito un no como respuesta.

Fátimo cedió, ¿qué alternativa tenía?, y fue incluido en el número tres de las listas, detrás del candidato a presidente y del portavoz en el Parlamento, que repetiría en el puesto. Sus alegatos de campaña fueron antológicos, por lo que fue una lástima que solo fueran escuchados por un público afín dispuesto a vitorear cualquier porquería. Luego, Alrisod, como le había prometido, lo incluyó en su gabinete, aunque lo nombró ministro de Cementerios, una cartera más bien honorífica, pues los cementerios eran competencia de los municipios.

–Así puedes ayudarle al portavoz parlamentario y tienes tiempo para seguir dirigiendo la asesoría jurídica del partido –le dijo el Presidente.

Fátimo fue el único que se quedó estupefacto cuando lo supo.

En aquella legislatura se aprobaron una Ley de Cementerios y un Reglamento de desarrollo de la Ley, ambos de una excelsa técnica jurídica, que fue escandalosamente soslayada por la doctrina. Además, Fátimo continuó con su faena en el Parlamento y en el partido y, como si su capacidad de trabajo no tuviera un término que la limitase, ayudó a sus compañeros de Gabinete en la redacción de proyectos de Ley e ideó una fórmula de reparto de fondos para los Estados Libres Asociados, las Comunidades Autónomas y las Regiones Autónomas tan clara, tan brillante, tan eficaz y tan justa, que, aunque todas querían mucho más, todas debieron reconocer que con lo que recibirían tendrían más que suficiente, incluso se mostró de acuerdo la comunidad de Essel, a la que Alrisod había prometido un régimen especial para que se sintiera cómoda en el Estado y que un reputado humorista gráfico había dibujado recostada en un confortable sillón ante una mesa a la que las demás entidades territoriales del país se sentaban apelotonadas y en taburetes.

«Fátimo, el chico para todo de los conservadores», se tituló el artículo que un letrado excompañero suyo escribió en *El mensajero de la Verdad*, en el que lo describía como el más pusilánime de los escasos políticos honrados que hay en Occidente.

–Lo siento, pero mi ánimo no puede dar más de sí. Buscad a otro, que yo me voy a descansar a mi casa del lago Cobos, donde pienso vivir de escribir novelas de aventuras, si es que algún editor quiere publicarlas.

Los parlamentarios, los políticos conservadores metidos en aprietos con la justicia y los candidatos a ministros pidieron a grito pelado en las sesiones de la comisión que configuró las listas electorales que Fátimo fuera incluido en la de Nógdam, aunque para ello hubiera que chantajearlo sacando a la luz algún escándalo o algún lío de faldas.

–No los tiene –dijo alguien.

–Pues se inventan, coño, pues se inventan –contestaron los restantes miembros de la comisión.

Pero la decisión de Fátimo era irrevocable.

–Inventad lo que queráis, que yo lo utilizaré en la parte más extravagante de mis novelas –sentenció él cuando supo lo que tramaban sus compañeros de partido.

Iba tan en serio que Sedd Alrisod debió ponerse de rodillas delante de él y tuvo que prometerle por su mujer y por sus hijos que le daría una cartera difícil y que lo relevaría de su trabajo en el Parlamento y en el partido y, sobre todo, debió prometerle que nunca más volvería a pedirle un favor y que, pasada la próxima legislatura, lo dejaría irse tranquilo a donde quisiera.

Aceptó con aquellas condiciones y Sedd Alrisod le dio la cartera de Defensa con la misión casi imposible de modernizar sustancialmente los ejércitos manteniendo los mismos recursos humanos y disminuyendo en un tercio el gasto de material.

–Y si te sobra tiempo, y solo si te sobra, échale una mano a los ministros, a los parlamentarios y a los asesores del partido –le pidió Alrisod.

Pero en esta ocasión Fátimo no cayó en la trampa.

–El síndrome del político quemado también existe –le

contestó un día al Presidente, que no podía sujetar a quienes lo urgían para que exigiera a Fátimo un comportamiento más solidario con sus compañeros de partido–. Yo lo tengo, y a pesar de ello me fajo cada minuto con los apuros que plantea un ejército tan desmedido como el de Occidente.

La negativa de Fátimo a asumir más obligaciones de las que le correspondían como ministro no fue bien entendida por quienes desde siempre habían asumido menos, que en el partido Conservador eran la inmensa mayoría. «Eso de trabajar todos por igual no es justo. Cada uno debe hacerlo de acuerdo con su potencial. Y el de Fátimo es mucho», alegaban.

El crédito de Fátimo se vino abajo de golpe. «Para hacer lo que hace, que suelte la cartera y se vaya a escribir novelas a esa comarca de la que tanto habla», decían quienes en otra época le pasaban la mano por la espalda y lo invitaban a la boda de sus hijos. Cuando estalló la Revolución de los Televisores, que algunos denominaron de la Telenovela, Fátimo se mantenía en el cargo porque era el único capaz de contener la furia de los proveedores de armamento, que no cobraban desde hacía más de tres años, y la furia de los militares, a los que se les adeudaban cinco nóminas completas y dos pagas extras.

El tercer día posterior a la Revolución, después de parlamentar con el Presidente de la República, Fátimo llamó a León Maldora, el Jefe del Estado Mayor.

–¿Qué sabemos de la anulación del protocolo de ocupación de Mowape? –le preguntó.

–No hay protocolo de anulación del protocolo de ocupación de Mowape, así que estamos improvisando. De cualquier forma, todo está bajo control. Nuestras tropas están volviendo a sus cuarteles, incluso las que cruzaron la frontera de Barbaria –le contestó Maldora.

–¿Qué fuerzas han cruzado la frontera? –reclamó Fátimo intrigado.

–Varias escuadrillas de aviones y tres divisiones acorazadas.

–¿Tres divisiones acorazadas? Y lo ha consentido el ejército de Barbaria.

Consentido era una palabra que no encajaba bien en la mente de Maldora.

–Nuestro ejército ha avanzado, como se le dijo en principio, arrollando las líneas defensivas de los bárbaros. Y es seguro que así hubiera continuado hasta Mowape de no haber recibido la orden de retirada.

–Bien, Maldora. Asegúrese de que esa retirada se está produciendo en todos los frentes.

–Descuide, ministro.

Fátimo no se quedó tranquilo. Levantó otro teléfono y dijo:

–Póngame con el ministro de Defensa de Barbaria.

Hubo un momento de silencio antes de que le respondieran.

–Lo siento, señor ministro, pero nadie coge el teléfono directo en Barbaria.

–Siga intentándolo. Esa comunicación es prioritaria. No dude en pasármela, aunque tenga ocupadas otras líneas.

Fátimo descolgó el teléfono que lo unía a la Oficina Central de Investigación Exterior.

–Enna, ¿hay noticias de Barbaria?

–Al parecer su plan de defensa agresiva no ha llegado a activarse. No obstante, están en alerta nuclear máxima y han accionado el resto de planes de defensa –le contestó Enna Ganas, la Jefa de la Oficina.

–Bien. Transmita a nuestras embajadas, en nombre del Presidente de la República, que la invasión ha sido consecuencia de un lamentable error informático y que nos retiramos –ordenó Fátimo haciendo las veces de ministro de Asuntos Exteriores, dado que la sede de este ministerio había sido incendiada y el ministro y sus colaboradores habían sido asesinados.

Miralos Fátimo, el ministro de Defensa de Occidente, respiró hondo. Dentro del histórico cataclismo que se estaba viviendo, las variables principales estaban más o menos controladas. Se reclinó en el sillón y cerró los ojos. Tenía los músculos de la espalda agarrotados y los dedos de sus manos repiqueteaban sobre los brazos del sillón sin que él pudiera dominarlos. ¿Por qué había estudiado una carrera tan estúpida como Derecho, donde nada es como parece y hasta lo más evidente hay que negarlo?, pensó. ¿Por qué no había estudiado arquitectura, para experimentar la satisfacción de una obra que se ve, o Gramática, para distinguir hasta los elementos más nimios de la lengua? ¿Por qué había perdido su juventud pretendiendo saber más que nadie y aprendiéndose de memorieta las decenas de miles de folios en que se hallaban registrados los 1.726 temas de sus oposiciones? ¿Por qué había sucumbido al brillo de la política aplicada? ¿Por qué no había sido capaz de decir que no cuando quería decir que no? ¿Por qué, en fin, no se había recluido en su casa del lago y se había dedicado a cultivar sus aficiones mientras el mundo se deshacía en pedazos? Fátimo abrió los ojos, como buscando en la realidad auxilio para tantas preguntas, y encontró en la televisión el rostro de Monserga. Puso atención y escuchó que el periodista decía:

–La culpa de todo este cataclismo la tienen Alma Reimo y ese incompetente de Miralos Fátimo, el ministro de Defensa más nefasto que haya habido en la larga Historia de ministros de defensa nefastos de Occidente.

Fátimo sintió de pronto que se le relajaban los músculos de la espalda y que los dedos de sus manos dejaban de brincar sobre los brazos del sillón. Que lo insultaran, lo relajaba. ¿No era eso lo que se merecía? ¿No había sido él, tal vez por distintas circunstancias, más estúpido que ese arquetipo de la estupidez que era Monserga?

Monserga siguió dedicándole más lindezas de las que cabían en un monumental diccionario de insultos. Él subió un poco el volumen, puso los pies sobre una silla, reclinó unos centímetros el sillón y volvió a cerrar los ojos. En tanto el regalo del sueño lo vencía, se acordó de las nanas que le cantaba su madre de pequeño y una sonrisa se dibujó en su rostro.

Cuando los requerimientos de la próstata lo despertaron, Monserga aún seguía en la televisión lanzando improperios contra Alma Reimo y contra él, pero había cambiado de camisa. Atosigado por una intuición extraña, miró el reloj: habían transcurrido diez horas, o acaso un día más diez horas, o quizá dos días más diez horas, o, más probablemente, se le había estropeado el reloj. Al incorporarse para ir al cuarto de baño, notó las rodillas como oxidadas por la desocupación, y en el váter orinó una cantidad sorprendente con un brío que no recordaba desde que al salir de la escuela jugaba con sus amigos a ver quién meaba más lejos.

–¿Qué horas es? –le pidió a uno de sus ayudantes.

–Las doce y cuarto.

–¿De qué día?

–Del cuarto día después de la Revolución –afirmó su ayudante, como si el calendario hubiera inaugurado un nuevo modelo de referencias.

–Llevo diez horas durmiendo. ¿Por qué no me habéis espabilado?

–El Presidente preguntó por usted, y cuando le dijimos que estaba durmiendo, contestó que no lo despertáramos. «Que duerma lo que quiera. No hay problema que no pueda esperar lo que dura una siesta reparadora», ordenó.

–¿No dijo lo que quería?

–No, solo comentó que él también echaría una siesta.

Fátimo suspiró. Otra vez empezaba a sentir el tembleque de las manos.

–¿Ha telefoneado alguien?

–Yo creo que todo el mundo.

–¿Y cómo están las cosas?

–Peor.

–¿Peor? –Fátimo no acababa de creerse que no lo hubieran despertado.

–Mucho peor, diría más bien.

–Explíquese, por favor.

–Barbaria nos ha invadido y los soldados que ocupan Nógdam han dejado los tanques varados en las avenidas y se están dedicando al pillaje. Eso sin contar las noticias que llegan de otras ciudades. Por ejemplo, el Alcalde de Boalís quiere que se le rinda culto divino y ya son cuatro los territorios autónomos que han declarado la independencia.

–Que me pongan de inmediato con el ministro de Defensa de Barbaria –dijo Fátimo.

–Lo estamos intentando desde que lo pidió, pero nadie responde a la señal.

Fátimo se fue a su despacho y, todavía de pie, cogió el teléfono que lo unía a la sede de la Presidencia de la República.

–El Presidente se fue a dormir después de reunirse con su gabinete de crisis y ha ordenado que no lo molesten –le contestó con bastante desdén uno de los asesores del Presidente–. «Si me reclama Fátimo, decidle que he resuelto hacerme cargo personalmente del Gobierno en cuanto me levante, porque al parecer este contratiempo no es capaz de arreglarlo él solo», dijo.

–¿Contratiempo, dijo contratiempo?

–Contratiempo dijo, contratiempo.

Un poco menos ofuscado, llamó a León Maldora, el Jefe del Estado Mayor.

– Llevo diez horas intentando hablar con usted.

–No me han pasado avisos –se disculpó Fátimo.

–¿Y cree usted que en la presente situación se puede tomar esa actitud?

Fátimo no quiso ir más lejos con sus evasivas y fue manifiestamente al grano.

–El ejército de Barbaria tiene veintiocho divisiones evolucionando sobre nuestro territorio, del que ocupa más de trescientos mil quilómetros cuadrados –le notificó el Jefe del Estado Mayor.

–¡Trescientos mil quilómetros cuadrados en diez horas! ¿Cómo puede ser eso?

–Avanzando a velocidad de crucero, coño.

–¿Pero y nuestras líneas defensivas y nuestros aviones y nuestros tanques?

–Nos han cogido a contrapié. Las líneas defensivas han sido sobrepasadas como si fueran puentes, nuestros aviones han sido destruidos en tierra y los programas informáticos de nuestros tanques se han armado un lío con los protocolos.

–Activen la acción de guerra para todo el ejército del país. Me voy a la sala de órdenes. Que en cinco minutos estén en ella los miembros del Mando de Operaciones.

– De acuerdo –asintió Maldora–, pero sepa que esto no se detiene más que con el botón.

Cuando se iba, sonó el teléfono directo con el ministro de Guerra de Barbaria.

–Miralos, amigo, me han dicho que estabas sesteando. ¿Has tenido dulces sueños?

–¿Estás loco, Bárbaf? Conoces perfectamente a lo que nos obligará esta invasión.

–Nuestro país fue atacado. ¿Crees que podíamos conformarnos con unas simples excusas?

–Apenas sobrepasamos la frontera. Fue por error, nos volvimos enseguida y pedimos disculpas. ¿Es eso lo mismo que lanzar un ataque en toda regla?

–No quiero discutir sobre eso –el tono de Bárbaf Kazurro era afable–. Lo importante es que tu Presidente se va a despertar de la siesta de un momento a otro y entonces no mandarás tú, sino él. ¿Comprendes?

Kazurro dejó de hablar durante un par de segundos, que Fátimo utilizó para lamentarse de los garrafales fallos de su sistema de seguridad.

–Sedd Alrisod no es un estratega –siguió diciendo Kazurro–, y más ahora, que está a cubierto en su refugio. En cuanto se entere de dónde están nuestros tanques, ordenará un ataque con misiles nucleares.

–Eso es indiscutible –dijo Fátimo.

–Solo tú y yo podemos evitarlo, querido amigo.

Fátimo receló.

–Hemos avanzado mucho, más de lo que queríamos en principio, pero la culpa no es nuestra tanto como de quienes ofrecieron tan poca resistencia –prosiguió Kazurro–. En todo caso, nuestro deber era hacerlo: a nadie se le debe escapar que quienes cruzaron primero la frontera fueron los soldados de Occidente. Díselo a Alrisod, a ti te escucha y te respeta. E impide que se ponga en contacto con mi Presidente. Si fuera por él, nuestras tropas seguirían progresando hasta la total ocupación de Nógdam. Que no hablen entre ellos. Mi jefe es un gallo de pelea y el tuyo es un idiota: con esos antecedentes, dime qué tipo de acuerdo pueden abordar los dos.

–La última vez que conversamos me fie de ti y fíjate lo que ocurrió luego –le contestó Fátimo.

–No te fíes de mí, si no quieres, pero encomiéndate al sentido común. Estaré pendiente de tu llamada. Ahora, la línea que nos une debe estar permanentemente abierta.

Aunque Fátimo y Kazurro tenían dos caracteres antitéticos, se admiraban recíprocamente. A pesar de ser enemigos, se sentían más unidos entre sí que con ninguna otra persona que conocieran.

–Lo tendré en cuenta, pero comprobaré cada una de tus aseveraciones –respondió Fátimo.

–Me parece lo correcto –zanjó Kazurro.

Fátimo colgó y levantó el teléfono de la Presidencia del Gobierno. Según le participaron, el Presidente se había tomado una pastilla para dormir, pues con las preocupaciones de los últimos días había perdido el sueño, y había pedido que mientras le estuviera haciendo efecto no se atrevieran a despertarlo.

–Que hable conmigo tan pronto como se despierte.

No debe tomar ninguna decisión sin haberme oído antes. ¿Entendido?

–Entendido.

Cuando Fátimo colgó, volvió la vista a la televisión, en la que se veía a un hato de niños jugando sobre un tanque abandonado en una avenida de Nógdam y se oía la voz de Monserga, que decía:

–Esa imagen que vemos es el mayor icono de nuestra realidad: en tanto que los tanques de Barbaria son poderosas armas de guerra que se acercan a Nógdam desbocadas, los nuestros, por culpa de Alma Reimo y de Fátimo, se han convertido en juguetes para los niños.

Fátimo dejó la televisión como estaba y salió de su despacho en dirección a la gran sala de órdenes, donde lo estaban esperando el Jefe del Estado Mayor y los otros siete miembros del Mando de Operaciones.

–Señoras, señores, acabo de dialogar con Bárbaf Kazurro –dijo Fátimo en cuanto se sentó–. Me ha comunicado que las tropas de Barbaria se han detenido. Necesitamos urgentemente una confirmación.

A un lado de la sala, podía verse un monitor enorme con el mapa de los tres mil quinientos kilómetros de frontera con Barbaria, en el que se mostraba en rojo el territorio de Occidente ocupado por el ejército bárbaro, una superficie considerable que partía de casi mil kilómetros de frontera y sobrepasaba la ciudad de Retopo, de millón y medio de habitantes.

–La situación se está estabilizando –contestó Enna Ganas–. Y puedo certificarles que nuestra oposición no está teniendo nada que ver en esa estabilidad, porque es nula.

La respuesta de Enna hizo removerse en su asiento a

León Maldora, el Jefe del Estado Mayor, que dijo:

–¿Para qué queremos saber si las tropas de Barbaria se han detenido o no? Lo grave es que siguen en Occidente, y mientras estén aquí nuestra única misión debe ser expulsarlas.

–¿Cómo? ¿Con qué? –objetó Fátimo.

Junto al monitor con el mapa, había varias pantallas de televisión. Fátimo tomó un mando a distancia y encendió la emisora que repetía sin descanso el vídeo con las imágenes de los niños jugando sobre el tanque.

–Ese es nuestro ejército –sentenció Fátimo cuando apareció el tanque con los niños. Apagó la televisión y añadió–: Occidente es un pelele en manos de una mala bestia.

–Tenemos los misiles –protestó Maldora.

–¡Ya, los misiles! ¿Está en condiciones de asegurarnos que apuntan de verdad al enemigo? ¿Y si cuando los lanzamos descubrimos que, en efecto, van contra las ciudades bárbaras, cómo detendremos los misiles que ellos nos lanzarán seguidamente? –como no hubo objeción alguna, continuó–: Lo único que nos interesa es que las tropas de Barbaria se detengan. Si eso ocurre, podremos reorganizarnos y estaremos en disposición de recuperar, por la vía que sea, el territorio perdido.

Ninguno de los presentes se arriesgó a replicarle.

–Y luego está el asunto de la ocupación de la ciudad de Nógdam –prosiguió Fátimo entre tanto miraba alternativamente al jefe de la Sección de Estrategia y al de la Sección de Logística–. ¿Me quieren explicar cómo es posible que los soldados desplegados en nuestra capital lleven cuatro días sin recibir provisiones?

Era una pregunta retórica, pero el silencio que Fátimo

maquinó para que sus efectos calasen más hondo fue interrumpido por el teléfono del Presidente.

–Fátimo, maldigo el día en que lo nombré ministro de Defensa. Fíjese la que nos ha liado: el país está patas arriba y tenemos al enemigo dentro de la casa. Ya ha provocado bastante destrozo. Lo destituyo. Se acabó. Desde ahora mismo deja de ser ministro de Defensa. Váyase a su casa de ese lago del cipote y escriba las estupideces que más acordes sean con su esperpéntica imaginación.

–Señor Presidente… –pidió Fátimo.

–¡Cállese, coño! ¿Está León Maldora con usted?

–Sí, señor Presidente, está. Señor Presidente…

–¡Que se calle, joder! Suelte ese teléfono y déselo a Maldora.

Fátimo hizo al fin lo que le dijo el Presidente.

–Soy León Maldora, señor Presidente.

–Maldora, lo nombro ministro de Defensa. Haga lo posible por arreglar lo que tenga arreglo y conserve lo que aún no ha destrozado ese estúpido de Fátimo.

–Sí, señor Presidente, de acuerdo.

–Ah, Maldora, tengo el botón aquí al lado. Si la situación demanda que lo apriete, me lo dice, que yo lo estudiaré con mis asesores. Sepa usted que no tendré ningún reparo en hacerlo si está en juego la salvación de la patria.

–Entendido, señor Presidente.

Capítulo 10

La decisión más conforme con los intereses generales del país. Los temores de Bárbaf Kazurro. Lo acaecido en el búnker del Ministerio de Defensa. La farsa ideada por el gran Lucas Midelle: un plan tan simple que no parecía un plan.

León Maldora, el flamante ministro de Defensa, se mudó enseguida al búnker construido bajo la sede del ministerio, situado en las afueras de Nógdam, y se llevó con él a su mujer, a sus tres hijos, a sus nietos, a sus hermanos, a sus sobrinos, a sus primos, a sus tíos y a un buen número de sus amigos. Hasta que no tuvo la certeza de que todos sus seres queridos estaban a salvo en el refugio, no convocó al Mando de Operaciones, el cual debió esperar a que fuera desalojada la sala de operaciones del bunker, pues había sido ocupada por familiares y amigos suyos o de otros miembros del Mando que habían tenido la misma ocurrencia que él.

Cuando en la madrugada del quinto día posterior a la llamada Revolución de los Televisores o de la Telenovela se reunió el Mando de Operaciones en la Sala de Operaciones del bunker de la sede del Ministerio de Defensa, lo primero que hizo León Maldora fue ordenar que se redactara una nota de agradecimiento a su antecesor, Miralos Fátimo.

–Barbaria no abandonará sus posiciones –dijo luego–. Me lo ha dicho el propio Kazurro, con el que he hablado hasta en tres ocasiones desde que el Presidente me nombró ministro. Y lo que es más deplorable aún, nuestros servicios secretos han comprobado que el ejército de Barbaria está movilizando a más divisiones en otras partes de la frontera. Si Barbaria ataca de nuevo, nuestro ejército no podrá responder adecuadamente, ya que el sistema informático no es capaz de interpretar los protocolos. Propongo realizar la acción defensiva que depende en exclusiva de la intervención humana, un ataque nuclear. Barbaria no lo espera porque sus dirigentes creen que tememos la reacción. Eso nos da un tiempo precioso, justamente, para evitarla.

La mayoría de los políticos habían sido asesinados, los edificios públicos de Nógdam seguían ardiendo y sus calles se hallaban invadidas por soldados que se habían entregado al saqueo. Además, de los distintos territorios autónomos llegaban noticias tan fantásticas que resultaban difíciles de creer y el ejército de Barbaria, un estado totalitario que tenía en su Constitución la pretensión de liberar al mundo de la lacra de la Libertad, había ocupado una gran superficie del territorio nacional ante la nula respuesta de las defensas de Occidente. Los miembros del Mando de Operaciones sentían el vértigo de los que están haciendo Historia, pero eran hombres y mujeres preparados para afrontar decisiones apocalípticas en las más adversas circunstancias y tenían muy claro cuál era la decisión más conforme con los intereses generales del país.

–Que sea como se ha acordado. Y que el secretario levante acta –concluyó Maldora.

El ministro de Defensa tomó uno de los teléfonos y notificó al Presidente de la República el acuerdo que habían adoptado.

–Bien, me reuniré con mis asesores. Antes de media hora, les haré saber mi resolución definitiva –contestó el Presidente.

Los miembros del Mando de Operaciones se quedaron sentados junto a la mesa ovalada que presidía la sala, donde permanecieron en silencio mientras las agujas del reloj se movían con una exasperante lentitud. Pasados veinte minutos, sonó uno de los teléfonos.

–¡No puede ser! –exclamó Maldora al oír a su comunicante –¡Maldita sea! ¡Que se espere!

Colgó ese teléfono y cogió el de la línea directa con el búnker de la Presidencia.

–Necesitamos al menos otra hora –dijo a los presentes sin atreverse a mirarlos a los ojos–. A mi hija se le han olvidado las medicinas de mi nieto, que tiene una enfermedad rara.

Nadie hizo comentario alguno.

–Señor Presidente, hay una concausa nueva sobre la que estamos debatiendo. Le ruego que me disculpe, pero convendría que retrasara su decisión hasta que le hagamos llegar la nuestra. Será cuestión de una hora.

–¿De qué se trata, Maldora? –le preguntó el Presidente.

–Necesitamos confirmar si, como parece, nuestras tropas están derrotando a los bárbaros cerca de Retopo –mintió el ministro.

–Bien, Maldora, sería una buena noticia.

–En efecto, señor Presidente.

–De acuerdo. Corroboren la información, debatan de nuevo y comuníquenme enseguida su propuesta –finalizó el Presidente.

Maldora soltó ese teléfono y cogió otro.

–Tenéis una hora para subir, coger las medicinas y volver –advirtió–. Avisadme cuando hayáis vuelto.

Para no soportar las miradas de sus compañeros, se levantó y, mirando a ninguna parte, dijo:

–Quizá sea bueno meditar un poco más sobre lo que debemos hacer.

Pero el asunto estaba meditado de sobra, y el plomo de la terrible decisión pesaba sobre los pensamientos y las conversaciones y enlentecía hasta lo insoportable el enfangado caminar del tiempo. En vista de que nadie decía nada, Maldora encendió la televisión y fue pasando canales hasta uno en el que vio la cara de Monserga. Los asistentes agradecieron que se discurriera por ellos y se abandonaron a las palabras del periodista, que dijo:

–Si se acredita que los familiares y los amigos de los miembros del Mando de Operaciones del Estado Mayor de la Defensa se han encerrado en el búnker del ministerio, bueno es deducir que nuestros días sobre este hospitalario planeta han llegado a su fin. Recemos para que los efectos de las bombas alcancen también las madrigueras de esas ratas de alcantarilla.

León Maldora apagó el volumen de la televisión y se quedó pendiente de la pantalla con la boca entreabierta.

–Alguien se ha ido de la lengua –afirmó uno de los asistentes.

–Han ingresado más de mil quinientas personas en el refugio –dijo otro–. Lo normal era que esto acabara sabiéndose enseguida.

–Y si lo sabe la gente de la calle, lo sabrá también Kazurro –añadió un tercero.

–Ahora sí que debemos debatir de nuevo –sentenció, por último, Enna Ganas.

Pero León Maldora estaba como ido, y en ese estado no le era factible dirigir debate alguno. Fue Enna la que lideró la discusión hasta que, apenas dos minutos más tarde, la puerta se abrió de golpe y entró un comandante que con la voz tomada por los nervios dijo:

–Un mogollón de electores ha conseguido forzar la entrada cuando su hija salía para ir a la botica y ya no hay quién los detenga. Vendrán, ocuparán el espacio por completo, respirarán todo el aire del refugio y nos asfixiarán. Somos hombres muertos.

León Maldora despertó de pronto de su letargo.

–Cerrad esa puerta, coño. Que no puedan llegar hasta aquí –gritó.

Todas las puertas del refugio estaban blindadas y se afianzaban con una técnica análoga a la de los submarinos. El propio comandante y algunos miembros más corrieron a encajar la puerta de la sala mientras Maldora descolgaba el teléfono que lo unía con el Presidente de la República.

–Señor Presidente, tenemos la decisión: solicitamos que no lance un ataque nuclear –dijo tragándose la incertidumbre.

–¿Se confirma la reacción de nuestras tropas en Retopo?

–En efecto, se confirma, señor Presidente.

–Bien, Maldora, me alegro. Ha sido tomar usted el Ministerio y empezar a cambiar la suerte de nuestro país. Siga así –dijo Sedd Alrisod.

Cuando Kazurro supo por sus espías en Nógdam y por

las televisiones de Occidente que este país no estaba en condiciones de lanzar un ataque nuclear contra Barbaria, ordenó (pues fue él y no Niseto Pálmar) a todas sus tropas disponibles en la frontera que procedieran a ejecutar la totalidad de los planes de invasión de su eterno enemigo. La destitución de Fátimo le había producido un dolor parecido al de la muerte de un amigo de toda la vida y una decepción exorbitante. En el fondo de su corazón, admiraba a Occidente, su música, su literatura, su arquitectura, pero también su dinamismo científico y económico, e incluso su carácter contradictorio y caótico basado en la libertad, que provocaba crisis sucesivas de las que siempre salía fortalecido. Kazurro conocía Occidente de primera mano porque había sido agregado militar en la embajada de su país en Nógdam y sabía que en esa selva que era su sociedad los occidentales vivían bastante bien y eran moderadamente felices. Si Occidente era el alter ego de Barbaria, Fátimo era el alter ego de Kazurro en Occidente, o así al menos lo percibía Kazurro, y con Fátimo al otro lado del teléfono se sentía completado. La sensibilidad de Fátimo, su constancia, su fidelidad, su sobriedad, su solvencia, su honradez y un sinfín de virtudes más eran las que a Kazurro le hubiera gustado tener sin dejar de ser inconstante, bebedor y putero. Ahora, el idiota de Alrisod había prescindido del único político inteligente y honrado que le quedaba a Occidente y había puesto el monstruoso potencial devastador de su país en manos de un general torpe y egoísta cuya primera medida había sido poner a salvo a mil quinientos occidentales y condenar a la muerte o a la desolación a los cuatrocientos millones restantes.

Kazurro y su Estado Mayor recibían noticias prácticamente al instante de los diversos escenarios de la guerra en el búnker que la gigantesca sede de su ministerio tenía en las afueras de Mowape, no lejos del río Jazur, que a una cincuentena de kilómetros hacia el Norte juntaba sus aguas con el otro gran río de Barbaria, el Mezgulada. Todas esas informaciones eran buenas, en apariencia. El ejército de Occidente, con un número inferior de efectivos personales y materiales, pero mucho más moderno y mejor equipado, estaba como enloquecido y se mostraba incapaz de resistir, ni siquiera mínimamente, el avance de sus tropas, que se adentraban por el sobre el papel invulnerable territorio enemigo no ya destruyendo alambradas y derribando muros, sino por las carreteras y sin disparar un solo tiro.

Tan fácil fue el despliegue del ejército de Barbaria, tanto abarcó en apenas veinticuatro horas, que Kazurro ordenó la detención del ataque por el respeto que le tenía al estómago de Occidente, o, para expresarlo en otros términos, por el miedo que le daba el ímpetu de Occidente para digerir y alimentarse con cuanto le entrara por la boca, como lo probaba el hecho de que, con las excepciones de Barbaria y Dogma, Occidente había demolido murallas, borrado regímenes e impuesto sus leyes y sus intereses en el mundo mandando a sus enemigos, en lugar de un ejército invencible, una riada de lo más atractivo de su cultura, como bebidas refrescantes, música juvenil y películas.

Ahora, el ejército de Barbaria tenía a las cuarenta y dos divisiones que componían lo más robusto de su descomunal ejército en Occidente, un país que, al no haber sido destruido por la guerra, conservaba intacta su capacidad de seducción. A centenares de kilómetros de la obligada sobriedad de Barbaria, los soldados de su ejército se hallaban expuestos a la llamada irresistible de esos vicios que en Barbaria eran exclusivos de los poderosos, pues estaban prohibidos para todos, al tabaco, al alcohol, a las putas, al juego, pero también, especialmente, a la pujanza corrosiva de la imaginación libre.

Cuando la vanguardia de Barbaria se detuvo, eran las doce y media del sexto día posterior al de la Revolución de los Televisores. A aquella hora, los componentes del Centro de Mando del Estado Mayor de Occidente se encontraban aislados en la sala de operaciones del búnker de Defensa, en el que habían irrumpido unos cuantos miles de personas que ocupaban hasta los espacios más inaccesibles a razón de seis individuos por metro cuadrado.

La imposibilidad de salir de la sala estaba provocando graves problemas en lo miembros del Mando de Operaciones, que solo disponían de una pequeña botella de agua por cabeza y estaban haciendo sus necesidades detrás de una estantería que habían apartado de la pared. Desde que cerraron la puerta, el destino de Occidente había sido sustituido en el debate por la manera de escabullirse de aquella ratonera, a pesar de que las noticias del frente indicaban que las tropas de Barbaria seguían avanzando por las autopistas casi a la velocidad máxima permitida para los turismos, por lo que alcanzarían Nógdam en menos de una semana.

–¡Una semana! –suspiró Maldora, como si el enemigo fuera el único capaz de liberarlos de aquel agujero–. Para entonces, llevaremos varios días muertos, seguro.

La certeza de la muerte dejó sin aliento a los miembros del Estado Mayor de Occidente, que se quedaron mirando las reducidas reservas de agua que tenían sobre la mesa.

–Hasta que no salga el Presidente de su refugio, no saldrá nadie de este, por muy enlatados que estén los que se encuentran en él –afirmó el comandante aprovechando la mudez de sus jefes.

Los miembros del Mando de Operaciones se mantuvieron dándole vueltas a esa certeza.

–Pero el Presidente no saldrá de su refugio mientras sepa que el enemigo se acerca –dijo Maldora al cabo, tras arrimar hacia él la botella de agua de Enna Ganas, que estaba un poco más llena que la suya.

–Por lo que tengo entendido, el Presidente se fía totalmente de usted –le contestó el comandante.

Era verdad. Lo que Maldora no aprehendía eran las segundas intenciones de aquella frase, si es que en ella había segundas intenciones, claro.

–¿Y bien? –apremió.

–Díganle que el enemigo se aleja.

La propuesta era tan sencilla y de tanta lucidez que los miembros del Mando de Operaciones le buscaron mil y un inconvenientes en su afán de no parecer menos listos que el comandante, aunque al final la hicieron suya. Entonces, Maldora levantó el teléfono directo con la Presidencia.

–Señor Presidente, me congratula poner en su conocimiento que nuestro ejército está rechazando la acometida del ejército de Barbaria –dijo–. Ya no hay peligro para nadie. Puede estar tranquilo y abandonar cuando quiera su refugio.

–¿Y las calles, Maldora? ¿Cómo están las calles? –preguntó el Presidente.

–Las calles están bien, estupendamente. El ejército de Barbaria está siendo aniquilado y en las calle reina la más absoluta normalidad.

–He visto en la televisión imágenes terribles de niños jugando con nuestros tanques.

–Son propaganda, señor Presidente. Las hemos filmado en un decorado y las hemos enviado a las televisiones para que el enemigo se confíe cuando las vea. Ese niño es el hijo de Enna Ganas. Un consumado actor, y con un brillante porvenir en el cine, sin duda.

–Bien hecho, Maldora. Es usted el mejor ministro de Defensa que he tenido nunca. ¡Lástima que me haya dado cuenta tan tarde!

–Señor Presidente.

–Diga, Maldora.

–Me atrevo a sugerirle que salga a compartir con el pueblo la alegría de la victoria.

–Bien pensado, Maldora. Este triunfo tenemos que celebrarlo dándonos un baño de multitudes y sentando los cimientos de nuestro éxito en las próximas elecciones.

Algunos miembros del Mando de Operaciones se frotaron las manos; otros, apagaron su sed con toda el agua de su botella, confiados en que ya no les haría falta administrarla para sobrevivir.

–Me gustaría que me avisara antes para organizar su recepción –añadió Maldora.

–Va a ser ahora mismo. Me ducho, me pongo un traje nuevo y salgo a la calle enseguida

Solo cuando el ministro de Defensa colgó, los miembros del Mando de Operaciones se sintieron preocupados por las consecuencias de sus mentiras. Fue así como yo aparecí en escena. Alguien de los presentes dijo que lo que necesitaban era producir una suerte de gran montaje en el que intervinieran, como si fueran comparsas, una cifra estimable de electores que llevaran pancartas, lanzasen papelillos de colores y dieran ostentosos vítores, y otro se acordó de Frit Sabido, el Valido de Voranova, que vivía sus últimos días en una finca enorme rodeado de actores que mitigaban su soledad haciendo de figurantes.

–Eso, figurantes, muchos figurantes, necesitamos miles de figurantes para dentro de media hora –dijo Enna Ganas.

Miles de figurantes eran demasiados figurantes, máxime para dentro de media hora, pero no había otra alternativa que intentarlo. León Maldora cogió el teléfono y marcó el número que le dio Enna. Apenas tres minutos más tarde, el Valido me llamaba al móvil.

–No conozco a ese Maldora, aunque debe de ser un idiota –me dijo con la voz muy apagada tras resumirme las peticiones del ministro de Defensa–, y si te pido que lo intentes no es por él, sino por ese otro idiota que es Sedd Alrisod. No quisiera morirme sin verlo hacer el ridículo como se merece.

El Valido puso a mi disposición a todos sus actores, que eran ciento cuatro, y a su director de escena, y me prometió que telefonearía al Presidente para pedirle que retrasase su salida un par de horas con cualquier excusa falaz.

El director de escena de la obra que se representaba de continuo en la mansión del Valido era Lucas Midelle, un simpático octogenario que había sido director de grandes superproducciones cinematográficas antes de que la tecnología fuera capaz de forjar multitudes ingentes con sencillos programas de ordenador. Lo llamé y, tras explicarle lo que quería, se mostró entusiasmado con la idea.

–La última gran concentración de personas se produjo hace justamente seis días con la interrupción de la telenovela –me dijo luego, como pensando en voz alta.

–Correcto –lo animé yo.

–La gente está como loca con los protagonistas de ese

potaje –prosiguió–. Hasta el más insignificante de ellos tiene un poder de convocatoria brutal. Si se supiera que Alfonso Alberto Linares, por ejemplo, iba a estar en la salida del búnker, miles y miles de seguidores, fundamentalmente mujeres, se aglomerarían en aquel lugar con la esperanza de verlo.

Era cierto, y se lo dije.

–Lo malo es cómo enviamos esa noticia a la población –concluyó.

–Déjalo a mi cargo –le ofrecí–. Tú concibe una farsa y dispón su montaje, que en un par de horas habrá varios miles de electores esperando ver a Alfonso Alberto Linares en la salida del búnker.

Después de hablar con él, llamé a Just y le pedí que mandara un mensaje a nuestros contactos de móvil haciéndoles saber que a las 14:30 horas Alfonso Alberto Linares estaría junto a la verja derruida del Palacio Presidencial rodando un anuncio para una marca de perfumes. Cuando el recado llegó a nuestros contactos, fue reenviado inmediatamente, y de ahí reenviado de nuevo hasta que formó una pirámide tan imponente que acabó almacenado decenas de veces en todos los móviles de Nógdam, incluidos los de Genoveva, Monserga y el propio Alfonso Alberto Linares. También alcanzó a los miles de electores asustados que habían colmatado el búnker de la sede del Ministerio de Defensa gracias al sistema de repetición de la señal de que gozaba el establecimiento. Alfonso Alberto Linares va a rodar un anuncio en una avenida de Nógdam, se dijeron algunas de las mujeres que se encontraban allí, voy a salir a verlo, y me da igual que el mundo se derrita con las bombas que arrojen los bárbaros. Si Alfonso Alberto Linares va a rodar un anuncio en una avenida de Nógdam, pensaron el resto de invasores del refugio, será porque ya no hay peligro alguno de que los bárbaros nos fríen con sus misiles, pues no va a ser tan tonto como para exponerse a que lo maten. Sea como fuere, los usurpadores del búnker estratégico salieron de él con la prisa que las muchas apreturas les permitieron, y con ellos salieron los familiares y amigos de León Maldora, Enna Ganas y los demás miembros del Mando de Operaciones. Y cuando todo el recinto se quedó vacío, y solo entonces, salieron los miembros del Mando de Operaciones y el comandante que había ido a darles la noticia de que el refugio había sido tomado por el populacho.

A las 14:00, hora en que mis guardaespaldas y yo aparcábamos en las inmediaciones del Palacio, había en la explanada no varios miles, como yo había imaginado, sino varias decenas de miles de personas, casi todas mujeres impecablemente maquilladas y vestidas con lo mejor que se atesoraba en sus armarios. Lucas Midelle nos llevó hasta una tienda de campaña que servía de sala de dirección donde me explicó la comedia que se le había ocurrido y el operativo que había articulado para implementarla. En esencia, el guion consistía en situarse con un gran despliegue de focos y de cámaras junto a la salida que el búnker tenía disimulada en la avenida, como si fuera a rodarse un anuncio, y exhibir al actor que hacía de Alfonso Alberto Linares justo en el momento en el que el Presidente afloraba a la superficie.

–Así, el Presidente creerá que los vítores dirigidos a Alfonso Alberto Linares son provocados por su aparición –completó.

El plan era tan simple que no parecía plan.

–No se preocupe –le contestó Midelle a Just, que había

manifestado su inquietud por la debilidad argumental de la trama–. Esa muchedumbre son devotos que han venido a presenciar un milagro. Lo único que quieren es ver a Alfonso Alberto Linares, de modo que lo verán pase lo que pase, aunque el actor que tenemos preparado se parece poco al protagonista de *En Los Olmos pasan cosas.* Y en cuanto al Presidente, digo otro tanto: está tan convencido de que lleva razón en todo y de que la masa lo ama que los pitos le sonarán a aplausos y los aplausos para Alfonso Alberto Linares los asumirá enseguida como propios.

Cerca de nosotros, dos maquilladoras estaban caracterizando de Alfonso Alberto Linares a Francis Cage, que en la casa del Valido solía hacer de primo lejano que viene a bañarse a la piscina. Como Midelle había anticipado, no se parecía en nada al hombre al que había de imitar: ni tenía la misma altura, ni sus ojos eran del mismo color, ni era moreno, como Alfonso Alberto, sino rubio.

–No se atormenten, por favor –insistió Midelle al notar nuestra alarma–. Aquí el que entiende de montajes soy yo. El cine es una ilusión, un espejismo. Los actores son lo que representan. Recuérdenlo.

–Pero esto es teatro –lo corrigió Just.

–Cualquier mal director de cine sabe bastante más de teatro que el director de teatro más descollante –concluyó Midelle, quien, para que no sufriéramos, nos acompañó hasta la puerta de la tienda y nos señaló un lugar dentro del perímetro cerrado desde el que podríamos contemplar todos los ingredientes de la escena.

«La vida es teatro», ironizó Just cuando estuvimos en el terreno que nos habían reservado, sin que sus palabras, quizá por manidas, recibieran miramiento alguno de nuestra parte. En cambio, sí llamó nuestra atención la posibilidad de que la masa femenina allí congregada rompiera el cordón de seguridad y nos engullera. No en vano, asediando la zona protegida, eran cientos de miles las mujeres maduras que esperaban a Alfonso Alberto Linares con una emoción difícilmente contenida, y eso que aún faltaban cinco minutos para las 14:30. Lo sé porque Just dijo entonces que lo mejor era irse y yo miré el reloj.

–Ya no hay solución –le contesté–. Al menos, si mueres, habrá sido destrozado por un turbión de mujeres que se te echan encima. ¿No era eso lo que tú codiciabas para el acto de tu muerte?

No oí su respuesta, porque empezamos a oír el ruido sordo de un helicóptero que, tras monopolizar la curiosidad de la multitud durante unos instantes, se posó en los jardines del Palacio Presidencial y vomitó de sus entrañas a León Maldora y Enna Ganas. Como no eran lo que la concurrencia anhelaba, esta les dio la espalda y se volvió a concentrar en el rodal despejado, en el que Lucas Midelle repasaba con la vista el operativo dispuesto para la farsa.

Hasta las 14:56, sin embargo, no se abrió la puerta que el búnker de la Presidencia de la República tenía disimulada en el suelo de la avenida en forma de gran tapa de alcantarilla, a unos cinco metros de la cual se había aparejado la pequeña carpa que hacía de cuarto de los avíos y camerino del operativo necesario para el anuncio.

–Silencio, por favor, que vamos a comenzar el rodaje –gritó Midelle por un megáfono.

El siseo que fue pasando de boca en boca se completó cuando el Presidente de la República salía del búnker que lo había amparado durante los últimos seis días. Entonces, Midelle ordenó al jefe de sonido que sonara el himno de

Occidente y a Francis Cage que saliera de la carpa al escenario de la acción.

Recuerdo que al principio no pasó nada, pues aunque el actor estaba vestido como Alfonso Alberto Linares, seguía siendo rubio, continuaba teniendo los ojos de distinto color y era mucho más bajo que el protagonista de *En Los Olmos pasan cosas*. Pero enseguida una de las actrices del Valido gritó «sí, es él, ahí está», y entre el murmullo de voces que apuntaban «no se parece», «está más guapo en la tele», «si lo veo por la calle, no lo conozco», se oyó el grito de otra actriz del Valido que decía «Alfonso Alberto, mírame, estoy aquí», e inmediatamente el de otra que le pedía «Alfonso Alberto, hazme tuya», mientras le tiraba el sujetador que se había quitado tras arrancarse los botones de la camisa, y el de una cuarta actriz que, después de lanzarle las bragas, clamaba con desesperación «Alfonso Alberto, a mí antes, a mí antes, por el amor de Dios, a mí la primera», de modo que hasta las más desconfiadas acabaron creyéndose que Francis Cage era Alfonso Alberto Linares.

Sedd Alrisod, el Presidente de la República, se sintió deslumbrado por la luz del sol cuando emergió del bunker al compás del himno nacional.

–Señor Presidente, han venido cientos de miles de electores a celebrar su gloriosa vuelta, la mayoría de ellos mujeres –le dijo un actor que hacía de jefe de protocolo.

El Presidente oyó el nombre de Alfonso Alberto vitoreado por innumerables mujeres y titubeó.

–Han enloquecido, señor Presidente. Seis días sin usted son una eternidad –le dijo el jefe de protocolo.

El Presidente hizo un gesto de comprensión que debió rectificar porque en ese momento le cayeron sobre la mano con la que se hacía visera unas braguitas rojas con encajes.

–Lo entiendo, lo entiendo –musitó, como negándose a oír una aclaraciones que podían llegar a los cercanos oídos de su mujer y sus hijos y revelar con ello detalles escabrosos de su irresistible atractivo.

Recompuso la figura, entrecerró los ojos y sin querer evitar las prendas que le caían y sin quitárselas de encima, se dirigió orgulloso y con paso firme al frente, donde había visto a León Maldora, el ministro de Defensa que había detenido a las tropas de Barbaria, razón última de que él estuviera siendo vitoreado por el público.

A unos cuantos metros del punto donde el Presidente de la República y Francis Cage representaban su papel, José García, cuyo nombre artístico era James Garci, el auténtico Alfonso Alberto Linares, asistía absorto al espectáculo. También él había recibido el mensaje de móvil. Aunque tenía su residencia en el barrio Alto de Los Pórticos, la ciudad donde se hallaban los estudios de grabación más importantes de Occidente, la Revolución de los Televisores o de la Telenovela le había pillado en Nógdam, adonde había acudido para recibir el premio Empaque a la mejor pose para portada de revista del corazón. Él estaba acostumbrado a oír, a ver y a leer noticias falsas sobre su vida e incluso a leer entrevistas en profundidad que jamás había concedido y no le hubiera prestado atención al mensaje de no ser porque esta vez podía asistir como espectador a la escenificación de la mentira. Llevaba, además, seis días recluido en uno de los hoteles de lujo de la capital, rodeado de tanques inmóviles y de humo, por lo que la asistencia a la grabación era una buena oportunidad para salir de su encierro y estirar las piernas.

–No vayas. No te arriesgues a las consecuencias de una patraña –le había aconsejado Járat Josefo, su representante.

–No te preocupes. Iré disfrazado, y pase lo que pase, no me daré a conocer –le contestó James Garci.

Járat Josefo insistió, pero fue en balde, y Garci salió de su hotel vestido tan zarrapastrosamente como un universitario sin posibles, oculto tras los postizos de un kit de camuflaje que llevaba en la maleta para huir de la prensa, constituido por una peluca, unas cejas anchas, unos bigotes poblados y unas patillas largas, y calado con una gorra de propaganda del Banco Hipotecario de Ardalisia, cuyo emblema eran dos jarras de cerveza estrellándose y derramando espuma.

Aunque cuando llegó a la explanada próxima al Palacio Presidencial sus admiradoras ocupaban una superficie equivalente a la de varios campos de fútbol, Garci se las compuso para alcanzar la primera línea, desde donde observó con cierto desvarío el enorme dispositivo preparado para la filmación. «Parece increíble: Vamos a ver a Alfonso Alberto Linares como lo ven las personas de verdad», le dijo una señora gorda que vestía, según ella misma le reveló luego, el traje de madrina de boda de su primogénito, lo que hizo pensar al actor que su identidad real estaba totalmente a salvo. Con esa convicción, se le hicieron más livianos los empujones y las apreturas que debió soportar hasta que a las 14:56 oyó la advertencia de Lucas Midelle (del que nunca había oído hablar) y, al volver la vista hacía el lugar de donde venía su voz, vio a un hombre saliendo de un agujero que había en el suelo y detrás de él a otro ataviado como el auténtico Alfonso Alberto Linares se vestía en la telenovela *En Los Olmos pasan cosas.*

–¿Quién es ese mamarracho? –dijo entonces como para sí.

–Debe de ser Alfonso Alberto Linares –le respondió,

también como para sí, la gorda del traje de madrina.

–¿Ese, ese fantoche? –farfulló James Garci.

En esto, una actriz del Valido gritó: «Sí, es él, ahí está», y acto seguido lo hizo otra para decir: «Alfonso Alberto, mírame, estoy aquí», y una tercera demandó, mientras le tiraba el sujetador: «Alfonso Alberto, hazme tuya», y una cuarta, después de tirarle las bragas, clamó alterada: «Alfonso Alberto, a mí antes, a mí antes, por el amor de Dios, a mí la primera». La señora gorda del traje de madrina empezó a recibir toda clase de prendas íntimas que a su vez reenviaba a su idolatrado actor haciendo movimientos tremebundos que generaban en torno a ella un acusado oleaje de cuerpos en el que se bamboleaba James Garci, que no se cansaba de repetir ya no para sí, sino a voces, quién es ese espantajo, pero si eso es un monigote. Tantas veces lo repitió, que a la gorda del traje de madrina se le acabó la paciencia y le contestó que ese hombre era Alfonso Alberto Linares, un hombre genuino, el hombre por excelencia, el hombre, y para corroborar lo que había dicho, henchida de orgullo y de gozo, totalmente entregada, se desabrochó la chaquetilla del traje, se desabotonó la camisa dorada de lamé y se echó la mano atrás como para soltarse el sujetador ante la mirada sobrecogida de James Garci, que le pedía por favor que no lo hiciera, que se estuviera quieta por el amor de sus hijos, que aquel individuo no era quien decía ser, que era un farsante, que el verdadero Alfonso Alberto Linares era moreno y ese individuo era rubio, y que el verdadero Alfonso Alberto Linares era alto y apuesto y ese era bajo y desgarbado, pero la gorda del traje de madrina no atendía más que a querer quitarse el sujetador, a cuyos corchetes –por fortuna, pensó Garci– parecía no poder llegar con los gruesos dedos de sus manos, aunque finalmente, después de un postrer esfuerzo, lo consiguió y se soltó la prenda, que a la manera de una honda agitó en el aire y lanzó luego entre tanto gritaba: «Alfonso Alberto, hazme tuya, hazme tuya enseguida o me muero».

James Garci no había visto unas tetas tan grandes desde que hacía telenovelas eróticas para los canales de adultos, pero aquellas eran artificiales. La visión de estas brincando al ritmo que les marcaba la euforia de su dueña le produjo un efecto narcotizante del que se liberó al cabo de unos segundos, cuando vio que la misma señora se estaba levantando la falda. «No, no lo haga, por favor se lo pido, no lo haga», imploró temiéndose lo peor mientras intentaba impedírselo cogiéndola del antebrazo.

–¿Qué hace, idiota? –chilló la señora.

–No lo haga, no lo haga –repetía James Garci.

–Déjeme disfrutar en paz. Ya sé que no se va a acostar conmigo. ¿Cree que soy tonta?

–No se quite las bragas, por favor.

–¡Ni que fuera usted mi marido! Yo me quito lo que me da la gana –dijo la señora antes de que le cayeran unas bragas en la frente.

–Por favor, por favor –repetía Garci aferrado al brazo de la señora, incapaz de dar más razones que las de la súplica.

–¡Suélteme, estúpido, suélteme! ¡Que me suelte, coño!

Pero James Garci no se soltaba por más manotazos que la señora le diera con la mano libre.

–Suéltela, estúpido. Déjela que haga lo que quiera –gritó detrás de él otra señora gorda–. ¿Ve? Estas son las mías –dijo poniéndole en la cara unas bragas gigantes–. Y fíjese en lo que hago con ellas –dijo, y de un brusco movimiento se las tiró al ilegítimo Alfonso Alberto Linares.

–¡Están locas, están todas locas! –suspiró el verdadero Alfonso Alberto Linares –. ¿No ven que ese hombre es un impostor? Observen.

Y a continuación se quitó la gorra y la peluca, se arrancó el bigote, se despegó las cejas y de dos tirones se libró de las patillas. «¿Me reconocen? ¿No creen que soy el auténtico Alfonso Alberto Linares?», dijo a voces, y se quedó en silencio mirando con desenvoltura a las mujeres que lo ceñían, quienes sintieron una especie de luminoso aturdimiento hasta que a los pocos segundos exclamó una de ellas:

–¡Será hijo de puta: atreverse a venir aquí disfrazado de Alfonso Alberto Linares!

Fue como si hubiera gritado «fuego» el jefe de un pelotón de fusilamiento. Un mogollón de mujeres a medio vestir se lanzó sobre el legítimo Alfonso Alberto Linares con la firme determinación de acabar con él y no paró hasta que el objeto de su ira fue un guiñapo sanguinolento, un amasijo de carne y huesos.

En aquel gran delirio colectivo, el resto de espectadores apenas le hizo caso a la trifulca. Entre los que se hallaban en la primera línea del otro lado estaba Genoveva, que había ido corriendo desde su casa de toda la vida, donde había pasado los últimos cinco días haciendo solitarios con una baraja de cartas gastadas y escuchando en la radio el larguísimo magacín de Neanda Férez, una joven periodista que mezclaba con sabiduría la formación y el entretenimiento.

También ella se quitó el sujetador (las bragas se las dejó en su sitio porque llevaba pantalones) y gritó como una endemoniada que quería un hijo de su ídolo. No era consciente de que estaba siendo observada por uno de los pocos espectadores que permanecía ajeno a la locura colectiva, Feist Monserga, quien había oído varias veces en internet las alocuciones de la sindicalista durante la noche en que se consumó la Revolución. Monserga, que escribía artículos radicalmente progresistas, casi incendiarios, en el periódico de los alumnos de la universidad, se había escorado con rapidez hacia el conservadurismo más feroz por el camino más corto, el que une los extremos sin pasar por el centro, lo que le había permitido cambiar de discurso sin cambiar de principios. Desde entonces, y con la excepción de los ataques que le había dedicado a Alma Reimo, había sido el apoyo más visible de los conservadores, a pesar de que consideraba a sus líderes de escasa inteligencia y blandos de carácter. Pero los sucesos que habían acompañado a la Revolución, y en particular el incendio del periódico que dirigía, le habían hecho no solo ver lo espantoso y crucial del momento en el que estaban viviendo, sino la necesidad de liquidar a todos los dirigentes políticos y sociales, que habían llevado a la ruina al Estado más poderoso del planeta y al coma irreversible a la sociedad más dinámica de la Historia.

De todos los congregados, Monserga era uno de los pocos que estaba más pendiente de Sedd Alrisod que de Francis Cage, el actor que hacía de Alfonso Alberto Linares. El Presidente de la República caminaba con la cabeza alta entre un aluvión de sujetadores y bragas, ensoberbecido por el calor que le dispensaba la masa, mayoritariamente femenina. «¿Por qué, si habían asesinado a un montón de inútiles, no habían terminado con el más inútil de todos, excepción hecha de Alma Reimo?», se interrogaba

Monserga. «¿Quién ha sido el estúpido que ha tenido semejante falta de pulso revolucionario?», se dijo. Esas dos preguntas se repitieron en su pensamiento con infructuosa tozudez hasta que se abrió paso entre ellas otra cuestión aún más decisiva: «¿Y si Alrisod había provocado aquel cataclismo para quitarse del medio a la competencia?».

La idea de un Presidente dándose un golpe de Estado a sí mismo era demasiado brillante como para nacer de un entendimiento tan cortito, y la de originar el caos más absoluto con el fin de emerger luego como único salvador de la patria, lo que presuntamente lo legitimaría para sustituir la Democracia por una suerte de Tutoría Perpetua del Pueblo que encarnaría él, era todavía más sibilina y, en consecuencia, menos propia de su razón. Pero Alrisod era uno de los oligarcas mayores, y entre los oligarcas había mentes preparadas para trenzar las conspiraciones más enrevesadas e increíbles y para llevarlas a cabo. ¿Cómo, si no, podía interpretarse el que las cámaras de la televisión, con el legendario Midelle a la cabeza, estuvieran grabando una algarada de locas como si fuera una manifestación de exacerbado apoyo a la figura del Presidente de la República?

En esa coyuntura límite, la personalidad de una de aquellas locas brillaba sobre los restantes electores de Nógdam. Al contrario que los políticos al uso, era una mujer del pueblo, y jamás había ocupado cargos de relevancia fuera del liderazgo de facto de un sindicato singular y minoritario en el que había ido escalando puestos merced a su impresionante capacidad de convencimiento, tanto en el cara a cara como ante el público. Hasta su nombre, Genoveva, parecía extraído de la médula del vulgo, y si normalmente sonaba al de vecina del cuarto con rulos y bata de guata, en las terribles circunstancias presentes caía en el oído como el apodo de guerra de una heroína impar.

Aunque Monserga había mostrado bastantes reticencias a la irrupción de aquella mujer en la vida social y política de Occidente, la nueva forma de ver el mundo que, como una conversión repentina, lo había llevado a cambiar drásticamente su visión de las cosas, incluía a Genoveva como líder potencial de las grandes masas desorientadas que constituían el conjunto del electorado. Las proclamas pronunciadas por la sindicalista durante la tarde noche de la jornada en que se interrumpió la telenovela, que alguien había tenido el buen acuerdo de grabar con un móvil y colgar en internet, tenían un andamiaje que repugnaba a la retórica y estaban totalmente hueras, pero habían sido de una eficacia asombrosa. El arte de la persuasión tiene muchas caras, casi todas ellas inescrutables. Ese arte, llevado a términos nunca vistos, era el que a juicio de Monserga poseía Genoveva, cuyas peroraciones arrojaban sobre las turbas una lucidez cegadora que en definitiva solo eran luz, sonido, fuegos artificiales, nada.

Monserga, que en absoluto había negado su ansia de influir en la política a través del periodismo, sentía ahora la tentación de ejercer como político efectivo sin dejar el periodismo mediante la ingeniosa fórmula de aupar a Genoveva hasta el liderazgo de Occidente y llenar de contenido su programa y sus discursos.

Capítulo 11

La noticia que vuelve sensato al Presidente. El hombre del lago Cobos. Los tanques de los tanques.

Hasta que no le dio la dirección al chófer del coche que el Ministerio de Defensa había dispuesto para él, Sedd Alrisod no tuvo verdadera conciencia de que el Palacio Presidencial había sido destruido.

–Llévame a la base de Llano Hondo –dijo entonces.

En la base de Llano Hondo estaban permanentemente preparados el gran avión presidencial, en el que el Presidente de la República realizaba los viajes oficiales, y el pequeño avión presidencial, que el Presidente de la República utilizaba para los viajes privados, como, por ejemplo, cuando se iba a descansar a la finca de Olsara, propiedad del Estado, donde había un palacete en el que al menos dos veces al año celebraba sus reuniones el Consejo de Ministros.

–Creo que no me queda otro remedio que irme a Olsara –añadió.

En Olsara, rodeado de lagos y de bosques y de la paz que le proveía la visión de las cumbres nevadas, Alrisod se dedicó a jugar con su perro de aguas y a descansar mientras en Nógdam un fuego inacabable seguía consumiendo los mismos edificios, mientras cada vez más parlamentos autónomos declaraban la independencia y mientras en los territorios ocupados las tropas de Barbaria compraban en los híper, tomaban cervezas en los bares y se acostaban con las rameras de los puticlubs, donde confraternizaban con una gavilla de ejecutivos borrachos, solterones encoñados y camioneros trastornados por el sueño y las anfetaminas.

Para descansar mejor, Alrisod delegó en León Maldora casi todos sus poderes ejecutivos, dio la orden de que no lo molestasen con menudencias y prohibió que en el palacete se tuviera acceso a internet, se leyeran los periódicos, se oyera la radio y se viera la televisión. «Los periodistas únicamente dan malas noticias porque viven en la miga de la cochambre. Se nota que no suelen visitar sitios como este», dijo reclinado en uno de los sillones de mimbre del mirador de poniente, en tanto acompañaba con unos frutos secos el tercer cubalibre de la sentada. Al cabo de veinte días, paseando junto a un lago en el que se reflejaban una selva de coníferas y las colosales rocas de Peña Horno, se acordó de Miralos Fátimo, que estaría pescando en el lago Cobos, y se sintió gravemente herido por el potente ácido del rencor. Solo entonces llamó al ministro de Defensa.

–Maldora, ¿sabes qué ha sido del traidor de Miralos Fátimo? –le reclamó.

–No tengo ni idea. Se habrá ido a su casa de campo.

–¿Y se va a ir de rositas, Maldora?

Maldora intuía que a continuación venía la respuesta y se calló.

–No sería justo para nada –prosiguió, en efecto, el Presidente–. Ese hombre es el culpable de todo. Ese y el inepto de Bertus Jones, pero el pobre Bertus tuvo la dignidad de suicidarse. Fátimo, en cambio, se pasea tranquilamente por el monte y pesca no menos tranquilamente en ese lago con nombre de charca como si no hubiera hecho nada.

–Es cierto –asintió Maldora.

–¡Y tanto que es cierto! Maldora, elabore un informe detallado sobre la situación del país, por negra que parezca, que vamos a exigir a Fátimo la responsabilidad que le corresponde.

–¿Cómo de detallado? –preguntó el ministro de Defensa, temiéndose que el detalle se volviera en su contra.

–Detallado quiere decir sin resumir, con todos los datos, para que no pueda sacarse de él sino la conclusión de que Fátimo debe pagarlo caro –resolvió Alrisod.

León Maldora y sus ayudantes se emplearon en la labor que les había encargado el Presidente con una dedicación obsesiva. Alrisod, por su parte, se dedicó a la tarea de esperar el informe con una obsesión no menor. Ya no le lucían las vistas de los lagos de Olsara, porque se advertía menos feliz que Fátimo paseando junto a la orilla del lago Cobos, ni los cubalibres que se tomaba mientras veía ponerse el sol sobre las cumbres nevadas, porque pensaba que ese mismo sol y unos cubalibres parecidos eran los que le servían a Fátimo para saborear con fruición el ocaso, ni las historias que tejía y destejía sin darse cuenta cuando se paraba a ver correr los riachuelos, porque vislumbraba que eran menos imaginativas que las que Fátimo ideaba cuando escribía sus novelas.

Estando así las cosas, Alrisod llamaba a León Maldora cada dos por tres para preguntarle cómo iba lo del informe.

–Ya queda menos –le contestaba Maldora.

–Que no le falte detalle, Maldora.

–Descuide, señor Presidente. Por eso estamos tardando tanto.

El detalle, las menudencias, la exactitud. Esos conceptos casi iguales fueron los que mantuvieron a Alrisod permanentemente alerta durante los cuatro días que tardó Maldora en elaborar el informe.

–Ya lo tengo, señor Presidente.

–¿Está confeccionado con el máximo detalle?

–Con el máximo detalle.

–Bien, tráigamelo usted en persona.

Unas cuantas horas después, tras haber recorrido dos mil kilómetros en un avión del ejército, León Maldora llegaba al palacete de Olsara y le entregaba a Alrisod dos ejemplares del denominado *Informe sobre la destrucción de Occidente*, que, ocioso es decirlo, llevaba impreso en cada una de sus páginas el sello de la confidencialidad. Habían pasado veinticuatro días desde aquel en que Alrisod salió del búnker del Palacio Presidencial y treinta desde que se produjo la Revolución de los Televisores.

Estaba próximo el atardecer y Alrisod se sentó en la terraza de Poniente, frente a un cubalibre y un platito con frutos secos y se puso a leer el informe, que constaba de dos volúmenes, cada uno de ellos de unas quinientas páginas.

–Si hubiéramos tenido más tiempo, lo hubiésemos hecho todavía más detallado –se excusó León Maldora.

El Presidente estaba subyugado por las cifras y no le contestó. En el informe aparecían con nombres y apellidos los muertos de la tarde y la noche del día de la Revolución separados por edades, por sexos, por comunidades de nacimiento, por profesiones y por hasta diez características más. Pero bastantes de ellos se exhibían también en listados especiales. Así, había una relación aparte para los sindicalistas asesinados, en la que se expresaba el sindicato al que pertenecían y el cargo que ostentaban en él; otra similar para los políticos asesinados, y una tercera para los que el informe llamaba «Otras personas importantes», en la que fundamentalmente se incluía a periodistas, empresarios y famosos.

–Dos mil ciento veinticuatro muertos en total –leyó en voz alta el Presidente.

–Eso solo en el día de la suspensión de la telenovela y en los dos días siguientes –lo corrigió el ministro de Defensa.

La puntualización venía al caso, pero ese número era el más alto. Después del momento mismo de la Revolución habían muerto en Nógdam por acciones violentas veintiséis personas, entre las que se encontraba Alfonso Alberto Linares; en el resto de Occidente, treinta y tres, y en la guerra con Barbaria, únicamente dos: dos soldados que murieron al volcarse un tanque cuando huían (la palabra huir venía sustituida por un eufemismo) de las líneas enemigas. En total, en todo Occidente, habían muerto dos mil ciento ochenta y cinco electores.

–Son pocas víctimas –se lamentó Alrisod.

–Pero son muy significativas. Además, con una bastaría para juzgarlo por homicidio –le contestó Maldora.

La segunda parte del informe se dedicaba a recoger un inventario de bienes inmuebles destruidos.

–Deben incluirse, asimismo, todos los muebles depositados en los inmuebles desaparecidos, porque no se ha salvado ninguno. Y la mayoría de ellos eran de un valor incalculable –aclaró Maldora.

En la tercera parte, el informe recogía lo relativo a la guerra con Barbaria, cuyo resultado más llamativo era que un millón ochocientos mil soldados de aquel país se hallaban dentro de Occidente, a mil kilómetros de la frontera.

–Esto le afecta más, porque él era el ministro de Defensa cuando ocurrió la invasión –especificó Maldora.

En la prolija relación de daños materiales ocasionados por la guerra, en la que Alrisod esperaba tropezarse con portaviones, aviones, tanques, misiles y un larguísimo etcétera, no se incluían más que los destrozados por salidas de vía o por el mal uso de los soldados.

–No lo entiendo –dijo–. ¿Y los barcos, y los cañones, y los carros de combate? ¿Y las balas? No dije que quería ver reflejado hasta el gasto más nimio. ¿Dónde está el coste de las balas?

–No aparecen porque no hubo balas. Nuestro ejército no llegó a disparar ni una sola bala en toda la guerra.

–¡No me jodas, Maldora, que hay casi dos millones de soldados bárbaros invadiendo nuestra patria! ¿Cómo se puede explicar eso?

León Maldora se encogió de hombros.

–Los sistemas informáticos, señor Presidente, que se volvieron locos con las órdenes y las contraórdenes, y los protocolos, que estaban mal redactados y confundieron a nuestros soldados –dijo luego.

Los costes del diseño de los nuevos sistemas informáticos y de la redacción de los nuevos protocolos ocupaban el segundo volumen, pero Alrisod ni siquiera lo abrió. Se puso en pie y teatralmente, como si estuviera ante un tribunal, dijo:

–Pues la culpa de que haya habido más de dos mil muertos, de que se hayan quemado decenas de edificios públicos, de que el Estado se haya vuelto ingobernable, de que la nación se haya fragmentado y de que los bárbaros nos hayan invadido la tiene ese malnacido de Fátimo.

Se paró un momento, como para asimilar el efecto que su discurso había provocado en el tribunal, chasqueó la lengua y añadió:

–No es mucho. Deberíamos buscar un cargo de más envergadura, aunque no se correspondiera con calamidades causadas por Fátimo. Ya buscaríamos la forma de responsabilizarlo amañando algún informe pericial.

–Añada usted, señor Presidente, que también es responsable de que se esté cuarteando el muro que nos separa de La Unión –dijo Maldora acto seguido.

Alrisod necesitó unos pocos segundos para captar lo que su ministro de Defensa le había dicho, y cuando finalmente lo hizo, se quedó mirándolo con el entrecejo fruncido.

–¿De qué me habla, Maldora? –reclamó luego.

–Del muro que se levanta en la frontera con La Unión.

–Sí, del muro, ya sé lo que es ese muro –se impacientó Alrisod–. ¿Qué le pasa al muro?

–Creí que lo sabía: está cuarteándose por algunos puntos. Al parecer, lo están minando por el otro lado. Además, en varios tramos se han roto los espejos que lo disimulan y ahora se ve el muro pelado en lugar del mar.

El Presidente había recobrado de pronto la cordura. El muro entre Occidente y La Unión era más que una separación física: era una división mental y una defensa contra la Verdad. Aunque todos los habitantes del mundo conjeturaban que existía La Unión, y, de hecho, algunos naturales de aquel país habían conseguido burlar la frontera y entrar en Occidente, la conciencia colectiva le daba a La Unión el carácter de mito, de manera que no figuraba ni en las conversaciones, ni en los mapamundis, ni en los libros de Historia. Los expatriados de La Unión en Occidente (como lo éramos mis amigos y yo mismo) estaban obligados a buscarse unos antecedentes ficticios que eran asumidos como reales por el círculo que los rodeaba y por la comunidad en su conjunto. En realidad, la ficción era el complemento perfecto de la muralla. Si esta servía para detener al universo del otro lado, la ficción (incluida la que se modelaba con los espejos) servía para digerir y metabolizar la parte de ese cosmos que lograba traspasar la frontera.

–Si la muralla se rompe, nos invadirá en masa la población que vive detrás. ¿Comprende bien lo que eso significa? –dijo Alrisod.

Él, que era miembro de la Hermandad de Los Oligarcas, había estado varias veces en Sholombra y advertía los perversos efectos de la Verdad, pero Maldora no la había visitado nunca y solo conocía La Unión por las imágenes que le proporcionaban los satélites secretos y por los informes confidenciales que obraban en los archivos de su ministerio, algunos de los cuales ponían los pelos de punta.

–La Unión no está tan lejos de nosotros: la Verdad también fue destruida en Sholombra –contestó Maldora.

–Al contrario: la Verdad fue la que destruyó Sholombra. Y también nos destruirá a nosotros si no lo remediamos –lo corrigió el Presidente, quien enseguida se dio cuenta de lo nebuloso de la locución que había utilizado y añadió–: Si inmediatamente no ponemos los medios para reforzar el muro que nos legaron nuestros antepasados.

Alrisod le dio un sorbo al cubalibre mientras pensaba.

–Tenemos que reparar los espejos sin demora –dijo luego–. La Verdad es luminosa, pero corrosiva. Tenemos que arreglarlos antes de que la población se deje embaucar por ella y antes de que se enteren Pálmar o Kazurro. Esa será nuestra primera preocupación a partir de ahora. Y entre tanto, que nuestros mejores ingenieros estudien el estado de la muralla y redacten un proyecto de ejecución.

Maldora permaneció en silencio, empapándose de la trascendencia que el Presidente de la República le daba a cada una de sus afirmaciones.

–Occidente es el guardián de la muralla –continuó Alrisod–. Si esta cede, Occidente, Barbaria, Dogma y el resto de los Estados del mundo sucumbirán antes o después y con ellos se eclipsarán las actuales costumbres de sus pobladores, sus prejuicios y sus religiones. Solo habrá una cultura y la sociedad se volverá inhabitable de tan cruel y tan fría. Si cede la muralla, Maldora, nadie nos lo perdonará, ni a ti ni a mí, y seremos malditos para siempre.

El Presidente de la República y el ministro de Defensa pasaron esa noche en Olsara y a primera hora de la mañana del día siguiente emprendieron juntos el camino de regreso a Nógdam. El Presidente decidió establecer la Presidencia en el edificio donde tenía su sede el Ministerio del Interior, uno de los pocos que habían logrado salvarse de las llamas, eligió para sí el despacho del ministro y, sentado en el sillón en el que Bertus Jones se había pegado un tiro en la boca, se empleó al punto en una actividad frenética. Para empezar, llamó al Alcalde, que se había librado milagrosamente de las matanzas que acompañaron a la Revolución, y lo conminó a que pusiera a funcionar en el acto los servicios de policía municipal y de bomberos. Llamó luego a los presidentes de las regiones autónomas que se habían declarado independientes y los amenazó con eliminar las transferencias de fondos con que se sustentaban si no adoptaban un acuerdo contrario a la independencia o si, al menos, no suspendían la efectividad de la declaración de independencia. Llamó a Niseto Pálmar, el Presidente de Barbaria, quien no pudo ponerse porque, según le respondieron, había tenido una trasnochada larga y aún seguía durmiendo. Llamó al director de la TF43, al que exhortó a que emitiera el final de *En Los Olmos pasan cosas*. Y llamó a León Maldora para recordarle que los tanques continuaban varados en las calles de la capital de Occidente, el Estado que marcaba el idioma de referencia, la moneda de referencia y la cultura de referencia del planeta.

–Todos esos tanques tienen que salir echando humo de las calles hoy mismo, Maldora. ¿Me ha oído? Hoy mismo.

Y en cuanto terminó de hacer esas llamadas, se aplicó a garabatear en un cuaderno azul los nombres de los ministerios y a poner al lado de cada uno los nombres de los políticos o de las personalidades independientes que podrían ocuparse de él. En esa labor estuvo no menos de una hora, al cabo de la cual, después de haber puesto al menos en siete ministerios el nombre de Miralos Fátimo, levantó el teléfono y llamó al que había sido su ministro para todo durante sus mandatos como Presidente de la República.

–Miralos, amigo, ¿cómo estás? –le dijo con un tono exageradamente amable, casi baboso.

–Bien, pescando en el lago Cobos –le contestó Fátimo remarcando la distancia.

–Debe ser un lago maravilloso.

–Lo es. Y cerca de aquí hay un pueblo de nombre paradójico donde ponen un jamón que te mueres.

A Alrisod se le trabó el entendimiento en lo de paradójico, pero no se atrevió a preguntar a qué se estaba refiriendo Fátimo para no alargar más unos prolegómenos que le estaban comiendo la paciencia.

–¿Se han cargado tus pilas? –dijo.

–Estoy en ello.

–Haces bien, Fátimo, cárgalas lo que puedas, porque el caso es que el país te necesita.

–¿Qué país? –le pidió Fátimo.

–¡Qué país va a ser, el nuestro!

–¿El nuestro de quién?

Alrisod no tenía tanto aguante con nadie.

–De nosotros, de todos nosotros, de todos los occidentales –le respondió con una pedagogía ridícula.

–Pues si es vuestro, para vosotros. Os lo regalo. Yo me quedo con el mío.

–Nadie tiene un país para él solo, Fátimo.

–Yo sí: yo tengo a mi imaginación y al lago Cobos.

–El lago Cobos es de Occidente, que no se te olvide.

–Ya no: mis amigos del bar y yo hemos firmado la declaración de su independencia.

–Estás loco, Fátimo. Te iba a nombrar Vicepresidente Único, ibas a ser mi mano derecha, pero veo que estás como una cabra, como una puta cabra.

Aunque Sedd Alrisod colgó de un telefonazo, se cagó en lo más sagrado y maldijo a Fátimo a grandes voces, al rato lo estaba llamando de nuevo.

–Fátimo, perdóname, me has pillado en un mal día. Verás, la situación es complicada, muy complicada: la economía, el desorden, la guerra… ¡Qué te voy a contar que tú no sepas! Pero lo más grave, Fátimo, no te lo puedo decir por teléfono. Si lo supieras, te convencerías de que no hay occidental que no deba ponerse en estos momentos a disposición de su país.

El silencio que se produjo al otro lado de la línea le dio alillas a Alrisod para continuar.

–No te comprometas a nada. Ven a verme a Nógdam y si lo que tengo que decirte no te deja impresionado, te prometo que no volveré a llamarte en la vida.

–No hace falta que vaya. Sé lo que quieres anunciarme.

El Presidente dudó.

–No lo puedes saber. Es imposible –dijo luego.

–Escucha, Alrisod, no fuimos nosotros los que construimos la muralla, sino ellos. ¿Entiendes el calado de esa idea?

El Presidente no se decidía entre pedirle cautela y reclamarle que prosiguiese y se calló.

–La amenaza está en la mentira, no en la Verdad –sostuvo Fátimo–: ellos son los que querían defenderse, ellos fueron los que alzaron la muralla. Que se venga abajo es lo mejor que le puede pasar a esa construcción diabólica y a nosotros.

–Estás loco, ciertamente estás loco –Alrisod articulaba sin pasión, con la emoción del derrotado por una extraña evidencia.

–Sí, quizá esté loco. Soy un loco que está pescando. Y en cuanto cuelgue voy a hacer un alto para tomarme una cerveza y unas lonchas de jamón, aunque doña Carmen, la médica de aquí, me lo tiene prohibido. Beberé y comeré a tu salud, Alrisod. Quizá no sea lo preferible para ese país del que me hablas, pero te deseo suerte. Es todo lo que puedo hacer por ti.

Fátimo colgó y dejó a Alrisod con el teléfono en la

mano y la boca abierta. Cuando Alrisod se hubo recobrado, movió la cabeza, se pasó un pañuelo por la frente e hizo trizas las hojas que había garabateado y otras en blanco que arrancó del cuaderno azul de un precipitado tirón. «Suerte, suerte, suerte…», murmuró echado hacia atrás y, luego, sin saber por qué ni cómo, le vino a la cabeza la imagen de Bertus Jones pegándose un tiro en aquel mismo sillón, una imagen supuesta, pues no lo había visto. No sabía por qué, tampoco, le parecía un acierto la muerte de Jones y la noción de la muerte, de cualquier muerte, le resultaba relajante y grata. Morir no debía de ser tan nefasto, después de todo. La muerte era siempre el punto final de un camino y hay caminos que llevan irremediablemente al abismo. ¿De dónde sacaría Bertus la pistola? «¡Qué curiosa es la vida!», se dijo: «puedo acabar con la humanidad apretando un botón pero no tengo una pistola con la que acabar conmigo».

Coqueteaba con la idea de suicidarse, solo eso, no quería hacerlo, ni siquiera se lo planteaba como una salida auténtica. Es más, abandonó ese peligroso juego cuando León Maldora lo llamó para decirle que probablemente hoy no podrían quitarse los tanques de las calles.

–¿Cuál es la causa, Maldora, los protocolos? –le preguntó, hastiado de oír las mismas necedades.

–Y más motivos, señor Presidente: los generales no cogen el teléfono, los capitanes no le cogen el teléfono a los pocos generales que cogen el teléfono, los sargentos no le cogen el teléfono a los pocos capitanes que cogen el teléfono, los soldados no le cogen el teléfono a los pocos sargentos que cogen el teléfono y los pocos soldados que cogen el teléfono no pueden arrancar los tanques porque tienen los tanques de combustible llenos de arena.

–¿Los tanques tienen los tanques? –musitó el Presidente, embarrado en la estupidez de Maldora.

–Sí, señor Presidente. ¡Esa es la juventud que tenemos! Los niños se han dedicado a llenar de arena los tanques de los tanques y ahora sus padres no quieren responsabilizarse de los daños.

–¡Dios mío! –murmuró Alrisod, y colgó.

No se había recuperado aún, cuando sonó de nuevo el teléfono. Era el Alcalde de Nógdam.

–Señor Presidente, tenemos un problema con la policía municipal –dijo.

–No me lo cuente y resuélvalo usted, que suya es la competencia. Yo bastante tengo con el país. Pero resuélvalo ya.

–Esa es la cuestión, que ya, lo que se dice ya, no puede resolverse.

–Veo que me lo va a contar, quiera o no quiera. A ver, cuéntemelo.

–El problema, señor Presidente, es que la policía pide un aumento de sueldo.

–¿En estos momentos?

–Eso digo yo: que este no es el momento. Pero ellos dicen que este, precisamente este, es el momento, y que en otro no les haríamos caso.

–Creí que habían acabado con todos los líderes sindicales.

–La policía tiene su propio sindicato –dijo el Alcalde.

–¿Cuánto piden?

–La situación es muy delicada, señor Presidente, por lo que su capacidad de negociación es inmensa: el cuatrocientos cincuenta por ciento.

–¡El cuatrocientos cincuenta! –el Presidente no salía de

su asombro.

–Parece mucho, ¿verdad?, pues oiga lo que piden los bomberos: el ochocientos treinta por ciento.

–¡El ochocientos treinta! –suspiró el Presidente.

–Yo creo que los bomberos mantienen la presión avivando los incendios. De lo contrario, no se entendería que la mayoría de los edificios lleven treinta y un días ardiendo.

«Haga lo que pueda, Alcalde», lo animó el Presidente, y colgó, porque tenía una llamada por el teléfono directo con Barbaria.

–Amigo Alrisod –dijo Niseto Pálmar por medio de una traductora–, perdóname, estaba durmiendo la siesta de la mañana cuando me llamaste. ¿Qué querías?

–Parlamentar contigo sobre la guerra.

–¿Qué guerra?

Barbaria dedicaba el cincuenta por ciento de su presupuesto anual a gasto militar. Las potenciales guerras contra el Estado religioso de Dogma, con el que era limítrofe a lo largo de ochocientos kilómetros, y, sobre todo, contra Occidente, eran para Barbaria el único móvil de sus políticas interior y exterior. Niseto Pálmar, el señor de la guerra, se estaba haciendo el tonto para cargar de más escarnio su ya insultante triunfo bélico. Para contrarrestarlo, Alrisod decidió seguirle la corriente y atacarlo por su lado más débil, el del dinero.

–Es un dislate que os estéis gastando el caudal que no tenéis en mantener un millón ochocientos mil soldados fuera de su patria.

Pálmar pidió a la traductora que le repitiera el comentario, porque de la primera vez no se había enterado bien, y Alrisod pensó en la incultura de Pálmar, que no sabía occidental.

–¿De qué me estás hablando, amigo Presidente? –dijo Pálmar.

–De esta guerra absurda que hemos tenido para nada.

–¿Qué guerra hemos tenido?

A Pálmar le costaba trabajo expresarse. Se veía que su trasnochada había sido áspera, además de larga.

–Casi dos millones de soldados fuera de vuestro país. Eso cuesta una fortuna, Pálmar. Nosotros podríamos ayudaros si los retiráis antes de que nosotros los echemos con nuestros medios –insistía Alrisod.

–¿Qué soldados? ¿De qué soldados me hablas, amigo Presidente?

–Os podemos comprar todo el petróleo que produzcáis. Podemos mandaros cereales a precio subvencionado. No sé, Pálmar, podemos charlar de lo que necesitáis e intentar conseguirlo.

–Me parece bien. Lo del petróleo me interesa, y lo de los cereales también. Pero no entiendo muy bien cómo quieres que te paguemos. ¿Quieres que te mandemos tropas? ¿Necesitas tropas a cambio de tu ayuda?

Alrisod no sabía si Pálmar le estaba tomando el pelo haciéndose el tonto o si no tenía ni idea de lo que estaba pasando.

–No, no quiero que me mandes tropas: quiero que las retires. Quiero que te las lleves de Occidente. Ya está bien, ya nos habéis humillado, ya habéis demostrado que podéis invadirnos cuando queráis. Ahora, Pálmar, llévate las tropas de Occidente, por favor. Y es la primera vez que un Presidente de nuestra República le pide un favor a Barbaria.

–Amigo Presidente, yo no quiero vuestras tropas. Yo las tengo a montones. Yo tengo demasiadas. Tengo tantas que no sé qué hacer con ellas.

–Déjalo, Pálmar. Hablaré con Kazurro. ¿Puedo? ¿Me autorizas a discutir de esto directamente con Kazurro?

–Habla, habla con él, si quieres, pero a él no le vas a sacar tropas, a él le apasionan las tropas.

Alrisod se despidió, colgó el teléfono y se dio un masaje en las sienes con los dedos mientras mantenía los ojos cerrados. Cuando volvió a coger el teléfono, tuvo que darse ánimos para continuar.

–Kazurro, acabo de conversar con Pálmar y, por lo que he podido entender, no está ducho en lo de la invasión.

–Nuestro Presidente fue espía en sus tiempos mozos y es un maestro en el arte de hacerse el distraído.

–No sé por qué creo que me está engañando, Kazurro. Si Pálmar hubiera sido espía, sabría occidental, y no lo sabe.

–Ya le digo que es un maestro, todo un maestro, señor Presidente.

Alrisod vaciló. Luego dijo:

–Bien, sea como fuere, el problema lo vamos a remediar entre usted y yo, y sin traductores.

–¿Qué problema?

–No me joda, Kazurro. ¿También usted fue espía? A ver si voy a tener que tratar con un sargento el asunto de la invasión.

Kazurro soltó una larga carcajada.

–No, señor Presidente, no –dijo luego–. Es que me suena mal lo de remediar entre los dos el problema, porque yo no tengo ningún problema.

–Si es una cuestión semántica, cambiamos los términos y punto.

–No es una cuestión semántica, sino de concepto: yo

no tengo problemas, yo estoy encantado. El problema lo tiene usted.

–No sé yo, Kazurro. ¿Usted lleva las finanzas de Barbaria?

–Nosotros no necesitamos finanzas, señor Presidente. Eso se queda para los occidentales, que viven de mover el dinero de un lado a otro. Para nosotros, el país es como una huerta. Los hortelanos no necesitan dinero: comen de lo que da la tierra y su trabajo.

–Yo lo he llamado para hablar de los soldados de Barbaria que están en Occidente, no me suelte una soflama, Kazurro.

–Ha sido usted el que ha empezado con lo de las finanzas.

–Dejemos lo de las finanzas y centrémonos en lo que se puede comprar con dinero. Por ejemplo, nosotros podemos compraros petróleo, mucho petróleo. Retirad los soldados y os compraremos todo el petróleo que seáis capaces de producir.

–¿Para qué se lo íbamos a vender, si a nosotros lo que nos interesa es que ustedes no tengan petróleo?

–Para comprarnos cereales con el dinero que sacarais. Este año habéis tenido una cosecha de cereales horrorosa. Os podemos vender cereales a precio subvencionado, como a vosotros os gusta.

–Pero hemos tenido una buena cosecha de garbanzos. Además, los bárbaros somos gente recia, señor Presidente, y la escasez es sana, más que la opulencia: nosotros preferimos estar delgados sin tener que pasar por el sacrificio de hacer dieta, como hacen ustedes.

–Piense, en ese caso, en las malas consecuencias de una respuesta bélica de Occidente. Sería una idiotez acabar con el mundo, ahora que con la escasez lo están ustedes pasando tan bien.

–No ironice sobre la respuesta bélica de Occidente, que no está en condiciones, señor Presidente. Tengo no menos de ochocientos espías entre los mandos de su ejército y todos me remiten informes quejándose de que usted no les paga. Págueles, hombre, págueles, que se me van los espías –dijo Kazurro, y soltó una enorme carcajada.

Alrisod se quedó petrificado. Solo después de tragarse un bolo de hiel del tamaño de un casco de guerra, vio una luz y continuó:

–¿Y los jugos gástricos? ¿No le teme a los corrosivos jugos gástricos de Occidente? Barbaria tiene casi dos millones de soldados dentro de Occidente. Pues bien, ¿quién cree que está siendo conquistado, Occidente o esos dos millones de soldados?

Entonces fue Kazurro el que enmudeció.

–Occidente ya no es lo que era, señor Presidente –dijo al cabo–. Su capacidad de seducción ha perdido fuelle. Asómese a la ventana del Ministerio del Interior y mire la capital de su Estado, a ver qué ve. Y no lo digo por el humo de los incendios, ni por los tanques que sirven de juguete a los niños, ni por el olor a cadáver en descomposición. Lo digo por las putas. Las calles de Nógdam están llenas de putas. Hay más putas en Nógdam de las que permite su régimen de libre competencia. El número de putas por cada mil habitantes es un buen indicador del estado de la economía de un país. La esposa, las hijas y hasta la madre de cualquiera puede estar entre esas putas que están haciendo la calle por un plato de garbanzos. Asómese, Alrisod, a ver si reconoce a alguna mujer de su familia.

Alrisod colgó el teléfono sin despedirse y se asomó a

la calle, donde, en efecto, había un número considerable de mujeres a medio vestir apoyadas contra las farolas, los coches aparcados y las fachadas de los edificios. Estaba buscando entre ellas a alguien conocido, cuando sonó el teléfono. Era Faustin Munm, el Presidente de Kirfi, una de las regiones autónomas que se había declarado independiente. Aunque hablaba occidental como cualquier occidental, Munm se empeñaba en conferenciar con Alrisod a través de un traductor.

–Si pudiera, te contentaba, pero es una tontería que bregues: no tenemos traductores de kirfilés. Háblame en bárbaro, si quieres, que de bárbaro sí tenemos –le dijo Alrisod.

Munm no sabía otros idiomas que el occidental y el kirfilés y acabó discutiendo en occidental.

–Te llamo para decirte que no –dijo.

–Que no qué.

–Que no nos vamos a echar atrás, que vamos a seguir adelante con la declaración de independencia. Llevamos más de dos mil años siendo occidentales a la fuerza y ha llegado el momento de redimirnos.

–Dos mil años parecen mucho tiempo, Munm. Hay regiones que llevan mucho menos formando parte de Occidente y se sienten tan occidentales como los nogdameses o más. ¿Estáis seguros de que no sois occidentales?

–Lo somos, somos occidentales desde hace dos mil años, pero llevamos ese largo período queriendo dejar de serlo.

–Uno no puede dejar de ser lo que es, aunque lo quiera. ¿Lo habéis pensado bien?

–Lo hemos pensado y nuestra voluntad es inequívoca.

–Bueno, pues si queréis ser independientes, nada, adelante –contestó Alrisod–. Que seáis felices. Aunque la verdad es que si alguien se queda descansando somos nosotros.

Munm titubeó.

–¿No vas a mandar al ejército? –dijo.

–No.

–¿Ni vas a suspender la autonomía?

–No.

–¿Y vas a suspender las transferencias de fondos?

–¡Hombre, claro! La independencia tiene esos efectos secundarios.

–Bien, ya nos arreglaremos como podamos –concluyó Munm.

–Estoy convencido de ello.

En otro teléfono, lo estaba esperando el director de la TF43, quien le dijo:

–Señor Presidente, he hablado con el director de la productora de *En Los Olmos pasan cosas* y me han asegurado que no tienen ningún inconveniente en que se emita el último capítulo.

–Estupendo. Es la primera buena noticia que me dan hoy.

–El problema es que quieren cambiar el guion para que en lugar de que se mantenga abierta, se cierre.

–No entiendo el problema. Realmente, no entiendo nada –dijo Alrisod.

–Lo que estaba previsto era que Alfonso Alberto Linares se casase con Azucena Amalia Fonseca, la buena, pero que no se consumase el matrimonio porque unos sicarios pagados por Ana Ángela Valdivia, la mala, la secuestraban cuando se iba a arrojar en brazos de su marido, que la aguardaba en el lecho conyugal desnudo, aunque en la película se tapa sus partes con la punta de una sábana. Ahí se iba a zanjar el capítulo, que no la serie, puesto que la productora quería prolongarla con una nueva temporada. Pero la muerte de James Garci, el actor que hacía de Alfonso Alberto Linares, ha dado al traste con el proyecto, y ahora la productora quiere que esto se acabe como se acaban todas las historias de amor, en la boda.

–Me parece un poco triste. No obstante, será lo que más le guste a la audiencia y se calmará el sentimiento de frustración que ha echado raíces en el electorado.

–Lo malo es que Alfonso Alberto Linares y Azucena Amalia Fonseca son hermanastros y no se pueden casar, so pena de que estemos quebrantando las leyes de la Naturaleza. El matrimonio apaciguaría a la población, en efecto, pero la dejaría a la espera de una clave que resolviera el enigma, y no sería bueno distraer a la audiencia con una salida que no va a cumplirse.

–No, no lo sería.

–Pues eso, que es preferible darle largas a la situación actual.

–¿Y si se casa con Ana Ángela Valdivia? –sugirió el Presidente.

–Ana Ángela Valdivia es la mala. Habría que complicar el argumento y rodar escenas nuevas sin Alfonso Alberto Linares. Y lo que es más importante, habría que convertir a Ana Ángela Valdivia en buena, porque la audiencia no concebiría que el héroe se casara con la mala y no tuviera continuación la telenovela.

–Entonces, ¿en qué quedamos? –el Presidente estaba enredado en las contradicciones de la trama.

–Yo creo que estaría bien consolidar la inconclusión

de la telenovela y emitir un docudrama sobre la muerte de Alfonso Alberto Linares. En mi modesta opinión, lo que los incondicionales de *En Los Olmos pasan cosas* necesitan es enterrar emocionalmente a Alfonso Alberto Linares, lo que solo se conseguirá con esa especie de duelo colectivo que es la narración de su muerte.

Sedd Alrisod recordó el marco en el que se produjo la muerte del actor y se sintió abochornado.

–No, no, de ninguna forma –saltó–. Emitan el capítulo como está, que se casen los buenos y que la mala secuestre a la buena al pie del tálamo. Así todos los protagonistas terminarán frustrados, como sucede en la vida real: el bueno se quedará sin su novia y las dos mujeres sin el hombre que aman.

Cuando colgó el teléfono, Alrisod volvió a acercarse a la ventana y buscó sin darse cuenta el rostro de su mujer entre las putas que hacían la calle hasta que el teléfono lo sacó de aquel desvarío. Era Faustin Munm, el Presidente de Kirfi.

–Señor Presidente –le dijo.

–Apéame el tratamiento, que ya somos colegas –lo interrumpió Alrisod.

–Bien, querido colega, te llamo porque se me olvidó decirte que nuestra declaración de independencia vincula también al territorio de Sisolia.

–Sisolia no es de Kirfi, sino de Fíkir –respondió Alrisod.

–Sin embargo, sus habitantes hablan kirfilés y no fikirlés.

–Fíkir ha declarado también su independencia. Ahora debes entenderte con la Presidenta de ese país.

–Ya lo he intentado, pero se muestra intransigente. A

su juicio, lo que determina la nacionalidad no es la lengua, sino la religión: los sisolienses tienen la misma religión que los fikirnianos aunque hablen la misma lengua que los kirfileses.

–Pues declarad independiente a Sisolia: esa sería una buena solución –le respondió Alrisod.

–No, no, eso sería atentar contra la integridad territorial de nuestra patria. Lo que debemos hacer es dar satisfacción al irredentismo de Sisolia uniéndola a Kirfi. Cualquier otra medida no adaptaría el Estado a la nación y supondría un foco de conflictos.

–¿Por qué me llamas, Munm? Creí que Occidente se había quitado un problema de encima aceptando la independencia de Kirfi.

–Occidente ha sido la potencia colonial de Kirfi y de Fíkir. No puedes lavarte las manos y dejarnos solos con el problema.

–¿Potencia colonial? Te recuerdo que el primer territorio de Occidente fue Kirfi y que de allí fue extendiéndose poco a poco por el continente. Que vuestra Historia oficial la hayan redactado vuestros parlamentarios por mayoría no le da más valor que la que tienen redactada los historiadores. De hecho, el Parlamento de Fíkir ha redactado esa Historia de otra forma.

–¿No nos ayudarás, entonces?

–Os puedo vender tanques, cazas y bombas, si tenéis dinero para pagarlos. Pero os advierto que voy a hacer otro tanto con Fíkir.

Alrisod colgó el teléfono y se levantó de nuevo. «¿Habrá algún problema que pueda solucionarse?», dijo en voz alta. Y pensó: «¿Y si soy yo el que no puede solucionar los problemas?». Y a continuación: «¿Y si yo, que no puedo solucionar los problemas, soy parte del problema?». No le dio tiempo de contestarse, porque cuando estaba en ello sonó el teléfono. Era León Maldora.

–Señor Presidente, las fuerzas especiales están acordonando la zona visible de la muralla para impedir que la población pueda acercarse. Según ha informado el coronel que las manda, la muralla es enorme, espectacular, un prodigio de la ingeniería, y más teniendo en cuenta que se alza en mitad del océano –dijo.

–Lo del océano es un efecto producido por los espejos –le respondió Alrisod.

–Ya, ya, pero muy atrayente, y se ve desde decenas de kilómetros. Quiero decir que el mito de un lugar donde la Verdad es de obligado cumplimiento puede estar a punto de destruirse de la mejor manera posible, convirtiéndose en realidad.

Alrisod se quedó trabado en el contrasentido que propugnaba su ministro.

–Al menos, las fuerzas especiales están respondiendo –prosiguió Maldora–. Eso es una novedad que conviene considerar.

–De la peor manera posible –lo corrigió Alrisod.

Pero el retraso de la enmienda confundió a Maldora.

–¿Cómo dice?

–Que el mito se va a materializar de la manera más infame –se lamentó Alrisod.

A veces, los dirigentes son un problema. ¿Cuántos centenares de años llevarían construidos los espejos y la muralla para que nadie hubiera visto la muralla desde este lado? ¿Cuántos, para que la memoria colectiva hubiera podido dejar hacer al olvido y este hubiera convertido al territorio del otro lado en un mito?

–No entiendo muy bien el dilema, señor Presidente, a la vista de cómo es la muralla. Al fin y al cabo, hasta no hace tanto tiempo la mayoría de los televisores que veíamos en nuestras casas se hacían en las afueras de Sholombra –dijo Maldora.

Aunque era cierto, venían con el sello de que se habían manufacturado en Kirfi o en Fíkir, donde estaban los grandes almacenes de importación y las grandes cadenas de distribución de Occidente.

–Esa muralla, Maldora, no separa lo que se puede de lo que no se puede, sino lo que se quiere de lo que no se quiere. Del otro lado nos interesan sus televisores, pero no cómo los hacen, ni cómo pagan a los que los hacen, ni quiénes son los que los hacen, ni qué principios morales tienen los que los hacen, ni siquiera si los televisores son robados. ¿Comprendes, Maldora?

–Sí, señor Presidente.

Ese sí era que no. El Presidente lo captó con su verdadero significado y prosiguió con su explicación:

–¿No has hecho nunca algo que no debías?

–Alguna vez, quizá, cuando era más joven.

–Pues seguro que después de hacer lo que no debías te buscaste una justificación. La muralla es esa justificación, todas las justificaciones son como esa muralla, Maldora. Los seres humanos sabemos lo que hay detrás de ellas, pero ninguno se atreve a reconocerlo.

–Aun así, y sin ánimo de discrepar, creo que si pudiera iría mucha gente a verla, lo que sería muy beneficioso desde el punto de vista turístico –dijo el ministro.

Sedd Alrisod desistió.

–¡Claro, Maldora, claro! Ya lo maduraremos bien. Por ahora, que nadie se acerque a esa construcción, y ni una palabra a la prensa. Como esto salga a la luz, los dos somos hombres políticamente muertos.

–De acuerdo, señor Presidente.

Bertus Jones y Miralos Fátimo habían huido de la locura de Nógdam de distinta forma. Bertus Jones se había pegado un tiro cuando vio que el mundo se le hacía insoportable. Miralos Fátimo, en iguales circunstancias, se había ido a ese pueblo de nombre paradójico a escribir novelas de aventuras y a pescar. Bertus Jones había sido lo suficientemente previsor como para disponer de un arma y Miralos Fátimo lo bastante juicioso como para haber comprado una casita de campo junto a un lago perdido. Cuando pensaba en ello, Sedd Alrisod se acusaba a sí mismo de incauto, y no tanto por no poseer una pistola para matarse o de un lugar donde esconderse, como por no haber previsto la posibilidad de dejarlo todo, de que en un momento dado diría hasta aquí hemos llegado y cortaría por lo sano.

Mientras Sedd Alrisod cavilaba, miraba por la ventana del despacho en el que Bertus Jones se pegó un tiro, situado en la quinta planta de la sede del Ministerio del Interior. En la calle, entre un par de tanques abandonados y varios coches de la policía, decenas de putas se saltaban desdeñosamente la ley que prohibía la prostitución callejera. La ley, saltarse la ley o aprovecharse de ella, en Occidente, en La Unión o en cualquier otra parte del universo, era lo que siempre habían pretendido los oligarcas, para quienes en ningún tiempo había habido fronteras. Así fue como Sedd Alrisod se acordó de los oligarcas, y acordándose de los oligarcas, se acordó de Sabido, y al acordarse de Sabido, se acordó de mí.

–Señor Kiff, tengo que hablar con usted sin dilación.

Lo espero en la sede del Ministerio del Interior, donde ya he dado instrucciones para que lo acompañen hasta mi despacho enseguida –me dijo.

Yo no estaba haciendo nada de fuste. Desde el día de la Revolución estaba recluido en la torre Madlun, de la que solo salía para dar algún paseo por la plaza Madlun o por la ciudad Madlun, en la que últimamente la actividad laboral jamás había sobrepasado el veinte por ciento de lo normal.

–Me voy con usted, si me lo permite –me dijo Just–. No aguanto ni un minuto más este encierro.

Su única pretensión era salir de allí, pero al aparcar en el Ministerio del Interior se bajó del automóvil conmigo y yo le dije que entrara en el edificio, lo que no le pareció mal a los dos funcionarios que me estaban esperando y que saltándose todas las medidas de seguridad nos guiaron por los pasillos hasta la antecámara del despacho del Presidente, donde di a Just el premio de asistir a una conversación privada con la máxima autoridad de la República más poderosa del mundo.

–Es mi mano derecha. Cualquier revelación que deba hacerme a mí, por confidencial que sea, tiene que oírla él también –le dije a Alrisod.

Al Presidente no solo no le importó, sino que agradeció poder compartir con más personas lo que lo inquietaba.

–Por lo que sé, es usted de La Unión –me dijo tras ofrecernos unos chocolatitos de una bandeja que había extraído de uno de los cajones de la mesa.

–En efecto, de Sholombra, para ser más exactos –le contesté.

El Presidente asintió con la cabeza.

–Yo he estado en Sholombra varias veces, aunque de

eso hace una pila de años. Es una ciudad apasionante.

–En todo caso, lo era, y para mí nunca dejó de ser horrible.

–Ya.

Sedd Alrisod se tomó unos segundos para desliar uno de los chocolatitos.

–Entonces, si cree que era horrible incluso en sus mejores tiempos, no se le antojará extraño lo que tengo que contarle.

Desde que pisé aquel edificio sabía a lo que me había llamado, de forma que mientras nos hablaba me recreé en la observación de su alma, especialmente en los detalles relacionados con la parte de este relato del que él es protagonista.

–El señor Sabido, que también es de La Unión, hubiera puesto su empresa a disposición de Occidente de inmediato –nos dijo luego a manera de corolario–. El Estado ni puede sacar ese contrato a concurso público ni puede pagar la obra con fondos procedentes del Presupuesto. En verdad, el Estado únicamente podría pagar a Madlun con prebendas bajo cuerda, con fabulosas prebendas, afinaría yo.

–Conozco la muralla porque la he visto desde el otro lado. Sinceramente, dudo mucho que nuestros ingenieros descubran el material de que está hecha, y menos aún que sean capaces de repararla.

–La división de obras de Madlun es la compañía de construcción más grande del mundo. Si no lo hace ella, ¿quién conseguirá hacerlo? –dijo el Presidente en tono de súplica.

–Si no lo hacemos nosotros, no lo hará nadie –terció Just, yendo más allá de su papel de invitado.

–Lo intentarán, ¿no es cierto? Díganme que lo intentarán –Alrisod comprendía que estaba resultando patético.

–Lo intentaremos. Y si no lo conseguimos, al menos repondremos los espejos –le dije sin convicción.

–Bien. Desde este momento, disponen de las autorizaciones necesarias, que no constarán en ningún documento, por supuesto.

Nos levantamos. Antes de estrecharnos la mano, yo le dije que me daba cuenta de lo que significa aquella barrera.

–Y créame –añadí–, he visto a centenares de miles de personas ansiando destruirla de todos los modos posibles. Debe haberse juntado el tesón de un tropel de desesperados para cuartear semejante portento.

Mi comprensión lo reconfortó y, al mismo tiempo, dio alas a su desánimo. Yo saqué la pistola que llevaba en el costado sin que él lo advirtiera y la dejé sobre el escritorio, tapada con unos documentos.

Cuando salíamos, oí el teléfono. Un ayudante cerró la puerta, pero yo sentí en el alma de Alrisod una efervescencia formidable y me demoré en la antesala para seguir el diálogo. Era León Maldora, que lo llamaba para poner en su conocimiento que las fuerzas especiales se habían obnubilado con la visión de la muralla y estaban disparando contra los espejos para verla por más sitios y averiguar sus dimensiones.

–Están locos. Nos hemos vuelto todos locos –murmuró.

Entonces fue cuando vio la pistola que yo había depositado en su mesa.

Hasta mucho después, nadie volvió a hablarme de la muralla.

Capítulo 12

El Presidente que gobernaba diciendo a todo que sí. Lo mejor para ganar es que el país vaya mal. La gran esperanza de Monserga.

Como Sedd Alrisod murió sin haber nombrado Vicepresidente, el orden en la prioridad de los ministerios concedió a León Maldora la Presidencia de la República en funciones. La Constitución de Occidente establecía que en el plazo máximo de un mes el Parlamento debía designar a un nuevo Presidente por mayoría absoluta y que si la misma no se lograba en el plazo fijado, debía disolverse el Parlamento y convocarse elecciones. Pero como la mayoría absoluta del número legal de escaños era de inalcanzable consecución porque habían sido asesinados casi todos los parlamentarios, lo lógico era convocar elecciones directamente. León Maldora, sin embargo, remitió al Parlamento una carta pidiéndole que nombrara por esa mayoría un nuevo Presidente de la República. Tose Fertusio, que había sido elegido Presidente del Parlamento por los escasos miembros supervivientes, casi todos progresistas, convocó una sesión extraordinaria del Pleno de la Cámara en la que se acordó solicitar al Presidente de la República en funciones que disolviera el Parlamento y convocase elecciones generales. León Maldora esperó unos cuantos días y finalmente, en vez de hacer lo que la lógica y el Parlamento le pedían, contestó a este por escrito recabándole de nuevo el nombramiento de un Presidente, tal y como figuraba en la Constitución. «Si ustedes no son los bastantes como para constituir mayoría absoluta, ese ni es mi problema ni es el problema del electorado», sentenciaba. Fertusio acusó públicamente a Maldora de querer ocupar *sine die* la Presidencia de la República y Maldora hizo público un comunicado en el que acusaba a Fertusio de deslealtad y anunciaba al país que dado que el Parlamento no quería pronunciarse sobre el nombramiento de un nuevo Presidente, lo más razonable era agotar el mandato de cinco años que la Constitución establecía para la Presidencia de la República, del que solo se habían consumido dos.

León Maldora llevaba entonces tres meses al frente de la Presidencia de la República. Durante ese período, la vida común de los electores y la general del país no habían ido sino a peor. El problema de los bomberos, por ejemplo, que se había solucionado en Nógdam por el astuto método de no aceptar más pretensiones de los huelguistas que las salariales, emergió con más brío cuando al mes de firmado el acuerdo los sindicatos plantearon un conflicto de interpretación del mismo relacionado con los incentivos al rendimiento que, según el Alcalde, suponía de hecho un incremento del quinientos ochenta por ciento de la masa salarial, en la que debía incluirse el ochocientos treinta por ciento del aumento adjudicado. El Alcalde adujo para la negativa que ni había dinero en las arcas municipales ni lo había en los bolsillos de los vecinos, pero los incendios de los edificios públicos, que nunca se habían extinguido, cobraron nueva virulencia y el Alcalde transigió, con lo que le dio argumentos sobrados a los bomberos de la mayoría de las ciudades de Occidente, que estaban en huelga aduciendo un gravísimo agravio comparativo y no acudían a sofocar los incendios que casualmente habían nacido a la par que sus reivindicaciones.

–Concededle lo que quieran –aconsejaba Maldora–, y no os preocupéis por el dinero, que nosotros tenemos la fábrica de los billetes.

No era así, exactamente, pues la Fábrica de la Moneda había sido destruida y con ella lo habían sido también las sofisticadas máquinas con las que el Estado de Occidente fabricaba los billetes infalsificables que durante los últimos centenares de años habían sido utilizados como forma de pago en todas las transacciones internacionales. Por billetes entendía Maldora una suerte de vales que se confeccionaban en una imprenta de las afueras de Nógdam en las que aparecía por una cara su fotografía retocada para rejuvenecerlo y el valor y por la otra un sello de forma circular en el que se leía «República de Occidente. El Tesorero del Banco Central», que una legión de funcionarios estampillaban en una sala enorme de la que debían salir con las manos levantadas y en cueros.

–Esto es una locura –le había dicho su profesor de economía en la Academia de Oficiales, quien lo llamó para advertirle del riesgo de la moneda fiduciaria–: el papel moneda debe estar respaldado por la producción del país.

Pero por más que le explicaran el funcionamiento de la moneda, Maldora no cogía por qué si es bueno para una familia tener mucho dinero no lo iba a serlo también para un Estado, y decidió duplicar la impresión de vales.

–Y si no pueden obtener más billetes –dijo cuando le advirtieron que la demanda de dinero crecía exponencialmente–, pónganles cien en lugar de cincuenta.

–Es que ya le hemos puesto cien.

–Pues pónganles doscientos, coño, o mil: pónganles mil y concluirán antes.

A León Maldora le resultaba insufrible lo que él denominaba la «irresolución de los corderos». Para él, cualquier prevención de los otros había que superarla con una decisión sin vuelta atrás. Por ejemplo, cuando el Tribunal Supremo estaba debatiendo sobre si era competente o no para juzgar a Miralos Fátimo (al que la fiscalía, por mandato del propio Maldora, había acusado de ser el causante del caos en que vivía el país), Maldora ordenó a Enna Ganas, a la que había nombrado Vicepresidenta de la República, que enviara un par de agentes del Centro de Inteligencia de las Fuerzas Armadas (C.I.F.A.) para que lo asesinaran. «No sé qué tienen que pensar tanto: está claro que Fátimo es culpable», le argumentó. Y cuando se enteró de que los agentes habían vuelto sin poder cumplir con su misión porque Fátimo se hallaba en Boalís gestionando la publicación de una de sus novelas, dispuso que asesinaran a los agentes y mandó a esa ciudad a otros dos con la misma consigna que a los anteriores, pero los nuevos tampoco encontraron a Fátimo porque este, que no había logrado la edición de su obra («ya no es usted famoso», le dijeron los editores), se había vuelto a su casa del lago a pescar y a seguir escribiendo, esta vez con la intención de no publicar nunca. «Que vayan otros dos agentes, y si no consiguen matarlo, los matas a ellos. Haz eso tantas veces como haga falta hasta que acaben con ese traidor», le dijo a Enna Ganas. La Vicepresidenta cumplió a rajatabla lo que le prescribió su jefe y envió a multitud de agentes secretos que, ante la fama de escurridizo de Fátimo y las consecuencias que tenía su incumplimiento, en lugar de ir a buscar a su objetivo abandonaban el C.I.F.A. y desaparecían diluyéndose entre los cientos de millones de habitantes del país. Así, una y otra vez, hasta que, viendo que se quedaba sin agentes, Enna Ganas optó por comunicar a su jefe que Fátimo había muerto, y como prueba de su palabra le llevó una caña de pescar cualquiera y uno de los originales de la novela que el exministro había entregado a uno de los editores de Boalís. Maldora, que no había leído más libros que los de texto de la Academia de Oficiales, empezó a leer el volumen y, como lo estimó divertido, siguió leyendo y leyendo, sin darse una tregua ni para atender las llamadas de los presidentes de las nuevas repúblicas segregadas de Occidente, ni las de los presidentes de los demás países del mundo, ni las de los ministros, ni las de su mujer, ni para comer, ni para dormir, hasta que después de leer el final cerró el libro y se dijo: «Pues no era para tanto. Con razón no se la han editado». Habían transcurrido cuarenta días desde aquel en que resolvió atribuirse con Fátimo las funciones de juez y de verdugo y el Tribunal Supremo, que llevaba todo ese período deliberando, aún no había resuelto si admitir a trámite o no la acusación de la fiscalía.

La capacidad de Maldora para comisionar y su facultad para disipar los más enrevesados aprietos de un plumazo hacían que le sobrara tiempo para todo, y no era infrecuente verlo asomado a la ventana de su despacho en la que fue sede del Ministerio de Interior, donde se distraía viendo las columnas de humo de los incendios o los movimientos de los clientes de las putas entre los coches de la policía y los tanques abandonados. «Eso se lo explicáis al delegado del Gobierno para la Gripe», dijo cuando le contaron que no había ni vacunas ni medicinas y que la gente se estaba muriendo en los pasillos de los hospitales ahogada por las toses. «Se ha hundido un petrolero en el Estáltico y hay una mancha de fuel del tamaño de dos mil campos de fútbol», le revelaron en otra oportunidad. «Bien, nombraré un delegado del gobierno para manchas de fuel», contestó él. «La población se está muriendo de hambre», le indicaron también. «Repartid billetes de un millón para que se pueda comprar comida», decidió. «El problema es que la poca comida que hay no se puede comprar ni por un millón». «Pues haced billetes de diez millones. Y subvencionad la pesca, la agricultura y la ganadería con los billetes que hagan falta», despachó.

Realmente, le encantaba que le vinieran con problemas, porque se sentía capaz de solucionarlos todos, y cuando los que habían entrado pidiendo salían por la puerta con una respuesta que siempre era afirmativa, se imaginaba que si Dios existiera haría lo que él, lo que probaba que Dios no existía. «Los billetes de diez millones no valen nada». «Pues hacedlos de cien millones». «Una tormenta ha arrasado la ciudad de Lomera». «La declaro zona catastrófica: dad a cada habitante un fajo de billetes de cien millones». «¿A los niños también?» «También, y a los ancianos el doble: dos fajos». «La empresa municipal de abastecimiento de aguas de Nógdam ha quebrado. El agua que sale por los grifos ya no es potable». «La nacionalizo en este mismo momento: que los trabajadores sean funcionarios. Dadle un fajo de billetes de cien millones». «Los cien millones no sirven». «Pues que hagan billetes de mil millones». «El paro ha llegado al ochenta por ciento de la población activa». «Suprimid todos los impuestos para dinamizar la economía y duplicad el subsidio de desempleo».

León Maldora no quería tener más contacto con la población que la que le dieran sus subordinados. Él, que era bastante aficionado a la radio, apagó definitivamente el aparato cuando escuchó comentar a uno de los colaboradores de Neanda Férez que el Gobierno había dejado de hacer encuestas y estaba dando los datos que se inventaba el Presidente de la República, lo cual era cierto. «Pensar que un elector va a saber más de un país que su Presidente es una aberración. Y la estadística es la suma de las opiniones de un turbión de electores tomados de uno en uno», arguyó cuando ordenó disolver el Instituto Nacional de Estadística. «En adelante, las encuestas las rellenaré yo», dijo. Algo parecido le pasó con la televisión, a la que era menos aficionado. Una vez, de casualidad, vio a Monserga mientras estaba pasando las cadenas y le permitió seguir hablando. Monserga lo acusaba de traidor, de haber dado un golpe de Estado y de ser el causante de haber convertido el país en una cloaca. «Eso me pasa por haber sintonizado este canal», se dijo, herido por la reprimenda. «Lo que voy a hacer es no encender más la televisión». Y otro tanto le ocurrió con los periódicos. En el informe con las reseñas más importantes de los diarios de tirada nacional que a primera hora de la mañana le traía uno de sus ayudantes, marcaba las noticias que no le habían gustado para que ni esas ni otras semejantes volvieran a dárselas más. El paro, los incendios, el hambre, los desórdenes, las enfermedades, las muertes, la ocupación de Occidente por el ejército de Barbaria, las opiniones de los políticos, las opiniones de los líderes sociales, las opiniones de los artistas, las opiniones de otros países y hasta las derrotas del Deportivo de Nógdam fueron punteadas en una u otra ocasión como referencias que no debían dársele, de manera que en poco tiempo los informes fueron más cortos y solo llevaron reseñas de su agrado, por lo que se regocijaba mucho leyéndolos. «Este año estamos que nos salimos. Lo vamos a ganar todo», decía, por ejemplo, cuando leía los artículos relacionados con el equipo de fútbol del que era seguidor.

De lo que decían sus subordinados, en cambio, se fiaba completamente. A veces, los llamaba y los interrogaba sobre las cuestiones más triviales con el fin de extrapolar su situación personal a la general del país.

–¿Y tu madre, cómo está?

–Muy bien, señor Presidente.

–Me alegro. Y tu padre, ¿está bien?

–Muy bien, señor Presidente.

–Estupendo. ¿Estás casado?

–Sí, señor Presidente.

–¿Está bien tu mujer?

–Sí, señor Presidente.

–Magnífico. ¿Tienes hijos?

–Sí, señor Presidente: tres.

–¿Están bien?

–De primera, señor Presidente.

–Muy bien. Puedes irte. Gracias.

–Gracias a usted, señor Presidente.

Otras veces, preguntaba crudamente sobre materias relacionadas con los intereses generales del país. Por ejemplo:

–Dime, ¿qué te parece la situación económica?

–Que podía estar mejor, pero también podía estar peor. De hecho, si el equipo económico actual llevara más tiempo gobernando, ahora sería mucho más boyante.

–Entonces, ¿crees que nuestra política económica es acertada?

–Por supuesto que sí.

–¿Y de nuestra política interior qué opinas?

–En general está bien, muy bien, diría yo. Hay pequeños conflictos derivados de la mala educación de alguna gente, pero eso no se puede solucionar ni en una ni en dos legislaturas.

–¿Y respecto a nuestra política de defensa?

–En este asunto tengo que serle rigurosamente sincero: es la más acertada política de defensa que jamás se haya llevado en Occidente, como lo prueba que mantengamos detenido al ejército de Barbaria incluso sin un ejército que lo detenga.

–Eso quizá sea más un triunfo de la política internacional de nuestro Gobierno que de la de defensa –corrigió Maldora pedagógicamente–. Bien sigamos. ¿Qué opinión crees que tienen los electores de nuestro Gobierno?

–Una opinión magnífica, sin duda. Siempre hay algunos resentidos que creen que las cosas podrían ir mejor, pero a esos no hay que hacerles caso.

–Dime, para concluir, y te pido la más absoluta franqueza, ¿qué puntuación de uno a diez le pondrías a la actitud con que el Gobierno se enfrenta a los problemas capitales del país?

–Un once.

–¡Un once!

–Bueno, usted me ha pedido la más absoluta franqueza.

No obstante, lo cierto es que a los seis meses de que Maldora alcanzara la Presidencia de la República, el país vivía en la anarquía más rotunda, de la que bien podía ser una muestra el imponente desorden institucional. Así, todas las regiones autónomas, no contentas con haber declarado la independencia, se habían declarado la guerra entre sí constituyendo una maraña ininteligible de ejes y alianzas y en dos de ellas, Alvatia y Lueréteo, el Presidente se había hecho coronar Rey y había nombrado heredero del trono a su hijo. A imitación de las regiones autónomas, cientos de municipios, algunos de ellos de las regiones autónomas, se habían declarado ciudades libres, cantones independientes o ciudades estado, y no pocos alcaldes se habían hecho coronar reyes y habían nombrado herederos del trono a sus hijos. Asimismo, unos veinte jerarcas de distintas religiones habían exonerado a sus fieles del cumplimiento de las leyes civiles y los habían apremiado a cumplir las leyes que recogían sus libros sagrados, y algunos de ellos se habían hecho coronar reyes de sus circunscripciones religiosas y habían nombrado a sus hijos o a sus sobrinos herederos al trono. Por último, los mayores terratenientes se habían declarado liberados de sus obligaciones para con el Estado, se habían hecho coronar reyes y habían nombrado herederos del trono a sus hijos.

A los seis meses citados, en Nógdam no funcionaba ningún hospital, ni los transportes públicos, ni los colegios, ni los mercados, y la televisión, que carecía por completo de publicidad, había reducido su programación a tertulias y reposiciones. A la tertulia más vista, la que emitía la TF43 en horario de máxima audiencia, acudía siempre el que pasaba por ser el periodista más influyente de lo que quedaba de la República, Feist Monserga, quien acaparaba el ochenta por ciento del tiempo del programa.

Monserga, precisamente, había conseguido levantar un

periódico al margen de Madlun, llamado *La verdad solo es una*, que se confeccionaba en las oficinas de una fábrica de cemento cerrada por falta de pedidos y se estampaba donde se imprimió *El mensajero de la Verdad*. Las extremas circunstancias del país y que el periódico fuera suyo habían llevado su empeño mesiánico hasta el radicalismo más despótico.

Escamado de su apoyo a los conservadores, que habían llevado el país al desastre más radical, Monserga buscó entre el desvalido panorama político una figura a la que apoyar y como no descubrió ninguna, tornó sus ojos hacia Genoveva, en la que creyó ver a la única persona capaz de movilizar a las masas de Occidente, que al estilo de un rebaño sin pastor se hallaban disgregadas y perdidas. «Echad más leña al fuego, culpad al Gobierno y señalad a Genoveva como a la única salvadora posible de esta ruina», indicaba a sus colaboradores. Según las teorías de Monserga, la sociedad terminaría pidiendo ayuda a un líder natural, por lo que debía inculcarse en el subconsciente colectivo que el único adalid con que contaba Occidente era Genoveva. «Cuanto peor, mejor. Llenad de mierda y gasolina esta pocilga», sostenía. «Y si hay que mentir, se miente, que la falsedad no es inmoral cuando está justificada».

Pero transcurrían las semanas y la sociedad occidental, que estaba como ensimismada, no reclamaba la presencia de su potencial redentora, y mientras tanto los incendios seguían, y los pequeños habitáculos de los transportes blindados del ejército servían de improvisado catre para los circunstanciales encuentros con las putas, y los electores se morían de diarreas, porque nadie trataba el agua marrón que salía por los grifos, y los coches habían dejado de funcionar, y las moscas empezaban a atacar a los lagrimales de los niños.

Por fin, seis meses después de la llegada al poder de Maldora, Monserga tomó una iniciativa más concreta y fue a entrevistarse con Genoveva.

–Sí, ya sé que hablan ustedes de mí –le contestó Genoveva–. Pero yo soy una sindicalista y lo que necesita Occidente es el mariscal de un ejército de enterradores.

Monserga comentó en el consejo de redacción que había encontrado a Genoveva muy desmejorada, tanto física como anímicamente.

–Igual hemos estado gastando la pólvora en una mujer que no sirve para líder –dijo. Esa mañana, León Maldora había nombrado a Enna Ganas ministra de Religión del Gobierno de Occidente, un cargo que en opinión de Monserga era el primer paso para el culto de latría que Maldora pretendía propugnar para sí mismo–, pero no tenemos tiempo de fabricar otro. Esa señora va a ser Presidenta de Occidente quiera o no quiera.

A la mañana siguiente volvió a verla. Genoveva lo recibió en camisón y sin haberse quitado las legañas y lo sentó en un sofá cama al que le había plantado una manta de cuadros para taparle los zurcidos y las manchas, en el que le hizo sitio apartando a manotazos un sinfín de cachivaches.

–Un momento –le dijo–, que se está acabando el capítulo.

Monserga se quedó mirando al aparato sin atreverse a pensar lo que estaba pensando. Frente a él, en una sala de estar caótica y a oscuras, una mujer con pinta de loca declamaba a la par que los actores de *En Los Olmos pasan cosas* los papeles de todo el elenco, que evidentemente se sabía de memoria.

–Perdone que no lo haya atendido como usted se merece –le señaló cuando pasó la última línea de los títulos de crédito finales–: cada uno tiene sus caprichos, y el mío, como ha podido ver, es este.

Monserga iba a soltar alguna excusa antes de largarse a rumiar su derrota, pero estaba obnubilado y tardó en reaccionar.

–No puedo sino negarme otra vez a aceptar su ofrecimiento –prosiguió Genoveva invadiendo el silencio–. Y ya que ha tenido el detalle de fijarse en mí y se ha molestado en venir a mi casa, le voy a explicar el porqué.

Y acto seguido, con la modulación del recostado en el diván de un sicólogo, la sindicalista dijo que le iba a narrar su experiencia durante los hechos que acontecieron el día de la Revolución. «Si bien para ser fieles a la causa verdadera debería remontarme más lejos», aclaró, «ya que el evidente origen de todo está en la soledad que me embargaba cuando mi madre se iba a trabajar y me dejaba sola con mis hermanos». Y en este punto hizo un breve alto para hacer hincapié en el enorme esfuerzo que suponía sacar adelante a una familia tan numerosa, aunque Monserga no supo cuántos hermanos tenía porque en el desarrollo de su alegato unas veces dijo que cuatro, otras que cinco y otras que seis. Lo que a Monserga sí le quedó claro es que ella oía la radio a todas horas, y que mientras barría, hablaba, que mientras fregaba, hablaba, que mientras cosía, hablaba, y aquí Genoveva hizo un pequeño *excursus* para revelarle que las mujeres de antes, y ella era una mujer de antes sin dejar de ser de hoy, cosían, pues a coser enseñaban en las escuelas y en las casas, y una joven que no aprendía a coser sería luego una mujer con graves carencias educacionales, y continuó la digresión añadiendo que estaría muy bien que se volviera a enseñar a coser, y más como estaban los tiempos, pero, ojo, hoy en día no solo a las muchachas, habría que instruir también a los niños, e incluso no estaría mal enseñar a los mayores, como se hace en la educación de adultos con los que no saben leer y escribir, o como se hace con los mayores que quieren cursar idiomas o bailes de salón, o, en fin, dijo antes de volver al hilo de su alocución, como se hace con cualquiera que compra un electrodoméstico. «Sigamos por donde íbamos», indicó de improviso. «¿Dónde estábamos? Ah, sí, en el principio». Volver al principio fue, en efecto, retornar a lo de que se quedaba sola en su casa y a lo de que su familia era muy numerosa (y en este pasaje, al menos una vez declaró que tenía ocho hermanos), pero no hizo paréntesis con lo de las labores femeninas y siguió avanzando. Habló de cuando era adolescente y le daban pánico los hombres porque suponía que soñaban historias sangrientas y libidinosas en las que participaba ella. Le dijo que fue una adolescente melancólica y que jamás intentó besarla un muchacho, que fue una joven triste y que jamás intentó besarla un chico y que había sido una mujer madura a la que jamás había intentado besarla un hombre. «Pero volvamos a lo de sindicalista», dijo. Y retrocedió de nuevo a sus años mozos, cuando empezó a trabajar. «Yo era muy tímida, de una timidez enfermiza», afirmó. «Pero la injusticia hizo que se me soltara la boca, ¿o debería decir la lengua?». Sea lo que fuere, se le soltó. Su actividad sindical la llevó con gallarda dignidad, si bien a poco atento que hubiera estado Monserga habría podido percibir cierto sentimiento de culpa en sus palabras. Siendo sindicalista había sido reclamada por un empresario para escribir un artículo sobre Alma Reimo en un periódico de tirada nacional, lo que en definitiva la llevó a visitar los platós de los programas más vistos de televisión y la sala reservada de *El lobo delicado*, un restaurante al que la invitó el empresario antes referido. «Me hice famosa, pero yo seguí siendo la misma», dijo. «Lo sigo siendo todavía. Soy una mujer que se hace ilusiones con Alfonso Alberto Linares, y eso que está muerto». Porque las suyas eran «ilusiones ilusorias» y ella, en el fondo, continuaba siendo aquella adolescente tímida que debía cuidar a sus hermanos.

–Y lo que el país necesita es un político comprometido con el interés público y de miras mucho más altas que las mías –añadió, en vista de que Monserga se había quedado como traspuesto y no podía articular pensamiento alguno.

Genoveva aprovechó el ínterin para apartar las cortinas («las corro para hacerme a la idea de que estoy en el cine», comentó) y la luz entró a raudales por el ventanal e hirió los ojos de Monserga, que despertó como si lo hiciera de un sueño hipnótico.

–Las virtudes no se publicitan, se ejercen –aseguró Monserga entonces–. Ya no me cabe la menor duda de que eres la persona ideal para asumir el liderazgo de nuestra sociedad. Tu sencillez y tu humildad te hacen más grande aún de lo que eres. Tienes una facilidad inaudita para mover al asombro. Cuando tu discurso se llene de contenido, esa forma tuya de expresarte será como una jeringa clavada en el cerebro de los electores.

–Ni tengo capacidad para llenar de contenido mis discursos ni, aunque la tuviera, tendría ganas de hacerlo –le replicó Genoveva.

–Así es como debe ser. Eso es lo que tienes que decir –afianzó el periodista–. Y para eso estoy yo. Yo llenaré tu voluntad de ánimo y de sustancia tus disertaciones.

Aunque Genoveva sintió la tentación de argumentar por qué su voluntad no debía llenarse con la voluntad de otro, no tenía voluntad para hacerlo. La verdad es que no tenía ganas de nada, que era pura decepción, así que, por no discutir, le dijo a Monserga que lo estudiaría, pero él retornó al día siguiente con la misma proposición y Genoveva presintió que su tenacidad lo haría volver otro día, y otro, y que ella tendría que negarse una y otra vez antes de preguntarle qué es lo que tenía que hacer para que la dejase en paz con sus ensueños y su desgracia.

–No te voy a dejar en paz, no hasta que transijas: en estos momentos, el país necesita a los mejores, y tú eres la mejor de todos –le dijo Monserga, en efecto, una tarde cualquiera, tras haberla visitado en innumerables ocasiones.

La de Monserga era una amenaza verosímil, dados los antecedentes.

–Está bien –contestó por fin Genoveva, a sabiendas de que la voluntad a la que se abandonaba la destrozaría. O precisamente por eso.

Capítulo 13

De los insólitos sucesos que acaecieron el «uno de enero del año uno». Un Gobierno singular. La reaparición de los oligarcas.

Siete meses, quince días y catorce horas después de que los dieciséis líderes sindicalistas más importantes de Occidente se reunieran en la enorme plaza de la Libertad de Nógdam, León Maldora salió al balcón del Ministerio del Interior, donde tenía su sede la Presidencia de la República desde que el Palacio Presidencial fuera incendiado, y trató de calmar a la multitud que se había congregado para pedirle algo que él no alcanzaba a comprender muy bien.

– Quieren pan –le había dicho poco antes uno de sus asesores. Ambos habían apartado las cortinas y miraban a la muchedumbre sin ser vistos desde la calle.

–¿Pan?

–Pan, comida.

–Reparte billetes. Dales billetes de… –Maldora no sabía enunciar el número que se fijaba en los últimos vales impresos –. Dale billetes con más ceros.

–Hace mucho que no los admiten en los comercios.

–Pues hay que obligar a los comerciantes a que los admitan. Dictaré un decreto en ese sentido.

–Los comercios no pueden pagar con ellos porque no los aceptan los almacenistas, y aunque los aceptaran los almacenistas sería igual, porque no los aceptan los productores.

–Los citaré a todos en el decreto –aseguró Maldora.

–No hay productos que vender. Los campos han dejado de producir y los importadores no importan –concluyó el asesor.

A León Maldora se le acababan los argumentos: durante los seis meses largos de su presidencia, había dirimido hasta los conflictos más envenenados dispensando billetes y aprobando decretos.

–Es increíble. ¿Cómo ha podido pasar? –dijo, como si alguien le hubiera vedado adrede una parte del problema para que no pudiera solucionarlo.

Afuera, los congregados hacían ruido golpeando pucheros y cacerolas con toda clase de cubertería.

–Que entre una comisión. Quiero departir con sus líderes. Quiero averiguar qué es lo que quieren –ordenó Maldora.

–Nadie los ha reunido. No están estructurados. No hay quién los dirija ni tienen representantes –le contestó su asesor.

Había demasiada profundidad en aquellas negaciones como para que Maldora pudiera entenderlas.

–Entonces, saldré y les hablaré. Que me traigan un megáfono –dijo.

Mientras su asesor estaba cumpliendo su encargo, Maldora escrutó las caras de la multitud. Eran rostros desfigurados por la desnutrición y la rabia que a él se le antojaron como escapados de una pesadilla. Entre ellos, vio a varios de sus consejeros, a los que había entrevistado para saber cuál era el estado del país; vio al asesor que había mandado a por el megáfono, que señalaba con el dedo a la ventana, detrás de cuyo cortinaje se hallaba él escudriñando la calle; vio a su suegra, que gritaba haciendo bocina con las manos; vio a sus hijas, que hacían sonar grandes cacerolas, y vio a su mujer, que gritaba y golpeaba un puchero con el cucharón que le había servido toda la vida los garbanzos. «No puede ser, no puede ser», se dijo, sin acertar a concebir qué le estaba pasando al mundo. Dejó caer la cortina y salió de la habitación en busca de alguien a quien contarle lo que había visto, pero no había nadie en el antedespacho, ni lo había en el corredor que servía para distribuir las salas de reuniones y los despachos de los altos cargos, ni lo había en los despachos mismos, ni en otros corredores, ni en otros antedespachos, despachos, antesalas y salas, «¡pero dónde se han ido!», decía mientras se asomaba, «¡pero qué coño está ocurriendo», y así fue de un piso a otro hasta que vio cruzando un patio a una figura vestida de negro y reconoció en ella a la persona de Enna Ganas, su máxima colaboradora, a la que había nombrado ministra de Religión del Gobierno de Occidente, un cargo que había creado expresamente para ella como inicio de lo que sería el gran culto a la eficacia, la eficiencia y la efectividad, las tres verdades de la competitividad administrativa que él quería convertir en dogma del Estado laico. «Enna, Enna», la llamó después de abrir la ventana, y Enna se detuvo y se giró hacia las voces que reclamaban su atención, de forma que León Maldora pudo ver lo que llevaba cogido.

–¡Tú también, Enna! –clamó León Maldora, consternado.

Enna Ganas alzó los brazos para mostrarle una sartén

y una paleta y golpeó la sartén con la paleta en tanto gritaba:

–¡Queremos pan! ¡Queremos pan!

León Maldora cerró los ojos y se tapó los oídos. Había suprimido todos los impuestos, había concedido subvenciones para construir toda clase de edificios y para organizar toda clase de actos culturales y de festejos, había alargado el período de vacaciones de los trabajadores, había triplicado el número de fiestas, había elevado el precio de los productos para que los empresarios ganasen más, había elevado los salarios para que los obreros fueran ricos, había contratado a cada uno de los desempleados, había ordenado que todos los estudiantes obtuvieran matrícula de honor y, entre otras muchísimas decisiones favorables al electorado, había prescrito que se inaugurase una obra pública al menos una vez a la semana y que en cada inauguración actuara una orquesta, se lanzasen fuegos artificiales y se le diera una comilona al vecindario. ¿Qué querían? ¿Qué más querían esos desagradecidos?

Cuando cesó el ruido de la sartén, abrió los ojos: Enna Ganas se perdía por la puerta que daba a la calle y lo dejaba totalmente solo en el inmueble. El aire le trajo entonces el clamor del tumulto: «¡Queremos pan, queremos pan!». Él volvió sobre sus pasos dispuesto a hacerse oír desde el balcón, aunque fuera a grito pelado, y mientras regresaba fue armando los mimbres de su discurso. «No sabéis, no recapacitáis, estáis tirando piedras contra vuestro propio tejado», pensó. «Mis enemigos no son solo mis enemigos, son los enemigos de Occidente, son, en fin, vuestros enemigos», se dijo también. Y se dijo: «Habéis venido engañados por los periodistas, esta revuelta forma parte de un complot contra mí. Sois la mano ejecutora de una mente perversa que os maneja a su capricho».

Antes de asomarse a la calle, ya tenía casi hilada la alocución. «Querido electorado de Nógdam, mi amado electorado de Nógdam», iba a romper diciendo. Y así fue como principió. La multitud suspendió sus gritos y sus ruidos cuando lo vio asomado a la ventana del tercer piso con los brazos levantados, como suplicando atención. «Yo soy el último elector de Occidente y el primero de sus servidores», vociferó ante la masa expectante. «Sabed que os comprendo, que comparto vuestras inquietudes y que hago mías vuestras aspiraciones», dijo. Estaba tranquilo, se encontraba cómodo y él mismo se estaba gustando. Pero no tenía megáfono y, aunque el silencio era total y hablaba a grito pelado, sus palabras apenas llegaban a los que tenía más cerca. Lejos de él, nació un murmullo que fue ampliándose y acercándose: «¿Qué dice? ¿Qué quiere ahora ese fantoche?». Fue como una primera pedrada en el agua. Luego vino otra onda: «Que se calle, que se vaya, que se acueste, que se muera». León Maldora había cogido carrerilla y soltaba frases y frases con la facilidad del más avezado de los charlatanes de feria sin darse cuenta de que en el auditorio había anidado la ansiedad: «Mis enemigos no son solo mis enemigos, son los enemigos de Occidente, son, en fin, vuestros enemigos», dijo como había pensado, repitiendo casi palabra por palabra la soflama de un político nacionalista encausado por malversar fondos públicos. Desde diversos lugares ascendían comentarios cada vez más cargados de tensión: «Que se calle». «¿Es que no va a callarse nunca?» «Hacedlo callar, pegadle un tiro a ese hijo de puta». Hasta que en algún punto lejano alguien hizo sonar una cacerola y enseguida la onda llegó a la base del balcón, ahogando por completo la voz del Presidente.

León Maldora miró con los ojos entornados a la multitud que llenaba la calle. «¡Qué difícil es hacerse entender!», pensó. «¡Cuánta razón llevaban los que decían que el electorado no es consciente de lo que le interesa!».

Con los brazos arriba, León Maldora pidió a la muchedumbre que lo dejara hablar. Tardó en ocurrir, pero la gente fue apagando sus gritos hasta que se completó el mutismo.

–¿Qué queréis? Decidme, ¿qué queréis? –gritó por fin el Presidente.

«¡Queremos pan, queremos pan!», coreó la masa tras un momento de incertidumbre.

León Maldora tornó a pedir silencio con los brazos extendidos y la masa se lo otorgó.

–Está bien –voceó entonces–. Tendréis todo el pan que queráis. Ahora mismo se lo ordenaré a los panaderos.

Hubo un sigilo demoledor, tan efímero como el instante en que la piedra arrojada al cielo ni sube ni baja y de tan previsibles consecuencias, y luego hubo una explosión formidable y la ira se concretó en millares de voces espantosas y en el movimiento de miles y miles de personas que con tal de atrapar a Maldora se empujaban, se pisaban, se mataban. Fueron varios los que intentaron trepar por los canalones para alcanzar el balcón donde se encontraba y matarlo, fueron decenas los que con idéntico fin quisieron escalar por los adornos de piedra de la fachada y fueron cientos los que entraron en el Palacio y corrieron gruñendo y estorbándose por los pasillos, por los patios y por las escaleras hasta que los primeros de ellos, que eran los más furiosos, consiguieron abordar la barandilla tras la que el Presidente de la República asistía atónito al espectáculo de su propia cacería y a la vista de todos lo molieron a puñetazos y patadas y lo tiraron a la calle, adonde, todavía vivo, cayó revuelto con tres de sus asesinos y donde fue rematado por un tumulto en el que participó su suegra y, según se supo luego, incluso alguno de sus hijos.

Antes de que la fiebre se extinguiera y la concurrencia se preguntase por su destino, Monserga se asomó al balcón desde el que había sido lanzado León Maldora y utilizando un megáfono volvió a gritar «¡queremos pan, queremos pan!», una expresión que la masa había abandonado pero que al oírla de nuevo tornó a hacerla suya, «¡queremos pan, queremos pan!», rugió la multitud, ahora si cabe con más coraje, con la pujanza que le daba sentirse vencedora, sin enemigo, «¡queremos pan, queremos pan!», clamó sin parar cuando Genoveva se unió a Monserga y elevó las manos triunfante entre una salva de aplausos, «¡queremos pan, queremos pan!», pregonó por el megáfono que le dejó Monserga, «¡queremos pan, queremos pan!», vociferó este mientras Genoveva cogía un pan que alguien le daba desde dentro del edificio y se lo tiraba a la aglomeración, «¡queremos pan, queremos pan!», siguió gritando Monserga, ya solo, pues la turba se dedicaba en exclusiva a intentar coger los panes que le arrojaban desde los balcones Genoveva y varios hombres y mujeres desconocidos, hasta que cambió la consigna por la de «¡pan para todos, pan para el electorado!», que repitió y trocó luego por «¡pan de parte de Genoveva!», que alternó después con «¡con Genoveva, habrá pan para todos!», que finalmente fue la única que machacó antes de que la masa por sí misma coreara el nombre de Genoveva y le pidiera que asumiese la Presidencia de la República.

«Electores…», dijo Genoveva al cabo, y levantó los

brazos intentando hacerse oír. «Electores de Nógdam…», «Queridos amigos…», «Querido electorado…» Como era imposible, pues la multitud no paraba de gritar «Genoveva, Presidenta», «Genoveva, Presidenta», Monserga tomo el megáfono y cambió el lema por el de «que hable, Genoveva», «que hable, Genoveva», que fue asumido poco a poco por los que tenía más cerca, desde donde fue creciendo hasta hacerse primero mayoritario y luego único. Entonces, Genoveva alzó las manos y un siseo que reclamaba silencio fue expandiéndose por la calle.

–Hoy es uno de enero del año uno –proclamó Genoveva cuando la calma fue total, y un estallido de vítores removió los cimientos de los robustos edificios de las inmediaciones–. La Historia del Mundo empieza hoy. Mandaremos a la basura a Alrisod y a Maldora, enterraremos nuestra hambre y nuestra miseria y miraremos al futuro no solo sin complejos, sino sin pasado –dijo cuando pudo hacerse oír, provocando una nueva explosión de vítores.

Del pasado, dijo luego, no se salvarían más que los recuerdos felices, como el nacimiento de nuestros hijos, los besos de amor y las canciones de nuestra adolescencia, se salvarían también todos aquellos bienes materiales que merecía la pena conservar, y aquí citó a los objetos de los museos, a los bancos de los parques y a los electrodomésticos de nuestras casas, y se salvaría, por último, la telenovela *En Los Olmos pasan cosas*, cuya reposición constante en horario de mañana y tarde debía ser uno de los ejes del futuro de Occidente como nación.

A su lado, Monserga observaba a la multitud. Dos jornadas antes, él mismo había elaborado el discurso que Genoveva debía pronunciar desde el balcón del despacho donde se habían suicidado Bertus Jones y Sedd Alrisod y debía morir León Maldora. Era un alegato redondo, directo y con mensaje. Genoveva lo había ensayado frente al espejo como si fuera una actriz que debía representar un monólogo en el difícil tablado de una feria de pueblo, pero a la hora de la verdad no lo había seguido más que al principio, desde «hoy es uno de enero del año uno» hasta «no solo sin complejos, sino sin pasado». Y, sin embargo, la gente asistía embobada a lo que estaba oyendo.

–No creáis que sois únicos –gritó Genoveva–, que en tanto atendéis a los problemas de quienes os rodean esas mismas personas asisten indiferentes a los vuestros, porque no es cierto, porque siempre hay alguien que os quiere, quizá sin que vosotros lo sepáis. No penséis que sois únicos, porque yo soy como vosotros, porque yo estoy con vosotros. No huyáis del desapego de los otros hacia vuestro propio jardín para encerraros en él. Extended vuestro jardín, hacedlo grande, cobijad en él a quienes lo necesitan y seréis felices. Si una ciudad de jardines grandes es más humana y más habitable, también lo será una comunidad de almas de jardines grandes.

Siguió disertando sobre los jardines durante un buen rato y luego habló de los prados y de las selvas. En un punto determinado, tras sacar a colación a las setas que germinan en las riberas, dijo que ella era feliz viendo correr un hilillo de agua clara, y que para ser feliz no necesitaba más que un regato y diez minutos para hacerse ilusiones sentada sobre una piedra. «No necesito billetes, por muchos ceros que tengan», dijo, y dijo que como creía que eso era lo mejor para todo el mundo, desde el día de mañana los que trabajaban en la fábrica de vales tendrían tiempo para meditar junto a los riachuelos, porque ya no se harían más billetes. «En cambio, abriremos más arroyos. Habrá arroyos por doquier», aseguró.

–¿Y habrá peces en los arroyos? –gritó una voz desde la muchedumbre.

–Habrá peces en los arroyos, ¡por supuesto! –contestó Genoveva.

Y a continuación Genoveva se puso a describir cómo serían los peces y las cabriolas que harían al saltar del agua. «Lo que no puedo prometeros es que los arroyos tengan el agua caliente en invierno, porque yo no puedo prometer quimeras», dijo.

–¿Y habrá ríos? –preguntó otra voz.

–Naturalmente. Habrá más ríos.

–¿Y cómo serán de grandes?

–Los habrá de todos los tamaños: ríos grandes por donde puedan navegar enormes barcos de pasajeros y ríos pequeños, sobre los que construiremos airosos puentes de piedra.

–¿Y habrá un gran río en Nógdam?

–¡Por supuesto que lo habrá! Nógdam no puede perpetuarse como hasta ahora, sin mar y sin río. La población más grande de Occidente debe tener o mar o río, y dado que no podemos llevarnos la ciudad hasta la orilla del mar, traeremos un río hermoso sobre el que construiremos grandes puentes y en el que modelaremos playas donde se bañarán sus pobladores. Es más, haremos canales en las avenidas para que cada familia pueda escoger entre ir en coche o ir en barca. Serán canales limpios, de aguas claras, que compondrán una red tupida a la que podrá accederse desde cualquier plaza de la ciudad.

–¿Y cómo lo haremos, si no tenemos dinero?

–Lo haremos sin dinero. El dinero ya no sirve. En Occidente hay numerosas ciudades que construyeron sus canales cuando no había máquinas. Ahora tenemos artilugios capaces de hacer el trabajo de cientos de hombres y hombres en paro que saben moverlos. Occidente es la nación más poderosa del mundo y tiene la cultura más dinámica de la Historia de la Humanidad. Pensar que no conseguiremos poner en práctica lo que queramos solo porque cuesta mucho dinero es una vulgaridad en la que no debemos caer y en la que no caeremos.

Monserga estaba pasmado: Genoveva había prometido que traería un río a Nógdam y la gente se lo había creído.

–A mí me gustaría que los barcos atracaran en La Chorrilla –grito una mujer, refiriéndose a uno de los barrios periféricos de Nógdam.

–Atracarán, naturalmente que atracarán. Los de La Chorrilla no van a ser menos que los de El Lejío.

«Un pueblo imaginativo es un pueblo vigoroso. Imaginad y poneos a bregar en la idea», dijo. Y añadió que podía prometerles todo eso y más, pero, ¡cuidado!, también se veía en la obligación de exigir de ellos sacrificios.

–No creáis que el Gobierno convertirá un erial en un bonito parque con un toque de su barita mágica. No, así no es como funcionan las cosas. Nos esperan grandes privaciones. Habrá que arrimar el hombro. Y lo haremos todos, los negros y los blancos, los ricos y los pobres, los religiosos y los ateos, todos sin excepción. No se escaqueará nadie porque el trabajo del vago tendríamos que hacerlo los demás, y eso no sería justo.

–Yo quiero trabajar –gritó una voz.

–Trabajarás.

–Y yo también quiero.

–Tú también trabajarás.

«Y yo también, y yo, y yo…», pedía la multitud. «Todos trabajaréis, todos trabajaremos», gritaba Genoveva. Y de pronto, entre la concurrencia, alguien empezó a entonar *El amor que nos enamora* y la canción fue legitimándose como himno saltando de boca en boca y de corazón en corazón hasta que llegó al corazón y la boca de Genoveva y a la boca de Monserga, quien no pudo sino decir algunas palabras sueltas, pues era de las pocas personas de Occidente que no había visto *En Los Olmos pasan cosas*.

Cuando terminó la canción, Genoveva saludó a la muchedumbre con los brazos abiertos, se abrazó a sí misma mirando en múltiples direcciones, como si abrazara a los reunidos, y dijo adiós con la mano. Dentro del edificio, en el despacho desde el que León Maldora había regido los destinos de Occidente durante el último medio año, esperaban a Genoveva, entre otras personalidades, Enna Ganas, Fogo Llilberto, Azucena Amalia Fonseca y Lesio Ninva, el líder sindical de los bomberos de Nógdam, que recibieron a Genoveva con besos, gritos y exclamaciones de euforia.

–Ahora, salid todos –les dijo Monserga pasados unos minutos.

Genoveva regresó al balcón ceñida por las figuras que la habían felicitado y la multitud se quedó maravillada. Los comentaristas de la TF43, la televisión que estaba retransmitiendo en directo el evento, no cesaban de loar la calidad intelectual y humana de quienes apoyaban a la nueva líder de Occidente. «Azucena Amalia Fonseca, Fogo Llilberto, Monserga, Enna Ganas e incluso el líder de los hombres que llevan tantos meses luchando contra el fuego gritan con el pueblo Genoveva, Genoveva», decían, incapaces de apaciguar su entusiasmo. «Jamás se ha visto nada parecido: lo ha dicho ella, Genoveva, y quienes asistimos a este momento único sabemos que lo ha dicho de verdad: hoy es uno de enero del año uno».

Cuando más gritaba la masa, Monserga pidió a los que estaban asomados a los balcones del Ministerio del Interior que volvieran a entrar en el Palacio.

–Señoras y señores, vamos a la sala de juntas, donde firmaremos solemnemente la Declaración –dijo en cuanto estuvieron de vuelta en el despacho del ministro del Interior.

Él fue el primero que salió y el que hizo de maestro de ceremonias cuando llegaron a la sala de juntas, en donde estaban colocadas varias cámaras de la TF43, una de las cuales no dejó de enfocar a Genoveva.

Las diecinueve personalidades, tantas como sillas había, no dudaron al sentarse, como si tuvieran asignado el sitio previamente. La mesa era rectangular y Genoveva se acopló en uno de los lados cortos. A su derecha, se acomodó Monserga.

–Señoras y señores –dijo Monserga–. Voy a leer el manifiesto que ha sido consensuado por distintas organizaciones políticas de Occidente.

Monserga abrió un cuaderno de tapas verdes y leyó lo siguiente en la única hoja que tenía:

Los abajo firmantes, todos electores de Occidente, hallándose nuestro país sin Presidente de la República, sin Vicepresidente y sin suficientes miembros en el Parlamento como para designar a un Presidente Interino, resuelven, en representación del electorado soberano, lo que sigue:

Primero: Disolver el Parlamento de Occidente y convocar unas nuevas elecciones legislativas para el día en el que se cumplan dos meses a partir del de hoy.

Segundo: Elegir como Presidenta de esta Comisión Gestora, con las competencias que la Constitución atribuye al Presidente de la República, a Amiana Osina, más conocida como Genoveva.

–La fecha que iba a consignarse al pie del documento era la de hoy –dijo Monserga a continuación–, pero después de lo que hemos oído de boca de Genoveva, yo propongo que pongamos a uno de enero del año uno.

Como nadie realizó observación alguna, escribió de su puño y letra la fecha, firmó y le dio el cuaderno a Ira Fuza, el verdadero nombre de Azucena Amalia Fonseca, la personalidad que tenía a su derecha, quien lo firmó y se lo pasó a Lesio Ninva. Así fue circulando el libro por la mesa hasta que llegó a Genoveva, que firmó la última. Entonces, dijo Monserga:

–Ahora le tomaremos juramento a la nueva Presidenta de la República de Occidente.

Allí mismo, a unos tres metros de Genoveva, había un atril de orador en el que descansaba abierto un ejemplar de la Constitución impreso en pergamino y ricamente encuadernado. Genoveva se acercó a él y leyó en un folio que había sobre la norma fundamental la fórmula con la que juraban los presidentes de la República:

–Yo, Amiana Osina, asumo el cargo de Presidenta de Occidente por voluntad del electorado, prometo que cumpliré la Constitución y las Leyes y que no me moverá otro interés que el público.

Genoveva alzó la mirada cuando terminó y una salva de aplausos ratificó lo solemne del acontecimiento. Monserga se acercó y le estrechó la mano, y detrás de él fueron haciéndolo Azucena Amalia Fonseca, Lesio Ninva y el resto de las personalidades asistentes.

–Señora Presidenta, el electorado de Nógdam, en representación del electorado de Occidente, os espera –dijo Monserga.

Genoveva fue la primera que salió de la sala. Enna Ganas le fue mostrando el camino hasta el despacho del ministro del Interior, que era provisionalmente el del Presidente de la República, y ya en él, el que conducía al balcón desde el que había sido arrojado León Maldora, donde se habían dispuesto dos micrófonos que conectaban con un potente sistema de megafonía.

Los revolucionarios, que habían visto el acto de firma de la Declaración y de juramento de Genoveva por una pantalla gigante que la TF43 había instalado en uno de los laterales de la calle, prorrumpieron en aplausos y en gritos de «Presidenta, Presidenta», que Genoveva alentó primero levantando los brazos y acalló luego bajándolos.

–Queridos conelectores –dijo–, he jurado servir al interés público de Occidente antes que a nada. Ya no tengo otro pensamiento, ya ni el poder ni la gloria me apetecen. Ya no soy yo, ya no soy de ningún grupo político, ya solo persigo el interés del electorado.

Volvió a saludar con la mano y se metió en el edificio. Monserga cerró las puertas de los balcones y fue pidiendo a los que estaban en el despacho que dejaran a la Presidenta a solas con su responsabilidad. Finalmente, se quedaron Enna Ganas, Lesio Ninva, el general Ambrosius y el propio Monserga, quien sacó de un maletín de cuero una carpeta y de esta un papel que colocó sobre una mesa baja, alrededor de la cual se habían acomodado todos.

–Es el Decreto de elaboración del Gobierno –aseveró.

Genoveva leyó en voz alta la lista de nombramientos, en la que los concurrentes figuraban de la siguiente forma: Ambrosius, ministro de Defensa; Enna Ganas, ministra de Asuntos Exteriores; Lesio Ninva, ministro de Economía y Hacienda, y Feist Monserga, ministro del Interior, de Justicia y Portavoz del Gobierno. Los cinco componían la Comisión de Asuntos Estratégicos (el verdadero Gobierno del Estado), de la que acto seguido celebraron la primera sesión, en la que acordaron subirse el sueldo, constituirse en agrupación política y presentar a Genoveva como candidata a la Presidencia.

–No creo que tengamos muchos problemas –afirmó Monserga–. Los partidos políticos están destruidos y nadie será capaz de preparar en dos meses una organización lo suficientemente grande y eficaz como para lanzar un candidato con garantías de éxito. Nosotros, en cambio, disponemos de una Presidenta en ejercicio, de la esperanza que ha despertado su nombramiento y de toda la maquinaria del Estado.

Al oír aquello, Enna Ganas se acordó de la puesta en escena que yo había sido capaz de producir en menos de dos horas ante la puerta secreta del búnker de la Presidencia.

–No te confíes: siempre quedarán los oligarcas –dijo.

Ni Genoveva ni Lesio Ninva habían oído hablar de los oligarcas.

–Es una sociedad secreta conformada por las personas más influyentes del mundo –les aclaró Monserga–. Pero anda en las últimas. Yo soy miembro de ella y no sé nada de su actividad desde hace años.

–A los oligarcas no los une una ideología, sino los intereses, que son iguales para todos, seas de la época que seas y del lugar en el que hayas nacido –explicó Enna Ganas–. Y aunque parezca contradictorio con una afiliación tan difuminada, tienen un Consejo de Dirección, una sede al margen de los Estados y un pequeño ejército.

De todos los presentes, ella era la que más cerca estaba de la realidad: los oligarcas existían y aún estaban operativos.

De hecho, al día siguiente de la toma de posesión de Genoveva, uno de los secretarios del Valido me llamó para pedirme que acudiera urgentemente a la mansión de este para asistir a una reunión del Consejo de los Oligarcas. Yo estaba obligado a atender su demanda y una hora después cruzaba la monumental verja que limitaba la finca, donde era recibido por unos cuantos guardianes con metralletas y un par de actores que hacían de hijos del magnate retirado.

El Valido, que según los doctores debía llevar varios años muerto, me recibió en un sillón de ruedas que empujaba un actor que hacía de miembro de una organización solidaria con los discapacitados. Estaba demacrado, apenas podía levantar la mano y la lengua se le había hinchado y vuelto holgazana, por lo que oírlo hablar resultaba lastimoso.

–Te están esperando –le entendí a duras penas.

Mucho más trabajo me costó inferir de sus palabras que yo lo sustituiría en el Consejo, al que él no asistiría, aunque me acompañó hasta la puerta de la sala donde alrededor de una mesa redonda había doce sillas, de las cuales tres estaban ocupadas por hombres y otras tres por mujeres.

–Adelante, señor Kiff, usted será el miembro número siete. Y el último, pues nadie más vendrá –me dijo una mujer de unos sesenta años, con el pelo pintado de rubio, que vestía un traje de chaqueta gris con pantalones.

Ella misma se presentó como Adale Laeda, extenista, exmodelo y propietaria.

–Soy la Presidenta del Consejo. El señor Bitar, el anterior Presidente, ha muerto. Los miembros que han comparecido, con la excepción de usted, me acaban de elegir por unanimidad para el cargo que le he citado. En estas sesiones no hay actas ni nada similar, de manera que no le preguntaremos si usted está a favor de mi nombramiento o no, porque eso es irrelevante. En todo caso, el señor Sabido no se oponía, y usted viene aquí en su sustitución, una sustitución definitiva, según nos ha confesado él –dijo.

Yo no hice comentarios y Laeda expuso inmediatamente el propósito que daba sentido al cónclave.

–Cuando los unionistas construyeron la muralla para defender la Verdad de nuestra Hipocresía –dijo–, el resto del mundo la cubrió de espejos que simulaban el océano y sometió a la civilización que se guarecía tras ella a un olvido intencionado, como si fuera un trauma que debe superarse. La Unión se convirtió pronto en una leyenda, aunque de ella seguían viniéndonos toda clase de mercancías, que para no romper el espejismo eran reetiquetadas en nuestros almacenes.

«La descomposición moral en que vive La Unión desde hace años y el caos consecuente ha originado que ahora sean ellos los que quieran huir en masa de su país. Pero nuestra sociedad ni está en condiciones de asimilarlos ni lo quiere. La Historia de este lado del globo ha demostrado que podemos vivir al margen de la Verdad, ignorarla y cerrar los ojos ante ella o apuntar hacia otro lado, o, dicho de otro modo, que donde mejor están los unionistas es en el limbo de las leyendas. Y ahí es donde deben quedarse para siempre.

«Por eso, aunque el destrozo ha sido silenciado por los medios de comunicación, nadie ha causado más daño a nuestra civilización que Ambrosius y sus tropas especiales. La visión de la muralla ha situado a los habitantes de las áreas fronterizas ante la realidad al desnudo. Y en la realidad al desnudo están la mierda, los gusanos y la muerte».

La presidenta del Consejo nos miró. Antes de continuar, se tocó la barbilla.

–A los oligarcas no nos ha importado nunca ni la muralla ni lo que la muralla representaba. También en La Unión había gente que estaba por encima de la Verdad, igual que aquí la hay que está por encima de las leyes. Cuando los unionistas levantaron esa construcción ingente, los nuestros de entonces abrieron en ella pasos subterráneos para hacernos inmunes a los límites que establecía.

La mayor parte de lo que había dicho Adale Laeda lo sabíamos, pero era fundamental recordarlo como prólogo de lo que venía seguidamente:

–El problema de la muralla no sería tan espinoso si Occidente estuviera en condiciones de digerir a los que nos invaden o preparado para reparar y defender las fronteras físicas y míticas que nos separan de La Unión. Occidente, empero, está en fase terminal y, como los enfermos en estado de coma, ya ha perdido su conciencia de sí. El cáncer se ha extendido por sus órganos vitales con tal virulencia que la recuperación es imposible por los procedimientos normales. En otras circunstancias, lo hubiéramos dejado morir, a fin de que renaciera más potente de sus propias cenizas, pero las grietas de la muralla y la presión que sobre ella ejercen los unionistas nos obligan a actuar. Y actuar supone alcanzar el poder político y ejercerlo directamente. No el poder de hecho –insistió–, que siempre hemos gozado y que ahora está bajo mínimos por la descomposición de la economía y la sociedad, sino el de hacer las leyes y mover al ejército. Solo así dedicaremos las energías necesarias a la consolidación de la muralla y a su ocultación

Los miembros del Consejo asintieron con gestos desemejantes: en efecto, la capacidad de los oligarcas de presionar sobre el Gobierno se había ido reduciendo hasta llegar a ser prácticamente nula.

–Mirad cuántos hemos venido. Siete de doce –dijo Leito Gárat, un banquero de pelo canoso y aire distinguido que estaba sentado enfrente de la presidenta–. ¿No os parece bastante revelador? Los demás no han podido acudir porque el aeropuerto de Nógdam no funciona o, simplemente, porque no han conseguido gasolina para sus coches. Si no somos capaces ni de asistir a las sesiones de este Consejo, ¿cómo vamos a serlo de conquistar el poder, por deteriorado que el poder esté en Occidente?

–Desde luego, no mediante un golpe de Estado. La única manera es hacerlo como lo hemos hecho tradicionalmente: influyendo en el proceso electoral que se avecina. E incluso yendo más allá y proponiendo como candidato a la Presidencia de la República a un representante nuestro –contestó Adale Laeda.

La idea cogió por sorpresa a los asistentes.

–Eso es muy difícil en el contexto actual –aseguró Pamila Veati, una cincuentona que en la médula de su juventud había abandonado su prometedora carrera de actriz para casarse con el naviero más rico de Boalís, del que era viuda desde hacía ocho años.

–Pero no ilusorio –le objetó Laeda–. Dependerá mucho de la persona que presentemos.

–Presumo que a continuación nos vas a decir su nombre –dijo Leito Gárat.

–Alma Reimo –reveló enseguida Laeda.

La presidenta nos concedió un tiempo para que el nombre que había pronunciado produjese los efectos que correspondieran y añadió:

–Es mujer, como Genoveva, se expresa mejor que ella y es más lista y más hermosa.

Laeda había aprendido a jugar con los silencios.

–Ese estúpido de Monserga nos ha facilitado la labor manteniendo a Reimo en el candelero –dijo tras un breve mutismo–. Hoy, después del declive que ha tenido el país desde que ella dejó el Gobierno, el nombre de Alma Reimo suena a orden y a eficiencia.

–Alma Reimo es una incompetente, y todos lo sabemos –alegó Gárat.

–Eso es lo de menos, porque cuando dices todos, te refieres a todos nosotros, no a todos los electores, que son los que tienen la última palabra –dijo Laeda.

–No basta un buen candidato para ganar unas elecciones: hace falta, inexcusablemente, la estructura de un partido instalado a nivel estatal –afirmó Pamila Veati–, algo que nosotros no tenemos.

–Es cierto. No lo es menos, sin embargo, que algunos de nosotros siguen siendo muy poderosos, tanto en Occidente como en otros países. Todos los oligarcas con los que he departido se han puesto a nuestra entera disposición, de modo que contamos con apoyos suficientes como para financiar la campaña y soporte mediático bastante como para que Alma Reimo entre a diario en la mayoría de los hogares y esté presente en una de cada dos conversaciones –le arguyó Laeda.

–¿Y la estructura directa? Necesitamos desde candidatos al Parlamento hasta colaboradores que distribuyan la propaganda o contesten a los teléfonos –dijo Veati.

–Aquí es donde entra en juego el señor Kiff –apuntó Laeda mirándome–. El señor Kiff es de Sholombra. Ha visto con sus ojos los monstruos que puede fabricar la Verdad y perteneció a la comunidad inhumana que pretende derrumbar la muralla. ¿No es así, señor Kiff?

–Así es –corroboré–. Si la muralla cae, la plaga que hay detrás de ella nos invadirá y las civilizaciones que hoy componen el mundo desaparecerán en cuestión de meses.

–Señor Kiff, es sabido que usted conserva una estructura asentada en todo el Estado y los medios materiales y humanos adecuados para realizar con garantías la operación que necesitamos. Me consta, además, que le gustan los grandes retos, que no se arredra ante las dificultades y que posee cualidades difícilmente explicables desde la razón –dijo utilizando la información que le había dado el Valido–. Y me consta que conoce a Alma Reimo y el aprecio que se tienen.

–Por lo que veo –le respondí–, ya ha hablado con la señora Reimo.

–En efecto. No le he prometido nada porque nada podía prometerle sin el consentimiento de este Consejo, pero me he asegurado de sondear su opinión sobre algunas cuestiones.

–¿Y está de acuerdo en ser candidata a la Presidencia? –preguntó Veati.

–Lo está. Y ella misma mencionó la ayuda del señor Kiff antes de que yo se la sugiriera –aseguró Laeda.

Capítulo 14

La vuelta de Alma Reimo. El documento que lo contenía todo y lo contrario de todo. La novela de Fátimo. El final de un acto.

Alma Reimo llegó protegida por una decena de mis mejores guardaespaldas, que se habían abierto paso a balazos en un par de cruces de carreteras, y se instaló sola en una oficina de la torre Madlun, aunque yo le había garantizado una cierta comodidad para su marido y sus hijas.

–No quiero complicarlos en un ideal tan arriesgado como este –me dijo.

Era mentira. Su marido la había abandonado después de que ella lo exhortara a hacerlo. «Si no estás conforme con las reglas de esta casa, te vas, que nadie te retiene a la fuerza», le había dicho repetidas veces en los últimos tiempos. Su marido se fue, en efecto, pero se llevó con él a las hijas de ambos, que fueron las verdaderas artífices de la huida. «Nos vamos porque no te soportamos, mamá. Y no nos busques, haznos ese último favor», escribieron en un papel que firmaron las tres y dejaron pegado con celo en el espejo frente al que ella pasaba las horas explorándose y retocándose.

Alma Reimo estaba tan guapa como antes y venía maquillada y vestida como si acabara de subirse al coche de Madlun en el que había recorrido casi mil quinientos kilómetros sin detenerse más que para hacer sus necesidades detrás de algún matorral. Cuando desbordado por el deseo de halagarla se lo comenté, me cogió del brazo y me dijo:

–Tú siempre tan amable. ¡Qué lástima que seamos lo que somos!

–Lo que somos podemos modificarlo si queremos –le respondí mordazmente.

Por el camino, se había entretenido escribiendo en un bloc lo que ella llamó las líneas maestras del programa electoral de nuestro partido, al que denominaríamos «Unión del Pueblo de Occidente», UPO, que me enseñó iluminada por un entusiasmo rayano con la euforia poco después de saludarnos. Como venía muy ensoberbecida, no quise contradecirla frontalmente, pero le advertí que lo sustancial no era tanto el programa o el nombre del partido como el hecho de llevarla hasta la Presidencia de la República, desde la que podría poner en marcha las políticas que estimara más convenientes, fueran o no las que había prometido.

–Ya lo sé –me contestó–. Pero conozco al electorado y estoy segura de que esto es lo que quisiera oír de un político.

Yo me limité a echarle un vistazo al bloc y a entregárselo a mis ayudantes, quienes sí lo leyeron a fondo.

–Es un despropósito. No creo que debamos perder más tiempo estudiando un bodrio como este –observó Just unas cuantas horas más tarde.

Floro, en cambio, estaba encantado con el modo en que el borrador de Reimo había solucionado las contradicciones en que caían los políticos.

–Es como el refranero o como esos libros sagrados que siempre responden adecuadamente, da igual con el punto de vista que te acerques a ellos, porque en su contenido hay respuestas para todo –dijo.

No tomé parte en la disputa hasta que ambos quisieron saber mi opinión.

–La mayoría de los electores tienen ideas preconcebidas y no quieren oír la verdad ni de sus políticos ni de nadie, sino lo que más se ajusta a lo que piensan. Y para satisfacer prejuicios, sean del signo que sean, este borrador quizá sea una obra maestra –reconocí.

A partir de ese momento, nuestro único esfuerzo se dedicó a completar lo que tenía de bueno aquel manuscrito infernal, es decir, a ponerlo todo y lo contrario de todo, de forma que al cabo de tres días hicimos el ejercicio de enfrentarnos entre nosotros con preguntas comprometidísimas y apreciamos que podíamos responderlas acudiendo a un apartado u otro del programa. Para entonces, nuestro partido había sido inscrito en el registro correspondiente y Just y Floro, al frente de un equipo de casi dos centenares de personas, se encargaban de la instauración de la infraestructura básica, tanto humana como material, para lo que contaban con la notable ayuda de los oligarcas de las entidades territoriales autónomas, sin los cuales hubiera sido prácticamente imposible encontrar candidatos y erigir una mínima organización en algunas de ellas. Su aportación resultó tan determinante que, mientras nosotros conseguimos candidatos locales para la generalidad de las circunscripciones, el partido de Genoveva se vio en la obligación de acudir a vecinos de Nógdam para concurrir en algunas comunidades que se habían declarado independientes y en todos los Estados Asociados.

–El Gobierno no controla el Estado, como lo prueba el que ni siquiera el partido que ha creado ex profeso para seguir gobernando haya sido capaz de presentarse con candidatos del territorio en un tercio de las circunscripciones –dijo Alma Reimo desde nuestra página oficial de internet y las televisiones afines a nuestro proyecto.

La soltura con que nos movíamos confundía a Monserga, que ya se había sorprendido de la aparición de nuestro partido, al que desde el principio vio con temor merced a los malos presagios que Enna Ganas advirtió en cuanto rodeaba a nuestro nacimiento.

–No me gustan ni Sabido ni Nereo Kiff ni Alma Reimo, ni que se reúnan en esa especie de isla que es la ciudad Madlun, ni que funcionen como un reloj en este maldito país en el que nada funciona desde hace años, ni que ayer, precisamente el día en que se inscribieron en el Registro de Partidos, Miralos Fátimo me mandara un correo electrónico anunciándome que ha decidido publicar su primera novela en una página de internet que se llama como esa extraña capital que nadie sabe si es de este mundo o del otro, «Sholombra.com» –dijo.

Aunque el general Ambrosius había prometido mil veces que los retiraría, los tanques continuaban varados en las calles de Nógdam, por las que deambulaban centenares de miles de putas desaliñadas y semidesnudas que se peleaban por los clientes, a los que les hacían el servicio completo por la voluntad, o por la caridad, como decían algunas, y los edificios emblemáticos seguían ardiendo a pesar de que los bomberos juraban por sus hijos que ellos no alimentaban el fuego, que ya no, que lo habían hecho para aumentar su capacidad de negociación, pero que desde que

Lesio Ninva era el ministro de Economía y Hacienda habían cambiado y ahora, si tuvieran combustible, no lo utilizarían para incendiar, sino para que sus vehículos pudieran salir de las cocheras de los parques, donde estaban quietos porque la única estación de servicio que les fiaba se había quedado sin suministro.

La retirada de los tanques de las calles y la extinción de los incendios fueron algunos de los compromisos que los dirigentes del PCP acordaron extirpar del programa electoral de su partido cuando vieron que nosotros no los incluíamos en el de la UPO. «Llegar a tanto detalle nos obligará luego a detallar las excusas», argumentó Monserga. Por la misma razón, retiraron la referencia que hacían a la expulsión de Occidente de las tropas de Barbaria («sería como admitir que de verdad están entre nosotros», dijo Ambrosius) y la llamada a la inmediata occidentalización de todos los territorios de Occidente («esa tautología es tan incomprensible como innecesaria: uno es lo que es, aunque no quiera serlo», alegó Enna Ganas).

Desde el inicio del prólogo, fueron párrafo a párrafo adaptando su programa al nuestro hasta que en un momento determinado, cuando todavía no llevaban un tercio, Genoveva, que no había abierto la boca, manifestó que le dolía la cabeza y a fin de acabar cuanto antes con aquel engorroso trámite propuso que se copiara nuestro texto al pie de la letra.

–Después de todo, nadie lo va a leer y yo voy a decir en los mítines lo primero que me venga a la cabeza, esté o no esté en ese cartapacio –alegó–. Poned, si acaso, que se concluirá la telenovela *En Los Olmos pasan cosas*. Esa promesa será nuestro signo de distinción.

Nuestro documento fue copiado también por el partido de los Trabajadores, que estaba dirigido por un grupúsculo de jóvenes exaltados y solo presentaba listas en las circunscripciones más importantes, y por el partido de los Moderados, en el que se integraban catedráticos de universidad e intelectuales, y por el partido de los Próceres, que solía sacar menos votos que el número de candidatos que figuraban en sus listas, y por los veintiocho partidos más que concurrían a nivel estatal, ninguno de los cuales se dio el tártago de realizar su propio programa. Todos ellos, sin embargo, añadieron a nuestra oferta electoral un párrafo de como mucho dos renglones para diferenciarlo del de los demás. El partido de los Trabajadores, por ejemplo, se comprometió a dar el trato de funcionario de primera categoría a cualquier trabajador, estuviera empleado o desempleado; el partido de los parados prometió sentar a los demandantes de empleo en las mesas de negociación laboral, pues alegaban que los sindicalistas se representaban, primero, a ellos mismos y, luego, a los trabajadores, pero jamás a los desempleados, a quienes consideraban como sus competidores; el partido de los Moderados prometió ser tolerante con los tolerantes e intolerante con los intolerantes y el partido de los Próceres se comprometió a nombrar prohombres de segundo grado a los hombres y las mujeres que no lo fueran originalmente. No obstante, la idea más estúpida se le ocurrió a un desconocido partido de la Luz, que se limitó a prometer que suprimiría la muerte de la vida.

Cuando Monserga vio la nube de partidos que acudían a las elecciones (32 estatales y 223 nacionalistas), no supo si alegrarse o apesadumbrarse. La democracia era el único sistema de gobierno aceptado, daba razón de ser a la Historia del país y estaba tan metida en el ideario colectivo que no se entendía otra forma de hacer política, aunque por lo bajo y por la espalda los políticos se dieran toda clase de puñaladas e intentaran ganar la voluntad del electorado de cualquier manera.

Por aquel tiempo, Fátimo remitió a Alma Reimo la novela que había escrito en el retiro de su casa de campo con la aspiración de que le sirviera para seducir a los electores. «Si los humanos controlaran todos sus sentimientos, se acabaría el principal filón de los artistas. Afortunadamente, la existencia real es caótica y cualquiera puede meterse en un charco emocional», le decía en el mensaje del correo electrónico. Reimo imprimió la novela con la intención de leerla, pero no pasó de la página número 15.

–Léela tú, si eres capaz –me dijo–. No me extraña que no se la publique nadie. Eso es incomible.

–¿Se lo has dicho a él?

–¿Decirle la verdad a un artista? Por supuesto que no. A él le he dicho que no he podido dejar de leerla ni un solo minuto y que me ha parecido sobresaliente.

A Alma Reimo le agradaba la literatura ligerita, con personajes de la vida diaria, amores y desamores, muchos diálogos y poco rollo existencial, como ella decía. Yo la cogí con cierta suspicacia, pero en cuanto llevaba una decena de páginas me di cuenta de que lo que Fátimo había escrito no solo era distinto de lo demás, sino único, esa paradójica cualidad por la que algunas obras son tan insufribles para sus coetáneos como primordiales para la Historia de la Literatura.

En la novela de Fátimo, era fundamental la distinción entre sentimientos impropios y sentimientos propios o previos, según su propia terminología. Por sentimientos impropios debían entenderse todos aquellos que son inconvenientes porque chocan con un sentimiento previo. Por ejemplo, si un hombre se enamora de la misma mujer de la que ya está enamorado su amigo, la amistad es el sentimiento previo y el amor que siente por la mujer es el sentimiento impropio. En la sociedad de la novela, se conceptúa que los sentimientos impropios son factores dañinos y se rechazan de plano, de modo que el amor únicamente es admisible si están libres los dos miembros de la futura pareja. Esa regla es aplicable sin exclusiones y tanto en el campo real como en el de la creación artística. Así, los argumentos de las novelas y de las películas y el contenido de los poemas no pueden recoger más que sentimientos previos o propios. La consecuencia es que las obras de arte son tan tediosas que nadie les presta atención.

Los protagonistas que se mueven en ese frío entorno son un hombre que se enamora de la mujer de un amigo y esa mujer. El hombre, contra la ética de su sociedad, no ahoga los sentimientos que lo impulsan hacia ella, pero tampoco los manifiesta, y se dedica a escribir poemas que inmediatamente echa al fuego. La mujer, por alguna razón que el libro atribuye a un error de la Naturaleza, se enamora del hombre, pero guarda idéntico silencio y escribe poemas que destruye a continuación. En la novela, los años pasan con los dos amándose e ignorando que se aman y el fondo de un mundo triste en el que solo ocurre lo que tiene que ocurrir.

Fátimo se había retirado a su casa de campo con la pretensión de escribir novelas de misterio y había escrito una novela misteriosa, totalmente desprovista de pasiones, en la que nunca pasa nada fuera de lo que debe pasar. Con esos antecedentes, no era raro que lo mismo provocara fervor que bostezos y que los editores no consiguieran encajarla en el perfil de los libros publicables.

–¿Me servirá para seducir a los electores? –me preguntó Reimo cuando terminé de leer el libro.

–Me temo que no. Fátimo ha escrito un libro para hacernos reflexionar sobre los peligros de la moral opresiva. Y ni a los electores les va la reflexión ni a nosotros, que somos los elegibles, nos va la moral, sea o no sea opresiva –le contesté.

Poco antes de hablar conmigo, Alma Reimo le había dedicado bastante rato a orar al Dios de su religión, aunque ya no cumplía ninguno de los preceptos que propugnaba su doctrina. En la mañana de aquel día, Reimo y yo habíamos tratado con Just y Floro las apariciones públicas de la candidata a la Presidencia y habíamos proyectado una serie de mítines y entrevistas en los medios afines a los oligarcas sobre la base de nuestro programa electoral.

–Fátimo tenía que haber escrito un libro de misterio o de aventuras, como procuró inicialmente, y dejarse de andar calentando la cabeza de los lectores –me dijo Reimo.

Aquella noche me dormí pensando en el quehacer de Fátimo y en el de los que, como Fátimo, se dedicaban a escribir en una sociedad tan descompuesta como la nuestra. No llegué a ninguna conclusión, fuera de imaginar a Fátimo cuidando de su pequeña huerta, escribiendo a mano con las tranquilas aguas del lago al fondo y contemplando las estrellas tendido en una hamaca. Ese papel de eremita moderno en un paraje de la periferia de Occidente tenía algunas similitudes con el que el Valido se había agenciado retirándose a un enorme palacio de las proximidades de Nógdam.

Esta asociación, probablemente demasiado subjetiva, se me ocurre ahora que el pasado me da la oportunidad de mirar los acontecimientos con el sosiego de que nos priva el tiempo en que vivimos, pero no la hice a la mañana siguiente de la noche en que finalicé el libro de Fátimo, cuando me telefoneó el mayordomo del Valido para decirme que había encontrado a su señor muerto en la habitación. Desde el día en que el Valido me reveló que le quedaba un año de vida, habían transcurrido más de cuatro.

–¿Qué quiere que hagamos, señor Kiff? Él nos tenía dicho que cuando llegase este momento lo llamáramos e hiciéramos lo que usted concretara –me dijo.

–Vayan amortajándolo dignamente –le contesté–. Iré enseguida a hacerme cargo de la situación.

En Nógdam no funcionaban los tanatorios ni los cementerios. Hacerse cargo de la situación era ordenar qué se hacía con el cadáver y era, especialmente, disponer sobre el destino de Primor, la nieta del Valido, que aún no había cumplido los trece años, y sobre la suerte que debía correr la residencia, incluida la extraordinaria cantidad de personal que había trabajando a su servicio. Sobre lo primero, hablé con Libuell, Dam, Altea e Impreciso y decidí encargar a Lucas Midelle la realización de un funeral por todo lo alto con los actores y actrices de la casa, y sobre lo demás, consulté con el propio Lucas Midelle, con el mayordomo y con los representantes de los trabajadores y, cuando obtuve su beneplácito, resolví mantener las cosas como estaban y que los empleados siguieran con su labor como si nada hubiera sucedido.

–Este lugar es un enclave de bienestar en una sociedad putrefacta y eso es lo que debe seguir siendo –les dije.

Había, sin embargo, algunos elementos que debían

cambiar obligatoriamente. Así, como era necesaria una autoridad al estilo de la que deben tener las ínsulas, le pedí a Libuell que ejerciera el empleo de señor benévolo y él aceptó al punto.

Con Primor, adopté una decisión parecida. La niña llevaba varios meses rodeada de sentimientos positivos, ya fueran reales o ficticios, y sin contacto alguno con el mundo. Hablé con Midelle y le encargué que escenificara una escuela con profesores y niños, una calle en la que jugar con los vecinos, unas familias que fueran las de sus compañeros de clase e incluso noticias que vinieran del exterior y cuantos conflictos y descalabros fueran adecuados para modular y endurecer su carácter, incluidos los relacionados con la muerte.

También debía cambiar la relación entre el palacio y yo, a fin de que recayera sobre mí la decisión última en los asuntos de máxima trascendencia, de acuerdo con la valoración previa de Libuell.

Tercera parte: La ceguera

Capítulo 15

El camino hasta Inicia. Lo que parece una guerra de exterminio. Una biblioteca de cuento. El programa del partido de la Luz. El cierre del círculo.

Cuando restaban diez días para el de la celebración de las elecciones, Adale Laeda, la presidenta del Consejo de los Oligarcas, me llamó para decirme que la muralla tenía un portillo por el que se colaban a diario miles y miles de habitantes de La Unión.

–Son como un veneno inyectado en las venas de un enfermo terminal. Esto se acaba, señor Kiff. Hemos fracasado. Dedicar todos nuestros esfuerzos a ganar las elecciones ha sido un error. Ya ni siquiera nos queda la solución de la huida. ¿Adónde iríamos? ¿Qué rincón del mundo puede ofrecernos seguridad? –me dijo.

Yo me reuní sin tardanza con Reimo, Just y Floro y los puse al corriente de lo que me había contado Laeda.

–¿Tienes alguna idea? –me preguntó Reimo.

Ni Genoveva y sus seguidores ni nosotros habíamos podido hacer campaña fuera de Nógdam, dado que el aeropuerto llevaba varias semanas cerrado y las carreteras estaban infectadas de bandas armadas que competían entre sí por el secuestro de quienes se atrevían a circular por ellas. El Estado, efectivamente, no tenía Gobierno, y tampoco lo tenían las comunidades y los municipios. Los jueces hacía tiempo que no acudían a sus despachos, los cuarteles del ejército estaban vacíos, la policía había abandonado su función o utilizaba sus armas reglamentarias para cometer toda clase de tropelías y los servicios más elementales, como la recogida de cadáveres o el abastecimiento de aguas, llevaban semanas sin prestarse.

Desde el mismo momento de su convocatoria, estaba claro que fallaría la logística de la elecciones, pero los políticos, los periodistas y los tertulianos habían confiado en lo inculcados que estaban los comicios entre la población, que acudía a votar en cualquier escenario, por adverso e incluso por desastroso que este fuera. A ese delirio contribuía el que la ciudad estuviera empapelada con las fotografías de las dos candidatas principales y el que la televisión, de lo poco que en Occidente funcionaba con normalidad, siguiera programando informativos y tertulias donde políticos, periodistas y pensadores trataban exclusivamente de las cuestiones que enfrentaban a los partidos, todas ellas ajenas a la realidad del país.

–No se me ocurre otra cosa que ir al lugar donde la muralla tiene el portillo –le dije.

–Y una vez allí, ¿qué harás?

–No lo sé. Primero debo valorar la verdadera índole de la situación. Lo que no puedo es quedarme aquí de brazos cruzados.

Just, doce de mis guardaespaldas y yo nos pusimos en marcha solo unas dos horas después de aquella charla, aunque la tarde estaba expirando. El punto en el que la muralla se había cuarteado se hallaba a dos mil ochocientos kilómetros al nordeste de Nógdam, en la comunidad de Inicia, cuyo Parlamento había declarado la independencia en los primeros días de la presidencia de León Maldora. En el debate parlamentario sobre la soberanía de Inicia, Alsero Pírer, que había sido hasta quince días antes delegado del Gobierno en aquel territorio, anunció su paso al independentismo con el argumento de que el Estado nunca había construido un puerto en la costa de su país. Pírer, como hombre ilustrado, sabía que su comunidad no daba al mar y que el océano que se veía desde sus acantilados era una ilusión creada por los espejos que tapaban la muralla, pero ello no le impidió prometer la construcción de un superpuerto desde el que saldrían los productos manufacturados en los grandes polígonos industriales de Inicia, e incluso de islas artificiales con hoteles de lujo, puertos deportivos y playas con palmeras y arenas doradas a las que acudirían los más ricos del mundo a dilapidar sus fortunas. Lo sabía él y lo sabían los viejos líderes independentistas, que cuando se vieron sorprendidos por la propuesta de Pírer decidieron hacerla suya y apoyarla antes que explicarle al electorado que ese mar tan hermoso sobre el que basaban buena parte de su singularidad como territorio era en puridad una falsificación. Pírer, con el apoyo de los nacionalistas tibios, logró hacerse con la mayoría del Parlamento tras la independencia y acto seguido levantó puestos fronterizos en los límites de su comunidad, prohibió todo contacto con Occidente y declaró héroes nacionales a los terroristas más sanguinarios, que habían operado en el bando independentista.

Pocos días después de la emancipación de Inicia, las tropas de Ambrosius entraron en aquella comunidad por el Este y a lo largo de una semana se dedicaron a romper los espejos ante el estupor de los habitantes de las inmediaciones, a los que la pérdida de su horizonte más fastuoso dejó sumidos en la melancolía. La respuesta de Pírer fue declarar que la muralla era una ficción construida por Occidente y ordenar en secreto la instalación de una pantalla de espejos que simulara un superpuerto y un archipiélago de preciosas islas artificiales.

Nuestro contacto en Artiria había sido Idia Perot, la propietaria de las minas de diamantes más lucrativas de Occidente, situadas en una región que durante cientos de años había sido Parque Nacional. Gracias a ella habíamos logrado presentar candidatos al Parlamento de Nógdam por aquella circunscripción, a pesar de la declaración de independencia y de los impedimentos del débil Gobierno de Pírer, que pronto fue un pelele en manos de los antiguos terroristas, reconvertidos en líderes de bandas mafiosas enfrentadas entre sí. Por ella supimos que en Inicia faltaban alimentos, que el agua de los grifos estaba podrida y que las televisiones no emitían programación alguna. Cuando ya no fue posible comunicarse con ella por teléfono, seguimos en contacto por correo electrónico, aunque para entonces se había recluido en su palacio y sus crónicas se limitaban a detallarnos el caos y la destrucción que se vivía en las calles. Finalmente, todos los correos de Inicia interrumpieron su labor y, en un mundo en el que las referencias que nos llegaban de la periferia eran menos interesantes que el tempestuoso día a día de Nógdam, aquella comunidad se borró de los mapas de nuestro interés.

En el momento en que abandonábamos Nógdam, sabíamos muy poco de Inicia y prácticamente nada del estado en que se hallaba su frontera con La Unión, pero no era mucho mayor el conocimiento que teníamos del resto del país. Por eso, los que viajábamos en el convoy íbamos muy pendientes de cuanto nos rodeaba, que en general no era la hecatombe, como ocurría en Nógdam, sino esa turbadora bonanza que desprende el concurso de la enfermedad y la desidia. Sin embargo, la sensación de que los moradores de los territorios por los que pasábamos se habían ido o evaporado se trocó en otra bien distinta cuando el sol se puso y los campos parecieron enormes cementerios habitados por zombis que nos acechaban desde el silencio y la oscuridad. Realmente, durante toda la noche solo apreciamos una zona iluminada, de la que yo tuve noticias por el bueno de Just, pues en ese momento me hallaba en el lado borroso del duermevela.

–A su derecha –me dijo tras reclamar mi atención con el codo.

A no más de un par de kilómetros, cientos de luces de colores configuraban lo que se enjuiciaba como una inmensa mole fabril al borde de un pantano, sobre cuya faz inquieta se solazaban los reflejos.

–¿Qué será? –me preguntó–. Es lo único realmente vivo que hemos encontrado desde que salimos de Madlun.

Por vivo quería decir cualquier persona o cosa que funcionase con disposición para continuar funcionando. Yo bajé la ventanilla para sentir las almas que habitaban en la noche e iba a contestarle lo que era aquello cuando los faros de nuestro vehículo alumbraron el cartel que avisaba de una desviación a la derecha. «Mira ese anuncio», le dije entonces. Y Just leyó en voz alta: «Central nuclear de Naevu».

–Se ve que funciona –murmuró.

Yo mascullé distraído:

–Las televisiones. ¡Es increíble!

–¿Cómo dice? –me demandó Just.

–Los directivos de las televisiones se han puesto de acuerdo para que esa central siga funcionando. Si no hubiera televisiones, no habría electricidad –le aclaré.

Just no vio tantos motivos para la alarma. Enmudeció, no obstante, y yo seguí sintiendo los afanes que me llegaban desde la central mientras me imaginaba el mundo dividido en dos habitaciones: una era el estudio de una televisión y la otra, la sala de estar de una familia de Nógdam que vivía sentada frente al televisor.

–¿No te parece fantástico? –le dije a Just.

–¿El qué?

–Todo esto.

–¿Todo esto?

–Sí, todo esto: los incendios de Nógdam, el portillo de la muralla, el Gobierno que no gobierna... y ahora, lo de las televisiones fabricando electricidad.

La noche y el sueño hicieron luego su trabajo y nos dormimos. Cuando nos despertamos, amanecía por un horizonte poblado de bloques de pisos, coches inertes y gente que nos observaba sin esperanza y con miedo.

–¿Por dónde vamos? –le pregunté al conductor.

–Hace un rato que sobrepasamos Restora. Habremos recorrido unos setecientos kilómetros. El estado de la carretera nos obliga a ir muy despacio –me respondió.

Poco después nos detuvimos a un lado de la autopista a estirar las piernas y a desayunar y los vehículos repostaron con el carburante que llevábamos en un depósito. La ausencia total de tráfico resultaba desasosegante, pero el aire era limpio y teníamos la sensación de que en Nógdam se había quedado lo peor de la locura que arrasaba nuestro mundo. Cincuenta minutos más tarde, reanudábamos la marcha, que tras dos horas nos llevó a la comunidad de Pricius, cuya capital era Sévene.

–Yo soy de Sévene –nos dijo el guardaespaldas que conducía mi auto.

Varios de los presidentes de la república de Occidente habían nacido en aquella ciudad. Cuando se lo recordé, el conductor me contestó:

–Pues los habitantes de Pricius no se merecen los políticos que los gobiernan desde hace muchos decenios.

Según nos comentó, la clase política se había ido degenerando por un proceso parecido al biológico a partir de un medio ambiente en el que no había otra posibilidad de acceder al Gobierno que haciendo carrera en los partidos políticos.

–Los líderes de los partidos eliminaban a los mejores, que podían hacerles sombra o dejarlos en evidencia, y se rodeaban de fieles acérrimos y mediocres, uno de los cuales acababa sustituyéndolo. Este, a su vez, se rodeaba de fieles más mediocres que él, uno de los cuales acababa sustituyéndolo. Y así sucesivamente.

Al final, nos dijo, en el Parlamento estuvieron lo más devotos del líder y los más mediocres de Pricius.

–La fe y la estulticia son malos atributos para un gobernante –afirmó–. Los debates del Parlamento terminaron siendo como peleas de patio de colegio, insultos y pataletas incluidas. De tan apegados como estaban a las directrices de su líder, ninguno de los parlamentarios era capaz de pensar por sí mismo. De tan mediocres como eran, ninguno de los parlamentarios era capaz de planear más allá del corto plazo.

El proceso tuvo un efecto lógico.

–Desde hace años, solo los más estúpidos o los más necesitados ingresan en los partidos, que se han convertido en un grupúsculo de electores grises y aprovechados, totalmente ajeno a la sociedad.

Observamos que las carreteras de Pricius estaban mal mantenidas, pero vimos en las ciudades una actividad superior a la de otros lugares.

–Es porque la gente ha aprendido a vivir al margen de los poderes públicos –nos explicó el conductor.

Salimos de Pricius pasado el mediodía. Poco después, ya en la comunidad de Lésfuel, debimos detenernos más de una hora para reparar el coche del combustible, y bien entrada la noche, tras sustituir la rueda de un automóvil, advertimos las luces de tres vehículos que nos sobrepasaban por una carretera paralela a la autopista que llevábamos. Al salir el sol paramos de nuevo, lo justo para comer frugalmente y estirar las piernas, y a media mañana abandonamos Lésfuel y penetramos en la pequeña comunidad de Bonodos, cuyo territorio se extendía de Este a Oeste por el sur de Inicia. En la autopista de circunvalación de su capital, Alexie, nos tropezamos con una barrera de neumáticos en llamas.

–Los que hayan montado este obstáculo estarán esperando que demos media vuelta para asaltarnos –me previno Just.

Estuve de acuerdo. Hacer un pasillo entre el fuego nos llevó un rato, pero era la mejor opción, pues casi una veintena de hombres nos aguardaban con fusiles y bombas en la vía alternativa, a unos trescientos metros en línea recta.

Ya no nos importunó nadie más en nuestro viaje, que hicimos sin parar hasta que al anochecer, cuando llevábamos más de dos días de camino y dos mil cuatrocientos kilómetros salvados, vimos el cartel que difundía la entrada en la comunidad de Inicia y yo decidí esperar a que amaneciera y descansar mientras tanto.

Después de cenar, subí por una vereda hasta un cerro que dominaba una extensa llanura y, totalmente a oscuras y solo, me entretuve divisando los campos y las ciudades, de las que no me llegaban más luces que los sentimientos de la población.

–¿Qué ha podido ver? –me preguntó Just cuando estuve de vuelta.

–Nada, nada en absoluto –le contesté.

–¡Es curioso! –dijo luego–: No está nublado y, sin embargo, no ha salido la luna.

Ni había salido ni se veía su rastro luminoso. En el firmamento, solo brillaban las estrellas.

–¿Y si tampoco sale el sol? –añadió.

Me quedé meditando sobre esa posibilidad, que en modo alguno se me antojaba fantástica.

–Hace un momento, desde la cumbre del cerro, tuve la impresión de estar oteando la última frontera –le confesé.

–¿Qué quiere decir?

Me era difícil de explicar.

–No era una frontera espacial, sino temporal. Como el que se asoma al futuro y ve un abismo infinito.

La noche estaba repleta de referencias insólitas y Just me entendió.

–No me extrañaría que esta noche, precisamente esta noche, fuera la del fin del mundo –apuntó–. Al menos, la del fin del mundo que conocemos.

Recuerdo que me atollé en aquella última frase y que, mucho más tarde, dije:

–Y los políticos de Nógdam peleándose por un puñado de votos, como si la democracia empezara y concluyese con las elecciones.

Nos metimos en los coches, descabezamos el sueño y cuando llegó su hora, amaneció. A pesar de lo que nos habíamos apresurado para llegar hasta allí, no tuvimos prisa en levantarnos, ni en desayunar, ni en irnos. Yo creía que cuanto hiciéramos en adelante estaría ungido con el sello de lo categórico y esa impresión se la transmití a los miembros de nuestro equipo en una suerte de arenga que no procuraba tanto el enardecimiento, como la frialdad.

–Desearéis haber nacido sin ojos, deduciréis que estáis soñando y el asombro os agarrotará –les dije–. Pensad, sin embargo, que no hay nada más diabólico que la muerte y la muerte es igual en todas partes. Pensad que los que os encontraréis son hombres como vosotros y vosotros podéis ser tan feroces y terribles como ellos. Y pensad que si no morís aquí, de frente y de pie, moriréis de rodillas o por la espalda.

Cuando subimos al automóvil, Just me miró y me dijo:

–No me creo que el espanto que vaticina, por espeluznante que termine siendo, sea más siniestro que el que estamos sufriendo en Nógdam.

–Pues los hay peores, y si hubieras estado en La Unión, lo comprenderías –le dije.

Recorrimos un buen trecho por la autopista que nos llevaba hasta Artiria sin toparnos con nadie ni ver más señales de vida que algunas lejanas columnas de humo.

–¿A cuántos kilómetros de Artiria está el portillo de la muralla? –me preguntó Just.

–A unos cien –le contesté.

Acabábamos de sobrepasar una señal indicativa de la

distancia que nos separaba de la capital de Inicia y Just sumó sobre la marcha.

–O sea, que aún nos quedan doscientos noventa. Y seguimos sin ver el horror por ningún lado –dijo.

–Pero ya está presente –le anuncié.

No lejos de allí, vimos a varios hombres harapientos corriendo por una dócil ladera y a una caterva de individuos armados con palos que los perseguían.

–¿Quién es quién? –me pidió Just.

–Los perseguidos son los que han atravesado la muralla –le dije–, y los perseguidores son habitantes de los pueblos de la comarca.

Pedí al conductor que detuviera el coche, a ver lo que pasaba, y ocurrió que los perseguidores atraparon a los perseguidos y los molieron a palos.

Una situación similar la vivimos repetidas veces a lo largo de los siguientes kilómetros. Pero más allá, en las cercanías de un polígono industrial, vimos la realidad contraria.

–¿No quieres saber quién es quién ahora? –le pregunté a Just.

–¿Quién es quién?

–Los que huyen son los occidentales y los perseguidores son los que han atravesado la muralla.

Just permaneció unos instantes en silencio. Luego dijo:

–Me figuré que debíamos temer a la Verdad, no a sus portadores.

–Ya ves que debemos temer a los dos –le dije–. Esos invasores, aunque reniegan de la Verdad tanto como nosotros, aún tienen dentro de sí el germen de la Verdad, como si su alma fuera el reservorio de un virus que en cualquier momento puede convertirse en epidemia.

En la circunvalación de una pequeña ciudad que se encontraba en llamas, una cuadrilla de hombres y mujeres desarrapados corrieron hacia la autopista al vernos circulando por ella. Aunque no consiguieron alcanzarnos, unos kilómetros más adelante otro grupo estaba ocupando una parte de la calzada y debimos detenernos.

–Podemos abrirnos paso a través de ellos como el dedo del alfarero en la masa de arcilla, pero después quedaremos bloqueados –me advirtió el conductor de mi vehículo.

–La alternativa es volvernos, y yo no la contemplo –le dije–. Abrid fuego y circulad por la banda que despejen.

Así lo hicimos y el convoy continuó su marcha.

Nada más sobrepasar aquella barrera, me dijo Just:

–¿No sería preferible que regresáramos y avisáramos en Nógdam de lo que está ocurriendo?

–¿Advertir a quién?: ¿A Genoveva? ¿A Monserga? –le repuse.

–En el mejor de los casos, llegaremos hasta el portillo de la muralla y veremos que por él nos están invadiendo los habitantes de La Unión. ¿Qué haremos, entonces, que no sea volvernos para contar a Genoveva y a Monserga lo que hemos visto? ¿No habremos perdido un tiempo precioso?

–Presiento que lo que nos falta no es más de lo mismo, sino un mal distinto y mucho más nefando –le dije.

No le desvelé de dónde partía mi presentimiento ni él me lo preguntó, sabedor de que su esencia tardaría poco en exteriorizarse. Y lo hizo, en efecto, pues un cuarto de hora más tarde, al coronar un paso entre montañas viejas, vimos como a unos doscientos metros a nuestra derecha a tres helicópteros que ametrallaban a placer a una multitud de harapientos. Esa escena se repetía por diferentes lugares de la depresión que se abría ante nosotros, en cuyo centro, siguiendo longitudinalmente el cauce de un manso y caudaloso río, se hallaba la ciudad de Artiria, sobre la que en aquel justo momento estaba cayendo una cerrada lluvia de bombas.

–¿Qué hacemos? –me reclamó el conductor del primer vehículo.

–Detenga la marcha –le grité.

La autopista descendía hasta la población haciendo ondulaciones suaves por un terreno salpicado de pequeñas edificaciones.

–Por fin funciona nuestro ejército –dijo Just–. Suponiendo que esa cacería pueda entenderse como la función de un ejército.

–No son de los nuestros –contesté.

–¿No son tropas de Ambrosius?

–No, no lo son.

–Entonces, ¿de dónde son?

Iba a responderle, cuando Boin, uno de mis guardaespaldas más capaces, llegó corriendo hasta nosotros y golpeó el cristal de la ventanilla de mi lado.

–Señor Kiff –nos dijo–, esos helicópteros no son nuestros y estamos totalmente a su merced. Sugiero que bajemos y nos parapetemos en algún edificio antes de que descubran que este convoy no les pertenece.

–Si no son nuestros, ¿de quién son? –se interesó Just.

–Son helicópteros Ganmaris, los más modernos de que dispone Barbaria.

Nos apeamos de los vehículos y nos dispersamos por un área cercana. Boin, Just y yo nos guarecimos juntos en una cuneta desde la que veíamos la vasta depresión conformada por el río, donde se estaba desarrollando la caza al hombre más inhumana que pueda imaginarse.

–Estamos a casi tres mil kilómetros de Barbaria –comentó Boin.

No preguntó qué hacían allí aquellas tropas, porque resultaba evidente. Aun así, contesté yo:

–Su última frontera también es esa dichosa muralla. Si los habitantes de La Unión la sobrepasan, no habrá nadie que pueda detenerlos, y después de ocupar Occidente ocuparán Barbaria, Dogma y los demás Estados del mundo, sea cual sea su régimen político, su estilo de vida y su religión.

–O sea, que esas tropas están haciéndonos el trabajo sucio –corroboró Just.

A nuestra izquierda, por el escaso tramo de horizonte libre de humo, se veía una línea gris, como la cuerda de unas montañas parejas.

–Por ese lado, ¿veis? –les indiqué extendiendo el brazo–. Desde esta loma, antes, donde ahora se ve la muralla, se vislumbraba la línea curva del mar.

–¿Aquel trazo grueso es la muralla? Creí que estaba más lejos –dijo Boin.

–A unos cien kilómetros de Artiria, para ser más exactos –contesté.

– ¿Y se ve desde esa distancia?

–Esa mole es mucho más grande de lo que puedas imaginar –le aclaré.

Las bombas de Barbaria, lanzadas por aviones que no distinguíamos, siguieron machacando la ciudad con la obvia intención de reducirla a escombros y sus helicópteros continuaron ametrallando a los seres que huían despavoridos, convirtiendo los prados de las laderas, la campiña de la vera del río y las tierras yermas próximas a la localidad en una dilatada campa sembrada de cadáveres.

Como los helicópteros pasaban una y otra vez sobre nuestras cabezas a muy baja altura sin reparar en nosotros, e incluso como algunos de sus ocupantes nos miraban y seguían luego a lo suyo, Just se levantó y se puso a andar en dirección contraria a la carretera. Yo lo detuve agarrándolo del brazo y le dije:

–No te alejes de los vehículos. Son ellos los que nos protegen. Por alguna razón que no entiendo, esos soldados tienen orden de no disparar a los que viajamos en este convoy.

–El móvil está claro, si me permite que enjuicie la situación –dijo Boin–: nosotros somos sus aliados, y los enemigos de ambos son los que atraviesan la muralla.

Era cierto. Occidente y Barbaria habían acumulado cientos de divisiones en la larguísima linde común, cada una de ellas había construido un arsenal nuclear capaz de destruir varias veces el planeta y ambas se habían abonado a una guerra sin muertos en la que todo cabía siempre que fuera por la espalda. Y de pronto, Occidente se había desmoronado consumida por los tumores que anidaban en su sociedad, lo que había posibilitado no solo que Barbaria invadiese Occidente sin tener que vencer escollo alguno, sino que se sintiera poseedora de las obligaciones de su sempiterno rival.

–Quizá este no sea el fin del mundo, después de todo. Quizá no sea más que el fin de Occidente –dije.

Los soldados de Barbaria parecían dispuestos a defender la frontera con La Unión a cualquier precio y de cualquier modo, tal vez porque Barbaria debía temer más que nadie al virus de la Verdad. Eso era, incontestablemente, una buena noticia para los occidentales. Lo que convenía saber –me pregunté–, era si Barbaria se limitaría a culminar ese propósito o si, dado el estado de ruina total en que se encontraba su secular enemigo, decidía conquistarlo totalmente, lo que tratándose de Barbaria supondría la ocupación absoluta de la sociedad occidental.

Los helicópteros siguieron indagando la presencia de huidores por los campos con la meticulosidad y la paciencia con que los depredadores olfatean a las presas que no ven. Al cabo de un buen rato, otro helicóptero vino siguiendo el frente de las montañas y se posó a unas cuantas decenas de metros de donde nos emplazábamos. De él se apeó un soldado que llevaba galones amarillos en las hombreras (yo no entendía la escala de mandos de aquel ejército ni sus insignias), se acercó a nosotros y nos dijo:

–¿Quién de ustedes es el señor Kiff?

–Yo soy –le contesté.

–Señor Kiff, venga conmigo: lo están esperando.

No lo dudé ni un instante.

– Si no vuelvo en un tiempo razonable, coja a nuestros hombres y lléveselos a Nógdam –ordené a Boin.

–¿Qué debo admitir por tiempo razonable?

–Usted es un hombre razonable, Boin, y sabrá cuándo tiene que irse. No alargue ni un segundo ese momento.

A Just no le pedí que me acompañara: «Bien, vámonos», le dije directamente, y él, como siempre, tampoco vaciló. Fue el soldado de Barbaria el que le impidió el paso.

–Solo debe venir el señor Kiff –dijo.

–Es algo más que mi mano derecha. Si él no viene conmigo, tendrán que llevarme a la fuerza –aseguré.

El soldado cedió enseguida y los tres nos subimos en el helicóptero, donde aguardaban cuatro individuos armados y dos pilotos. Despegamos, ascendimos a bastante altura y, para no caer en la red de idas y venidas de los otros helicópteros, seguimos el borde de la cordillera durante unos diez minutos y giramos luego hacia el Norte. En tanto avanzaba, el aparato iba bajando mansamente. Sobrevolamos el río, el borde de una pequeña ciudad en llamas y unos campos de maíz, que eran peinados por líneas espesas de soldados, antes de llegar a una enorme mansión rodeada de parques, sobre uno de los cuales descendió el helicóptero hasta posarse entre una piscina y un templete de hierro forjado.

En la puerta de la residencia que daba a aquel lado del jardín nos esperaba una mujer de gesto desabrido, quizá una comandante, ante la que se cuadró el soldado que nos había llevado hasta el helicóptero.

–Él también viene –le dijo el soldado refiriéndose a Just.

–Bien –le contestó con sequedad la mujer, quien acto seguido nos instó a que la siguiéramos.

Mientras caminábamos, me fijé en nuestra guía. Era alta, desgarbada y desproporcionadamente culona. La falda de su traje militar de gala la obligaba a enseñar sus piernas, que eran tan musculosas como las de un atleta de lanzamientos. Tenía un hombro más alto que otro y un moño sencillo y bajo, tal vez para poder calarse la gorra de plato extraordinariamente ostentosa que cargó sobre el antebrazo izquierdo en el dilatadísimo recorrido que nos condujo hasta la biblioteca, a cuyas puertas nos ordenó, como si estuviese enfadada:

–Entren y esperen de pie el rato que haga falta.

La biblioteca era un prisma octogonal de al menos diez metros de apotema que se prolongaba ocho pisos hacia arriba y otros tantos en el subsuelo. Su puerta no daba a una sala, sino a un pasillo de unos dos pasos de anchura que corría pegado a las paredes y volaba sobre el abismo. Los anaqueles, que ocupaban por completo el lienzo de todos los muros, eran de cristal, como el suelo de la balconada, las barandas que protegían del vacío y las escaleras que comunicaban los pisos. El techo y el suelo estaban cubiertos con espejos, por lo que daba la impresión de que el prisma se alargaba *ad infinitum* por encima y por debajo. No había huecos, ni siquiera el de la puerta, que también servía de estantería, y la luz provenía de detrás de los libros con una intensidad uniforme.

–Yo diría que son de cartón –dijo Just refiriéndose a los libros, tras superar el pasmo del primer momento.

Todos eran de color cuero y tenían la misma altura y grosor. Incliné la cabeza y leí el título de varios de ellos, que resultó ser idéntico, «Historia del mundo futuro», aunque cada uno poseía un número distinto y correlativo del anterior. Extendí el brazo y cogí el 113.546.

–No son de cartón –observé mientras lo retiraba.

Antes de abrirlo, lo volteé con las manos: era de pastas rígidas, la relación entre su largo y su ancho seguía la razón áurea, no tenía indicación alguna ni de autor ni de editorial y solo contenía el título de la obra y el número del volumen.

–Apuesto a que está en blanco –sugirió Just.

Lo abrí. Su papel era sepia y poroso y estaba escrito

con letras negras de tamaño medio. Lo hojeé: no tenía santos por ningún lado, ni títulos, ni capítulos, ni puntos y aparte. En un renglón cualquiera de una página escogida al azar, me detuve y leí en voz alta: «Frances Héliot ganará el premio Bétet de novela con su obra *Si fuera septiembre*».

–Esto es una locura –murmuré.

–Esto es una estupidez –me corrigió Just–. Y más tratándose de un premio literario.

–¿Se referirá, en serio, a lo que va a ocurrir en el futuro? –proseguí.

Just soltó una carcajada.

–Incendiémosla –dijo luego–. A ver si eso estaba previsto en los libros.

Yo cogí otro, el 113.549. Tenía la misma forma que el anterior tanto por fuera como por dentro. Leí: «Tras asaltar la ciudad de Bivera, los loptan tomarán el 5 de marzo el control de la región de Sevenia».

–¡Los loptan! ¿Recuerdas algo de lo que te conté de ellos? –dije.

–Por supuesto.

–¡Son del otro lado de la muralla!

–Eran –me rectificó Just de nuevo–: se quedaron enterrados en Minas de Vioco, bajo una montaña de escorias.

–Aquí dice que tomarán el control de Sevenia. No conozco esa región.

–Quizá ni exista, como ya no existen los loptan, como tampoco existe el futuro que presuntamente recogen estos libros.

Devolví a su sitio ese volumen y cogí otro. Todos auguraban un segmento del futuro, a lo mejor de todo el futuro.

–¿Pero hasta cuándo? –pensé en voz alta.

–¿Hasta cuándo qué?

–¿Cuándo se parará el futuro? –concreté–. ¿Hasta qué etapa del futuro llegan estos libros?

–¡Quién sabe! Tal vez hasta que se acabe el mundo que conocemos –concedió Just socarronamente.

Yo seguí hojeando volúmenes, aunque sin atreverme a exteriorizar mis inquietudes, y los minutos pasaron sin darme cuenta. Para Just, en cambio, se fueron acumulando hasta que su carga se le hizo insoportable.

–Sería mejor que nos fuéramos –dijo entonces.

–Nos indicaron que esperáramos.

–Sí, el rato que hiciera falta. ¿Y quién lo mide? ¿Usted cree que esto es una sala de espera? ¿No nos habrán abandonado aquí para que el asombro debilite nuestra voluntad?

Era de suponer que ellos eran los que computaban el tiempo. ¿O no? Si Just estaba en lo cierto, la impresión ya era un hecho y el período de estar de plantón había pasado.

–Sea como fuere, es una descortesía tenernos de pie en este lugar tan frío y tan inhóspito –dijo–. Y nosotros no tenemos por qué aguantar impertinencias.

Estuve de acuerdo. Coloqué el libro que tenía en la mano y me dispuse a salir.

–Ahora solo nos queda dar con la puerta –dijo Just.

Habíamos caminado unos cuantos pasos hacia un lado y hacia otro y habíamos perdido la referencia de los anaqueles que ocultaban la salida, lo cual no debía ser un gran obstáculo para mí, pues yo podía localizar las huellas de quienes habían entrado en aquel recinto y averiguar por ellas los libros que habían cogido, las noticias que les habían estremecido y dónde se hallaba el manubrio o el resorte que abría la puerta. O así debería ser, porque no descubría pistas por ninguna parte, como si nadie hubiera estado allí o como si de repente yo hubiese perdido la potencia que me hacía superior a los demás.

–¿Dónde estará la dichosa puerta? –se preguntó Just mientras quitaba y ponía libros en busca de lo mismo que yo intentaba encontrar husmeando en las paredes.

Cuando Just se cansó, dejó de reponer los libros que cogía y los tiró directamente al suelo del pasillo.

–Nos hemos cambiado de piso, ¿no es verdad? –me dijo.

La contestación era obvia.

–No.

–En ese caso, desplomando todos los libros hallaremos lo que buscamos. Ayúdeme.

No atendí su ruego: yo estaba como atolondrado. ¿Era posible que alguien hubiera succionado del aire el eco de las emociones y limpiado de huellas los objetos que poblaban aquella infernal biblioteca?, me interrogaba sin descanso. Si hubiera podido apreciar nuestro rastro, habría desandado el tiempo y vuelto al instante en el que entramos para saber por dónde lo hicimos, pero ni siquiera estaban los vestigios que habíamos generado nosotros.

Sin pensarlo dos veces, amontoné varios libros y saqué un encendedor del bolsillo, decidido a incendiar la biblioteca. Cuando tenía la llama en la mano, se abrió la puerta y entró la mujer que nos había llevado hasta allí.

–Los están esperando –dijo, sin dar más explicaciones ni pedirlas.

Afuera, volví a sentir a los demás. La mujer volvió a conducirnos por corredores y salas y mientras andábamos yo seguí observando las marcas de las emociones, tal vez para vencer el desvarío del que había sido objeto en la biblioteca. Al cabo, Just se paró y dijo:

–¿No se ha percatado? Estamos subiendo y bajando, yendo a izquierda y derecha y viendo por las ventanas la misma perspectiva del patio y de los parques. Nos están tomando el pelo, señor Kiff.

–¿Estás seguro?

–Totalmente. A ese hombre, por ejemplo, lo he visto ya dos veces: una, vestido de militar y esta, de civil –dijo.

Examiné al individuo. Era una persona corriente, con una mujer, dos hijos y una vida vulgar en la capital de Barbaria. Desde luego, no lo guardaba en mi memoria. Nunca lo habíamos visto antes, y mucho menos en aquel edificio.

–Creo que te equivocas, Just.

–Dígale que se vuelva. Dígale que nos enseñe el otro lado de la cara, verá cómo tiene una cicatriz entre la boca y la oreja.

Los tres nos quedamos mirando al sujeto en cuestión. Una cicatriz tan imponente en la cara no es consecuencia de un asunto fútil, por lo que suele engendrar otro costurón en el alma. Pero de ser así, yo la hubiera reconocido.

–Que se vuelva –insistió.

–Vuélvase –pedí yo también, para que Just saliese de su error.

La mujer que nos guiaba hizo un gesto de aceptación y el hombre giró la cabeza: como Just había pronosticado, su mejilla estaba cruzada por una tremenda cicatriz.

–¿Y ahora qué? –me dijo Just.

–No lo entiendo –le contesté.

Me refería a que no comprendía cómo no captaba el origen de aquella cicatriz, lo que no tenía por qué afectarle a él.

–No nos moveremos de aquí si no nos dice adónde nos lleva –le dije a la mujer.

–Ya estamos llegando –respondió ella sin inmutarse.

A partir de ahí, yo procuré estar pendiente tanto de lo físico como de lo inmaterial, pues tenía la extraña sensación de que las noticias que me venían de ambos planos de la realidad representaban verdades distintas. No saqué nada en conclusión que no fuera la existencia de mi propio desconcierto. Y tampoco me dio tiempo a más: después de lo que habíamos protestado, la mujer nos llevó enseguida a una sala muy amplia, también octogonal, de cada una de cuyas paredes colgaba un gran cuadro con multitud de figuras humanas vistas de espaldas. En el centro, descansaba una pequeña mesa octogonal con un montoncito de panfletos que resultaron ser dípticos con propaganda del partido de la Luz. Mientras esperábamos, tomé uno.

–Deje que se mueran los otros –leí en voz alta.

Eran las palabras que venían en la carátula. Adentro, con letras de caligrafía, venía el contenido del programa.

–Escucha –le dije a Just–: El partido de la Luz se compromete a suprimir la muerte de la vida.

Just, que estaba mirando los cuadros, se volvió hacia mí.

–¿Qué tontería es esa?

–Es todo lo que dice el panfleto.

–¿Suprimir la muerte de la vida?

–Eso dice.

–¿Y esperan ganar las elecciones con ese tipo de promesas?

–Con esa promesa, porque no hay otra –le dije.

–Es una bobada. ¿Quién se lo va a creer?

Quizá fuera una pregunta retórica. En todo caso, no

pude contestarla, porque en aquel momento se abrió una puerta y de ella salió un anciano militar con varias filas de medallas en el pecho, el cual, tras presentarse como el general Lodo Jovis, introductor de embajadores de Barbaria, nos pidió que lo acompañáramos.

–Su excelencia los aguarda –nos informó en tanto cruzábamos lentamente una antesala vacía por completo.

Ante una puerta dorada sin manubrio, se detuvo y llamó dando tres ligeros golpes. Cuando la puerta se abrió, él pasó primero, pero permaneció a un lado.

–Nereo Kiff y Just, su secretario –anunció el introductor en voz alta.

Kazurro estaba de pie ante la puerta, esperándonos. Aunque nunca lo habíamos visto en persona, lo conocíamos por los noticieros de la televisión, que lo mostraban más alto, más joven y menos gordo.

–Señor Kiff, es un verdadero placer –me dijo ofreciéndome la mano mucho antes de que llegase hasta él.

Yo la cogí y la estreché levemente sin encontrar respuesta alguna. Y cuando me puse a un lado, él siguió con la mano extendida para acoger, como si fuera un autómata, la de Just.

–Just –dijo–, nos es muy grato tenerlo entre nosotros. Su fama de hombre sabio y fiel lo precede allá por donde va.

El general Jovis nos indicó el sofá donde debíamos sentarnos y regresó hasta la puerta, junto a la que se quedó de pie. Kazurro se sentó en la esquina de otro sofá que hacía escuadra con el nuestro. Frente a nosotros, en otro sofá, se acomodaron una mujer de unos cincuenta años y un muchacho de unos trece que nadie nos presentó.

–¿Cómo va la campaña electoral? –nos soltó Kazurro

a manera de prolegómeno.

–Bien, teniendo en cuenta las circunstancias –le contesté.

Kazurro sonrió, y en su cara acartonada su gesto fue como el de la muñeca de una película de terror.

–Me alegro –dijo–. ¿Y mi amigo Fátimo? ¿Saben cómo está?

–Bien, muy bien. Se retiró a su casa de campo y se dedica a pescar y a escribir novelas.

–Me alegro por él y lo siento por Occidente. Es una lástima que una persona de tanta valía se haya visto postergada precisamente por su valía.

–Eso suele ocurrir en nuestro país –le contesté.

–Es cierto, muy cierto, si hablamos de Occidente. Pero su país no es Occidente. ¿No, señor Kiff?

La pregunta tenía una trampa y era el inicio de la conversación de fondo.

–No de nacimiento, mas sí lo es de juicio y de corazón –le dije.

–Lo digo porque usted es de Sholombra, la capital de La Unión, como muchos de los que estamos ametrallando y quemando.

–En efecto –reconocí.

–A ellos los matamos porque son de donde es usted. No hay otro motivo. Dígame, señor Kiff, ¿qué diferencia hay entre ellos y usted?

No sentí en el alma de Kazurro que su comentario fuera una amenaza.

–La diferencia fundamental es que yo soy yo y ellos, ellos.

–Esa razón es muy de Occidente, en efecto. ¡El cinismo, señor Kiff, es tan socorrido! ¿No es verdad?

–Lo es, excelencia.

–Pero necesita de un soporte argumental, aunque sea ficticio.

–Cierto: ellos son centenares de millones y yo solo soy uno –le dije.

–La cantidad suele ser un buen título cuando de acumular lo negativo se trata. Sin embargo, ¿por qué no eliminar lo negativo desde el principio? ¿Por qué esperar a que se colme el vaso?

Kazurro me quería acorralar, pero yo seguía entendiendo que era por puro divertimento.

–Si la muralla siempre ha estado ahí, impidiendo el paso de los habitantes de La Unión, por algo será. Y por algo será que tenga pasos subterráneos para que puedan cruzarla las élites. ¿No le parece, excelencia?

La pelota estaba ahora en el tejado de Kazurro.

–¿No vamos a hablar del virus de la Verdad? –me dijo.

–¿Por qué no? Hablemos. Hemos viajado desde Nógdam justamente por eso. Nos dijeron que la muralla tenía una grieta por la que estaban entrando miles y miles de hombres y mujeres del otro lado.

–Inmigrantes como usted, señor Kiff. ¿No siente en el fondo de su alma la exigencia de que triunfe la verdad, por muy hipócrita que se haya vuelto? –me dijo.

Si yo hubiera sido una persona normal, habría empezado a inquietarme, pero yo podía verlo y sabía que no tenía ninguna intención de hacernos daño.

–Sí, siento que debe triunfar la verdad, por mentiroso que yo sea –le dije.

–¿Lo ve? Usted no puede gobernar Occidente –dijo Kazurro levantando la voz–. Usted es como esos pobres diablos que llevan años intentando saltar la muralla. Por muy asesino que sea, en el fondo no puede negar lo que ha mamado desde pequeño. Usted está traumatizado con la enseñanza de la Verdad y es portador del virus. Usted, y debo decírselo así de claro, usted no es de fiar.

Just y yo aprovechamos el silencio que se hizo para miramos. Ambos intentábamos vencer un rictus de preocupación. ¿Qué estaba pasando?, pensé luego. Los desprecios de Kazurro no estaban en consonancia con el auténtico rostro de su interior, que era sumamente hospitalario. Enfrente, la mujer y el muchacho me observaban. ¿Quiénes eran? ¿Qué hacían allí? Me costaba trabajo sentirlos, como si estuvieran muy lejos o como si estuviesen huecos.

–De cualquier modo, ustedes han venido a la frontera para saber lo que estaba ocurriendo –continuó Kazurro, esbozando ahora una sonrisa.

–Así es –corroboré.

–Aunque nada puedan hacer para remediar los desastres que presencien –prosiguió.

Como la respuesta era obvia, me callé. Él siguió en el uso de la palabra.

–No han acudido para ver el estado en que se encuentra la ciudad de Artiria, ni para indagar si sus habitantes comen o no comen o si están vivos o muertos, sino para echarle un vistazo a la muralla que los separa de La Unión y volverse a Nógdam a toda carrera, pues dentro de siete días deben celebrarse unas elecciones. ¿No es lo correcto, señor Kiff?

–Más o menos –le contesté.

–¿Y qué harán luego? La frontera con La Unión se hunde, la población de Occidente está muriéndose de dolor y de hambre y mi ejército ocupa ya más de un tercio de su país.

Nos callamos, abrumados por sus razones y por su inconmensurable imperio. Kazurro quería hablar y nosotros solo estábamos en disposición de escucharlo.

–Yo he sido un admirador de Occidente –prosiguió–, de su fuerza, de su capacidad de adaptación, de su imaginación, de su creatividad. Si por mí hubiera sido, habría invadido este país para hacerme occidental. Y lo mismo que yo habrían hecho los filósofos que sostenían nuestra rígida ideología, pues toda ella es consecuencia de la frustración de no poder ser occidentales. Tanto es así, que cuando hace unos meses nuestros soldados invadieron Barbaria sin encontrar resistencia, yo temí que la sociedad occidental hiciese de tierra quemada y que su forma de vida fuera capaz de realizar una maniobra envolvente que los engullera. Temí una deserción masiva, incluso temí que nuestro ejército se volviera contra nosotros, por lo que, pudiendo haber avanzado hacia las puertas de Nógdam a la velocidad de crucero de un turismo por una autopista, ordené que nuestras tropas se detuviesen. Pero Occidente era un cadáver en descomposición, un cuerpo en el que no funcionaban ni el corazón ni el cerebro, con todos sus tejidos muertos, en el que la única existencia real era la existencia ajena, las de las bacterias y los gusanos.

Kazurro se detuvo para que digiriéramos lo que nos estaba diciendo. Por raro que parezca, yo no intuía a dónde quería llegar. ¿Eran los soldados de Barbaria gusanos en el cadáver de Occidente? Eso ya lo sabíamos. ¿Estaba, simplemente, justificando la invasión de Occidente por sus tropas?

–Nuestros soldados no ocuparon Occidente, sino que se instalaron en él: leyeron sus libros, vieron su televisión, comieron su comida y se acostaron con sus mujeres. Y no ocurrió nada. O, al menos, nada de lo que nosotros temíamos. Lo que no podíamos prever era lo de la muralla.

Y ahí se detuvo. Yo creí que su propósito era hacer una parada de nuevo para destacar el salto de su discurso, como suelen practicar los narradores cuando cambian de capítulo, pero no fue así y le dio un giro radical a la conversación.

–Eso que ustedes han venido a ver –dijo–. Por cierto, como mi intención nunca fue privarlos del objeto de su viaje, los llevaré hasta ella y, si no les molesta, los acompañaremos. Tal vez nuestra presencia sea útil para explicarles algunos detalles de lo que descubran.

Se levantó y tras él se levantaron la mujer y el joven y detrás de ellos lo hicimos nosotros. El general Jovis abrió una puerta de la sala distinta a la que Just y yo habíamos utilizado para entrar y se puso a un lado. Salimos, por este orden, Kazurro, la mujer, el muchacho y nosotros y fuimos a parar a un recibidor acristalado desde el que se veía el solárium y, en él, el templete y el helicóptero que nos había llevado hasta allí. Al ver la escasa distancia que separaba la sala donde se había desarrollado el coloquio del solárium y el camino tan enorme que sin embargo nos habían obligado a recorrer antes, le di un codazo a Just y le dije muy quedamente:

–No creas ni un ápice de lo que te digan: son todos cuatro hijos de puta.

Kazurro se paró delante de la puerta del solárium y no la cruzó hasta que el anciano general Jovis la abrió y le dejó el paso despejado. Una escena análoga se repitió después, cuando nos montamos en el aparato: Kazurro se detuvo ante los tres peldaños que lo separaban del habitáculo y dos fornidos soldados acudieron corriendo y lo ayudaron sosteniéndolo por las axilas. Detrás de él ascendieron la mujer y el muchacho, que se sentaron a su lado, y a continuación subimos nosotros, que nos colocamos enfrente de ellos.

Yo advertí un vago miedo a volar en el ánimo de Kazurro y sospeché que no hablaría mientras nos estuviéramos elevando, pero, por sorprendente que pueda juzgarlo el atento lector de estas páginas, me equivoqué.

–A la señora Reimo le gustaría esta residencia –gritó cuando más necesidad de aire tenía el rotor–. Ella está hecha para sirvientes y para lujos.

–¿Y a usted no le gusta? –le gritó Just.

El ruido amortiguó su insolencia. Yo sentí al tosco garañón que Kazurro guardaba en su interior y pensé que iba a decir: «A mí la que me gusta es ella. En eso me parezco bastante al señor Kiff», pero dijo sin cambiar la expresión:

–Sí, sí, me gusta. En cuestión de sirvientes y de lujos, me he vuelto muy occidental.

Al coger una poca altura, pudimos ver la depresión ocasionada por el río, con los humos de los incendios ultrajando el dulce paisaje de la vega y de las viejas montañas del sur.

–La muerte, señores, está por todas partes –comentó Kazurro mirando abstraído por la ventanilla–. La muerte de los otros, quiero decir. La muerte de nuestros enemigos –se corrigió sin volverse.

A mí lo de enemigos me sonó mal, acaso porque aquellos hombres y mujeres abatidos eran originarios de la misma nación que yo. Como si Kazurro me hubiera sentido, se volvió y me dijo:

–Lo de enemigos es un decir. ¿Aunque cómo los denominaríamos, si no? ¿Invasores? ¿Asaltantes?

–Son hombres y mujeres como nosotros –dijo Just.

–No debe ser así del todo, cuando ellos son los que se mueren y nosotros los que los matamos –dijo–. Alguna diferencia habrá, ¿no cree? Y debe ser una diferencia de peso.

No sé por qué aquella charla me parecía estúpida, quizá porque las razones de Kazurro eran insensatas, o quizá porque era irracional la situación, o la guerra, si es que aquella grosera cacería de seres humanos se podía llamar de ese modo. Y no sé por qué me acordé del panfleto del partido de la Luz, ese que prometía a sus votantes una especie de vida eterna.

–A ustedes les parecerá estúpida la situación, aberrante, tal vez, pero díganme, ¿qué hubiesen hecho en mi lugar? –dijo, para mi sorpresa, Kazurro.

No le contestamos, pues la respuesta era obviamente que nada.

–La muerte no es tan mala. Y mucho menos cuando es selectiva. La muerte limpia, purifica, ordena, restaura, regenera –continuó Kazurro.

Volábamos durante algunos minutos hacia el Norte, en silencio. Just y yo íbamos de espaldas al sentido de la marcha y veíamos los horizontes planos del Este y del Oeste y las caras inexpresivas de nuestros tres anfitriones, dos de los cuales aún no habían abierto la boca. ¿Quiénes eran aquella mujer y aquel muchacho que nos observaban?

Por último, el helicóptero viró de pronto a la izquierda y pudimos ver muy de cerca la muralla, sobre la que había emplazados anchos andamios de desigual altura por los que pululaban decenas de miles de operarios con utensilios y materiales de construcción. Aunque volábamos a unos ochocientos metros del suelo, no estábamos ni a la mitad de su colosal alzada.

–La muralla no corre peligro, ya no –dijo Kazurro–. Es más, después de asegurarla, la levantaremos.

Volamos en paralelo a la monstruosa construcción, a cuyo pie se veían montañas de acopios de materiales, el bullicio de numerosa maquinaria pesada y varias fábricas de mezclas entre las que hormigueaba una multitud de obreros.

–¿De dónde han salido tantos trabajadores? –demandó Just estremecido.

–Del otro lado: son habitantes de La Unión que han cruzado la muralla.

Just y yo nos miramos.

–O sea, que se sacrifican para impedir que sus compatriotas, quizá hasta que sus familiares y sus amigos, puedan lograr lo que ellos han conseguido: cruzar la frontera –dijo Just.

–En efecto, pero tal vez la fortuna sea más propicia para los que acaban quedándose al otro lado, porque el fin de estos es trabajar hasta que no den más de sí y morir luego –contestó Kazurro.

Aquella esclavitud atávica, propia de los inicios de la humanidad, hizo que me sintiera en el punto de cierre del círculo, ese que une el fin de la civilización con su principio.

–¿No intentan huir, no huyen? –preguntó Just.

–Naturalmente, pero nuestro ejército los caza sin demasiado esfuerzo. Muchos de ellos se habían refugiado en Artiria y en otras ciudades de Inicia y estaban mezclados con la población nativa. La solución ha sido arrasar las poblaciones.

–¿Y los occidentales que vivían en ellas?

–Han sufrido el destino de los invasores: las bombas

no discriminan, son totalmente objetivas.

Cada idea que nos lanzaba Kazurro nos encogía más el corazón. Y mientras tanto veíamos a los hombres y las mujeres de La Unión bregando para cerrar la muralla con el mismo ahínco que por el otro lado habían bregado para abrirla.

–Los capataces son también de La Unión, y los que vigilan a los capataces, y los que vigilan a los que vigilan. Como todos ellos quieren hacer méritos ante nosotros, son peores que nuestros perros de presa –nos informó Kazurro.

En uno de los andamios vimos a un hombre tirándose al vacío, cayendo y estrellándose sobre un tropel de peones que se disponían a subir.

–Los suicidios son frecuentes –explicó Kazurro–. Pero no importa. Tenemos un eficiente servicio de recogida de cadáveres y de mantenimiento de piras y reponemos a los muertos con suma facilidad, pues hemos reservado una pequeña grieta en la muralla, y así seguirá hasta que concluyan las obras.

No sé cuántos minutos estuvimos volando junto a la barrera, cuántos fueron los kilómetros que exploramos de ella, ni cuántos los centenares de miles de obreros que desfilaron ante nuestros ojos. Solo que, al cabo, dijo Kazurro:

–Yo creo que ya es suficiente.

Levantó la mano y uno de los soldados que nos acompañaban en otra fila de asientos dio las órdenes a los pilotos para que volviéramos. Inmediatamente, el helicóptero se inclinó a su izquierda para virar hacia el Sur. Just y yo miramos por la ventana, sumidos en el horror, mientras el aparato avanzaba a buen ritmo.

–Usted es de Sholombra. Usted ha visto mucho tanto

en La Unión como en Occidente. Dígame, ¿ha visto algo parecido?

Yo le contesté negando con la cabeza.

–Pues esto, señor Kiff, va a ser lo común, al menos durante un tiempo, y no solo aquí, lo será en todo nuestro mundo, empezando por el resto de Occidente.

Yo lo entendí a la perfección. Just, en cambio, no pudo interpretarlo y preguntó:

–¿Qué insinúa? Creí que habían sellado la muralla.

–Y la hemos sellado, aunque hemos dejado una rendija, como le he dicho, para que pasen los inmigrantes que necesitamos.

–Entonces, ¿a qué se está refiriendo?

–A esto –y Kazurro señaló con la mano por la ventana–: a la esclavitud, a la destrucción y a la muerte.

Capítulo 16

Una conversación con muchas preguntas y ninguna respuesta. Cientos de millones de electores y un votante. A solas con nuestro destino.

Kazurro, la mujer y el muchacho se bajaron en la mansión, pero a Just y a mí el helicóptero nos llevó a donde nos esperaba Boin con mis guardaespaldas.

–Cuéntenme –nos pidió Boin en cuanto regresamos.

–La muralla no está amenazada. El ejército de Barbaria se ha hecho cargo de la situación y tienen a una multitud de operarios reparándola y elevándola –le respondí.

–Luego podemos volvernos tranquilos a Nógdam.

–Nos volvemos, sí, pero no se puede definir como de tranquilidad el estado de nuestro ánimo –le dije.

Boin quiso que le diera explicaciones y, mientras preparábamos la marcha, yo le conté en pocas palabras lo que habíamos visto.

–Es, ciertamente, terrible –aseguró él.

–Mucho más terrible de lo que pueda imaginar –corroboró Just.

Con todo, estimé que ninguno de los dos se daba

cuenta de que lo que estaba pasando iba más allá de la esclavitud, la destrucción y la muerte generalizadas a las que se había referido Kazurro.

En el largo camino de vuelta, que hicimos prácticamente sin detenernos, no dejé de pensar sobre lo ocurrido ni un solo momento. La omnipresencia de la muerte, la impronta que provocaba en el espíritu la visión de la muralla y el destino fatal de quienes eran mis paisanos me parecían no menos significativos que la existencia de aquella ominosa biblioteca, la indefinible aparición de la mujer y el muchacho junto al ministro de Defensa de Barbaria y la sutil colocación del montoncito de octavillas con el programa del partido de la Luz en la mesita de la sala de espera, en la que no había dónde aguardar sentados y las imágenes humanas representadas en los cuadros que la ornamentaban se mostraban siempre de espaldas.

–¿En qué piensa? –me preguntó Just al verme tan embelesado en el paisaje.

Del maremágnum de recuerdos insólitos que almacenaba en la memoria reciente, emergía por sí misma la imagen de aquel muchacho pálido y taciturno.

–¿No encuentras chocante que hubiera allí un muchacho? –le contesté.

–Es sorprendente, sí.

–No sabemos cómo se llama.

–¿Y qué trascendencia puede tener eso?

–Ni sabemos cómo es su voz. Igual, hasta es mudo.

–¿Por qué se preocupa tanto por él, con los sucesos tan escalofriantes de los que hemos sido testigos?

Yo debía conocer las respuestas a todas esas cuestiones, quién era ese muchacho, dónde había nacido, cómo había llegado hasta Kazurro y para qué, pero, por algún motivo que se me escapaba, las almas de los personajes de la mansión habían permanecido opacas a mis sentidos, como si alguien hubiese instalado un inhibidor de mis potencias exorbitantes.

–Pues a mí me da mucho más reparo la figura de Kazurro –me dijo Just–. Me lo imaginaba extremadamente grosero pero entrañable, como un viejo cascarrabias que se pone chocho con sus nietos, y ha resultado ser todo lo contrario: amable, frío y siniestro.

–Y era así, en efecto. La mutación que ha sufrido es notable –le respondí.

–¿A qué cree que se deberá?

También eso debía saberlo.

–No lo sé. Pero un hombre con esa edad y ese poder no cambia si de por medio no hay un trauma definitivo.

–Parecía cegado por una fe –apreció Just.

Yo saqué del bolsillo el programa del partido de la Luz y lo miré, como si atesorase muchas de las contestaciones a nuestras preguntas.

–¿No creerá que Kazurro y ese partido tienen algo en común? –dijo Just.

–Estoy seguro de ello. El quid de todo está aquí –y agité el papel–, en este panfleto que promete eliminar la muerte de la vida.

Antes de entrar en Nógdam, fuimos al palacio de Sabido.

–Nuestro mundo será concienzudamente arrasado. Dispón lo imprescindible y vete con Fael, con Primor y con nuestros amigos a ese pequeño pueblo donde vive Fátimo, cerca del lago Cobos, pues si hay alguna esperanza de sobrevivir debe de ser en las comarcas apartadas –le dije a Altea.

Ella no lo veía claro, pero después de haber superado conmigo tantos momentos difíciles sabía que la supervivencia estaba siempre del lado de mi intuición. Y lo mismo les ocurría a Libuell, Dam, Impreciso y Pirindolo, a quienes di aún menos explicaciones.

–¿Y tú qué harás? –me preguntó Libuell.

–Yo debo quedarme.

–¿Por qué? ¿Qué puedes arreglar tú de este inmenso descalabro?

–Nada. Esto no tiene arreglo. Si debo quedarme no es por el porvenir de Occidente, sino por el mío.

Yo era un tipo extraño, difícilmente comprensible desde la razón. Me abrazaron, me desearon ventura y se montaron en los coches con cinco de mis guardaespaldas armados hasta los dientes.

–No te lo comenté –le dije a Just mientras los automóviles de mis seres queridos se perdían en la calina perpetua que los fuegos provocaban en las afueras de Nógdam–, pero vi mi nombre en uno de los libros de aquella pintoresca biblioteca que contenía la Historia del Futuro.

Junto a nosotros, estaba Lucas Midelle, al que noté muy envejecido.

–¿Y ahora qué hacemos? ¿Qué pantomima encarnamos? –me reclamó.

–Representen que son una república minúscula y vivan como antes de que los líderes de Occidente perdieran la confianza de la sociedad a la que servían –le contesté.

–¿Conjuraremos así el peligro que nos acecha?

–No, pero serán discretamente felices hasta que ese peligro se concrete en los acontecimientos que nos aguardan.

Cuando volví a la torre Madlun, encontré a Alma Reimo y a Floro preparando un cara a cara con Genoveva en la TF43 moderado por Zucena, la periodista que había sido jefa de internacional de *El mensajero de la Verdad*. Aunque su trabajo me pareció ocioso, los vi tan ocupados en sus faenas que no quise desanimarlos y me uní a ellos. Entre punto y punto, me paraba a mirar por la ventana y veía la densa niebla que se había apoderado de Nógdam alimentada por los incendios permanentes de los edificios públicos, que se me antojaban fuegos fatuos causados por la putrefacción moral de la propia urbe.

En los días que transcurrieron hasta que se celebraron las elecciones, apenas tuve contacto con el entorno que me transmitían los sentidos. Estaba en las reuniones, pero no oía, aceptaba los escritos o los bendecía sin leerlos y abría la ventana y no olía el hedor que nos enviaba el aire. No recuerdo de aquella etapa más que pensamientos que nada tenían que ver con la realidad y noticias de fuera de la torre Madlun, como que Ambrosius se fue con sus soldados por la autopista del oeste hacia nadie sabía dónde y dejó vacía y con todas las puertas abiertas la sede del Ministerio de Defensa, que Monserga dimitió de su cargo dos días antes del fijado para las elecciones y que Genoveva no se presentó al debate que se había organizado en la TF43 con el argumento de que a esa hora reponían el capítulo uno de *En Los Olmos pasan cosas*.

Ante cualquier incidente, por pequeño que fuese, yo me acordaba de la Historia del Futuro que había visto impresa y me hacía preguntas sobre los libros que jamás tenían contestación, como en qué momento empezaría el futuro que describían, pues, si eran antiguos, el futuro bien podía ser el tiempo que estábamos viviendo e incluso el tiempo pasado, en cuyo caso solo vivíamos epopeyas sin alternativas, mientras que si en la esencia de los libros estaba el ser la Historia del Futuro, entonces lo que se predecía en ellos no se realizaría nunca y el futuro no tendría pasado.

Con el aturdimiento de vivir en un mundo de guion inexorable, similar al que deben de padecer los personajes de las novelas que son conscientes de sí, recibí las crónicas del avance de las tropas de Kazurro y de su estrategia de devastación y acompañé el día de los comicios a Just y Reimo en su visita a múltiples locales electorales de Nógdam. En aquel interminable recorrido, no encontramos más que uno con los tres electores imprescindibles para que pudiera constituirse la mesa, y los tres nos expresaron públicamente su voluntad de votar en blanco.

–Hemos venido porque como buenos occidentales somos amantes de la democracia y nos sentimos en la obligación de colaborar, pero no cuenten con nuestros votos, puesto que no se los merecen –nos dijeron.

Ni Reimo, ni Just, ni Floro, ni ninguno de los que nos acompañaba, ni yo mismo pudimos votar, ya que nuestra mesa no había llegado a constituirse. Tampoco habría podido hacerlo Genoveva, de haberlo intentado. En contraste, sí pudo hacerlo Monserga, que figuraba por casualidad en el censo de la única mesa instituida. Y Monserga, rendido ante la única certeza que le quedaba, el verdadero amor de su vida, votó públicamente a favor de Alma Reimo, a quien tanto había vilipendiado.

Si hubo más mesas abiertas y más escrutinios en los locales electorales de Occidente, sus actas no se recibieron en la sede de la mermada Junta Electoral del Estado a lo largo de la semana que siguió a las elecciones.

–El resultado no admite duda. Sobre un censo de … –y el Presidente de la Junta Electoral del Estado citó a varios cientos de millones de electores–, han votado un total de cuatro, de los cuales tres lo han hecho en blanco y uno a favor de la Unión del Pueblo de Occidente. Luego todos los escaños del Parlamento se adjudican a este partido.

Cuando salimos a la calle, yo sentí que el tiempo se cerraba de un portazo. ¿Estaría comenzando el futuro previsto por aquellos libros?

–Si hubiera habido bares abiertos, nos habríamos ido a celebrarlo –comenté–, pero me temo que deberemos conformarnos con descorchar una botella de vino en las oficinas de la torre Madlun.

Ni siquiera eso hicimos. De la Junta Electoral nos fuimos a la sede del Parlamento, que había sido incendiado durante la Revolución de los Televisores y aún ardía, y en el descampado próximo, sentados sobre la balaustrada de mármol que contorneaba una fuente ornamental, Just, Floro, Alma Reimo y yo tomamos posesión de nuestros escaños y elegimos al Presidente de la República, responsabilidad que recayó en la persona de Alma Reimo, quien allí mismo juró el cargo.

De aquel paraje nos fuimos a la sede del Ministerio del Interior, que hacía de palacio presidencial desde que el Palacio Presidencial había sido incendiado, y la encontramos totalmente abandonada excepto una sala, en la que Genoveva veía la televisión en bata y de espaldas a la puerta.

–Dejadla ahí. A mí no me estorba –dijo Alma Reimo bajito para no perjudicar la atención que la exsindicalista le prestaba al aparato.

Fue un gesto de generosidad que resultó escasamente

fructífero: en cuanto cerramos la puerta de aquella estancia, se cortó la electricidad y los gritos de Genoveva corrieron por los pasillos vacíos, bifurcándose y dando trompazos hasta el rincón más alejado del edificio.

–¿Miro a ver si es del cuadro? –me solicitó uno de mis guardaespaldas.

Yo me acordé de que el suministro eléctrico solo funcionaba gracias a los periodistas, quienes en los últimos días habían desertado a la carrera de las radios y las televisiones.

–No pierdas el tiempo. La electricidad se ha cortado porque su fabricación se ha detenido –le contesté.

La tarde estaba cayendo y la luz apenas podía atravesar la niebla permanente engendrada por los incendios. Cuando llegamos al despacho del ministro, que en la última época había sido ocupado por los Presidentes de la República, era casi de noche, a pesar de lo cual Alma Reimo insistió en asomarse a la calle y en sentarse en el sillón que a manera de sitial dominaba el recinto.

–Esto va a cambiar. Lo vamos a cambiar nosotros. Occidente volverá a ser el que era con nuestro esfuerzo y con el esfuerzo de todos nuestros conelectores –dijo luego.

Ella estaba de pie entre la mesa y el sillón y el resto hacíamos un arco frente a la mesa. No nos veíamos las caras y de ella no advertíamos más que su silueta recortada levemente sobre la luz exhausta que penetraba por el balcón y que ya era menos del sol que de las llamas.

–Bien, ha sido un día muy largo. ¿Nos vamos? –me propuso Just.

–Sí, vámonos –concedí.

–¿Adónde? –preguntó Alma Reimo enseguida.

–A casa, a nuestra casa.

–La casa de la Presidenta es esta –respondió Reimo.

El teléfono no funcionaba, no había electricidad, no había funcionarios, no había nadie excepto Genoveva en aquel insondable edificio.

–Mañana por la mañana empiezas –le dije.

–¿Y esta noche? ¿Quién cuidara de nuestros electores esta noche?

–No tienes ropa, ni siquiera te has traído un pijama, no hay comida, no sale agua de los grifos y el aljibe debe de estar lleno de gusarapos –insistí.

–Incluso así, me quedaré.

Yo ordené que fueran a buscar a Genoveva para que le hiciera compañía y, mientras tanto, alguien trajo un par de velas y las depositó encendidas en otros tantos vasos sobre la mesa. Genoveva se había acostado, pero no estaba dormida, según nos dijo Just, quien añadió:

–Nos ha mandado que llamemos inmediatamente al director de la TF43. Se cree que aún sigue siendo la Presidenta de la República.

–Dejadla que se lo crea y seguidle la corriente –medió Reimo–. Después de todo, ¿qué daño puede hacernos ese disparate?

Genoveva entró peinándose el pelo con los dedos, un punto azorada de verse ante tanta gente en pijama y con tan malas trazas.

–¿Alguno de ustedes entiende de electricidad? –dijo tras darnos las buenas noches–. Hay algo que no funciona en este maldito palacio.

Le contestamos que no y Alma se acercó a ella y se la llevó cogida del brazo hasta uno de los sofás que había alrededor de la mesa baja junto a la que no hacía tantos meses los cabecillas de la seudorrevolución que terminó con la presidencia de León Maldora acordaron subirse el sueldo, constituirse en agrupación política y presentar a Genoveva como candidata a la Presidencia.

–Marchaos. Yo me encargo de ella –nos dijo Reimo apoyando su mandato con movimientos urgentes de la mano.

Descendimos las escaleras a tientas y a tientas nos movimos por los pasillos. Cuando ya veíamos el resplandor mate de la calle iluminada por los incendios, Just se acordó del botón nuclear.

–No te preocupes por él –le dije–: a Alrisod se le olvidó en el búnker del Palacio Presidencial y allí sigue, aunque dudo mucho que funcione.

Para cerrar la puerta principal fueron necesarias tres personas, tanto era su tamaño y su peso.

–Ellas solas no van a ser capaces de abrirla –dijo Floro.

–Hay otras más pequeñas –le contesté yo.

Y Just me completó:

–No puede quedarse abierta: la calle está llena de desahuciados.

Por culpa de esa gente alucinada nos costó trabajo salir con los coches del centro de la ciudad para tomar la autopista, donde a pesar de nuestra prevención atropellamos a dos individuos, a los que abandonamos malheridos en la cuneta.

En la torre Madlun, después de gatear las escaleras que nos separaban de los pisos donde teníamos el cuartel general, reuní al personal y le hice saber que la misión estaba cumplida.

–Y no hay otra –añadí–. En este momento acaba todo. Coged los víveres de los que aún disponemos en los almacenes, llenad los tanques de los automóviles con el combustible que nos queda y marchaos a donde podáis vivir de un pozo y un huerto. Si tenéis alguna posibilidad de salvaros, es en un pueblo apartado.

Me enorgullece decir que la mayoría quiso optar por persistir a mi lado y sufrir la misma suerte que yo, que cuando les pedí por favor que se fueran me invitaron a que los acompañase y que bastantes de ellos me ofrecieron las casas donde vivían sus padres u otros familiares, a las que por estar en lugares perdidos consideraban a salvo de cualquier revés generado por el hombre.

–Si yo me fuera, tendría que ser a donde están Altea, mi hijo y Primor –les dije–. Pero ni siquiera me iré allí. No sabría cómo explicároslo: creo que en el universo que se avecina tengo un papel que jugar.

A ellos no podía decirles sin acompañarlo de elucubraciones ininteligibles que vi mi nombre escrito en un libro de aquella infernal biblioteca de Inicia, ni podía revelarles que tenía una sospecha que no me dejaba dormir desde que había visto el alma hueca de Kazurro.

Antes de acostarme, me mantuve un rato oteando por los ventanales de lo que había sido mi despacho. Nógdam era una suma de resplandores hinchados por la oscuridad y amortiguados por el humo. En un punto de ese corrompido ámbito, en un edificio enorme habitado solo por ecos y recuerdos, estaban dos mujeres que, de distinta forma, se creían las Presidentas del imperio más preponderante de la Historia. Más allá del horizonte, el mundo estaba cambiando rápidamente a peor, aunque pareciera imposible. ¿Sería así para siempre? ¿Sustituiría la noche eterna a la pertinaz niebla provocada por los incendios? ¿Camparían los espectros por donde ahora deambulaban los moribundos?

Abrí la ventana y respondí con todos mis sentidos a la llamada de las tinieblas. Ellos todavía no estaban ahí, pero podía notar los efectos de su ira, el calor de las cosechas ardiendo, el olor a carne quemada, el ruido de las bombas y los gritos de las madres que habían perdido a sus hijos. Y mientras tanto, pensaba en la imagen de la muralla arropada por los andamiajes monumentales, en las superficiales declaraciones de Kazurro y en la mirada de aquel muchacho que lo acompañaba, cuyo rostro no me era del todo extraño.

A la mañana siguiente, me despedí uno a uno de los hombres que me habían acompañado. Incluso entonces, Just y Floro me hicieron saber que seguirían conmigo, pero yo no se lo consentí.

–Cuando lo que debe pasar pase, iré a buscaros, y por callados que estéis y recónditos que sean los lugares donde os hayáis asentado, os encontraré –les dije.

A las dos de la tarde del día posterior a aquel en que Alma Reimo tomó posesión de su cargo de Presidenta, me quedé solo, absolutamente solo, en la ciudad Madlun. Acerqué un sillón a los ventanales y me dediqué en exclusiva a observar el horizonte. Comía cuando tenía hambre y dormía cuando tenía sueño, de manera que mi reloj biológico acabó por ir desacompasado con el movimiento de rotación del planeta. No me duché, ni me lavé, ni me cambié de ropa en todo aquel tiempo. Conforme pasaban las horas, mi percepción de la amenaza se iba concretando. Ya están a mil kilómetros, ya siento la barbarie casi con las yemas de los dedos, ya han alcanzado los polígonos industriales de la última periferia, me decía.

Finalmente, una mañana calcada a las demás me despertó como una mano que se apoyaba en mi hombro y al abrir los ojos vi el resplandor de las explosiones en los barrios del norte. Sobre la mesa de al lado tenía el panfleto en el que el partido de la Luz proclamaba su compromiso de suprimir la muerte de la vida.

Capítulo 17

Las ruinas de todo. Una megalópolis de lona. El secreto de las tiendas 1212 y otros secretos. Alguien está jugando conmigo.

Los bombarderos de Barbaria avanzaron sistemáticamente, como una línea de cosechadoras, pero al llegar a Nógdam se pararon y estuvieron masacrando la capital de Occidente durante las veinticuatro horas de cuatro jornadas volcánicas, pasadas las cuales continuaron su ruta hacia el Sur.

Una semana después de que dejara de sentir el temblor de la tierra, salí de los aparcamientos más profundos de la torre a la plaza de la Ciudad Madlun (sobre la que caía una lluvia diluviana, como definitiva) y caminé hasta el pequeño agujero en el que los cascotes habían convertido la boca de metro, por el que logré introducirme a gatas. Los que hayan leído las páginas que preceden a estas sabrán de mi industria para guiarme en la oscuridad. Usando de ella, anduve sin detenerme hasta las inmediaciones de la boca venidera, que conectaba un barrio residencial con la tupida red de metro de Nógdam, donde empecé a encontrar grupos de personas tendidas en el suelo que se daban compañía sin más voces que algunos lamentos comedidos. Nadie tenía agua ni alimentos y los muertos y los supervivientes actuaban de forma tan similar que muchos no tenían claro si eran de los unos o de los otros.

En la estación, que tenía tapados todos los accesos a la superficie, los refugiados ocupaban por completo los andenes y las vías y algunas velas alumbraban rodales desperdigados y le daban a la aglomeración un aspecto infernal. Yo me moví entre los cuerpos apelotonados o sobre ellos, e iba a reanudar mi itinerario por el túnel en dirección al centro de la urbe, cuando descubrí que me seguía un hombre con una niña muerta en los brazos. Me paré y permití que me alcanzase.

–Usted parece saber dónde va –me dijo–. ¿Le importa que lo acompañemos?

Él veía que la niña había muerto, pero actuaba como si aún estuviera viva.

–No me importa –le contesté–. Venga conmigo.

Yo lo cogí del antebrazo y lo guie por el túnel. En la estación ulterior, los andenes y las vías estaban tan colmadas que para atravesarla tuvimos que pasarnos de uno a otro el cadáver de la niña. Tampoco había en ella salida libre al exterior, aunque contaba con cuatro bocas.

Caminamos a lo largo de cinco estaciones y de los correspondientes túneles antes de que el hombre cayese de rodillas, reventado.

–No puedo más –me dijo–. Por favor, salve a mi hija.

La niña tendría seis años y su cadáver estaba rígido y pesaba. Lo tomé en mis brazos y le pedí al hombre que no se rindiera.

–He estado en la superficie hasta hace unas tres horas. Ya han dejado de caer bombas –lo animé.

–¿Por dónde entró?

–Por la última estación de esta línea.

–¿Por la última estación?

El hombre apoyaba las palmas de las manos en el suelo y me miraba como un perro cansado.

–Sí, la estación de Ciudad Madlun.

–Vaya hacia ella. Vaya y salve a mi hija.

–¿De qué servirá que la salve a ella si no se salva usted? ¿Quién la va a cuidar? Levántese, estoy sintiendo aire nuevo.

Aquel hombre se irguió y anduvo con su mano apoyada en mi hombro. En la próxima estación, había cientos de individuos intentando salir por una boca expedita, pero el ansia los apelotonaba y algunos que se habían muerto seguían de pie, sostenidos por la presión de la masa.

–Sigamos, no nos queda otra –exhorté a mi acompañante, que me hizo caso sin rechistar.

En la siguiente, la multitud atascaba el túnel muy cerca de la salida, en un lugar desde el que ya se veía la luz de la calle. Nos sentamos en el suelo y esperamos a que se descongestionara el paso, lo que fue ocurriendo poco a poco y a trompicones. Cuando nadie había delante de nosotros, hicimos un último esfuerzo y nos levantamos.

Lo que me sorprendió al encontrarme en el exterior fue que el aire estaba limpio y que el sol, por primera vez desde la Revolución de los Televisores, brillaba en el cielo de Nógdam sin el filtro del humo de los incendios. Lo demás, por asombroso que pudiera parecer, me lo esperaba: no había calles ni edificios, sino una extensión enorme de escombros desiguales por los que se diseminaba la muchedumbre, como cabras sobre un roquedal. La mayor parte de la gente, sin embargo, había tomado una senda abierta en la escombrera por alguna máquina, quizá la misma que se oía a lo lejos.

–¿Dónde estamos? –me requirió el hombre.

Por el aspecto del exterior, no había forma de saber el punto de Nógdam en el que nos hallábamos, pero eso importaba poco, porque Nógdam había dejado de existir.

–Hemos salido por la estación de Poetas.

–¿Poetas? Mi casa estaba a cuatro manzanas de aquí.

El cadáver de la niña me fatigaba mucho. Como tenía los brazos paralizados y la espalda me dolía, le dije al hombre:

–Su hija lleva un buen rato sin moverse. Acaso sea demasiado tarde para ella.

En aquel infierno, uno debería estar preparado para recibir cualquier noticia, por horrorosa que esta fuera, pero aquel hombre se negaba a aceptar la muerte de su hija.

–¿Demasiado tarde?

–La niña está muerta. Y pensando en lo que nos aguarda, posiblemente haya sido lo mejor para ella.

El hombre me miró con extrañeza.

–Déjemela –me pidió.

Como no podía con ella, la colocó sobre los escombros y se sentó a su lado.

–¿Qué piensa hacer? –le pregunté.

–Esperar.

–Esperar a qué.

–A nada, a que sobrevenga el final, a que el guionista de esta historia postergue a mi personaje: yo nunca debí ser creado.

–Voy a tomar ese camino. Si encuentro a alguien que pueda ayudarlo, se lo enviaré –le dije.

Me fui por la vía abierta en la escombrera. Enseguida,

el ruido de las máquinas se hizo más concreto y se fragmentó en sonidos heterogéneos. A una de ellas la encontré ensanchando el terreno libre de lo que había sido una plaza. Frente al lugar donde trabajaba, había una fila que controlaban tres o cuatro soldados de Barbaria. Unas cuantas jóvenes uniformadas pedían a los recién llegados que se pusieran a la cola.

–En un momento tendrá usted su ración de comida y de agua –me dijo una muchacha hermosísima sin dejar de sonreírme, y me dio un papel, que resultó ser el programa del partido de la Luz.

«El partido de la Luz se compromete a suprimir la muerte de la vida», leyeron en voz alta detrás de mí.

Los que estábamos en la cola no teníamos otro oficio que mirar a donde estaban repartiendo las provisiones, y leer una y otra vez el folleto.

–¿Quiénes son? –oí.

–No sé, pero sean los que sean nos van a dar de comer –oí también.

Luego, unos cuantos soldados pasaron cargados con cajas de las que las muchachas extraían botellas de agua de un litro que distribuían entre los que estábamos en la cola.

–Aunque el reparto se está realizando a un buen ritmo, preferimos no hacerles esperar, por lo menos para el agua –decían las muchachas.

La fila, en efecto, se movía muy deprisa, y pronto estuve ante la mesa en la que varios jóvenes de ambos sexos dispensaban, con amabilidad y muy sonrientes, una bolsa con alimentos diversos y un cubierto de campaña. Al tomarla, me acordé del hombre que permanecía postrado junto al cadáver de su hija y le pregunté al joven que me la había dado si me podía proveer de una bolsa extra para un amigo que se había quedado cuidando de su hija.

–¡Claro que sí, señor! –me contestó.

Aquella respuesta tomó por sorpresa a los que la habían oído, que no se esperaban esa muestra de confianza.

–Tome usted. Dele este impreso a su amigo para que sepa a quién puede acudir siempre que lo necesite –me pidió una muchacha que estaba cerca y había presenciado la escena.

Yo volví sobre mis pasos y encontré al hombre donde lo había dejado. Cuando le di el papel, lo leyó y me dijo:

–¿Quiénes son y de dónde han sacado la comida?

–Son los que nos han bombardeado, y no sé de dónde han sacado la comida, quizá de nuestros propios almacenes –le respondí.

Mientras estábamos comiendo, llegó un vehículo de transporte de tropas del que salieron diez o doce soldados que fueron triando a los individuos que se hallaban en las proximidades de la boca del túnel. Tras examinarlos, los marcaban con un punto rojo, amarillo, verde o negro. Uno de ellos se acercó a nosotros, me hizo cuatro o cinco preguntas, me pidió que me tocara la nariz y me puso un punto verde en el pecho. A continuación, le hizo esas mismas preguntas al tipo que había salido conmigo y le puso un punto rojo. A su hija, en cambio, le puso un punto negro.

Al poco rato, oímos el ruido de un helicóptero que aterrizó muy cerca de donde estábamos, aunque no pudimos ver dónde porque nos lo impedían los escombros. Cuando volvimos la vista, ya estaba frente a nosotros un camión militar y tres vehículos de transporte de tropas de los que habían salido numerosos soldados que inspeccionaban los colores de los puntos que teníamos atribuidos.

–Usted vaya con aquel grupo –me dijo uno de ellos, y me señaló a unos individuos que bebían agua de las botellas que les habían entregado.

Cuando me uní a los que me había dicho, un soldado que portaba un brazalete con una «m» me preguntó si tenía familiares en las proximidades y si estaba herido y, como a ambas cuestiones le contesté que no, me quitó el punto verde y me puso uno blanco.

–Usted está bien. Váyase y espere donde haya un corrillo de puntos blancos –me dijo.

–¿Y dónde hay un corrillo de puntos blancos?

–Búsquelo. No puede haber uno muy lejos.

Tomé otra botella de agua que me ofrecieron y salí de allí con lo que quedaba de mi bolsa de comida. Al pasar junto a un camión del ejército, vi que estaban llenándolo de cadáveres. Un sacerdote cuidaba de que fueran tratados con dignidad mientras rezaba en un idioma foráneo. Detrás del camión, un pelotón de soldados ayudaba a los heridos a montar en vehículos para el transporte de tropas. La escena era observada por una línea de personas con punto blanco que se sentaban sobre los escombros.

–Únase a ellos –me indicó un soldado.

Cuando arribé a donde me habían sugerido, me di cuenta de que todos llevaban en la mano el papel con el programa del partido de la Luz.

–¿No le han dado a usted un folleto? –me preguntó una joven militar con galones.

–Sí –le respondí. Me lo saqué del bolsillo y se lo mostré.

–Bien. ¿Lo ha leído?

–El partido de la Luz se compromete a eliminar la muerte de la vida –recité de memoria.

–Eso está bien –me contestó sonriendo–. ¡Es tan fácil! Pero no basta con sabérselo: hay que tenerlo presente. Y para ello nada mejor que llevarlo a la vista. Si no le molesta, por supuesto.

Le dije que no me molestaba.

–Eso está bien –volvió a decirme la joven–. Parece absurdo, ¿verdad? ¡Eliminar la muerte de la vida! Pero yo le aseguro que es factible.

Algún gesto mío no debió ser de asentimiento, porque continuó:

–Nadie le pide que se lo crea. No es una cuestión de fe, sino un hecho que usted podrá comprobar por sí mismo.

Como una hora después nos pidieron que nos levantáramos y nos pusimos en marcha por un camino que nos llevó hasta un descampado que seguían ampliando varias máquinas. La multitud que llegaba hasta él por distintas sendas abiertas se congregaba luego al amparo de una línea de toldos instalados en un lateral, donde recibía la asistencia de una decena de soldados. Uno de ellos me dijo:

–Pronto vendrán autocares para evacuarlos. Antes de subir, les van a pedir la filiación para hacer una ficha. Es un proceso necesario que esperamos efectuar rápidamente.

Yo me senté en el suelo, bajo un toldo, a terminar de comer. Junto a mí, había una pareja con una niña muy delgada.

–¿Quiénes serán? –interrogó la mujer a su marido.

El hombre negó con la cabeza mientras mordía su bocadillo.

–Solo sé que nos han sacado de ese agujero y nos han dado de comer –dijo luego con el mordisco rodando en su boca.

Cuando se acercó un soldado a informarnos de lo de la ficha y los autocares, uno de los que estaban comiendo le preguntó si sabía en qué lugar de Nógdam nos hallábamos.

–No lo sé, no soy de esta ciudad, pero no creo que importe mucho. Y si me permite un consejo, le diré que usted debería pensar exclusivamente en el futuro. Tal y como ha acabado todo, recordar el pasado no le va a producir más que sufrimiento.

La extensión de la explanada nos consentía otear por encima de los escombros y no divisábamos ni edificios en pie o en ruinas ni señales de incendios.

–Es verdad, ¡qué más da! Ya no hay referencias –comentó otro.

El individuo que habló aludía al espacio. Respecto del tiempo, estaba claro que habría un antes y un después de la destrucción de Nógdam. De hecho, la gente se aplicaba a la novedad de comer como el náufrago que es atendido por los servicios de socorro en la playa de un país remoto.

Al rato, alguien preguntó en voz alta por el punto en el que nos encontrábamos.

–No quiero saber dónde estamos –le objetó una mujer–. Únicamente deseo que me saquen de aquí: este sitio es el escenario de una pesadilla colectiva que no sé si se ha consumado.

–Se ha consumado, señora –le contestó una soldado que la había oído–: ya ha sucedido cuanto tenía que suceder.

Los que la oímos nos quedamos rumiando aquella última frase. Si todo lo que tenía que ocurrir había ocurrido, ya no podía ocurrir nada más, al menos, nada que fuera tan terrible.

–¿Qué quiere decir? –le reclamaron.

–Que el pasado se agotó. Busquen entre los supervivientes, alégrense cuando encuentren a sus seres amados y dejen hacer al olvido.

Ella misma nos informó de que con las fichas que nos harían se constituiría un censo que se pondría a disposición de todos los ciudadanos. Ciudadanos fue el término que empleó la mujer, no electores. Y a más de uno nos llamó la atención.

–Ustedes no son de Occidente. ¿De dónde son? –le pidió una mujer.

–Occidente es el mundo entero, señora –le replicó la soldado.

En aquel momento entró un autocar y la conversación se detuvo. Detrás de ese, entró otro, y luego otro, y así hasta ocho. De cada uno de los autocares se bajaron soldados que se pusieron delante de la puerta respectiva con mesas portátiles, sillas y ordenadores. Yo había acabado de comer y me dirigí enseguida hacia el autocar que me pillaba más cerca. En la cola, me hicieron una foto con el ordenador y tomaron nota de mis datos personales, que en su mayoría falseé. A cambio, me entregaron una tarjeta que contenía esa información.

–No la pierda: a partir de ahora le será requerida para percibir algunos de los servicios que prestamos –me dijo el joven que me la había dado.

Para subir, debí pasarla por el dispositivo que tenía un soldado plantado en la puerta del autocar. Y lo mismo que yo, debieron hacer los otros individuos que se montaron. El que se acomodó a mi lado iba solo, estaba demacrado y su olor corporal se elevaba por encima del hedor de nuestros cuerpos y de los cuerpos que se pudrían bajo los escombros.

–Debe de estar lleno de gusanos: se está corrompiendo en vida –me dijo por lo bajini el que se sentaba detrás de mí.

El soldado que nos acompañaba no tenía menos olfato que los que éramos evacuados en aquel autocar, pero no borró su sonrisa cuando recorrió el pasillo observando que todos los asientos estaban ocupados.

–Ya que estamos todos, nos vamos –dijo luego por los altavoces–. El viaje será más incómodo de lo normal, porque el autocar tiene que ir sorteando agujeros. Si durante este trayecto tienen algún problema, por favor, háganmelo saber.

Por el primer tramo de la senda abierta, que seguía lo que habían sido algunas de las anchas avenidas de Nógdam, nos tropezamos con máquinas que despejaban bocas del metro y amontonaban escombros, a aglomeraciones de heridos que eran clasificados por los equipos de socorro, a enjambres de individuos que eran ordenados en filas y a helicópteros que sobrevolaban la zona, que tomaban tierra y que despegaban.

–Pronto saldremos del área más dañada por la catástrofe –dijo el soldado.

También utilizó la palabra siniestro para referirse a lo que había ocurrido, y en otra ocasión lo denominó desastre, como si el culpable hubiera sido el destino. Nadie, sin embargo, reparó en este detalle.

Aunque el autocar era nuevo y muy confortable, el camino fue aún más dificultoso de lo que había pronosticado nuestro guía (así fue como se llamó). Más de hora y media tardamos en salir de la ciudad, y cuando lo hicimos, fue para tomar una senda abierta por motoniveladoras y rulos entre las ruinas de urbanizaciones y naves industriales o directamente sobre el campo. Por la orientación del sol y la orografía del terreno, hubo quien reconoció los lugares por los que pasábamos y hubo quien se echó a llorar. Nadie tomó conciencia de que junto a las máquinas que abrían las rutas había otras que borraban cualquier piedra erguida, cualquier vestigio del pasado.

Finalmente, después de casi tres horas de viaje, bajamos en una llanura enorme situada al norte de Nógdam, en la que había instaladas miles y miles de grandes tiendas de campaña que componían calles de muchos kilómetros de longitud. Nuestro autocar nos dejó al comienzo de una de ellas y regresó por donde había venido en busca de más ciudadanos, según nos explicó nuestro guía.

–Al principio de esta calle, que se llama Gozo –nos dijo un soldado que acudió a recibirnos–, hay unas oficinas donde entregarán todos sus objetos personales, incluidos los móviles, y recibirán un macuto con útiles de aseo, ropa, un saco de dormir y otros avíos necesarios para la supervivencia.

Unos pocos metros más adelante nos unimos con grupos procedentes de otros autocares y entre todos formamos una cola que fue avanzando con rapidez hacia el interior del recinto que nos habían señalado. Dentro, la fila se abría en cuatro ramas que daban a otras tantas mesas en cada una de las cuales había un soldado que dispensaba el citado macuto y otro que pasaba por un ordenador las tarjetas y daba un papel con el horario de los servicios, en cuyo reverso escribía a mano el número de la tienda que nos había sido otorgado. A mí me tocó la 46B de la calle Gozo.

Como todos los demás, tan pronto como salí a la calle me precipité a ver el contenido del macuto, que llevaba, en efecto, cuanto nos habían prometido, y tomé luego el camino de mi aposento.

–¿Qué numero le ha tocado a usted? –me preguntó una mujer que iba con su marido y con una niña de unos ocho años.

Cuando se lo dije, ella me contestó:

–Nosotros tenemos el 46A. Eso quiere decir que estaremos enfrente.

De los tres, la más afectada era la niña, que iba como aturdida.

–Lo que menos me gusta es que dormiremos revueltos –continuó la mujer.

Yo no tenía ganas de hablar.

–Bueno, no podían ponernos una tienda para cada uno –le dije.

–Pero podían habernos dado a los más viejos una más cercana –comentó un anciano que estaba oyendo la charla.

–¿Cuál le han dado a usted? –le instó la mujer.

–Aquí está –dijo el anciano mostrando su hoja–: calle Gozo, número 1212B.

–¡1212! –exclamó la mujer, y escrutó el horizonte, llevándose nuestra mirada con la suya.

–Eso dice el folleto.

–Yo creo que si va y le pide un número inferior, se lo dan: estos chicos son todos muy amables.

–Precisamente por lo amables que son no quisiera importunarlos –dijo el anciano.

Las tiendas tenían el suelo de paja. Cuando entré en la mía, ya había varias personas en ella, unas acostadas, otras sentadas, otras extrayendo las cosas del macuto. Yo escogí un espacio desocupado a la izquierda, cerca del fondo, y tomé posesión de él extendiendo mi saco de dormir.

–Y ahora, ¿qué hacemos? –reclamó alguien.

–Lo que nos digan –le respondió otro.

Yo miré el impreso donde venía el horario de los servicios, pero había elegido un rincón muy profundo y la luz que entraba por la puerta, la única que iluminaba el interior, no daba de sí lo bastante como para permitirme leerlo.

–A las seis es la cena –me informó un hombre que tenía cerca y se había dado cuenta de mi interés.

Destapé el reloj echando la manga hacia atrás, pero también fue inútil, pues no pude verlo.

–Son casi las cinco. Queda más de una hora –me advirtió el mismo hombre, quien me dijo luego–: Yo voy a salir a echar un vistazo. ¿Me acompaña?

Era justo lo que iba a hacer, así que le contesté afirmativamente. Al salir a la calle, junto a un váter químico, me tendió la mano y me dijo que aunque su nombre era Birto, los amigos lo llamaban por su apellido, Baso. «Llámeme Baso», me pidió. Yo le di mi nombre apócrifo, Saín, Saín Nuca, el primero que se me había ocurrido cuando me tomaron la filiación para darme la tarjeta. Baso resultó ser un tipo hablador y yo, que tenía pocas ganas de hablar, me limité a escucharlo y aceptar todas sus propuestas.

–¿Quiere que sigamos la calle hasta el final? –me dijo.

El final estaba muy lejos, pero accedí.

–Según dice el papel, las tiendas 41 a 79 reciben la comida en la 80. Eso nos coge de paso –me dijo–. Y observe –y me señaló el letrero pegado al frontal–, en la tienda contigua a la nuestra hay una templo. ¡Un templo!

«Templo», así rezaba el cartel.

–¿De qué religión será? –se preguntó en voz alta.

–Había unos sacerdotes que cuidaban de la dignidad de los muertos –le indiqué –: serían de la religión oficial del partido.

Baso me miró con cara de asombro, a la espera de que concretase mi contestación, pero no lo hice, y en su lugar me dirigí hacia la puerta de la tienda y escudriñé en su interior: adentro, no había nada, ni siquiera paja. Entonces sí, entonces me interrogó sobre mi respuesta.

–El partido de la Luz se compromete a suprimir la muerte de la vida –le dije–. Más que un programa, parece un dogma de fe. ¿No se ha percatado de que todos los soldados tienen la felicidad de los misioneros?

Me explicó que no conocía a muchos misioneros y que no sabía diferenciar una felicidad de otra. Y algo similar me dijo poco después, cuando al pasar por el comedor y ver que estaban preparando las bandejas donde iban a servirnos la comida, yo afirmé que se necesitaba una logística inconmensurable para organizar en un lapso tan corto aquel descomunal tinglado.

–No lo entiendo. ¿A qué se refiere?

–A esto –y me giré mostrando mi alrededor–. Que hayan montado esta ciudad mientras nos estaban bombardeando revela bien a las claras que eran invencibles.

–¿Quiénes? –lo preguntaba verdaderamente en serio.

–¡Cómo que quiénes!: Los bárbaros. Nada podíamos hacer contra ellos. No sé cómo han aguardado tanto tiempo –le contesté.

«¡Los bárbaros!», musitó, como si el significado de esa palabra no pudiera acomodarse en su pensamiento.

A continuación de las tiendas número 300 había una calle transversal muy ancha a la que estaban llegando autocares. Los ciudadanos que bajaban de ellos se agrupaban y entraban en fila en las 301A y 301 B, de las que salían con un macuto igual al que nos habían dado a nosotros.

–Ya se habrá llenado el primer tramo de la calle, seguro –apuntó Baso–, y ahora tienen que completar el segundo.

Yo me acordé del viejo al que habían mandado a una tienda 1212 y me puse a buscar las impresiones que habían quedado en mi memoria del momento en que lo vi. Lo mejor de todo, lo que debo recoger en estas páginas que me repugnan, es que las pocas emociones que yo recordaba eran del anciano y de otros acampados que estaban próximos a él y ninguna de los jóvenes bárbaros que pululaban a su alrededor. Maravillado, indagué enseguida en las almas de los que en aquel instante me rodeaban. En primer lugar, en la de quien tenía más cerca, la de Baso, en la que hallé como un velo nebuloso que separaba el pasado del presente. Más allá del momento en que salió de las galerías del metro, su vida aparecía como un turbio habitáculo en el que sus sentimientos eran objetos desdeñados cubiertos de polvo. Más acá, en cambio, había algunas emociones emparentadas con el estupor y otras pocas relacionadas con las personas que había conocido, todas favorables, incluidas las que me concernían. En la gente que investigué por la calle, el desenlace fue el mismo o muy parejo. Pero cuando me puse a buscar las almas de los soldados –retenga esto el lector–, no descubrí ni el menor rastro de ellas, como si ninguno hubiera entonces ni lo hubiese habido nunca en aquella inmensa metrópoli de lona.

–Lo veo preocupado –me dijo Baso al ver que no objetaba sus observaciones.

Lo miré, y seguramente halló en mis ojos la desolación.

–Lo importante, lo único importante, es que estamos

vivos –me dijo poniendo una mano sobre mi hombro–. Nos han dado ropa, vamos a comer, tenemos un techo que nos cobijará esta noche y hay tropas que nos protegen, que ordenan esta laberíntica ciudad y que nos cuidan. Lleve el pasado al desván y cierre la puerta. Déjese arrastrar por este milagro. ¿Cuándo ha vivido mejor que ahora?

–Tengo familiares muertos –me excusé.

–Y yo, y todos. Pero con su sufrimiento no les devolverá la vida. Y a ellos no les gustaría que su recuerdo sirviera para generarle tristeza.

Hice como que transigía y él corrigió rápidamente la conversación para sacarme del atolladero emocional en que a su juicio me encontraba. Me habló de la atmósfera («ya no me acordaba de qué color era el cielo», me dijo), del aire limpio («mis pulmones chocan contra las costillas, como antes de que nos invadiera el humo») y de la comida («huele a potaje, huele al potaje que nos hacía mi abuela cuando yo era pequeño»). Baso había convertido la extirpación de mi despecho en el único objetivo de sus afanes. De poco me sirvió sonreírle, llevarle la corriente e incluso manifestarle expresamente que me sentía bien, pues no me dejó ni a sol ni a sombra. Nos pusimos juntos en la cola de la cena, y mientras aguardábamos en ella, me señaló a la gente que la configuraba y me dijo que me fijara en su rostro. «Todo el mundo lleva la esperanza dibujada en el semblante», aseguró. Luego, cuando me sirvieron la comida en la bandeja que me habían dado tras pasar mi tarjeta por una ranura, intenté escabullirme entre la multitud, pero él me siguió y se sentó en el suelo conmigo. Aunque a mí me extrañó no haber visto a heridos o viejos en la cola, nada le planteé al respecto. A él, en cambio, lo que más le llamó la atención, y así me lo descubrió en la charla que tuvimos, fue la cantidad de jóvenes que había por doquier. Finalmente, ya de noche casi cerrada, después de devolver las bandejas y pasar nuestra tarjeta por la correspondiente hendidura, me cogió del brazo, me llevó hasta la claridad que proporcionaba una de las lámparas alimentadas por los grupos electrógenos que rugían a los lejos y leyó el papel de los servicios: «A las ocho, sesión religiosa en todos los templos».

–¿Por qué no vamos? –me dijo luego.

Lo cierto es que me picaba la curiosidad saber de qué iba aquello. Asentí y juntos nos metimos en el templo vecino (conviene hacer constar que había uno cada nueve tiendas), en el que habían colocado una tarima y varias hileras de sillas portátiles agrupadas a ambos lados de un ancho pasillo central. Cuando llegamos, aún había asientos libres en las últimas filas. Yo agradecí mucho poder sentarme a gusto, pues no había otras sillas en todo el campamento, y, aprovechando que Baso se hallaba expectante y había enmudecido, cerré los ojos y me abandoné al placer de admitir que el cansancio actuara libremente.

«Amigos, ciudadanos de Nógdam, veo que estáis rendidos», dijo una voz transcurrido no sé cuánto tiempo. Yo abrí los ojos y vi sobre el tablado a un hombre mayor vestido con una túnica verde.

–Te has dormido, pero no he querido despertarte –me susurró Baso.

–¡Qué raro! –le contesté yo.

–¿El qué?

–Que haya un hombre mayor, casi un viejo, dirigiendo la función.

–¿Qué tiene de raro?

El que estaba delante se giró y nos ordenó callarnos

con un destemplado siseo, lo que me impidió esclarecer mis palabras.

–Me llamo Konás, sacerdote de este templo –dijo el viejo–. Hoy está siendo un día interminable. Estoy seguro de que estáis deseando ir a vuestras tiendas, meteros en vuestros sacos de dormir y que el sueño os inunde y os repare. Si a pesar del cansancio habéis venido, es por una ilusión, tal vez por un anhelo que espero no defraudar. Sabed, antes de todo, que no tenemos liturgia, que la asistencia es totalmente voluntaria y que os podéis marchar cuando queráis.

El sacerdote se fue hacia una mesita que había a un lado del estrado, cogió un tomo de papeles que dividió en dos y se los entregó a dos personas que estaban sentadas delante para que las repartieran.

–No ignoráis lo que dice este folleto, porque os lo hemos recordado varias veces a lo largo de esta dura jornada –dijo–, pero conviene que lo tengáis presente mientras hablamos. Al fin y al cabo, el conjunto de nuestra doctrina se reduce a esa escueta idea.

El interior del templo estaba iluminado por unas cuantas bombillas que colgaban de un cable. Sobre la plataforma, había una, cuya luz se reflejaba en la larga cabellera blanca de Konás y provocaba destellos en su tersa vestidura.

–¿No tenéis ninguna pregunta que hacer antes de empezar? –nos dijo.

Nos miró a todos, prácticamente uno a uno, examinando nuestro interés, pero nadie se atrevía a levantar la voz.

–De cualquier cosa, no tiene por qué ser vinculada a la espiritualidad.

Nada, ni un movimiento. Nada.

–No puede ser –dijo, como un cómico que jugara con el público en un espectáculo de variedades–. Os han sacado de un agujero, os habéis subido a un autocar y os habéis bajado donde y cuando os han dicho, no sabéis quiénes os han desenterrado y os han traído, ¿y no tenéis preguntas que formular?

Hizo un generoso silencio para que la carga de profundidad de su comentario llegase a lo más hermético de nuestro interior y prosiguió luego.

–No me lo creo. Permitidme que os lo diga tan claro: no–me–lo–creo. ¿No se os ha ocurrido preguntar, por ejemplo, de dónde son esos jóvenes que os han servido de guías? ¿Dónde están las duchas? ¿Cuándo saldremos de aquí y adónde iremos?

–¿Dónde están las duchas? –dijo alguien al tiempo que alzaba la mano.

Los asistentes soltaron una carcajada al unísono.

–Una consulta muy oportuna –contestó Konás sin alterarse–: a partir de mañana habrá camiones-ducha aparcados frente a las lavanderías. ¿Alguna duda más?

No la hubo.

–Están terminando de abrir las bocas del metro –continuó el sacerdote–. Me han asegurado que mañana a media tarde estarán a vuestra disposición las listas de los refugiados de este campamento y el lugar donde se encuentran. Naturalmente, esas listas se irán actualizando conforme vayamos teniendo altas y bajas.

Se había puesto serio. «Sois muy afortunados», dijo, y para explicarnos por qué, se puso a describir la situación previa al bombardeo y nos habló de los incendios permanentes, de las calles llenas de esas putas tan particulares que eran nuestras mujeres, nuestras madres y nuestras hijas, de la angustia de los padres que no conseguían alimento para sus hijos, de los cadáveres arrojados a las piras, de la niebla indisoluble y de otras malaventuras más que describió con el realismo de un mago y que nos dejaron sumidos en el espanto. «Vosotros nos os merecíais ese tormento», dijo. «Vosotros no sois basura, no sois escoria, no sois estiércol, no sois ratas, sois seres humanos, y como tales tenéis derecho a algo más que a comer y dormir, tenéis derecho al orden, a no tener miedo y a que os lideren los mejores».

–A ver, tú –y señaló a un individuo que lo miraba con la boca abierta–, cuéntame tu experiencia.

El hombre dudó, yo noté su zozobra.

«Levántate y ven aquí», le dijo Konás. El hombre se puso en pie y se dirigió al estrado. El sacerdote lo tomó del brazo y lo puso de cara al auditorio.

–Dinos tu nombre, ciudadano –le dijo.

–Me llamó Serto –tartamudeó el hombre.

–Serto, ¿de dónde eres?

–De Nógdam.

–Serto de Nógdam, cuéntanos tu experiencia.

El hombre tenía la memoria cubierta de sombras.

–Dinos, ¿has venido solo? –le preguntó el sacerdote.

–Sí.

–¿Y tu familia?

El hombre no podía contestar.

–¿Tenías mujer? –lo ayudó Konás.

–Sí.

–¿Y qué fue de ella?

–Murió.

–¿Dónde?

–En la calle, asesinada.

–¿Tenías hijos?

–Sí.

–¿Cuántos hijos tenías?

–Cuatro.

–¿Cuántos niños y cuantas niñas?

–Tres niñas y un niño.

–¿Y qué fue de ellos?

–Murieron, murieron de hambre, o enfermos.

–Bien, gracias, Serto.

Le dio un abrazo y el hombre regresó a su sitio.

–A ver, que levante la mano el que no haya perdido a ningún ser querido.

Nadie respondió a la llamada.

–Tú, mujer, ven y cuéntanos tu experiencia.

La mujer se irguió. Iba sucia, vestía con unos andrajos y parecía mayor de lo que era.

–Yo vivía cerca de una pira y he visto saltar a ella a muchas mujeres con los cadáveres de sus hijos en los brazos. Yo misma tuve que tirar al fuego el cadáver del mío, y todavía lamento no haberme arrojado yo.

–¿Y tu marido?

–Se volvió loco, no pudo soportarlo y se fue. Tal vez esté muerto. Nunca volví a saber de él.

–Mira mañana las listas –lo animó Konás–. Quizá haya sido rescatado. Si es así, aún tiene una oportunidad, igual que la tienes tú, porque el mundo ha cambiado para siempre.

El sacerdote le dio un abrazo y la besó en la frente antes de conducirla hasta su asiento.

–A ver, necesito oír vuestro testimonio para dar aire a nuestros recuerdos y descomprimir nuestra memoria. El futuro no será el mismo y debemos empezar de nuevo enteramente libres, sin el peso de lo que nos abruma.

Un individuo alzó la mano en mitad de la tienda.

–Tú, ven y cuéntanos tu experiencia –dijo el sacerdote.

Al llegar a la tarima, el hombre se echó a llorar.

–No te preocupes, amigo. Estás ante una asamblea que te comprende. Todos los que te escuchan pueden hacer una declaración equivalente a la tuya.

El hombre asentía con la cabeza, quería hablar, pero en lugar de palabras, de los adentros le venían tumores. El sacerdote lo abrazó largamente.

–No hay mayor prueba del horror que tu tribulación y tu impotencia –le dijo luego–. Vete tranquilo, ya nos hablarás cuando puedas.

En cuanto se sentó el hombre, Konás pidió otro voluntario y se formó un bosque de manos. Una de las pocas que no se elevó fue la mía. El sacerdote me vio y me dijo.

–Tú, amigo, ¿no tienes un testimonio que dar?

Yo pensé que no debía señalarme y le contesté que el mío debía de ser menos importante que el de otros ciudadanos.

–Todos son importantes, por ociosos que los juzguemos nosotros. Ven, el tuyo también nos ayudará.

Yo, viendo que negándome llamaría la atención, me puse en pie y me dirigí al estrado.

–¿Cuál es tu nombre? –me preguntó.

–Saín.

–¿De dónde eres?

–De Nógdam.

–Saín de Nógdam, danos tu testimonio.

Yo le dije que mi madre era puta, que mi hermana murió a causa de su extrema belleza y que un excompañero del instituto me había perseguido para matarme.

–En los últimos tiempos –añadí–, he comido ratas, he vivido de robar y he hurgado inútilmente en los basureros en busca de cualquier alimento.

–¿Qué fue de tus seres queridos?

–Todos murieron, de diarreas, de hambre, de una extrañas fiebres… –dije.

El sacerdote me abrazó.

Por el pasillo me crucé con un hombre que había visto en mi tienda.

–Yo soy viudo y vivía en casa de mis padres con ellos y con mis dos hijas –dijo el hombre desde el estrado–. He pasado hambre, pero no tanta como quienes me han precedido. Yo, en cambio, tengo el dolor más reciente, pues he perdido a mis hijos y a mis padres en los bombardeos.

El origen de ese sufrimiento no cogió por sorpresa al sacerdote, quien abrazó al hombre y dijo mirando a la concurrencia:

–En el mundo nuevo, querido amigo, no habrá bombas. Ni muerte. Los que trajeron el caos han desaparecido y con ellos se ha evaporado la razón de vuestro padecimiento.

Los voluntarios siguieron saliendo durante varias horas más. Konás los conformaba a todos. «Dejad vuestro corazón al descubierto y abridlo al nuevo mundo», decía. «El hambre se ha acabado». «El desempleo se ha acabado». «La injusticia se ha acabado». «La corrupción se ha acabado». «El derroche se ha acabado». «Y acabaremos con el dolor». «Y se acabará la enfermedad». «Y aunque os parezca inverosímil, venceremos a la muerte». Tras cada testimonio, cuando más profundo era el dolor del declarante y más heridos por el asombro estaba el resto de los presentes, soltaba frases como esas y unía lo ominoso de nuestros recuerdos con la esperanza, lo abyecto de nuestra experiencia con la dignidad de nuestro ser, la política con la fe, la fe con la vida, la vida con el partido de la Luz, el cansancio con el mandato de existir, el dolor de los otros con nuestro dolor, la supervivencia con la voluntad, el azar con la necesidad, la felicidad con el grupo y decenas y decenas de ideas más que venían a confluir en la idea general de que debíamos desembarazarnos del lastre de nuestro pasado y abandonarnos a la «sinpreocupación», así lo dijo, porque otros se ocuparían de nuestras inquietudes como el buen médico se ocupa del enfermo o la madre trabaja por el bienestar de su hijo.

Era muy tarde cuando el sacerdote nos pidió por favor que nos fuéramos a dormir.

–Y no tengáis prisa por levantaros. Vendrá el día en que cada uno tenga una obligación y una responsabilidad acorde con sus potencias, pero ese día aún no ha llegado. Volved a vuestras tiendas y descansad. Mañana, a la misma hora, os espero aquí.

Nos pusimos en pie y nos marchamos en silencio. En el pequeño atasco que se formó, nos mirábamos y revivíamos la historia que quien nos miraba nos había contado. Los muertos de los otros parecían nuestros y los nuestros parecían muertos de todos. El duelo se había producido y los que lloraban, que eran bastantes, alumbraban lágrimas de sabor agridulce. Baso, que no se separaba de mí, me dijo: «En verdad, este lugar es de otro mundo».

Cuando salimos al exterior, el agotamiento de tantos días a medio dormir nos alcanzó como a los bebés, a fondo y de pronto. Muy pocos hablaban, pero muchos se daban palmadas en los hombros o se lanzaban miradas de complicidad. Ese sentir generalizado de que todos éramos uno nos abrigó mientras nos acostábamos y fue una emoción intensa y placentera cuando cerramos los ojos y dejamos que la naturaleza del sueño nos apagara. Apagarse fugazmente, como hacen los electrodomésticos, se nos antojaba un favor sobrenatural y como premio lo valoramos. «Buenas noches», dijo alguien en voz alta, y ese deseo tan vacío siempre se reveló entonces cargado de contenido. «Buenas noches», respondió la gente, sintiéndose acompañada y segura.

Quizá porque yo no tenía tanto de qué descansar o porque a mí el espectáculo del templo me había marcado mínimamente, me desperté antes que nadie. Como no soy persona que pueda permanecer demasiado tiempo en vela, en cuanto vi que no volvería a dormirme, me levanté. El sol aún no había salido y nadie circulaba por la calle, con la excepción de un hombre al que vi salir de un váter químico. Nada había que hacer en aquel sitio excepto andar y me puse a ello en dirección al centro del campamento. Por ocupar la mente en algo, medí con pasos la fachada de una tienda y conté el número de ellas del primer tramo de la calle. Cada fachada tenía doce pasos, esto es, unos diez metros, y cada tramo constaba de unas trescientas tiendas, por lo que medía unos tres kilómetros.

Cuando iba más o menos por la mitad del siguiente intervalo, los acampados rompieron progresivamente la soledad de la calle y yo empecé a ver a jóvenes que repartían folletos. «Los servicios de hoy, señor», me dijo el soldado que me dio uno. En el papel figuraban, como nos había prometido el sacerdote, el horario del «camión de las duchas» y el régimen de la «lavandería», en la que, según se decía textualmente, «se nos proveería de una muda completa de ropa cada cuatro jornadas». También se indicaban la hora a partir de la cual podría consultarse en la base de datos el nombre de los «ciudadanos residentes en el campamento» y el alojamiento que les había correspondido.

Al llegar al próximo cruce me pregunté por qué habrían trazado tan endiabladamente largas las calles y me acordé del anciano al que la organización había ubicado en la tienda 1212B, es decir, a más de doce kilómetros del punto donde le habían dado el macuto. En aquel momento, yo había sobrepasado los números 600, por lo que los 1212 se hallaban a no menos de seis kilómetros de allí. ¿Qué sentido tendría mandar al viejo a un lugar que tardaría varias horas en llenarse pudiendo haberlo situado en otro cualquiera?, pensé. Lo más probable es que el viejo no hubiera sido capaz de transitar los doce kilómetros, y mucho menos cargado con el macuto. Y si eso lo razonaba yo, lo mismo tenían que haber colegido quienes tuvieron la ocurrencia de asentarlo tan lejos. A no ser, claro está, que hubiese sido un acto premeditado.

Por la tercera calle transversal, vi venir a unos exóticos camiones que enseguida identifiqué como los camiones-ducha. En el cuarto tramo de la calle Gozo, algunos de esos vehículos ya estaban emplazados frente a las lavanderías y expedían turnos de diez minutos para cada una de las filas de duchas que tenían. Me detuve un rato a observarlos y continué avanzando entorpecido por las colas y la multitud que ocupaba la vía.

A media mañana, llegué a la cuarta calle transversal, que era considerablemente más ancha que las otras y estaba completamente desierta. Desde la esquina de la tienda número 1200B, me paré a otear el panorama. Mucho más allá, la calle Gozo tenía un quinto tramo, pero era muy corto y no se divisaban en él más que unos cuantos soldados que entraban y salían dibujando su silueta contra el horizonte.

–Parece un foso. ¿No es verdad? O un cortafuegos.

La persona que me había hablado era una mujer de unos cincuenta años que por mi embeleso me había pasado inadvertida.

–Si la cruzas, te delatas –prosiguió.

Delante de nosotros había no menos de cien metros de desolada llanura que, efectivamente, imponía y suponía una suerte de límite de la zona habitable del campamento.

–¿Por qué la curiosea tanto? –me reclamó.

Yo le contesté con una evasiva.

–Aunque nadie nos ha prohibido que pasemos, nadie pasa de aquí –le dije–. ¿No le extraña?

–Mucho. Pero yo voy a pasar –me confesó–. Necesito saber si existen las tiendas 1212. A mis padres los mandaron a una de ellas, según me han confirmado unos conocidos míos.

–No vaya, no cruce. Detrás de esa línea de ausencia no hay más que soldados. Sus padres no están ahí. Las tiendas 1212 son un eufemismo.

Yo juzgaba bien lo que le estaba diciendo, porque no advertía a nadie en el quinto tramo de la calle.

–¿Un eufemismo de qué?

–De la muerte –le respondí con frialdad.

La mujer se quedó pendiente de mis ojos.

–¿Cómo puede saberlo? –me preguntó.

–Porque en mi autocar vino un anciano que también fue enviado allí y porque llevo varias horas andando por esta calle y no he visto a ninguna persona mayor. ¿No le parece suficiente prueba?

–¿Ese anciano era su padre?

–No, ni siquiera lo conocía.

–Los ancianos de los que yo le hablo sí eran los míos.

–Nada puede hacer por ellos. Se lo aseguro.

–Aun así, voy a ir. Lo haré por mí: no podría vivir rumiando que no lo intenté.

La mujer rompió a andar hacia el frente. Mientras ella cruzaba la calle, yo la seguí con la mirada, la vi llegar al otro lado y dialogar con uno de los militares y la vi entrar en una tienda, quizá la 1212B, donde por último dejé de sentirla.

Aún estuve un rato observando el cuadro al completo y examinado el aire antes de iniciar el camino de vuelta. Tres horas más tarde, estaba junto a mi alojamiento, no lejos del cual había un camión-ducha y una cola en la que se repartía a buen ritmo un kit de ropa de color beis que identificaba perfectamente a los que habían pasado por las duchas. Cogí un turno para el camión y me fui por la bandeja del almuerzo. En la cola de este, me topé con Baso, que estaba vestido de beis, a quien no le importó retroceder varios puestos con tal de colocarse a mi lado.

–¿Dónde has estado toda la mañana? –me dijo.

–Fui a ver si me encontraba con algún pariente o con algún amigo.

–¿Para qué? De aquí a unas horas podremos acceder a la base de datos del campamento y entonces sabremos quién se ha salvado y dónde está.

–Nunca me he fiado de esas máquinas tan insuperables –le dije–. Me recuerdan demasiado al pensamiento del enemigo.

–¿El enemigo? –estaba de veras feliz, casi eufórico–. Hacía muchos meses que no dormía tan bien, que no comía tan bien, que no me duchaba tan bien y que no tenía una ropa nueva tan limpia. El enemigo del pueblo estaba dentro del pueblo, eran sus propios líderes, y, afortunadamente, han desaparecido.

A nuestro alrededor, la gente no estaba tan feliz como él, pero se sentía acogida y consolada. Solo unos cuantos individuos rechazaban frontalmente aquel modelo de convivencia. Uno de ellos estaba cinco o seis puestos detrás de mí. Me volví y lo miré como si lo conociera. Cuando se percató de mi interés, me hizo una señal con la cabeza, a la que yo respondí con un gesto de la mano pidiéndole que se acercase.

–Aborrezco a los que se cuelan –me dijo.

–Es un momento –le repliqué, y añadí enseguida–: ¿No te acuerdas de mí?

El hombre me ojeó entrecerrando los párpados y me contestó negando con su enorme cabeza. Yo le di pelos y señales de su familia y de su trabajo y me presenté como un asiduo al bar del que él era parroquiano.

–Es raro que no me acuerde de ti, porque tengo una memoria muy buena para las caras –dijo–. Pero hasta la memoria huye de este recinto horrible.

–¿No te gusta? –le pregunté.

–¿Gustarme? Prefiero mil veces el infierno que un paraíso lleno de militares y sacerdotes.

Mi empeño por la conversación era el puro entretenimiento, era obsceno, si se quiere.

–Al menos aquí tenemos comida y agua –le dije.

–Para ser un campo de refugiados, está bastante bien. ¿No le parece? –añadió Baso conteniéndose.

El hombre nos miró con desprecio y se volvió a su sitio sin decirnos nada.

–¡Qué pronto se nos ha olvidado la forma en que vivíamos en Nógdam! –dijo Baso.

Comimos, devolvimos las bandejas y yo fui a por la ropa y me duché, y todos esos menesteres los viví sin contratiempo alguno. Conviene ahora, no obstante, hacer unas observaciones sobre el camión de la ducha, a fin de ilustrar al lector acerca de lo que puede esperarse de las páginas que siguen. Era una caja más larga que un contenedor normal dividida longitudinalmente en dos alas análogas (una para los hombres y otra para las mujeres), cada una de ellas integrada por un pequeño vestuario, un estrecho pasillo y diez cabinas numeradas de unos ochenta por ochenta centímetros. Las toallas se colgaban en perchas de pared que dibujaban una hilera en el pasillo. En las cabinas había un sumidero, un grifo para el jabón, una ducha de alcachofa fija y un extractor que funcionaba de continuo. No había mandos para el agua, porque se activaba con un detector de presencia y un temporizador, ni para la temperatura del agua, que siempre salía tibia. El camión tenía un depósito para el agua limpia y otro para el agua sucia que se llenaba o se vaciaba, respectivamente, con el auxilio de otro camión.

Cuando recién duchado volví a pisar el suelo terrizo de la calle, tuve una sensación rara, que al principio achaqué a lo mucho que había influido en mi ánimo salir vestido con un traje impersonal y unirme a una muchedumbre que ya vestía mayoritariamente como yo. Así se lo hice saber a Baso, que me estaba esperando al pie de la escalerilla del camión.

–Pues a mí me agrada, fíjate lo que te digo –me aseguró–. Me recuerda al uniforme que teníamos en el colegio. Vestidos al unísono, parecíamos todos iguales, tanto los ricos como los pobres.

Baso tendría cuarenta años, era moreno, de estatura media, de complexión normal, no era ni guapo ni feo, no tenía cicatrices ni rasgos específicos en el rostro, se peinaba al uso de la época, andaba como anda la generalidad y no tenía tics ni modos que se salieran de lo rutinario. Pero si exteriormente era el modelo perfecto para hacer de maniquí de un uniforme, por dentro era el arquetipo del soldado, pues siempre estaba dispuesto a emocionarse con las arengas y a identificarse con las ideas dominantes del grupo, fueran estas las que fuesen.

De allí nos fuimos a coger la bandeja de la cena. En la cola, Baso se distrajo hablando con una pareja joven de la misma catadura que él y yo dejé volar los pensamientos al albur que les marcaban mis gozos y mis alarmas. Cuando mi atención se encalló de nuevo en las duchas, me dediqué a comparar las diferencias entre lo que había sentido antes y después de estar en ellas. Del primer examen no extraje más que las causas normales de las que ya he dado cuenta al lector. Como no me satisfacían, sin embargo, seguí buscando hasta que me tropecé con algo verdaderamente siniestro referido al hombre con el que habíamos cambiado impresiones en la cola del almuerzo, el que estaba en contra del régimen que regía en el campamento: sus huellas emocionales finalizaban en el vestuario. Había depositado su ropa en la cesta apropiada, se había puesto el albornoz y había cogido una toalla, se había dirigido hacia su cabina, la uno, había colgado el albornoz y la toalla en las perchas del pasillo, había entrado en su cabina y había cerrado la puerta, y ahí acababa todo: no había salido.

Desde la cola, inspeccioné el trasiego que había en los camiones-ducha. Los camiones podían ser máquinas de matar y ocultar los cadáveres, pero, por absurdo que pareciera, también podían ser instrumentos para robar el alma (no en vano, los soldados y los sacerdotes del campamento no tenían sentimientos ni emociones, o, al menos, yo no era capaz de detectarlos). Para salir de dudas, cogí mi cena y, acompañado por Baso, me senté muy cerca de la puerta de uno de ellos. Nada especial aconteció en la media hora que empleamos en comer. Luego, Baso se fue a consultar la base de datos de refugiados y yo, que no tenía a quien buscar, volví a las cercanías del camión y me dediqué a observarlo con disimulo. Al cabo de un rato, entró en él una joven de un espíritu tan crítico con el orden establecido por nuestros salvadores que rayaba en la contestación. Le seguí el rastro concienzudamente, con los ojos cerrados, sabedor de que era el prototipo de persona que me interesaba, hasta que sus cuidados se desvanecieron por completo en el interior de una cabina. Entonces, me quedé mirando a la puerta del camión y comprobé que uno tras otro salían todos los que habían entrado, todos, menos ella.

Estaba bien avanzada la noche, cuando el camión, como los otros camiones, arrancó y se fue, llevándose consigo el cuerpo inerte de la joven y el de otros refugiados más.

Baso regresó poco después diciendo que ninguno de los nombres que había buscado se hallaba en la lista de acampados.

–¿De quiénes eran? –le pregunté.

–De mi hermano y de algunos compañeros de trabajo –me respondió–. Por cierto, puse tu nombre para ver si la máquina funcionaba y funciona, pues me indicó que estabas en la calle Gozo, 46B, nuestra tienda. Es más, alguien ya se había interesado por ti. ¿No sabes quién puede ser?

Al parecer, el ordenador mostraba el número de búsquedas que había tenido el nombre sobre el que reclamabas información.

–Ni idea –le contesté–. O es un error o debe de ser algún pariente lejano.

–Tú, introduciendo tu tarjeta, puedes averiguar quién es la persona que se ha interesado por tu existencia –me aclaró–. ¿No te reconcome la intriga?

La verdad es que me picaba, y más conociendo la catadura moral de Saín, el individuo del que yo había tomado prestado el nombre. Pero Baso me aclaró que hasta el día siguiente no se abriría de nuevo la base de datos.

–La han cerrado para que podamos ir a las funciones religiosas –me dijo–. No obstante, mañana volverá a estar operativa.

¿Para que podamos ir?, pensé: será para que vayamos. Nada comenté, sin embargo. Después de lo que había advertido, lo mejor era hacer como que estaba intachablemente socializado. Si lo que tocaba era ir a los templos, iría sin ninguna duda, y si lo que tocaba era rezar, rezaría. Rezar fue lo primero que hicimos cuando apareció Konás. Rezamos a la esperanza, a la vida, al futuro, a la ilusión, a nosotros mismos y al mundo en que vivíamos. Yo acompañaba las palabras del oficiante con gestos de conformidad que no llamaran la atención ni por desquiciados ni por contenidos, pero estaba más pendiente del auditorio que de sus estupideces. Así, descubrí que si bien todos los que estábamos habíamos acudido el día anterior, no todos los del día anterior habían vuelto. Faltaba, por ejemplo, el hombre que había perdido a sus hijos y a sus padres en los bombardeos, al que imaginé en el doble fondo del camión-ducha o en una tienda similar a las 1212, pues tenía la certeza de que había sido eliminado.

–No, hoy no, hoy no toca hablar de lo que hemos sufrido –dijo el sacerdote–, hoy hablaremos del futuro que nos aguarda.

Para el futuro no se querían enfermos, ni heridos, ni viejos, ni ciegos, ni deficientes, ni paralíticos, ya que nadie en esa situación se encontraba entre los presentes, ni se quería a espíritus contestatarios, ni siquiera a quien tuviese alguna dificultad para asimilar que, aunque nos hubieran bombardeado, ellos eran los salvadores.

El sacerdote pidió voluntarios para que dieran testimonio de sus deseos (no de los de ahora, sino de los vitales) y los fieles de aquel templo fuimos saliendo uno tras otro para exhibir lo que nos hubiera gustado ser o atesorar. Hubo quien dijo que le hubiese apetecido trabajar como catedrático de una asignatura rara en la Universidad de Boalís, del tipo Introducción al Estudio de la Ciencia Política, quien explicó que le hubiera encantado saber tocar la guitarra y el piano, quien confesó que hubiera preferido ser un donjuán y seducir a miles de mujeres con la mirada o con la retórica, quien no tuvo empacho en exponer que le hubiese apetecido el cargo de alcaldesa de su pueblo, quien declaró que hubiera dado un ojo por ser un triatleta de éxito y quien manifestó que le hubiera complacido escribir largas novelas de aventuras, pero la mayoría de los asistentes dijo que quería ser feliz, sin más. Yo presentí que aquellas declaraciones podían ser una trampa y me apunté al colectivo. Levanté la mano, y cuando Konás me señaló, confesé que a mí me cautivaban las cosas pequeñas, pinceladas tales como un reflejo sobre el agua, una sonrisa en la cara de un niño o la apariencia de una nube que pasa. Recuerdo que el sacerdote me preguntó si no me importaban los gobiernos de las ciudades y de los Estados y que yo le respondí que me conformaba con un Gobierno que dejara pasar las nubes y correr los arroyos y que no mandase sus soldados a borrar la sonrisa de los niños o a pisotear las flores de los campos. El sacerdote se mostró encantado conmigo (demasiado, pues no quería señalarme tanto), me puso de ejemplo, me abrazó y me dijo que la muerte huiría de mí y que la felicidad estaría siempre a mi lado.

–Ha sido magnífico, y tú has estado genial –me dijo Baso cuando nos estábamos acostando.

Yo le contesté positivamente a esa observación y a todas las que me hizo. Esperé a que él y el resto de mis vecinos se durmieran, salí de la tienda y me quedé junto a la puerta sin saber qué hacer. En la calle no había absolutamente nadie, aunque tenía la sensación de que un pensamiento global –como una mirada divina–me acechaba. ¿Era esa voluntad oculta la que eliminaba a los disidentes del campamento? Yo no era un disconforme obvio, pero lo era de convicción. Si el que disponía sobre la vida de quienes habitábamos en aquella urbe se enteraba de que yo me resistía a ser socializado, me eliminaría. La bobería de estar en la calle, cuando en la calle no había nadie, denotaba una actitud contraria a la mayoría que podía resultar sospechosa. Por otra parte, sin embargo, alguien había preguntado por Saín, y si me dormía en el lugar que me habían adjudicado era un blanco ideal para sus intenciones.

Iba a volver sobre mis pasos, incapaz de superar la duda, cuando me fijé en la tienda del templo. Me dirigí a su puerta, la abrí y caminé a oscuras hasta la tarima, sobre la que me acosté hecho un ovillo. Apenas dormí aquella noche, a causa del frío y de la dureza del suelo. A primera hora de la mañana, volví a mi lugar, me metí en el saco y me quedé frito. Baso me despertó poco antes de que cerraran el despacho del desayuno.

–¡Cómo se nota que eres feliz!: duermes como un lirón –me dijo sonriendo.

Cuando salí a la calle, vi que habían vuelto los camiones.

–¿Para qué?, si hasta dentro de tres días no nos dan otra muda –comentó Baso en voz alta, de modo que lo oyó una pandilla de individuos que contemplaban fascinados el porte de los vehículos.

–En la lavandería están dando talegas con ropa interior –le respondió uno de ellos.

Después de desayunar, recogimos una cada uno, la guardamos en nuestro macuto y fuimos a donde podía consultarse el censo de habitantes del campamento. Cuando tras un buen rato de cola introduje mi tarjeta en la ranura indicada, salió de inmediato mi ficha y varias opciones posibles. Yo escogí la de ver quién se había interesado por mí. La respuesta del ordenador, aunque lógica, me dejó helado: había sido nada más y nada menos que Lida, la madre de Saín. Con todo, lo más sorprendente vino a continuación: el ordenador revelaba, además, que Lida residía en la tienda 1212B de la calle Primavera.

Para no delatarme ante quienes gobernaban la máquina, no quise preguntarle al ordenador quién se había interesado por Nereo Kiff, ni siquiera si se hallaban en el campamento Alma Reimo, Genoveva o Monserga.

–¿Vas a mirar algo más? –me dijo Baso.

–Sí, dónde está la calle Primavera –le contesté.

Lo hice. El ordenador tenía un plano del recinto con unos pormenores tan sobresalientes que mostraba los nombres de las calles y los números de las tiendas y marcaba con colores distintos la ubicación de los templos, los comedores, las lavanderías, los ordenadores y los demás servicios que se prestaban. Las tiendas 1212 existían en todas las calles y eran las únicas de las ubicadas más allá de la última calle transversal destinadas a alojamiento de residentes. El resto de las instaladas en ese tramo estaban pintadas de amarillo, el color específico de las reservadas a los «operarios del campamento».

–¿Qué has visto? –me pidió Baso.

–Que la calle Primavera está muy lejos –le dije–. Es la penúltima paralela a la nuestra, empezando por este lado.

–A más de diez kilómetros –explicitó él.

Eso era el principio de la calle. Su final, donde estaban las tienda 1212, distaba no menos de veintidós kilómetros del lugar donde nos hallábamos.

–Bueno, ¿no vas a decirme quién es esa tal Lida? –me preguntó Baso.

–No tengo ni idea de quién es ni por qué se ha interesado por mí –le respondí–. Si no hubiéramos vivido a tanta distancia, me habría acercado a ver si me conocía o si me confunde con otro, pero estamos en las antípodas y mi curiosidad no da como para hacer un viaje tan largo.

–Quizá venga ella –me dijo.

–Ella es la que se ha interesado. Si su empeño es serio, se las ingeniará para venir a verme –le contesté.

De vuelta a los alrededores de lo que podíamos llamar nuestro barrio, supimos que habían emplazado mesas y sillas en los templos y que se estaban organizando partidas de juegos de mesa. Baso insistió en que fuéramos y yo, que quería acomodarme en algo que no fuera el suelo, acepté de buen grado. Los templos, empero, estaban llenos hasta los topes y lo más que pudimos fue mantenernos de pie y pedir turno para jugar. Llevaríamos hora y media de plantones, cuando se levantó una pareja de una mesa en la que se jugaba al dominó. El dominó no era un juego muy atractivo entre los que se hallaban esperando, que preferían el póquer o la canasta, pero a mí me daba igual uno que otro y le dije a Baso que se sentara conmigo, lo que él aplaudió al instante.

Nuestros oponentes se trataban. Habían jugado juntos en un bar del distrito antiguo de Nógdam durante los últimos veinte años mientras sus mujeres preparaban la cena y batallaban con sus hijos y habían ganado varios campeonatos de barrio. Para ellos, el juego era bastante más que un juego y nosotros mucho más que unos meros rivales, por poco rivales que fuéramos. Para Baso, sin embargo, el juego era solo eso, y para mí era más una coartada para sentarme en una silla que un juego. Nuestros contrincantes se reían de nuestra impericia y hablaban hasta por los codos y Baso, al que le iba muy bien el papel de objeto de las burlas de otros, se reía de sí mismo con ellos y los acompañaba en la cháchara. Como hablaban tanto, hablaron de todo, y hablando y hablando llegaron al tema de la base de datos.

–Mi amigo Saín ha encontrado a alguien que lo buscaba –dijo Baso en un punto de la plática–, pero desconoce quién es. ¿No es cierto, Saín?

–Es verdad –le contesté yo enmascarando en una sonrisa mi contrariedad.

–¿Y no vas a averiguarlo? –me preguntó uno de nuestros rivales.

–Vive muy lejos –replicó Baso por mí.

–Por muy lejos que viviese, yo no me quedaría quieto.

Nunca se sabe quién puede ser el que se interesa por uno.

–La tienda 1212B de la calle Primavera está a más de veintidós kilómetros de aquí. Serían veintidós kilómetros de ida y veintidós de vuelta. Y tal vez para nada. De cualquier modo, los mismos kilómetros que hay para quien se ha interesado por él –me defendió Baso.

–Es una situación idéntica a la de nuestro amigo Pelego, pero él sí ha ido a buscar al que lo reclama.

Según nos aclararon luego, el tal Pelego, que además de socio de su peña de dominó resultó ser la persona que durante la función religiosa de la noche anterior había expresado su anhelo de ser un donjuán, había sabido esa mañana que lo buscaba un primo suyo cuya residencia estaba en una tienda 1212 de la calle Alegría.

–Y por lo que hemos entendido –añadieron–, está ubicada a una distancia considerable.

Los dos amigos y Baso siguieron discutiendo mientras yo trataba inútilmente de buscar una explicación lógica a todo aquello. En un momento indeterminado, volví sobre la conversación que tenían y hallé a nuestros rivales riéndose con descaro de mí y de la inocencia de Baso, lo que me predispuso contra ellos hasta el extremo de aplicar mis facultades extraordinarias en el desarrollo del juego. En el próximo reparto, me guie de las huellas que las emociones de los jugadores habían dejado en las fichas para seleccionar las mejores y de las emociones de Baso y de los dos amigos para remachar la partida. En la siguiente hice otro tanto, y en la siguiente, y así hasta que nos pusimos por delante en el tanteo. Nuestros contrincantes, que dijeron llevar más de medio año sin perder, no daban crédito a lo que estaba pasando. Con la suerte totalmente de espaldas, los chascarrillos y las bromas se les agriaron por completo.

–Jamás había visto nada igual, lo juro, ni parecido siquiera –dijo uno de ellos.

Y el otro corroboró:

–En la vida imaginé que la suerte pudiese influir tanto en el colofón de una partida de dominó.

–Sí, la suerte de los que saben –les contestó Baso, que estaba realmente eufórico.

Seguimos jugando hasta la hora del almuerzo y todas las partidas las ganamos nosotros.

–Estamos conjuntados a la perfección. Somos una pareja invencible –me dijo Baso en la cola del almuerzo.

Desde ella, pude ver a los camiones-ducha funcionando y observé a las pocas personas que entraban y salían de ellos. A una que vi entrar en un camión y no vi salir fue a la mujer que en el oficio religioso del día anterior había hecho público su deseo de ser alcaldesa de su pueblo. «Nos están eliminando como a conejos», pensé en pleno subidón de angustia, «y nadie se da cuenta de ello». Miré a mi alrededor: los que estaban en la cola establecían grupos y hablaban. ¿Cómo era posible que nadie echara de menos a los que se ausentaban repentina y definitivamente? Al intentar responderme, me acordé de Pelego, el amigo de nuestros adversarios en el dominó. Entre la mujer que quería ser alcaldesa y él, que quería ser un donjuán, había en común el afán de no conformarse con ser felices. A él, que tenía amigos, lo habían llevado a una de las tiendas 1212, donde habían ido el hombre mayor que vi al llegar al campamento y la mujer que buscaba a sus padres y donde la máquina quería que fuera yo, es decir, que fuese Saín. Vistos los antecedentes, podía formularse la hipótesis de que, después de haber eliminado a los heridos, habían usado esas tiendas para aniquilar a los viejos y ahora estaban utilizándolas para eliminar a los disidentes que tenían en el campamento a un familiar o a un amigo (quienes en el fárrago del campamento tenían difícil rastrear la pista de los desaparecidos), en tanto que los que no tenían a nadie eran asesinados en las duchas. Esa hipótesis me involucraba de una forma directa, porque a todos los efectos yo era Saín. Si era correcta esa hipótesis, alguien de su entorno lo estaría echando de menos.

Baso me despertó de mi ensoñación dándome con el codo y señalándome con un gesto de la cabeza a un individuo de la cola que aún vestía con su ropa.

–Ese va cantando bien. ¿A qué esperará para ducharse? –me dijo.

El sujeto en cuestión era el que había expresado en el templo su sueño de ser triatleta. Al verlo, me concentré en él. También le hubiera gustado ser fotógrafo de una revista de viajes, cantante de un conjunto pachanguero, especialmente si tenía coristas y bailarinas en minifalda, y, sobre todo, más alto, más fuerte y más guapo. Lo de querer ser feliz le parecía una simpleza más propia de animales dóciles que de auténticos seres humanos. Y, sin embargo, se sentía cómodo en su trabajo de funcionario, arriesgaba poco y era moderadamente feliz, tal vez porque ahogaba sus inquietudes bohemias leyendo novelas y haciendo volar la imaginación. Aunque no era un hombre dado a comulgar con creencia alguna, y mucho menos si le era sugerida, tampoco debía considerarse peligroso para la organización del campamento, ni siquiera dado a la discordia. Había llegado solo y no había ido a indagar en los ordenadores, pero había configurado una peña con otros refugiados de su estilo que no se separaban nunca. Su destino era una prueba de fuego para mis hipótesis, así que decidí espiarlo.

A esa labor me dediqué durante toda la tarde. Tras almorzar, su grupo fue a dar un paseo hasta la primera calle transversal y se volvió. Entró después en una sala de juegos y mientras algunos de sus miembros jugaban a las cartas, los otros, entre los que estaba él, se dedicaron a mirar y a comentar las partidas. A las dos horas, se fueron a la tienda de uno de ellos, se sentaron en el suelo almohadillado por la paja y se pusieron a parlamentar. Hablaron de su vida en Nógdam hasta que sobrevino la crisis y de la vida en el campamento. Uno de ellos se quejó de lo largas que se le hacían las jornadas y les propuso pedir a los organizadores que les suministraran libros, particularmente novelas de misterio o de aventuras. En el transcurso del coloquio, otro preguntó al individuo que yo seguía por qué no se duchaba.

–Porque me da miedo meterme en uno de esos camiones –replicó él–. Me parecen artefactos siniestros, y yo tengo fobia a las estrechuras.

–Pues tendrás que acabar haciéndolo, aunque únicamente sea por nosotros.

–Llevas razón. Y lo mejor es que lo haga sin pensar y cuanto antes.

El hombre salió y los reunidos se quedaron departiendo. Yo lo seguí hasta la lavandería, lo vi retirar una bolsa con ropa y entrar en el camión. «Tengo que vencer esta aversión sin lógica», se dijo en tanto cerraba la cabina. Aunque poco después dejé de sentirlo, me demoré un buen rato observando la puerta del vehículo, por si a pesar de todo lograba escapar indemne. Al cabo, lo di por muerto y volví a las proximidades del corrillo, en el que se bromeaba sobre el tiempo que el ausente estaba necesitando para eliminar la roña que lo cubría. Cuando llegó la hora de cenar, el grupo aplazó unos cuantos minutos el momento de irse, a la espera del miembro que faltaba. Hubo, entretanto, más molestia por su retraso que preocupación por lo que hubiese podido pasarle. En la cola de la cena, solo algunos se acordaron de él. «Está entre nosotros, pero desde que se viste como todos ya no lo reconocemos», contestó uno, lo que fue recibido con un coro de carcajadas. Comieron delante de la tienda 54A, frente al camión donde estaba el cadáver. «¡Mira que asustarse de la ducha!», dijo uno de ellos. «Es un tipo raro. Ha estado sin ducharse casi un día», dijo otro. Y un tercero añadió: «Era de los pocos que iban vestidos con el traje que traíamos. La verdad es que a mí me estaba dando vergüenza juntarme con él».

El camión se fue antes de que terminaran de cenar. Para entonces, los integrantes del cenáculo habían digerido la inexistencia de uno de ellos y habían cambiado de conversación.

–¿Tú me echarías de menos, Baso, si me hicieran desaparecer?

Aquel día, Baso había ido conmigo a todas partes sin hacerme preguntas.

–¡Qué tontería!

–Imagina que voy a la tienda 1212B a buscar a esa tal Lida y no vuelvo. ¿Qué harías?

–¿Y por qué no ibas a volver?

–Suponte lo que te digo: me voy con la intención de volver y pasan las horas y los días y no vuelvo. Dime, ¿qué harías?

–Saldría a buscarte.

–¿Y si no dieras conmigo?

–Continuaría buscándote hasta que te localizase.

–¿Y si ni así me encontraras?

–Entonces, daría parte.

Y ahí me quedé, porque comprendía que era a lo máximo que iba a llegar. «Este campamento no tiene rejas. ¿Cómo sabe usted que no se ha ido por su voluntad?», le preguntarían, y él enseguida pensaría que yo lo había abandonado, es más, entendería que lo había abandonado con motivos, porque él no era una compañía suficientemente provechosa para mí. Baso era como un perro: necesitaba un ser humano al que seguir y mostrarle fidelidad. Él jamás se cuestionaría el orden establecido. Si yo me esfumaba, se deprimiría y buscaría otro en quien apoyarse.

Si la mente que regía aquel campamento quisiera evaporar a Saín, Baso no le supondría un obstáculo. Mi ausencia definitiva, como la de otros muchos, no se percibiría más que durante un tiempo muy limitado en un puñado de personas. Aquella ciudad de lona asimilaba las desapariciones de sus habitantes con la maña de un aparato digestivo y se llevaba las excrecencias sin que lo advirtiéramos. Al menos mientras no hubiera cadáveres a la vista, muy pocos se plantearían la posibilidad de que el siguiente en morir sería él, y esos serían los próximos en morir. El método de la organización admitía pocas fisuras: si alguien te echaba de menos, se suprimía también.

Aquella noche noté que estábamos más holgados en el templo. Entre los nuevos ausentes se hallaban los que en la función del día anterior no habían mostrado su anhelo de ser sencillamente felices, sino el de tener o hacer algo que les produjera felicidad. Y algunos de ellos no se habían ausentado solos. Así, el que quería tocar la guitarra y el piano había sido eliminado junto con su mujer y su hija y la que quería escribir novelas de aventuras se había desvanecido a la par que su madre. Precisamente sobre las relaciones afectivas fuertes versó el testimonio de aquel día. En el introito, Konás hizo un elogio de la amistad y de la familia tan exagerado que a mí me pareció una trampa, principalmente porque a continuación contrapuso esos lazos efusivos con el vínculo menos definido del compañerismo, en el que incluyó el que une a los ciudadanos de un país por el mero hecho de serlo.

–Pongamos un caso práctico para conocer la verdadera índole de nuestros valores y de los valores de los demás –dijo el sacerdote–. Supongamos que tenemos a nuestro hijo gravemente enfermo y debe operarse rápidamente. El servicio de salud le ha dado cita para dentro de tres meses, pero tenemos influencias para conseguir que se opere de inmediato. Vosotros sois ciudadanos y sois padres. ¿Qué creéis que debe hacerse?

Cada uno de los presentes debió retratarse. Y ya no había seres contestatarios ni que desearan la felicidad por caminos originales. Contra lo que pueda imaginarse, la generalidad se mostró partidaria de interpretar todas las normas como un dogma irrenunciable. Solo algunos dijeron ser padres antes que ciudadanos y menos aún aseguraron comprender la violación de las normas por razones humanitarias. Frente a ellos, hubo un aluvión de intervenciones. «Si tu hijo es operado saltándose el orden porque tienes un enchufe, también se lo saltará otro, y otro, y mi hijo, que no tiene un enchufe, se operará más tarde, tanto, que quizá muera por ello», dijo uno.

El sacerdote nos hizo ver la diferencia entre lo que pensábamos cuando éramos objetivos y lo que hacíamos cuando nos encontrábamos en situación.

–¿No creéis que los que dicen que actuarían siguiendo

rígidamente las normas proceden de forma distinta si los concernidos son ellos? –dijo.

Para dar testimonio contrario al cumplimiento estricto de las normas había que ser muy valiente, pero hubo quien lo hizo y declaró no solo que actuaría contra las obligaciones de un buen ciudadano, sino que lo había hecho, y, ante la mirada crítica de los demás, dio cabales ejemplos de ello.

–Lo hice entonces y volvería a hacerlo una y mil veces, y eso que él está muerto –dijo un profesor que había recomendado a su hijo para un empleo en la universidad.

En ese sentido se manifestaron unas cuantas personas más, la mayoría padres y madres que se enzarzaron en un intenso debate moderado por Konás, el cual defendía el derecho de los refractarios al dogma a expresarse libremente y a ser oídos con respeto, lo que motivó que varios de los concurrentes manifestaran su comprensión hacia quienes ponían los sentimientos por encima de las normas cuando los sentimientos eran muy fuertes y los afectados por el quebrantamiento de las normas eran el conjunto de la ciudadanía.

El debate fue tan vivo que muchos siguieron con él cuando el sacerdote lo dio por finalizado. Baso y yo también seguimos hablando del asunto hasta que nos metimos en el saco, el cual pudimos extender con suma comodidad, dado el significativo número de bajas que había tenido el censo de residentes de nuestra tienda.

–Si tuvieras que elegir entre las normas y mi vida, Saín, por qué optarías –me preguntó Baso cuando estábamos acostados.

–Las normas están hechas para ayudarnos, Baso. Nunca se me planteará ese dilema. Y si alguna vez se me plantease, sería porque tú te has apartado de las normas.

En tales condiciones, no merecerías que te salvara.

–Yo siempre cumplo las normas, Saín –me contestó.

–Entonces, siempre contarás conmigo.

Baso se quedó mirando al techo, pensando en las normas que había incumplido, con un penoso sentimiento de culpa. Mientras él no se durmiera, yo no podría irme al templo.

–No le des vueltas a la cabeza y duérmete. Lo que hicimos en el pasado, o incluso lo que fuimos, ya no importa. ¿No has oído al sacerdote?: Los que sobreviven a un accidente tienen la sensación de que han vuelto a nacer. Nosotros, que hemos sobrevivido a la completa autodestrucción de Occidente y a la total demolición de Nógdam, tenemos la oportunidad de volver a nacer en un mundo radicalmente nuevo. Aprovechémosla.

Baso se puso de lado, cerró los ojos y se durmió. Yo me levanté, cogí el abrigo y me fui al templo, donde me tendí sobre la tarima. Aún no me había dormido, cuando me sobresaltó la llegada de una pareja. Ella estaba casada con un individuo aburrido y áspero y él era viudo. Ambos estaban sobreexcitados. Se tendieron no lejos de la puerta, se desnudaron parciamente y a trompicones y se abandonaron a la pasión, creyéndose solos y a salvo. Una hora más tarde, después de prometerse volver al día siguiente, se fueron y yo pude dejar que el sueño actuara sobre mi agotada mente y mi cuerpo cansado. Como en la noche anterior, el frío y la dureza del terreno no me permitieron dormir de seguido y antes de que amaneciera volví a mi saco y me dormí profundamente.

De esa jornada puedo decir que colocaron lavamanos portátiles delante del lugar donde repartían la comida («el restaurante», lo apodábamos), que nos pusieron colchonetas sobre la paja y varias mesas y sillas de camping en cada una de las tiendas y que sentí la desaparición de las huellas de un hombre en un váter químico. Baso y yo comentamos que las calles estaban menos concurridas, que las colas se habían aligerado y que la organización se estaba esmerando en satisfacer nuestras necesidades.

–Se ve que están reubicando a los residentes –entendió mi amigo.

Por la noche, en la función religiosa, eché de menos al padre que había recomendado a su hijo y a los que habían apoyado el quebramiento puntual de las normas o lo habían comprendido. El sacerdote nos habló de nosotros y de la comunidad, y sometió luego a debate la existencia de Dios. «¿Creéis que la fe en un ser supremo debe guiar nuestros pasos por el mundo?», nos preguntó. Yo alcé la mano cuando me habían precedido muchos y escondí mi opinión tras la de la mayoría, que se desplazaba entre el deísmo y el agnosticismo. El debate lo mantuvieron los creyentes en religiones reveladas y los ateos, ambos con argumentos parecidos. Ninguno de estos vendrá mañana, discurrí yo mientras ellos intentaban convencerse mutuamente de su verdad.

Baso quiso saber antes de dormirse si en algún período de mi vida había creído en un dios que controla nuestros pasos y ve lo que hacemos y yo pensé en los organizadores de aquel campamento y le respondí que no.

–Yo tampoco –me dijo–, aunque me habría gustado, porque los creyentes son más felices.

Otra vez tuve que pedirle que se durmiera, y otra vez me hizo caso y se durmió enseguida. Yo volví al templo, me acosté sobre la tarima y esperé a que volvieran los amantes, según se habían prometido la noche anterior, pero como los amantes no regresaban, me dejé vencer por el sueño y me dormí. Soñé que uno de ellos, el hombre, me despertaba y me exigía información sobre el paradero del otro, y que yo le contestaba que ella y su marido se habían quedado encerrados en otros tantos váteres químicos y se los habían llevado en un camión. «¿Sabe usted si eran muy religiosos?», le demandaba yo, y como el hombre me respondía que no, yo añadía: «Entonces, es por lo que estuvieron haciendo a escondidas los dos. Prepárese para morir, porque su tiempo ha terminado». A lo que aquel hombre me confesaba: «No, si ya estoy muerto».

El hecho de que hubiesen eliminado a los amantes me desorientó. Hasta ese momento, yo había supuesto que los testimonios de la función religiosa eran un medio para descubrir la personalidad de los refugiados, dentro de un plan que pretendía eliminar cualquier atisbo de oposición. Una relación extramarital bien podía ser concebida como una transgresión insoportable, pero si no había sido declarada, ¿cómo la habían descubierto?

Recuerdo que la lógica de aquel enigma llenó mi pensamiento desde que me desperté. Si sabían lo que hacíamos sin que lo declaráramos, especulé, conocían que yo me levantaba por las noches y me iba a dormir al templo y, con total seguridad, no ignoraban que simulaba en los testimonios e incluso estaban al tanto de que yo no era Saín. Pero si estaban al tanto de todos esos incumplimientos graves, ¿por qué no me aniquilaban? ¿Mi supervivencia formaba parte del plan general del campamento? Dándole vueltas a esa idea, volvió a mi mente la llamada de la tienda 1212B. ¿Por qué querían que fuera a ella, si no pretendían matarme? ¿Quién había descubierto el parentesco de Lida con

Saín? ¿Había sido la propia Lida la que había reclamado a su hijo? Si era así, ¿vivía Lida en uno de esos endemoniados aposentos?

–Baso, voy a ir a ver a la mujer que me busca, dado que ella no viene a mi encuentro –le dije a mi amigo.

–Te acompaño –se ofreció él.

Yo no tenía ningún inconveniente. Al contrario, su compañía haría mi caminar más ameno y tenía la vaga sensación de que su presencia me protegía. Accedí, pero antes de emprender el viaje fuimos al recinto de los ordenadores para consultar de nuevo la base de datos, a fin de asegurarme de que el interés por mí permanecía.

Aunque la sala de ordenadores se había convertido en una sala de juegos, el programa de las localizaciones seguía estando operativo. Cuando metí mi tarjeta, tras una pantalla con el eslogan del partido de la Luz, apareció mi ficha. Le di a la opción adecuada y comprobé que la solicitud de Lida se había repetido a diario.

–Esa mujer está deseando verte –me dijo Baso.

–Pues vayamos a su encuentro –le contesté.

En cuanto nos pusimos en marcha, pude comprobar lo que había cambiado el ambiente del campamento desde mi primera expedición. Si antes no era dable más que estar tendido en una colchoneta o merodear por las calles abarrotadas de refugiados, ahora había mesas y sillas y salas de juegos en número suficiente como para cubrir las pretensiones de toda la población. Entre los variados temas que tratamos por el camino, uno fue el del buen gobierno de las comunidades, que vino a cuento tras un comentario de Baso sobre el avance que habíamos notado en nuestra calidad de vida.

–Te lo digo en serio, Saín, a mí no me importaría continuar así indefinidamente –me explicó–. El que nuestro techo sea de lona y nuestra cama sea el suelo no me molesta en absoluto. Nunca me he visto tan seguro ni he dormido mejor. Y la comida es fabulosa. Pero entiendo que esto no pueda durar eternamente. Vivir de bóbilis, bóbilis, no debe ser ni bueno. Y creo que quienes mandan en este campamento no tardarán en encomendarnos un trabajo por nuestro propio bien.

Otro asunto que salió a relucir fue el del eslogan del partido de la Luz, que estaba por todas partes.

–Lo que no entiendo muy bien es qué quieren decir con lo de eliminar la muerte de la vida.

–Que la muerte está en el pasado y en los otros –le aclaré yo.

–Pero eso no tiene sentido, porque la muerte está en el futuro y en nosotros.

–Quizá se refieran a que habrá un futuro sin muerte, al menos para nosotros.

Baso se quedó pensando.

–¿Tú lo crees viable? –me preguntó luego.

–No lo sé, Baso. Solo sé que esta gente sabe lo que hace. De hecho, hace mucho que no veo a ningún muerto, ni siquiera a alguien viejo o enfermo.

Esta reflexión mía no llamó la atención de Baso más allá de su razón literal. Tampoco lo puso sobre aviso la cuantiosa pérdida de habitantes que había tenido el campamento, que justificó en el inconformismo de los esfumados.

–No sé qué buscan los que se han ido ni dónde van a estar más confortablemente que aquí. Y te digo más, siempre son los mismos: los que han tenido privilegios, los que se creen superiores, los que no admiten la disciplina ni quieren convivir con el vulgo. Pues mejor: mientras menos bultos, más claridad. A más tajada caemos.

Fuimos andando en zigzag por la calle Gozo, la primera calle transversal, denominada Regalo, la calle Fuerza, la segunda calle transversal, llamada Ánimo, y la calle Afecto, que en cada una de las tiendas número 830 tenía un comedor, en uno de los cuales nos paramos a almorzar. Continuamos luego por la tercera calle transversal, nominada Sueño, y la calle Serenidad hasta que dimos con la cuarta calle transversal, designada Optimismo, que era bastante más ancha que el resto, por cuyo borde sur avanzamos hasta la calle Primavera, momento en el que nos detuvimos a observar el panorama.

–No he caminado tanto en toda mi vida –me dijo Baso–. Si tengo que dar un paso más, me hago pedazos.

Frente a nosotros, detrás del claro que nadie se atrevía a cruzar, estaban las tiendas de los operarios del campamento y la 1212B, donde supuestamente residía Lida. Yo me acordaba de cada uno de los recovecos de que se componía su alma y de los sentimientos que la habitaban, muchos de los cuales debían seguir vivos si los mensajes eran ciertos. Ninguno de ellos llegaba hasta mí. No obstante, entorné los ojos y, tras conseguir el silencio de mi amigo, me concentré en buscar su presencia o su rastro. Nada, no podía sentir nada de Lida, pero sí de numerosos individuos que habían entrado en las tiendas 1212 y habían desaparecido.

–¿Qué hacemos? –me interpeló Baso, sinceramente conmovido por las dimensiones y la inexplicable soledad de la calle.

–Ya que hemos llegado tan lejos, habrá que seguir

avanzando. Tú espérame por aquí.

Baso aceptó mi ofrecimiento y aseguró que mataría el tiempo en la sala de juegos más próxima.

–Si tardo más de una hora en volver, vete –le dije.

–No me asustes. ¡Cómo no vas a volver!

–Tú haz lo que te digo: no sé lo que me voy a encontrar ni qué decisión tomaré.

Baso se mantuvo vigilándome mientras cruzaba la calle Optimismo, pero cuando llevaba poco más de la mitad, dejé de advertir el contacto de su mirada y me quedé totalmente solo. Nada apreciaba de nadie que estuviese delante de mí, a pesar de que podía ver el trajín de los soldados. Yo era allí como cualquiera, como lo hubiera sido el lector, y ese estado era novedoso para mí y me sobrecogía. Alcancé el quinto tramo. Los soldados transitaban a mi lado sin reparar en mí. Pasé frente a las tiendas 1201 y 1202 y seguí andando. Delante de la 1212B, me detuve. En la lona de la puerta, que estaba totalmente echada, muchas personas habían puesto su mano para separarla, pero ninguna de ellas había conseguido salir. Eché una ojeada a mi alrededor. A un soldado que pasaba le pregunté por la ubicación de la tienda 1212B. Era una pregunta estúpida, hecha por el ansia de demorar lo inevitable.

–La 1212B no existe –me contestó el soldado.

–Alguien se ha interesado por mí desde la 1212B –le dije.

–Bueno, quizá exista, pero yo no la conozco ni sabría decirle dónde está.

Hasta entonces, nunca me habían temblado las piernas. ¿Por qué no di media vuelta y me fui? Supongo que porque tenía la sensación del que se ve arrastrado por los acontecimientos y tiene asumidas las consecuencias del final antes de que el final se haya consumado. Cogí la lona de la puerta y la plegué. Adentro, todas las ventanas estaban cerradas menos una, por la que penetraba una luz que iluminaba un rodal en el que había una mesa y unas sillas y una mujer sentada de espaldas que volvió la cabeza al percibir la claridad que irrumpía conmigo por la puerta. El corazón me dio un vuelco: esa mujer era Lida. Pero su apariencia no era la que correspondería al presente, sino la de cuando se desnudó delante de mí en la casa de mi madre.

–Saín, hijo mío, por fin –dijo, y se levantó para venir a mi encuentro.

Yo, que seguía sin poder sentirla, hice caer la lona de la puerta y me quedé anegado por las sombras. Ella siguió hasta llegar a mí y me abrazó: olía a piel recién salida de la ducha, sus pechos presionaron el mío y su aliento avivó mi cara. Yo puse las manos en su cintura y noté la cinta de su tanga.

–¿Dónde has estado todo este tiempo? –me preguntó.

–Por ahí, por muchos sitios.

–He temido por tu vida. ¿Por qué no me llamaste?

–Debí hacerlo. No tengo excusa.

Mientras me hablaba, me acordaba de lo encoñado que estuve con su cuerpo, cuyas formas aún guardaba en la memoria de mis manos.

–¿Eres de verdad? –le dije.

Se apartó un poco sin dejar de abrazarme. Mis ojos se habían aclimatado a la oscuridad y pude ver su entrecejo fruncido en su rostro perfecto.

–¿Es que no puedes sentirme?

Su pregunta me pareció llena de dobles significados.

–No del todo –le contesté.

Se apartó de mí, me cogió el brazo y me llevó hasta la zona iluminada por la ventana.

–Mírame –me pidió frente a mí–. ¿No me reconoces?

–Me cuesta trabajo. ¿Cuántos años han transcurrido?

–Los que sean, pero yo sigo siendo la misma.

–Por eso. ¿Y mi hermana?

Su rostro se contrajo y adoptó una expresión dura.

–¿Sigues enamorado de ella? –me dijo.

También esa pregunta se me antojó polisémica.

–¡Se parece tanto a ti! –le respondí.

–No deberías quererla de esa manera –me indicó, y añadió luego–: Murió por culpa de aquel compañero tuyo, Nereo. ¿Qué fue de él? ¿Conseguiste matarlo?

–Todavía no, pero estoy en ello.

–Hazlo, hijo, mátalo. Creo que no descansaré hasta que lo vea muerto.

–¿Descansar de qué, madre?

–De odiar. ¡Es tan fatigoso!

–¿Me odias a mí también, madre?

–Te odiaba y te tuve miedo, pero desde que murió tu hermana solo puedo odiar a ese compañero tuyo. Anda, ve a buscarlo, encuéntralo y acaba con él. Yo estaré esperándote aquí.

–¿Y si no lo encuentro?

–Lo encontrarás. Si lo buscas, lo encontrarás. Puede que esté más cerca de lo que pensamos, quizá en este campamento.

Lida se sentó y se puso a mirar por la ventana, dando por concluida la conversación. Yo me giré y empecé a caminar hacia la puerta, aterrorizado por la idea de que a mi espalda se estaba dando inicio a mi muerte.

–Saín –me llamó Lida–, ten cuidado con él. Cuando lo

tengas cerca, disimula tus emociones, porque es capaz de verte por dentro y sabrá dónde estás y lo que quieres.

–Descuida, madre –le dije sacando fuerzas de flaqueza–. Disimularé.

–Bien, bien –concedió Lida o lo que fuera aquella mujer.

Descorrí el toldo y salí a la calle. Era la misma calle Primavera del campamento en el que vivíamos, lo cual me maravilló más que si hubiera salido al callejón más umbrío del infierno. Anduve hasta la calle transversal, denominada Optimismo, cruce su inmensa soledad y llegué a la primera sala de juegos, donde localicé a Baso jugando en solitario con una baraja de cartas manoseadas y me dejé caer derrengado sobre una silla. Mi cara debía de ser la viva imagen del espanto, porque a Baso se le cayeron las cartas al suelo y por la boca que abrió cabía uno de aquellos diabólicos camiones-ducha.

–¿Qué has visto? –me dijo.

–Algo absolutamente hermoso y absolutamente horrible –le declaré.

Baso me pidió más explicaciones, pero yo no tenía arrestos para enhebrar una contestación fundada.

–Vámonos –le pedí.

–Estoy muy cansado, y de todas formas ya no nos da tiempo de regresar antes de que anochezca. ¿Por qué no nos quedamos aquí y partimos mañana? –objetó él.

A mí me importunaba la cercanía de la tienda donde había visto a Lida más que el cansancio de mis piernas, y eso que este era mucho, por lo que le propuse echar a andar y dormir donde nos pillara la hora de la cena y él, para no disgustarme, aceptó enseguida. Por el camino, volvió a preguntarme por lo que me había acontecido.

–No aguanto ni un minuto más sin saber quién era esa mujer –me dijo.

Así, en concreto, su interrogatorio era tolerable y podía responderse sin esfuerzo.

–Era la madre de un compañero del instituto, alguien a quien no veía desde hace un montón de años –le dije.

–¿Y por qué preguntaba por ti? ¿Te conocía bien?

–Sí, me conocía, pero me ha confundido con su hijo.

–¿Cómo es posible? ¿Te pareces a él o es que ha perdido la razón?

–Ni me parezco a él ni ha perdido la razón.

–¿Entonces?

–No lo sé. No sé lo que ha pasado. Ella me ha confundido con su hijo y, no obstante, sabía de mí lo que no le he contado a nadie.

–Pues tiene que haber una justificación, seguro. En este lugar, todo lo que ocurre tiene sus causas y sus efectos: no he visto mundo más coherente que este –concluyó.

Las palabras de Baso me dejaron pensativo. Era cierto: la experiencia que teníamos (y la mía, más) era que cuanto ocurría en aquel campamento sin nombre respondía a la ejecución de un plan. ¿Cuál era la misión de ese plan? Para Baso, salvarnos para elevarnos a la condición de auténticos ciudadanos. Para mí, justamente lo contrario: exterminarnos hasta reducirnos a un manejable rebaño de borregos. Yo había asumido que me integraba en el guion como un individuo más y me había limitado a hacer lo que la mayoría. Disimula frente a Nereo, me había sugerido Lida. Pues eso era lo que había hecho yo ante los dirigentes del campamento a fin de eludir sus técnicas de aniquilación. La impresión que tenía, sin embargo, era que había salido airoso de las sucesivas purgas no porque no hubiera sido descubierto, sino por un motivo distinto cuya comprensión se me escapaba. Ese conocer y no conocer se había incrementado hasta límites difícilmente asumibles por el buen juicio con la visita a aquella tienda 1212. Si con los días se consolidaba la certeza de que existía un plan general para quienes habitábamos en aquel campamento, parecía no menos consolidable la evidencia de que había otro particular para mí. Y si existía uno para mí, era palmario que la visita constituía una pieza imprescindible del mismo.

Un par de horas más tarde, tuve la oportunidad de confirmar mis sospechas de la forma que seguidamente expongo. Sucedió que tras comernos la cena que obtuvimos en el primer comedor con que nos topamos, Baso, que se encontraba exhausto, me propuso irnos a dormir. Yo estaba tan cansado como él, pero veía la sistemática desaparición de todos los que no iban al templo, a pesar de que se nos insistía en que las funciones religiosas eran voluntarias, y no quería que los organizadores me pillaran en esa falta.

–Ve tú –me dijo–. Yo iré a una tienda de servicios a pedirle un par de colchonetas y otros tantos sacos, a ver si quieren dármelos. Pase lo que pase, te espero donde hemos comido.

Le insistí, pero no demasiado. (No sé por qué suponía que a Baso no le pasaría nada. Tal vez porque estaba perfectamente colectivizado, o tal vez porque lo protegía el plan trazado para mí). Me fui solo al templo más cercano y me senté al fondo y cerca de la lona del lateral izquierdo. Lo que se dijo en la función es accesorio. Lo importante es que cuando vi entrar al sacerdote casi me da un soponcio al descubrir en él al hombre que dirigía las ceremonias de la tienda contigua a la nuestra. Por supuesto, me reconoció. Yo sentí un aviso en el tacto de su mirada y cuando levanté la mano para intervenir, me emplazó por ni nombre, Saín.

Al terminar el acto, esperé a que el templo se vaciara para departir con él, quizá llevado por un velado afán de disculparme.

–Konás, ha sido una verdadera casualidad que hayamos coincidido los dos en este templo, con la cantidad de templos que hay –le dije esforzándome por parecer simpático.

–Bueno, sí, pero no olvide que la suerte tiene sus mecanismos.

Como yo creí que se refería a la estadística, él me corrigió inmediatamente:

–Para la estadística, todo lo que ocurre pudo no ocurrir y viceversa. Yo, en cambio, sabía al cien por cien que usted vendría a esta hora a este lugar –me dijo.

–¿Cómo, si no lo sabía ni yo?

–Lo cual es muy natural, porque usted no es sacerdote. Cuando lo sea, si lo es algún día, entenderá lo que le digo.

No me confirió la oportunidad de seguir hablando. Me dio una palmadita en el brazo y se fue dejándome con la palabra en la boca y la idea de que había ido a predicar a ese templo precisamente porque adivinaba que yo iba a estar en él.

Cuando llegué a la tienda donde había quedado con Baso, lo encontré dormido. A su lado, había una colchoneta y un saco vacante en el que me metí abandonado a mi estrella, con la seguridad de que lo que tuviera que suceder, sucedería, pues no podía ocultarme de mis hipotéticos enemigos.

Atosigado por el cansancio y las pesadillas, solo me

dormí a última hora, ya que los rayos del sol penetraban por la puerta que abrían y cerraban los residentes. «Déjame descansar. Estoy hecho polvo», le dije a mi amigo cuando vino a despertarme. Me hizo caso y me esperó en la puerta, entretenido con la gente que pasaba, hasta que a eso de las once salí a la calle. Hacía un día de sol precioso. Los acampados entraban y salían de las duchas, jugaban en las salas de juegos, estaban sentados frente a los ordenadores o paseaban por las calles.

–Te he guardado un bollo y una manzana –me dijo Baso–. Aún nos queda mucho camino y no creo que sea bueno hacerlo sin desayunar.

Me lo comí allí mismo, en tanto Baso devolvía las colchonetas y los sacos, y mientras comía examiné mi ánimo y me hallé inusitadamente fuerte, como si mi espíritu hubiese metabolizado la inquietud hasta convertirla en energía. Al parecer, pensé, alguien que me conoce controla mis pasos y está jugando conmigo.

Así, como un juego, decidí tomarme tanto lo que de extraordinario me estaba pasando como lo que de impresionante me deparase el futuro. Eso no me vacunaba contra el desenlace, que quizá estuviera preparado de antemano, pero me dignificaba y hacía más agradables mis horas de estancia en el campamento.

Capítulo 18

Los traspiés de la lógica. Solo soy un personaje y, según el parecer del creador, ya estoy amortizado. Una muerte que me devuelve a la vida.

En los días que siguieron, la vida en el campamento no cambió sustancialmente, de manera que las semanas se fueron acumulando sin más reveses que los originados por la lluvia en una urbe tan expuesta a ella y alguna desaparición imprevista que siempre era imputada a la huida, valorada como defección. Al cabo de dos meses, ya no era necesario utilizar las tarjetas, la población se había estabilizado en alrededor de un tercio de la inicial y Baso y yo formábamos parte de un grupo más nutrido que tenía como elemento de unión la asistencia conjunta al templo, donde desnudábamos el alma a diario.

Algunas veces, algunos de nosotros nos aventurábamos por calles más lejanas e incluso íbamos hasta los límites del campamento y nos asomábamos a ver la interminable y apretada fila de camiones que las veinticuatro horas del día pasaban con escombros camino de un vertedero sobre cuya desmesura hacíamos cábalas y para el que imaginábamos la gracia del cementerio total, aquel en el que se reúnen los restos de los palacios y de las chabolas y de los ocupantes de unos y de otras que habían perecido entre sus ruinas.

Durante aquel tiempo, nadie que conociéramos se había muerto.

–¿Te has fijado que en este campamento no hay hospitales? –me recordó uno de esos días Baso.

–Ni hospitales ni médicos –le reconocí yo–¿Para qué, si nadie se pone enfermo más allá de un simple resfriado?

–Va a llevar razón el eslogan del partido de la Luz –me dijo–: estos son capaces de haber eliminado la muerte de la vida.

Como era de esperar, aquella misma noche Baso planteó el asunto en el testimonio de la función religiosa.

– Enterradores no tenemos, Baso, porque no tenemos muertos, pero sí tenemos bajas –le respondió Konás–. Y los que se van, sí se mueren.

–Pues si los muertos están en el bando de los que se van, peor para ellos –admitió Baso.

–Peor para ellos, en efecto –ratificó el sacerdote.

El argumento era estúpido, pero lo cierto es que nosotros seguíamos allí y estábamos vivos y todavía no habíamos visto ni a enfermos ni a muertos. En esa situación, estimar como verídico lo que se decía al pie de todos los letreros y todos los impresos se reflejaba cada vez más razonable y el escepticismo perdía adeptos día a día.

–¿Creéis que es posible lo que dice el sacerdote y que fuera de este lugar se sigue muriendo la gente? –nos preguntó Baso una tarde.

Aunque éramos varios miles los que habíamos salido a las afueras del campamento para ver pasar la imponente caravana de camiones con escombros, en nuestro círculo estábamos cinco o seis, todos parecidos a Baso menos yo, que me hacía el parecido.

–¿No te dan ganas de huir del campamento para comprobarlo? –le contesté yo como pudo haberle contestado cualquiera.

Mi respuesta fue acogida con una carcajada.

–A mí no. Eso sería tanto como suicidarme para ver si es verdad que después de la muerte hay una vida eterna: no gracias, prefiero esta vida: estoy enganchado a la lona, al suelo terrizo y al hastío –dijo Leides, un viudo de cuarenta y tantos años que había trabajado en una carnicería antes de la crisis y se había emparejado en el campamento con una viuda diez años más joven que él y de la que casi nunca se separaba.

También en esa situación, lo lógico era que creciesen las simpatías por el sacerdote, por los soldados que atendían solícitamente nuestras demandas y, en general, por el partido de la Luz, sobre cuya composición y dirección nos interrogábamos e interrogábamos a Konás, nuestro único contacto con el verdadero fondo de todo aquello.

–¿Para qué queréis saber quién o quiénes dirigen el partido de la Luz? ¿Qué fin tiene ponerle cara? ¿Sabéis, acaso, quién gobierna el movimiento de los astros, quién ordena los días y las noches o quién encaja los ríos dentro de sus cauces? Habéis estado amoldados a lo contrario, habéis visto a vuestros gobernantes de día y de noche, en exposiciones, en presentaciones, en el Parlamento, por la calle, bajando del avión, subiendo al estrado y en mil escenarios más, ¿y qué habéis logrado con ello? Yo os lo diré: quemaros la sangre. Debéis mirar cuanto os rodea con ojos absolutamente nuevos. Vuestra experiencia no es digna de perdurar ni en el pasado.

Pero nosotros insistíamos de vez en cuando. En una ocasión, yo me atreví a preguntarle si Bárbaf Kazurro era el líder del partido de la Luz. Konás no pareció turbarse con mi insinuación.

–Aunque Kazurro fue el primero de los dirigentes que vio la luz, él no es el líder. En serio se lo digo: lo de menos es la persona que lo sea. Lo primordial es que esto funciona.

Otra vez, a los requerimientos de una mujer, el sacerdote concedió que él ni siquiera sabía si había o no un líder.

–Yo no creo más que lo que veo. Y veo orden, y felicidad, y vida. ¿Qué me importa quién es el que dirige este mundo?

En otra ocasión, Konás disculpó la destrucción total de Nógdam con el argumento de que arrancar desde cero no solo suponía destruir los libros y borrar la memoria, sino acabar con todo lo que supusiera la tentación de volver a escribir esos libros o reponer la memoria. Esa noche, un antiguo trabajador de Madlun puso de ejemplo su propia relación conmigo para darle la razón al sacerdote.

–Yo no sé si el nombre auténtico de Saín es Saín o el que empleaba cuando era el jefe de mi empresa, y les aseguro que me da igual. Por mí, el antiguo jefe supremo de Madlun es claramente uno más de nosotros. En este lugar, los que fueron asesinos y los que fueron virtuosos son hermanos si tienen los mismos proyectos y la voluntad sincera de cumplirlos.

Cada día que pasaba éramos más del grupo y menos de nosotros. No había comentario, por nimio o íntimo que fuese, que quien lo había oído no lo explicitara en la hora del testimonio ni había reparo o congoja que no fuese expuesta públicamente y sometida al análisis de los feligreses.

Konás era cada vez más un simple moderador, aunque sus intervenciones continuamente dirigían el remate de las charlas hacia unas conclusiones idénticas: la Historia empezó el día en que salimos de los túneles del metro, el futuro está lleno de posibilidades y la muerte se mantiene fuera de este campamento.

A falta de un oficio mejor, debatíamos sobre estas materias en tanto paseábamos por las calles o salíamos al borde de la ciudad a ver pasar los camiones. Todas nuestras valoraciones eran variantes de la línea oficial del partido, pero detrás de ellas había una ligera desconfianza hacia la idea fundamental de que seríamos inmunes a la muerte mientras nos encontráramos allí.

–En el mundo existen el bien y el mal –nos dijo Konás una noche ante la exteriorización de esas dudas–. El mal siempre triunfa, porque la enfermedad y la muerte aguardan al final de cualquier camino. Menos aquí. Aquí no hay ni enfermedad ni muerte.

–¿Cómo podemos estar seguros de ello? –le preguntó uno de los presentes.

–Por la fe –le contestó el sacerdote–. Así de sencillo. Y vosotros veréis si os interesa tener fe o no.

Ante la fe, ante los que tenían fe, no había perspectiva de discusión. Y cada vez eran más los que no recelaban. ¿Por qué hacerlo, si se lo estaban prometiendo quienes dirigían con mano sabia aquella metrópoli y la enfermedad y los cadáveres habían desaparecido por completo?

–El único peligro que os acecha es la incredulidad, sabedlo –nos dijo el sacerdote–. Si no creéis en que lo que dice el partido es cierto, os iréis, pues nosotros no tenemos barrotes ni ponemos límites a la libertad de pensamiento. Y si os vais, seréis como todos y el mal vencerá también en vosotros.

–Y el mal es la muerte –admitió alguien.

–En efecto: el mal es la muerte –sentenció el sacerdote.

El día siguiente de aquella función religiosa, rastreé en los ordenadores la presencia de alguno de mis conocidos de Nógdam. Busqué a Genoveva, a Alma Reimo, a Monserga, a Just, a Floro, a los directivos de Madlun, a los actores del Valido y a varias personas más, y no descubrí a nadie. Me había atrevido a ejecutar esa acción porque me hallaba menos incómodo en mi papel de refugiado especial. Aunque Konás sabía que yo no tenía fe alguna en lo que predicaba, me trataba como si no lo supiera, lo que jamás hubiese hecho con otro. Los feligreses de mi templo y no pocos de otros templos estaban al tanto de que yo utilizaba un nombre supuesto, pero nadie me reprochaba nada, y eso que yo era el único que lo estaba haciendo. Yo, en fin, realizaba actos que sin ser provocadores mostraban lo ingobernable de mi carácter y seguía vivo, lo que resultaba verdaderamente insólito. Me había acostumbrado, además, a los extravagantes traspiés de la lógica de los que solo yo era testigo u objeto, como tropezarme con un compañero de tienda vestido de soldado y pasando de mí, o reconocer en los testimonios de los feligreses sucesos que yo había protagonizado en Sholombra, o descubrir entre los avíos de mi macuto objetos que había perdido bastante tiempo atrás. Y me había acostumbrado porque veía que no tenían consecuencias más allá de lo que estos incidentes convocaban a la locura. Era indiscutible que el orden minucioso del campamento fallaba conmigo por algún motivo que no acertaba a comprender, y era evidente que al menos mientras no me enfrentara abiertamente a ese orden yo podía pensar e incluso actuar como quisiera.

Por aquellos días, me entraron ganas de irme del campamento. La organización se dio cuenta de mi apetencia y Konás me llamó una noche al término de la ceremonia religiosa.

–Saín –me dijo. Todo el mundo me seguía nombrando así–, afuera, la sociedad no es muy distinta de como es aquí dentro. No es Nógdam la que ha sido destruida, sino Occidente.

–Yo tengo un hijo en algún lugar, y a la madre de mi hijo, y amigos de muchos años. ¿No crees que debo hacer algo para encontrarlos?

–Lo que debo creer es irrelevante. He recibido órdenes para decirte lo que te estoy diciendo.

–¿Órdenes de quién?

–Nosotros no sabemos quién manda. ¿Para qué? Sea quien sea, nos conoce a todos y lo hace bien. Nada de lo que ocurre le es ajeno, ni siquiera nada de lo que cada uno de nosotros siente o piensa.

Me dieron ganas de revelarle que el sistema tenía agujeros, porque su lógica fallaba por algunos puntos, pero supuse que ese gobernador supremo nos estaba espiando y creí prudente guardarme mis palabras, aun entendiendo que las leería en el interior de mi alma.

Ese «interior de mi alma» me dio que pensar luego. En el fondo, el líder de todo aquello tenía una facultad similar a la mía. La única diferencia entre él y yo era que él podía verme y yo no podía verlo a él. Recuerdo que al concebir aquello me acordé del consejo que Lida me dio en la tienda 1212B de la calle Primavera: «Cuando lo tengas cerca, disimula tus emociones». Aunque ella se refería a cuando su hijo me tuviese a mí cerca, el aviso era igualmente aplicable a mí respecto al enigmático líder de aquella organización, pues el disimulo de los sentimientos y las emociones era la única garantía de opacidad frente a su mirada indiscreta. Ahora bien, para disimular ante quienes te ven la cara basta con encubrir la intención recomponiendo el gesto, ¿pero cómo se disimula ante quien es capaz de revisar cada rincón de tu alma?

Lógicamente, mientras bregaba con estos pensamientos, yo era observado por él. Por vez primera, no solo lo supe, sino que lo sentí. Lo sentí como se nota una mirada lasciva o el frío que irradia un bloque de hielo. Lo sentí y percibí que él se estremecía al saberse descubierto. Era una relación desigual, porque él veía mi alma como a través de un cristal transparente y yo únicamente intuía de la suya las formas que me permitía entrever un tupido velo. Todavía se consideraba infinitamente superior y no se juzgaba amenazado. Es más, pronto empezó a interpretar el hecho de que yo fuera capaz de apreciarlo como un pasatiempo ante el que los contendientes se sitúan con papeles antagónicos, como el gato y el ratón en el mortífero deporte de la caza. Yo acepté el envite a sabiendas de que el gato tenía las zarpas recogidas y sus golpes eran inocuos, renuncié a la idea de irme y me dejé zarandear, pero seguí vislumbrando los contornos que captaba en el alma del líder e intenté aprender de ellos. Y en cualquier caso, tenía presente la esperanza de que mi situación cambiaría cuando fuera capaz de gesticular con mi alma. Si enmascaraba mis emociones, si disimulaba, el ser que nos gobernaba y yo, un inocente refugiado, estaríamos en una posición de equivalencia y el juego alcanzaría su genuino encanto.

Por fin, a los tres meses de nuestro arribo, Konás nos participó que había llegado la hora de trabajar.

La retirada de escombros está a punto de completarse

y en breve iniciaremos la reconstrucción de la ciudad –nos dijo.

Nos anunció, asimismo, que debíamos entender el concepto de reconstrucción no con el carácter que lo habíamos hecho hasta entonces, sino con otro mucho más libre («libre», ese vocablo empleó).

–La ciudad que se construya no se parecerá en nada a la que conocimos antes. Será totalmente nueva. Ha sido diseñada por un ejército multidisciplinar de arquitectos, ingenieros, sociólogos, psicólogos, ecólogos y expertos de otras disciplinas que llevan trabajando sin descanso durante los tres últimos meses.

–¿Por qué no llamamos a las cosas por su nombre, a fin de encajarlas fielmente en nuestro pensamiento, y denominamos construir a lo que será construir? –le preguntó uno de los feligreses.

–Porque la idea de reconstrucción tiene menos aristas, es más ligera y más digerible por el entendimiento que la de construcción.

–¿No es más digerible siempre la verdad que la mentira? –le propuso otro.

–No siempre. Construiréis Nógdam con la misma dedicación que si la reconstruyerais. Al principio, os costará asumir este concepto, pero la actividad os ayudará, os ayudará el lenguaje, pues la palabra utilizada será reconstrucción, y os ayudaré yo.

Los habitantes del campamento estaban inmejorablemente encuadrados en el modelo planteado por la dirección. Su alma era casi tan uniforme como su vestuario y, como su vestuario, tenía escaso brillo y era menos propiedad de ellos que de quien pensaba por ellos. Acogieron la iniciativa sin rechistar («es cierto que reconstruir es más bonito que construir», me dijo Baso, por ejemplo), con solo algunas pequeñas observaciones que en realidad eran reparos de índole técnica.

–¿La idea de reconstrucción no contradice la de que debemos olvidar el pasado? –mencionó uno.

–No os preocupéis por eso, porque haremos con el pasado lo que con Occidente. Lo construiremos imaginando que lo estamos reconstruyendo, tanto el pasado completo como el resumido, tanto la Historia Universal como la historia de cada uno.

Cuando le pidieron una aclaración, Konás dijo esto:

–No podemos pediros que superéis vuestros traumas sin daros otra memoria a cambio. Reconstruiremos vuestra experiencia libremente, como se hace con los personajes de ficción. Lo hará una red de novelistas organizados con la férrea disciplina de los ejércitos. Cuando terminen, vosotros seréis felices y la sociedad será armoniosa y congruente.

–¿Y mis hijos, y mis padres, y mis hermanos, y mis amigos? –dijo alguien angustiado–¿Me los quitarán de mi memoria?

–Por supuesto que no –le contestó el sacerdote–. Los novelistas utilizarán los materiales que hay en vuestra memoria y en vuestra alma: los sentimientos y las emociones seguirán siendo esencialmente iguales, los que variarán serán los recuerdos. Imaginad que la sociedad y que vosotros sois una habitación umbrosa, marchitada por el polvo y las telarañas, donde hay una multitud de objetos sometidos al caos que ha ocasionado un saqueo. Nuestra labor será entrar en esa habitación, limpiarla, tirar lo inservible y componer un orden nuevo con los objetos aprovechables.

Durante varias noches, el sacerdote nos exhortó a que

tomáramos una actitud positiva hacia esa metamorfosis.

–Nos os preocupéis por nada, continuaréis siendo los mismos –nos dijo–. Nadie se convertirá en otro. Se ordenará el pasado y la Historia será reescrita. Con un futuro sin muerte y un pasado sin traumas, el presente tiene asegurada la felicidad. Y el presente es lo único que existe. ¿Acaso no queréis ser felices?

Pero incluso en aquellos días, los camiones-ducha siguieron eliminando a los individuos que preguntaban demasiado. Como siempre, los supervivientes achacaron a la huida esas desapariciones. «Se veía venir», decían, «estaba claro que no se encontraba a gusto y que se valdría de cualquier oportunidad para irse». «Pues peor para él, porque afuera le aguarda el envejecimiento, la enfermedad y la muerte».

Unos cuantos días más tarde, ya que la población de aquella urbe estaba convencida y esperaba ansiosa el momento en que empezara la actividad, nos comunicaron a través de los ordenadores el puesto que desempeñaríamos en la reconstrucción de Nógdam. Todos los destinos estaban englobados en dos grandes núcleos: la reconstrucción física y la reconstrucción moral. A la reconstrucción física le correspondía el levantamiento de una nueva ciudad. A la reconstrucción moral, la creación de una nueva Historia. La mayoría de los que habían tenido trabajos manuales o poco cualificados fueron destinados a la reconstrucción física bajo la denominación de «operarios». El resto fue destinado a la reconstrucción moral con el apelativo de «historiadores». Dentro de cada uno de esos grandes grupos, se atribuyeron oficios específicos, como maquinista, ferrallista, yesero o, simplemente, albañil para la reconstrucción física, y mantenedor de sistemas, corrector, supervisor, jefe o, sencillamente, recreador para la reconstrucción moral. Baso fue destinado a la reconstrucción física con el oficio de albañil y yo lo fui a la moral con el de recreador.

En la función religiosa de aquella noche, pregunté a Konás si me podía cambiar a la reconstrucción física.

–Yo no he escrito nunca una novela, ni siquiera un cuento –aduje.

–Pero tienes mucha imaginación y sabes ordenar las ideas –me contestó.

El sacerdote añadió que cada individuo había sido incluido en el perfil que más se adaptaba a sus condiciones con el doble fin de que fuera más útil para la sociedad y se sintiese más realizado.

–Todos somos igualmente necesarios, luego todos somos iguales –concluyó.

El día siguiente nos distribuyeron en equipos con objeto de iniciar un curso de aprendizaje. Yo tuve que ir a una sala de ordenadores, donde nada más entrar me atribuyeron la subespecialidad de recreador de biografías. El monitor principal del curso, que resultó ser Konás, nos dijo que reconstruiríamos el pasado a partir de dos premisas esenciales: la imaginación y la coherencia. Así, cada recreador tendría libertad para ordenar los sentimientos y las emociones previas de su personaje (esa palabra utilizó), pero debería coordinarse con los recreadores de personajes relacionados con el suyo.

–Los recreadores crearán una tupida red de cuya eficacia se asegurarán los supervisores –nos dijo–. Esta red, integrada fundamentalmente por escritores, se coordinará a su vez con la red tejida para recrear la Historia con mayúsculas, constituida por sociólogos, politólogos e historiadores.

Pero antes que nosotros, alguien ya había fijado el marco en el que debían desenvolverse la Historia y las historias.

–No os preocupéis por el ambiente de los relatos, porque el mundo en el que debéis fijar a los personajes tiene unos valores no muy distintos de los de libertad e igualdad que florecían en Occidente. Tened en cuenta, por último, que la Historia de los Movimientos Sociales ha sido reescrita por los sacerdotes, y que habréis de ajustaros a ella para recrear vuestros argumentos.

Konás nos preguntó si albergábamos alguna duda y yo levanté la mano y le pedí:

–¿Podremos recrear las vidas de los seres que conocemos?

–Por razones obvias, no sería conveniente, luego no es posible –me contestó.

–Y mucho menos posible será conocer a los que van a escribir nuestro pasado. ¿No es cierto? –le demandó otro.

–Igual de inconveniente, ergo es imposible –le confirmó Konás.

Aquel día y varios días más los empleamos en aprender de labios de Konás y de otros sacerdotes la nueva Historia de los Movimientos Sociales, que era una suerte de río lento y muy caudaloso en el que debíamos embarcar a los individuos, a las ciudades y a las naciones. Solo cuando consideraron que estábamos preparados, nos dieron a cada uno un ordenador y nos señalaron a la persona sobre la que teníamos que escribir, cuyas características anímicas nos venían dadas tanto en forma de resumen como a través de la transcripción de sus intervenciones en las funciones religiosas.

El primero que me tocó era un taxista de Nógdam de

veintisiete años, hijo único y soltero. Aparentemente, yo debía coordinarme con muy pocos historiadores, pues mi personaje había tenido una vida social muy reducida, pero su profesión me exigió el duro ejercicio de incluir en la narración a numerosos clientes, cuya entrada en su biografía debía coordinar con otros historiadores. Casi un mes estuve dedicado al taxista. Cuando terminé, mi novela fue asumida por la sección de los retocadores, que concordaba los detalles más menudos de la historia, como el recuerdo de un dolor de muelas o el de una ducha con el calentador fallando. Después de los retocadores, intervenían, por este orden, los supervisores de la historia, los supervisores de la coherencia y los correctores de estilo. El producto resultante era sometido al examen de un ordenador potentísimo, que realizaba un proceso remotamente parecido al de los pronósticos del clima, y, por último, al plácet del Colegio de Sacerdotes o historiadores supremos.

No sabría decir cuántas decenas de miles (quizá centenares de miles) de personas estaríamos dedicados a escribir novelas. Cuando los autocares recogían a los reconstructores de la ciudad y en el campamento nos quedábamos solos los reconstructores de la moral, ocupábamos varios miles de tiendas y aún había bastante movimiento de historiadores por las calles. Éramos tantos, que muchos no tenían ni la más remota idea de cómo construir narraciones y fabricaban argumentos grotescos o absurdos que, sin embargo, franqueaban los filtros porque pillaban cansados a los supervisores de la historia y la coherencia, tenían variables discrepantes que no eran detectadas por el ordenador central y no eran sometidos al análisis del Colegio, que ante la profusión de sus obligaciones se limitaba a leer con técnicas de muestreo párrafos salteados de algunas novelas.

A veces, ocurría que una biografía discorde pasaba el filtro de la coherencia y un personaje acababa siendo un asocial, o teniendo como enemigos a los amigos, o siendo amante de la mujer de su hermano, por ejemplo.

Aunque la disciplina se acentuó gradualmente, se relajaron los controles de calidad, de manera que al cabo de unos tres meses el indicador de la excelencia quedó fijado en una novela aceptada por el Colegio cada quince días. El que superase ese plazo tenía el resto del tiempo libre, que además era acumulable, de forma que si te reconocían tres novelas en quince días tenías treinta días libres para hacer lo que quisieras.

No es que el campamento fuese muy entretenido, pero a mí me apetecía más aburrirme sin trabajar que aburrirme trabajando y me busqué el modo de cumplir sobradamente los objetivos. Para ello, construí un personaje que fuera el arquetipo del ciudadano común (casado, padre de dos hijos, laborioso desde la mañana hasta la noche, gran bebedor de cerveza y gran espectador de la televisión, seguidor acérrimo de un equipo de fútbol y sufridor de múltiples dolamas que eran, junto con el fútbol y las mujeres, su principal motivo de charla) y procuré encajar en él los datos recogidos en la ficha particular del protagonista de mi guion. Con esa base, copié de unas vidas a otras no solo el grueso de la biografía, sino circunstancias concretas, siempre haciendo pensar al protagonista que su existencia era única y que lo que vivía él nadie lo había vivido jamás ni lo viviría nunca. Como mis historias se ajustaban al marco social y eran creíbles y coherentes con las historias asociadas, pasaban fácilmente todos los filtros, por lo que en treinta y dos días escribí cuatro novelas, lo que me supuso un premio de veintiocho días de descanso que decidí disfrutar de una vez.

La primera parte de aquel intervalo me dediqué a visitar las obras de reconstrucción de la ciudad. Para ello, me subí con Baso en el autocar que los llevaba al tajo y empleé tres intensas jornadas en andar entre las zanjas, los acopios y las máquinas, seguramente sin haber cerrado la boca ni un solo minuto, asombrado de lo que suponía la ejecución de un proyecto colosal en el que se atareaban varios millones de operarios.

–Si seguimos a este paso, la reconstrucción se habrá completado en unos cuantos meses –me dijo Baso con evidente satisfacción.

El enorme adelanto de las obras me llevó a deducir que pronto se encajarían las vidas que estábamos reconstruyendo en las viviendas, los establecimientos y las calles de la nueva Nógdam, según el plan diseñado por la secreta organización del partido de la Luz, que marchaba con escasos contratiempos a un ritmo frenético. Entre esas vidas, estaría la mía. La mía, cuyo futuro, a pesar de lo que nos estaban diciendo, tal vez se vería condicionada por lo que un historiador como yo había escrito o escribiría sobre mi pasado en base a los datos que yo mismo había aportado y a lo que había declarado al dar testimonio en las funciones religiosas.

Lo lógico era que el historiador de mi biografía partiese de la ficha de Saín, según las normas trazadas por los organizadores y cumplidas a rajatabla. ¿Qué consecuencias tendría aquello para mí? ¿Sería mi futuro el de Saín cuando mi pasado fuera el suyo? Esa cuestión se entrelazaba con otras que me asaltaban permanentemente: si allí todo lo que tenía que ocurrir ocurría y solo ocurría lo que tenía que ocurrir, lo mío también formaba parte del plan. ¿Qué misión me había adjudicado el líder de aquella entidad? Yo era una isla de conciencia de sí en un colectivo robotizado. ¿Por qué? ¿Lo seguiría siendo cuando dejara de ser reconocido por los otros como Nereo y fuera definitivamente Saín? Lida, en aquella entrevista alucinante, me había considerado su hijo. ¿Había sido un anticipo de mi futuro? Si al final era Saín, ¿sería mi mayor obsesión acabar con Nereo, es decir, conmigo mismo?

Tenía por delante veintisiete días de ocio, y un día de inacción se hacía eterno en aquella ciudad de lona. Cada minuto era tan largo como el del insomnio y, como en el insomnio, la mente se volvía autónoma y se regodeaba en lo lúgubre. Lo peor para mí era hacerme preguntas que no lograba contestar, conocer que la muerte existía y que existía el sufrimiento y no poder gritarlo por las calles y saberme en manos de una inteligencia superior que me vigilaba pero me permitía actuar. Dos días soporté así. El tercero, pensé que debía proceder como cuando no conseguía dormirme, esto es, levantándome y poniéndome a luchar contra lo que me agobiaba, y me dispuse a intentar algo para aclarar mis dudas. No tenía idea alguna ni más recursos que los comunes de todo ser humano y el don extraordinario de ver las almas, ya casi totalmente uniformadas, de los residentes. A ese don me encomendé, sabedor de que los escritores, por malos que sean, se contaminan con los sentimientos de los personajes que forjan en su imaginación. Si alguien había urdido con el alma de Saín una trama, yo podría descubrirlo, conseguir la novela que había escrito (o estaba escribiendo) y modificarla. Aquello era una flagrante contravención de las normas que no pasaría inadvertida al todopoderoso regidor del campamento, quien mandaría de nuevo al sacerdote de mi templo para demostrar su superioridad y corregirme. Pero ¿y si seguía rebelándome? ¿Qué pasaría entonces? ¿El líder estaba decidido a proceder conmigo como con todos? Aunque quizá me iba la vida en ello, no tenía otra alternativa que comprobarlo.

No esperé a otro día y me puse en marcha enseguida. Era por la tarde y hacía sol. No sé cuántos kilómetros de calles tenía el campamento, muchas decenas, seguro, tal vez varios cientos. Llegué hasta la primera calle transversal y cogí el desvío de la derecha. Con fortuna, los turbios sentimientos de Saín habían impresionado sobremanera al novelista de mi historia y yo podría sentir su alma a bastante distancia, lo que facilitaría mi búsqueda. Sin fortuna, aún no la había escrito nadie y la estaba buscando en vano.

Poco antes de la hora en que volvían los autocares con los operarios de la reconstrucción de la ciudad, vi a lo lejos a Konás, que venía a mi encuentro. Mientas andaba, me acordé de la diferencia entre construir y reconstruir y todavía no sé muy bien cómo busqué en mi interior y utilicé el recuerdo de sorpresas que tenía memorizadas para extraer de ellas una emoción con la que enmascarar mi falta de sorpresa.

–¿Adónde vas? –me preguntó.

–Voy dando un paseo. ¿Qué haces tú aquí, tan alejado de tu templo?

–He venido a verte.

–¿A verme?

–Lo que pretendes contraviene las normas, y las normas están dictadas en interés de todos –me dijo.

–No imaginaba que pudiera ser tan grave.

–Lo es.

–Bien, en tal caso, no hay más que hablar –acepté.

Me di media vuelta y en tanto tomaba el camino de mi tienda me concentré en recordar la impotencia que sentía frente a las decisiones del líder supremo. Sin embargo, en la siguiente esquina, en lugar de seguir adelante, tomé otra calle con el inicial ánimo de explorar las almas de los historiadores.

No quisiera ser impreciso sobre lo que viene ahora ni me gustaría que el lector pasase por estos renglones de puntillas, pues en ellos se descubre buena parte del meollo de este singular relato. Como era lógico, el líder, que me observaba con el descaro y el exceso del ojo de Dios, supo en el acto que yo había cambiado de rumbo y se percató de que lo había engañado. Habitualmente, yo percibía al líder en la voluntad colectiva de todo aquello. A fuerza de notarlo, había logrado desenmascarar los contornos de su alma y la extensión de su corpulencia. Lo inusitado en aquella ocasión, no obstante, fue que mientras andaba sentí una emoción concreta, su enfado, y que la aprecié dentro del alma del sacerdote, al que pude distinguir mucho antes de verlo.

–¿No te dije que te volvieras? –me advirtió cuando nos encontramos.

Nunca lo había visto empleando un tono tan contundente

–Y en eso estaba, pero a medio camino troqué la idea –le mentí–: no puede ser tan malo conocer al que está escribiendo mi historia.

–Tú no eres quién para valorar las normas. Vuélvete. Aquí ninguna infracción queda impune, ni siquiera las de pensamiento. Da media vuelta y no lo intentes más –me dijo.

Como en la anterior oportunidad, reconstruí mis emociones con emociones viejas y conseguí burlarlo. Konás me siguió a cierta distancia y, cuando doblé una esquina, me persiguió con la mirada hasta que me engulló la lengua de gente de los reconstructores de Nógdam, que volvían de su trabajo cansados, hambrientos y estúpidamente felices. Sus emociones no eran muy distintas de algunas antiguas emociones mías. Si las evocaba con vivacidad, podría volver a sentirlas, me dije. Lo hice. Reviví de mis propias emociones aquellas que me interesaban, las más grises, las más limpias, las más simples, y mi alma acabó siendo como la de los que estaban a mi alrededor. Entonces, ya mimetizado en el ambiente, me di la vuelta y continué mi búsqueda. No pensé en el sacerdote, ni en el líder, ni en otra cosa que no fueran las emociones que estaba imitando y lo que perseguía. Lo hice cuando a la hora de la cena me detuve en un comedor y cuando me metí en una tienda y me acosté, exhausto, entre operarios exhaustos que prescindían de la función religiosa. Eran seres comunes, de caracteres uniformes, sin inquietudes. El líder había eliminado a los de más personalidad y había ido reemplazando el alma creativa de los restantes por otra artesanal, monótona, gris y fácilmente imitable para mi nueva habilidad de reconstruir mi alma actual con la de mi memoria. Entre esa multitud de autómatas semejantes, un autómata más pasaba inadvertido.

El líder me buscaba en vano y estaba furioso (de aquella noche, eso fue lo último que recuerdo). Cuando me desperté, sin embargo, Konás estaba a mis pies, sentado en una silla, esperándome.

–Los sueños te han traicionado –me dijo–. Despierto

disimularás lo que quieras, pero dormido no puedes dejar de ser tú. Aunque has desarrollado la habilitad de mimetizarte en el ambiente, no tienes el don natural de construir ficciones en el alma.

Yo me incorporé un poco. En el alma del sacerdote veía con cierta nitidez los trazos gruesos de la del líder.

–¿Qué harás ahora? –le dije.

–Te vendrás a la tienda. Lo que buscas no tiene sentido. No hay respuesta para tus preguntas.

–No puede ser tan terrible querer saber quién escribe mi historia.

–Sí lo es si solo eres ficción –me respondió.

–No te entiendo.

–Ningún personaje debe ser consciente de sí. A ningún personaje le es dado conocer a su autor.

Su respuesta me dejó helado.

–Ese que lo ve todo, ese que llenó de sangre los días y las noches del pasado y ha eliminado los cadáveres del futuro, ese que destruye y reconstruye sin esfuerzo, es el mismo que vislumbras a través de mi alma, y ese es el único autor de esta historia y, en consecuencia, es tu creador y puede ser tu destructor –me dijo.

–No te creo –me atreví a replicarle–. Yo soy yo por mí mismo.

–Contra lo que tú crees, no hay muertos en el doble fondo de los camiones-ducha ni en los váteres. Los que ya no están con nosotros, simplemente han desaparecido de las páginas del libro en el que existimos.

–Me da igual. Quiero conocerlo.

–¿Para qué?

–Tal vez para reprocharle el dolor que ha causado.

Puestos a crear un mundo gigantesco, podía haber fraguado otro de menos sufrimiento.

–Que sería monótono y soso –dijo–. Ten en cuenta que no eres más que un instrumento para el espectáculo, que no eres nadie, que los importantes son los que están al otro lado, viendo lo que haces y lo que sientes.

–¡Vaya estupidez! Si me clavo un puñal en el corazón, me muero.

–Puede ser. No niego que tu voluntad sea una anomalía. Pero ella no te otorga una naturaleza distinta de la que tienes, pues tu voluntad es un gazapo de quien nos ha creado, que puede estar volviéndose loco de tanto pensar en nosotros.

Me levanté y me quedé observándolo.

–El autor no puede dialogar contigo directamente y habla a través de mí –me dijo.

Eso me sonaba a manipulación.

–Te pareces a los sacerdotes de las religiones que conozco –le argüí–: todos dicen hablar en nombre del Creador.

Mírame, mira mi alma –me dijo. Su mensaje era más un ruego que una orden–. De ti no solo depende nuestra salvación, también la suya.

Miré y entonces lo vi. En una habitación llena de libros y vagamente iluminada por un flexo, había un hombre maduro, cuyo rostro permanecía en la oscuridad, que vestía una camisa blanca y una bata oscura. La luz se proyectaba sobre el ordenador en el que hombre tecleaba lo que nos estaba sucediendo.

–Di algo –me dijo Konás.

Sobre la pantalla del ordenador, apareció: «Sobre la pantalla del ordenador, apareció».

–Resulta difícil de creer –repliqué.

«–Resulta difícil de creer –repliqué», apareció en la pantalla.

–Pero es cierto –contestó el sacerdote.

«–Pero es cierto –contestó el sacerdote».

Y así, todo fue escribiéndose en la pantalla como acontecía en la realidad, en nuestra realidad, que tal vez, como decía el sacerdote, fuera una realidad inventada.

–Mi vida no es menos real porque alguien la esté imaginando –dije.

Konás se percató de que aquello era una capitulación.

–Por supuesto que no –concedió.

«–Por supuesto que no –concedió».

–Yo soy yo. Quiero vivir mi vida y morir tranquilamente algún día –le demandé.

–No hay problema. Haz lo que quieras, pero no perturbes demasiado el discurso de esta narración, porque, si lo haces, él no podrá reconducirla y el argumento se volverá caótico. Somos demasiados personajes para una sola novela, ha pasado demasiado tiempo desde que la inició y está cansado. ¿No has notado lagunas en la realidad?

Yo me acordé de la inexplicable entrevista con Lida y de otras circunstancias para las que no hallaba justificación y que creía agujeros del sistema.

–Son despistes del autor, lógicos, si se valora la complejidad del enredo, pero preocupantes, pues son cada vez más habituales –respondió ante mi silencio aquiescente.

El sacerdote reparaba en que yo asumía sus razones. Le dije:

–Todas las novelas tienen un final. Tarde o temprano, también tendrá que acabar esta.

–La nuestra no está hecha para el público, sino para él.

Es como una terapia. Su final no está condicionado ni a un número de páginas ni a la publicación –me respondió.

Cuando habló de publicación, sentí una especie de intenso miedo escénico.

–Si lo hubiera sabido antes, quizá hubiese actuado de otra forma –le revelé.

–Eso precisamente es lo que no debe ocurrir. Tú debes actuar como se te supone, de acuerdo con tu caracterización y el marco de la historia. A estas alturas del argumento, tu personaje da poco más de sí. Debes resignarte a un papel secundario. Venga, desayuna, vuelve a tu tienda y disfruta de lo mecánico, tú que tienes libertad para disfrutar.

Le hice caso. Desayuné en un comedor cercano y enfilé el camino de mi alojamiento. Mientras andaba, fui reflexionando sobre los motivos que me había dado el sacerdote. «Sholombra era demasiado increíble como para presumirse verosímil, y otro tanto cabe suponer del viaje de Sholombra a Occidente y de la descomposición y destrucción de Nógdam», me dije. Hasta como novela fantástica me parecía inadmisible. «Nadie la editará, nadie se atreverá porque nadie la leería», pensé. Recordé a mis padres, a Saín, al señor Suelo, a Lida, a Ania y a Nohire, a Libuell, a Impreciso, a Dam y a Pirindolo, a Libertad (La Loba) y a nuestro hijo, a Altea y a nuestro hijo, a Genoveva, a Alma Reimo y al Valido, recordé fatigas, alegrías, placeres, dolores, recordé anécdotas concretas, palabras concretas, gestos concretos, y todo era como si de verdad lo hubiese vivido. «Esto –asumí con una nostalgia abrumadora–es lo que deben sentir los moribundos poco antes del final». Y pensé que no ser nadie, que vivir y desaparecer por el capricho de otro, era de una injusticia tremenda.

Cuando llegué a mi tienda, Baso ya se había ido a reconstruir Nógdam. «Reconstruir puede manejarse como construir sin mayor traba porque aquí no hay más lógica ni más coherencia que la que marca el creador de la historia», me dije. Me acosté y me quedé mirando al techo. «Por el mismo trabajo, nos podía haber levantado casas, en lugar de compartimentos de lona», razoné. Al ponerme de lado, vi por la rendija de la puerta un camión-ducha que había aparcado enfrente de ella y murmuré: «Y montado duchas auténticas, en vez de camiones-ducha».

Así estuve, tendido y echando en cara al creador una incomodidad detrás de otra, hasta que el tiempo que tenía por delante se me hizo, de tan plano, insoportable. Entonces, me puse en pie y me fui a mi sala de escritura dispuesto a renunciar a mi permiso y a seguir reconstruyendo vidas de otros, pero en la puerta estaba Konás, quien me dijo:

–No tienes el brío necesario para escribir. Hoy solo crearías historias trágicas y el autor ha decidido eliminar la aflicción para el tramo venidero de esta novela. Vete y vuelve cuando te encuentres mejor.

Hacer novelas dentro de una novela, construir vidas dentro de una ficción, se me antojaba un enredo del argumento que yo nunca utilizaría. Yo, empero, no era más que un personaje, con un futuro secundario, además.

Volví a mi tienda y me dejé caer en la colchoneta. («¡Qué trabajo le hubiera costado imaginar una cama para nosotros!», pensé). Cerré los ojos y a mi mente acudieron un montón de recuerdos que me impedían razonar, me quitaban el hambre y me robaban el sueño. Aquel día, no me levanté más que para ir al váter y beber agua. Cuando llegó Baso, me hallaba en un duermevela fatigoso, y los seres que tenía en la cabeza saltaban sin dificultades de mi memoria a mis sueños y viceversa. Nuestra relación se había enfriado desde que nos veíamos menos a causa de nuestro respectivo oficio, pero aún seguíamos siendo muy amigos. Al verme postrado en la colchoneta, se preocupó por mi estado de salud.

–No hay problema –le contesté–. Ten presente que aquí no existen ni la enfermedad ni la muerte.

Tampoco existía la tristeza y Baso temió por mí.

–¿Te irás? –me preguntó. Oficialmente, eso era lo que ocurría con los individuos que se apartaban del sentir general del campamento.

–No depende de mi voluntad –le aseguré.

–Entonces, ¿de la de quién?

–Hay un ser superior a nosotros, y de él depende todo.

Pasé los días posteriores con un humor parecido, prácticamente sin alimentarme, tendido y aguardando que el autor me hiciera desaparecer de un momento a otro. Al quinto día, desayuné, me duché y, como no tenía nada que hacer, me fui a andar por el campamento, acción que repetí en los días que siguieron. Los paseos me sentaron tan bien que poco más tarde intenté retomar mi trabajo de reconstructor del pasado, pero el sacerdote estaba esperándome en la tienda de la escribanía y no me lo permitió.

–Todavía no estás lo bastante preparado. Vete y vuelve cuando te encuentres mejor –me dijo.

Como ambicionaba escribir, dediqué los días siguientes a regenerar mi aspecto y mi espíritu: comí a sus horas, asistí a los oficios religiosos, paseé por las calles, hablé con los compañeros e intenté pensar en el autor como en un ser bueno en su esencia, pero todo resultó insuficiente.

–Aún no estás capacitado del todo. Vuelve y sigue mejorando –me decía una y otra vez Konás.

Yo me volvía y hacía lo que había sugerido. En una ocasión, sin embargo, conjeturé que el sacerdote me rechazaría siempre, cualquiera que fuese mi estado de ánimo, y ya no volví a intentarlo. Entonces, en lugar de hundirme en la postración, me dediqué a ejercer mi papel de personaje que va por libre, esto es, a pasear y a observar las almas de la gente.

A los cinco o seis meses, me subí con Baso en el autocar de los reconstructores de Nógdam, pues me picó la curiosidad de que se hubiese extendido en el alma de los trabajadores la euforia que precede al éxito.

–La ciudad está casi concluida –me dijo mi amigo–. Y es hermosa y confortable. Nuestros hijos y los hijos de nuestros hijos serán muy felices en ella.

Desde las afueras del campamento, se podía ver el horizonte quebrado por las torres más altas, que iban tomando carácter conforme el autocar se acercaba a ellas. Yo hice el viaje enfrascado con la idea de que imperaba un límite temporal no inferior al espacial de la muralla que nos separaba de La Unión, el límite entre el antes y el después de la destrucción de Nógdam, pero cuando accedimos a la urbe, su faz me absorbió por completo. Lo primero que me llamó la atención fue que estuviera construida imitando el paso del tiempo, como esas colecciones de libros de diferente forma y tamaño que pretenden enmascarar la disposición compradora tras una fingida vocación lectora. Había edificios de varios estilos arquitectónicos, para todas las funciones (incluso las religiosas) y de apariencia muy desigual, hasta el punto de que algunos habían sido envejecidos artificialmente, todo ello con el indudable empeño de hacer la ciudad más asequible a la equívoca razón de los humanos. Un aluvión de operarios estaba terminando de plantar árboles en los parques y en los bulevares, de colocar señales de tráfico y mobiliario urbano y de ultimar los dispositivos eléctricos y de telefonía. El autocar de Baso se detuvo frente a una construcción en cuyo frontis unos operarios estaban poniendo un letrero luminoso con la indicación «Palacio de Congresos». Yo me bajé con sus ocupantes y me fui con ellos para contemplar el –en palabras de mi amigo– «espectacular atrio cubierto» que facilitaba la distribución hacia las distintas dependencias del inmueble. Nada más entrar, ellos se fueron a sus quehaceres y yo me quedé mirando para todas partes, de veras conmocionado por los diseños y las dimensiones de lo que estaba viendo. Al cabo de un rato, me di cuenta de que entre los muchos trabajadores que completaban las instalaciones del edificio había algunos que estaban montando en la cima del atrio un ascensor exterior. El tajo estaba altísimo y yo me mantuve observándolos como atraído por un desenlace terrible. Solo bastante después descubrí que uno de los cuatro operarios que se afanaban arriba era Baso. Me dieron ganas de advertirle a voces que no estaba tomando las precauciones necesarias, pero me cohibía el que las cuadrillas pularan a mi lado y, tal vez, la íntima convicción de que pasara lo que pasase se cumpliría la única promesa del partido de la Luz y Baso no moriría. No le avisé del peligro y sobrevino lo que me había temido: mi amigo Baso realizó un movimiento en falso, cayó al vacío envuelto en gritos y se estrelló contra el granito rosa del suelo. Toda la actividad del recinto se paralizó. Los que estaban más cerca rodearon el cuerpo, que se hallaba sobre un charco de sangre, y se pararon a examinarlo sin espanto, como narcotizados. No habrían transcurrido ni dos minutos, cuando irrumpieron a la carrera unos cuantos soldados que metieron el cadáver en una bolsa de plástico y se lo llevaron. Algunos de ellos, sin embargo, se quedaron limpiando la sangre con grandes toallas y fregonas hasta que no hubo ni rastro del episodio. Tras salir el último soldado, la actividad se reanudó. Yo miré hacia lo alto, a la cornisa desde donde había caído Baso, y vi el mismo número de operarios que antes del accidente: mi amigo ya había sido sustituido por otro.

El único que seguía quieto era yo, y yo pensé: «La muerte existe. El creador de esta historia no puede evitarla». Recuerdo que me retiré hasta llegar a la pared y me puse a rastrear en el alma de los operarios. Ninguno de ellos guardaba memoria de lo que había pasado. O para explicarlo mejor, guardaba memoria del suceso, pero lo obviaba de tal manera que no producía efecto alguno en su alma. Yo me acordé del lema del partido y me dije: «He aquí la forma en la que se hace desaparecer la muerte de la vida: eliminando los cadáveres y anulando las mentes de los que los han visto y pueden dar testimonio de ellos». También me acordé de las palabras con las que Konás me expresó que no había muertos en los váteres ni en los camiones ducha, porque los personajes de la novela en que habitábamos, en lugar de morir, se esfumaban sin más.

«Los personajes de la novela en que habitábamos», me repetí. ¿Y si no éramos personajes prisioneros de un guion, sino esclavos en las manos de un tirano? ¿Y si éramos tan libres por naturaleza como antes de la destrucción de la ciudad y lo que me había explicado el sacerdote era un cuento para tenerme sometido? Como había hecho anteriormente, me concentré en la voluntad de la organización y volví a sentir al líder. Era el mismo al que había visto tecleando en un ordenador lo que me estaba ocurriendo, solo que ahora se limitaba a mirarme, sumamente enfadado. «Todo esto es real, ¿no es verdad?», pensé. «Lo es», me respondió. «Y cuando escribías no creabas la realidad, sino que dabas cuenta de lo que estaba pasando», continué. «Es cierto», me dijo, y al instante unos soldados me cogieron por el brazo. El líder se sintió feliz y por primera vez se materializó ante mí tal y como era. «Me conoces, pero todavía no sabes quién soy», me indicó muy creído. En ese todavía vi que mi fin no era inmediato y supe que aún tenía una oportunidad.

Capítulo 19

La solución está en el principio

Los soldados me metieron en un todoterreno militar y me llevaron hasta un extremo de la ciudad por diversas avenidas en las que se estaba pintando la señalización horizontal. Delante de una mansión enorme, se pararon y me bajaron del coche. Dos de ellos me condujeron hasta la puerta, que se abrió sin que nadie efectuase llamada alguna.

–Entre –me ordenó la mujer que había abierto, quien acto seguido despidió a los soldados con un enérgico movimiento de la mano.

Entré y la mujer cerró detrás de mí.

–Sígame –me dijo luego.

Lo hice. Pasamos por un corredor y bajamos unos cuantos peldaños antes de llegar a un jardín en el que nos estaba esperando el muchacho que había conocido en aquella otra mansión situada en las proximidades de Artiria, la capital de Inicia. Estaba sentado bajo un quitasol verde de grandes dimensiones, solo. Al entrar yo, me siguió con la mirada, sin que su gesto glacial se alterase lo más mínimo. A unos pocos pasos detrás de él, al sol, había un par de fornidos guardaespaldas con gafas oscuras y vestidos de negro. Varios hombres más de igual apariencia salpicaban el jardín, en el que en aquel momento trabajaban dos jardineros. El orden de los colores y las formas era perfecto y sedativo, olía a hierba recién segada y se oía el trinar de los pájaros y el borboteo de las fuentes. Los reconstructores del jardín se habían esmerado especialmente replantando árboles centenarios y plantando especies exóticas.

–Siéntese, señor Kiff –me dijo.

Era la primera vez que percibía su voz y la primera que alguien me llamaba así desde hacía mucho tiempo. Me senté y entonces dejó de avistarme para contemplar un chorro de agua que caía en un estanque.

–Dígame, ¿qué ve dentro de mi alma?

Hablaba muy suavemente, con una buena dicción, quizá con un punto de exagerada parsimonia. Lo examiné y no vi en su interior más detalles de los que había visto durante los últimos meses.

–No veo al autor de este libro, ni siquiera a un ser superior –le repliqué, remarcando un poco lo de ni siquiera.

Él esbozó una sonrisa de suficiencia.

–¿Sabe cuántos años tengo, señor Kiff? –me preguntó, y volvió la cabeza para esperar mi respuesta observándome.

Tendría catorce o quince, no más, y eso fue lo que le dije mientras me fijaba en el color de sus ojos, castaños, y en que el flequillo le tapaba la ceja derecha.

–¿Cree que si no fuera un ser superior habría conseguido hacer lo que he hecho?

Yo le contesté con otra duda.

–¿Qué quiere decir superior?

–Mire a su alrededor y dígamelo usted mismo.

–Sigo viendo dolor y muerte, como siempre.

–Esa expresión no es acertada, ya que el dolor y la muerte han desaparecido de la vista, aunque sigan existiendo. Pero no era a eso a lo que me refería, y le rogaría que adoptara una actitud menos provocadora. Lo he mantenido indemne y lo he traído hasta aquí por algo que me propongo revelarle enseguida. Por favor, procure estar a la altura de lo que pienso de usted y permita que la conversación fluya sin convulsiones.

Reconocí mi excitación con el silencio y lo dejé que siguiera.

–Yo no puedo erigir otro escenario ni crear otros personajes: el mundo en el que vivimos todos es, en efecto, el mismo de siempre. Pero he podido transformar el que teníamos –dijo.

–¿Y crees que el resultado es mejor?

–Sondee su propia vida, usted que ha vivido en tantos lugares, y verá que sí.

–En mi vida hay de todo, incluida la destrucción total de una civilización, un holocausto posterior y una construcción fantasmagórica a la que se ha dado en llamar reconstrucción.

–Aunque la muerte de Occidente es obra mía, no me atribuya su destino, porque Occidente tenía una enfermedad terminal. Yo, señor Kiff, me limité a evitarle la agonía.

–Y de paso llevaste a la muerte a decenas de millones de personas.

–Era un daño colateral a la altura de la metamorfosis que necesitaba este planeta.

–¿Por qué te arrogas esa autoridad? ¿Quién te la ha dado? ¿Quién te crees que eres?

–Yo, señor Kiff, podía hacerlo. Y si podía hacerlo, debía hacerlo, pues la Naturaleza nunca crea potencias superfluamente. Pero no se preocupe, Occidente volverá a ser como lo fue en su época más esplendorosa. Es más, Occidente será como siempre quiso ser.

Ahora la entrevista sí discurría por los cauces que él postulaba.

–He ordenado que le traigan una manzanilla con anís –dijo, y levantó una mano para que su pretensión se hiciese efectiva. Yo me fijé en ella y la encontré demasiado fina, demasiado pálida y demasiado larga para su estatura, que era más bien mediana.

La manzanilla con anís era mi bebida favorita en Sholombra, pero desde entonces no la había tomado más que en contadas ocasiones. El hecho de que la hubiera preparado sin que se la hubiese pedido no era un acto baladí, como demostró a continuación, cuando dijo:

–Su bebida favorita en los tiempos de Sholombra. ¿Se acuerda?

–Ya lo sabías, y por eso has ordenado que me la traigan.

En cierta manera, aquella conferencia parecía un juego en el que él llevaba la iniciativa.

–En efecto. ¿Le gustaría empezar por allí?

–¿Por Sholombra? ¿Qué tiene que ver Sholombra en todo esto?

–Yo también soy de Sholombra, como usted –me dijo.

–Y, sin embargo, has obligado a muchos habitantes de La Unión a restaurar la muralla que los condena a su holocausto.

–No puede increparme por ese yerro sin culparse a sí

mismo, porque usted también lo hubiera hecho. Y, sinceramente, no me dan pena mis compatriotas. Portan el virus de la Verdad y la Verdad no genera más que sufrimiento. De este lado de la muralla, los seres humanos llevan miles de años construyendo distintas doctrinas para anularla. Y créame si le digo que anularla es lo mejor.

–¿Por esa razón prometes suprimir la muerte de la vida? –le dije.

–Es una mentira como otra cualquiera, pero más efectiva que prometer una vida más allá de la muerte. Eso, claro está, en esta primera fase.

–Reconozco que ahora no te entiendo.

–Bueno, ya le he dicho que Occidente volverá a ser como era, al menos aparentemente. También volverán las religiones y, con ellas, sus promesas de vida eterna.

–¿Cómo lo harás? ¿Cómo reconvertirás tus sacerdotes en sacerdotes de auténticas religiones?

–De la misma forma que los convertí en sacerdotes de mi voluntad, de la misma que troqué a los soldados de Barbaria que ocupaban Occidente en militantes de mi causa y luego cambié a Kazurro y a todos los que se me pusieron por delante.

–A todos, menos a mí –le dije.

–Usted es especial por numerosos motivos. Pero volvamos a Sholombra.

A él le habían traído otra manzanilla con anís. Detuvo la charla, cogió la bolsita de la infusión con la cuchara y la lio con la cuerda para estrujarla, tal y como hacía yo. Cuando se llevó la taza a la boca, me fijé en el contraste entre el blanco de la loza y el negro azabache de sus cabellos.

–Es lo único que tomo, además de leche. ¿Puede creérselo?

Yo noté en sus ademanes algo que me era familiar.

–Usted y yo somos sumamente parecidos. ¿No es verdad? –me dijo, anticipándose a mi comentario–. Procedemos del mismo mundo y tenemos unas facultades similares.

–Tu mundo y el mío son muy diferentes –le dije.

Según mis cuentas, o Sholombra se había destruido o estaba a punto de destruirse cuando nació aquel muchacho, cuyo nombre yo aún desconocía.

–Me llamo Saín, señor Kiff –me dijo.

–¡Qué bueno es no perder de vista lo que el otro siente! Así es muy fácil anticiparse a la jugada –interpreté.

–Cierto, muy cierto, como usted no ignora. Lo que me extraña es que no me pregunte por la razón de mi nombre. ¿Es que no le ha resultado chocante?

–De sobra sabes que sí. Igual que sabes que nuestro diálogo tenía que llegar a este punto. Cuéntame lo que tengas que contarme. Te escucho atentamente.

–Me llamo Saín por su enemigo de Sholombra. Él fue el que me puso ese nombre, y lo hizo con el derecho que le daba el haber sido mi salvador.

Se paró a darle otro sorbo a la manzanilla. Yo lo imité, y al beber hice los gestos que había perfilado él.

–Yo era huérfano de madre y, a todos los efectos, también de padre –dijo–. Saín me recogió en la forma que luego le explicaré. Viví con Lida, el señor Suelo y él en la Sholombra de los últimos días, de la que no tengo recuerdos, y en la finca de Rodas, en la que crecí y fui educado por ellos y, particularmente, por los sentimientos de los oligarcas, cuyas huellas impregnaban cada uno de los objetos de aquel amurallado recinto. Cuando nos vinimos a Occidente, yo era ya un ser desarrollado por completo en lo mental, aunque fuese un niño. Nos fuimos a residir lejos de Nógdam y vivimos juntos en una ciudad de la periferia, Vilos, que más tarde fue ocupada por las tropas de Barbaria.

Aquel muchacho, Saín, hizo un nuevo alto para darle otro sorbo a la manzanilla.

–Bárbaf Kazurro, el ministro de Defensa de Barbaria y máxima autoridad de hecho de aquel país –continuó de inmediato–, no consintió que sus tropas siguieran avanzando por Occidente porque temía que el imperturbable estómago del capitalismo acabara fagocitándolos. Pero tampoco las devolvió a sus cuarteles y, con ello, las expuso a mi voluntad.

En ese punto del relato, se detuvo y me miró.

–¿No se ha preguntado hasta ahora cómo impongo mi voluntad en la voluntad de los otros y de la masa? –me dijo.

–He visto algunos de tus métodos, y no me parecen muy sofisticados: eliminar a los contestatarios y a los menos proclives a dejarse manipular es una práctica poco sutil de transformar la sociedad.

–Porque son muchos, demasiados hasta para mí, y yo no puedo controlar lo que están sintiendo a la vez tantas personas. Aunque la masa no puede ser dominada por mí, pueden serlo los que dominan a la masa. ¿Me entiende, señor Kiff?

Afirmé con la cabeza, pero él notó que tenía dudas y añadió:

–Yo controlo a los soldados y a los sacerdotes. Al resto, que los controlen los soldados y los sacerdotes.

–Y para ejercer este último control, lo mejor es que la masa sea un rebaño de borregos. Cuanta más domesticación, menos pastores –corroboré yo.

–Más o menos, así es.

Terminó la manzanilla de un sorbo y me dijo:

–¿No le interesa saber cómo someto a esos pastores?

Esas preguntas retóricas demostraban que no estaba tan maduro como él creía. Le contesté afirmativamente y prosiguió:

–Para hacerlo, debo volver a Sholombra –me dijo–. Pero no voy a contárselo con palabras, sino con imágenes.

Y, acto seguido, vi la sala de aquel piso de Sholombra donde vivíamos Ania y yo. Ania estaba mirando por la ventana y afuera, entre la zozobra de los individuos que consumían, como bacterias, el cadáver de la ciudad, caminaba el yo de entonces después de haber visto cómo una muchedumbre delirante despanzurraba el celestial cuerpo de Nohire, mi amante de los últimos meses. Ania me esperaba despechada para delatarse y para matarme. Yo aparecí en la sala un poco más tarde. Jadeaba, traía la ropa sucia y el pelo revuelto. En mi alma había un miedo pavoroso y un afán de pedir perdón y empezar de nuevo. Ania siguió mirando por la ventana y se adelantó a mi disculpa con las mismas palabras que yo tenía dispuestas en mi garganta. Luego, se giró y se quedó observándome. Ella dominaba la situación y yo era un pelele en manos de su inteligencia. Su alma formó estampas reveladoras de su condición efectiva antes de que habláramos para lanzarnos reproches. Nuestro noviazgo estaba definitivamente roto. O aún peor, me confesó que nunca había existido de verdad, que había sido un montaje para asegurarse que tendría un hijo conmigo, pues yo era un hombre dotado del poder excepcional de ver las almas, uno de los dos que tenía ella. Su otro poder, del cual yo carecía, era el reverso de este, y la hacía inmune a potestades como la mía: ella podía construir en el alma emociones y sentimientos ficticios que enmascaraban la realidad, exactamente lo que ahora estaba haciendo aquel muchacho, quien cortó el flujo de imágenes para decirme:

–Ania estaba embarazada. Ella misma se lo dijo.

–Ania murió aquel día. Yo la maté de dos disparos –le respondí, negando la explicación que se avecinaba.

–Ania recibió dos disparos, en efecto, pero no murió. Atienda a esto –prosiguió el muchacho.

Y las imágenes volvieron a fluir en su alma, en la que Ania, tras haber intentado en vano hacerme saltar por la ventana, me disparaba sin acierto con una pistola. Yo era más rápido que ella y aprovechaba su error para pegarle un puñetazo que la llevaba al suelo y para coger el arma, que se le había caído de las manos, con la que rápidamente le atinaba dos veces, dos, mientras los esbirros de Saín trataban de echar la puerta abajo.

–Llegaron tarde –dije–. Cuando entraron, yo estaba huyendo por un patio interior.

–¿Tarde? Depende de para qué –me contestó el muchacho–. Mire.

En su alma, el señor Suelo, Saín y varios esbirros de este irrumpían en el piso, pasaban junto al cuerpo de Ania encelados en mi persecución y volvían a su lado cuando aceptaban que me habían perdido.

–Ania no murió, y prueba de ello es que yo estoy aquí –dijo el muchacho–. Estaba herida, pero en todo su conocimiento. Manejó a Saín para que este hiciera lo imposible por salvarla y Saín buscó médicos de debajo de las piedras y medicinas de donde no las había. Se salvó, su embarazo siguió adelante y, cuando tenía que ocurrir, nací yo. Mi madre, sin embargo, no pudo superar el parto.

–No puede ser –le dije–. ¿Cómo puedo estar seguro de que no estás construyendo otra mentira?

–Yo soy hijo de Ania y suyo. Como hijo de Ania, tengo sus dos poderes, y como hijo suyo, tengo el poder de ver las almas y la sangre helada de los asesinos. ¿Qué más prueba necesita que la que ha visto? ¿Por qué cree que no es un cadáver en el doble fondo de un camión-ducha? Mis genes son los suyos y los de Ania y mi formación la que me dio Saín y la que aprendí de los oligarcas. Una mezcla explosiva, ¿verdad? Lo conozco desde que entró en Occidente. ¿Por qué cree que, a pesar de ser un personaje público, Saín y el señor Suelo, o incluso Lida, no corrieron a asesinarlo enseguida? Yo no quería que le hicieran daño y los tenía controlados. Yo no tengo por qué odiarlo. Al contrario, el modo en que superó los obstáculos que se encontró en el camino de Sholombra a Nógdam me llena de admiración y ha sido un modelo para mí. Si he conseguido lo que he conseguido, es gracias a la tenacidad que heredé de usted y a la que asimilé con su ejemplo.

–No me siento en absoluto identificado contigo.

–Ya lo sé. Pero yo existo porque existe usted y soy lo que soy en buena parte gracias a usted, le guste o no le guste.

Me levanté y le di la espalda, desconcertado.

–¿Cómo lo haces? –le pregunté–. ¿Cómo consigues borrar del alma de los soldados y los sacerdotes los rastros de las emociones y los sentimientos?

–Aunque hay seres que sienten cómo el vórtice del

cosmos gira en la palma de su mano –me dijo–, ninguno es nada si tiene miedo. La clave es el miedo. El miedo los deja hueros. Si ves vacío en su interior, es porque no tienen más que miedo. Y tan auténtico es el miedo a lo real como a lo imaginario. Yo los conozco a todos y sé qué miedo inocularle a cada uno. Cuando es el miedo el que los mueve, no son más que un simulacro, ya son lo que yo deseo que sean.

–¡El miedo a lo imaginario! –murmuré. Me volví de nuevo y le dije mirándolo a la cara–: ¡Tú únicamente puedes crear ficciones en tu alma! ¿Cómo las ven ellos?

–Eso es lo que creía mi madre, pero no era así: ella tenía el genérico poder de alumbrar ficciones, en su alma o en el alma de cualquiera. En la enorme biblioteca de los oligarcas había un libro escrito por un tal Alonso, secretario del ayuntamiento de un pueblo cercano al lago Cobos, que me puso sobre la pista de mi propia capacidad: en el libro, las ideas se componen de elementos esenciales, como las piezas de un mecano, en los que pueden descomponerse y con los que luego, como con las piezas de ese mecano, pueden construirse ideas totalmente distintas. Ania y yo construíamos ficciones en nuestra alma valiéndonos de nuestra imaginación sin comprender que podíamos hacerlo en el alma de los otros a partir de la memoria. En los otros, yo puedo tomar sus recuerdos, descomponerlos en sus elementos esenciales y armarlos de nuevo, como hace el cerebro cuando forja los sueños. ¿Se imagina una pesadilla detrás de otra? ¿Se imagina despertar y saber que habrá otra pesadilla, y otra, y otra, y así indefinidamente?

–¿De esa forma me hiciste ver a Lida en aquella tienda 1212?

–En efecto. Aquello fue una limitada reconstrucción de la realidad. La verdadera Lida vive, aunque ha perdido el juicio a causa del odio que le tuvo.

Me senté. Los pájaros trinaban, las flores daban color y emitían sus perfumes, el agua de las fuentes moldeaba líneas que brillaban con la luz.

–¿Es real esto que advierto?

–Todo fue destruido por los bombardeos. Nada quedó en pie: ni una mansión, ni una casa de aperos. Cuanto siente lo he recompuesto con elementos que guarda en su memoria.

–¿Y tú, eres real?

–Me ve tal y como soy.

No era gran cosa. No tenía un tipo atlético y no era ni guapo ni feo.

–Como usted, padre, como usted –me dijo, contestando a mis pensamientos.

Yo di por cierto todo lo que me había contado.

–¿Qué harás? –le pregunté.

Se tomó un tiempo antes de responder, y cuando lo hizo adoptó el tono nostálgico del que habla sobre la más feliz de las arcadias.

–En cuanto ello sea posible –dijo–, los habitantes del campamento se trasladarán a sus nuevas residencias en Nógdam y la ciudad empezará a funcionar dirigida por ingenieros sociales que actuarán como lo hacen ahora los sacerdotes, pero en secreto. La sociedad será reconstruida como lo han sido los edificios y como lo está siendo la Historia. Cada uno asumirá el papel que le ha tocado, que incluye el pasado que se le ha escrito. Volverán las religiones, los partidos políticos, las elecciones, la pasión por el deporte y las pequeñas crisis. Aparentemente, todo será igual a como lo desearon los socialdemócratas utópicos, solo que en el fondo la voluntad determinante será la mía. Yo equilibraré la oferta y la demanda, yo, las tensiones entre el centro y la periferia, entre la izquierda y la derecha y entre las diferentes religiones. Yo decidiré quién debe ganar en los procesos electorales y controlaré el Presupuesto. Yo vigilaré las normas que se aprueban, la forma en que se cumplen y los castigos que se imponen por sus transgresiones. Yo, en fin, estaré en cada lugar donde haya que tomar una decisión trascendente, como si fuera Dios, y la vida se desarrollará de manera que los occidentales sean moderadamente felices.

–¿Y la muerte? ¿Qué harás con la muerte? –le dije.

–Volverá, porque me supone demasiado esfuerzo negarla, pero haré que los occidentales crean en una vida eterna más allá de ella.

Oírlo resultaba estremecedor y verosímil. Yo seguí buscando fisuras en su proyecto y le reclamé:

–¿Y las amenazas externas? ¿Qué harás si Occidente es atacado?

–El mundo anterior no existe, desapareció. Occidente es ahora todo el mundo. O si lo prefiere de otro modo: todo el mundo será Occidente.

Se detuvo. Quizá esperaba de mí un comentario halagador. Yo le dije:

–Veo que lo tienes bien planeado.

–Así es. Y lo imprevisto está por muy debajo de mis potencias. En verdad, lo imprevisto soy yo –dijo. Volvió la vista y añadió sin parar de mirarme–: Mi madre estaría orgullosa de mí.

Era cierto: Ania estaría encantada con él y con sus logros. Pero yo no.

–Yo tengo otro hijo, y a su madre, que durante muchos años ha sido mi mujer, y tengo unos cuantos amigos del alma. Dime, ¿qué ha sido de ellos?

–Sí, tiene otro hijo muy distinto de mí, y una mujer que lo quiso y que lo odió, y hay varios hombres que fueron amigos suyos, y un perro. Los tiene a todos todavía, pues yo me he encargado de ellos. Pero ya no son lo que eran: ahora son sacerdotes de mi causa, hasta el perro. Les he robado el alma a fuerza de inculcarles miedo.

Aquella declaración me pareció horrenda por ellos y porque se me antojaba el anticipo de lo que inmediatamente anunciaría para mí.

–No tema –me dijo enseguida–. Para usted tengo reservado otro final. Lo queramos o no, usted es mi padre.

Durante unos segundos permanecimos en silencio. Yo, como el reo que aguarda un veredicto magnánimo de un juez terrible; él, jugando groseramente conmigo.

–¿No quiere saber lo que el destino ha planeado para usted? –me preguntó sonriendo.

–¿El destino? –musité.

–Sí, el destino.

–¿Por qué iba a querer saberlo, si el destino siempre actúa a posteriori, y así es como debe ser conocido?

–Para que se quede tranquilo, porque el destino soy yo.

–Bien, dime lo que harás conmigo.

–Lo dejaré como hasta ahora. Usted y yo seremos las únicas personas conscientes de nosotros y de lo que ocurre. Si no perturba el orden que yo he implantado, podrá ir donde quiera y actuar como quiera.

Aquella magnanimidad me sorprendió, aunque no sé si decir que agradablemente.

–No se crea que le otorgo un premio. Solo usted advertirá que el fondo de lo que se percibe es mentira. Si intenta hacer proselitismo de la verdad, no lo creerá nadie y será perseguido por ello. En cualquier caso, la soledad lo torturará y tendrá que sobreponerse a la locura.

La audiencia había concluido. La mujer que me había conducido por la casa apareció por la puerta del patio con la evidente intención de llevarme hasta la salida. Yo me acordé de aquella otra mujer que estaba con el muchacho en la mansión de Artiria.

–¿Quién era aquella mujer? –le pregunté. A él no le hacían falta más explicaciones.

–Lida –me contestó.

–¿Lida? Creo haberte oído decir que había enloquecido.

–Y ha enloquecido. Es la mujer que lo está esperando.

Y en ese momento la mansión se convirtió en una casa vulgar, el jardín en un prado desnudo y la mujer en la misma señora que entró en la casa de mi madre para acostarse conmigo obligada por el chantaje que le estaba haciendo, aunque su cuerpo estaba deformado por la obesidad y su rostro desencajado por la enajenación.

–Su vida no es un ejemplo para nadie excepto para mí. Pero hasta yo le pondría algunos reparos. Así que no me juzgue con demasiada severidad –me dijo el muchacho.

Y enseguida las cosas volvieron a ser lo que no eran. La mujer se acercó hasta mí y me pidió amablemente que la siguiera, lo que hice medio aturdido por las luces y las sombras que se agitaban en mi maltrecho entendimiento. No mucho más tarde, estaba en mi tienda de aquel campamento sin nombre próximo a la recién reconstruida ciudad de Nógdam, la capital del nuevo Occidente.

Capítulo 20
(Epílogo)

Antes de llevarnos a Nógdam, pasamos varias semanas aprendiéndonos el pasado que habían escrito para nosotros, habituándonos a él y asimilándolo como propio. Cuando el momento de la mudanza hubo llegado, los que aún no habían digerido su biografía fueron eliminados en los váteres y los camiones-ducha y el resto fue trasladado a la nueva ciudad, donde cada uno se dispuso a ocupar el puesto que le habían encomendado. Yo fui enviado a trabajar a una imprenta y emparejado con una mujer de mi edad con la que supuestamente me casé hace algo más de una década. Supuestamente, también, tuve un hijo, que murió atropellado por un coche a la edad de tres años. Mi mujer, que se cree esta traumática historia, debe culparse del accidente y vive comida por el remordimiento. No somos felices, aunque tenemos más de lo que necesitamos, salimos con unos amigos de nuestra condición y creemos en una doctrina religiosa que nos promete vivir después de la muerte.

En Occidente hay elecciones generales cada cuatro años, lo mismo que para elegir al alcalde de Nógdam. Los ciudadanos se consideran dueños del destino de sus gobernantes y los gobernantes de su capacidad para transformar el escenario de nuestras vidas. La muralla que nos separa de La Unión existe, pero está disimulada con espejos que imitan al océano y a nadie se le ocurre pensar que el paisaje que le entra por los ojos pueda ser de mentira. Occidente, por cierto, es todo el mundo, si bien subsisten distintos Estados, cada uno con su sociedad, su gobierno y su cultura dominante.

Hace algún tiempo me cansé de guardar el secreto y expuse en un pasquín que imprimí de incógnito las líneas fundamentales de la ficción en que vivimos. Nadie me hizo caso. Es más, los sacerdotes de mi religión y de otras religiones con templos en Nógdam temieron por los cimientos de su fe y me declararon la guerra. Aunque los más exaltados de los creyentes se han asociado para localizarme y acabar conmigo, he editado otros pasquines, con los que he cubierto las principales avenidas de la capital. Pero mi gran proyecto subversivo es este libro, en el que llevo varios años afanándome en secreto. Nunca creí que el muchacho, y los que actúan por su cuenta yendo más allá de las instrucciones que reciben, me fueran a consentir concluirlo. Sé que él me vigila, como hace con todos. Por eso creo que solo me permitirá publicar esta autobiografía en una de esas colecciones de ficción extrema que narran hazañas de monstruos y gnomos. En ese supuesto, acaso el libro termine en los anaqueles de una desconocida biblioteca y alguno de sus lectores descubra que la realidad no es la que se ve, sino la que ha leído. Si eres tú ese lector, te pido que sigas mirando al mar donde está la muralla como si el mar existiese. De no ser así, te señalarás, serás al principio incomprendido y luego te perseguirán, pues la luz no es un agente bienvenido para esa mayoría que reside con gusto en la ceguera. Si eres tú ese lector, en fin, ten cuidado, disimula y sufre en soledad y en silencio la verdad. Quizá algún día seamos muchos y, entonces, de la forma natural que llega la luz o brota el agua, saldremos nosotros para alumbrar o para inundar, y ya nada será como antes.

Fin

ÍNDICE

1	La teoría del bonsái	pág. 5
2	Un preso en el paraíso	pág. 39
3	La guarida del tigre	pág. 73
4	La sindicalista de Madlun	pág. 99
5	Una mujer distinta	pág. 137
6	La vuelta de un personaje	pág. 159
7	La lluvia de televisores	pág. 183
8	Los protagonistas del día después	pág. 227
9	Fátimo y Kazurro	pág. 257
10	La farsa ideada por Lucas Midelle	pág. 287
11	Los tanques de los tanques	pág. 311
12	Gobernar diciendo a todo que sí	pág. 341
13	El uno de enero del año uno	pág. 357
14	El final de un acto	pág. 379
15	Una biblioteca de cuento	pág. 393
16	A solas con nuestro destino	pág. 427
17	Alguien está jugando conmigo	pág. 441
18	Los traspiés de la lógica	pág. 503
19	La solución está en el principio	pág. 533
20	Epílogo	pág. 549

ACERCA DEL AUTOR

Juan Bosco Castilla Fernández nació en Pozoblanco (Córdoba) en 1959. Es licenciado en Derecho y en Ciencias Políticas y Sociología y trabaja como secretario de Ayuntamiento, función que desempeña actualmente en Torrecampo. Ha escrito ensayo político, teatro, libros de narración y novelas. En 2005 fue galardonado con el premio Almuzara por su novela *El farero*. En 2017, recibió el premio Solienses por la novela *El hombre que amaba a Franco Battiato.*

www.ingramcontent.com/pod-product-compliance
Lightning Source LLC
Chambersburg PA
CBHW022233020726
47496CB00004B/881